中国文学批评史系列教材　总主编　李建中

# 中国文论话语导引

主　编：李建中　李小兰

副主编：孙盼盼　朱晓骢

武汉大学出版社

**图书在版编目(CIP)数据**

中国文论话语导引/李建中,李小兰主编. —武汉:武汉大学出版社,
2018.8

中国文学批评史系列教材

ISBN 978-7-307-20129-3

Ⅰ.中… Ⅱ.①李… ②李… Ⅲ.中国文学—古代文论—高等学
校—教材 Ⅳ.I206.2

中国版本图书馆 CIP 数据核字(2018)第 068637 号

责任编辑:郭 静 责任校对:汪欣怡 版式设计:马 佳

出版发行:**武汉大学出版社** (430072 武昌 珞珈山)
 (电子邮件:cbs22@whu.edu.cn 网址:www.wdp.com.cn)
印刷:武汉中远印务有限公司
开本:787×1092 1/16 印张:19.25 字数:458 千字 插页:1
版次:2018 年 8 月第 1 版 2018 年 8 月第 1 次印刷
ISBN 978-7-307-20129-3 定价:49.80 元

# 总　序

　　自 1927 年陈钟凡先生《中国文学批评史》问世，至今已近百年。百年荏苒，时运交移，21 世纪的读者，有幸能够读到各种体例、各种风格乃至各种学术观念的《中国文学批评史》，这其中既有学科草创期郭绍虞、罗根泽、朱东润等先生的开山之作，亦有学科成熟期侯敏泽、张少康、蔡钟翔等先生的扛鼎之作，更有自 20 世纪末至 21 世纪初兼具专著和教材双重性质的厚重之作。从 1989 年开始问世，到 1996 年全部出齐，王运熙、顾易生主编的七卷本《中国文学批评通史》(上海古籍出版社)，全面清理各历史阶段文学批评发展过程，科学评价历朝历代经典理论家及批评经典，努力发掘新的材料，整体展示中国文学理论批评的丰富多彩和灿烂成就。21 世纪初，笔者主编《中国古代文论》(华中师范大学出版社，2002)，紧紧扣住中国文学批评与儒道释文化的关系，在古代文化的思想背景和精神源流中，把握并阐释古代文学批评的演进脉络和理论精粹，力图在民族文化和民族精神的层面揭示中国文学批评的理论意义和当代价值。2006 年，袁济喜《新编中国文学批评发展史》(中国人民大学出版社)，注重批评史与思想史、哲学史以及美学等相邻人文学科的联系，着力彰显批评史中深挚博厚的人文精神，实现国学蕴涵与现实人生的深度贯通，以及文献与思辨的有机结合。两年后，笔者主编的《中国文学批评史》(武汉大学出版社，2008)问世，武大版在保持华师版"文化视野"的同时又新增"文体观照"，亦即从批评文体的角度，重新清理中国文学批评史，在每一章的概述部分，辟专节介绍本时期批评文体的时代风貌，分析本时期文学批评在文体样式(体裁)、批评话语(语体)和批评风格(体貌)等方面的特征。翌年，笔者新推出"北大版"的《中国文学批评史》，除了基础知识的讲述之外，新增三大板块：问题研讨、导学训练和拓展指南。此举旨在培养学生的问题意识和质疑精神，提高学生的理论思辨和学术研究能力，并且为学生的进一步思考和研究提供相关学术史背景和最新学术进展的文献目录。2014 年，李春青主编的《中国文学批评史》由高等教育出版社印行，是书以"求真"为宗旨，不仅是资料整理层面的求真，而且是更深层次的"追问意识"上的求真：古代文论话语是如何被建构起来的，它的实际的社会功能与意识形态功能究竟是什么。这一求真路向，表现在方法论上则是："对话"的言说立场，跨学科的互文性视野，以及语境化的操作方法。

　　作为一个学术领域，"中国文学批评史"(亦称"中国古代文论"或"中国文论")，可谓"体貌英逸，俊才云蒸"，一大批勤奋而又新锐的学者在此领域"望今制奇，参古定法"，诸多颇有影响的学术论争或命题(如"古代文论的现代转换"、"文论失语症"、"青春版文心雕龙"等)均由此领域发轫；作为一个学科，"中国文学批评史"则是松散的甚至是名实乖离的。因为在现有的学科体制下，"中国文学批评史"已经不是一个二级学科，她或者归于"文艺学"，或者归于"中国古代文学"。这种"游离"状态反倒赋予她更多的学术自由和更大的理论空间。这也就是前述种种体例、风格或学术观念的批评史得以纷纷问世且能并行不悖的深层缘由，也是我们这一套"中国文学批评史系列教材"得以出炉的现实原因。

笔者在大学讲坛上讲授"中国文学批评史"已有 33 年，积 33 年之教学经验以及主编三种"批评史"教材之学术心得，笔者以为：大学讲坛上"中国文学批评史"的讲授或传播，至少可以有三种不同的方式。

一是"原始表末"式。当年刘勰撰著《文心雕龙》，概述"本课题研究现状"时，认为"近代之论文者"的通病是："并未能振叶以寻根，观澜而索源。不述先哲之诰，无益后生之虑。"因此，刘勰论文自定四项基本原则，第一原则便是"原始以表末"。讲中国文学批评史，首要任务当然是原"始"。问题是，中国文学批评史的"始"在哪里？受西方近现代"文学"观的影响，中国文论一般将"魏晋"（亦即鲁迅所言"曹丕的一个时代"）视为"文学的自觉时代"。加之《四库总目》集部的"诗文评"提要称"建安、黄初，体裁渐备。故论文之说出焉，《典论》其首也"。由此看来，中国文学批评史是从魏晋开始的？那么先秦（也就是雅斯贝尔斯所说的"轴心时代"）怎么办？这显然是不能成立的。"文学批评"这一术语虽说是从西方传入，但作为"批评"的对象，汉语的"文学"与西语的"Literature"从内涵到外延，从词根到语用，都是大不一样的。"原"中国文学批评史之"始"，不仅不能止于"曹丕的一个时代"，甚至也不能止于"轴心时代"，而是要返回《文心雕龙·原道》篇所说的"人文之元"，亦即"河图洛书"的时代。找到中国文学批评真正的"元"（起源与本原），才能说清楚她的流变或走向，诸如：先秦两汉儒道文化背景下的文论创生，魏晋南北朝佛玄合流中的文论新变，唐宋的三教融合与文论多元，元明清的文化总结与文论繁荣，乃至近代西学东渐与文论转型。

二是"洪范九畴"式。据《尚书·洪范》记载：鲧堵塞洪水，扰乱五行之陈列，"帝乃震怒，不畀洪范九畴"。等到鲧之子禹继起，治好了洪水，"天乃赐禹洪范九畴"，结果是"彝伦攸叙"。中国文学批评史讲"范畴"，大多要追溯到《尚书》的"洪范九畴"，《洪范》篇所列举的五行、五事、八政、五纪、三德、五福、六极等，是夏禹治理国家的基本范畴和范畴体系，夏禹在治水之后用这些范畴治国，取得了极大的成功，故《文心雕龙·原道》篇在讲述上古文明史时对此事大加赞美："夏后氏兴，业峻鸿绩，九序惟歌，勋德弥缛。"如果我们跳出单一的历史叙事，在一个多元的层面作隐喻式言说，则可将《尚书》的"天乃赐禹洪范九畴"理解为：上天为圣贤恩赐兼具规律性和可操作性的基本范畴和范畴体系，以助其成功。鲧未能得到范畴，他失败了；禹得到了范畴，他成功了。治国如此，论文亦然，就后者而言，刘勰的成功，是构建并诠解"范畴"的成功，是折中并运用"范畴"的成功。我们看《文心雕龙》五十篇的篇名，大多是中国古代文学理论批评的核心范畴，如"神思"、"体性"、"风骨"、"通变"、"情采"、"声律"、"比兴"、"隐秀"等。在课堂上将这些范畴讲清楚了，也就将《文心雕龙》讲清楚了，也将中国文学批评史讲清楚了。在这个意义上我们可以说，讲授中国文学批评史，一个提纲挈领且能事半功倍的方法，就是"洪范九畴"法。作为在大学校园研究并传播中国文学批评史的教师，真的要感谢"天乃赐余洪范九畴"，有了"范畴"，我们才有可能"彝伦攸叙"，也才有可能"勋德弥缛"。

三是"尚友古人"式。儒家的孔子和孟子都看重交友，《论语》开篇便有"有朋自远方来，不亦乐乎"，孔子常讲"益者三友"或"损者三友"。孟子对万章说："一乡之善士，斯友一乡之善士；一国之善士，斯友一国之善士；天下之善士，斯友天下之善士。以友天下之善士为未足，又尚论古之人。"可见最高的善士是要"尚友古人"的，如何"尚友古人"？"颂其诗，读其书"也。学习中国文学批评史的过程，是一个"尚友古人"的过程，是一个"知音"的过程。然而，知音其难哉！刘勰在《文心雕龙·知音》篇中感叹："音实难知，知实难逢，逢其知音，千载其一乎！"我们今天若要与古代的文学理论批评家交朋友，若要成为他们的千古知音，除了"读其书"别无他途。说到中国文学批评史领域的"尚友古人"，我们要感谢郭绍虞、王文生两位先生主编的《中国历代文论选》(上海古籍出版社，1979)，十年浩劫之后，有志于中国文学批评史研究的学人，无一不是借此书"尚友古人"从而登堂入室的。我们前面谈到的"原始表末"和"洪范九畴"两种方法，落到文本的实处，还是要"读其书"，精阅经典而"尚友古人"。由此亦可见出，我们讲的三种方法是互通互济、相得益彰的。

这套"中国文学批评史系列教材"，首批推出三种：《中国文学批评史》当然属于"原始表末"式，而《中国文论经典导读》和《文心雕龙导读》，就编撰体例而言属于"尚友古人"式，而解读方式则属于"洪范九畴"式。因而，这套书的广大读者，无论是将之视为教材还是视为学术著述，若能既将三种读本相互参照，又将三种方法交互使用，则可以有意外之收获。

《礼记·学记》曰："学然后知不足，教然后知困。知不足，然后能自反也；知困，然后能自强也。故曰：教学相长也。"作为高校教师，我们的"所知之困"，是如何在自己的教学活动中最有效地也是最大限度地激发起学生的学术兴趣，使学生成为"善学者"和"善问者"。《礼记·学记》说："善学者，师逸而功倍，又从而庸之；不善学者，师勤而功半，又从而怨之。"又说："善问者，如攻坚木，先其易者，后其节目，及其久也，相说以解；不善问者反此。"可见与"善学(问)者"一道，才能真正实现"教学相长"。正是在这个意义上，《礼记·学记》引用《尚书·说命》的话说："学学半。"第一个"学"字读作"效"，意谓"教"：教别人，自己也能收到一半成效。这是何等有趣味的事情，无怪乎梁启超要说"教师是一种最有趣味的职业"。希望我们这套系列教材在为广大读者提供知识和思想的同时，也能为读者平添几分兴致和趣味。

李建中

2015 年 7 月

# 目　　录

## 风格论话语

## 鉴赏论话语

# 绪论　中国文论话语阐释的四项基本原则

中国文论话语是中华民族话语体系的审美构成，是沟通中西古今文学理论批评的语义桥梁。《中国文论话语导引》分本体论、创作论、文体论、修辞论、风格论、鉴赏论等六大门类共精选 30 个核心关键词，依次在五个层面作话语阐释：一是语义界定、中西比较；二是语根追溯、古今演绎；三是语境还原、经典诠释；四是语用呈现、批评实践；五是敷理举统、意义揭示。为了举一反三、学以致用，本书对核心关键词的诠释，前有话题导入，后有问题思考。本书作为笔者总主编的《中国文学批评史系列教材》之一种，可用作高校本科生及研究生教材，亦可供广大文学爱好者阅读。

就其思想与方法而言，本书对中国文论话语的阐释，受到刘勰《文心雕龙》的启发。刘勰在《文心雕龙·序志》篇中为自己的文学理论批评制订了"四项基本原则"：

原始以表末，释名以章义，选文以定篇，敷理以举统。

刘勰生活在五六世纪之交的南朝齐梁时代，彼时的文化背景是佛华交通、儒释道融合。1500 余年之后的 21 世纪，我们在中西会通、文史哲交融的全球化时代阐释本土文论话语，一个顺理成章的选择当为《文心雕龙》的"四项基本原则"：这既是对中华优秀文化遗产的创造性转换，也是在思想与方法的层面对中国古代文论的会通适变。当然，与西方文论相比，中国文论话语自有其独特的创生路径及演变历程；但是，在全球化时代阐释本土文论话语，我们势必要引入中西比较的视域。因此，我们在借鉴刘勰文论的"四项基本原则"时，对其顺序作了适当的调整：从"释名以章（彰）义"开始。

分述如下。

一是"释名以章（彰）义"。

本书分 6 大门类依次阐释的 30 个中国文论话语，是依然"活"在今天，"活"在当下的中国古代文论的 60 个关键词。所谓"关键词"是对英语 key words 的汉译，汉语"关键"一词的本义是内关门户、外键鼎耳，以键闭关锁喻指器物之宝贵，而英语的"key"则意指用钥匙开启。键闭与开启，既构成"关键词"的语义张力，又铸就"关键词阐释"的方法论密匙，对中国文论话语的"释名以彰义"正在键闭与开启之间。《中国文论话语导引》对 30 个文论关键词的阐释，既有逻辑层面的键闭式释名，亦有历史层面的开启式彰义，更有对二者的折中式辨析，即《文心雕龙·序志》篇所言"擘肌分理，惟务折衷"。比如对"文学"这一话语的释名彰义，学界流行的观点是将汉语的"杂文学"与西文的"纯文学"作二元式对立，而本书释"文学"则是在对语义材料"擘肌分理"的基础上作出"折中"式辨析。《论语·先进》的"文学：子游、子夏"是"杂文学"，四部分类中的"经史子集"是"杂文学"；

但是，中国文学的演变过程是在逐步走着与今日世界所称文学者相合的道路，也就是说，不待西方浪漫主义运动后提倡"纯文学"，在中国固有的文学长河中，已经汩汩不断地流淌着"纯文学"的思想。事实上，一部中国文学史，留下了大量的"纯文学"作品，人们在解读这些作品或对"文"、"文章"、"文学"，乃至"诗"、"赋"、"词"、"曲"、"古文"、"小说"的特性作解说时，往往都注意到了它们的审美特性。如修辞论话语中的"详略"，风格论话语中的"雅俗"，鉴赏论话语中的"通变"等，均充满着折中和辩证的色彩。中国文论话语在今天的使用，也讲究辩证：既有"沿用"与"改造"的辩证，也有"通变"与"借镜"的辩证，而其"借镜"之中又有"顺借"与"逆借"的辩证，亦即纪昀所说"考证旧闻，触发新意"。

二是"原始以表末"。

当年刘勰撰著《文心雕龙》，概述"本课题研究现状"时，认为"近代之论文者"的通病是"并未能振叶以寻根，观澜而索源。不述先哲之诰，无益后生之虑"（《序志》篇），故刘勰四项原则的第一条是"原始以表末"。我们这一本《中国文论话语导引》，对每一个关键词的阐释，在简短的"释名以章义"之后，即为详细的"原始以表末"。本书在阐释中国文论话语时，重在追溯字义根柢并演绎文论关键词的语义流变。比如阐释本体论话语"言志"，除了按时代顺序讲清楚"言志"语义流变之外，还充分利用传世文书（如《说文解字》）和出土文物（如上博楚简《孔子诗论》）①，讲清和"志"的原始意蕴，理清"言志"的三重内涵：一是"志"与"诗"或"识"通，是指"记忆"或"记录"；二是"赋诗"意义上的"诗以言志"，即对诗歌在特定时期独特功能的认定；三是后人通常所理解的对诗歌创作普遍原理的概括。

三是"选文以定篇"。

《文心雕龙》的"选文以定篇"，所选之"文"和所定之"篇"，主要是历朝历代的文学作品；而《中国文论话语导引》在诠解一个一个文论话语时如何"选文以定篇"？这是本书必须面对和解决的一大难题。中国文论话语是从大量文献中总结、归纳、概括、提炼或抽象出来，这些文献既包括严格意义上的文学理论批评专书或专篇，也包括各体文学作品，还包括传世的经史子集和出土的简帛碑铭。更为复杂的是，某一个文论话语，并不仅仅出自某一篇文献；而先后（或同时）出现于不同文献的同一个文论话语，因其文本不同而释义有别。遇到这种情况，本书首先是选定最具代表性的篇章，充分利用此篇章中的语义材料和思想资源，然后分"原始"和"表末"两个方向，论及相关的篇籍。比如风格论话语"文气"，既选定曹丕《典论·论文》作重点解读，同时在《管子》、《孟子》和《荀子》中"原始"，在《文心雕龙·养气》篇和韩愈《答李翊书》中"表末"。历朝历代的文论话语生于并活在特定的文本之中，故文论话语诠释的必由之路是返回文本现场：讲"言志"要回到《尚书》和《左传》，讲"虚静"要回到《老子》和《庄子》，讲"妙悟"要回到《六祖坛经》和《沧浪

---

①　据《上海博物馆藏战国楚竹书》，《孔子诗论》存简 29 支，完简 1 支，约 1006 字。内容可分四类：第一类不见评论诗的具体内容，概论《颂》、《大夏》、《少夏》和《邦风》。第二类是论各篇诗的具体内容，通常是就固定的数篇诗为一组，一论再论或多次论述。第三类为单简上篇名纯粹是《邦风》的。第四类是单支简文属于《邦风》、《大夏》、《颂》、《少夏》等并存的。

诗话》，讲"知人论世"则要回到《孟子》和《文心雕龙·知音》。只有回到具体的历史文化语境，才有可能把握到中国文论话语鲜活的生命和深邃的内涵。

四是"敷理以举统"。

就中国文论话语的阐释而言，"敷理"与"举统"是两个不同的方向：敷者铺也，敷理谓铺叙、展开、排列、拓进等；举者取也，举统谓撮取、提炼、抽象、归纳等。对《中国文论话语导引》的理论阐释而言，"敷理以举统"具有双重意义：首先，中国文论话语的产生，说到底是历代文论家"敷理举统"的结果；其次，中国文论话语的阐释，一个重要的路径或方法就是"敷理举统"。《中国文论语语导引》在"敷理举统"之时，"敷理"与"举统"这两个阐释方向或先或后，依阐释对象而定。敷理举统，或先或后，要在层次分明，路径通畅，步步深入，渐趋佳境。

本体论话语

# 文　学

　　美国民谣歌手鲍勃·迪伦获得了 2016 年度"诺贝尔文学奖"，官方授奖词是：鲍勃·迪伦在伟大的美国民谣传统中创造出新的诗歌意境。普通民众在调侃这一话题，而理论批评家在阐释这一结果。人们热议作为民谣歌手的迪伦是否具有取得诺贝尔文学奖的资格，由此产生了一个问题：什么是文学？以往，我们对文学的理解局限于书本或铅字。但文学来源于生活，生活是"一切文学艺术的取之不尽、用之不竭的唯一的源泉"。在如今全媒体时代，我们感知生活的手段无限发达，当微博、微信、歌曲等新样式兼具文学性和情感性，也能表达生活体验时，我们看到的，听到的，甚至读到的内容，是否属于"文学"？如果这些不属于文学，那文学有何独到的艺术特点，又该怎样认识其价值和使命？

## 一、释 名 彰 义

### (一) 语义界定

　　"文"是象形字，其甲骨文像正面站立的一个人，胸前带有刺画的符号。许慎《说文解字·文部》："文，错画也，象交文。凡文之属皆从文。"段玉裁注："遒画者，交遒之画也。象交文，像两纹交互也。"由此可知，"文"的本义是图纹符号，指由线条交错组合而成的图案。"文"的现象广泛存在于自然万物中，自然万物与人类社会各种具有形构意义的组合都显示出"文"的基本特征。

　　"学"作为形声字，本作"壆"，甲骨文"学"字像在符号两边加上爪与手，突出了手把手教导的语义。《尚书·大传》："学，效也。近而愈明者学也。"《广雅》"学，识也"及"学，教也"。关键词"学"的本义指效法，钻研知识，获得知识。有时也作掌握知识(分门别类的有系统的知识)理解，凸显出学问、学识和学术的语义特征。

　　"文"与"学"组成了一个核心关键词"文学"。广义泛指一切思想的表现和以文字记叙的著作。狭义则专指以艺术的手法表现思想情感或丰富想象的作品，包括小说、散文、戏剧和诗歌等。这种语义特点影响着文学的文体风格和语言风格，促进了中国文学观念的不断更新及士大夫精神结构的重建。

### (二) 中西比较

　　文学观念是对文学本质或属性的认识，如何理解熟悉的文学现象是一个值得我们思考的问题。"文学"是一种审美意识形态，起源于人类的思维活动，属于人类社会的思想上层建筑。"文学"的现代语义则指用语言文字塑造艺术形象以反映现实生活、表达思想感情的审美艺术。中国文学是一个语义丰富的体系，包含许多"纯文学"与"非纯文学"的主题，有整套与西方话语不同的理论术语。中国文学是"文章"体系，表现出一些多义性的特点，注意主客体的和谐，重意象、重风骨、重气韵，它是在礼乐制度、政治制度与实用价值的基础上发展起来的。

在中国文学中，除却中西文学观念所共同接受的诗歌、散文、小说和戏剧等文体，尚有丰富多彩的词、赋、书、诏、策、奏、启、表、铭、箴、诔、碑等文体。中西比较，英语关键词 literature 或 text 很难在文体上与语义丰富的中国文学观念相对应，它们言说"文学"的语义空间相对较窄。雷蒙·威廉斯基《关键词：文化与社会的词汇》指明"literature"是在 14 世纪时出现在英语词汇中的，其语义是"通过阅读所得到的高雅知识"①。乔纳森·卡勒在《文学理论》一书中指出："1800 年之前，literature 这个词和它在其他欧洲语言中相似的词指的是'著作'或者'书本知识'。"②中国"文章"体系与西方 literature 语义在结构上指向了如何言说"文学"，其词义演变实现了新时期中外文论的对话和交流。

## 二、原 始 表 末

"文学"一词，最早见于《论语·先进》："文学子游、子夏。"《论语注疏》宋邢昺释义："文章博学，则有子游、子夏二人。"这里的"文学"语义广漠无垠，涵盖了当时的学问和书籍，泛指一般的文化学术，具有尚文、尚用的文辞特点。《墨子·非命中》："凡出言谈由文学之为道也，则不可而不先立义法。"章炳麟在《国故论衡·文学总略》总结先秦的文学观念时说："文学者，以其有文字着于竹帛，故谓之文；论其法式，谓之文学，凡文理文字文辞皆称文。"举凡文字书写且有结构法式的作品，皆可称之为"文学"。先秦时期的"文学"观念，具有宽泛、含混的语义特点，距离今天的审美观念相去甚远。当时虽产生了文、史、哲等著作，但只有少数"兴观群怨"的诗歌具有"纯文学"审美意识。

到了两汉，文学观念上承先秦而有所变化。由于散文和辞赋的文体演进，"文学"一词出现了文章和学术的语义分离，人们认识到文辞的审美特征。汉武帝为选拔人才，特设"贤良文学"之科目，此时"文学"指精通儒家经典的文士，注重经典的言辞特征。两汉之际，学术著作被称为"博学"或"文学"，儒术、掌故、律令、章程等皆是文学。《史记·孝武本纪》："上乡儒术，招贤良，赵绾王臧等以文学为公卿。"《史记·儒林列传》："能通一艺以上，补文学掌故缺。"词章之作被称为"文辞"或"文章"，中国文学是"文章"体系，凸显出了文辞的审美意识，"文章尔雅，训辞深厚，恩施甚美"（《史记·儒林列传》）。

魏晋南北朝时，"文学"产生内部概念的转变，不再倾向指学术、学问，而成为语言艺术的专用名词，这是一个"文学自觉"的时代。曹丕《典论·论文》："盖文章，经国之大业，不朽之盛事。"这里虽然没有具体言说"文学"一词，但其描述的是"文学"现象，一种

---

① ［英］雷蒙·威廉斯著，刘建基译：《关键词：文化与社会的词汇》，生活·读书·新知三联书店，2005 年，第 268 页。

② ［美］乔纳森·卡勒著，李平译：《当代学术入门：文学理论》，辽宁教育出版社，1998 年，第 22 页。

具有审美意识的文辞作品。范晔《后汉书·文苑传》为"文学"立传，时称"文章"或"文学"，其《文苑传赞》称："情志既动，篇辞为贵。"萧子显《南齐书·文学传》专门立传探讨"文学"，在篇内时称"文章"："文章者，盖情性之风标，神明之律吕也。"此所谓情志、情性是文学本质，而篇辞、律吕是文学形式。《梁书·简文帝纪》记载东宫文学的盛况："引纳文学之士，赏接无倦，恒讨论篇籍，继以文章。"此标志着"文学"观念从泛指文化学术开始变成真正意义上的"文学"。

"文学"一词在隋唐、宋元、明清阶段进入到折中的语义范围，包括诗歌、小说、戏剧及传记、书札、史论等散文。由于科举制度的推行，原本的学问基础发生了变化，此关键词"文学"作为专门的知识结构，俨然已是中国社会衡量文人的价值标准。白居易《策林·议文章》云："国家化天下以文明，奖多士以文学，二百余载，文章焕焉。"以及欧阳修《尹师鲁墓志铭》道："而世之知师鲁者，或推其文学，或高其议论，或多其材能。"此所谓"文学"指博学的知识结构，以及在诗文等领域的创作情况。曾国藩《欧阳生文集序》："二三君子，尚得优游文学，曲折以求合桐城之辙。"此所谓"文学"已经是折中的文学观念，在文体、风格等层面较近"纯文学"或"美文学"。

在"明末清初""晚清民初"两个时段，中国社会产生了"西学东渐"的现象。与此同时，近代的西方学术思想也输入到中国。"文学"一词作为语言艺术的意思始于1917年胡适、陈独秀、鲁迅等发起的"文学革命"。此词据日文翻译 literature 转译而来，带有"侨词"的特征。鲁迅在《魏晋风度及文章与药及酒之关系》中指出"文学"一词并非取自"文学子游、子夏"，是"从日本输入的，是他们对英语 literature 的翻译词"。朱希祖《文学论》亦说："自欧学东渐……吾国各种学术……分立专科，不得……至于文学，在欧美亦早离各学科而独立。"胡适先生在《什么是文学》中将文学的特征概括为"明白清楚""有力动人"与"要美"。今天作为学科和用于指称语言表达艺术的"文学"，是近代西方文化输入后形成的概念，与传统"文学"概念虽有联系，但存在明显区别。① 这说明中国"文学"观念在"西学东渐"之时经历了古今转换与中西涵化，演变为用以表述学科门类的独立称谓，并指称以语言文字为表达方式的艺术。

随着学术体制的调整和变革，新时期的"文学"观念呈现多元化的局面。时至今日，伴随着技术手段和审美批评的转变，出现了一些新的文学群体、写作追求和阅读需求，带来了类型化的文学观、游戏化的文学观和商业化的文学观。当前"文学"概念在创作中产生了新的话语（作品、作者、世界、读者），在风格与文体上都有所调整，不再是笼罩群言的宽泛观念，而指中西涵化的主流文体（诗歌、小说、散文、戏剧）。新时期出现的武侠连载、网络文学、奇幻文学、童话动漫等，以及某些先锋诗歌、小说、散文等文体，举凡一切语言文字皆在文学范畴之内。尤其是瑞典文学院选择将诺贝尔文学奖颁给鲍勃·迪伦，就是在通过他的"歌词体"去引导文学观念的确立，这是对"文学"概念的语义拓展。面对诸多新元素（美学、伦理、音乐、舞蹈、绘画）的挑战，以及艺术的反思与重构，20世纪以来的中西"文学"观念面临"边缘模糊、内涵重合"的多义情况。过去的审美经验已经瓦解，新的主体经验尚在探索，此时"文学"如何守住传统的艺术经验，如何确定主体

---

① 余来明：《"文学"概念的古今演绎与中国文学史书写》，《中国语言文学研究》，2016年第2期。

的内涵范围，这是中西文学应对挑战的关键问题。

# 三、选 文 定 篇

## （一）孔门四科：礼乐教化

子曰："先进于礼乐，野人也；后进于礼乐，君子也。如用之，则吾从先进。"

子曰："从我于陈、蔡者，皆不及门也。德行：颜渊，闵子骞，冉伯牛，仲弓。言语：宰我，子贡。政事：冉有，季路。文学：子游，子夏。"

子曰："回也非助我者也，于吾言无所不说。"

子曰："孝哉闵子骞！人不间于其父母昆弟之言。"

（《论语·先进》，据杨伯峻编著《论语译注》，中华书局，1980 年，第 109—111 页）

在中国，最早使用"文学"概念的是孔子，其"文学"是指以礼乐文化为核心的文治教化之学。孔子认为子游、子夏二人有"文学"之长，这也是对他们知识素养的评价。子夏在孔门弟子中的地位相对比较高，后世治"五经"的人，往往称其学说得之于子夏一脉。关于"文学"一词，皇侃《论语义疏》引范宁说："文学，谓善先王典文。"邢昺《论语注疏》曰："若文章博学，则有子游、子夏二人也。"此"文学"一词的立意便集中在先王的典籍之学上，偏向儒家之学术。在孔门弟子之中，子游、子夏以精通先王典籍之学而著称，即是对《诗》《书》《礼》《易》《春秋》等经典的学习、研究、传述。然"文学"之称，虽始于孔门，而其义与今人所称的文学不同。

## （二）文章尔雅：训辞深厚

夫齐鲁之间于文学，自古以来，其天性也。故汉兴，然后诸儒始得修其经艺，讲习大射乡饮之礼。……及今上即位，赵绾、王臧之属明儒学，而上亦乡之，于是招方正贤良文学之士。……及窦太后崩，武安侯田蚡为丞相，绌黄老、刑名百家之言，延文学儒者数百人，而公孙弘以《春秋》白衣为天子三公，封以平津侯。天下之学士靡然乡风矣。……郡国县道邑有好文学，敬长上，肃政教，顺乡里，出入不悖所闻者，令相长丞上属所二千石，二千石谨察可者，当与计偕，诣太常，得受业如弟子。一岁皆辄试，能通一艺以上，补文学掌故缺；其高弟可以为郎中者，太常籍奏。

（司马迁《儒林列传》，据顾颉刚等点校《史记》第 10 册，中华书局，1959 年，第 3117—3119 页）

两汉之际，文学观念上承先秦，下启魏晋，由混沌趋于明晰。随着文学的日益繁荣，人们对文学的认识逐渐发展，文学有与学术分离的趋势。"文学"一词有三种含义。其一指儒家传世的文献经籍，主要是《诗》《书》《礼》《易》《春秋》五经之学。"齐鲁之间于文学"、"有好文学"指儒家经学。其二指一种选官制度，当时尚未出现科举制度，主要是通过察举制、推荐制向中央举荐人才，官府设有贤良文学一科，亦称贤良方正，表示广开直言之路。"文学掌故"指汉代郡国的文学官。其三指精通儒学之士，司马迁在《儒林列传》提到的"文学儒者""文学礼义""文学之士"皆是经学儒生，表明"文学"一词是指专门的学问，也包含着后世所谓"审美文学"。

### (三) 沉思翰藻：审美文辞

　　若夫姬公之籍，孔父之书，与日月俱悬，鬼神争奥，孝敬之准式，人伦之师友，岂可重以芟夷，加之剪截？老庄之作，管孟之流，盖以立意为宗，不以能文为本，今之所撰，又以略诸。若贤人之美辞，忠臣之抗直，谋夫之话，辨士之端，冰释泉涌，金相玉振。所谓坐狙丘，议稷下，仲连之却秦军，食其之下齐国，留侯之发八难，曲逆之吐六奇，盖乃事美一时，语流千载。概见坟籍，旁出子史，若斯之流，又亦繁博，虽传之简牍，而事异篇章，今之所集，亦所不取。至于记事之史，系年之书，所以褒贬是非，纪别异同，方之篇翰，亦已不同。若其赞论之综缉辞采，序述之错比文华，事出于沉思，义归乎翰藻，故与夫篇什，杂而集之。

　　(萧统《文选序》，据李善注《文选》第 1 册，上海古籍出版社，1986 年，卷首)

　　要想了解魏晋时期的文学观念及文学自觉的历史语境，最经典、最直接的文献就是这篇序言。萧统撰写的《文选序》体现了有梁一代的文学观念，总结了文学范围的问题，率先提出了"事出于沉思，义归乎翰藻"的标准观。他提出从审美观点去看待文学文体，他认为文学的作用是"入目之娱""悦目之玩"，在强调抒发情志的同时也重视娱乐功能。此外，他也从经史子集角度论述了编选《文选》的选文标准，探讨了"文学"与"非文学"的标准，这是对文辞作品的重要思考。在魏晋的纷繁观念中，他树立起"以文为本"的文学旗帜，认为"姬公、孔父、老庄、管孟"诸作和"坟籍，子史"都不属于文学范围。萧统从作品的辞藻、色彩、声韵等语言角度，论证了"什么是文学"的问题。只有符合"综缉辞采"、"错比文华"、"沉思翰藻"等文辞特点的作品才是真正的文学，从而指出文学的本体特性，表明清楚"文学之所以为文学"的审美价值与意义所在。

### (四) 文笔之辨：声韵情采

　　古人之学者有二，今人之学者有四。夫子门徒，转相师受，通圣人之经者，谓之儒。屈原、宋玉、枚乘、长卿之徒，止于辞赋，则谓之文。今之儒，博穷子史，但能识其事，不能通其理者，谓之学。至如不便为诗如阎纂，善为章奏如伯松，若此之流，泛谓之笔。吟咏风谣，流连哀思者，谓之文。而学者率多不便属辞，守其章句，迟于通变，质于心用。学者不能定礼乐之是非，辩经教之宗旨，徒能扬榷前言，抵掌多识。然而扼源知流，亦足可贵。笔退则非谓成篇，进则不云取义，神其巧惠笔端而已。至如文者，惟须绮縠纷披，宫徵靡曼，唇吻适会，情灵摇荡。

　　(萧绎《立言》，据许逸民校笺《金楼子校笺》下册，中华书局，2011 年，第 966 页)

　　"文""笔"之名目，较早见于颜延之的人物品评，一句"竣得臣笔，测得臣文"(《南史·颜延之传》)立显其识。对此，刘勰《文心雕龙》稍有驳论，其《总术》篇云："今之常言，有文有笔；以为无韵者笔也，有韵者文也。"范晔同样持"声韵"之论，在《狱中与诸甥侄书》云："手笔差易，文不拘韵故也。"

虽然，"文""笔"之说各有"声韵"特征，但此二者不一定限于有韵无韵的区分，不能真正揭示文学和非文学的标准。在萧绎的《金楼子·立言》篇中，他对"文""笔"的区别有了新的认识，其于"声韵"以外，而增论"情采"一词。他将屈原、宋玉、枚乘等的辞赋之类视作"文"，其特点是"吟咏风谣，流连哀思"，"绮縠纷披，宫徵靡曼，唇吻适会，情灵摇荡"；而"笔"则指章奏等应用文体，即"不便为诗如阎纂，善为章奏如伯松"。文章体制之"声韵"是"文"的特征，本体性质之"情采"也是"文"的症候。

### (五) 心物逻辑：不平则鸣

> 大凡物不得其平则鸣：草木之无声，风挠之鸣；水之无声，风荡之鸣。其跃也或激之，其趋也或梗之，其沸也或炙之。金石之无声，或击之鸣。人之于言也亦然：有不得已者而后言，其歌也有思，其哭也有怀，凡出乎口而为声者，其皆有弗平者乎！乐也者，郁于中而泄于外者也，择其善鸣者而假之鸣。金石丝竹匏土革木八者，物之善鸣者也。维天之于时也亦然，择其善鸣者而假之鸣。是故以鸟鸣春，以雷鸣夏，以虫鸣秋，以风鸣冬。四时之相推夺，其必有不得其平者乎！其于人也亦然：人声之精者为言，文辞之于言，又其精也，尤择其善鸣者而假之鸣。
>
> （韩愈《送孟东野序》，据马其昶校注《韩昌黎文集校注》上册，上海古籍出版社，2014 年，第 260—261 页）

《送孟东野序》体现了韩愈颇具理论意识的文学观念，他由孟郊"善鸣"而终生困顿的遭遇展开，认为文学产生于"不平则鸣"，境遇越是不平，文学则越善；穷困最易直接导致"不平"，所以"文穷益工"。韩愈《荆谭唱和诗序》："夫和平之音淡薄，而愁思之声要妙，欢愉之辞难工，而穷苦之言易好也。是故文章之作，恒发于羁旅草野。"文章著作都源于作者心有所感，郁积于心，不能自已而发。

序中还指出，作者的感触与自身遭际紧密联系，这既与时代、国家的兴亡盛衰有关，又与个人命运有关。所谓"不平"泛指心有所动，还不是专指悲伤忧愁。不过若结合孟郊穷愁不遇的经历和啼饥号寒的诗作加以体会，则韩愈这里实际上侧重因悲伤忧愁、不平而鸣的一面。他自称所作"时有感激怨怼奇怪之辞"（《上宰相书》），以诗"舒忧娱悲"（上兵部李侍郎书），对于忧愤而鸣是颇为自觉的。

### (六) 艺术感应：社会现象

> 文学是什么呢？这个问题，好像很简单。……我们把不同的文学作品拿来加以分析和研究后，最先发现的是：文学是一种社会现象。为什么呢？这首先就因为文学不是一种自然的现象，而是一种人类社会才有的现象。这个道理很明显，不用多讲了。其次，则因为任何一部文学作品，都不是属于某一个人的，而是属于整个社会的。作家写作品，他的目的，也是为了要给广大的读者读；把他所认识到的社会生活，以及他自己在社会中所产生的一些思想和感情，表现出来，拿去影响读者，从而与读者交

流思想和感情。因此，文学就它的本质来说，是具有社会性的。它只有在社会中才能产生，也只有在社会中才能存在。中国古时有一种说法，说作家写书，是为了"藏之名山，传与其人"。……他既然要"传与其人"，这就说明他是要给人看的，他是要拿他的书去影响社会，去产生一定的社会作用的。

（蒋孔阳《文学是什么？》，据蒋孔阳著《蒋孔阳全集》第 1 卷，上海人民出版社，2014 年，第 5—6 页）

文学是人类生活的社会现象，它以诗意笔法与社会生活产生艺术感应，沟通了作者、世界、作品和读者之间的审美体验。就作者而言，文学创作是对其所处世界的理解和阐释，运用典型的艺术形象来反映现实世界，通过观察、体验、提炼和整合，将社会生活转化为文学艺术。在不同阶段的社会生活中，也就存在着不同的文学作品。当作家完成作品创造时，文本的审美价值就不再单属于某个人，也将属于整个社会。

作为审美意识形态的表现，文学以精神力量提供着关于是非、善恶和美丑的衡量尺度，并且在阅读过程中潜移默化地涵泳个人的德行操守，从而提高人们的素养水平与情志境界。个人既有社会属性，也有自然属性；既有理性因素，也有感性因素。文学的特殊性便是"教化"功能，通过对个人的影响，对氛围的引导，以达到对社会的垂示范例。在群己关系上，艺术作品承担着沟通与规范的职责，以感性因素疏通生命的情绪心理，以理性因素引导生活的价值观念。文学艺术的繁荣发展则会形成强烈的感召力和向心力，将国家利益和人民理想凝聚在一起，肩负着构建民族意识的使命，起到民族精神的奠基作用。

# 四、敷理举统

世界任何事物都是变化发展的，我们诠释关键词也需要持有发展的眼光，去看待关键词的语义变迁，总结其理论特征。"《易》之为书也不可远；为道也，屡迁，变动不居，周流六虚。"（《周易·系辞下》）实际上"文学"的语义演变也是如此。研究这一关键词，须要总结其动态性与静态性的内涵，了解词语背后一脉相承的语义特征和时序线索，切不可不求甚解，望文生义。举凡研究"文学理论"，必先确定"文学"的内涵总括与学科特征，必先考量"文学"的概念融合与文体演变，必先明晰"文学"的审美价值与意识形态。

## （一）文学的内涵总括与学科特征

如何理解"文学"一词的语义内涵？这是新时期对文学史的回顾与思考。中国古代曾把一切用文字书写的文献统称为文学，这是一种宽泛文学的概念，比较侧重"天文、地文、人文"的纵横交织。主张此说者，如章太炎《国故论衡·文学论略》对"文学"所下定义。现代社会则把通过语言文字反映生活，表达思想感情的审美艺术看作文学，有时也称之为"语言艺术"或"审美艺术"。这是狭义的文学，具体包括诗歌、小说、戏剧及美文。主张此说者，如萧绎"声韵情采"，萧子显"情性律吕"。除此，文学还包括了传记、书札、史论等散文，这是中国传统文学的分类体现。

就目前而言，文学则是人文学科的学科之一，它与哲学、历史、法律、政治等学科同属于思想上层建筑。在当前学科体系中，文学学科是一个重要的学科，它建立起相应的文学话语系统，具体包括中国语言文学、外国语言文学以及新闻传播学等。中西文学的创作实践诠释了"什么是文学"的关键问题。中国的文学体系包括古典文学、现代文学以及当代文学等，西方的文学体系则包括了古希腊文学、中世纪文学、文艺复兴文学、启蒙主义文学、浪漫主义文学、现实主义文学、现代主义文学等。

### (二) 文学的概念融合与文体演变

中国古代本无"文学"这一概念，若将诗词、文赋、小说、戏曲等命为"文学"，那么此一词应带有很强的应用性质。20 世纪，"文学"概念出现了"边缘模糊、内涵重合"的多义倾向，其内涵面临着其他艺术概念(绘画、音乐、美学等)的挑战与融汇，以及新时期诸多艺术新元素的反思与重构。雷蒙·威廉斯在《关键词：文化与社会的词汇》说："很明显，literature(文学)、art(艺术)、aesthetic(美学的)、creative(具创意的)与 imaginative(具想象力的)所交织的现代复杂意涵，标示出社会、文化史的一项重大变化。"

关于"什么是文学"，就近代意义的文体演变而言，中西文论关键词之"文章"与"literature"给出了不同答案。现代"文学"的文体演进反映出不同视域下的精神觉醒与审美情怀。既有"中国式"的逐渐剔除，将"文章"键闭在"散文体"之上，用转译而来的"文学"一词来描述"文学"观念，负载了西方文学经验、理论与传统的呈现或认同。① 就"文章"与"literature"而言，中西文体的演进呈现出逆向选择，此消彼长，两者共同丰富了 20 世纪以来的文学意识，从而确立起在文体意义、审美意义，以及理论意义上的本体价值。在这一阶段出现一种特殊情况："文章"恰似回到"literature"的早期路径，而"literature"恰似回到"文章"的轴心内涵。这种概念的融合与新变，既暗示着现代"文学"观念的"破而后立"，也意味着现代"文学"观念的"晓喻新生"。

### (三) 文学的审美价值与意识形态

文学艺术是人对美不懈追求的产物，是人类审美意识的集中表现。文学艺术是作家的独特创造，能够通过基本的语言文字传达出人们对现实生活的发现和体验。这是作家提炼生活经验的艺术选择，其中包含着作者的感悟与情感。文学能够引领人们认识世界，领略人生，思考生活。

优秀的文学作品往往具有普遍的审美价值，能够唤起人们类似情感反应的事物形象联想。如蒋捷《虞美人·听雨》描绘了"少年"、"中年"、"而今"三幅听雨图，也暗示着三种人生心态。但文学的审美唤醒特征是间接性的，它既是文学艺术的审美局限，也是文学艺术的自由可能。童庆炳《文学教程》第四章在谈到"文学活动的审美意识形态性质"问题时说："文学既是无功利的，也是有功利的；文学既是形象的，也是理性的；文学既是情感的，也是认识的。"这就是说，文学拥有无功利、形象和情感的审美价值，即精神价值。

从先秦孔门"兴观群怨"到宋代理学"文以载道"，不仅强调文学对社会伦理道德的教化作用，更让文学肩负着兴国大业的重任。近代梁启超、鲁迅、胡适等人都呼唤过文学的

---

① 陈广宏：《近代中国文学概念转换的历史语境与路径》，《文学评论》，2016 年第 5 期。

社会价值，倡导社会秩序的变革。从柏拉图谈文学的教育作用开始，到世界文学的确立，直至 19 世纪硕果累累、影响广泛的现实主义文学，文学的社会价值在实践和理论中均备受推崇。德国莫里茨·盖格尔《艺术的意味》指出，在艺术作品中，存在着一些构成其价值的确定的特性。这些价值是作为存在艺术作品之中的特性而得到人们体验的。因此，文学的精神价值是其自身最内在、最基本的价值。

## ◎ 问题思考

1. 何谓"中国文学"？谈谈对"中国文学"概念及其相关问题的认识。
2. 试比较汉语的"文学"概念与"文体"概念。
3. 根据中国文学史书写的角度，请描述"文学"概念的古今演绎。
4. 面对文学经典的重构与价值取向的转变，我们是怎样认识"文学经典"的？
5. 在日益发展的信息时代，如何把握网络文学的价值取向？

## ◎ 参考书目

1. ［英］雷蒙·威廉斯著，刘建基译：《关键词：文化与社会的词汇》，生活·读书·新知三联书店，2005 年。
2. ［英］彼得·威德森著，钱竞、张欣译：《现代西方文学观念简史》，北京大学出版社，2006 年。
3. ［日］铃木贞美著，王成译：《文学的概念》，中央编译出版社，2011 年。
4. 洪子诚：《当代文学的概念》，北京大学出版社，2010 年。
5. 余来明：《"文学"概念史》，人民文学出版社，2016 年。

# 言　　志

　　"言志"说可谓中国古代文论的第一声，《尚书·尧典》中的"诗言志"影响了整个古代文论话语的言说空间。只要提起"言志"，大家便很容易想到与之对应的"抒情"，似乎但凡是文学作品，都会划入"言志"或"抒情"的范畴。"抒情"意为抒发情感或情绪，而"言志"则历来引起多家争论。何为"言"？如何"言"？何为"志"？"言志"说作为一个影响古今的文论话语，有怎样的含义？对现代的文学批评来说，它又有什么价值？

## 一、释名彰义

### （一）语义界定

　　何为"言"？何为"志"？《说文解字·言部》："言，直言曰言……志，意也。"段玉裁进一步阐释了"言""志"内涵："注《襍记》曰：'言，言己事；为人说为语。'《保章》注曰：'志，古文识。识，记也。'《哀公问》注曰：'志读为识。识，知也。'"故言为直言己事，而单解"志"，则有标志、记录、认知等内涵。在《说文解字注》中，"志"和"意"内涵紧密相关，且相互为训："意，志也。志即识，心所识也。意之训为测度，为记。"也就是说，在上古时期，"志"除了标记、认知等涵义之外，还代表个人心中所想，有测度的意思。作为文论话语的"言志"可理解为"直抒胸臆"。

　　上古时期，"志"内涵丰富，包含了人们心中所能容纳的各种意想。在历代思想家或文学家心中，其所言之"志"也有不同涵义。如孔子之"志于道"（《论语·述而》）的"志向"之志，太史公"欲遂其志之思"（《史记·太史公自序》）的发愤之志。"言志"说在历代文人的充实下，所言之"志"除了志向、意志、志趣等内涵外，还延伸到情志、情感等更广泛的内容上来。当"言志"为动词时，若其主语是作者，所言之志便是作者想借此抒发或向大众展示的自我志向；若其主语是作品，所言之志便是作品所包含的思想内容和意志的表达；若其主语为读者，那么就衍生出了"以意逆志"等文学理论观点。随着中国古代文学观念的发展，无论是什么"志"还是谁来"言志"，"言志"说都逐渐包含了更为丰富的思想内涵。

### （二）中西比较

　　中国传统文论话语中，"言志"内涵十分丰富。首先，"志"与其他字组合可以衍生为情志、意志、志意、志向和志愿等含义，"志"本身与"言"的涵义相当，因此有记录的意思，故有"诗，志也"（《说文解字·言部》）之说。其次，在中国文论批评发展的历史长河中，"言志"的内涵不断拓展。一方面，"言志"将诗歌以及其他文体的思想内涵一言概之，另一方面，各家对"言志"的定义和争论也体现出中国古代文论批评方式的整体性和含混性。

"言志"之"志"含义的模糊性使"言志"这一话语在西方文论中难以找到与其相对应的批评词汇。不过，西方汉学家们在研究中国文学批评话语时，对"言志"或"志"的翻译也有不少争论。美国汉学家宇文所安将"志"翻译为"内心专注之物"（what is intently on the mind）①，而美籍华人学者刘若愚则将"诗言志"整体翻译为"诗以言语表达心愿/心意"（poetry verbalizes heart's wish/mind's intent 和 poetry expresses in words the intent of the heart）②。

宇文所安的翻译注重"志"与"心"的关系，主要将"志"解释为意向的表达。"志"是"心"通过各种形式表达出来的核心内容，且其表达主体仅为作者，不涉及文艺作品的客观呈现或读者解读。而刘若愚先生的解释显然更加丰富，"志"是作者情感上的心愿表达，又代表了作者的道德取向，并可衍生为意志或志向；而"言"是这些"志"言语化或书面化的表达——主要代表一种自我创作，同时也可通过别人的诗句表达我志，甚至以意逆志。

两位汉学家都致力于将"言志"的内容准确地介绍给西方接受者，但相较来说，刘若愚先生的解释更加清晰地阐释了"言志"说从古至今发展而来所具有的基本内涵。这样的内涵展现了中国古代文论基础的前现代性与统一性，更体现了要定义"言志"这一话语所具有的含混性与困难性。

## 二、原 始 表 末

"诗言志"是古代诗学理论的经典表述，历来受学界公认，备受推崇。由"诗言志"延伸出来的"言志"说可谓中国古代文学批评史的源头，影响深远。

"诗言志"最早来源于《尚书·尧典》（古文《尚书·舜典》）中的记载："帝曰：'夔！命汝典乐，教胄子，直而温，宽而栗，刚而无虐，简而无傲。诗言志，歌永言，声依永，律和声。八音克谐，无相夺伦，神人以和。'"这一记载可谓整个中国传统文论话语开山之祖。在《中国传统文论话语存活论》中，古风先生考证"诗言志"的产生时代是在商前期。在这一远古时代，"言志"说承担着沟通天人、教育贵族的早期作用，所言之"志"则以和谐人神的宗教目的和维护贵族统治的政治目的为主。

自从"诗言志"观念产生开始，这一思想就被后世学人不断引用、传承和发展。

在春秋时期，孔子在中年之前就熟读《诗》、《书》，《论语》中也记载了不少孔子与他人"言志"之事，《左传》中也多有贵族士大夫"赋诗言志"和"借诗言志"的记载。由此可见，以文学"言志"不仅在当时成为了一种文化思潮，"言志"的行为还广泛影响到政治和教育等各个方面，成为了春秋时期贵族的文化生活常态。

---

① ［美］宇文所安著，王柏华、陶庆梅译：《中国文论：英译与评论》，上海社会科学院出版社，2003年，第655页。

② ［美］刘若愚著，杜国清译：《中国文学理论》，江苏教育出版社，2006年，第101页。

孔子在《论语》中多次谈到"志"，孔子所言之志是对于"道德仁义"的追求，是有为之志，而老子、庄子所言之"志"却属无为，呈现出一种怡然自适的逍遥之态。西汉时期的董仲舒受到"诗言志"观念和汉初四家说《诗》的影响，在解释《诗》和《春秋》两经的过程中总结出"诗无达诂"的思想，将"志"的内涵进行了初步扩展。魏晋南北朝时期出现了情志并举的状况，西晋挚虞在《文章流别论》中称"诗以情志为本"，沈约、萧纲、萧绎等文学大家在谈论文章的时候也时常以"情志"为纲，齐梁时期的钟嵘在《诗品序》中也强调"感物言志，为情造文"。在魏晋南北朝这一文学自觉的时代，情的重要性被人们发现，并逐渐融合到传统的"言志"说的内涵中。

其中，南朝梁代文学家刘勰虽然遵从儒家经典的教诲，在《文心雕龙·原道》中明确提出了"心生而言立，言立而文明，自然之道也"的说法，把文看做人心之志和自然之道的产物，但同时也提出了"诗者，持也，持人情性"（《文心雕龙·明诗》）和"情动而言形，理发而文见"（《文心雕龙·体性》）的观点。事实上，刘勰在《文心雕龙》中常将情、志并举，进而形成了将文学的理性内容与情感内涵合二为一的"情志"说。到了唐代，孔颖达注解十三经时，在《左传正义》中更加明确地提出了"情志一也"的观念，至此，情与志达到了相互融合的状态。

即便在理学思想兴盛的宋代，"情志"说也没有失去文学批评话语的主导地位。理学家邵雍在《伊川击壤集》序中谈道："怀其时则谓之志，感其物则谓之情。"明代小说家冯梦龙在《情史序》中对"志"与"情"的关系作了进一步的阐释："《情史》，余志也。"戏曲家汤显祖在《董解元西厢记题辞》中也运用"言志"说评价《西厢记》："志也者，情也……董以董之情而索崔、张之情于花月徘徊之间；余亦以余之情而索董之情于笔墨烟波之际。"在汤显祖笔下，情不仅与志是统一而融合的，并且作者之情志、作品中人物之情志，乃至读者观赏时生发之情志都是和谐共生的，"言志"说在汤显祖的观念中又有了新的拓展。

不仅文学作品言志，绘画书法等艺术理论也与言志说有着莫大的联系。北宋画家郭熙在其总结山水画创作经验的《林泉高致》一书中提到"画之志思，须百虑不干，神盘意豁"，山水绘画在运思言志时所达到的是一种浑然同一、心无杂念、直表其志的状态，这与文学中的"言志"话语有明显不同。清末刘熙载在其《艺概·书概》中说："写字者，写志也。"刘熙载将书法与"志"相联系，表明了作为造型艺术的书法也可以成为"志"的表现形式。

"五四"之后，新文学其实也重在"言志"。经常运用"言志"说来进行文学评论的理论家首推周作人，在《中国新文学的源流》中，他运用传统的"言志说"来解释和总结新文学的经验，他推崇的"言志"说所阐释的是文学的目的——自由抒发内心的思想情感并表达自我个性，正是在国破家亡、社会巨变的背景下，个人之志与民族国家之志融合了起来。随后，朱自清先生在其著作《诗言志辨》中通过训诂和考证对"诗言志"做了详细阐释，朱光潜先生撰写的《诗论》又在"言志"说中引入了近代语境中的"情感"内涵。而刘若愚在向西方读者介绍中国古代文学理论的《中国文学理论》一书中则将"言志"说阐释为"早期的表现理论"。从先秦到如今，"言志"这一传统文论话语塑造和衍生了整个中国传统文学批评的主要框架，对文学批评乃至各种艺术创作都产生了深远影响。

# 三、选文定篇

## (一)《诗》言志：志同其人

郑伯享赵孟于垂陇，子展、伯有、子西、子产、子大叔、二子石从。赵孟曰："七子从君，以宠武也。请皆赋，以卒君贶，武亦以观七子之志。"子展赋《草虫》。赵孟曰："善哉！民之主也！抑武也，不足以当之。"伯有赋《鹑之贲贲》。赵孟曰："床第之言不逾阈，况在野乎？非使人之所得闻也。"……卒享，文子告叔向曰："伯有将为戮矣！诗以言志，志诬其上而公怨之，以为宾荣，其能久乎？幸而后亡。"

（《左传·襄公二十七年》，据杨伯峻编著《春秋左传注》第 3 册，中华书局，2009年，第 1134—1135 页）

所谓"诗言志"，有赋诗言志者，有作诗言志者。在春秋时期多赋诗言志，贵族士大夫在政治、祭祀、外交等重大场合借用《诗经》中的现成诗句以言其志，所以此时的言志更多的有含蓄表达的意味。而后，先秦诸子还进一步把"诗言志"作为诗歌创作与评论的重要原则，无论是《庄子·天下》中的"《诗》以道志"，还是《荀子·儒效》中的"《诗》言是，其志也"，都进一步确立了"言志"说在中国古代美学的地位。事实上，《诗经》中也有被后世认为是有明确作者的篇章，以及后来屈原的《离骚》以及《楚辞》中诸文，都正式开启了作诗言志之先河。

## (二)孔、老庄之志：有为与无为

志于道，据于德，依于仁，游于艺。
（《论语·述而》，据杨伯峻译注《论语译注》，中华书局，1980 年，第 67 页）

是以圣人之治，虚其心，实其腹，弱其志，强其骨。常使民无知无欲，使夫智者不敢为也。为无为，则无不治。
（《道德经·第三章》，据陈鼓应著《老子注释及评介》，中华书局，1984 年，第71 页）

古之所谓得志者，非轩冕之谓也，谓其无以益其乐而已矣。今之所谓得志者，轩冕之谓也。轩冕在身，非性命也，物之傥来，寄者也。寄之，其来不可圉，其去不可止。故不为轩冕肆志，不为穷约趋俗，其乐彼与此同，故无忧而已矣。今寄去则不乐，由是观之，虽乐，未尝不荒也。故曰，丧己于物，失性于俗者，谓之倒置之民。
（《庄子·缮性》，据郭庆藩撰《庄子集释》中册，中华书局，2012 年，第 557—558 页）

孔子对于道德仁义之志，使他能克服千难万险，也是他知其不可为而为之的精神体现。此外，"志"也常作动词使用，如"十五而志于学"(《论语·为政》)，所以孔子之志主要是"下定决心"和"志向"的意思，是有为之志。《道德经》中虽然只有三篇提到了"志"，但老子眼中的"志"的外延更加广阔，包含了一切有为的欲望。在春秋战国时期，"志"主要指在政治上的成就，老子希望的圣人之治能削弱这种竞争而有为的无穷欲望。而庄子之志不在有为与无为之间，而是一种"乐全"的状态，这种状态不以仁义道德为标准，也不以功成名就、高官厚禄为目的。庄子将志看作一种怡然自适、合乎天性的状态，它具有情志合一的内涵，对人性来说是最高、最根本之志。

### (三) 志与生命：言志不朽

> 二十四年春，穆叔如晋，范宣子逆之，问焉，曰："古人有言曰，'死而不朽'，何谓也?"穆叔未对。宣子曰："昔匄之祖，自虞以上为陶唐氏，在夏为御龙氏，在商为豕韦氏，在周为唐杜氏，晋主夏盟为范氏，其是之谓乎?"穆叔曰："以豹所闻，此之谓世禄，非不朽也。鲁有先大夫曰臧文仲，既没，其言立。其是之谓乎! 豹闻之，'大上有立德，其次有立功，其次有立言'，虽久不废，此之谓不朽。若夫保姓受氏，以守宗祊，世不绝祀，无国无之。禄之大者，不可谓不朽。"
>
> (《左传·襄公二十四年》，据杨伯峻编著《春秋左传注》第3册，中华书局，2009年，第1087—1088页)

> 盖文章经国之大业，不朽之盛事。年寿有时而尽，荣乐止乎其身。二者必至之常期，未若文章之无穷。是以古之作者，寄身于翰墨，见意于篇籍，不假良史之辞，不托飞驰之势，而声名自传于后。
>
> (曹丕《典论·论文》，据李善注《文选》第6册，上海古籍出版社，1986年，第2271页)

《诗经》广纳风雅颂，讽颂国之政治；屈原赋《离骚》，以言爱国之志；儒释道三家立言教人，以弘生命大道。历史上有千千万万的文人、学者，著书立说，或言己志，或传他言。这些诗词文章在被创作时并非以"不朽"为目标，但实际上这些作品被世人奉为经典，作者也因此流芳百世。当然，以"不朽"或其他目的而作的文章也层出不穷，班固在《两都赋序》中提到了汉大赋在当时"兴废继绝，润色鸿业"的作用，同时，为皇帝献上诗赋也成为文人晋升朝职的捷径，这些目的多少都受到了后世的非议。但无论是主观上希求不朽，还是客观上获得了不朽，"言志"的行为或成果都为作者的生命价值增添了浓墨重彩的一笔。

### (四) 志中情绪：发愤著书

> 夫《诗》《书》隐约者，欲遂其志之思也。昔西伯拘羑里，演《周易》；孔子厄陈、蔡，作《春秋》；屈原放逐，著《离骚》；左丘失明，厥有《国语》；孙子膑脚，而论兵法；不韦迁蜀，世传《吕览》；韩非囚秦，《说难》《孤愤》；《诗》三百篇，大抵贤圣发愤之所为作也。此人皆意有所郁结，不得通其道也，故述往事，思来者。

（司马迁《太史公自序》，据顾颉刚等点校《史记》第 10 册，中华书局，1959 年，第 3300 页）

从司马迁的《史记》开始，发愤说就成为了中国传统文学批评中的重要理论。所谓发愤，乃是一种愤懑、愤怒或奋发情绪的表达。司马迁为著成《史记》忍受宫刑之辱，他直言记录历代帝王的功过的背后也隐含其力图不朽的愿望。文人们在写作过程中受情绪激荡而抒发志向还见于韩愈的不平之说，而韩愈在《送孟东野序》中则更多强调各种外部环境对自我的激荡，无论是春花秋月、纤细秀丽的触动，还是惊涛拍岸、豪壮之气的动容，都是作者心中有所不平而言志。从弗洛伊德的精神分析理论上来看，写作是作者用以消耗身体内难以排遣的力比多的一种方式，这一理论与发愤或不平之志在某种程度上有着相通之处。自古以来，无论是诗、词、赋的创作还是各种评点话语，都是作者心有所感因而付诸纸上，这些感受与情绪皆是作者生命力的体现，故而能很好地呈现作者的意趣和性格。

### （五）情与志：分离与合一

异形离心交喻，异物名实玄纽，贵贱不明，同异不别，如是则志必有不喻之患，而事必有困废之祸。……然则何缘而以同异？曰：缘天官。凡同类、同情者，其天官之意物也同。……故欲过之而动不及，心止之也。心之所可中理，则欲虽多，奚伤于治！欲不及而动过之，心使之也。心之所可失理，则欲虽寡，奚止于乱！故治乱在于心之所可，亡于情之所欲。不求之其所在，而求之其所亡，虽曰我得之，失之矣。

（《荀子·正名》，据王先谦撰《荀子集解》下册，中华书局，1988 年，第 491—506 页）

人禀七情，应物斯感，感物吟志，莫非自然。昔葛天氏乐辞云：《玄鸟》在曲，黄帝《云门》，理不空绮。至尧有《大唐》之歌，舜造《南风》之诗，观其二文，辞达而已。及大禹成功，九序惟歌；太康败德，五子咸怨，顺美匡恶，其来久矣。自商暨周，《雅》《颂》圆备，四始彪炳，六义环深。子夏监"绚素"之章，子贡悟"琢磨"之句；故商、赐二子，可与言诗。自王泽殄竭，风人辍采，春秋观志，讽诵旧章，酬酢以为宾荣，吐纳而成身文。逮楚国讽怨，则《离骚》为刺。秦皇灭典，亦造《仙诗》。

（刘勰《明诗》，据范文澜注《文心雕龙注》上册，人民文学出版社，1958 年，第 65—66 页）

荀子所言"天官"是感受外物及生发欲望的器官和能力，或可用佛教常道的"眼耳鼻舌身意"概括。这些器官和能力一方面使人认识到礼的分别，另一方面却也容易产生无止境的欲望。荀子在《正名》篇中同样提出："情者，性之质也；欲者，情之应也。"而这些由情生发的欲望对荀子强调的以社会道德为核心的"志"是有所损害的，所以荀子将"道""欲"对立起来，实则也将"志"与"情"对立起来，强调止欲而得道，抑情而扬志。而刘勰所说的"人禀七情"、"应物斯感"则强调人在感受外物时所获得的情感,即"七情"。"七情"囊括了内心中的所有想法,不仅包括情绪、欲望、感受,还包含道德和志向。刘勰将"志"、"情"并举,而唐代的孔颖达进一步将情志合一,认为"包管万虑,其名曰心;感物而动,乃呼为志"(《毛诗正义》),"在己为情,情动为志,情志一也"(《左传正义》),情志合一的观念对中国诗歌美学乃至当代文学批评都产生了深远影响。

### (六)言志与作家:"文如其人"

> 若吾友子肃之诗则不然,其情坦以直,故语无晦,其情散以博,故语无拘,其情多喜而少忧,故语虽苦而能遣;其情好高而耻下,故语虽俭而实丰,盖所谓出于己之所自得,而不窃于人之所尝言者也。就其所自得,以论其所自鸣,规其微疵而约于至纯,此则渭之所献于子肃者也。若曰某篇不似某体,某句不似某人,是乌知子肃者哉?
>
> (徐渭《叶子肃诗序》,据徐渭著《徐渭集》第 2 册,中华书局,1983 年,第 519—520 页)

中国文学史上历来存在着对"文如其人"的争论,从扬雄提出"心声心画"的命题后,元好问、王国维等人都谈到过类似的问题。但徐渭所持的观点不再局限于文章与人品、人格的关系,而认为文章中句与篇的细节以及言说方式最能展现一个人的性格特征。所谓诗言其志、文如其人,到了社会价值观念普遍定型的封建社会,这一说法其实更适用于说明言志的方式与作家风格之间的关系。例如,同样赞同"越名教而任自然"的阮籍和嵇康二人的写作风格也有很大的差异,刘勰《文心雕龙·才略》:"嵇康师心以遣论,阮籍使气以命诗,殊声而合响,异翮而同飞。"阮籍之诗,情感丰富,哲理深刻,而多以婉言道之;嵇康之诗,则不羁传统,真率思辨,而多直白晓畅之言。而这两种不同风格与二人不同的政治背景及精神境界有着密切的关系。

### (七)言志与读者:以意逆志

> 出于四情之外,以生起四情;游于四情之中,情无所窒。作者用一致之思,读者各以其情而自得。故《关雎》,兴也;康王晏朝,而即为冰鉴。"讦谟定命,远猷辰告",观也;谢安欣赏,而增其遐心。人情之游也无涯,而各以其情遇,斯所贵于有诗。
>
> (王夫之《诗译》,据戴鸿森笺注《薑斋诗话笺注》,上海古籍出版社,2012 年,第 4—5 页)

> 昔云:"礼失而求之野。"其诸乐失而求之词乎?然而靡曼荧眩,变本加厉,日出而不穷,因是以鄙夷焉,挥斥焉。又其为体,固不必与庄语也,而后侧出其言,旁通其情,触类以感,充类以尽;甚且作者之用心未必然,而读者之用心何必不然。
>
> (谭献《复堂词话》,据顾学颉点校《复堂词话》,人民文学出版社,1998 年,第 19 页)

中国古代文学批评历来重视作者之志、文章之志，而读者与文章的关系却并不受人关注。但事实上，对读者之思与文章之言的交流碰撞的讨论其实早已有之。《孟子·万章上》"故说《诗》者，不以文害辞，不以辞害志；以意逆志，是为得之"告诉我们，作为一名合格的读者，首先要正确理解作者之志。正如阮籍嵇康以不同的文学风格"越名教而任自然"一样，读者在阅读其作品时，不能因为个别词句的不顺而曲解阮、嵇之志。其次，所谓"作者用一致之思，读者各以其情而自得"，作者之志也并不妨碍读者在作品中获得其他更为丰富的感受。再次，所谓"触类旁通"，在阅读过程中，读者是接受的主体，在阅读、点评、分析中，读者之志与作者之志的碰撞有时往往能挖掘出更深刻的内涵。自近代以来，红学研究成果的丰富性就使《红楼梦》获得了前所未有的声名和地位，从这个意义上来讲，读者之志与作者之志也同样具有重要性。

### (八) 文学与科学：言志载道

> 我这言志载道的分派本是一时便宜的说法，但是因为诗言志与文以载道的话，仿佛诗文混杂，又志与道的界限也有欠明了之处，容易引起缠夹，我曾追加地说明说："言他人之志即是载道，载自己的道亦是言志。"这里所说即兴与赋得，虽然说得较为游戏的，却很能分清这两者的特质。……这便因为现在所受的外来影响是唯物的科学思想，他能够使中国固有的儒道思想切实地淘炼一番，如上文说过，以科学常识为本，加上明净的感情与清澈的理智，调合成功一种人生观，"以此为志，言志固佳，以此为道，载道亦复何碍"。
>
> (周作人《〈中国新文学大系·散文一集〉导言》，据杨扬编《周作人批评文集》，珠海出版社，1998 年，第 205—206 页)

"五四"时期的到来使得知识分子的个性得到了解放和宣扬，而"言志"说在新文化运动的推动下也有了全新的发展。周作人尽管将"言志"与"载道"对立，并将"五四"一代新文学作家定位于"言志派"，但是他并没有否认"载道"的重要性。并且，这一时期的作家们受到了西方民主和科学观念的影响，在其作品中宣传现代和先进的思想观念，也并没有将"言志"与"载道"严格地分割开来。不过，在这一时期"诗缘情"或"情志合一"的观念并没有受到关注，其原因在于，在改革思想、救亡图存的背景下，"缘情"说或"为艺术而艺术"等观念没有坚实的社会基础。可见，在社会现实的影响下，中国传统的言志、缘情、载道的思想在文学批评领域的地位也会随客观需求而产生相应变化。

## 四、敷理举统

"言志"作为中国传统文学批评理论的开山之祖，其独特的批评范式和思想内涵早已融入中华传统文化的骨血之中了。作为文论话语，"言志"不仅随着时间在文化内涵上有所发展，还在"言志"之法和所言之"志"上形成了自身的独特性，更在新文学运动中乃至当下社会发挥着无可替代的作用。

### (一)言志之法的直白性与含蓄性

许慎"言志"在《说文解字》的最初解释中就有"直抒胸臆"的意味。《诗经》中风雅颂三个部分各有直白与含蓄的篇目，国风多是下层民众直抒胸臆或描写日常生活场景之言，而雅、颂二部，则博古通今、旁征博引，在表达情感上更喜用比喻或典故的方式。《诗经》比兴也多以含蓄表达为主，春秋战国时期，贵族士大夫赋诗言志，不直言表意或劝谏，也可谓含蓄。

诗人作诗言志则也有直抒胸臆、托物言志之分，当然，若谈到情志合一，则又有融情于景的表意方式。历史上两首以"言志"命名的诗，恰可体现直白和含蓄。一首是明代唐寅的《言志》："不炼金丹不坐禅，不为商贾不耕田。闲来写就青山卖，不使人间造孽钱。"唐寅这首诗用直抒胸臆的方式表达了他不想与世俗同流合污的志向，哪怕一身清贫只能跻身画师之列，也心甘情愿。另一首出自唐代韩湘："青山云水窟，此地是吾家。后夜流琼液，凌晨咀绛霞。……有人能学我，同去看仙葩。"韩湘是韩愈的侄孙，对于功名孜孜以求，最后得中进士，而这首诗看似有仙风道骨超凡脱俗，但事实上"仙葩"二字比喻成就功名利禄的高堂庙宇。这两种言志之法看似对立，实则能很好地兼容。一方面，作者在直白的表意中夹杂含蓄的深味，另一方面，读者也可在作者含蓄的言志中发现其直白的个性。正是直白和含蓄互通、互融才造就了文学作品的内涵与深度。

### (二)所言之志的个人化与普世化

曹丕将文章视为"经国之大业"，表明了魏晋初年还沿袭着自《诗经》以来的文化传统，即诗歌文章作为封建政治的有机组成部分，是治国平天下的利器。百姓可作诗讽谏政治，君王贵族也可作诗来教化民众，先秦《诗经》，汉初《乐府》，乃至汉末《古诗十九首》都在履行这样的职责。魏晋之后，政治局势的混乱以及朝廷对文人的打压使士人更愿意从凡尘世间走向自我内心，从现实生活走向玄言清谈，从喧杂社会走向山水天地，此时诗个人化的色彩更重，离时事更远。当然，这并不意味着士人对时事闭口不谈，阮籍、嵇康虽然诗风有异，但在思想内容上都抨击政治黑暗、民不聊生的现实。陶渊明所作《五柳先生传》、《桃花源记》虽写个人经历和传奇故事，但实则是借个人之感来揭露社会现实。

所以，尽管受到中国封建传统文化的影响，文人所言之志随着历史发展越来越倾向于个人思想情感的体现，但其普世教世的精神一直留存在作品中。近代的"五四"作家们为了救亡图存改良社会思想，也编造故事或以亲身经历的直言相劝，故而才有了郁达夫的《沉沦》、萧红的《生死场》等作品。

### (三)言志内涵的丰富性与深刻性

作为中国最早文学批评话语的"诗言志"，在中国古典文学的漫长发展过程中衍生出了不少新的批评话语。"诗缘情"的观念在魏晋时期得到了广泛的关注和接受，进而经历隋唐的发展，情与志由相争转为合一，由此"言志"的内涵由于"情"的加入而获得了极大的丰富。

其次，言志对于中国古人来说具有非同一般的意义，"父在观其志，父没观其行"

(《论语·学而》)，孔子认为言志是一个人生命意义中的重要部分，可以作为人生最初的宣言，所以以诗言志，志同其人。"言志"与个人和社会具有紧密的联系，从言志说的最初起源便可知"言志"的深刻性。从先秦开始，孔子有心怀天下的有为之志，老庄有无为逍遥的自得之志，即便到了文学自觉的魏晋时期，士人多用诗歌文章来抒发个人之志，但这些志中不仅仅只有对个人人生的态度，还囊括了对人生世事的情绪情感，这些在生命中生发出来的各种力量和创作的欲望，都与"志"休戚相关。也正是由于作品之志与个人的紧密关系，"志"才能上升到与人格相关的地位，"心声心画"、"文如其人"也揭示了"言志"的深刻性。当然，除此之外，言志的内涵也不仅仅限于内容，其言说方式更能揭示个人的风格特征，无论是言志还是抒情，其丰富多彩的表达方式造就了中国璀璨的文学星空。

### (四) 言志的话语特性与现代价值

"言志"说最早在上古时期的政治统治及人伦教化中发挥重要作用，在春秋战国时期，"言志"成为了政治生活的重要部分，但其言说权力主要掌握在贵族阶层手中。随着政治体制的变化，"言志"逐渐渗透到普通文人阶层的生活当中，成为他们观照自身、关注社会和进行文学创作的主要动力。

对中国古代文学批评来说，"言志"具有非同寻常的意义，甚至可谓中国古代文论的根源，"文如其人"、"发愤著书"、"情志合一"等重要文学理论都与"言志"有着紧密联系。正是"言志"说的理论生发和争论推动了中国文学批评理论的向前发展，同时在这一过程中，中国古代文人的人格塑造乃至中华文化精神都受到了深刻的影响。

不过，传统语境中的"言志"往往针对作者与作品之间的关系而论，但无法抹杀读者之志对于作品的解读和传播所发挥的重要作用。到了新文化运动时期，"言志"更显示出其在批评理论中的根本性和重要性来，在社会动荡急需变革的基础上，新文学以新的"言志"方式为现当代文学的发展奠定了良好的基础。到了当下的社会，随着文化的变革及西方理论的传入，"言志"的批评方式尽管不在当下的文学研究中占据主导位置，但仍然透过中国传统文化精神，影响大众的生活和行为方式。

### ◎ 问题思考

1. "言志"与"文如其人"的关系何在？
2. "以意逆志"与西方美学接受理论的异同。
3. "言志"与中国封建政治制度的关系。
4. "言志"对于中国传统文人精神有何影响？试举例说明。
5. "言志"说在当前文学批评中的价值。

### ◎ 参考书目

1. 李翰：《汉魏盛唐咏史诗研究："言志"之诗学传统及士人思想的考察》，广西师范大学出版社，2006 年。

2. 朱自清：《诗言志辨》，凤凰出版社，2008 年。

3. 王文生：《诗言志释》，生活·读书·新知三联书店，2012 年。

4. 古风：《中国传统文论话语存活论》，社会科学文献出版社，2013 年。

5.［美］刘若愚著，杜国清译：《中国文学理论》，江苏教育出版社，2006 年。

# 缘　情

文章缘情而作在今日已成为了一种共识，然而在近两千年前的两汉，"言志"说仍统治着中国诗学，西晋陆机的"诗缘情而绮靡"是"缘情"说的滥觞，明人汤显祖的"情不知所起，一往而深"更是一曲千古绝响。那么，"缘情"说与"言志"说有何区别和联系？"缘情"说的发展脉络是怎样的？其内涵又经历了怎样的变迁？"缘情"在中国古代文论和美学体系中有何地位？其现代价值又体现在何处？

## 一、释 名 彰 义

### （一）语义界定

"情"原义为情感、情绪。先秦时期"情"属朴素的哲学范畴，且意指丰富，包括情理、"情实"、情欲等，几个义涵皆包含了伦理要求。虽然荀子将"情"理解为情欲，"以礼节情"的关系却决定了"情"被伦理制导。两汉时"情"被赋予了情欲的文化内涵，"情"为"性"所制随之成为了公理，《说文解字·心部》释"情"为"人之阴气有欲者"，与"人之阳气性善者"的"性"相对，这就隐含了道德评价。至于魏晋，"情"被视作生命与自然本体，推演到文论则强调"情文"，作者将内在情感灌注到文本之中，浸润着情感的文本也能唤起读者同质的情感。唐宋诸儒回归了以"性"驭"情"的秦汉理路，李翱提出"灭情复性"，反对"人情"，理学家程颐则以"作文害道"否定"情文"。明代以来"情"多指世情或艳情，其被公然标举为伦理的对立面和主宰者，与个体感性之躯息息相关。不同于魏晋的是，明清更强调"情"形而下的一面。可见，"情"在每一时期都有特殊的文化内涵，并深刻影响了文学批评的样态。

中国早在《史记·礼书》就有"缘人情而制礼"的说法，而"缘情"作为一个文论关键词，语出陆机《文赋》"诗缘情而绮靡"，意为诗歌缘于情感的激发、鼓动而作。陆机列举的十种文体创作动因各异，赋以"体物"为主，诗以"缘情"为本，虽然陆机的本意只是文体比较，其中却隐含了文学发生论问题。钟嵘的"缘情"说则以个人怨情为中心，含蕴了广阔的社会内容。发展至后代，与缘情说一脉相承的诸多观点勾连了中国诗学的主情倾向，缘情说的批评对象逐渐扩展为整个艺术领域，批评实践也涵盖了文体风格、文学创作与鉴赏等诸多方面。缘情说中的"情"主要是指一己之私情，而非群体性的道德情感，这也是"情"与"性"、"理"相异的特征，不过其抒发大致被道德理性限定在一定范围内，不得逾理而行文。

### (二) 中西比较

中国有贯穿古今的"缘情"说，西方也有源远流长的"抒情"传统。"抒情"一词从古希腊文中的七弦琴(lyre)演变而来，意为七弦琴的伴奏声。朗基努斯的《论崇高》视崇高为真情流露。贺拉斯的《诗艺》则强调："你要我哭，首先你自己得感到悲痛。"不过在 18 世纪以前的西方，占主流的始终是模仿论。直至 18 世纪，华兹华斯发出浪漫主义宣言："一切好诗都是强烈情感的自然流露。"[1]抒情的诗学本体论在此奠基。此后，不同的理论家（如苏珊·朗格）、流派（如现实主义）继承并发展了这一主张。后来抒情被用以标志与"叙事"相对的体裁，即"In the modern sense, any fairly short poem expressing the personal mood, felling or meditation of a single speaker who may sometimes be an invented character, not the poet"。[2]

"缘情"与"抒情"具有相似的话语特征。首先，在文学领域内，二者都以诗歌为主要体裁，同时皆可用以形容文艺作品的普遍审美属性。其次，抒情可溯源于音乐，缘情说也体现于中国乐论，即《礼记·乐记》之"感物而动，故形于声"。再次，缘情说首倡于西晋，在动荡的时局背景下，玄学思想动摇了儒学之禁锢，这为陆机以"缘情"取代"言志"提供了契机。浪漫主义的抒情倾向则是社会变革和哲学思潮共同催生的结果。可见二说都是时代剧变的产物，因此或多或少带有反理性主义特征。不过，中国古代的缘情说始终与伦理内容相互缠绕，西方的抒情说则更多是漫无限制的情感流溢。

## 二、原始表末

先秦两汉"言志"说占据主流，此说已暗含了情感要求。据系统总结了言志说的《诗大序》所载："在心为志，发言为诗。情动于中，而形于言。"《诗大序》将"情"视作未经道德规范的"志"，显现出调和"志""情"的倾向。此时虽尚未出现与"缘情"相近的范畴，但已出现了相关的哲学和文论命题。郭店楚简《性自命出》篇有"道始于情，情生于性"的论述，将情标举为哲学本体。《九章·惜诵》的"发愤以抒情"和《史记》的"发愤著书"说虽延续了"诗可以怨"的传统路径，所发之情须合乎伦理规范，但也初步体现了诗缘情而作的特征。

魏晋南北朝，儒家独尊的文化格局被打破，士人的问题由主体和谐转向个人死生，反映在文学上即"崇情"和"去情"两脉文路，后者以玄言诗为代表，孙绰《答许询诗》便有"理苟皆是，何累于情"的说法。不过，相较于昙花一现的玄言诗，主情派的文论与创作则取得了长足发展。《文赋》的"缘情"说揭示了汉末到建安以来诗歌发展的方向。钟嵘《诗品序》指出"摇荡性情，形诸舞咏"，此情虽仍须"止乎礼义"，却增添了个体生命感怀的内容。齐梁宫体诗集团变换了情的义涵，萧纲为诗歌注入了艳情、闲情的内容，并公然将情与礼义对立，提出"未闻吟咏情性，反拟《内则》之篇"（《与湘东王书》）；萧统《文选》则专

---

① 刘若端编：《十九世纪英国诗人论诗》，人民文学出版社，1984 年，第 6 页。
② ［英］波尔蒂克编：《牛津文学术语词典：英文》，上海外语教育出版社，2000 年，第 125 页。

设"情"类赋，收录的文章多传达男女之情，与"志"类截然分别，徐陵《玉台新咏》亦"选录艳歌"。

唐人继承并发展了缘情说，提出了诸多新命题。王昌龄《诗格》总结了先秦至盛唐的三种诗歌风格：物境、情境和意境。所谓情境者，"娱乐愁怨，皆张于意而处于身，然后驰思，深得其情"，即以情感引发创作，统帅意象，笼罩全篇，这是将缘情之诗视作一个诗类。皎然《诗式》的"真于情性，尚于作用，不顾词彩而风流自然"强调诗歌创作中情性相较于词采的优先地位。白居易《与元九书》则指出："诗者，根情、苗言、华声、实义。"将"情"视为诗歌创作的根本动因。可以发现，魏晋诸人多停留在论证"情"乃诗之本体的层面，唐人对这一点早已达成了共识，探讨的多是"情"与结构风格、表现技巧的关系问题。

宋代理学、心学并行，"意"取代了"情"的文学本体地位，情被污名化了。此风实肇始于唐，李翱《复性书》以情为"昏"，韩愈《原性》则以"直情而行"为"下焉者"，因而韩愈在《答李翊书》有"根之茂者其实遂，膏之沃者其光晔，仁义之人，其言蔼如也"的论述，认为道德理性才是文学创作的根本动因，而道德理性实属于宋人"意"的范畴。相比而言，"意"是认知性的心理因素，重意者多重知识议论，旨在传达普遍的社会意识形态；"情"则是直觉性的，缘情之诗往往未经理性思维与逻辑的介入，呈现出整体性的心理状态。宋人不否认缘情，却大言情弊，因此要以意代之。黄庭坚曾指出"诗者，人之情性也"（《书王知载胸山杂咏后》），肯定缘情的诗学传统，但他又称："孝友忠信，是此物之根本……使根深蒂固，然后枝叶茂尔。"（《与洪驹父六首》）代表道德理性的意溢出了情的范畴，在诗学实践中压抑了后者的本体地位。

南宋以来，诗人开始了重建缘情传统的努力，张戒《岁寒堂诗话》重提"情动于中而形于言"，这并非毫无新意的重复，而是对苏黄"用事押韵"的反拨。严羽《沧浪诗话·诗辨》认为诗人须得"穷理"，但诗歌"非关理也"，而是旨在追求"羚羊挂角"的"兴趣"，可见理是艺术发生的前提而非直接动因，直接动因还在于情性。元人则强调"情"的个性化，杨维桢《李仲虞诗序》指出："人各有性情，则人各有诗。"吴澄《陈景和诗序》："夫诗以道情性之真，自然而然之为贵。"而缘情传统在元曲和文人画中焕发了新生，高居翰认为元画焕发出"力求以更主观的方式来表现的风气"，"对于后世的画家而言，不管他们是刻意或是无意识地选择以形写心中山水——'心'者，指的乃是经过文化陶冶或甚至囿于传统的心——来取代对客观山水的描绘，这成为了一种他们可遵循的模式。"①

在明清反理学、反复古的时代思潮下，缘情说取得了突破性进展。首先，性、理等道德约束被荡涤了，诗人多以儒家理学为"情伪"，作文须"绝假纯真"。李贽的"童心"说提倡的就是未经理学濡染的"赤子之心"。汤显祖则有"唯情"论："世总为情，情生诗歌，而行于神。"（《耳伯麻姑游诗序》）其次，个体情感的表达逐渐被扩展到人伦日用层面，如袁枚《随园诗话》指出："《三百篇》半是劳人思妇率意言情之事。"赋予民间文学以合法性；龚自珍则提出"尊情"观，认为"民饮食，则生其情也，情则生其文也"（《五经大义终始

---

① ［美］高居翰著，李佩桦等译：《气势撼人：17 世纪中国绘画中的自然与风格》，上海书画出版社，2003 年，第 5—6 页。

论》），在继承明末主情派理论的基础上开启了近代启蒙之风。

现当代文学保留了缘情传统，五四论文分为"为人生"和"为艺术"两派，二者在批判地继承了中国古代载道、缘情传统的基础上，融入了西方现实主义与浪漫主义思潮。不同的是，人生派立足于救亡的时代背景，重客观物象之真，属摹仿论，更接近言志；艺术派则重个体情感之真，属表现论，更接近缘情。周作人指出，两派皆有流弊，因而提倡兼收并蓄的"人的艺术派的文学"，不过"五四"落潮后，周作人的创作逐渐转向了"自己的园地"。当今互联网时代，每个人都是情感表达的主体，表达情感的内容与方式日趋多样化、个人化，个体可以通过微博、微信朋友圈表达自己某事某刻的心情，载道、言志、咏物的要求被取缔了，语言的形式限制几乎完全服膺于情感表达的需要。

# 三、选 文 定 篇

## (一)《礼记·乐记》论乐：儒家诗教的"缘情"传统

乐者，音之所由生也；其本在人心之感于物也。是故其哀心感者，其声噍以杀；其乐心感者，其声啴以缓；其喜心感者，其声发以散；其怒心感者，其声粗以厉；其敬心感者，其声直以廉；其爱心感者，其声和以柔。六者非性也，感于物而后动。是故先王慎所以感之者。……治世之音安以乐，其政和；乱世之音怨以怒，其政乖；亡国之音哀以思，其民困。声音之道与政通矣。……君子反情以和其志，比类以成其行……情深而文明，气盛而化神，和顺积中而英华发外，唯乐不可以为伪。

（《礼记·乐记》，据孙希旦撰《礼记集解》下册，中华书局，1989 年，第 976—1006 页）

《礼记·乐记》是较早指出诗歌本体为"情"的论著，虽然通篇未出现缘情二字，但缘情说无疑已作为一个命题得到了阐发。心感于物而起情，故生成声；声相杂而成音，以乐器配之则成乐。《乐记》指出，六情并非内心本有，而是内心与外物相接的一瞬萌发的产物。六情并非皆是善情，也有"噍以杀""粗以厉"的恶情，因而君子须"反情"，革除情感中的消极成分，作出"和其志"的美善乐章。

值得注意的是，《乐记》指出寄情之乐与政治相互作用，政治状况表征为音乐，而音乐的外在规范会内化为个体内在修养，使人自觉建构与之同构的社会政治秩序，是以闻《韶》即成大雅之政，闻《武》则起征伐之心。这点与《论语》一脉相承。《八佾》篇形容《关雎》"乐而不淫，哀而不伤"，其中"乐"、"淫"、"哀"、"伤"都是情感状态，"乐而不淫"既指音节变动不过分，又指情感表达的强度合适，最终达成的"文质彬彬"的伦理样态即"反情以和其志"的结果。从《乐记》中可以窥见儒家"以礼节情"、中和含蓄的审美态度，而儒家既承认情感的本体性，又主张对其善加引导，以免其漫无节制的基本认知，在历代文论思潮中一以贯之，直至明代才在真正意义上有所松动，宋代的以"意"代"情"亦是儒家原有认知范式的变体。

### (二)《文心雕龙》论诗文：以"情"为本的话语体系

> 春秋代序，阴阳惨舒，物色之动，心亦摇焉。盖阳气萌而玄驹步，阴律凝而丹鸟
> 羞，微虫犹或入感，四时之动物深矣。若夫珪璋挺其惠心，英华秀其清气，物色相
> 召，人谁获安？是以献岁发春，悦豫之情畅；滔滔孟夏，郁陶之心凝；天高气清，阴
> 沉之志远；霰雪无垠，矜肃之虑深。岁有其物，物有其容；情以物迁，辞以情发。一
> 叶且或迎意，虫声有足引心。况清风与明月同夜，白日与春林共朝哉！
>
> (刘勰《物色》，据范文澜注《文心雕龙注》下册，人民文学出版社，1958 年，第
> 693 页)

　　《文心雕龙》的"缘情"说延续了儒家诗教传统。不同于在《乐记》中偏向情欲，"情"在
《文心雕龙》中被赋予了情理、情趣、情志等内涵，即同时包含了感性内容和理性要求，
因而"伤情""怨情"自然被排斥在外。牟世金评刘勰"以'衔华佩实'为轴心，以论述物与
情、情与言、言与物三种关系为纲领，把全书五十篇结成一个有机的整体。"① 可见"情"
是系连起三对关系的核心。刘勰指出"情以物迁，辞以情发"，情感随物象而发生转移，
那么可以将物象界定为文之本体吗？否也。刘勰指出，近代诗人"窥情风景之上"，已见
诸多弊病，应以景语写情语，而非以景语代情语，"情"一总是诗人表达的中心，正所谓
"吟咏所发，志惟深远，体物为妙，功在密附"。刘勰在《物色》篇中指出，即使是善于铺
陈的赋体也注重写"情"，并揭示了"情以物兴"、"物以情观"的文学主客体双向运动的过
程。"情以物兴"即诗人观照外物之时，主体之情与外物冥合、兴会的一瞬激发"文情"的
过程，这个过程要求主体对客体的凝神观照与体悟；"物以情观"即诗人在将外界物象表
现于文辞之时，将主体情感融入外物、实现物情合一的过程。可见"情"是文学创作的根
源。在《物色》篇的赞语中，刘勰更是以比兴手法描绘物、情关系，以情接物为投赠，以
物兴情为回答，如此就构建了一个由情及物的审美机制。

### (三)李渔论传奇："人情"与"幻生"

> 予谓传奇无冷热，只怕不合人情。如其离合悲欢，皆为人情所必至，能使人哭，
> 能使人笑，能使人怒发冲冠，能使人惊魂欲绝，即使鼓板不动，场上寂然，而观者叫
> 绝之声，反能震天动地。
>
> (李渔《闲情偶寄·剂冷热》，据单锦珩点校《李渔全集》第 3 卷，浙江古籍出版
> 社，1991 年，第 69 页)

> 所谓意新者，非于寻常闻见之外，别有所闻所见，而后谓之新也。即在饮食居处之
> 内，布帛菽粟之间，尽有事之极奇，情之极艳，询诸耳目，则为习见习闻，考诸诗词，
> 实为罕听罕睹，以此为新，方是词内之新。非《齐谐》志怪、《南华》志诞之所谓新也。
>
> (李渔《窥词管见·第五则》，据吴战垒点校《李渔全集》第 2 卷，浙江古籍出版

---

① 　牟世金：《〈文心雕龙〉研究》，人民文学出版社，1995 年，第 143 页。

社，1991年，第509页）

李渔是清代最负盛名的戏剧理论家，其《闲情偶寄》是中国美学史上的重要论著。清代传奇盛行，李渔以"人情"论之，指出"只怕不合人情"，实现了对"人情"内涵的突破。首先，此"情"不复中和节制，而是与道德理性彻底决裂，李渔甚至以"极艳"作为取材标准。其次，李渔认为传奇须合于观者之"情"，即寻常百姓之"情"，而非圣人之"情"，并以观者产生情感共鸣的强度作为衡量标准，因而将"能使人怒发冲冠"、"能使人惊魂欲绝"者视为佳作。

李渔论词时，也将细碎的人伦日用之"情"标举为文字出新的唯一源泉，而出新又是佳作的必然要求。值得注意的是，李渔要求的戏剧真实性主要是指"情"的真实性，因而以未能反映人情物理为由批驳了《齐谐》、《南华》，但他独具创见地将情感与叙事的真实性区分开来，强调艺术的虚构原则不可或缺，《闲情偶寄·审虚实》就指出了"传奇无实，大半皆寓言耳"，传奇可以"幻生"，前提是要符合真情实感。

### （四）刘熙载论艺："情"作为文体学辨异的标准

> 诗之言持，莫先于内持其志，而外持风化从之。
> （刘熙载《诗概》，据王国安点校《艺概》，上海古籍出版社，1978年，第80页）

> 赋别于诗者，诗辞情少而声情多，赋声情少而辞情多。
> （刘熙载《赋概》，据王国安点校《艺概》，上海古籍出版社，1978年，第87页）

> 词家先要辨得情字。《诗序》言"发乎情"，《文赋》言"诗缘情"，所贵于情者，为得其正也。忠臣孝子、义夫节妇，皆世间极有情之人。流俗误以欲为情，欲长情消，患在世道。
> （刘熙载《词曲概》，据王国安点校《艺概》，上海古籍出版社，1978年，第123页）

刘熙载被称为中国古典美学的最后一位思想家，《艺概》虽无甚新意，却胜在理论性较强，评论了各类文体作为审美活动的特点与规律。首先，刘熙载将"情"作为诗、词、赋等体裁的立文之根本，并以"情"区别各体。他认为，诗更具"声情"，赋更具"辞情"，词"事浅而情深"，唯有谱录等非艺术"无情可言"，因而"无采可发"。不同于陆机《文赋》将诗、赋分别理解为"缘情"之作与"体物"之笔，《艺概》中"情"含蕴于各类文体，只是表现形态不同。其次，刘熙载摒弃了"艳情"、"怨情"的一面，独倡"忠臣孝子"之"情"。不过，不同于《文心雕龙》将《离骚》归于"怨情"，《艺概》认为《离骚》合于"变之正"，甚至指出"正而伪，不如变而真"，文章不拘正变，以体现真情实感为妙。可见随着情本位的提升，儒士品文的标准日益松动了，文之正变的边界也不断滑动。

### （五）王国维论词："情""景"关系构筑的"境界"

> 自然中之物，互相关系，互相限制。然其写之于文学及美术中也，必遗其关系、

限制之处。故写实家，亦理想家也。又虽如何虚构之境，其材料必求之于自然，而其构造，亦必从自然之法则。故理想家，亦写实家也。

境非独谓景物也，喜怒哀乐亦人心中之一境界。故能写真景物、真感情者，谓之有境界。否则谓之无境界。

客观之诗人，不可不多阅世。阅世愈深，则材料愈丰富，愈变化，《水浒传》《红楼梦》之作者是也。主观之诗人，不必多阅世。阅世愈浅，则性情愈真，李后主是也。

（王国维《人间词话》，据王幼安校订《人间词话》，人民文学出版社，1960 年，第 192、193、198 页）

作为融贯中西的美学大家，王国维汲取了叔本华、康德的哲学美学思想，对中国古典美学进行了创造性总结，探讨了情与景、情感与知识的关系问题。他参鉴西方浪漫派与现实派的二分法，将诗人分为"以我观物"的"主观之诗人"和"以物观物"的"客观之诗人"，但二者无疑都是"缘情"的。

其一，就情、景关系而言，"主观之诗人"在"有我之境"中实现"壮美"，此时外物与主体是分裂的，主体凝视并遁离外物，获得了绝对自由，最终与外物呈现出无利害的审美观照关系；"客观之诗人"在"无我之境"中实现"优美"，此时物我合一，个体意志和情感被客体化了。可见二者最终都能达成物情合一的化境。其二，就情感与知识的关系而言，"主观之诗人"以情感的勃发统率物象，知识甚至会妨碍情感的抒发；"客观之诗人"重知识之根柢，但情感之兴会也不可或缺，只是前者更为重要，正如严羽指出诗有"别材"、"别趣"但须得"多读书、多穷理"一般。《人间词话删稿》指出"一切景语皆情语也"，若无真情，则不能称之为境界，更来何境之有？王国维从审美观照角度对审美意象进行分类，"情"的义涵仍属于古典范畴，对物我关系的认知却充满了现代色彩。

### (六) 沈从文论文章：无涉于政治的"抒情"

如把一切本来属于情感，可用种种不同方式吸收转化的方法去尽，一例都归纳到政治意识上去，结果必然问题就相当麻烦，因为不可避免将人简化为敌与友。

事实上如把知识分子见于文字、形于语言的一部分表现，当作一种"抒情"看待，问题就简单多了。因为其本质不过是一种抒情。特别是对生产对斗争知识并不多的知识分子，说什么写什么差不多都像是即景抒情……和梦呓差不多少，对外实起不了什么作用的。

（沈从文《抽象的抒情》，据沈从文著《抽象的抒情》，复旦大学出版社，2004 年，第 286、287 页）

在现当代文学中，缘情传统保留了下来，沈从文的抒情说即缘情说的变体。他指出，情感可以转化为种种艺术形式，并从艺术中驱逐了一切功利色彩，将抒情视作一种纯粹个人的、无关政治意识形态的审美直觉活动，甚至将其比作梦呓，这就近于柏拉图的迷狂说了。无独有偶，五四退潮后，周作人也走向了"自己的园地"，在《自己的园地》旧序指出

"只因他是这样想，要这样说，这才是一切文艺存在的根据"。沈从文《从周作人鲁迅作品学习抒情》从审美观照角度出发，指出鲁迅的表达太过愤激，溢出了古典美学的要求，以至于"情感有所闭塞"，不能于事无隔；周作人怀有一种审美理性，其与外物保持适当的审美距离，于是能"于事不隔"，品藻外物最真实的样态。同样，林语堂提出的"以言必近情为戒约"，也是古典审美理性实现现代复活的方式。

# 四、敷理举统

"缘情"作为一个本体论话语在民族审美文化的脉络中一以贯之，并根据时代的变迁呈现出不同的表现形态和审美特征。站在中西美学比较的维度上，缘情与抒情虽然同样注重个体情感的抒发和直觉式思维方式，但缘情的内涵更加深厚，它根植于温柔敦厚的儒家道德理性传统，缘情和物感的结合体现了中国古典文学的根本审美特征，暗含了天人合一的思维方式；缘情的外延也更加宽广，其话语批评实践涵盖了文体风格和审美鉴赏等领域。

### (一)"缘情"的审美属性与道德特征

"缘情"一方面带有强烈的审美属性和个人抒情色彩，另一方面与道德政教密切相关，二者相互建构、相互渗透。首先，古往今来，缘情的认知一以贯之，即使在独倡言志说的先秦和重意的两宋亦然，如司马迁将"情"作为创作"礼乐之文"的源泉，而宋学在承认"情"、"文"关系密切的基础之上，认为须以"意"代"情"，这并非意味着要将"情"彻底革除，而是用道德、知识等理性内容荡涤其中偏重个人感怀、无益道德教化的部分。可见"情"的本体地位始终是被认可的，只不过有些时期道德理性的制导作用会更加显著。

其次，从鉴赏角度来看，"缘情"的审美和道德属性并行不悖。人缘情而作文，故曰"情文"，观者与文中蕴含的"情"产生共鸣，从而生出喜怒忧惧。因此，若文中所蕴之"情"中正平和，接受者也会生发相似的情感，情感逐渐累积并内化为个体内在修养，使人自觉建构与之同构的政治秩序。古今诸人正是意识到了这一点，因而古有孔子反对征伐之乐，近代有人生派反对创作派温情闲适的文风。李渔则一反此说，认为观者观赏传奇时产生情感共鸣的强度是评鉴作品好坏的根本标准，无须考虑政教风化，这是将文章还原到纯粹审美领域。

### (二)"缘情"的物感特征

"缘情"与"物感"密切相关。首先，物象是情感生发的材料储备，"物感"之后才能有缘情之诗，正如《文心雕龙·知音》所说："凡操千曲而后晓声，观千剑而后识器。"其次，物象为情感的生发提供了直接的感官刺激，使主体萌生创作动机，即因物生情。中国早在《乐记》就有"感于物而动，故形于声"；《诗品序》则称"气之动物，物之感人，故摇荡性情，形诸舞咏"，认为性情之感荡依托于"春风春鸟"等四候物象和"楚臣去境"等世事时风。再次，情感并非对物象的还原，它始终统率、调动着物象，是以"物有恒姿，而思无定检"(《文心雕龙·物色》)，《文赋》的"情瞳胧而弥鲜，物昭晰而互进"说的就是以情感召唤物象，在刹那间实现艺术发现。最后，物象是文学构思阶段推动情感表达的手段，而非文章表达的中心，不可本末倒置，《岁寒堂诗话》对"专意于咏物"的诗歌大加挞伐，指出"言志乃诗人之本意，咏物特诗人之余事"，好诗"不期于咏物，而咏物之工，卓然天成"。其五，缘情与物感的交融际会延伸出了"心物交融"、"情景相生"等审美范式，这些范式体现了中国古典文学的根本审美特征，又蕴含了读者进行审美鉴赏时的观照方式。

### （三）"缘情"的时代特征

"缘情"的时代特征体现在两个方面：首先，"情"的义涵与时变迁。先秦两汉"情"被限定在"言志"框架内，与"志"边界模糊。魏晋南北朝时局动荡，论文偏重感性特征，显现出文的自觉，《文赋》中"缘情"虽仍与"志""理"相互缠绕，却饱含了个体生命意识。中唐以来，随着加强政治与文化统治的需要，对"情"的批判不绝于耳，直至宋代实现以"意"代"情"，强调知识理性相对于先天性情的优越性。有明以来强调不可重复的个体感性之躯，"本色""至情""情景"等反理学思想不断充实着缘情论的内容；同时，随着市民社会的壮大，对"情"的言说逐渐走向形而下的层面，人伦物理、饮食穿衣成为表现对象。

其次，不同时代论文都注重情感真实性，不过侧重点不同：先秦两汉论缘情偏于客观真实；魏晋更强调主观真实，同时不离客观真实，刘勰创作《文心雕龙》的动因即矫正"为文而作情"的时弊，而刘勰也曾言"形似"之妙和"原道"之旨的重要性；唐宋逐渐复归客观真实，强调"性"本位或"理"本位，说理用事皆求真务实；元明则主张以主观真实统辖客观真实，注重冲破理学桎梏的创作主体的情感状态之真挚和心理活动之真切，出语不必为事典、语典，甚至成文的过程也无须雕琢，以任意自然为妙，此说与王阳明"心外无物"的思想相通，这就赋予了粗浅俚俗和虚构夸诞之作以合理性。

### （四）"缘情"的话语多元性特征

"缘情"初时作为本体论话语被提出，反映了五言诗真于情性的创作思潮。魏晋南北朝基本确定了"诗缘情"的创作理路，因此唐人多在此基础上谈论"情"与文体风格、结构技巧的关系问题。作为一种艺术批评话语，缘情的批评实践涵盖了文体论、风格论、鉴赏论等诸多范畴。

首先，古人有意或无意地将缘情作为文体区分的标志。《文赋》中"缘情"可看作诗学本体论话语，但置于整个语境之中，则可作为诗歌与其他文体别异的标准。《艺概》则认为，不同体裁皆为缘情而作，只是所缘之情的类型不同，如赋"起于情事杂沓，诗不能驭"，曲起于情感"嘈杂凄紧缓急"而"词不能按"。

其次，对于同一体裁，缘情是风格划分的标志。如王昌龄《诗格》的物境、情境、意境对应了三种不同的诗歌风格，其中情境的情感贯穿了从艺术发生到构思的全过程，构成了艺术创作的动机和材料储备；至于其他二境，情感也作用于艺术创作，只是没有那么显著。又如司空图《二十四诗品》将"自然"与"实境"分别形容为"薄言情悟，悠悠天均"和"情性所至，妙不自寻"，两种风格皆直抒其情，达成的"妙境都不是靠寻找而是靠留在事物表面而获得的"①，并以此与其他风格截然分别。

另外，缘情也是鉴赏论话语，由情及文的创作过程和由文及情的鉴赏过程互为出发点与落脚点，"缀文者情动而辞发，观文者披文以入情"(《文心雕龙·知音》)描绘的即这一过程。

### (五)"缘情"的现代价值

"缘情"的现代价值体现在三个方面：首先，缘情说具有人本主义的特征。"情"主要是指个体之私情，虽然"情"的抒发始终有道德要求，但其感性特征更为显著；而"情"的义涵演变也体现了人本主义逐渐焕发的过程，魏晋时期"情"指生命本体，尚且富有哲学意蕴，元人将"情"与"自然"联系起来，明清时期"情"延伸到人伦物理领域，从精英走向民间，完成了从形而上到形而下领域的本体论转变。

其次，缘情说推动了中国文学批评的发展。文论家围绕缘情提出了"情境"、"情景"、"童心"、"尊情"等诸多新概念、新命题，涵盖了文学构思方式、文学作品审美风格、文学创造的审美价值追求等领域。而缘情与"真"、"雅俗"、"意象"等范畴相互缠绕、相互建构，勾连了中国文论的诗性传统。

最后，缘情说具有美学意义。缘情承载着中国古典艺术"以意为主"的表现主义审美观念，中国古典文学、书法与绘画的创作实践，无一追求对客观物象的真实还原，而是将主体情感移入物象之中，实现客观物象的主观化，这正是缘情思想的体现；同时，缘情和感物说共同构造了情景交融、物我合一的审美观照方式，这与中国天人合一的朴素哲学思想一脉相承。

### ◎ 问题思考

1. 中国文论的"缘情"与西方文论的"抒情"有何异同？
2. "诗缘情"与"诗言志"有怎样的区别和联系？
3. 魏晋时期的"缘情"说与明清时期的"缘情"说有何异同？
4. "缘情"是如何用来区别文体的？
5. "缘情"有哪些审美特征？其现代价值何在？

### ◎ 参考书目

1. 刘若端编：《十九世纪英国诗人论诗》，人民文学出版社，1984 年。
2. 裴斐：《诗缘情辨》，四川文艺出版社，1986 年。
3. 罗宗强：《魏晋南北朝文学思想史》，中华书局，1996 年。
4. 胡经之：《中国古典文艺学》，光明日报出版社，2006 年。
5. 刘月：《魏晋士人人格美学研究》，复旦大学出版社，2013 年。

---

① ［美］宇文所安著，王柏华、陶庆梅译：《中国文论：英译与评论》，上海社会科学院出版社，2003 年，第 375 页。

# 意　象

　　提起意象，涌入我们脑海的大抵是傲霜之梅、淡雅之菊、寒蝉鸣泣和杜鹃啼鸣等审美意象，但它们只是中国古典意象理论在文学领域内的具体运用。"意象"说上可溯源于《周易》，历经诸朝诸代，也经历了西学的影响和冲击。现今，意象说以崭新的姿态在当代中国的哲学、美学体系中占据了一席之地。那么，究竟何为意象？中国和西方对于意象内涵的认知有何异同？作为本体论话语的意象，又呈现出怎样的美学特征？体现出怎样的现代价值？

## 一、释 名 彰 义

### (一) 语义界定

　　"意"是一个形声字，本意为通过言语传达出来的志向。《说文解字·象部》："意，志也。从心察言而知意也。""意"初时与"志"相通，其自然含蕴于文中，因此可借文章查知作者之意，孟子的"以意逆志"说分析的正是这一过程。魏晋南北朝时期，"意"主要指向情意，宋代则趋于义理、意味。

　　"象"本意为作为动物的自然之象，《诗经·鄘风·君子偕老》："象服是宜。"此处"象"意为模拟自然物象的诸种图像，是以具体名物为主体构成的象征符号系统。《周易》中所谓的卦象也是对外物不同情态的模拟。因此宇文所安将象视为"一个事物的标准视觉图式或图示化过程中的一个观念"①，可见象是外物在人类感官世界的投射，这就赋予了其哲学意味。"象"作为文论范畴始于《文心雕龙》，刘勰指出"神用象通，情变所孕"(《神思》)，外界的物象与个人的神思相会后，可转化为文学形象。象也可引申为动词，意为模拟、刻画，如"象其物宜，则理贵侧附"(《诠赋》)。

　　作为文化关键词的"意象"具有如下义涵：其一，意象即表意之象，是创作主体将情感与观念移入客观物象，形成的一种艺术形象。其二，意象一词暗含了文学创造的完整过程，创作主体须先"观物取象"，随后通过艺术构思活动将"意"灌注于所取之"象"，形成心中之象，最后将其"形之于手"，形成表意性艺术形象。鉴赏者可以将此一过程颠倒过来，由意象探求主体情思。由此可见，"意"、"象"密切相关，"象"中蕴含了"意"的目的性，意象并非对客观世界的还原，而是由客观事物传递主观情思；"意"中则含有"象"的

---

① ［美］宇文所安著，王柏华、陶庆梅译：《中国文论：英译与评论》，上海社会科学院出版社，2003 年，第 657 页。

视象性和确定性，意象是一种直观的视觉图示而非抽象的观念，它是可以察觉和把握的。其三，意象的可知、可感基于人们对客观事物共同的审美经验，抽象思维的参与贯穿了意象建构的始末，因此意象带有一定的理性特征；同时它作为高度浓缩的感官现象，具有强烈的感性色彩。

### （二）中西比较

在中国文论话语体系中，意象是一个本体论范畴，它既是在民族文化积淀和心理继承下形成的普遍审美图式，亦是不同时代、不同境遇的文人心物交感互渗而构建的独特审美产物。西方新批评也有"意象"（image）概念，艾布拉姆斯指出："'意象'（即'形象'的总称）用于指代一首诗歌或其他文学作品里通过直叙、暗示，或者明喻及隐喻的喻矢（间接指称）使读者感受到的物体或特性。……意象是诗歌的基本成分，是呈现诗歌含义、结构与艺术效果的主要因素。"①

中西方意象范畴具有相似的话语特性：其一，作为文学作品的基本成分，意象通过彼此之间的相互作用而呈现出文学的含义与结构，构建文学世界独特的话语体系。其二，意象是将主观情思与客观物象融为一体，在感性经验基础上而进行的理性创造，能唤起读者的审美知觉。

二者的区别则更为显著：其一，西方的意象是指在语言文字中显现出来的具词性形象，西方往往更强调意象的功能，意象组合排列的不同方式形成了不同的文学题材或主题；中国的意象则同时是文学表达的方式与目的，中国既有托物言志的比兴传统，借助物象表现主体内心的情感结构，又强调以情附物的思维模式，将主体情感融入物象之中并形成具象化的审美样态，因此意象既是一种构思方式，亦可作为文学本体特征。其二，中国的"意象"一词从"易象"的哲学系统中演变而来，体现了中国天人合一、物我一体的哲学精神，后被拓展到诗文、书画等艺术批评领域，暗含了中国人心物交融、情景相生的思维模式，其内涵与外延和西方的"意象"相比更为深广。

## 二、原始表末

意象的源头可追溯至《周易·系辞》中的"立象以尽意"，指用象征符号系统模拟具体客观事物，以此传达圣人之意，此处意象并非一个统一的范畴，而且指的是玄理之象，但审美意象的基本含义已自此脱胎而出。荀子的"钟鼓道志"说实际上是对乐象的陈述，乐象不再指向玄理，而是与自然人生紧密关联，此说是审美意象的另一发端。

汉代是意象的孕育期。王充首次将意、象连缀起来使用，并指出："夫画布为熊麋之象，名布为侯，礼贵意象，示义取名也。"（《论衡·乱龙》）意象指侯爵威严庄重的、象征着礼法与等级秩序的画面形象，"示义"即由"熊麋之象"承载礼法之意，使观者在二者之间建立想象性关联的过程。班固《汉书·李广传》有载："广不谢大将军而起行，意象

---

① ［美］M. H. 艾布拉姆斯著，吴松江等编译：《文学术语词典》，北京大学出版社，2009 年，第243 页。

愠怒而就部，引兵与右将军食其合军出东道。"此处意象应用于人物描写，意为承载了感情、意绪的人之相貌。可见此时意象只是承载了一定观念内容的可视化形象，应用范围较广。

魏晋南北朝以来，意象逐渐转向文学批评领域，挚虞的"假象尽辞，敷陈其志"实乃从文学角度谈论意象的最早记录。刘勰《文心雕龙·神思》中的"独照之匠，窥意象而运斤"则在真正意义上开创了审美意象说。刘勰认为，意象是文学构思阶段形成的心理图像，通过联想、突出、变形、综合等手段才能被赋形为具体事物。唐代王昌龄的《诗格》以"久用精思，未契意象"形容"生思"的过程，此处意象亦是指一种心象。旧题白居易《金针诗格》提出"诗有内外意"，其中"外意"指向"物象之象"，意象不再仅仅是心象，而是被创作主体对象化了的知觉呈现。司空图的《二十四诗品》则用"意象欲出，造化已奇"形容"缜密"一品，他以"欲出"界定意象，指文学创作之前客观事物与作者想象经验浑然一体的状态，它是一种特殊化了的自然视象，借助作者的缜密构思将它投射于文本，即能形成已发之意象。在书法领域，意象也被作为标示艺术本体的审美范畴。蔡希综在《法书论》中以"意象之奇"评价张旭的书法；张怀瓘的《文字论》则认为，"探彼意象"是将自然物象提炼、概括为体现个体生命韵律的线条，书法之形色、气势、精魄都是意象的表现形态。唐代的意象说更是衍生出诸多范畴与命题，如"兴象"、"气象"、"象外之象"等。

宋人重意轻象，虽亦用意象论诗，却割裂了意与象的关系，不复唐代一般注重意与象浑，不过宋人对意象说仍有所发展。其一，宋人将意象大量运用于诗学批评实践之中，如唐庚《唐子西文录》曾用"意象殊窘"评价谢朓"寒城一以眺，平楚正苍然"的景象，宋人还将"宽平"、"窄狭"、"迫切"、"高古"等词与"意象"连用，描述不同的审美风格和精神风貌，这也是意境说的萌芽。其二，宋人开创了以意象品评绘画、人物与景物的风尚。黄伯思的《东观余论》、郭若虚的《图画见闻志》都以意象论画，多以"出意象之表"形容佳作。《新唐书》多以意象描摹人物神态，其后宋人将以意象品评人物的范围从史传扩展到各类体裁。南宋末年的文人开始系统地反思宋诗割裂意、象之弊，严羽《沧浪诗话》批评了宋诗的"尚理而病于意兴"，推重唐人的"尚意兴而理性在其中"，此处"理"指义理、意趣，即宋人的"意"，"意兴"则指诗歌的整体形象，严羽崇尚"词理意兴"浑然一体的状态，并格外强调虚静的审美效果。

明清时期，文人对意象的态度有复归盛唐的趋势，他们重新探讨了意与象的关系，对意象的本质内涵、艺术特征、审美功能、本体论意义等进行了广泛而深入的探讨，并围绕意象这个美学范畴建构了较为完整、成熟的理论体系，形成了涵义密切关联的范畴序列，包括胡应麟的"兴象"与"意致"说、许学夷的"气象"说、王世贞的"境界"说、王夫之的"情景相生"说等，这些范畴与意象一脉相连，蕴含了中国人独特的审美文化与思维方式。

近现代以来，诸多美学家将西方哲学美学思想引入中国传统审美领域，使意象说焕发了新生。王国维的"境界"被叶朗划归为意象范畴，王国维汲取了叔本华、康德的哲学美学思想，从"情"、"景"关系出发，将境界分为"有我之境"和"无我之境"，两种境界实属于根据审美观照的不同角度进行分类的不同审美意象。朱光潜则将克罗齐的"直觉"说和叔本华的"表象"概念引入意象范畴,认为直觉活动可以生成意象,意象既是审美经验的本质特征,诗歌境界的基本要素,亦是生命意志的外化与升华。① 宗白华的"意境"说立足于意象的审美传统,其《中国艺术意境之诞生》将意境表述为"客观的自然景象和主观的生命情调的交融渗化",这样的定义与意象别无二致,并且他从审美观照角度出发将意境划分为不同层次。叶朗则进一步提高了意象的本体地位,系统地总结了意象的特征,并熔铸了存在主义诗学,将意象升华为人类的本质存在。

总之,意象脱胎于《周易》之"易象",初时是一个哲学范畴,汉代被用于形容可视化形象,魏晋南北朝以来,意象开始转向文学批评领域,并由构思阶段的心象过渡为标示艺术本体的审美范畴,且被日益广泛地运用于诗文、书画品评与人伦鉴识领域。至于当代,意象理论在中西美学交融共振的背景下重新回归了学术视野,并存在从单一的文学本体维度再次向哲学生命本体拓展的趋势。

# 三、选 文 定 篇

## (一)《周易》的"立象以尽意"说

圣人设卦观象,系辞焉而明吉凶。刚柔相推而生变化。是故吉凶者,失得之象也。悔吝者,忧虞之象也。变化者,进退之象也。刚柔者,昼夜之象也。六爻之动,三极之道也。

圣人有以见天下之赜,而拟诸其形容,象其物宜,是故谓之象。圣人有以见天下之动,而观其会通,以行其典礼,系辞焉以断其吉凶,是故谓之爻。极天下之赜者存乎卦,鼓天下之动者存乎辞。

(《周易·系辞上》,据周振甫译注《周易译注》,中华书局,2013 年,第 245、265 页)

意象诞生于《周易·系辞》的"易象"范畴,虽然意和象尚未被连缀起来使用,但《周易》将象作为哲学体系的核心范畴,探讨意与象的关系,这启源了作为文学本体的意象的内涵。圣人发现客观物象幽深奥妙、繁杂难辨,于是创设了指向具体名物的象征符号系统,用以阴阳爻组成的八卦的卦象模拟天、地、雷、风等八种自然界具体物象,以此呈现出天道、地道与人道变化之"意",如以卦爻辞的吉凶比拟人事得失,悔吝比拟人心惊扰,刚柔比拟昼夜阴阳,比喻的原则是"象其物宜",即对最适宜的外物进行"取象",以此"尽意"。

"意""象""物"的结合具有感性直观的特征:"象"并非指向"物"的具有任意性的能指系统,"象"虽是人心营构之"象",却与"物"性质相似、形容相仿、互相指涉而浑然一体;"意"与"象"的关系则是"立象"可以"尽意",挚虞《文章流别论》曾指出"假象尽辞,敷陈其志",即通过巧妙的文辞和赋比兴的手法以象喻示情志,象与意的关系亦是由此及

---

① 曹谦:《论中国现当代美学意象论的西学维度》,《社会科学战线》,2016 年第 10 期。

彼、由表及里，在这一点上《周易》与《诗经》有共通之处。可见意象虽不是一个统一的范畴，但意与象之间相互感应、不可分离的基本关系已然形成。另外，意象虽是一个哲学范畴，意、象之间建立关联的方式却并非抽象的哲学思辨，而是初步具有了艺术审美的特征。

### (二) 司空图的"意象欲出"说

> 是有真迹，如不可知。意象欲出，造化已奇。水流花开，清露未晞。要路愈远，幽行为迟。语不欲犯，思不欲痴。犹春于绿，明月雪时。
>
> (司空图《二十四诗品·缜密》，据郭绍虞集解《诗品集解》，人民文学出版社，1963年，第26页)

《二十四诗品》将"意象欲出"作为"缜密"一品的本质要求，指出若能善加运用则能达成"造化已奇"的审美效果。司空图将意象理解为"意中之象"，它是自然造化与审美主体的想象经验相契合而形成的一种审美图示，它处于将发未发之间，尚未转换为文字，因而其意旨的生发包含了无限可能性，这也是"是有真迹，如不可知"的原因。缜密的要求就是将细微幽远的"意"圆融无碍地蕴含于生动的"象"之中，形成生机盎然、情致深远的意象结构。

体察"缜"与"密"、"意"与"象"这两对范畴，可以发现二者形成了同构关系。首先，"缜"指的是聚合收束，缜而不断则会条理混乱；"密"则指稠密繁多，密而难分则会失于粗陋。"缜"、"密"与"意"、"象"分别相对，含义相近。其次，"缜"与"密"相互引发、相互建构，正同于"意"与"象"的关系。在实现缜密的构思方式的基础上，语言的精致细密和结构的完整流转便可以自然达成了。再次，司空图以生动具体的意象比拟"意象欲出"或曰"缜密"的审美效果，形成了独特的品评风格，如以"水流花开"、"清露未晞"形容意象将发未发的状态，以"犹春于绿"、"明月雪时"形容意象浑然一片、不犯不滞的审美特征。

### (三) 张怀瓘论书法之"意象"

> 仆今所制，不师古法。探文墨之妙有，索万物之元精。以筋骨立形，以神情润色。虽迹在尘壤，而志出云霄，灵变无常，务于飞动。或若擒虎豹，有强梁拏攫之形；执蛟螭；见蚴蟉盘旋之势。探彼意象，如此规模，忽若电飞，或疑星坠。气势生乎流便，精魄出于锋芒。如观之欲其骇目惊心，肃然凛然，殊可畏也。数百年内，方拟独步其间。自评若斯，仆未审如何也。
>
> (张怀瓘《文字论》，据张彦远辑《法书要录》，上海书画出版社，1986年，第129页)

张怀瓘是中唐时期著名的书法家和书画鉴赏家，也是以意象论书法的第一人。他在《书断》中指出，古文作法乃"仰观奎星圆曲之势，俯察龟文鸟迹之象，博采众美，合而为字"。他显然承继了"易象"传统，认为书法之"意象"是由自然世界的诸般物象提炼、概括而来的符号系统，是审美主体在凝神观照的过程中将内心情感和意志结构投射于自然物象之上，形成的富有生命动态和丰富意蕴的线条。因此与其师法古文之表象，不如直接与宇宙万象神契沟通，将主体之"筋骨"、"神情"与"万物之元精"融为一体，形成"擒虎豹"、"执蛟螭"、"电飞"、"星坠"的独特意象。

张怀瓘的《文字论》曾提出文章与书法之别："文则数言乃成其意，书则一字已见其心。"文章需要诸多文字连缀、构造而成，且在语境之中才能辨得其意；书法则一字即能构成一意象，一个意象即能呈现出一个独立完整的情感世界，这个世界与自然万物的灵动气韵交感互通。因此，作为书法创作之本体的意象，亦是宇宙生命之本体和心灵结构之本体。

### (四) 王廷相的"意象透莹"说

夫诗贵意象透莹，不喜事实粘著。古谓水中之月，镜中之影，可以目睹，难以实求是也。《三百》篇比兴杂出，意在辞表；《离骚》引喻借论，不露本情。……斯皆色韫本根，标显色相，鸿才之妙拟，哲匠之冥造也。若夫子美《北征》之篇，昌黎《南山》之作，玉川《月蚀》之词，微之《阳城》之什，漫敷繁叙，填事委实，言多趁帖，情出附辏，此则诗人之变体，骚坛之旁轨也。……嗟乎！言征实则寡余味也，情直致而难动物也。故示以意象，使人思而咀之，感而契之，邈哉深矣！此诗之大致也。

(王廷相《与郭价夫学士论诗书》，据陈良运主编《中国历代诗学论著选》，百花洲文艺出版社，1995 年，第 652—653 页)

王廷相是明代著名思想家、文学家，他借鉴了司空图《二十四诗品》中鉴赏诗歌的标准，将诗歌本体标举为"意象透莹"，并用"水中之月"、"镜中之影"形容这种状态，他指的是创作主体的情感熔铸于诗歌整体形象而形成的蕴藉深沉、韵味无穷的审美效果。王廷相的诗歌本体论具有如下特征：首先，情感与物象相互引发、交融冥合，没有任一突出的方面，情感涵容于物象之中，并不密集或直露，"情直致"则会难以打动人心；物象包蕴着情感，并不繁冗或粘着，"言征实"则会削减情感的余味。其次，"透莹"之"意象"要求虚实相生、以实写虚，格外强调虚境的方面，反对实境过密或凝滞，因此王廷相将"事实粘著"作为诗学本体的对立面，情感、观念之直露与物象之质实是"事实粘著"的不同方面，虚境则是由实境开拓的余味曲包的审美意象空间。王廷相认为，《诗经》与《离骚》正是通过赋比兴营造的实境，引发读者的联想并调动其内在情感；但他过于强调虚境的效果，以至于对杜甫的《北征》等写实诗歌的评价有失公正。再次，创作主体如果能"示以意象"，就能使读者感到切近而不浮浅，含蓄而余味悠长，细细地咀嚼其中的咸酸滋味，这便是"诗之大致"的审美效果。

### (五) 叶燮的"意象之表"说

然子但知可言可执之理之为理，而抑知名言所绝之理之为至理乎？子但知有是事之为事，而抑知无是事之为凡事之所出乎？可言之理，人人能言之，又安在诗人之言之！可征之事，人人能述之，又安在诗人之述之！必有不可言之理，不可述之事，遇之于默会意象之表，而理与事无不灿然于前者也。

(叶燮《原诗·内篇下》，据霍松林校注《原诗》，人民文学出版社，1979 年，第30 页)

叶燮的《原诗》是中国美学史上的集大成之作，其对诗歌的审美主体、创作规律和艺术特性进行了全面而深入的探讨，并将审美主体具备的才、胆、识、力，灌注于审美观照的客体蕴含的理、事、情而产生的审美意象，作为诗歌创作的本体特征。叶燮对在诗歌中表现理、事的做法进行了正名，他认为"理"分为"可言可执之理"和"名言所绝之理"，"事"分为"有是事"和"无是事"，诗歌要表达的并非有据可证的事实、有法可依的道理或随物赋形的情状，而是意义精微、旨趣深妙之理，合乎社会内蕴与主观真实之事，深挚婉转、生趣盎然之情，如此就消解了诗歌为表达事理而滑向陈腐枯涩、冷僻执实的可能性。

叶燮指出，主观情思与外在物象兴会交接的一瞬，创作主体会在艺术构思中形成想象的投影，之后通过"默会"将"想象之表"转化为"意象之表"，理、事随之熔铸于意象之中，如此叶燮既批驳了"以理为诗"、"以议论为诗"的宋学传统，又反拨了提倡混沌恍惚的审美特征、荡涤一切理性与逻辑思维的"性灵"诗学，营造了"虚实相成，有无互立"的审美意象世界。

### (六) 王国维论"意境"与朱光潜论"意象"

有我之境，以我观物，故物皆著我之色彩。无我之境，以物观物，故不知何者为我，何者为物。古人为词，写有我之境者为多，然未始不能写无我之境，此在豪杰之士能自树立耳。

（王国维《人家词话》，据王幼安校订《人间词话》，人民文学出版社，1960年，第191页）

一切名理的知识都可以归纳到"A 为 B"的公式。……我们直觉 A 时，就把全副心神注在 A 本身上面，不旁迁他涉，不管它为某某。A 在心中只是一个无沾无碍的独立自足的意象（image）。A 如果代表玫瑰，它在心中就只是一朵玫瑰的图形。如果联想到"玫瑰是木本花"，就失其为直觉了。这种独立自足的意象或图形就是我们所说的"形象"。

（朱光潜《文艺心理学》，据朱光潜著《朱光潜美学文集》第1卷，上海文艺出版社，1982年，第12页）

近现代以来，诸多文学批评家汲取了西方的哲学美学思想，对意象进行了具有现代意义的阐释。王国维《人间词话》用意境取代了意象的说法，谈论的却实属中国古典意象论的问题。王国维将意境分为"有我之境"和"无我之境"，"有我之境"中外物与审美主体是分裂的，主体凝视并遁离外物，情感的勃发睥睨一切；"无我之境"则是物我无隔的，审美主体的情感和意志被客体化了，主体在凝神观照中忘却了我的存在。《人间词话删稿》又指出"一切景语皆情语也"，无论何种意象都以情景之际会、融合为基础，以无利害的审美观照关系为前提。王国维从审美观照角度区分了两种审美意象，重新界定了物我关系，并且更加标举"无我之境"。

朱光潜对意象的定义更接近王国维的"无我之境"，他认为意象是审美主体在对物象进行凝神观照的过程中，感知到的孤立绝缘的形象世界，审美主体的意识被完整而单纯的意象同化了，荡涤了知识之根柢和复杂的现实世界，达成一种物我相忘的境界，如此主体就摆脱了意志的束缚，从意志世界转移到意象世界。朱光潜将直觉与形象的关系视为意象，深化了意象的内涵；将作为艺术本体的意象升华为生命哲学本体，扩展了意象的外延，实现了古典范畴的现代转化。

# 四、敷理举统

作为中国美学的艺术本体范畴，意象是一个融意于象、见象生意的独立完整的感性世界，蕴含了中国独特的哲学思维和审美文化心理，因而与西方的意象说截然不同。意象说呈现出如下几个特征：整体性与直观性，朦胧性与多义性，直觉性与抒情性，并且表现出哲理性特征和现代价值。

## （一）意象的整体性与直观性

西方意象世界的建构更多是需要抽象思维的参与，意象往往被当作一个语素——文学本体的最小结构单位实现参与建构文本意义的功能，意与象是分离的，如象征主义就是通过诗歌意象暗示隐藏在自然世界之后的超验的理性世界。中国的意象则呈现出整体直观的特征，意象并非传达意义的工具，而是表达本身的目的；意象并非意和象的简单相加，而是二者融会而成的独立完整的感性世界。

意象在艺术构思阶段表现为外在物象和内心情感结构激荡交融而产生的浑然一体的心中之象，在文本物化阶段则是将完整的想象之表投射到文本结构之上形成的情景交融、虚实相生的表意性艺术形象，这种形象可以构成含蓄蕴藉的整体性审美境界，读者在审美鉴赏活动中无法从艺术境界中单独撷取一意或一象，而是直接与作为整体的意象世界神会沟通，获知创作主体的整体审美感受。

另外，意象本身是一个层次多元的整体结构，包含了实象和"象外之象"、文内之旨和"文外之重旨"、言内之意和"韵外之致"等相反相成的结构层次，形成了虚实相生、有无相对的审美境界。意象的直观性不仅表现为生动直观的视觉形象，更是超越了视觉形象，把握事物内在的神理意蕴，并且能达到对宇宙生命的整体直观。在艺术批评中以意象品评艺术风格、品鉴人物风貌、鉴识艺术高低，可以使读者对抽象的理论内容有更加具体直观的领悟，更容易获得理解基础上的共鸣，如严羽以"羚羊挂角"、"水中之月"形容虚境，这是中国美学的独特创设。

## （二）意象的朦胧性与多义性

意象因其情景交融的结构特征、虚实相生的表现特征和含蓄蕴藉的情感特征，呈现出朦胧多义的审美效果。

首先，在文学构思阶段，情感和物象始终处于相互引发、相互建构的动态关系之中，物象为主体情感的生发提供了材料储备和感官刺激，主体则召唤物象并将物象转换为浸润着情感的表象，这两个过程是同步的、混融的，因而作者的创作思路对于读者来说神秘难解；在文学创造的物化阶段，创作主体以情感熔裁物象，以物象比兴情感，情感自然含蕴于物象之中，并不直露或密集，物象玉成于情感之际，并不粘著或铺陈，二者皆不突出，苏轼曾删去《渔翁》一诗的后两句，原因就是说理太透则太突出，如此读者就难以透过意象直接洞察作者之意，对意象的解读自然就产生了多义性。

其次，中国古典文学强调虚实相生、以实带虚，其中实写的是景，虚写的是复杂情感，强调以虚境开拓多元的审美想象空间。虚境本就轻灵透莹、难以言喻，与现实生活保持一定的距离，因而读者在将虚境转化为可知可感的具体形象的过程中，自然会产生求解的多种可能。

再次，情韵婉转、余味曲包是古典意象的审美追求，皎然曾指出"诗有四深"，包括"气象氤氲"、"意度盘礴"、"用律不滞"、"用事不直"，从不同方面规定了诗歌创作中意象营构的朦胧美的要求，以此产生较强的暗示性和象征性，读者根据各自的修养学识和审美感受力会产生不同的体悟。

### （三）意象的直觉性与抒情性

意象的直觉性与抒情性特征体现出文学创作的思维方式和审美态度的特殊性。

首先，创作主体营构意象和读者观照意象都是直觉性的思维活动，如叶燮曾提出"默会意象之表"，"默会"指的是诗人在情感的触发下对外在事物获得刹那间感悟的活动，通过这一活动可以将心理直觉转化为"意象之表"；严羽则有基于禅悟的"妙悟"说，认为诗人可以通过潜心欣赏艺术作品，获得一种艺术感受能力，从而可以不凭理性思考就直接领会诗歌的情趣韵味，严羽将艺术欣赏过程理解为完全直觉式的心理活动。

其次，意象不排斥事理的表达，但将事理熔铸于意象的过程需要直觉思维的参与，叶燮曾指出，事、理的选取须是"无是事"和"名言所绝之理"，事、理的熔裁则须分别合于主观真实和审美感性，如此叶燮就通过直觉式思维将事理的表达融入了"意象之表"。

再次，对意象的营构存在"以我观物"和"以物观物"两种审美态度，"以我观物"自然是以我的情感勃发统率物象，"以物观物"则是我的情感经过外物的陶冶、净化而趋于物我两忘的境界，我的情感虽然被客体化了，却玉成于自然造化之中，物我达成了更高层次上的和谐统一，形成了静穆澄莹的审美效果，两种审美态度都具有抒情的本质特征。

### （四）意象的哲理性与现代价值

意象从《易》象的哲学系统中脱胎而出，意象论在发展的过程中不断从儒释道文化中汲取养料，追溯意象的源头，辨析其内涵，便可发现其哲理性特征，品藻其现代价值。

首先，意象体现了"尚象"的思维模式，"尚象"说可以追溯至《周易》的"立象尽意"、老子的"大象无形"和庄子的"象罔"学说，古人认为"象"有形迹可寻却又超越形迹之外，可以在感知事物整体形象的基础上直觉到事物的本质规律，意象正是立足于"尚象"传统，透过"象"的形貌而取其神韵，将其融入"意"中，从而达到喻理抒情的效果，"象"与"意"由此而圆融无碍、浑然一体。

其次，审美意象的营构体现了中国古典生命哲学，意象超越了滞实的状态，以灵动透莹、浑然无迹为审美追求，从而使鉴赏者得以在有无相对、虚实相生、动静相成的生命律动中把握生生不息的宇宙内在精神，与创作者充盈于天地间的生命本体神会沟通。

再次，意象体现了天人合一、物我混融的中国古典哲学思维，可以使人超越具象之观而直达本体之道，这不同于西方主客二分的思维模式。西方哲学认为主体可以逃离外物并用逻辑推理和概念思维认知外物，在这个过程中主客体之间是割裂的，因而主体无法把握最高的本体。可见意象说体现了中国哲学思维的特点，它是建立独具民族特色的哲学体系和美学体系的重要保证，当下我们立足于中西美学的交汇点上，实现意象理论的现代转换，将会有利于中国古典文论体系焕发新生。

## ◎ 问题思考

1. 中国文论和西方文论的"意象"说有何异同？
2. "意象"的源头在哪里？其何时成为一个审美范畴？
3. "意象"说是如何运用于艺术批评领域的？请举例说明。
4. "意象"说有哪些审美特征？其现代价值体现在何处？
5. 近现代以来的文论家是如何在汲取西方思想的基础上，实现古典意象理论的现代转换的？

## ◎ 参考书目

1. 叶朗：《中国美学史大纲》，上海人民出版社，1985 年。
2. 胡雪冈：《意象范畴的流变》，百花洲文艺出版社，2002 年。
3. 宗白华：《宗白华全集》，安徽教育出版社，2008 年。
4. 徐扬尚：《中国文论的意象话语谱系》，中国社会科学出版社，2012 年。
5. 陈伯海：《意象艺术与唐诗》，上海古籍出版社，2015 年。

# 文 以 载 道

　　道是中国哲学思想最高的境界，最集中地体现了中华文化的精神。什么是道？《左传·哀公十一年》说："盈必毁，天之道也。"孔子说："朝闻道，夕死可矣。"（《论语·里仁》）老子则说："道生一，一生二，二生三，三生万物。"（《老子·第四十二章》）又说："道法自然。"（《老子·第二十五章》）中国的学术一直以"道"论为核心，表现在文学理论上就是著名的"文以载道"说。那么，什么是"文以载道"？这一文学观念何时起源？"文"与"道"之间的关系究竟如何？"载道"说是否真如个别道学家所说，否认了"文"的存在？它对今天的文学艺术创作又有何启示？

## 一、释 名 彰 义

### （一）语义界定

　　"文"字很早就用来表示彩色交错，随着社会发展、人认识能力的提高，"文"又有花纹、纹理、文采、文章和礼乐制度等含义。"道"，在西周金文中像人站在十字路口。道的本义为道路，许慎《说文解字》："道，所行道也。从辵从首。一达谓之道。"人们依循所行之道，可以达到目的，因此"道"有方法、途径之意。《尚书·洪范》说："无有作好，遵王之道。"再由此延伸，"道"逐渐发展成某种实现理想社会的政治主张。孔子曾说："道不同，不相为谋。"（《论语·卫灵公》）孔子向往三代礼乐之治，故其学说偏重人伦道德的复兴。人走路要遵循道，日月星辰同样遵循各自的轨道运行，因此道具有了事物所遵循的规律、准则的意义。正如在老子那里，"道"是天地万物的来源，"道"是天地万物存在的根据。

　　中国文论认为文与道有着天然的联系。作为文论话语，"文以载道"虽然由宋代理学家周敦颐在《通书·文辞》中正式提出，其源头却在先秦时期就已萌芽。具体而言，它有如下含义：其一，"文以载道"说以儒家思想为基本内核。它要求创作主体有较高的道德修养，强调作家关注现实，反映民生疾苦，并希望创作能对实际事功产生影响。其二，魏晋以后，玄学昌盛，"文以载道"说吸收了道家"道法自然"等本体观念，强调创作必须是真情的自然流露，从而丰富了自己的内涵。其三，"文"与"道"相通相融，并行不悖。"载道"说并不否认文的存在，文章既然是道的体现，它与具有本体意义的道就有天然关联。文章能够"载道"，这就将文学提升到本体论的高度。

### (二) 中西比较

在中国文学理论批评体系中,"文以载道"属于本体论范畴,它强调以"道"为文之内容、根据。这里"文"、"道"的内涵都十分丰富。按照刘勰《文心雕龙》的观点,广义之"文"(天地万物之文)所体现的"道"近乎老庄的自然之道;狭义之"文"(即人文)所体现的"道"则是具体的儒家社会政治之道。西方文论中,与道具有同等重要地位的概念,为理念(idea)或逻各斯(logos)。钱锺书指出:"古希腊文'道'(logos)兼'理'(ratio)与'言'(oratio)两义,可以相参。"①曹顺庆也将"道"与"逻各斯"进行对比,他认为"道"与"逻各斯"都是"永恒"(常)的,都是"言谈"、"道说"之意,都与规律或理性相关,二者的不同之处在于"有与无"、"可言者与不可言"和"分析与体悟"②。这些说法都是十分精审而博洽的,还需补充一点,即在"文以载道"的影响下,作家创作都是就事论事、有具体的政治目的,他们并没有一定的理论来指导、约束创作,这和西方理性主义所要求的抽象议论有本质的不同。

# 二、原始表末

文与道是中国文学史乃至学术史上的一个重要命题,它与儒家学说有密切关系。先秦时期,"文"包含于六艺之中。孔子以六艺教导学生,道、德、仁、艺既是孔子自身治学与修养的标准,也是其对弟子的要求。《周易·系辞》:"形而上者谓之道,形而下者谓之器。"道是玄妙的,而艺则是具体的。正确的道德观会指导艺术实践,反之艺术实践也会促使道德观念更加真切和深化。君子在技艺(包括文艺创作)的修养中可以体悟"道"的境界,这一观念成为后来士人修身治学的准则。

将文道关系加以系统化并奠定其正宗地位的是荀子。荀子在孔子学说的基础上融合先秦各家的观点,提出了自己系统的看法。他认为"道"是万物的本源,但"道"并非常人所能识,唯有圣人"知通夫大道"(《荀子·哀公》)。"圣人"既然是沟通大道的关键,便能通过《诗》、《书》、《礼》、《乐》等文来传道。因此,原道须"以圣王为师"(《荀子·正论》)并学习经典。

两汉向来称为"经学的时代",汉武帝罢黜百家,独尊儒术,儒学成为正统,并有了较为充分的发展。《乐记》、《毛诗序》等作品在总结先秦儒家文艺思想的基础上,进一步阐明了音乐、诗歌言志抒情的特征,并指出它们与政治、道德、风俗有密不可分的关联。不过,汉儒解诗往往附会政治,多穿凿之说,极端强调美刺讽谏,也遮蔽文学的审美特性。这种功利性的文学观念,对后世产生了消极影响。

魏晋南北朝时,由于文学观念日趋具体明确,刘勰在前人基础上更为系统地阐述了"文"源于"道"的观点。如果说屈原《橘颂》"青黄杂糅,文章烂兮"已经蕴含了"文章"的内在之美,那么刘勰《文心雕龙·原道》则彻底把文采的重要性与丰富性彰显出来了。

---

① 钱锺书:《管锥编》第2册,生活·读书·新知三联书店,2007年,第639页。
② 曹顺庆:《道与逻各斯:中西文化与文论分道扬镳的起点》,《文艺研究》,1997年第6期。

此外，刘勰还在《文心雕龙·情采》中说："故立文之道，其理有三：一曰形文，五色是也；二曰声文，五音是也；三曰情文，五性是也。"可见文章需要形、声、情兼备，才能流传后世。刘勰的贡献，在于援引魏晋玄学的"自然之道"，大大丰富了"文以载道"的内涵。

中国的文化传统是在各种学派相互碰撞、融合及渗透中形成的。魏晋以降，儒释道三位一体的文化格局逐渐形成。从荀子、刘勰再到韩愈，"文以载道"说的演变过程清晰地展现了这一点。

"文以载道"作为一个命题，主要是在唐宋古文运动中提出的。从本质来说，唐宋古文运动并不只是纯粹反对骈文，它同时也是一场儒学革新运动。韩愈文备众体，是唐代复兴儒道的第一人，其贡献在于重倡儒学，建立一新"道统"，开宋儒门户。在韩愈号召"修其辞以明其道"（《争臣论》）的同时，柳宗元也明确提出"道假辞而明"（《报崔黯秀才论为文书》）、"文者以明道"（《答韦中立论师道书》）的观点。他们的学术、文章都深刻影响了宋代的古文发展。

北宋散文是中国散文史上的又一高峰。北宋各家大多主张以"道"为文之内容，以扫除五代以来的文坛乱象。但理学家和古文家在"文"、"道"关系处理存在分歧。宋初，柳开、石介等人盛称韩文，他们标举道统，并有蔑视文艺的倾向。这种观点后来发展为理学家周敦颐的"文以载道"、程颐的"作文害道"的思想，将"文"、"道"割裂开来，以"文"为附属于"道"的工具，甚至认为"道"之外的任何学问都是"玩物丧志"，从而彻底否定文学。南宋初，朱熹集理学之大成，倡言"这文皆从道中流出"（《语类》卷一三九），同时指出："文与道两得而一以贯之，否则亦将两失之矣。"（《与汪尚书》）

古文家的观点有所不同。主盟一时的王禹偁重视韩愈古文，提出"夫文传道而明心也"（《答张扶书》），主张在继承圣贤之道的同时，调动创作主体的精神。王禹偁为文平易、晓畅的特点也影响了后来的古文家。欧阳修接续王禹偁的论点，提出"道胜者文不难而自至"（《答吴充秀才书》）等说，反对空头文学家，突出"道"的现实意义，并肯定"文"的独立地位。苏轼的"有道有艺"说则将创作的形象思维与艺术表现手法的作用提高到更加重要的位置。唐代古文运动自韩、柳以后，到了晚唐即衰落下去，骈文重新占据主导地位。经过欧阳修、曾巩、王安石、三苏的努力，古文终于取得彻底胜利。

明代前后七子的复古运动，提倡"文必秦汉"，对古文运动有所贬抑，但自身没有多少创作实绩。王慎中、唐顺之等唐宋派古文家提出"唐宋八大家"之说，然文章气象已不可与宋人比拟。及至清代，以文统、道统自任的"桐城派"，讲求义理、考据、辞章，以姚鼐成就最高，成为中国古代散文最后的高峰，影响持续到"五四"时期。

"五四"新文学为了确立新的文学观念，对"文以载道"说进行了反思和批判。陈独秀、周作人、茅盾等人认为韩愈等人的"文以载道"说是工具论的文学观，从作家到作品，无不受其束缚。郭绍虞、钱锺书等人持保守的态度，认为文道关系并行不悖，"文以载道"说有其合理性。郭沫若、周扬等人则借"文以载道"说提倡革命文学，不过这里的"道"已经不是传统的孔孟之道，而是新的社会意识。实际上，清末梁启超提倡"小说界革命"，其《论小说与群治之关系》论"小说有不可思议之力支配人道故"，亦与传统之"文以载道"说息息相通也。

# 三、选文定篇

## （一）荀子论道：宗经、征圣、明道说的先声

圣人也者，道之管也。天下之道管是矣，百王之道一是矣，故《诗》、《书》、《礼》、《乐》之归是矣。《诗》言是，其志也；《书》言是，其事也；《礼》言是，其行也；《乐》言是，其和也；《春秋》言是，其微也。故风之所以为不逐者，取是以节之也；《小雅》之所以为《小雅》者，取是而文之也；《大雅》之所以为《大雅》者，取是而光之也；《颂》之所以为至者，取是而通之也：天下之道毕是矣。

（《荀子·儒效》，据王先谦撰《荀子集解》上册，中华书局，1988年，第133—134页）

先秦时期，文学观念处于发生、发展的初期，文学思想往往包含在整个学术思想之中。荀子的学说以儒为本，兼综各家观点。他特别强调对道的体悟，认为："辨说也者，心之象道也。心也者，道之工宰也。道也者，治之经理也。心合于道，说合于心，辞合于说。"（《正名》）这是一种文以明道的主张。荀子的道既是儒家的圣人之道，同时又是具有超越意义的本源之道。荀子认为万物都有道，"万物为道一偏"（《天论》），但天道深微，唯有圣人方能通晓大道。圣人是沟通大道的关键，所谓"百王之无变，足以为道贯"（《天论》）。而圣人的情志、事迹、思想又熔铸在经典当中。因此人们为了明道，必须师法圣王，学习经典。荀子对《诗》、《书》、《礼》、《乐》等经典的特质有深彻的认识，他认为《诗》是抒写心志的、《乐》是中和情性的，文艺有其独特的明道方式。"道——圣——经"一体的文学观念，在先秦时代首见于荀子，它对后世的文学观念有着广泛而深远的影响。

## （二）刘勰原道：会通自然与名教

文之为德也大矣，与天地并生者何哉？夫玄黄色杂，方圆体分，日月叠璧，以垂丽天之象；山川焕绮，以铺理地之形：此盖道之文也。仰观吐曜，俯察含章，高卑定位，故两仪既生矣。惟人参之，性灵所钟，是谓三才。为五行之秀，实天地之心。心生而言立，言立而文明，自然之道也。

爰自风姓，暨于孔氏，玄圣创典，素王述训，莫不原道心以敷章，研神理而设教，取象乎《河》、《洛》，问数乎蓍龟，观天文以极变，察人文以成化；然后能经纬区宇，弥纶彝宪，发辉事业，彪炳辞义。故知道沿圣以垂文，圣因文而明道，旁通而无滞，日用而不匮。《易》曰："鼓天下之动者存乎辞。"辞之所以能鼓天下者，乃道之文也。

（刘勰《原道》，据范文澜注《文心雕龙注》上册，人民文学出版社，1958年，第1—3页）

刘勰原道篇没有按照汉儒诗教展开，而是从自然本身（"天文"、"地文"、"人文"）的丰富、韵致、美丽讲起，充满赞美之情。在刘勰看来，文普遍存在于日月山川、云霞动

植、林籁泉石当中，人为万物之灵，发为语言文章，也有文采。刘勰以自然之道为人文的产生找到了根据，这一说法不仅将文提升到本体论的高度，同时也为作家表现性情、文章风格多样化找到了根据。作为"道之显"的文各不相同，那么人的文采亦会因性情不同而有所差异。《情采》篇还据此要求文章须有形、声、情之美。此后，文学就日益繁荣了。

刘勰的观点深受当时玄学的影响。关于魏晋玄学，余敦康曾指出："玄学的主题是自然与名教的关系，道家明自然，儒家贵名教，因而如何处理儒道之间的矛盾使之达于会通也就成为玄学清谈的热门话题。"[①]刘勰叙述人文产生，一方面认为道通过圣人表现为经典，圣人依据经典来阐明道；另一方面又以"自然之道"对两汉经学时代功利性文论作了修正和补充。因此纪昀说："自汉以来，论文者罕能及此。"又说："文以载道，明其当然；文原于道，明其本然，识其本乃不逐其末。"

### (三) 韩愈载道：古文运动与新道统

> 夫所谓先王之教者，何也？博爱之谓仁；行而宜之之谓义；由是而之焉之谓道；足乎己，无待于外之谓德。其文《诗》、《书》、《易》、《春秋》，其法礼乐刑政，其民士农工贾，其位君臣、父子、师友、宾主、昆弟、夫妇，其服麻丝，其居官室，其食粟米果蔬鱼肉：其为道易明，而其为教易行也。……曰：斯道也，何道也？曰：斯吾所谓道也，非向所谓老与佛之道也。尧以是传之舜，舜以是传之禹，禹以是传之汤，汤以是传之文、武、周公，文、武、周公传之孔子，孔子传之孟轲，轲之死，不得其传焉。荀与扬也，择焉而不精，语焉而不详。由周公而上，上而为君，故其事行。由周公而下，下而为臣，故其说长。然则，如之何而可也？曰：不塞不流，不止不行。人其人，火其书，庐其居，明先王之道以道之，鳏寡孤独废疾者有养也：其亦庶乎其可也？

> (韩愈《原道》，据马其昶校注《韩昌黎文集校注》上册，上海古籍出版社，2014年，第19—21页)

韩愈为"唐代文化学术史上承先启后、转旧为新关捩点之人物"[②]，他开创了新的文统、道统。韩愈反复申说自己"志在古道"（《答陈生书》），"思古人而不得见，学古道而欲兼通其辞"（《题欧阳生哀辞后》）。韩愈的古道是正统的儒家仁义之道，他的"修其辞以明其道"的主张有非常切实的社会政治目的，那就是通过写文章来提倡仁政、除弊救时。他一方面反对靡丽的骈文，提倡散体的古文；另一方面独尊儒统，力排佛老，"回狂澜于既倒"（《进学解》）。他还主张学习古文要以立行为本，只有出入仁义，富蓄万物，散文写作才能清晰流畅。作为唐代古文运动的领袖，韩愈的思想学说、文学实践振起一时，宋代新儒学、新古文运动也无不受其影响。

---

① 余敦康：《魏晋玄学史》，北京大学出版社，2004年，前序第1页。
② 陈寅恪：《金明馆丛稿初编》，生活·读书·新知三联书店，2001年，第332页。

### (四)苏轼论诗书画：有道有艺、技道两进

> 少游近日草书，便有东晋风味，作诗增奇丽。乃知此人不可使闲，遂兼百技矣。技进而道不进，则不可，少游乃技道两进也。
>
> (苏轼《跋秦少游书》，据孔凡礼点校《苏轼文集》第 5 册，中华书局，1986 年，第 2194 页)

> 画日者常疑饼，非忘日也。醉中不以鼻饮，梦中不以趾捉，天机之所合，不强而自记也。居士之在山也，不留于一物，故其神与万物交，其智与百工通。虽然，有道有艺，有道而不艺，则物虽形于心，不形于手。
>
> (苏轼《书李伯时山庄图后》，据孔凡礼点校《苏轼文集》第 5 册，中华书局，1986 年，第 2211 页)

苏轼是宋代最有影响力的文人，他的诗、词、文、赋、书、画都达到很高的造诣。苏轼对文道关系十分看重，他赞赏韩愈"文起八代之衰，道济天下之溺"(《潮州韩文公庙碑》)。不过，与韩愈相比，苏轼的"道"不拘于儒门道统，范围更加宽广。他认为："古之学道，无自虚空入者。轮扁斫轮，佝偻承蜩，苟可以发其智巧，物无陋者。聪若得道，琴与书皆与有力，诗其尤也。"(《送钱塘僧思聪归孤山叙》)这里的"道"更近于法度。苏轼的论说明显受《庄子》影响，然其观察世界的角度、对学道方法的论说则更为切实。在苏轼看来，诗、书、画都是明道的绝佳途径。他继承前人观点，认为人格的修养与完善十分重要，甚至超越技法之上，因此"技进而道(个人修养)不进，则不可"。然而有无高超的艺术表现力仍为判断作品优劣的标准，所以"有道(观物深彻)而不艺，则物虽形于心，不形于手"，唯有"有道有艺""技道两进"，方能达到"神与万物交"的艺术境界。

### (五)姚鼐合道：古典散文最后的高峰

> 言而成节合乎天地自然之节，则言贵矣。其贵也，有全乎天者焉，有因人而造乎天者焉。今夫六经之文，圣贤述作之文也。独至于《诗》，则成于田野闺闼、无足称述之人，而语言微妙，后世能文之士，有莫能逮，非天为之乎？然是言《诗》之一端也，文王、周公之盛，大小雅之贤，扬乎朝廷，达乎鬼神，反复乎训诫，光昭乎政事，道德修明，而学术该备，非如列国《风》诗采于里巷者可并论也。夫文者，艺也。道与艺合，天与人一，则为文之至。世之文士，固不敢于文王、周公比，然所求以几乎文之至者，则有道矣，苟且率意，以觊天之或与之，无是理也。
>
> (姚鼐《敦拙堂诗集序》，据刘季高标校《惜抱轩诗文集》，上海古籍出版社，1992 年，第 49 页)

姚鼐在桐城派中地位最高。他的古文理论和创作兼擅方苞、刘大櫆之长，在继承桐城家法的同时，又能别开生面。清代学术有汉学和宋学之争，理学家和考据家又多轻视文章，面对这种情形，姚鼐提出义理、考据、辞章三者合一的纲领。姚鼐以义理(程朱理

学)为主干,又超越义理。他从中国传统的天人合一思想来论述文章的风格美,认为:"天地之道,阴阳刚柔而已。文者天地之精英,而阴阳刚柔之发也。"他重视文章的音节,认为语言之所以珍贵,在于"合乎天地自然之节",是"因人而造乎天者"。姚鼐还说:"诗文皆技也,技之精者必近道,故诗文美者命意必善。"(《答翁学士书》)郭绍虞《中国文学批评史》指出:"天者性分之事,极其才可以成为艺;人者修养之功,充其学可以进于道。于是便由天与人一,而讲到道与艺合。"姚鼐的文论精密、踏实,其所谓"道与艺合,天与人一",至今仍有重要的借鉴意义。

### (六) 近代以来对"文以载道"的不同态度

文学最先是混在宗教之内的,后来因为性质不同分化了出来。分出之后,在文学的领域内马上又有了两种不同的潮流:(甲)诗言志——言志派;(乙)文以载道——载道派……这两种潮流的起伏,便造成了中国的文学史。……言志派的文学,可以换一名称,叫做"即兴的文学",载道派的文学,也可以换一名称叫做"赋得的文学",古往今来有名的文学作品,通是即兴文学。

(周作人《中国文学的变迁》,据周作人著《中国新文学的源流》,华东师范大学出版社,1995年,第17—18、38页)

唐人与宋人之文学观,其病全在以文与道混而为一。但中间亦自有区别。唐人主文以贯道,宋人主文以载道……谓文以贯道,是主张因文以见道,虽亦重道而有意于文;谓文以载道,是主张为道而作文,只重在道而无事于文。贯道是道必藉文而显,载道是文须因道而成,轻重之间,区别显然。

(郭绍虞《文学观念与其含义之变迁》,据郭绍虞著《照隅室古典文学论集》上册,上海古籍出版社,1983年,第100页)

唐宋古文自成流派,提倡"文以载道"。韩、柳以至曾国藩的文章简练、逻辑性强,是值得借鉴的,至于他们载封建主义之道,我们则可载革命之道嘛。

(周扬《在上海文学界创作座谈会上的发言》,据周扬著《周扬文集》第3卷,人民文学出版社,1990年,第193页)

1917年发生的文学革命,标示着古典文学的结束,现代文学的开始。胡适率先提出《文学改良刍议》,其中第一条主张就是"言之有物",并特别标明:"吾所谓'物',非古人所谓'文以载道'之说也。"此后,文以载道说一直成为学者批评的对象。如陈独秀认为文学非为载道而设,韩愈以来所谓载道之文,不过抄袭孔孟的门面语。周作人从"诗言志"中提出"言志"二字,与"载道"对立,认为"言志"的文学是好的,"载道"的文学是坏的。茅盾、郑振铎、刘半农等人也从不同角度抨击"文以载道"。应当指出,新文学运动对载道说进行猛攻,主要是为了让文学独立起来,不过,由于新文学一开始就有承载新的社会思潮的功能,它反对传统的"文以载道",实际也是一种载道。当"文学革命"变为"革命文学",这种情形更为突出。郭沫若为"文以载道"辩护,其《文学革命之回顾》认为此前抨击的是封建社会的忠孝节义，现在应载"自由平等的新道"。周扬大致也持这一看法。郭绍虞的态度与上述两派都有不同。他认为历史事实错综复杂，应当立足古代文论的发展过程，并具体分析历代文道关系的差异。郭绍虞的见解值得重视。历史上"文以载道"的观念不断变动，其间的流变、得失，都是人们需要认真辨别，并加以总结的。

# 四、敷理举统

作为中国思想史上的重要命题，"文以载道"说本身即可构成一部丰富的学术史。文与道之间有没有关系，二者之间究竟是什么样的关系？这是一个关乎文学、道德、思想、社会和政治等多层面的文化问题。它是时间的，因为传统士人在回望历史中求取"古仁人之心"；它同时也是空间的，因为人们在对现实的观照中把握具体的艺术实践。作为中国文学艺术的突出传统，它具有三方面的特性：其一，哲学政治层面的超越性与实践性；其二，个人修养层面的道德性与个体性；其三，文学艺术层面的思想性与技巧性。

**（一）文以载道的超越性与实践性**

"文以载道"在中国古代政治文化中是一种具有超越性与实践性的思想。先秦以来，"道"逐渐成为中国哲学思想最高的范畴，具有一种普遍的超越意义。如果说儒家是以道德理想的提升而达到超凡入圣的天人合一、天人合德的境界，那么道家则是以虚静的心态去除凡俗，从而达到精神的宁静与自由。儒道思想构成了中国传统文化的两大支柱，儒家重人文，道家贵自然，二者在文化整合中共同构筑了"道"的超越意义。

"文以载道"的超越性既表现为"道"本身的超越意义，又体现在载道之"文"所蕴含的超越性。刘勰认为："三极彝训，其书曰经。经也者，恒久之至道，不刊之鸿教也。故象天地，效鬼神，参物序，制人纪，洞性灵之奥区，极文章之骨髓者也。"（《文心雕龙·宗经》）欧阳修也指出："六经非一世之书，其将与天地无终极而存也。"（《廖氏文集序》）

中国文化的特点是"推天道以明人事"（《四库提要·经部易类序》），先秦诸子的道论既是哲学思想，也是政治主张。因此，"文以载道"从一开始即具有实践的品格。"文以载道"的观念包含着传统士人对理想政治的渴求，它要求创作主体关注社会现实，反映民生疾苦，并希望创作能对实际事功产生影响。

强调文道一贯的韩愈曾如此申明自己的志向："明先王之道以道之，鳏寡孤独废疾者有养也"（《原道》）。韩愈看到唐代佛教对社会造成巨大危害，因而写作《谏迎佛骨表》。他在"古道"的感召下，为文阐发儒家的人文精神（特别是德治、仁政、王道思想），对现实政治和社会进行严肃负责的理性批判。韩愈的学术文章、人格垂范，既是实践的，也是超越的。

**（二）文以载道的道德性与个人性**

在传统文化的思维模式与艺术评判体系中，道心即文心，文品即人品，因此"文以载道"的观念要求创作主体有较高的道德修养、人格修养。苏门学士秦观《答傅彬老简》谓："苏氏之道，最深于性命自得之际。"黄庭坚指出："学书要须胸中有道义，又广之以圣哲之学，书乃可贵。若其灵府无程，政使笔墨不减元常、逸少，只是俗人耳。"（《书缯卷后》）朱熹强调："然则诗者，岂复有工拙哉？亦视其志之所向者高下如何耳。"（《答杨宋卿》）刘熙载认为："心不若人，而欲书之过人，其勤而无所也宜矣。"（《艺概·书概》）在传统文人眼中，艺术是依赖于对"道"的领悟而递进的，如果对"道"没有深切、真实的领悟，艺术便不可能达到一定的高度。这种"即器以明道"的思维方式，反映了传统士人对文道关系辩证的态度。"道"不是外界强行赋予的，而是文人士大夫们内在的、自觉的追寻。

新文化运动中，许多学者批判"载道"说束缚作家个性，这是问题的一个方面。不过我们也应当认识到，"文以载道"观同样重视调动人的主观精神。孔子曾说："人能弘道，非道弘人。"（《论语·卫灵公》）"游于艺"的主体是人，艺与道都是靠"人"才能光大起来。王禹偁对此显然深有会心，他提出："夫文，传道而明心也。"（《答张扶书》）这里的"明心"可以等同于"诗言志"之"言志"。白居易强调："惩劝善恶之柄，执于文士褒贬之际焉；补察得失之端，操于诗人美刺之间焉。"（《策林六十八·议文章》）白居易同样突显了"文士"、"诗人"的重要地位。

此外，认为"载道"说造成文章风格单一化的说法也有问题。柳宗元在《答韦中立论师道书》中提出"文者以明道"的主张，他同时也说："参之穀梁氏以厉其气，参之《孟》、《荀》以畅其支，参之《庄》、《老》以肆其端，参之《国语》以博其趣，参之《离骚》以致其幽，参之《太史公》以著其洁，此吾所以旁推交通，而以为之文也。"这虽然是说明为文需要博采众长，却从侧面点出了一个事实，即由于创作主体的不同，载道之文亦因其情志有别而风格各异。

### （三）文以载道的思想性与技巧性

"文以载道"要求艺术的尽美，和情志的尽善，两者大致对应于文学的技巧性和思想性的问题。古人主张一种明道而富有文采的作品，又说"道与艺合"、"心手合一"。道学家在处理文道关系时或许更侧重于"道"的呈现，然而空谈"道"而忽视"技"的练习，这种"道"就会偏于干涩而失去艺术的感染力。文以载道说到底还是一个表达的问题。所以即便是认为"文章为道之筌"的柳开，也不得不承认这个"筌"不可妄作，"筌之不良，获斯失矣"（《上王学士第三书》）。

这里，苏轼的意见值得重视。苏轼一方面主张"诗须要有为而作"（《题柳子厚诗》），另一方面又根据自己创作的甘苦申述琢磨技艺的必要。《答谢民师书》说："求物之妙，如系风捕影，能使是物了然于心者，盖千万人而不一遇也，而况能使了然于口与手者乎？是之谓辞达。辞至于能达，则文不可胜用矣。"可见"辞达"并不是那么容易办到的。写文章须得之于心，而应之于手，心手契合，才能将"道"之体悟，恰当地用"文"表达出来。柳宗元同样感叹："吾每为文章，未尝敢以轻心掉之……抑之欲其奥，扬之欲其明，疏之欲其通，廉之欲其节，激而发之欲其清，固而存之欲其重，此吾所以羽翼夫道也。"（《答韦中立论师道书》）古人何以立言不朽？从柳宗元的话中，我们或许可以窥其精要。"文章千古事，得失寸心知。"（杜甫《偶题》）文与道的奥妙，值得每一个文学艺术的从业者深思。

◎ **问题思考**

1. 中国文学批评史中的"文以载道"说有何内涵？
2. 试论《文心雕龙》的原道说。
3. 试论韩愈的文道观。
4. 宋代古文家与理学家论文道关系区别何在？
5. 历代学者对"文以载道"的论述对你有何启发？你如何看待文与道的关系？

◎ **参考书目**

1. 陈良运：《文与质·艺与道》，中国人民大学出版社，1992 年。
2. 陈良运：《文质彬彬》，百花洲文艺出版社，2001 年。
3. 朱刚：《唐宋"古文运动"与士大夫文学》，复旦大学出版社，2013 年。
4. 张炳尉：《儒家性命思想视野中的文道关系诸问题》，北京师范大学出版社，2013 年。
5. 祁志祥：《中国文学美学史》，山西教育出版社，2014 年。

创作论话语

# 神　思

　　文学创作需要好的构思，而这种构思又充满着突然性与触发性。塔楼暗角的希腊文"ΑΝΑΓΚΗ"（命运）的刻字曾触动了雨果的创作思绪：是谁刻下这个单词？他经历了什么？几个令人凛然心惊的希腊字母孕育出举世闻名的《巴黎圣母院》。作为一种创造性的艺术想象，一方面，这种"神思"难以捕捉，仿佛神授而不可得，另一方面，它又确实源于我们的学识积累与生活积淀。我们常常不得不讶异于作家或奇妙、或复杂、或深刻的创作构思，那么，这种文学创造是怎样产生的呢？是某种灵感或是天才吗？中国古人又是怎样论述这种创造性想象的呢？

## 一、释 名 章 义

### （一）语义界定

　　神是会意字，从示申。神最初的意思是神灵。《说文解字·示部》："神，天神，引出万物者也，从示，从申。"在此，"神"是人们对万物生长衰亡等自然现象的神秘想象，作为古人看待外部世界的一种描述，具有实体性质。这种"引出"的方式与过程暗含着人们只能凭借自己的思维水平去揣测的神秘性，所以，古人对"神"这种"实在"的体验，充满神秘与崇敬之感。老子以"道"取代"神"作为万物之本、万有之源，而庄子提出"神人"，将"道"彻底落实到现实之"人"。扬雄在《法言》序中，则提出了"神心"的概念："神心忽恍，经纬万方。"暗含着神与心之合一。

　　思是会意字，从田，从心。"田"指农田，引申指谷物粮食。"心"指牵挂考虑。因此，"思"本义为考虑收成、粮食等问题。引申义为考虑。其后，"思"的词义由具体化的事实体验转化为抽象化的内心思维过程。《说文解字·思部》："思，容也。""宀"是房屋，"谷"是空虚的山洼。房屋下能容下空虚的山洼，这个比喻性的说法表明了"思"的容纳性。

　　魏晋时，神、思逐渐凝缩成一个词，不再仅表示日常思维，而是指一种超凡的思维或智慧。在宗炳、刘勰的运用下，"神思"一词渐渐进入文学艺术领域。神思作为一个文化关键词，主要指一种文学创作思维。具体义项包括：第一，神思是一种形象思维，创造性的想象过程虽然离不开具体物象，但又须对其进行加工，形成创造性的意象；第二，神思强调内容与形式的不可分性，既是文学作品的想象过程，也是对词语的选取与运用。第三，神思注重创作主体的情感活动。文学创作过程包含着强烈的情感活动，神思与创作主体的个人经验紧密相关。

### (二) 中西比较

"神思"在中国古代文论中属于创作论范畴,西方文论中与之相似的是想象论。想象论源自亚里士多德的模仿论,后经斐罗斯届拉塔斯、朗吉弩斯以及普鲁塔克等人的发展,于 18 世纪末 19 世纪初成熟。两者有很多相通之处:第一,神思论与想象论都不是单一的概念范畴,而是一大理论体系,涵盖历史视域中的诸多文论或诗学理论。第二,两者都重视形象思维,刘勰强调"神与物游",在《论崇高》中,朗吉弩斯对想象进行界定:"即当你在灵感和热情感发之下仿佛目睹你所描述的事物,而且使它呈现在听众的眼前。"可见二者都与具体的形象相连。第三,神思与想象都体现为一种自由的创造性思维。刘勰说"思接千载",黑格尔说:"艺术作品的源泉是想象的自由活动,而想象就连在所以创造形象时也比较自由。"①他将艺术美的生成与想象联系在一起,成为一种创造活动。

神思与想象论也有很大的不同。第一,神思强调的是一种精神状态,也就是创作主体的"虚静"状态,并以此态把握世间动态。想象说则与西方的"迷狂"说或是"天才论"紧密相关,强调那个先验的创造性,在于凸显先验能力的艺术创造性。第二,神思论更多强调主客体的同一性,并不是一方占有绝对的主体地位,而是两者皆有一定程度的"神性",主客体是相融的。而想象论侧重主体的主导性,凸显客体的对象化。第三,神思论是以领悟或者说意会的方式把握主客体关系,这也是基于中国文论的诗性特征。而想象说则以思辨形式予以把握。这与西方哲学的思辨性密不可分。主客体关系是西方哲学中一个重要的哲学领域,比起中国传统文化中强调的同一性,思辨思维更加看重一种概念的分割。同时,想象论涵盖的学科更复杂,涉及的理论类型更多,区分更为细密,比如涉及哲学、美学、心理学等以及对想象与幻想的区分以及想象的层次划分等。

## 二、原 始 表 末

"神"、"思"二字最早连用,是在东汉王充的《论衡·卜筮》中:"夫人用神思虑,思虑不决,故问蓍龟,蓍龟兆数,与意相应,则是神可谓明告之矣。……一身之神,在胸中为思虑,在胸外为兆数,犹人入户而坐,出门而行也。"但是,"神"、"思"虽连用,但两字表示不同的内涵意义。王充只是把"思虑"看作"一身之神"的内在表现形式而已,此时的"神思"并未形成概念。

最早用神思一词的是汉末的韦昭。他在《鼓吹曲》("从历数")中写道:"建号创皇基,聪睿协神思。"这里的神思是用来形容人的精神面貌,与后来的神思概念有很大不同。真正从意义层面上将"神"、"思"二字连用的是曹植的《宝刀赋》:"乌获奋椎,欧冶是营。扇景风以激气,飞光鉴于天庭。……规圆景以定环,摅神思而造象。"这篇赋虽不是在说文学理论,而是铸造宝刀的体验,但是这里的"神思"已成为一个文学词语,并获得了意义上的统一性。不仅如此,"神思"与人的思维能力等方面的关系也在此中得到了建构。有学者认为,曹植所讲的"神思"是从"感梦通灵"而来,应该意指神启而产生思绪,即铸

---

① [德]黑格尔著,朱光潜译:《美学》第 1 卷,商务印书馆,1979 年,第 8 页。

造者受神灵的启发而产生的一种奇妙的幻像和思绪，然后根据神启的幻像而造像。① 总之，曹植的"摅神思而造象"的提法为神思说的形成奠定了基调。

曹植之后，"神思"已经具备某种意义建构，并作为一个独立词汇，广泛出现于各种典籍之中。如《三国志·杜琼传》引谯周语："由杜君之辞而广之耳，殊无神思独至之异也。"《三国志·楼玄传》引华严语："宜得闲静以展神思，呼翕清淳，与天同极。"但此时"神思"还只是一个普通词语，还没有上升为一个具有独立范畴意义、代表一定理论体系核心的关键词汇。只是它所凸显的人的主体性意识，在不知不觉中打开了人们的视域范围。总之，虽然各种"神思"的意义有一定差异，但都统一于思维这一领域。可以说，曹植的"神思"之说对"神思"论的形成产生了颇为重要的影响。

西晋时期，陆机《文赋》虽然没有直接使用"神思"一词，但已对"神思"特征进行了阐释。换言之，《文赋》中的语言表述已显现出刘勰"神思"的具体特征。如《文赋》提到的"精骛八极，心游万仞"、"观古今于须臾，抚四海于一瞬"等，都突显出了"神思"本身的想象性、自由性以及不受时空限制的特点。陆机在《文赋》中对"神思"的特征作了具有价值性的阐释，这对刘勰"神思"内容的形成与完善起到了十分重要的作用。但是，陆机对"神思"的阐释还处在一种描述层面，并未上升至论理层面。

刘宋时期，宗炳第一次将"神思"置于文艺理论的视域之下，并对其进行了较为系统的理论阐释。他在《画山水序》中云："应会感神，神超理得……万趣融其神思，余复何为哉？畅神而已，神之所畅，孰有先焉？"在这其中，关于"神"的概念隶属于思维层面，大多指的是人的精神或心理活动。在宗炳看来，人的思维是飘忽无端的，不受时空的限制，即"神本无端"，而艺术家能在打破现实限制的基础上，形象生动地展示人的精神和事物的事理，此乃"万趣融其神思"。可以说，"神思"在宗炳处已被阐释为一种关于艺术的创造性的思维理论。宗炳指出，在艺术创作中要注意"应目会心"，从而达到"应会感神，神超理得"的"畅神"境界。也就是说，"神思"对于艺术是具有本源意义的，而艺术的本质表现就是"畅神"。宗炳对"神思"的阐释与运用是在画论中，而刘勰则将"神思"嫁接到了文学理论领域。

《文心雕龙·神思》作为刘勰创作论的总纲，总领着《神思》之后至《总术》篇的内容。《神思》篇与后面的多篇内容共同构成了神思理论，主要论述创作方法。《神思》篇对《文心雕龙》的创作理论体系具有原点意义，它探讨的不仅是纯粹的艺术想象，更是整个文学创造活动。刘勰神思论的核心是"神与物游"。神思作为艺术思维活动，既有形象思维，又有抽象思维；既有审美体验，还有审美反思。值得注意的是，其言"文心"，着重强调的是"神思"中的文学特质，而不是其他艺术。其中涉及的"物—意—文"关系与"神与物游"颇有相似之处，而其中关涉的言意关系也是对《文心雕龙·神思》的开拓。

唐宋时期，诗歌高度发展。皎然《诗式》提出了一个重要概念——"意境"。"意境"涉及言外之意的论述，这是对神思论中"隐秀"概念的进一步发展。严羽《沧浪诗话》在禅学基础上提出了"妙悟说"，确定了"妙悟"的审美属性，也强调掌握艺术规律、创造艺术境界不是靠逻辑认识，而是靠感受性的心理体验和审美直觉的突然体悟。严羽强调艺术创作

---

① 李健、薛艳：《"神思"述源》，《江淮论坛》，2006 年第 1 期。

的审美特性，他认为"诗有别趣，非关理也"，诗要另有一种意趣，并非单纯的抽象说理。但是，这并不意味着放弃构思和结构，相反要突出主旨，使它不被材料典故的堆砌所淹没。

明代，最具有代表性的是公安派的性灵说。他们把情感的参与视为写作成功的重要因素之一，这是对神思论中情感因素的进一步深化。与公安派同时期，汤显祖的至情论则是这种创作论在戏剧艺术方面的发展。近代王国维提出的"境界"说中仍保留有神思说的影响痕迹。"以无观我"、"以我观物"还是"以物观物"都涉及文学创作中主客体间的关系，意境论则把创作中的神思意象提升到了更高的境界。意境论是对神思论在形象创造、情感交融上的一种深入。首先，王国维在意境论的阐释中突出"我"与"物"即主客体的关系，并强调这种关系直接影响意境的生成。在这一点上，与神思论仍密切相关。再者，意境的营造是以形象反映现实与主体情感的交融，王国维特别强调真情与境界的关联，则是对深思理论在情感方面的进一步提炼与深化。

# 三、选 文 定 篇

## (一) 陆机《文赋》

其始也，皆收视反听，耽思傍讯，精骛八极，心游万仞。其致也，情曈昽而弥鲜，物昭晰而互进。倾群言之沥液，漱六艺之芳润。浮天渊以安流，濯下泉而潜浸。于是沉辞怫悦，若游鱼衔钩而出重渊之深；浮藻联翩，若翰鸟缨缴而坠曾云之峻。收百世之阙文，采千载之遗韵。谢朝华于已披，启夕秀于未振。观古今于须臾，抚四海于一瞬。

然后选义按部，考辞就班。抱景者咸叩，怀响者毕弹。或因枝以振叶，或沿波而讨源。或本隐以之显，或求易而得难。或虎变而兽扰，或龙见而鸟澜。或妥帖而易施，或岨峿而不安。罄澄心以凝思，眇众虑而为言。笼天地于形内，挫万物于笔端。始踯躅于燥吻，终流离于濡翰。理扶质以立干，文垂条而结繁。信情貌之不差，故每变而在颜。思涉乐其必笑，方言哀而已叹。或操觚以率尔，或含毫而邈然。

（陆机《文赋》，据张少康集释《文赋集释》，人民文学出版社，2002 年，第 36、60 页）

陆机的《文赋》是中国文学批评史上系统地探讨文学创作问题的专著，展现了艺术构思的全过程。随着想象活动的发生，创作者仿佛凝神而断视听，心无旁骛地思考和探求，精神、思绪超越了时空限制，辐射到宇宙之外。当想象达到最高境界时，艺术形象在朦胧中豁然开朗，直至变得生动而鲜明，艺术意象逐渐生成。同时，还必须伴随着语言文字的物质化，但这个过程不是一个机械运作过程，而是在情思的交融中，那些富于表现力的词汇宛如自动咬钩的鱼儿被拉出了水面，修辞技法也在脑海中不断涌现，一同促成了文学作品的最终实现。一方面，陆机呈现了一种于瞬间阅尽古今万物的艺术构思之状，另一方面，也向我们揭示了艺术构思之难。当文思闭塞时，意象是若即若离的，在行诸文字之初，这种确定性也颇有所难。同时，不论是在虚静的酝酿阶段，还是在思绪飞驰之中，抑或是艺术传达阶段，情感始终在与形式物化相辅相成，贯穿于艺术构思之中。

### （二）顾恺之《魏晋胜流画赞》

凡画：人最难，次山水，次狗马，台榭一定器耳，难成而易好，不待迁想妙得也。此以巧历不能差其品也。

《小列女》：面如恨刻削为容仪，不尽生气，又插置丈夫支体，不以自然。然服章与众物既甚奇，作女子尤丽。衣髻俯仰中，一点一画，皆相与成其艳姿；且尊卑贵贱之形，觉然易了，难可远过之也。

《周本纪》：重叠弥纶有骨法，然人形不如《小列女》也。

《伏羲神农》：虽不似今世人，有奇骨而兼美好，神属冥芒，居然有得一之想。

《汉本纪》：季王首也，有天骨而少细美。至于龙颜一像，超豁高雄，览之若面也。

《孙武》：大荀首也，骨趣甚奇。二婕以怜美之体，有惊剧之则。若以临见妙裁，寻其置陈布势，是达画之变也。

（顾恺之《魏晋胜流画赞》，据俞剑华编著《中国画论类编》上卷，人民美术出版社，2016 年，第 347—348 页）

顾恺之提出"迁想妙得"说涉及的是作画构思活动中主客观的辩证关系。体现为一种相互表现与制约。在顾恺之看来，对于人物的刻画则是最为不易的。他指出，人物刻画注重传神，而准确把握人物之"神"就需要画家不断"迁想"，从而"妙得"其"神"。这要求画家不仅要仔细观察描绘对象的外在特征，同时能将自己内心的无限情思迁入客观对象，通过认真的揣摩、体认和思考，感悟对象的内在本质，合理、巧妙地运用艺术技巧与手法，将人物之"神"精准地表现出来，这才能创作出优秀的艺术作品。所以人物最难画好的原因便在于"迁想妙得"过程的把握。总之，"迁想妙得"要求将素材与想象、情感与形式相结合，以自身的主观体悟把握对象之精神，并能予以精妙得当的形式化。

### （三）宗炳《画山水序》

且夫昆仑山之大，瞳子之小，迫目以寸，则其形莫睹，迥以数里，则可围于寸眸。诚由去之稍阔，则其见弥小。今张绢素以远映，则昆、阆之形，可围于方寸之内。竖划三寸，当千仞之高；横墨数尺，体百里之迥。是以观画图者，徒患类之不巧，不以制小而累其似，此自然之势。如是，则嵩、华之秀，玄牝之灵，皆可得之于一图矣。夫以应目会心为理者。类之成巧，则目亦同应，心亦俱会。应会感神，神超理得，虽复虚求幽岩，何以加焉？又神本亡端，栖形感类，理入影迹，诚能妙写，亦诚尽矣。于是闲居理气，拂觞鸣琴，披图幽对，坐究四荒，不违天励之丛，独应无人之野。峰岫峣嶷，云林森渺。圣贤映于绝代，万趣融其神思，余复何为哉？畅神而已，神之所畅，孰有先焉！

（宗炳《画山水序》，据俞剑华编著《中国画论类编》上卷，人民美术出版社，2016 年，第 583—584 页）

宗炳的《画山水序》是我国最早的山水画论。宗炳思想深受佛教影响，可以说，他是以画的形式来表达道。其中的"神"具有两个方面之意：一是创作主体之"神"，也就是人的精神；二是自然山水所蕴含的神韵，或者说是"道"。"应目"即自然山水映入眼帘形成美感。"会心"则是领悟、领会。宗炳认为，"神"本是无形而不可见的，但它却映照于有形有质的山水之中。因此，通过主体精神与山水相同，即是神与道相通，神与理相和。除此之外，宗炳认为神不仅可以寄托于山水之中，还能够感通于艺术家所描绘的山水画中。因此，艺术作品中，本身也包含着道的精华。可以说，宗炳之"神"与"理"出于一种"道"的层面，因此，不仅是一种道理或法则，而是一种超越性的艺术精神。

### (四) 刘勰《文心雕龙·神思》

> 文之思也，其神远矣。故寂然凝虑，思接千载，悄焉动容，视通万里；吟咏之间，吐纳珠玉之声；眉睫之前，卷舒风云之色；其思理之致乎？故思理为妙，神与物游。神居胸臆，而志气统其关健；物沿耳目，而辞令管其枢机。
>
> (刘勰《神思》，据范文澜注《文心雕龙注》下册，人民文学出版社，1958年，第493页)

刘勰的神思论作为一套创作理论，可以说主要是由心物应答、神与物游、神用象通的三个阶段完成的，是一个创作思维活动过程。"心物应答"强调创作中外部事物对内心的触发作用，以及主客体的契合关系。"神与物游"是一种有创造功能的"神与物游"，它并不是对客观外在物的呈现，而是对外在的表象进行重新组合加工，具有想象性、超越时空的特点。而"神用象通"表示主体融入自身的情感、审美理想进行创造，呈现出全新的"意象"，它源于"情变所孕"，但这情感已不是一种原初的情感状态，而是在一定程度上已经过反思与提炼的情感状态，因此，其所创造之意象不仅体现为情与物相通，情与思交融，也是主客观不断深化的产物。

### (五) 锺嵘《诗品》

> 气之动物，物之感人，故摇荡性情，形诸舞咏。欲以照烛三才，晖丽万有。灵祇待之以致飨，幽微藉之以昭告。动天地，感鬼神，莫近于诗。
>
> 若乃春风春鸟，秋月秋蝉，夏云暑雨，冬月祁寒，斯四候之感诸诗者也。嘉会寄诗以亲，离群托诗以怨。至于楚臣去境，汉妾辞宫，或骨横朔野，或魂逐飞蓬，或负戈外戍，杀气雄边；塞客衣单，孀闺泪尽；又士有解佩出朝，一去忘返；女有扬蛾入宠，再盼倾国：凡斯种种，感荡心灵，非陈诗何以展其义，非长歌何以释其情？故曰："《诗》可以群，可以怨。"使穷贱易安，幽居靡闷，莫尚于诗矣。
>
> (锺嵘《诗品序》，据曹旭集注《诗品集注》上册，上海古籍出版社，2011年，第1、56页)

《诗品》中提出了自然物感、人际感荡的诗歌写作理论。锺嵘认为，节气变换使景物发生变化，而景物感动人之性情，最后以舞蹈歌唱表现出来。可以看出，锺嵘的这种观点与神思中心物关系的论述是相通的。正是由于诗歌的创作是出于自然感兴，因此，锺嵘强调，诗歌创作要源于性情，合乎本性，通过对景物的直观感受，要写得自然，表现不加雕饰的自然美，即自然的真美。同时，在语言上要求表达自然，反对当时过于用典的风尚。正如他所说："至于吟咏情性，亦何贵于用事？"锺嵘反对使用繁复的典故，并批评当时文章殆同书抄的风气。除此之外，在言意关系方面，锺嵘还进一步提出了"滋味说"，提出在语言上要做到"文已尽而意有余"。也就是说，语言的表达要有滋味，能够具有言外之意。这是他对神思言意关系的一种拓展。

### (六) 王羲之《题卫夫人〈笔阵图〉后》

夫纸者阵也，笔者刀稍也，墨者鍪甲也，水砚者城池也，心意者将军也，本领者副将也，结构者谋略也，扬笔者吉凶也，出入者号令也，屈折者杀戮也。夫欲书者，先干研墨，凝神静思，预想字形大小、偃仰、平直、振动，令筋脉相连，意在笔前，然后作字。若平直相似，状如算子，上下方整，前后平直，便不是书，但得其点画耳。昔宋翼常作此书，翼是锺繇弟子，繇乃叱之。翼三年不敢见繇，即潜心改迹。每作一波，常三过折笔；每作一点，常隐锋而为之；每作一横画，如列阵之排云；每作一戈，如百钧之弩发；每作一点，如高峰坠石；屈折如钢钩；每作一牵，如万岁枯藤；每作一放纵，如足行之趣骤。翼先来书恶，晋太康中有人于许下破钟繇墓，遂得《笔势论》，翼读之，依此法学书，名遂大振。欲真书及行书，皆依此法。

（王羲之《题卫夫人〈笔阵图〉后》，据潘运告编注《中国历代书论选》上册，湖南美术出版社，2007 年，第 38—39 页）

王羲之提出"意在笔前"论，强调书法家的主体意识在创作过程中的控制和调节作用。其中"意"所凸显的正是"神思"的特征，其具体展现了这样一个艺术构思过程：创作主体通过"凝神静思"而进入虚静空明之境，外物在心中引起触发遂而引起创作冲动，展开对书法意象的酝酿并在这个过程中融入个人情感，在具体物化中，书法家控制和调整字形的大小、平正，运笔的轻重缓急，以及点画之间的组合等多方面。在这一过程中，创作者注意到外物在意识中的反映过程，灵活运用各种艺术思维进行创造性的深入构思，使主体之"情"与客体之"景"完美融合，将两者通过一种艺术表现方法传达出来。

# 四、敷理举统

"神思"作为一种创造性的文学思维，具有三大特征：第一，创造性想象中所包含的神与物的双向活动；第二，内容与形式的统一；第三，情与理的协调。同时，"神思"作为中国传统文论对于艺术思维或者说艺术想象的精炼概括，仍具有十分重要的当代价值，尤其是针对现代社会过度物化的文学生产形式具有启示价值。

### (一) 神与物的双向活动

"神思"是一种创造性想象，其核心为"神与物游"。在这个过程中，想象不曾离开具体的物象，神思是具有形象性的思维形式，不仅主体具有能动性，同时作为审美对象的物也不是处于完全被动的状态，而是一个与主体相应和的状态，两者具有一种本体层面的同一性。神思本身也是一种创造性思维的生成，它不仅不受时间和空间的限制，而且能够创造出全新的意象。当然，我们需要注意的是，神思已不是单纯的形象思维。因为文学中所呈现的既是具体的万事万物，也有无法通过感官直接感觉的理和事。因此，物作为一种心象，本身已是一个复合体。正如刘勰在《神思》篇里形象地说道："视布于麻，虽云未费，杼轴献功，焕然乃珍。"在这里，"布"虽是由"麻"加工而成，但它已是一种全新的事物，它不仅仅表现为同一事物存在形式的变化，而是对其从形式到内容的重新规定，是一事物转换为另一事物的质的飞跃。

## （二）内容与形式相统一

"神思"是一个内容与形式相融合、相统一的过程。首先，它不仅是对意象的发掘，也是对语言的选择和推敲。当人在进行思索的时候，语言是相伴而生的，它是"规矩虚位，刻镂无形"的工具。艺术思维不应该被视为一种不具有任何实质的纯粹精神，而是内在地含有物化性，而艺术品本身更是具有生产性质。这体现为从构思前的思维、语言准备，到构思中的心物交融的艺术想象的生成，再到用语言表达出来的整个过程。在其中，所运用的正是语言、艺术手法对其进行物化。语言把"神与物游"中纷杂的思绪理清，将"意象"物化为具体的产品，从而完成并呈现了艺术品。

其次，文学创作之所以可能，是因为它根植于传统。意象本身包含着丰富的文化内涵，而神思作为一个文学创作过程，需要丰富的知识积累以及写作训练。因此，文学创作既是个体的情感、认识的表达，也是对文学甚至文化传统中的一种精神客观化的表现与传承。最后，神思是个体生命的形式化。文学创作需要主体的丰富内在相以支撑，但是，生命形态需要为自身获得某种根据，因此，他也必须作为一个生命形式化的过程，其中所凸显的，正是生命必须以一种形式呈现出来。可以说，文学或艺术创作既是一个文学过程，也是一种社会性的体现，更是一种生命的存在形式。

## （三）情与理相融通

"神思"具有强烈的情感体验特征，同时又具有一定的理智自觉。"神与物游"的过程不是物我相忘的境界，而是一个情理相得益彰的过程。在其中，"意象"的创造其实是这样一个的过程：既要对纷纭事物进行纵深开拓，在万象中选择最能承载深情的物象，同时又不断地对所开拓的事物进行流连、沉吟，并在这种深情体验中开拓有情的心灵，最终达到物我同一的境界。首先，"神思"所创造的"意象"就是情和物的复合体，在其中，我们看不到单纯的物，而是审美的物，也不会是空洞的情，而是情和物的密而无隙。再者，"神思"是审美体验与审美反思的相协调，使得情感与理性都能处于中庸之度下，从而达到一种德性之美。梁道礼说："在中国文学批评史上，刘勰是第一位自觉又系统地关注和思考文学'艺术表现度'的理论家。"①这种对于情理之度把握，使刘勰在论述"神思"时能

---

① 梁道礼：《中国古代文论对"艺术精神转型"的理论自觉——论刘勰"文能宗经，体有六义"说的话语意向》，《陕西师范大学学报》（哲学社会科学版），2008 年第 2 期。

够在真情、深情与造情、情诡之间作出区分。更重要的是，他推崇文章成为情志的体现，既是对"诗言志"的文学传统的承继，也是对文章要义的深化。

### (四) 神思的写作启示

在当今社会，人们获取各类资源的手段越来越多，电子媒介成为生活中最重要、信息量最大的获取平台。资源共享为生活带来了诸多便利，也导致了伪作、虚假信息的泛滥。在文学创作领域中，也出现了大量抄袭、雷同的写作现象。一方面，受到生产与消费关系的影响，创作者往往根据大众的心理需求进行一种"迎合式"的创作，从而使得作品娱乐化而缺乏深刻的社会反思；另一方面，抄袭、雷同也是因为创作者本身缺乏生活经验，或者说他并未对自己的创作对象进行"对象化"，而是采取了一种"移植"，不仅使得创作出来的作品缺乏真实性，缺乏与人生的对话交流，而且也没有真情实感的灌注，成为纯粹的消费产品。

实际上，"神思"所强调的正是创作所应具有的一种"原创性"，它要求创作来自于个人的充沛的想象，真实的情感，并要求作者的作品具有深厚的文化、经验作为根基。神思的触发不是一蹴而就的，即使是在一气呵成的创作过程中，也需要厚重的知识积累、生活阅历才得以成就。因此，神思给我们当今的启示正是要潜入生活，沉于思想之中，才能写出富有真情实感的作品。

## ◎ 问题思考

1. 中国的神思论与西方的想象论有何异同？
2. 谈谈"神思"在文学创作中的重要性。
3. "神思"具有哪些特征？
4. "神思"与"意象"之间有何关系？
5. "神思"论对当代的写作有何启示？

## ◎ 参考书目

1. 童庆炳：《中国古代心理诗学与美学》，中华书局，1992 年。
2. 童庆炳：《中国古代文论的现代意义》，北京师范大学出版社，2001 年。
3. 钱谷融、鲁枢元主编：《文学心理学》，华东师范大学出版社，2003 年。
4. 张晶：《神思·艺术的精灵》，百花洲文艺出版社，2009 年。
5. 俞剑华：《中国画论类编》，人民美术出版社，2016 年。

# 感　应

在中国传统文化中，既有天降异象的鬼神故事，也有情景相融的艺术作品。说起这些"感物通灵"的文笔，它们遍布于经史子集、儒道墨法、琴棋书画之间，以精妙之处负载了古人的情绪体验，宛若"此物"与"他者"的神游之态。欲体悟中国文化的精神风范，必要探索天意人事的交感相应，必要开启伦理道德的自然秩序，必要追寻字里行间的审美共鸣。中国文化经典中经常出现"感应"一词，交感相应，柔上刚下，于承天意，明教化民，从而连接不同的言说对象，揭示人与自然、社会、自身的阴阳变化。那么，如何认识"感应"？这也是我们认识天意人事的重要契机。其演变出的"天人合一"论与"天人感应"论在本体上有何异同？就中国文论而言，"感应"作为一个文论话语，其内涵意义承载了什么？其批评价值指向了什么？

## 一、释名彰义

### (一) 语义界定

"感"字由上部"咸"和下部"心"构成，此字是上下结构的形声字。在甲骨文之中未见其字源，出现在金文之中，即𢦏。《说文解字》："感，动人心也。"段玉裁注："盖憾浅于怨怒，才有动于心而已。"、"咸"意为味觉之"酸涩"，上部"咸"与下部"心"联合起来表示情感之"酸涩"。因此，"感"的本义指个人意志因受到外界事物影响而激动。繁体之"应"写作"應"，此字是半包围结构的形声字，从心，雁声。此字同样是较早出现在金文之中，金文𣴎表示以"人"字队形飞行的候鸟，在迁徙之时能自觉配合，彼此影响。许慎《说文解字》："应，当也。"段玉裁注："引伸为凡相对之称，凡言语应对之字即用此。"因而，"应"的本义是指受到刺激而发生的活动和变化，强调彼此之间内心的共鸣。

按照构词规则，"感"与"应"组成了一个文论关键词——"感应"，其语义表现出"经天纬地"的特征，涵盖了哲学、历史、地理、美学等知识范畴。先秦，儒生们把天地、阴阳之间感而相应的运动状况称为"感应"，确认人事政治与自然规律有类别的同形和序列的同构。[1] 此语义亦有内心情感之激发或触动之义，也对文艺题材具有重大影响，其发生模式对审美心理的思维发生具有深刻而内在的启迪性。

---

① 李泽厚：《中国古代思想史论》，生活·读书·新知三联书店，2008 年，第 154 页。

### (二) 中西比较

当下，"感应"一词成为认知科学、心智哲学的常用词汇。"感应"是指感觉器官对客观事物的反应、反响或变化。中西文论都曾涉及这一概念，前者是至诚感应，后者是审美感应，彼此之间有相通、相异的观念阐释。中国文论之"感应"是心物感应与情景交融的修辞立诚，比较注重情思之感；与此相较，西方视域下 respond（感应）则是感性认识与理性认识的精思创新，比较侧重情思之应。因此，由"感应"沿生出"感物说"与"摹仿说"之比较。

由"感应"谈开，"感物说"和"摹仿说"是中西文论关于文艺发生的理论学说，都反映了文艺与自然、社会之间的审美逻辑。《文子·道原》引老子之言："感物而动，性之欲也；物至而应，智之动也。"此表现出心与物的双向交融，亦即中国文论的"物感之说"，在主客关系上与古希腊的"摹仿说"是相对的。"摹仿"是古希腊时的哲学用语，后来被引进艺术领域，德谟克利特最早提出艺术源于摹仿。前者"感物说"强调的是主客体的融合，而后者"摹仿说"则强调主客体之间的分离，与中西文化"天人感应"和"二元对立"的感应模式是有关联的。换而言之，中国文论注重审美逻辑之"物感"语义，西方文论则注重审美批评之"回应"（respond）语义。

# 二、原始表末

"感应"的源头应追溯到原始社会中交感巫术的普遍运用，实质是古人对宇宙生成、构造与发展的基本观念。[1] "感应"一词最早见于《周易·咸卦》："咸，感也。柔上而刚下，二气感应以相与。"在这里，"咸"就是"感应"的意思，背后暗含对立统一的辩证思维以及朴素的主客体心理意识。阴柔之气上升，阳刚之气下沉，阴阳二气受天地之道的影响，引起反应。圣人仰观天地，俯察品类，从而总结出交感相应的变化规律。"天地感而万物化生，圣人感人心而天下和平。观其所感，而天地万物之情可见矣。"（《周易·咸卦》）正是"交相感应"的特性，才建构起寰宇世界的道法规则。对"感应"进行美学思考的例子，也可追溯到"凡音之起，由人心生也。人心之初，物使之然也"（《乐记·乐本》）。人心之动是因为受到客观物象的刺激，就是"感物而动"。

在先秦之际，"感应"本是儒道哲学的概念。它受到"气本体论"理性思维的影响，表现自然和人类之间有感有应的现象。《荀子·正名》："性之和所生，精合感应，不事而自然谓之性。"、"感"指物感，即客体与主体的物感逻辑；"应"指反应，即主体对客体的生理回应。沿着"耳目之精"与"见闻之物"的双向运动，无疑契合了"感应"的原始概念，这也是对"心物关系"的说明。阴阳交感构成了感应的主体内涵；心物交感构成了感应的审美内涵。《春秋》之所以重灾祥，孔子就认为天人之间有"感应"关系。上天根据善恶正邪下应于人，天意应人的方式是用灾异来谴告、用祥瑞来鼓励，以起到监督人事的作用。这种逻辑也发生在事神致福、中医问诊、音乐哲学等方面，沟通了人与自然、社会和自己，

---

[1]　王文娟：《朱熹论感应》，《北京社会科学》，2014 年第 4 期。

证得天意与人事之间存在着对应关系。

两汉之间，儒道哲学演变出"天人感应"的术语，指天意与人事的交感相应，认为上天旨意能够影响到下世人事的变化，以及预示灾祥。同样，人的行为也能感应上天，从而降下相应的祸福结果。董仲舒阐述："国家将有失道之败，而天乃先出灾害以谴告之，不知自省，又出怪异以警惧之，尚不知变，而伤败乃至。"（《汉书·董仲舒传》）此论是言天子如果违背了天意，天意将会降下灾害谴责。倘若不知反省，又会降下灾异警告。如果政事通达，人心和顺，天意将会降下祥瑞鼓励。《汉书·郊祀志》："皆有神祇感应，然后营之。"在这里，"感应"一词已被赋予了"天人合一"的神秘色彩。《汉书·礼乐志》："鸟兽且犹感应，而况于人乎？况于鬼神乎？"、"感应"指自然界之阴阳交感，又引申出美感内涵，以强调文艺强烈的感染力量和较长的延续时间。此外，"感应"在东汉佛经之中也多有体现，用来说明佛与众生的关系。

魏晋之际，中国文学进入自觉时期，"感应"理论得到了全面的阐释。文论家在"天人感应"的基础上提出了想象、起兴、移情等心物感应的问题，显然切中了文艺发生的内部规律。就审美感应而言，既有生成活动中情感心理的瞬时激发，也有欣赏活动中韵味兴致的绕梁不绝。在艺术活动中，"感"指客体来感，"应"指主体反应，由于客体的作用而触动了主体对客体的反应，构建了主体与客体之间的心理关系。曹植《幽思赋》："顾秋华之零落，感岁暮而伤心。"强调悲愁情绪的感应过程。刘勰《文心雕龙·明诗》："人禀七情，应物斯感。感物吟志，莫非自然。"强调外在因素对个体情感的感应作用。钟嵘《诗品序》："气之动物，物之感人，故摇荡性情，形诸舞咏。"将内部因素与外部因素联系起来，指出两者之间的感应关系。后人继续发展"感应"论，范仲淹《岳阳楼记》："登斯楼也，则有去国怀乡，忧谗畏讥，满目萧然，感极而悲者也。"这种审美感应成为了中国文论的一个标志性概念，既追求"随物宛转"，亦力图"与心徘徊"。

"感应"是宋明理学的一个重要问题，这是对"心物感应"说的另辟蹊径。此时文论家在继承秦汉"天人感应"政治哲学的基础上，也发展了魏晋之际的审美感应论，并继续通过"感于物"或"感于事"来阐释"感应"。朱熹就用"理气论"的知识架构来阐释"感应"，结合了鬼神、祭祀、德福等理学问题，揭示出感应的基质和中介，不局限于文艺的审美生成，说明此词在社会生活与宗教伦理中的理学内涵。① 张载说："浮而上者阳之清，降而下者阴之浊。其感聚，为风雨，为雪霜，万品之流形，山川之融结。"（《正蒙·太和》）他侧重于"气感"（物感）的客观层面，这就扩大了"物"的概念，将主体的情绪变化视作对客体刺激的某种程度回应。这种理学思维下的感应内涵是主体因客体刺激而产生的情志，也是主体在澄明的心理状态之中诱发出的情感心理。

近代以来，"感应"一词继续发挥着审美生成的激发作用，指因受外界刺激影响而引起相符的情感反应。林觉民《与妻诀别书》："令人又言心电感应有道，吾亦望其是实，则吾之死，吾灵尚依依旁汝也。"此颇有些神秘色彩，由"心电感应"而见林氏之真情。茅盾《谈月亮》："自然界现象对于人间情绪有种种不同的感应，我以为月亮引起的感应多半是消极。"这些情感因素乃是个人情绪的具体体现，或积极，或消极；或激昂，或低沉；或

---

① 王文娟：《朱熹论感应》，《北京社会科学》，2014 年第 4 期。

澎湃，或含蓄。同时，"感应"一词也含蕴了多学科的语义特征，如物理学"电磁感应"、社会学"影响效应"、心理学"感应思维"、艺术学"连类通感"等。

# 三、选文定篇

## (一)念用庶征：事神致福

庶征：曰雨、曰旸、曰燠、曰寒、曰风、曰时。五者来备，各以其叙，庶草蕃庑。一极备，凶；一极无，凶。曰休征：曰肃，时雨若；曰乂，时旸若；曰晢，时燠若；曰谋，时寒若；曰圣，时风若。曰咎征：曰狂，恒雨若；曰僭，恒旸若；曰豫，恒燠若；曰急，恒寒若；曰蒙，恒风若。曰王省惟岁，卿士惟月，师尹惟日。岁、月、日、时无易，百谷用成，乂用明，俊民用章，家用平康。日、月、岁、时既易，百谷用不成，乂用昏不明，俊民用微，家用不宁。庶民惟星。星有好风，星有好雨。日、月之行，则有冬有夏。月之从星，则以风雨。

(《尚书·洪范》，据黄怀信整理《尚书正义》，上海古籍出版社，2007年，第472—477页)

古人把祸福灾异与主政者的治国策略是否端正对应联系在一起，侧重"天人相通"的普遍性。天人同类，彼此交感相应，天意能影响人事，人心亦能感应上天。古人认为主政者的治国态度能影响到自然气候的多种变化，倘若治国效果能达到"肃"、"乂"、"晢"、"谋"、"圣"的标准，则会出现天朗气清，惠风和畅，政通人和的天下气象。主政者的治国态度以及效果就会在冷暖、风雨、干湿、阴晴的天气变化上得到了反映。在古人观念中，天意与人事具有紧密联系，人事如果服从天意，上天会嘉奖垂青；反之，上天则会惩罚警告。"天降威，知我国有疵，民不康。"(《尚书·大诰》)这实际上已经肯定了天人通感、天人相类的特性。同时，人事也非是始终被动地接受天意的感应，亦有相当宽泛的自主性。凡遇祸福灾异，人事亦可达于上天，主动地感应天意的体恤、怜悯。

## (二)天人感应：穷神知化

国家将有失道之败，而天乃先出灾害以谴告之，不知自省，又出怪异以警惧之，尚不知变，而伤败乃至。以此见天心之仁爱人君而欲止其乱也。自非大亡道之世者，天尽欲扶持而全安之，事在强勉而已矣。强勉学习，则闻见博而知益明；强勉行道，则德日起而大有功：此皆可使还至而有效者也。……臣闻天之所大奉使之王者，必有非人力所能致而自至者，此受命之符也。天下之人同心归之，若归父母，故天瑞应诚而至。……及至后世，淫佚衰微，不能统理群生，诸侯背畔，残贼良民以争壤土，废德教而任刑罚。刑罚不中，则生邪气；邪气积于下，怨恶畜于上。上下不和，则阴阳缪盭而妖孽生矣。此灾异所缘而起也。

(班固《董仲舒传》，据颜师古注《汉书》第8册，中华书局，1964年，第2498—2500页)

"天人感应"论是古人关于宇宙生成、构造与发展的基本观念。宇宙是大天地，人则是小天地。天人之间本质是相通的，会出现相感相应的现象。董仲舒认为"天人感应"是客观存在的交感规律，它主要作用于天道运行对人事治乱的监管，以及必要之际的拨乱反正。天意与人事是休戚与共的逻辑关系，一国一地的治乱兴衰都会感应到天道运行；上天也充当着评判人事的标尺，通过祸福灾异来体现对人事治理的监管。在自然世界中，除却正常变化的气象症候，还会出现一些极端异常的气象变化，影响较小的称之为"灾"，影响较大的称之为"异"。"帝王之将兴也，其美祥亦先见，其将亡也，妖孽亦先见，物故以类相召也。"（《春秋繁露·同类相动》）之所以会出现"灾"与"异"，这是由于天意对人事治乱的公允评判。

### （三）江山之助：联类不穷

> 是以诗人感物，联类不穷。流连万象之际，沉吟视听之区；写气图貌，既随物以宛转；属采附声，亦与心而徘徊。故灼灼状桃花之鲜，依依尽杨柳之貌，杲杲为出日之容，瀌瀌拟雨雪之状，喈喈逐黄鸟之声，喓喓学草虫之韵。……故能瞻言而见貌，印字而知时也。然物有恒姿，而思无定检，或率尔造极，或精思愈疏。……是以四序纷回，而入兴贵闲；物色虽繁，而析辞尚简；使味飘飘而轻举，情晔晔而更新。古来辞人，异代接武，莫不参伍以相变，因革以为功，物色尽而情有余者，晓会通也。若乃山林皋壤，实文思之奥府，略语则阙，详说则繁。然屈平所以能洞监风骚之情者，抑亦江山之助乎！
>
> （刘勰《物色》，据范文澜注《文心雕龙注》下册，人民文学出版社，1958 年，第 693—695 页）

刘勰继承了主体与客体交感相应的哲学思想，侧重于文艺作品的审美生成，提炼出"外在感应"和"内在感应"的类型机制。他深入论述主体情感与自然现实的双向运作关系，即"随物宛转"与"与心徘徊"，既揭示"物色之动，心亦摇焉"的审美经验，亦探索"情以物迁，辞以情发"的创作经验。在刘勰的理论中，"外在感应"不足以构成"任情适性"的文艺事实，只有进入内在的心物感应，才能提炼出最符合主体情感的典型特征。同时，这是古典文艺生成的重要阶段。通过主体与客体的运作程式与意志交流，他提出"诗人感物，联类不穷"的论点，此联类之事就成了创作主体所神思遐想之物，也就是"流连万象之际，沉吟视听之区"的审美感应。这就预示着由"外在感应"向"内在感应"的机制转变，从而证得了文艺生成之中"江山之助"的感应心理。

### （四）情由物感：辞以情发

> 捣衣清而彻，有悲人者。此是秋士悲于心，捣衣感于外，内外相感，愁情结悲，然后哀怨生焉。苟无感，何嗟何怨也。
>
> （萧绎《立言》，据许逸民校笺《金楼子校笺》下册，中华书局，2011 年，第 827—828 页）

余为邵陵王友，忝还京师，远思前比，即楚之唐、宋，梁之严、邹，追寻平生，颇好辞藻，虽在名无成，求心已足。若乃登高目极，临水送归，风动春朝，月明秋夜，早雁初莺，开花落叶，有来斯应，每不能已也。

（萧子显《自序》，据卢振华等点校《南史》第 4 册，中华书局，1975 年，第 1073 页）

齐梁时期，文人自觉探索因自然交感而激发创作热情的心理过程，但对"物"的认识始终停留在创作主体与自然生活的关系上，还没有完全注意到社会生活的重要性。萧绎继承了刘勰"物以情观"之论，他提出文艺的性质是"内外相感"，精辟地说明了"情由物感"的内外因素，注重情感移置的感应过程。诚如心物感应不是创作主体的自导自演，而是把情向外移置与把物向内移置相结合，这也是心性与内在之物的交感所致。稍后，萧子显用"有来斯应，每不能已"描绘主体涵泳客观景物的心态，以及激发出的情感心理，尤注重主体心性对内在之物的审美感应。他谈论"物"如何自发地触动情感，达到心物感应的交融，而非强调天人观念在伦理层次上的简单对应，从而倡导"文由情生"，"情由物感"的观点，这比前人思考多了些"任情适性"的趣味。

### （五）意随笔生：情生于文

诗有辞前意、辞后意。唐人兼之，婉而有味，浑而无迹。宋人必先命意，涉于理路，殊无思致。宋人谓作诗贵先立意。李白斗酒百篇，岂先立许多意思而后措词哉？盖意随笔生，不假布置。唐人或漫然成诗，自有含蓄托讽。此为辞前意，读者谓之有激而作，殊非作者意也。

今人作诗，忽立许大意思，束之以句则窘，辞不能达，意不能悉。譬如凿池贮青天，则所得不多；举杯收甘露，则被泽不广。此乃内出者有限，所谓辞前意也。或造句弗就，勿令疲其神思，且阅书醒心，忽然有得，意随笔生，而兴不可遏，入乎神化，殊非思虑所及。或因字得句，句由韵成，出乎天然，句意双美。若接竹引泉而潺湲之声在耳，登城望海而浩荡之色盈目。此乃外来者无穷，所谓辞后意也。

（谢榛《四溟诗话》，据宛平校点《四溟诗话》，人民文学出版社，1998 年，第 23、116 页）

在心物感应中，作者既能得到与欣赏者一样的美感享受，又能把这种心物状态与文艺实践联系起来。前者构成鉴赏的触动因素，后者构成创作的生成因素，即"因文生情，因情续文"。谢榛持"文随世变"的发展论，提出了"意随笔生"的创作论，涉及"感兴"、"感物"、"感应"等诗学要点。中国文论素有"尚意"的传统，"意随笔生"论就着眼于对关键词"意"的体悟。他将"意"分成"辞前意"和"辞后意"，明确批判了"辞前意"的束缚性，肯定了"辞后意"的审美性。"辞后意"描述了主体的审美心理，因心物感应而"生情为文"，又在艺术创作中与创作素材发生某种心物感应。谢榛揭示出艺术鉴赏与艺术创作不同的感应机制，"阅书醒心"指艺术鉴赏中的心物感应，属于初级阶段的感应程式；而"意随笔生"则指艺术创作中的心物感应，这属于高级阶段的感应程式。

### （六）声音节奏：感同身受

领悟文字的声音节奏，是一件极有趣的事。普通人以为这要耳朵灵敏，因为声音要用耳朵听才生感觉。就我个人的经验来说，耳朵固然要紧，但是还不如周身筋肉。我读音调铿锵、节奏流畅的文章，周身筋肉仿佛作同样有节奏的运动；紧张，或是舒缓，都产生出极愉快的感觉。如果音调节奏上有毛病，我的周身筋肉都感觉局促不安，好像听厨子刮锅烟似的。我自己在作文时，如果碰上兴会，筋肉方面也仿佛在奏乐，在跑马，在荡舟，想停也停不住。如果意兴不佳，思路枯涩，这种内在的筋肉节奏就不存在，尽管费力写，写出来的文章总是吱咯吱咯的，像没有调好的弦子。我因此深信声音节奏对于文章是第一件要事。

（朱光潜《散文的声音节奏》，据朱光潜著《朱光潜美学文集》第 2 卷，上海文艺出版社，1982 年，第 303 页）

就中国文论而言，心物感应既体现在艺术的主体空间，也适用于艺术的形式因素。朱光潜提倡要"领悟文字的声音节奏"，拓宽了审美感应的主体空间，注重品鉴过程中的心物关系，强调"音调铿锵"、"节奏流畅"的审美感应，以激发鉴赏者"周身筋肉"的共鸣。这段文字流露出古典文论的独特韵味①：一是以人体喻文体。中国文论素有以人体结构类比文章结构的传统，如"气调"喻"筋骨"，"事义"喻"骨髓"。朱光潜用"周身筋肉"类比"声音节奏"的感觉，证明审美感应不止发生在创作阶段，在艺术品鉴的形式因素中同样适用。二是"兴会"、"意兴"等古典概念。朱光潜用"碰上兴会"、"意兴不佳"描述心物艺术感应的机制，又暗合古典文论"赋、比、兴"的物感传统。由此而言，"声音节奏"亦是内在感应的审美体现，突破了艺术本体的限制，注重艺术形式的审美基质，这比古人的感应理论要创新一些。

# 四、敷 理 举 统

感应，亦称"应感"，在中国文论中指心物感应，旨在探讨主客体之间的审美触发机制。作为气论概念，感应具有深邃的哲学意涵，表现出"天人合一"、"天人相通"的同构性；作为政治话语，感应具有完备的伦理制度，它是衍生于自然规律的运作程序，表现出"天志交流"、"君权天授"的体系性；作为文论话语，感应具有缜密的逻辑思维，它是脱胎于原始心理的审美意识，表现出"随物宛转"、"与心徘徊"的双向性。因而，感应表现出不同类型②："简单感应"到"复合感应"；"单向感应"到"双向感应"；"外在感应"到"内在感应"。

---

① 陈剑晖：《诗性想象：百年散文理论体系与文化话语建构》，广东人民出版社，2014 年，第 20 页。

② 朱恩彬、周波主编：《中国古代文艺心理学》，山东文艺出版社，1997 年，第 140 页。

### （一）"简单感应"到"复合感应"

在中国文论上，感应最早是说明"天"、"人"关系，以及二者意志沟通的一个气论概念。感应研究是实现中国古典文论向现代转换、沟通中西文论的一座桥梁。① 感应具有深邃而丰富的哲学内涵，它经历了由"简单感应"到"复合感应"的横向发展。"天人同构"、"天人合一"是充满辩证意味的沟通关系，它通过"感应"这个中介来实现，体现了古人对物质世界与精神世界的哲学思考。古人通过占筮来沟通天人关系，以卦爻文辞窥测天命，于是产生了天人相应，这是原始气论观念的表现。在这一阶段，"天"、"人"关系是简单对应的，而非整体、系统、严密的哲学体系。人只能虔诚地向"天意"祷告、卜问、祭祀，简单感应的过程便是"天意"彰显的过程。面对天意，人只有选择绝对服从，丝毫没有质疑、申诉的机会。伴随社会文明的发展，"天意"的绝对权威逐渐瓦解，"人"的自我主体意识开始觉醒，地位得到极大提升，"天"、"人"关系就成为一种同等地位的并列关系。"天意"可影响到"人事"，"人事"亦可影响到"天意"。这时的"感应"新添加了"人事"的主体因素，是一种"复合感应"。

### （二）"单向感应"到"双向感应"

中国古典"感应"论直接脱胎于"天人合一"的哲学思想。在最早的"天人感应"思想中，"天"、"人"关系是单向链接的，亦是自然意志与精神载体的单向组合，此构成了秦汉之际政治话语的首要前提，就是服从意志与树立权威。作为政治话语，"感应"论有着自成体系的制度伦理，天意之高，人事之低，这是由自然意志推演出的政治结构，表现出"天志交流"、"君权天授"的合法性。

论"感应"由政治话语到文论话语的过渡，呈现出了"单向感应"到"双向感应"的变化，既有由物到心的意志交流，也有由心到物的审美体验。到魏晋之时，以审美体验言之，"感应"论就是审美主体以"物质"显现和"虚象"生成作为心物移置，使其体悟瞬时感召的生命情感，观天地之廓，睹个体之微，思现世之促。就审美创造而言，"感应"论是"双向感应"过程中的心物移置，一端内化，一端外化，创作者将一己之情倾注于毫无意志的外物，以达到"振幅与共"的精神共鸣。

刘勰对审美艺术"双向感应"有很大的理论贡献，提出"情以物兴"和"物以情观"的移置机制，"随物宛转"和"与心徘徊"的审美思想。他总结了心物作用的双向性问题，兼顾心物，统理情事。既有物对心的刺激触发，也有心对物的移情通感，共同形成了"物我交融"的"双向感应"论，以达到"符采相胜"的艺术效果。

### （三）"外在感应"到"内在感应"

作为文论话语，感应具有系统的逻辑思维，脱胎于原始心理的审美意识。从《乐记》开始，"心"指审美主体，"物"指审美客体，就把心物关系确立为艺术感应的审美核心。事物是由"物质"和"物象"构成的，因此审美活动的发生场域就有了变化，既能发生在人

---

① 郁沅：《明清时期的审美感应理论》，《武汉教育学院学报》，2001 年第 4 期。

与外物之间，也可发生在人的脑海之内。感应亦是如此，有"外"与"内"的空间属性。因此，我们把主体与外物之间的感应称为"外在感应"，把存在于人的头脑之中的感应称之为"内在感应"。

在中国文论史上，"物感"理论是审美鉴赏的发生基础，亦是审美感应的移置中介。最早思考"物"之构成的是南梁批评家刘勰，他在《明诗》、《神思》、《物色》等篇中探讨心物感应，总结出外在之"物"与内在之"物"的审美经验。当"心"与"物"发生感应现象、构成审美关系时，也就产生了"外"关系与"内"关系。"外"关系是"内"关系的基础，"内"关系是"外"关系的深化。前者是主体与"物"之实体的关系，后者是主体与"物"之虚象的关系。实体之"物"是真实的、物质的、独立的，而虚象之"物"是映射的、精神的、附属的。在主体未达"神与物游"之际，此虚象也具有相对的独立性，相对独立于主体精神之"内"。① 由此而论，"外在感应"是艺术感应的浅层体验，不自觉地构成了审美心性的流动前提；而"内在感应"是艺术感应的深层体验，这是一种纯粹的审美心理，以创造艺术品为目的，指导艺术作品的生成过程。

## ◎ 问题思考

1. 试说明"天人感应"和"天人合一"思想的由来。
2. 董仲舒"天人感应"论对艺术创造有何影响？
3. 中国古典美学中"物本感应"与"事本感应"的关系何在？
4. 刘勰"心物感应论"与亚里士多德"摹仿说"有何异同？试举例说明。
5. "感应"与"冥合"：中西象征主义诗论审美价值取向异同比较。

## ◎ 参考书目

1. 张晧：《中国古代艺术理论论纲》，华中师范大学出版社，1996 年。
2. 朱恩彬、周波主编：《中国古代文艺心理学》，山东文艺出版社，1997 年。
3. 郁沅、倪进：《感应美学》，文化艺术出版社，2001 年。
4. 郁沅：《心物感应与情景交融》，百花洲文艺出版社，2006 年。
5. 陈来：《古代宗教与伦理——儒家思想的根源》，北京大学出版社，2017 年。

---

① 郁沅：《中国感应美学论纲》，《湖北大学学报》(哲学社会科学版)，2001 年第 4 期。

# 叙　　事

作为中国两大传统表现方式之一，"叙事"在中国传统文论理论体系中有着深厚的基础，这要得益于古代文学作品中叙事技巧的不断发展——从《诗经》中叙事诗的淳朴自然，《孔雀东南飞》的缠绵凄怆，到后来四大名著中的圆融浑熟，无不体现出中国古代文学叙事表现传统的独有魅力。中国特色的叙事学传统在明清小说评点中已初见雏形，但仍未被当作单门别类的文论话语进行系统阐释。实际上，受史家笔法的影响，中国的叙事传统有着区别于西方叙事学的独特价值。"叙事"作为中国文论关键词，如何在当下重新激活生命力？在现代叙事学的健全体系中，中国的叙事传统又当如何自处？

## 一、释名彰义

### (一)语义界定

"叙"从产生之初就与次序相关，次序是"叙"的规则，记述是"叙"的表现方式，因而古人用"叙"表示次第秩序时，"叙"也同"序"。《说文解字》："叙，次第也。"《周礼·天官·卜宰》："以官府之六叙正群吏。"《尚书·皋陶谟》记载："天叙有典。"其"叙"意为秩序，又引申为动词"规定"，"天叙有典"即"上天规定了世间的法则"。由于"叙"还有记述、抒发等含义，因此有"讲述故事或记述过程"的动词用法，如"叙心"、"叙话"和"叙觐"。若将"叙事"一词看作动宾结构，"叙"作为动词的两种含义在"叙事"一词中都适用：作"规定"的含义来看，是一个以逻辑关系安排具体事件的动作，这正是"叙事"作为文学体裁的表现方式，叙事文本身是有一定逻辑关系的，具体有顺叙、倒叙、插叙等方式；其次，作"记述、抒发"来看，"叙事"即"记述故事"，这就涉及"叙述"这个动作的主体、角度以及话语方式。

"叙"作名词，意为"秩序"；作动词，意为"规定"或"记述"。事，意为事件、情节。从原义上来说，"叙事"是一个"叙述事件"的动作，而后发展为一种文学创作的基本手法或文学体裁本身；"叙事学"便是"以叙事文学为主要研究对象，探讨叙事作品一般结构规律的人文学科"。作为一个文化关键词，"叙事"包含了"视角"、"话语"、"叙述主体"等诸多概念与关系，具体义项有：第一，"叙事"是叙述者叙述事件的过程；第二，事件内容包括"人物"、"环境"、"情节"三要素；第三，叙述过程通过"叙述者"、"叙述视角"、"话语方式"等来呈现。此外，"叙事"不仅是文学作品的专利，同时还作用于大多数艺术领域中，是艺术创作的重要组成部分。

### (二) 中西比较

中国文学的叙事传统早在文字出现以前就已经萌芽，先民以画图、雕刻、结绳等方法记载狩猎、农作活动。随着社会进步发展，叙事的媒介早已改变，但叙事传统却得以保留，草蛇灰线地伏埋在诗词歌赋、传奇、话本和小说等文学作品当中。正因如此，我国的叙事传统一直沿着"历史真实"与"虚构故事"这两种路径发展，此外还有表达和目的上的特色，即"抒情"与"言志"的结合。"叙事"与"抒情"是我国古代文学史的两大传统，但它们在宏观的历史发展和具体的文学作品中一直是共生关系。

在西方形式主义影响下产生的"叙事学"已有将近四十多年的发展过程，"'叙事学'一词直到 1969 年方始见于托多洛夫 (T. Todorov) 所著《〈十日谈〉语法》一书"①。艾布拉姆斯编著的《文学术语词典》对"叙事"的定义是："叙事就是散文体或诗体的故事，其内容包括事件、人物及人物的言行。一些文学形式，比如散文体小说和短篇故事，诗体的史诗和传奇，都是由叙述者讲述的明显的叙事故事。"②西方"叙事学"将文学看作独立的艺术品，从形式主义角度进行技巧分析，而"叙事"实际上涵盖了"语法"、"结构"等基础理论概念。从经典叙事学到后经典叙事学的转变，也代表人们对"叙事"的研究已经从文学场域扩大至整个现代艺术的范围了。

## 二、原 始 表 末

抒情和叙事是中国古代文学的两大传统，两者的起源都要追溯到先秦时期。《周礼》在介绍官职前会设《叙官》一篇总叙官名，在这里，"叙"有排列之意。这种排列按照官阶顺序依次展开，因此可看作"评定等级序次"。《尚书·洪范》以"彝伦攸斁"形容国家没有正确的社会秩序，反之"彝伦攸叙"就是有秩序、纲纪的表现。"斁"形容"败坏而不知理"，与之相对应的"叙"则取"有序"之义。

"事"在先秦典籍里多次出现，如《管子·禁藏》："四时事备，而民功百倍。"这种自然或社会中的活动即农事。《孟子·公孙丑上》："非其君不事。"此"事"含有服侍、侍奉的意思。"叙事"连用首次出现在《晏子春秋校注》中："……章旨同，叙事少异，故着于此篇。""章旨"意为"撮其要语，提出大意"。此处"叙事"已有"按照一定顺序叙述一定数量的连贯事件"的含义了。同时，先秦时期以"叙事"为主要表现手法的诗歌也已大量出现在《诗经》中，如《卫风·氓》、《豳风·七月》等，题材包括情感伦理、农事等。

汉代，作为文体的"叙事诗"得到长足发展，中国文学史上第一部长篇叙事诗《孔雀东南飞》为"乐府双璧"之一。此外，《史记》的出现"继承、发展了前代作品中一切优秀的传统和丰富的经验，对历史文学作了一个总结，而且充当了把历史文学所积累起来的传统与

---

① 赵一凡等主编：《西方文论关键词》，外语教学与研究出版社，2006 年，第 726 页。
② ［美］M. H. 艾布拉姆斯著，吴松江等编译：《文学术语词典》，北京大学出版社，2009 年，第347 页。

经验输送给后代叙事文学作品的桥梁"①。作为中国叙事文学里程碑式的作品，《史记》对后世影响深远，包括重视人物性格的刻画，注重情节的节奏感，以"传神"、"神似"作为刻画人物的最高境界等。《史记》以"善叙事理"著称，它通过圆融熟练的抒情、议论和白描手法，开拓了语言的作用。

西晋时，《三国志·王肃传》中写司马迁道："刘向、扬雄服其善叙事，有良史之才，谓之实录。"、"叙事"即记录历史，"善叙事"是说此人有独特高妙的叙事技巧。受当时史传笔法的影响，人们将叙事水平看作文学才能的重要部分。总而言之，汉至魏晋南北朝以来，"叙事"多是作为历史叙事来讲的。刘勰在《文心雕龙》中也提到两次"叙事"，但这里的"叙事"还不是一个连用的古代文论关键词。

而在唐朝，史学家刘知幾著《史通》，专立《叙事》篇曰："夫史之称美者，以叙事为先。"仇兆鳌在《杜诗详注》中评杜工部《大云寺赞公房四首·其一》时道："此初过寺中而记其胜概。到扉六句，叙事言情。黄鹂六句，叙景言情。"此句已将"叙事"作为诗歌表现手法提出，也称"叙事文字"，强调了叙事艺术话语的功能性。

"叙事"第一次作为文体门类出现在文学史上，是在南宋理学家、朱熹弟子真德秀所编《文章正宗》一书中，他将文章分为"辞命"、"议论"、"叙事"、"诗赋"四大类。此后一直到明末清初，小说评点开始兴盛，金圣叹、李贽等人在评点中极为注重俗文学的叙事传统和叙事技巧，并给予了高度赞赏。如毛宗岗所言："《三国》叙事之佳，直与《史记》仿佛；而其叙事之难，则有倍难于《史记》者。《史记》各国分书，各人分载，于是有本纪、世家、列传之别。今《三国》则不然，殆合本纪、世家、列传而总成一篇。分则文短而易工，合则文长而难好也。"（《读三国志法》）②明清戏曲小说评点在谈论"叙事"时多围绕"虚实"展开，如金圣叹评《水浒》："某尝道《水浒》胜似《史记》，人都不肯信，殊不知某却不是乱说。其实《史记》是以文运事，《水浒》是因文生事。以文运事，是先有事生成如此如此，却要算计出一篇文字来。虽是史公高才，也毕竟是吃苦事。因文生事即不然，只是顺着笔性去，削高补低都由我。"（《读第五才子书法》）③李渔在《闲情偶寄·词曲部》中"结构第一"中专篇谈论"审虚实"，明清戏曲小说评点可以看作中国叙事学的雏形。

进入 20 世纪 60 年代以后，西方叙事学（Narratology）兴起，"叙事"超越了表现方式、历史、体裁等具体范畴，而被文论家当做文学理论中更本质、更深层次的内在原理和形式因素进行分析，甚至被放在人类思维模式中进行观照。以俄国形式主义和现代语言学为基础的西方叙事学和以侦探推理小说为首的西方文学作品进入中国，一度推翻了中国传统文学的叙事思维。其实两者并不冲突，许多学者注意到重建中国叙事学体系的紧迫性，因此这一时期产生了胡亚敏《叙事学》和杨义《中国叙事学的原理与方法》等重要著作。

作为一个文化关键词，"叙事"的内涵已不再仅仅局限于文本中，人们也逐渐强调音乐、绘画和电影等众多艺术形式中"叙事"的重要性。"叙事"讲求节奏感，音乐中的"叙

① 刘振东：《中国叙事文学的伟大里程碑——〈史记〉文学价值浅议》，《齐鲁学刊》（古典文学专号），1983 年。
② 陈曦钟、宋祥瑞、鲁玉川辑校：《三国演义会评本》上册，北京大学出版社，1998 年，第 18 页。
③ 金圣叹著，陆林辑校：《金圣叹全集》第 3 卷，凤凰出版社，2008 年，第 29—30 页。

事"正是通过节拍、复调、和声等声音符号元素组成一种故事性,用丰富的音乐带给人们联想和快感。而绘画、摄影等可视的静态空间形象艺术也用简洁明了的画面进行叙事,电影艺术中甚至能将文本、声画转变为镜头语言,更加多元地展现"叙事"在日常生活中的转型和运用。

# 三、选文定篇

## (一)《诗经》农事诗:中国叙事传统的源起

氓之蚩蚩,抱布贸丝。匪来贸丝,来即我谋。送子涉淇,至于顿丘。匪我愆期,子无良媒。将子无怒,秋以为期。

乘彼垝垣,以望复关。不见复关,泣涕涟涟。既见复关,载笑载言。尔卜尔筮,体无咎言。以尔车来,以我贿迁。

桑之未落,其叶沃若。于嗟鸠兮,无食桑葚。于嗟女兮,无与士耽。士之耽兮,犹可说也。女之耽兮,不可说也。

桑之落矣,其黄而陨。自我徂尔,三岁食贫。淇水汤汤,渐车帷裳。女也不爽,士贰其行。士也罔极,二三其德。

三岁为妇,靡室劳矣。夙兴夜寐,靡有朝矣。言既遂矣,至于暴矣。兄弟不知,咥其笑矣。静言思之,躬自悼矣。

及尔偕老,老使我怨。淇则有岸,隰则有泮。总角之宴,言笑晏晏,信誓旦旦,不思其反。反是不思,亦已焉哉!

(《诗经·卫风·氓》,据程俊英、蒋见元著《诗经注析》上册,中华书局,1991年,第170—176页)

《诗经》中的叙事诗包括歌功颂德的祭祀诗、描述恋爱故事的爱情诗与叙述农家生产活动始终的农事诗等类型,它们不仅展示日常生活场景,也记录社会的重大事件。这体现了诗歌的"美刺"功能,也带来了以诗记史的传统,并影响到后来"感于哀乐,缘事而发"的乐府诗。严格来说,《诗经》中的叙事诗多以"言志"为主要目的,即抒发自己内心的情志,而并非记录历史或事件,如杜甫的"三吏"、"三别"。而乐府诗正因其"缘事"特质,与《诗经》有很大不同。正如明代徐祯卿在《谈艺录》中所言:"乐府往往叙事,故与《诗》殊。"《诗经》的叙事诗过早地成为官方经典,失去了传唱过程中增补的情节性、虚构性与传奇性等叙事诗基础元素。

## (二)《史记·项羽本纪》:历史叙事的话语特征

项王军壁垓下,兵少食尽,汉军及诸侯兵围之数重。夜闻汉军四面皆楚歌,项王乃大惊曰:"汉皆已得楚乎?是何楚人之多也!"项王则夜起,饮帐中。有美人名虞,常幸从;骏马名骓,常骑之。于是项王乃悲歌忼慨,自为诗曰:"力拔山兮气盖世,时不利兮骓不逝。骓不逝兮可奈何,虞兮虞兮奈若何!"歌数阕,美人和之。项王泣数行下，左右皆泣，莫能仰视。

　　于是项王乃欲东渡乌江。乌江亭长檥船待．谓项王曰："江东虽小，地方千里，众数十万人，亦足王也。愿大王急渡。今独臣有船，汉军至，无以渡。"项王笑曰："天之亡我，我何渡为！且籍与江东子弟八千人渡江而西，今无一人还，纵江东父兄怜而王我，我何面目见之？纵彼不言．籍独不愧于心乎？"乃谓亭长曰："吾知公长者，吾骑此马五岁，所当无敌，尝一日行千里，不忍杀之，以赐公。"乃令骑皆下马步行，持短兵接战。独籍所杀汉军数百人。项王身亦被十余创。顾见汉骑司马吕马童曰："若非吾故人乎？"马童面之，指王翳曰："此项王也。"项王乃曰："吾闻汉购我头千金，邑万户，吾为若德。"乃自刭而死。

　　（司马迁《项羽本纪》，据顾颉刚等点校《史记》第 1 册，中华书局，1959 年，第 333、336 页）

　　在中国古代文学发展史上，小说创作最早要追溯到史传叙述。《史记》不仅开创了纪传体史书的书写，更启发了后世历史小说的创作。司马迁在《史记》中并没有持有传统的中立态度，而是将对人物的褒贬隐藏在字里行间中。正如刘熙载在《艺概·文概》中评《史记》曰："叙事不合参入断语。太史公寓主意于客位，允称微妙。"史书叙事要求逼真和还原历史，从这个角度来说，《史记》对情节和细节素材的重视实际上正符合追求"真"的纪实性。至于细节是否真实、考证是否合理，尽管这也是史书写作非常重视的部分，但并不妨碍"如直接当时人，亲睹其事，亲闻其语"的真实感，而真实感正是历史叙事中的基本原则。同样，小说创作者在叙事中也同样会以各种写作技巧，创造出叙事的真实性。

### (三)《古诗为焦仲卿妻作》：汉乐府诗的叙事手法

　　鸡鸣外欲曙，新妇起严妆。着我绣夹裙，事事四五通。足下蹑丝履，头上玳瑁光。腰若流纨素，耳着明月珰。指如削葱根，口如含朱丹。纤纤作细步，精妙世无双。上堂拜阿母，阿母怒不止。昔作女儿时，生小出野里。本自无教训，兼愧贵家子。受母钱帛多，不堪母驱使。今日还家去，念母劳家里。却与小姑别，泪落连珠子。新妇初来时，小姑始扶床。今日被驱遣，小姑如我长。勤心养公姥，好自相扶将。初七及下九，嬉戏莫相忘。出门登车去，涕落百余行。

　　（《古诗为焦仲卿妻作》，据吴冠文等汇校《玉台新咏汇校》上册，上海古籍出版社，2014 年，第 78—79 页）

　　清人吴景旭在《历代诗话》中评汉乐府诗："余观其叙事布辞，苍括近古，决非唐手所及。"汉乐府诗与唐人乐府诗的不同之处在于，汉乐府"苍括近古"，"极琐碎"又"极古奥"。这种高古之美源于朴素的叙事和自然的表达，如《孔雀东南飞》既不同于魏晋笔墨的清丽奇秀，也不似唐诗华美圆熟，而大量的运用敷陈、抒情等表现方式辅助叙事。其中"敷陈"在今天又被称为"铺叙"，与"抒情"一样也属于我国传统文学的经典表现方式之一。挚虞在《文章流别论》中提到："赋者，敷陈之称，古诗之流也。"王世贞评价《孔雀东南飞》："质而不俚，乱而能整，叙事如画，叙情若诉，长篇之圣也。"（《艺苑卮言》）选文一段以半叙事、半抒情的文字描写了刘兰芝的一系列动作与言辞，以蕴含其间的节奏感暗示人物的内心变化，实际上并没有直接抒发感慨而是通过叙述来抒情，这是此前的叙事诗中没有的叙事手法，其创新动人之处自然生发，被后世称为"乐府双璧"之一。

### (四)《史通》与"诗史"：叙事的审美性

> 夫史之称美者，以叙事为先。至若书功过，记善恶，文而不丽，质而非野，使人味其滋旨，怀其德音，三复忘疲，百遍无斁，自非作者曰圣，其孰能与于此乎？
>
> 昔圣人之述作也，上自《尧典》，下终获麟，是为属词比事之言，疏通知远之旨。子夏曰："《书》之论事也，昭昭然若日月之代明。"扬雄有云："说事者莫辨乎《书》，说理者莫辨乎《春秋》。"然则意指深奥，诰训成义，微显阐幽，婉而成章，虽殊途异辙，亦各有差焉。谅以师范亿载，规模万古，为述者之冠冕，实后来之龟镜。既而马迁《史记》，班固《汉书》，继圣而作，抑其次也。故世之学者，皆先曰五经，次云三史。经史之目，于此分焉。
>
> (刘知幾《叙事》，据浦起龙释《史通通释》上册，上海古籍出版社，1978 年，第 165 页)

> 暮投石壕村。有吏夜捉人。老翁逾墙走。老妇出门看。吏呼一何怒。妇啼一何苦。听妇前致词。三男邺城戍。一男附书至。二男新战死。存者且偷生。死者长已矣。室中更无人。惟有乳下孙。有孙母未去。出入无完裙。老妪力虽衰。请从吏夜归。急应河阳役。犹得备晨炊。夜久语声绝。如闻泣幽咽。天明登前途。独与老翁别。
>
> (杜甫《石壕吏》，据钱谦益笺注《钱注杜诗》上册，上海古籍出版社，1979 年，第 76—77 页)

历史叙事的写作可以一直追溯到《尚书·尧典》等先秦经典，史书撰写原本应当是实用性写作，然而发展至汉代，《史记》的出现补充了历史叙事此前没有的审美效果，正如鲁迅赞其为"无韵之离骚"，叙事与抒情原本就是中国传统文学的两条脉络。除了以"叙事"抒发情感增添的历史叙事审美性以外，历史叙事话语本身也根据其风格的不同，产生了不同的审美效果：《尚书》如日月昭昭，光明博大；《春秋》则一字褒贬，婉而成章……"虽殊途异辙，亦各有差焉。"然而一直到规模宏大的《史记》、《汉书》，写作技巧臻于圆融，却仍然没有出现历史叙事书写自身审美特性的自觉，亦或是没有意识到审美性对于历史叙事的补充功用。但诗歌领域却出现了杜甫的"三吏"、"三别"，其诗正是"缘情"、"缘事"而发的双重体现，通过诗之真来还原历史场景之实，使人身入其境，产生强烈的代入感，提供了一种生活化的历史视角。参考普遍的早期叙事诗如"史诗"这一类文体来看，杜甫的诗属于文人创作，没有经历历史上漫长的民间传唱过程，但是杜甫的"诗史"却的确是来自于有着深厚民间基础的《诗经》与汉代乐府诗的叙事传统，但同时又天然获得了诗歌后天自发自觉的审美意识，从语言韵脚和修辞上打开了中国传统文学中历史叙事书写的新纪元。

### （五）"审虚实"：小说叙事的话语特征

> 某尝道《水浒》胜似《史记》，人都不肯信，殊不知某却不是乱说。其实《史记》是以文运事，《水浒》是因文生事。以文运事，是先有事生成如此如此，却要算计出一篇文字来。虽是史公高才，也毕竟是吃苦事。因文生事即不然，只是顺着笔性去，削高补低都由我。

> （金圣叹《读第五才子书法》，据陆林辑校《金圣叹全集》第 3 册，凤凰出版社，2008 年，第 29—30 页）

> 传奇所用之事，或古或今，有虚有实，随人拈取。古者，书籍所载，古人现成之事也；今者，耳目传闻，当时仅见之事也；实者，就事敷陈，不假造作，有根有据之谓也；虚者，空中楼阁，随意构成，无影无形之谓也。人谓古事多实，近事多虚。予曰：不然。传奇无实，大半皆寓言耳。……非用古人姓字为难，使与满场脚色同时共事之为难也；非查古人事实为难，使与本等情由贯串合一之为难也。予既谓传奇无实，大半寓言，何以又云姓名事实必须有本？要知古人填古事易，今人填古事难。古人填古事，犹之今人填今事，非其不虑人考，无可考也。传至于今，则其人其事观者烂熟于胸中，欺之不得，罔之不能，所以必求可据，是谓实则实到底也。若用一二古人作主，因无陪客，幻设姓名以代之，则虚不似虚，实不成实，词家之丑态也，切忌犯之。

> （李渔《闲情偶寄·审虚实》，据单锦珩点校《李渔全集》第 3 卷，浙江古籍出版社，1991 年，第 15—16 页）

受历史叙事书写的影响，兴盛于明清时期的小说评点围绕小说情节的"虚实"问题，从叙事的角度区分了小说创作与史书写作的不同：前者有"创作"成分，力求虚实相生；后者则忠于"记录"，力求还原真实。但实际上，就最大限度的超越语言以力求使人获得身临其境的代入感这一目标而言，小说创作与史书写作有着同样的追求。金圣叹将《水浒》与杜诗同列在其"才子书"系列中，其实是将史家之史与文人之史区分了开来：前者是"以文运事"，后者是"因文生事"；前者先有事而后有文，创作虚构的成分少，而后者是先有文后有事，不受史实的限制，完全以作者的主观意愿进行创作修改。金圣叹所提出的观点利用"虚实"问题，划清了小说、诗歌等体裁的文体特征与历史叙事，艺术化文体与实用性写作之间的界限。但同时，金圣叹也认为应"因缘生法"，指出小说虽然是"未必然之文"，但也应当书写"必定然之事"，要合乎真实，"并非真实的真实"是小说近似于历史之处，也是其动人之处。李渔则从戏曲实践出发，认为创作题材可古可今，"若记目前之事，无所考究，则非特事迹可以幻生，并其人之姓名亦可以凭空捏造，是谓虚则虚到底"。然而，"若用往事为题，以一古人出名，则满场脚色皆用古人，捏一姓名不得；其人所行之事，又必本于载籍，班班可考，创一事实不得"，强调历史题材的"实则实到底"，李渔认为叙事时间不同，创作手法也应有所不同。明清小说评点中对于"叙事"具体手法、表现方式的探讨，可以看作中国现代叙事学的雏形与传统根基。

### (六)叙事学：现代"叙事"体系的建立健全

何谓叙事学，人们曾作过种种界定。或曰，"叙事学是对叙事文形式和功能的研究"；或曰，叙事学是"叙事文的结构研究"；或曰，"叙事学是叙事文本的理论"。新版《罗伯特法语词典》给叙事学所下的定义是："关于叙事作品、叙述、叙事结构以及叙事性的理论。"这些定义虽不尽一致，但将叙事学看作对叙事文内在形式的科学研究这一点是共同的。

叙事语法是叙事学家最得意的发现，同时也成为叙事学家面临的一条最难逾越的鸿沟。叙事语法促进叙事文研究从经验描述和解释向高度抽象的方向发展，它关注的是故事的结构法则而不是作品讲述了什么。但正是这种抽象性使叙事语法与富有情感的文学世界发生隔膜。如何使规范化的叙事语法与生气勃勃的叙事文创作和批评有机地联系起来，叙事学家曾孜孜以求，但未获得理想的答案。

（胡亚敏《叙事学》，据胡亚敏著《叙事学》，华中师范大学出版社，2004年，第1、185—186页）

尽管中国古代文学素有深厚的叙事传统，但因为中国现代叙事学深受西方叙事学的影响，中国传统文论语境中的"叙事"并未得到应有的重视。从明清小说评点开始，中国文论对"叙事"的研究一直在不断发展，并从历史叙事、小说和戏曲等多种文本类型中发掘出了中国特有的叙事方式，如"虚实"、"半叙半抒"等。然而"其理论构架和批评术语的逻辑层次还尚待明确。引进、整理和消化叙事学，对于理解、分析和改造我国传统的叙事理论和术语，认识中国叙事理论的民族特色及其在世界文坛上的位置，建构超越地域限制的普遍叙事理论，具有不可忽视的意义"①。胡亚敏在《叙事学》一书2004年第二版中附上《金圣叹的叙事理论》一文，其中对于中国古代文体在叙事学理论建构方面起到的先驱性作用进行了论述，其中列举了叙事文法、阅读文法等金圣叹叙事理论的主要部分，显示了中国传统叙事学基础的高度与深度。

# 四、敷理举统

"叙事"在中国文学史上有着悠久深厚的基础，它不仅是西方叙事学引进后的产物，而且还具有本土话语特性和理论根基。当代中国的叙事学传统一方面体现在其历史文化演变过程中，一方面也体现在当下的文化发展潮流趋势中。"叙事"话语从文体、文法和文学传统三个方面都凸显了现代生机，是中国传统特色的文论话语现代性的转变，是当代中国文论言说内容的重要组成和极具潜在价值的文化宝藏。

### (一)叙事文体的多样化

我国传统的叙事文体主要有史传类、小说类、戏曲文本类和诗歌类四种，现代以来，

---

① 胡亚敏:《叙事学》，华中师范大学出版社，2004年，第244页。

随着艺术形式向着多样化转变，作为传统艺术表现方式之一的"叙事"也逐渐在文本以外的多元化艺术形式中找到自身定位。由传统戏曲发展而来的影视剧本成为当下叙事文本中最炙手可热的一类，通俗文学的发展导致市场上大量 IP 小说的出现。这类现象一方面限制了小说中原本的叙述视角、叙事时间等因素在影视作品中的应用；另一方面，影视剧本中诸如《大宅门》、《大明宫词》等先有剧后有剧本的文本又以其更直观的情节推动、更富表现力的话语方式使人耳目一新，从体会不同的叙事效果带来的感官刺激回归到文本叙事的形式美中去。

　　叙事文体能在新媒介日益发展的局势下有如此多样化的发展，与"叙事"本身的语言、结构特色密不可分。除了影视 IP 剧本向形式回归以外，中国古代叙事文体中的史传和戏曲文本在现代结合，产生了变异后的"戏说"体。对"戏说"这种叙事文体的探讨颇有些回归此前史传文学"虚实"问题的意味，多出现在历史小说等通俗文学领域。单就叙事文体而言，这种变异的结果是新鲜有趣的，然而在严肃文学的边界，文体本身的价值实际上掩盖了叙事文法在其中所起到的作用，叙事文体的多元化转向实际上没有受到应有的重视。

### (二) 叙事文法的多元发展

　　"叙事"要超越文体限制，需要关注"叙事"内在的语言因素。中国传统叙事文学追求真实感，明清时期的叙事理论除论述题材的"虚实"问题外，也总结了叙事文法的普遍性和抽象性。从视角来看，传统叙事文学以"第三方全知视角"为主，但也会有布置悬念的需要，穿插"第三人称限知叙事"等视角，至于第一人称视角则多见于笔记小说等文体中，这实际上仍是历史叙事的惯性使然。

　　但在"新文化运动"宣扬白话文写作后，语言从书面语和口头语的界限限制中解放了出来，在现当代语境下的叙事话语在视角、时间和顺序等叙事文法方面得到了多元发展。叙事话语的多元发展激发了叙事策略的更新，在一些通俗文学的创作中，叙事策略的创新成为了吸引市场注意力的重要手段。当然，对多元叙事策略重要性的关注更多来源于国外优秀作品的影响，如侦探推理小说。从晚清翻译浪潮开始，推理小说被引入中国，并对当时的文学思想产生了极大的震动。尽管对叙事文体的重视程度不够，但叙事策略的更新却影响了许多严肃文学代表作家在新近作品中的反思。

### (三) 中国传统叙事表现手法的现代生机

　　中国古代文学中，叙事表现传统的发展过程其实可以看作文学由实用性向艺术性发展的过程。现代语境下，中国叙事传统之生机正是在"实用性"与"艺术性"中获得平衡，从叙事话语所追求的现实表现力以及叙事、抒情交融的艺术审美性中获得合法性，使中国的叙事传统能够发挥最大的魅力。以文本语言为例，中国叙事文学的诗性特征并没有将叙事本身搭建起来的实用功能架空，而将其与抒情有机结合起来，在许多原本单一的、以叙事或抒情为中心的艺术形式(如电影、电视剧、歌词)中找到平衡。叙事原本就不是独立存在的文学表现方式，而是一种内在的、基础的整体性结构，在艺术形式多样化和新媒体飞速发展的当下，"叙事"既是本土的文学传统，同样也是现代艺术表现手法的核心组成部分，其表现力不单体现在文本对语言的超越上，更表现在叙事因素的灵活运用上，尤其是当艺术形式中的叙事元素表现出传统性和民族性时，其作品所蕴含的话语方式和话语价值才是真正值得探究的。

## ◎ 问题思考

1. 简述中国"叙事"表现传统的源起。
2. 简述历史叙事的话语特征。
3. 金圣叹与李渔分别如何看待小说的历史题材？
4. 试比较任意两种叙事文体的话语特征异同。
5. 试谈中国传统文学中叙事学的理论基础。

## ◎ 参考书目

1. 谭君强：《叙事理论与审美文化》，中国社会科学出版社，2002 年。
2. 胡亚敏：《叙事学》，华中师范大学出版社，2004 年。
3. 高小康：《中国古代叙事观念与意识形态》，北京大学出版社，2005 年。
4. 吴士余：《中国古典小说的文学叙事》，上海古籍出版社，2007 年。
5. 李志艳：《中国古典小说叙事话语的诗性特征：以四大名著叙事话语中的诗歌为例》，巴蜀书社，2009 年。

# 虚　静

"致虚极，守静笃；万物并作，吾以观其复。夫物芸芸，各复归其根，归根曰静；是谓复命。复命曰常，知常曰明。"(《老子·第十六章》)老子认为，人应以虚静之心观天地万物，探寻本源之境，"虚静"既是一种主观上的作为，也是一种客观要求。"夫虚静恬淡寂漠无为者，天地之平而道德之至也。……夫虚静恬淡寂漠无为者，万物之本也。"(《庄子·天道》)在庄子这里，有某种潜伏在生命中的"万物之本"，它必须依赖"虚静"的内观或体验才可以切入。从老庄哲学，"虚静"的神秘直观延展出中国文化独到的认识方式与美学精神。那么，"虚静"在中国文论中到底属于何种范畴？应该怎样把握？又有何独特价值呢？

## 一、释　名　彰　义

### (一) 语义界定

虚，是会意字，从虍(hū)从丘，本义为虎豹横行、了无人烟的地方。虚，本义为大山丘，即"墟"的本字。《说文解字·丘部》："虚，大丘也。昆仑丘谓之昆仑虚。"大则空旷，故引伸为空虚。《尔雅》："虚，空也。"再引申出了虚假、虚弱、虚空、虚耗等含义。《说文解字·青部》："静，从青从争。"本义为彩色分布适当。古同净。静，意指不受外在滋扰而坚守本色、秉持初心。

语义方面，"虚"、"静"本是形容词，形容一种审美心态的特征，属于审美心态特征论范畴。这种特征也被引申到本体层面上，成为一种境界论。同时，作为形容词的"虚"、"静"又可活用为使动词，即"使……虚"和"使……静"，于是"虚静"论又成了"虚静"审美心态或审美境界生成的方法论。"虚"包含"有"，"静"包含"动"，因此从方法论又衍生出"虚静"心态的功能论。它是文人看待万事万物、社会变换的一种心理调节，是针对社会现实的一种自我超越。

### (二) 中西比较

中国传统的虚静观在范畴、内容上虽经历不断转换，但很大程度上秉承老庄思想，包含了本体论和方法论。其本体与道相同，方法上则强调"离形去知"。胡塞尔以"epoch"，这个源自古希腊哲学的词汇来表达现象学还原的内容。epoch 原意是"排除对……的信仰"或"使……失去联系，停止判断"。在他看来，现象的本体要追求一个绝对自明的开端，因此，要将全部意识存而不论。"每一种原初给予的直观，都是认识的合法源泉，在直观中原初地（可说是在其机体的现实中）给予我们的东西，只应按如其被给予的那样，而且也只有在它在此被给予的限度内被理解。"①徐复观说："现象学的归入括弧，中止判断，实近于庄子的忘知。"②

首先，两者都要求主体在观察对象时不要将物置于分解性的、概念性的知识活动中，而是"回到事情本身"。庄子认为要去掉心理主体的欲望、成见，胡塞尔的现象学还要悬置一切前设，因为这些前设往往体现出自然主义态度的遮蔽，它包括一切关于外部世界存在的信仰和判断。其次，两者都具有一种超越意识的性质。庄子通过虚静导向"大明"的境界，这是一种具有天道意味的审美境界。而现象学还原将一切经验意识置入括弧，其纯粹性要求摆脱经验并独立于外物，因而，作为"现象学剩余"的"纯粹意识"领域亦已超出纯粹心理学意义，其被建构为一种超越意识，意向性结构便具有了超越的意义。在这一点上看，与虚静中所要达到的主客合一的境界是一致的。

这两者也有其不同之处。在现象学中，还原更体现为一种认识的方法论途径，这与胡塞尔试图建立一种科学哲学关联紧密，是承继的西方的理性主义思维和思辨思维；"虚静"观则属于传统中国感性主义的甚至是神秘主义的思想，并非一种系统的逻辑思辨。现象学所要求的悬置，意味着"忘知"实际上处于一种暂时性的，策略性的层面，而在庄子那里则是一种持存的、往而不返的要求。

# 二、原 始 表 末

在中国文化语境中，"虚静"这一理论范畴经历了由哲学走向美学的过程。"虚静"一词最初见于周厉王时代的《大克鼎》铭文："冲上厥心，虚静于猷。"指的是"宗教仪式中一种用以摆脱现实欲念，便于敬天崇祖的谦冲、和穆、虔敬、静寂的心态"③。中国古代文论中流行的"虚静"说则源出于道家哲学，《老子·第十六章》："致虚极，守静笃；万物并作，吾以观其复。夫物芸芸，各复归其根，归根曰静；是谓复命。复命曰常，知常曰明。"虚静与道相关，具有本体论意义。庄子则从方法论角度来论述"虚静"，他的"虚静"是"心斋"、"坐忘"、"去知"、"无己"、"丧我"。荀子则把"虚静"置于一种哲学的认识论背景中予以审视，通过"虚壹而静"的认识论方法，达到"大清明"的认识高度。

魏晋时期，老庄思想中的人生哲学迎合了当时士人的心理，"虚静"引申出了潜在的艺术精神和审美心理意义，并对文论产生了深刻影响。陆机最早自觉地将"虚静"用于文学创作中。《文赋》继承道家思想，对于其中深观物化、玄览静怀的心态，陆机将其发展为"伫中区以玄览"、"馨澄思以凝虚"的虚静审美心态。齐梁时期，在陆机把虚静说引入文学创作领域后，宗炳又将其引入了艺术创作理论，他提出了"澄怀味象"的审美虚静说：

---

① ［德］胡塞尔著，李幼蒸译：《纯粹现象学通论：纯粹现象学和现象学哲学的观念》，中国人民大学出版社，2004 年，第 32 页。

② 徐复观：《中国艺术精神》，华东师范大学出版社，2001 年，第 47 页。

③ 张金梅：《"虚静"的美学历程》，《湖北民族学院学报》（哲学社会科学版），1999 年第 4 期。

"圣人含道应物，贤者澄怀味象。""圣人"通过对道的认识来把握世界，处理现实事务，是哲学的；而"贤者"则着意于从自然山水的形象中得到一种愉悦的享受，是审美的。在这里，主客体是一种审美关系。后来，刘勰在《文心雕龙》里将虚静说进一步纳入文学理论体系，使文学系统中的虚静论趋于成熟。"陶钧文思，贵在虚静"强调"虚静"作为创作心理的重要性，"疏瀹五藏，澡雪精神"则是达至虚静的方法。他还在此基础上提出了与认知、学习、修养、思维相关的具体要求。当然，虚静不仅是贯穿于临文构思之时的心态，更是一种由生活态度转向审美态度的精神深化历程。

魏晋南北朝之后，尤其是唐宋时期，虚静论得到更充分的发展，尤其被广泛运用到艺术创作方面，体现出了几大发展特征：首先，虚静说继承前人的审美理论，进一步发展为一种艺术灵感。皎然在《诗式》中指出："有时意静神王，佳句纵横，若不可遏，宛若神助。""虚静"成了引发兴奋现象的神秘艺术灵感。其次，虚静论大量进入绘画理论，如唐代张璪认为"外师造化"的最高境界是悟道，而不只是临摹自然。北宋郭熙在《林泉高致》中提出先要"万虑消沉"，后达"胸中宽快"，认为艺术有一种洗心通脱的功能。倪瓒在《玄文馆读书》中提出"潜心观道妙，讽咏古人书。怀澄神自怡，意惬理无遗"，认为艺术创作与这种澄净清幽的情怀密切相关。最后，不少文论家将虚静与自由境界结合起来，司空图在《二十四诗品·冲淡》中说："素处以默，妙机其微。饮之太和，独鹤与飞。""素处以默"即保持虚静之心，实现思维的专一，以朴素纯然的情感去面对客观的外部世界，自由地接纳万物，从而在深入细致的体察、感受中体悟微妙玄秘的"道"，达到审美境界。苏轼在《送参廖师》中说："欲令诗语妙，无厌空且静。静故了群动，空故纳万境。"在这里，"静"，不是绝对的静止，而是蕴藏着动。"空"也非绝对的空无，而是以空纳实。在苏轼看来，艺术家只有保持虚静的心理状态，才能使现实生活和万千景象纳于胸中，才能洞察、体悟到万物内在的本质与规律，创造出至高的艺术境界。

宋代朱熹对虚静论的研究集中于虚静与感物的关系。他在《清邃阁论诗》中说："不虚不静，故不明。不明，故不识。若虚静而明，便识好物事。虽百工技艺，做得精者，也是他心虚理明，所以做得来精。"朱熹强调了只有内心虚了、静了，才能摆脱世俗的功名利禄、荣辱得失的束缚，彻底超越伪诈，真正地认识事物，不使万物被内心妄念所割裂，从而认识到其本质。艺术创作上，这种剔除了内外一切困扰的虚静心态，是创作主体进入绝妙境地的前提。

王国维作为中国近代美学的奠基者，身处于中西文化碰撞时期，他的美学思想深受康德"审美无利害"和叔本华"审美无意志"论的影响，并将虚静论发展成一种"无欲"思想。他认为人的本质、生活的本质就是"欲"，而摆脱生活之欲所带来的痛苦的最好方法就是通过美和艺术，使人们达到超越于利害关系、物我两忘的境界。他在《人间词话》中说："吾人之胸中洞然无物，而后其观物也深，而其体物也切。""洞然无物"即是去除掉内心的杂念、欲望与外在的一切干扰，使内心呈现出一种虚无状态。这与王国维思想中的境界论也是一脉相承的。在他看来，"有我之境"是主体的强化，是主体情感对于物的渲染与倾泻，"无我之境"则是物我两忘的状态，是一种审美境界，"以物观物"就是要破其限制，不与物处于对立状态。优美之情是"吾心宁静之状态"，此时，心中无丝毫之欲，对于外物便摒弃了利害关系，所以能够予以静观。当然，这种审美境界并不是与现实了无牵挂，而是既能"入乎其内",又能"出乎其外"。宗白华把虚静观放置在"空灵"之美的视域中,将其发展为一种"静照"观。在他看来,静照既处于审美发生论层面也是中国美学的本质特征之一,经由"静照"达至"飞动",最后达到一种"空灵与充实"的艺术境界,则是对中国传统美学观的哲学化论述。

# 三、选 文 定 篇

### (一)庄子:虚静与方法论

若一志,无听之以耳而听之以心,无听之以心而听之以气!耳止于听,心止于符。气也者,虚而待物者也。唯道集虚。虚者,心斋也。

(《庄子·人间世》,据郭庆藩撰《庄子集释》上册,中华书局,2012 年,第 152 页)

彻志之勃,解心之谬,去德之累,达道之塞。贵富显严名利六者,勃志也。容动色理气意六者,谬心也。恶欲喜怒哀乐六者,累德也。去就取与知能六者,塞道也。此四六者不荡胸中则正,正则静,静则明,明则虚,虚则无为而无不为也。

(《庄子·庚桑楚》,据郭庆藩撰《庄子集释》下册,中华书局,2012 年,第 804 页)

庄子言"无听之以耳"中的"耳"不是仅仅指耳朵,而泛指一切感官。庄子认为感官认识有害于对道的体认,所以要否定,而"听之以心"。此处,"心"出现了两次,一会儿要求"听之以心",一会儿要求"无听之以心",看似矛盾实际上却表示不同的意义。前者之"心"指的是本心,是一种自然的虚静之心;后者之"心"指的是成心,其中带有意图的知觉,它指向心知与外物相符合而产生的认识。

庄子对感官认识与心知理性这两种认识都持否定态度,认为它们不但无法体认道,还会严重干扰人的自然之性,因为必须导向"听之以气"。"气"指精神活动达至虚极、纯极之境。虚而待物,便是进入到了一种空明澄澈的状态。庄子的"心斋"是要通过否定成心、机心,去除后本然之心,最终回返自然生命之初,回到"道生万物"时的"一气"之态。在这种状态下,心与身同体,与万物同体,与道玄同。"坐忘"则更侧重于离形,它不仅否定理性认识的效用,还致力于排除一切生理欲望,使人达至和天道一样的虚和静。庄子的"虚静"论实属于一种通过感知经验内省而达到的一个精神境界。这种境界,也就是庄子所言的"至美"、"至乐"、"天乐"之妙不可言的精神之境与审美之境。

### (二)荀子:虚静与解蔽

故治之要在于知道。人何以知道?曰:心。心何以知?曰:虚一而静。心未尝不藏也,然而有所谓虚;心未尝不满也,然而有所谓一;心未尝不动也,然而有所谓静。人生而有知,知而有志。志也者,臧也。然而有所谓虚,不以所已臧害所将受为之虚。心生而有知,知而有异,异也者,同时兼知之。同时兼知之,两也,然而有所谓一,不以夫一害此一谓之壹。心,卧则梦,偷则自行,使之则谋。故心未尝不动也，然而有所谓静，不以梦剧乱知谓之静。

（《荀子·解蔽》，据王先谦撰《荀子集解》下册，中华书局，1988 年，第 395—396 页）

荀子说："耳目鼻口形能各有接，而不相能也，夫是之谓天官。"一方面，与庄子全然否定感官认识不同，在荀子这里，感官认识是被当作认识的基础，另一方面，由于感官认识是"各有接，而不相能"，所以它们又具有自身的片面性。因此，荀子认为必须还有某种更高的精神能力，即心对感性认识进行验证、比较、辨别，这是一种理性认识。"虚一而静"是荀子的一种认识论方法，在荀子看来，"虚"、"一"、"静"是认识客观世界时必须具备的三种精神状态。"虚"即排除成见，使已有知识不要妨碍、干扰新的认识活动，以保证认识过程的客观性。"一"即专一凝神的精神状态。"静"则指不胡思乱想，不被嚣烦所遮蔽，以保证认识过程方向的正确性。只有做到了这三点，当某一事物初次出现在眼前时，才能"目击道存"，一下子抓住现象背后的本质。"虚一而静"的认知方法，也就是一种求知、"解蔽"的方法，其根本目的在于使认知活动达到"大清明"的境界。在这一点上，荀子与庄子可以说是相通的。

### （三）宗炳：审美的"虚静"

圣人含道应物，贤者澄怀味象。至于山水质有而趣灵。是以轩辕、尧、孔、广成、大隗、许由、孤竹之流，必有崆峒、具茨、藐姑、箕、首、大、蒙之游焉。又称任智之乐焉。夫圣人以神法道，而贤者通，山水以形媚道而仁者乐，不亦几乎！余眷恋庐、衡，契阔荆、巫，不知老之将至。愧不能凝气怡身，伤砧石门之流，于是画象布色，构兹云岭。夫理绝于中古之上者，可意求于千载之下；旨微于言象之外者，可心取于书策之内。况乎身所盘桓，目所绸缪，以形写形，以色貌色也。

（宗炳《画山水序》，据俞剑华编著《中国画论类编》上卷，人民美术出版社，2016 年，第 583 页）

宗炳是慧远的俗家弟子，思想上深受慧远的影响，他以慧远的禅智论为基础，提出了含有审美虚静意味的"澄怀味象"之说。"圣人含道应物，贤者澄怀味象。"其中"圣人"主要指佛，"澄怀"即虚静其怀，不为物欲所累，这之中已暗含着一种超功利心态。"贤者"，即慧远的"幽人"，"味象"即品味、体会宇宙万物的形象之美。一个"味"字，把抽象的审美心态味觉化，更加注重艺术自身的本质特点。值得注意的是，此处的"象"已不是自然的现实的外在形象，而是在一种虚静状态的审美观照中，显现于艺术家脑海中的审美意象。其实质上是与道相通的。因此，人们对"象"的观照，本质为对"象"中之"道"的把握。

总之，"澄怀味象"凸显了进行艺术欣赏时所应具有的一种心理机制与审美心胸。这种审美观照的精神状态将使鉴赏者获得一种"与道合一"的愉悦之感与艺术享受。"含道应物"与"澄怀味象"虽然在途径、方法上有所不同，但最终目的都是使内心无我无欲，澄怀虚寂，进入审美的自由境界。在《明佛论》中，宗炳强调要在山水中"盈怀而往"，一方面，个体空虚其心，另一方面，山水以虚授人，达至一种人生的至乐情怀。

## （四）刘勰：文学创作之"虚静"

> 是以陶钧文思，贵在虚静，疏瀹五藏，澡雪精神，积学以储宝，酌理以富才，研阅以穷照，驯致以绎辞，然后使玄解之宰，寻声律而定墨；独照之匠，窥意象而运斤：此盖驭文之首术，谋篇之大端。
>
> （刘勰《神思》，据范文澜注《文心雕龙注》下册，人民文学出版社，1958年，第493页）

"虚静"论在刘勰这里得到了文学理论视域内的成熟探讨。虚静在《文心雕龙》中被归属于创作论。首先，虚静与神思，即创作构思有非常重要的关系，作为一种重要的精神状态贯穿艺术构思的始终。一方面，虚静心态使得艺术创作能达到一种无阻滞的状态，能够"视接万里"，还使得艺术构思凝神专注，在其中展开的想象便能符合"博而能一"的要求。另一方面，虚静也体现为一种形象思维，所谓"神与物游"、"窥意象而运斤"正是此意。其次，虚静与养气也关联紧密。虚静状态源于充沛的精神状态。要"秉心养术，无务苦虑；含章司契，不必劳情"。在刘勰看来，创作中的心思、言辞既是语言的运用，也是精神的运用。当人们顺着情感的自然发展，就能思绪融和，而如果钻研过度就会精神疲乏，创作不出好文章。当然，这种文学创作中虚静状态的酝酿与形成，其实也就是从生活走向审美的精神升华过程，从而使其作品成为一种艺术构思与审美情感相结合的产物。

## （五）苏轼：虚静的入世情怀

> 夫人之动，以静为主。神以静舍，心以静充，志以静宁，虚以静明。其静有道，得已则静，逐物则动。
>
> （苏轼《江子静字序》，据孔凡礼点校《苏轼文集》第1册，中华书局，1986年，第332页）

> 退之论草书，万事未尝屏。忧愁不平气，一寓笔所骋。颇怪浮屠人，视身如丘井。颓然寄淡泊，谁与发豪猛。细思乃不然，真巧非幻影。欲令诗语妙，无厌空且静。静故了群动，空故纳万境。阅世走人间，观身卧云岭。咸酸杂众好，中有至味永。诗法不相妨，此语当更请。
>
> （苏轼《送参寥师》，据王文诰辑注《苏轼诗集》第3册，中华书局，1982年，第906—907页）

苏轼这首论诗虽是论述释子参寥的诗作，但其针对的却是韩愈的《送高闲上人序》。韩愈认为，张旭的草书之所以能达到至高的艺术境界，是因为其胸中种种怨慕之情、不平之气，寓于笔端，发之于外。而作为浮屠人的释子高闲之所以在草书上达到一定的造诣，则是因其"善幻多技能"。苏轼对此并不认同，他认为，凭依"幻影"绝不可能造就参寥诗歌的"清警"境界。"欲令诗语妙，无庆空且静。"、"静"可以排斥外物干扰而凝神于对物象的观察与思考；"空"可以胸纳万物而又不滞于物，从而达到"诗语妙"的艺术境界。

但是，苏轼不只要求静与空，静与动是不可分的，空与万境也不可分。诗人的心灵只有进入静谧之境，才能洞察种种微妙，层层动静，诗人的心灵达到空明虚无之状，才能接纳宇宙之景、万物之象。苏轼的虚静观是一种虚境的心灵世界，其中包含着浓烈的人情味。这是因为这种审美心态来源于他的生活体验与激荡心境。苏轼对庄子哲学的体认是与他本人的一些坎坷经历相连的，但他并没有将这种虚空心境塑造成一种纯哲学形态，而是作为一种现实的人生态度。

### (六)宗白华："静照"与"空灵"之美

艺术心灵的诞生，在人生忘我的一刹那，即美学上所谓"静照"。静照的起点在于空诸一切，心无挂碍，和世务暂时绝缘。这时一点觉心，静观万象，万象如在镜中，光明莹洁，而各得其所，呈现着它们各自的充实的、内在的、自由的生命，所谓"万物静观皆自得"。这自得的、自由的各个生命在静默里吐露光辉。空明的觉心，容纳着万境，万境浸入人的生命，染上了人的心灵。所以周济说："初学词求空，空则灵气往来。"灵气往来是物象呈现灵魂生命的时候，是美感诞生的时候。

（宗白华《论文艺的空灵与充实》，据林同华主编《宗白华全集》第 2 卷，安徽教育出版社，2008 年，第 345—346 页）

宗白华特别推崇艺术的"空灵"之感，并把空灵视为人的生命体验与审美体验超越的一种极高境界。而静照则是"空灵"的起点，它是一种现代性的感物方式，糅合了中国传统虚静直观和西方的理性观照。"静照"强调让自身与物象保持距离，以造成距离化的效果，从而使自身保持空明自得的心境。这种与对象保持距离的"静照"并非凸显主客体间绝对的不可知性，而是表示物象本身就具有独立的审美价值。于静中观动，即处在一种无私无欲的状态。它启示出一种虚静的境界，在这静中表示着自然最深、最永恒的结构。当然，还需注意的是，静照的目的也是要使艺术创造气韵生动。静照的内涵是丰富而多方面的，可以说，它是感物美学现代性拓展的一个标志。

# 四、敷理举统

"虚静"作为一个贯穿中国文学批评史的关键概念，其意义是多层面的：既是一种诗性思维影响下的认识方式，也是一种审美性质的境界论，同时还具有在社会领域中延续至今的现实价值。因此，我们应当从多角度予以把握。

### (一)虚静的认识特征

虚静的认识特征体现为一种独特的思维方式：从哲学视域来看，这种思维方式与现象学的"悬置"具有相似之处，它要求不以先在之见干扰对事物的理解。从老庄哲学开始，这种认识论普遍带有一种神秘直观的倾向，具有不经理性分析、直接把握宇宙本质的特点。

从文艺创作的角度来看：首先，处于虚静状态下的创作思维能使人们能更好地去体物，捕捉万事万物的自然气韵，在这一点上，虚静的创作心理与中国艺术创作中崇尚自然的倾向相关联。其次，保持虚静之态不仅能使作者拓宽视野与心胸、容纳万象，从而为艺术构思活动的展开打下基础，还能激发想象，并提高作者的艺术概括力，使作者更易认识事物的本质，呈现出完整、准确而鲜明的艺术意象。当然，虚静的认识观较多侧重于"虚"的方向，而较少考虑现实的限制性问题。他们对限制性的思考也只涉及"感官"认识层面，不涉及"心"的层面，因而具有一种无限后退的倾向。但是，这种思维特征强调主客观的同一性与整体性，在某种程度上孕育了中国文化的诗性品格。

### （二）虚静的审美意义

虚静的审美性体现在：第一，对现实生活的超越性与对自由的追求。因为虚静要求排除外物干扰，破除身心以及主客体之间的限制关系，实质上是要完成对现实生活的超越。这种超越一方面体现为对人"欲"的脱离，如庄子的离形去知、王国维的物我两忘，另一方面则体现为对超验客体的追求，这体现在'道'的本体论思想上。

第二，审美意象与意境的生成，这跟虚静观从哲学视角转向文学、艺术创作视角有关。文学作品要求的形象书写，绘画艺术要求的形象描绘都使虚静从概念范畴转向形象范畴。宗炳的"澄味怀象"、刘勰的"神与物游"和苏轼的"静故了群动，空故纳万境"都是在虚静心态中新的审美意象的生成。当然，这种审美性在王国维那里更向"无我之境"开拓。

第三，审美心理与艺术鉴赏心态的塑造。虚静中所包含的对"无"与"有"、"动"与"静"、"空"与"实"的辩证把握，本身就具有一种审美方式的潜在性。这种审美心理不仅体现在艺术创作中，还体现在艺术鉴赏中以及艺术风格之中。

### （三）虚静的社会功能

对中国文人来说，虚静并不只是精神上的思辨性，它也是一种生活方式，具有立足现实的社会价值。首先，它是一种文人体道的方法论。如西汉隐士严君平继承了老子的思想，他对"道"的体悟表现为虚心感悟道德、静气保存神明、闭塞听觉以谛听无音、放弃视觉以凝视无形，以此为基础，观览天地万物之自然变动。其次，虚静也涉及中国的政治哲学观念。老子的"无为而无不为"既是他的形而上学观念，也是一种政治意向。《吕氏春秋》继承了老子关于"道"的虚静观点，认为只有虚静无知才可得"道"、言"道"，因为认识不是来自经验世界，而在于观照内心。所以，有道的君主应不用智虑，而是于虚静状态中役使众人之智。再次，它是一种针对现实困境的洒脱之法。苏轼的虚静观就是他个人生活、自身感受的入世哲学，体现出文人"达则兼济天下，穷则独善其身"的内在调和。最后，它深刻地影响了文人品格与个性的塑造。庄周哲学对宋代社会的现实风貌、社会追求都产生了深刻的美学影响，以魏野、林逋等为代表的隐逸之士，不仅用审美的态度去体味隐逸生活，追求田园之乐，更重要的是形成一种"不以物喜，不以己悲"的情操品格。

### (四)虚静的当代价值

在物质主义甚嚣尘上的今天,虚静的重要意义在于"去蔽"。德国哲学家西美尔在论述现代性问题时,指出现代社会分工导致主客观文化的分裂,使其各自独立发展,人已不能根据自身的感性需求与事物建立关系,而是根据客观标准对事物做出判断。就此看来,人们已经无法回返本真。因此,虚静观具有以下几方面的当代价值:

首先,虚静观要求人们摆脱物质、名利的干扰,脱离功利主义的人生视角,不要精于对人生的计算,更要去除外在浮华的物质诱惑,探寻个人内心的深度;其次,虚静观所凸显的人与自然万物的同一性,能促使我们正确看待人与自然的关系,对自然生命持有敬重之心,与当前的环保趋势和生态美学都是相通的;最后,虚静观的宇宙哲学虽然具有神秘主义的倾向,但其对当前文化中过度强调的实用主义倾向是有辩证价值的,它要求我们不以物为"物",而是要与物相融,不与"物"截然对立,但也不能陷入对"物"的盲目崇拜,从而能更好地看待自身与技术世界的关系。同时,虚静观作为一种对人生的超越视角,也有积极的意义,它使人生能成为某种境界的追求,使人立于世,又能沉于世。

### ◎ 问题思考

1. "虚静"说与现象学还原有何异同?
2. 庄子和荀子的虚静观有何差异?
3. "虚静"对于文学创作有何作用?
4. "虚静"的审美意义体现在什么地方?
5. "虚静"在当今社会的价值。

### ◎ 参考书目

1. 朱良志:《中国艺术的生命精神》,安徽教育出版社,1995年。
2. 祁志祥:《中国美学的文化精神》,上海文艺出版社,1996年。
3. 陈铭:《意与境:中国古典诗词美学三昧》,浙江大学出版社,2001年。
4. 李建中、高华平:《玄学与魏晋社会》,河北人民出版社,2003年。
5. 周甲辰:《传统文艺鉴赏理论的现代观照》,湖南大学出版社,2007年。

# 立 象 尽 意

　　"秦时明月汉时关，万里长征人未还。但使龙城飞将在，不教胡马度阴山。"王昌龄以一首《出塞》奠定了他在盛唐诗人中的地位。在欣赏这首诗歌时，我们常常会情不自禁地心游神往，读罢掩卷，犹令人属思久之。同样的品读体验还存在于贺知章的《回乡偶书》、孟浩然的《春晓》等名作中。王昌龄《出塞》仅短短二十八字，为何能令读者味之不厌？一千多年前张继《枫桥夜泊》的夜半钟声，为什么犹在耳边？这些问题最终又可以归结为一个问题：中国古诗为何能产生一唱三叹、余音绕梁的艺术效果？这无疑与"立象以尽意"的创作方法有关，什么是"立象以尽意"？"立象"如何"尽意"？

## 一、释 名 彰 义

### (一) 语义界定

　　象，象形字，甲骨文作𧰨，野象。《说文·象部》："象，长鼻牙，南越大兽，三年一乳。"殷商时象已分布于古中国，《吕氏春秋·古乐》载："商人服象，为虐于东夷。"又《小雅·采薇》："四牡翼翼，象弭鱼服。"象为鸟兽之大者，既成为所观、所察之象，又可代表日月山川等物象。于是象逐渐脱离动物之象，而被赋予模拟、象征等意义。因此，《周易·系辞上》说："在天成象，在地成形。"又说："圣人有以见天下之赜，而拟诸其形容，象其物宜，是故谓之象。"

　　意，甲骨金文中均未出现。《说文·心部》："意，志也，从心从音，察言而知意也。"意较早即有"意思"的义项，如《周易·系辞上》："书不尽言，言不尽意。"此后又引申为意味，李煜《浪淘沙》："帘外雨潺潺，春意阑珊。"意作为动词，还有在意、料想、猜测等含义。

　　"立象尽意"语出《周易·系辞上》，指有些精深微妙的意思难以用一般语言传达，圣人通过设立《易》象等方式，揭示事物的内在情态，表达语言所不能尽述的深意。作为古代文论的核心，"立象尽意"不仅涉及创作过程中的语言表达、形象塑造等问题，而且影响了诗文评价的标准。具体而言，它包括以下几层涵义：其一，作为一种思维方式，"立象尽意"深刻体现了中国人的具象思维特性。与西方精密而富有逻辑的抽象思维不同，中国古人注重审美的整体性和模糊性。其二，在漫长的艺术实践中，古人依靠"立象以尽意"的方式来解决"言不尽意"的矛盾，其中赋比兴之"兴"发挥了独特的作用。"兴"在"言"外，依靠"象"，发展出了一套与日常语言不同的意象语言系统。其三，"立象尽意"倡导言近旨远、意在言外的审美理想。《系辞》的这一论述，经魏晋玄学的重新阐释，对后来的文学理论产生了深远影响。魏晋以降,中国文论所推崇的"言外之意"、"象外之象",正出于此。

### (二)中西比较

二十世纪西方知识界发生了所谓的"语言论转向",多数哲学家认为人的一切认识都离不开语言的中介作用。索绪尔指出:"在语言出现之前,一切都是模糊不清的。"维特根斯坦说:"我的语言的界限意味着我的世界的界限。"而在中国,古人在先秦时即对语言能否完全表意表示怀疑。正是由于认识到语言的不足,中国古人才没有放弃语言,而是努力通过"立象尽意"、"得意忘言"超越语言的局限和束缚。

宇文所安认为诗之"象"、"显然不同于西方文学研究中所使用的意象[imagery]",这是非常正确的。不过,他还认为"西方理论家经常说语言本质上是隐喻的(metaphorical)","儒家语言理论的核心假定则认为,语言本质上是提喻的(synecdochal)"①。可见宇文所安对儒家语言理论的理解仍停留在比上。因为无论提喻、隐喻还是象征,在修辞上都属于中国的"比"。这样一来,中西文学有何区别?在所有创作手法中,只有"兴"是独特的。西方意象派诗歌,能指与所指之间的联系是随意的,因而也是多义的,它同时保留了一条理性的联想道路;而言外之意则由诗歌本身的具象生发,读者产生的联想虽难以界说,又为诗歌本身固定,同时它也与理性无关。

## 二、原 始 表 末

"言不尽意"是任何语言都会遇到的难题,古今中外都不能例外。

先秦讨论言意之辨,向来是道家更为坚决。《老子》第一章开篇即曰:"道可道,非常道。"《庄子·知北游》也说:"道不可言,言而非也。"老子认为,道不仅"先天地生",为万物之本源,而且精深高妙、"混而为一",是"无状之状"、"无物之象"。庄子在老子的基础上提出言意的问题。他认为语言文字只能表达形名等迹象,而不能表达"意之所随"的"道"。事物的精微之处,只可意会,不可言传。尽管庄子对语言的局限性尤多发挥,但庄子并没有否认语言。他认为言还是通往意的途径,只不过应该"得意忘言"罢了。

孔子对言意的态度,大体是认为言不尽意的。孔子虽有"辞达而已矣"(《论语·卫灵公》)的看法,又说:"予欲无言。"(《阳货》)还有子贡的佐证:"夫子之文章,可得而闻也;夫子之言性与天道,不可得而闻也。"(《公冶长》)孟子对言意问题别有会心,《孟子·万章上》云:"说诗者,不以文害辞,不以辞害志,以意逆志,是为得之。"又说:"尽信《书》,不如无《书》。"(《尽心下》)古人总结了"书不尽言,言不尽意"的命题,同时提出用"立象以尽意"的方式来解决言意的矛盾。

汉代经学基本上沿着《系辞》所说立象、系辞的路线前进。不过,汉易象数派"存象忘意",讲解卦气、卦变,不仅繁琐,而且支离。汉儒解诗随意比附《诗》之象与《诗》之意,

---

① [美]宇文所安著,王柏华、陶庆梅译:《中国文论:英译与评论》,上海社会科学院出版社,2003年,第32—34页。

同样失其三昧。曹魏时，荀粲根据庄子的学说提出质疑："子贡称夫子言性与天道，不可得而闻，然则六籍虽存，固圣人之糠秕……盖理之微者，非物象之所举也。"（何劭《荀粲传》）荀粲认为精微之理并不是物象所能穷尽的，汉儒所言"立象以尽意"、"系辞焉以尽言"说的都不是真意。他想突破藩篱，致力追求"象外之意，系表之言"，这就开启了魏晋玄学中的言意之辨。

王弼以老庄解《易》开辟了一个新的时代。他援引筌蹄之说，重新确立了言、象、意三者的关系。王弼认为"言生于象"、"象生于意"，因此能"寻言以观象"、"寻象以观意"，只是言象本为筌蹄，在"得意"之后应该"忘象"、"忘言"。王弼之说起于"言不尽意"流行以后，西晋时，虽有欧阳健提出言尽意论，但自身理论并不精密，影响也不大。

此后，讨论逐渐由玄学转到文学，从言能否尽意转到言如何尽意上来。例如，与陆机"恒患意不称物，文不逮意"（《文赋序》）不同，陶渊明在诗中说："此中有真意，欲辨已忘言。"什么是真意？不知道，但我们尽可从诗中寻求。"采菊东篱下，悠然见南山。山气日夕佳，飞鸟相与还"已告诉我们什么是真意。因此，陶诗可称"文已尽而意有余"（锺嵘《诗品序》）。他以自身的创作实践表明了"立象尽意"的优越性。与之相应，在文学理论中，刘勰系统总结、阐述了创作中言与意的关系。《文心雕龙·神思》不仅提出"文外曲致"的主张，还指出"窥意象而运斤"是"驭文之首术，谋篇之大端"。不过，刘勰的"意象"主要指创作中的驰神运思，和现在所说的"意象"略有不同。

唐代的意境理论是"立象尽意"说的又一硕果，中国诗歌的意境到了唐代才真正得到完美的实现。王昌龄《诗格》不仅言说"意象"，而且明确"意境"。刘禹锡强调"境生于象外"（《董氏武陵集纪》）。司空图标举"象外之象"（《与极浦书》）、"韵外之致"（《与李生论诗书》）。皎然《诗式》将"气象氤氲"列入"诗有四深"，又说"镜象非一，虚实难明"（《诗议》）。殷璠《河岳英灵集》则多言"兴象"。此外，唐人书法也重视"意象"。蔡希综评张旭书"意象之奇，不能不全其古制"。张怀瓘亦云："张有道创意物象，近于自然，又精熟绝伦，是其长也。"（《文字论》）唐诗确立了中国诗歌审美的典范。南宋严羽高倡"唐音"，提出"盛唐诸人，唯在兴趣，羚羊挂角，无迹可求"（《沧浪诗话·诗辨》）的著名评价，这正道出了意象难以界说的特点。不过，在诗歌实践中，宋诗已无法与唐诗比拟。

明清诗歌，学界一致认为成就不高。其中一个重要原因，就是"立象尽意"的创作方法逐渐被遗忘。如明代复古派以"法"取代"象"，取消了象在言、意中的独立地位，"法"成为实际的中心，这就偏离了古诗"立象尽意"的传统。① 这样的后果是诗歌意象陈陈相因，失去活力。因此明代复古，空具形貌，并不成功。清代王士祯、黄景仁、龚自珍振起一时，但也无法扭转诗歌的颓势。不过，失之东隅，收之桑榆，在明清诗歌衰落之际，戏曲、小说蓬勃发展。其中，《水浒传》奇峰郁起，尤为醒目。《水浒》之所以形成了与其他小说不同的独特艺术风貌，原因就在于《水浒传》借鉴了古诗中的意象，又能另辟新境。这一例证充分说明，意象的继承与创新才是中国文学创作的康庄大道。

---

① 邓程：《明清诗歌衰落的根本原因》，《山东大学学报》（哲学社会科学版），2004 年第 1 期。

# 三、选文定篇

## (一)《周易·系辞》中的"言不尽意"与"立象尽意"

> 子曰："书不尽言，言不尽意。"然则圣人之意，其不可见乎? 子曰："圣人立象以尽意，设卦以尽情伪，系辞焉以尽其言。变而通之以尽利，鼓之舞之以尽神。"……圣人有以见天下之赜，而拟诸其形容，象其物宜，是故谓之象。
>
> (《周易·系辞上》，据周振甫译注《周易译注》，中华书局，2013 年，第 264—265 页)

《周易·系辞》的这段话包含了言、象、意三个重要的概念。在这里，象与意、言既有区别又有联系。象，指象喻事物的卦象。《系辞》说："《易》者；象也者，像也。"还不是今天所说的文学形象。意，指作者的思想、情感和观念，言即语言的记录。《系辞》认为，圣人通过设立《易》象等方式，可以表达语言所不能尽述的深意，其中关键在于"立象"。《周易》之象不是对个别物象的简单模拟，而是具有某种概括性，能够"类万物之情"，从而包含天地万物各种物象的可能。这与《诗经》之象是不同的。钱锺书精确区分了二者："《易》之有象，取譬明理也……及道之既喻而理之既明，亦不恋着于象，舍象也可。到岸舍筏、见月忽指、获鱼兔而弃筌蹄，胥得意忘言之谓也。词章之拟象比喻则异乎是。诗也者，有象之言，依象以成言；舍象忘言，是无诗矣，变象易言，是别为一诗甚且非诗矣。"[1]实际上，汉代经学以"美刺"附会《诗经》的根源，就在于将《诗》之象等同于《易》之象。朱熹废除《诗序》，自立新解，现在看来仍是正确的。

## (二) 王弼论"得意忘象"

> 夫象者，出意者也。言者，明象者也。尽意莫若象，尽象莫若言。言生于象，故可寻言以观象；象生于意，故可寻象以观意。意以象尽，象以言著。故言者所以明象，得象而忘言；象者，所以存意，得意而忘象。犹蹄者所以在兔，得兔而忘蹄；筌者所以在鱼，得鱼而忘筌也。然则，言者，象之蹄也；象者，意之筌也。是故，存言者，非得象者也；存象者，非得意者也。象生于意而存象焉，则所存者乃非其象也；言生于象而存言焉，则所存者乃非其言也。然则，忘象者，乃得意者也；忘言者，乃得象者也。得意在忘象，得象在忘言。故言象以尽意，而象可忘也；重画以尽情，而画可忘也。
>
> (王弼《周易略例·明象》，据楼宇烈校释《王弼集校释》下册，中华书局，1980年，第 609 页)

魏晋玄学一扫汉儒习气，与王弼首倡"得意忘言"说密不可分。汉儒讲象数，认为象

---

① 钱锺书：《管锥编》第 1 册，生活·读书·新知三联书店，2007 年，第 20 页。

数能够尽意。王弼取《庄子·外物》筌蹄之喻，再次申明言、象、意三者的关系。他认为"言生于象"、"象生于意"，因此能"寻言以观象"、"寻象以观意"，只是言、象本为筌蹄，在"得意"之后应该"忘象"、"忘言"。王弼的"得意忘象"说实际是在庄子的基础上进了一步，他在言意之辨中加入了"象"，使得言、象、意鼎足而三。这样"象"既成为沟通言意的中介，又具有一定的独立性。正是这一小小的改变，使得语言获得了无限接近于意的可能。王弼的创见给后世的文学、绘画、音乐等艺术创作以深刻的启发。

### （三）刘勰论"言外之意"

> 若情数诡杂，体变迁贸，拙辞或孕于巧义，庸事或萌于新意，视布于麻，虽云未费，杼轴献功，焕然乃珍。至于思表纤旨，文外曲致，言所不追，笔固知止。至精而后阐其妙，至变而后通其数，伊挚不能言鼎，轮扁不能语斤，其微矣乎！
>
> （刘勰《神思》，据范文澜注《文心雕龙注》下册，人民文学出版社，1958 年，第 495 页）

在文学理论中较早论述"言外之意"的批评家要数刘勰和锺嵘。刘勰在《文心雕龙·神思》中感叹作文之难，同时提出"文外曲致"的观点。他在《隐秀》篇中继续说："隐也者，文外之重旨也。"又说："文隐深蔚，余味曲包。"不仅如此，刘勰的贡献还在于首次在文学理论中使用"意象"这一术语。刘勰在《神思》中讨论了驰神运思与物象相通的过程，这一过程即是"窥意象而运斤"、"神用象通"的创作过程。以"滋味"评论文学作品、指出兴的特质是"文已尽而意有余"、提倡"直寻"，都是锺嵘关于"立象尽意"的精辟见解。中国古诗既含蓄蕴藉，又直抵人心，这同意象的丰富性与直接性都有直接的关系。此外，锺嵘还提出"指事造形，穷情写物"，从形、神两方面对尽意之"象"作了要求。

### （四）兴象氤氲："立象尽意"与唐诗艺术

> 夫文有神来、气来、情来，有雅体、野体、鄙体、俗体。编纪者能审鉴诸体，委详所来，方可定其优劣，论其取舍。至如曹、刘诗多直语，少切对，或五字并侧，或十字俱平，而逸驾终存。然挈瓶庸受之流，责古人不辨宫商徵羽，词句质素，耻相师范。于是攻异端，妄穿凿，理则不足，言常有余，都无兴象，但贵轻艳。虽满箧笥，将何用之？
>
> 历代词人，诗笔双美者鲜矣。今陶生实谓兼之，既多兴象，复备风骨，三百年以前，方可论其体裁也。
>
> 浩然诗，文采丰茸，经纬绵密，半遵雅调，全削凡体。至如"众山遥对酒，孤屿共题诗"，无论兴象，兼复故实。又"气蒸云梦泽，波动岳阳城"，亦为高唱。
>
> （殷璠《河岳英灵集》，据傅璇琮等编《唐人选唐诗新编》，中华书局，2014 年，第 156、197、232 页）

"立象尽意"发展到唐代，出现"意境"、"兴象"等概念。它们的产生跟诗在唐代特盛有关。"兴象"最初见于盛唐人殷璠所选《河岳英灵集》，璠选盛唐诗，既高扬《风》、

《骚》、汉魏的风骨比兴传统，又突出盛唐诗歌的艺术特色。其评刘眘虚"情幽兴远，思苦语奇"，评陶翰"既多兴象，复备风骨"，评孟浩然"无论兴象，兼复故实"，都说明这一点。唐诗较汉魏古诗更为蓬勃，殷璠特地拈出"兴象"作为唐人独创之功。"兴象"既为情兴之象，又指有余意之象（即"兴在象外"），它提示了情兴凭借意象而又超越意象，即由"象内"向"象外"延伸的发展趋势①。此后，刘禹锡宣称"境生于象外"，司空图高倡"象外之象"、"韵外之致"，严羽标举"盛唐诸人唯在兴趣"，都与殷璠以"兴象"一词揭示盛唐诗歌深入浅出而朝气蓬勃的艺术造诣有关。

### (五) 宝刀尽兴：《水浒传》中的诗化意象

> 今观《水浒》之写林武师也，忽以宝刀结成奇彩；及写杨制使也，又复以宝刀结成奇彩。夫写豪杰不可尽，而忽然置豪杰而写宝刀，此借非非常之才，其亦安知宝刀即为豪杰之替身，但写得宝刀尽致尽兴，即已令豪杰尽致尽兴者耶？且以宝刀写出豪杰，固已；然以宝刀写武师者，不必其又以宝刀写制使也。今前回初以一口宝刀照耀武师者，接手便又以一口宝刀照耀制使。两位豪杰，两口宝刀，接连而来，对插而起，用笔至此，奇险极矣。即欲不谓之非常，而英英之色，千人万人，莫不共见，其又畴得而不谓之非常乎？
>
> （金圣叹《第五才子书施耐庵水浒传》，据陆林辑校《金圣叹全集》第 3 册，凤凰出版社，2008 年，第 236 页）

与明清其他小说不同，《水浒》中出现了大量诗化意象。《水浒》中的意象并非简单沦为环境的附庸，它本身即具有审美的独立性。而金圣叹的评点正揭示了《水浒》"立象以尽意"的创作方法。"刀"是《水浒》中一个不可或缺的意象，它与人物不可分割，又各自独立。林冲买了一口宝刀，"当晚不落手看了一晚，夜间挂在壁上，未等天明，又去看那刀"，金圣叹评："写得龙腾虎跳。"唐诗曾有"人面桃花相映红"的绝唱，其实林冲和宝刀也是如此。金批"写得宝刀尽致尽兴，即已令豪杰尽致尽兴"，这说明宝刀并不附属于林冲，而是彼此相映成趣，"结成奇彩"。在杨志卖刀一回中，施耐庵又以卖刀渲染杨志的英雄末路。《水浒》中这样独特的意象还有很多，如虎、酒和肉等。它们已经超出日常生活的范围，成为诗化的意象，因而富有独特的韵味。

### (六) 意象更新：林庚论诗之新质原

> 建安以来的诗人就都莫不善于写"风"。如"枯桑知天风"，"高台多悲风"，"胡马依北风"，"白杨多悲风"，"惊风飘白日"，"朔风劲且哀"，等等，信手拈来便都成为好句。而对于"雨"则绝少佳作。隋唐前夕出现了"夜雨滴空阶，晓灯暗离室"，"江暗雨欲来，浪白风初起"，雨才在诗中初露头角。这样直到唐王昌龄诗："寒雨连江夜入吴，平明送客楚山孤，洛阳亲友如相问，一片冰心在玉壶"，又"孤舟微月对枫林，分付鸣筝与客心，岭色千重万重雨，断弦收与泪痕深"，"雨"才正式在诗里有

---

① 陈伯海：《释"意象"（下）——中国诗学的生命形态论》，《社会科学》，2005 年第 10 期。

了地位，难道唐人以前都是晴天吗？

可是从此以后，"风"的诗意虽还不减当年，而"雨"的新感情却越来越浓厚，如："雨中山果落，灯下草虫鸣"，"雨中黄叶树，灯下白头人"，"微云渡河汉，疏雨滴梧桐"，"长乐钟声花外尽，龙池柳色雨中深"。到了杜牧的"清明时节雨纷纷，路上行人欲断魂"，"雨"的情味乃直欲深入每一个人的灵魂；而李贺的名句："况是青春日将暮，桃花乱落如红雨"，这样"雨"便又以一个新的姿势成为诗中的原质。

（林庚《诗的活力与诗的新原质》，据林庚著《唐诗综论》，人民文学出版社，1987年，第 249—250 页）

林庚在其名作《诗的活力与诗的新原质》中，叙述了中国诗歌意象的变迁。他敏锐地指出，我们如果注意到诗坛的变迁，就必然会发现一件事情，那便是诗的原质时常发生改变。如"琴"在先秦作品中即已出现，却直到曹丕、左思的文学作品中才成为一个诗意的向往。"关"在唐以前绝少入诗，而到了唐代，凡是有"关"意象的诗歌几乎都是好诗。宋人承唐之余泽，一切太过现成，都是"酒"、"雨"、"柳"、"笛"等意象，反而施展不开。但宋词仍有几件法宝，如"暝色入高楼"的"楼"，"骑马倚斜桥"的"桥"等。

林庚回望古诗的发展，又思考新诗的未来。他认为今日正是一个变迁的时代，从前人常吃的"酒"变成现在吸的"烟"，从前人常骑的"马"变成现在的"脚踏车"，而这些变迁正是发现诗的新原质最好的场合。诗人林庚的建议是富有启发性的，因为中国诗歌的历史告诉我们，意象的继承与创新正是古诗保持活力的途径。诚如林庚所说："我们将怎样保有这诗的活力，且将如何追寻那新的原质，这便是又一个诗的时代的来临。"

# 四、敷理举统

中国古诗的"立象尽意"原则导源于先秦、魏晋时期的"言意之辨"，后经六朝陆机、刘勰诸人的努力，将玄理之"象"转变为文学中的"意象"，至唐代更演化出诗歌"兴象"。中国诗的创作与欣赏，原本是一种意象思维活动，人们普遍认为，诗意的感受与表达，都离不开"象"的中介，后来有关创作中的"情景"、"虚实"、"形神"诸问题的探讨均围绕着"立象尽意"而展开。

## （一）立象尽意与情景交融

王昌龄《诗格》有言："诗有三格：一曰生思。久用精思，未契意象，力疲智竭，放安神思，心偶照境，率然而生。二曰感思。寻味前言，吟讽古制，感而生思。三曰取思。搜求于象，心入于境，神会于物，因心而得。"意象作为诗人意匠经营之"象"，是人与自然心物交感的产物。所谓"取思"，即指诗人在心与境、情与景浑然相契的情况下进行构思。刘勰《文心雕龙·神思》曾指出："故思理为妙，神与物游。神居胸臆，而志气统其关键；物沿耳目，而辞令管其枢机。"这一方面是心志对情意的调控，另一方面也是感官对物象的摄取。正是在物我、情景的不断交融当中，情意得物象之赋形而渐觉鲜明，物象经情意之提炼而愈见条理，这就是陆机《文赋》所说的"情瞳昽而弥鲜，物昭晰而互进"。

中唐以后，关于创作过程中心物交感、情景交融的论述，不胜枚举。柳宗元在《始得西山宴游记》中有"心凝神释，与万化冥合"的名句；司空图《与王驾评诗书》提出"思与境偕"的主张；苏轼《题渊明饮酒诗后》道"因采菊而见山，境与意会，此句最有妙处"；何景明《与李空同论诗书》言"意象应曰合"；王世贞《艺苑卮言》认为"气从意顺，神与境合"。王夫之总结了古诗中的情景理论。王夫之《姜斋诗话》云："情、景名为二，而实不可离。神于诗者妙合无垠，巧者则有情中景，景中情。"又云："情景虽有在心在物之分，而景生情，情生景，哀乐之触，荣悴之迎，互藏其宅。"王夫之所谓"景"，实际包含自然物象与社会生活。情、景在诗人的创作中互相依存，诗人"即景会心"，神超理得，便可自然立象。

### （二）立象尽意与虚实相生

《老子》二十一章："道之为物，惟恍惟惚。惚兮恍兮，其中有象。"《庄子·人间世》："虚室生白。"又曰："唯道集虚。"宗白华《中国艺术意境之诞生》认为："中国诗词文章里都着重这空中点染，抟虚成实的表现方法，使诗境、词境里面有空间，有荡漾，和中国画面具同样的意境结构。"不愧为一卓越的见解。

陆机《文赋》提出"课虚无以责有，叩寂寞而求音"，认为创作用意精微，从无到有，应当从虚无以求其象，从寂寞以求其声。皎然认为"境象非一，虚实难明……可以偶虚，亦可以偶实"（《诗议》），又以"情在言外"、"旨冥句中"评诗，概括意象生成有"假象见意"、"貌题直书"两种类型。刘禹锡《董氏武陵集纪》提出著名的"境生于象外"："诗者其文章之蕴邪？义得而言丧，故微而难能；境生于象外，故精而寡和。"司空图论诗，标举"象外之象"、"韵外之致"；《诗品》强调虚空的作用，所谓"不着一字，尽得风流"。严羽《沧浪诗话》评价唐诗："羚羊挂角，无迹可求。故其妙处，透彻玲珑，不可凑泊，如空中之音，相中之色，水中之月，镜中之象，言有尽而意无穷。""镜中之象"正言唐诗玲珑高妙，超旷空灵。

王夫之《唐诗评选》云："虚实在神韵。"又说："右丞妙手，能使在远者近，抟虚成实，则心自旁灵，形自当位。"王维《终南山》："太乙近天都，连山到海隅。白云回望合，青霭入看无。分野中峰变，阴晴众壑殊。欲投人处宿，隔水问樵夫。"王夫之评："结语亦以形其阔大，妙在脱卸，勿但作诗中画观也。"王维写终南之阔大，则以"欲投人处宿，隔水问樵夫"显之。其妙处正在于前后虚实的对比。很显然，立象尽意要注意实虚的平衡。只有这样，才能产生意境深远的作品，达到言有尽而意无穷的艺术效果。

### （三）立象尽意与形神合一

《周易·系辞》有言："圣人有以见天下之赜，而拟诸其形容，象其物宜，是故谓之象。"天意幽深精微，圣人譬拟万物之形象容貌，象征特定事物适宜的意义，所以称作"象"。《周易》之象包含天地万物的形态与神髓，诗文创作中的意象也是如此。陆机《文赋》云："体有万殊，物无一量，纷纭挥霍，形难为状……虽离方而遁员，期穷形而尽相。"物之形、相，千变万化，文章体格，亦随物而转。但诗人必以曲尽其所描写对象为原则，思必穷其形，辞必尽其相。钟嵘《诗品序》认为五言诗为"众作之有滋味者"，"岂不以指事造形，穷情写物，最为详切者邪!"锺嵘同样强调详切描摹物之情貌的重要。

诗人以意会象，正如庖丁解牛"以神遇而不以目视"，是以创作主体的情意与对象的内在生意相合，使形貌与风神贯通合一、相契无间。所以王昌龄《诗格》说："欲为山水诗，则张泉、石、云、峰之境，极丽绝秀者，神之于心，处身于境，视境于心，莹然掌中，然后用思，了然境象，故得形似。"魏庆之《诗人玉屑》卷四也认为："摹写景象，巧夺天真，探索幽微，妙与神会，谓之物象。"

立象尽意以物象为基础，又超越言象，达到形神兼备的境界。顾恺之论画有"以形写神"、"传神写照"的说法。谢赫《古画品录》写道："风范气候，极妙参神，但取精灵，遗其骨法。若拘以体物，则未见精粹；若取之象外，方厌膏腴，可谓微妙也。"严羽《沧浪诗话》则说："诗之极致有一：曰入神。诗而入神，至矣，尽矣，蔑以加矣。惟李、杜得之。"画家、诗人想要使情意与物象的整体契合，必须突破有限的物象本身，沟通彼此内在的生命精神。唐代大画家张璪论画曾说："外师造化，中得心源。"（《历代名画记》）宗白华总结道，造化和心源的凝合，成了一个有生命的结晶体，鸢飞鱼跃，剔透玲珑，这就是"立象以尽意"，一切艺术的中心之中心。

## ◎ 问题思考

1. 试论中、西言意观的区别。
2. 试述《易传》的"立象以尽意"。
3. 试从殷璠的"兴象"说，讨论唐诗艺术。
4. 试述《水浒传》中的诗化意象。
5. "立象尽意"对当代文学创作有何借鉴意义？

## ◎ 参考书目

1. （清）郭庆藩撰，王孝鱼点校：《庄子集释》，中华书局，2012 年。
2. （魏）王弼著，楼宇烈校释：《王弼集校释》，中华书局，1980 年。
3. 钱锺书：《管锥编》，生活·读书·新知三联书店，2007 年。
4. 宗白华：《艺境》，北京大学出版社，1987 年。
5. 林庚：《唐诗综论》，人民文学出版社，1987 年。

文体论话语

# 体

王国维曾说过，一代有一代之文学。中国古代文体众多，百花争艳，从铺陈华丽的汉大赋、万口传诵的李杜诗篇、李清照一唱三叹的婉转词风、深入民心的戏曲故事，到深受百姓欢迎的四大名著，各类文体都留下了许多脍炙人口的作品。随着各类文学文本的不断繁荣丰富，人们也开始自觉地反思文学，试图对各文体的形式、功能、流变和分类等方面做出总结。那么，中国古代的"体"到底经过了哪些流变？不同文体的风格又该如何区别？文体之间关系如何，又是怎样破界互通的？让我们一起来了解各类文体的魅力吧！

## 一、释名彰义

### (一)语义界定

"体"是形声字，许慎《说文解字·骨部》："体，总十二属也。从骨豊声，他礼切。"段玉裁注："十二属许未详言，今以人体及许书核之。首之属有三：曰顶，曰面，曰颐。身之属三：曰肩，曰脊，曰晃(臀)。手之属三：曰玄，曰臂，曰手。足之属三：曰股，曰腔，曰足。合《说文》全书求之，以十二者统之，皆此十二者所分属也。"体的本义是"身体"，指称人体的首、身、手、足共十二个部位。随后，"体"从人体逐渐引申为文章之体，如《诗经·卫风·氓》："尔卜尔筮，体无咎言。"毛传："体，兆卦之体也。"这里的体专指"卦体"。到了魏晋时期，文体意识自觉，"体"作为"文体"的意义更加明确，如《典论·论文》："文非一体，鲜能备善，是以各以所长，相轻所短。"

"体"作为一个文化关键词，通常有"一体三义"三种理解方式：体裁、语体、体貌。体裁是对文体的基本分类，语体是强调修辞手法，体貌是强调风格。作为体裁，中国古代的体裁样式有诗、词、赋、书、诏、策、奏、启、表、铭、箴、诔、碑、赞、檄等。作为风格，历代也有不同分类，如刘勰《文心雕龙》中提出的八体分别是典雅、远奥、精约、显附、繁缛、壮丽、新奇、轻靡；皎然《诗式》则有高、逸、贞、忠、节、志、气、情、思、德、诚、闲、达、悲、怨、意、力、静、远之分；司空图《二十四诗品》则提出雄浑、冲淡、纤秾、沉着、高古、典雅、洗练、劲健、绮丽、自然、含蓄、豪放、精神、缜密、疏野、清奇、委曲、实境、悲慨、形容、超诣、飘逸、旷达、流动二十四种风格。

### (二)中西比较

在中国文论话语体系中，"体"是一个典型的本土文学概念，既有体裁或文体类别的含义，如以诗、词、曲、文、赋为主的各类文体；又有体性体貌之义，如刘勰的八体、司空图《二十四诗品》中的二十四种风格。中国古代文体的产生与早期的礼乐制度相关，由于文体使用者的身份、文体使用的场合不同，导致了文体之间、文类风格之间也存在着尊卑差异，体裁上小说、戏曲的地位就远低于诗歌、文赋，风格上也有古今、雅俗、正变的高下之分。

中国文论中的"体"的概念由于其本身的包容性与模糊性，很难在西方文论中找到完全对应的概念。宇文所安曾这样谈到中国文论的"体"："既指风格（style），也指文类（genres）及各种各样的形式（forms），或许因为它的指涉范围如此之广，西方读者听起来很不习惯。"①

西方文论中，这几个英文术语分别对应"体"的不同方面，一是"genre"，指不同的文类特征，西方纯文学观念下，文体主要有诗歌、散文、小说、戏剧，或者是抒情、叙事、戏剧文学，除文体划分中西不同之外，文体的缺类现象也越来越受重视，比如中国是否有史诗，中国文学有无悲剧，为什么中国古代有赋而西方没有；二是"style"，指基于作家本人的独特表达方式，西方艺术在风格上经历了古典主义、浪漫主义、现实主义以及现代主义与后现代主义流派纷呈下的多种风格；三是"form"，"形式所指的，大多不是事物的本身，而是各部分的排列和它们相互间的关系。不过，在某些情况下，它仍是一个代表看得见、摸得着的东西的名词。"②形式常常被理解为与内容、质料、元素、题材相对立的范畴。

## 二、原始表末

中国的文体学滥觞于先秦两汉，成熟于魏晋南北朝时期，在唐进一步发展，宋以后开始分化，直至明清而盛，现当代由于受西方文学观念的影响，文体分类大有变化。文学意义上的文体以诗、词、曲、赋、小说为主，实用文体则根据不同的应用场合而类型众多。

先秦时期，文体的划分可追溯到最早的诗歌总集《诗经》，以"风"、"雅"、"颂"区分文学体例。《尚书》中亦将文体区分为典、谟、训、诰、誓、命等。《周礼·大祝》有"六辞"之分："作六辞以通上下亲疏远近：一曰祠，二曰命，三曰诰，四曰会，五曰祷，六曰诔。"这一时期，不同文体风格也不同，宋代陈骙《文则》"辛"条论《左传》八体时说："一曰命，婉而当；二曰誓，谨而严；三曰盟，约而信；四曰祷，切而悫；五曰谏，和而直；六曰让，辩而正；七曰书，达而法；八曰对，美而敏。"

汉代尤其在东汉时期，传统的文体基本形成了。诗、赋、铭、诔、碑、箴、颂、表、记、书、文、议、论、对策等出现，可见当时文体已相当繁荣。汉代以汉赋最为发达，汉赋分为散体大赋和抒情小赋，是一种半诗半文的文体；后世逐渐演变为骈赋、律赋、文赋

① ［美］宇文所安著，王柏华、陶庆梅译：《中国文论：英译与评论》，上海社会科学院出版社，2003年，第4页。
② ［波兰］塔塔尔凯维奇著，刘文潭译：《西方六大美学观念史》，上海译文出版社，2006年，第7页。

等形式。诗方面，汉乐府出现，以杂言为主，五言诗也出现。杂体散文如书、记、哀、诔、碑等充分发展。同时，人们对文体有了清晰的认识，如扬雄《法言·吾子》："诗人之赋丽以则，辞人之赋丽以淫。"可见人们已经总结到赋这种文体的特征在于丽，而诗人偏则，辞人偏淫。

魏晋南北朝时期，文体成熟。骈文出现，五言古诗成熟，七言古诗也确立，永明体对四声骈偶的运用促进了近体诗的产生。魏晋南北朝是文学自觉的时代，此时期出现了选录各家各体作品的"总集"，对文体进行有意识的分类。曹丕《典论·论文》首次全面论述了文体风格："奏议宜雅，书论宜理，铭诔尚实，诗赋欲丽。"又指出"文以气为主"，将文体的风格和作家的才性联系起来。陆机《文赋》："诗缘情而绮靡，赋体物而浏亮。"将文体主要分为十类，并指出了各种文体的风格。挚虞《文章流别赋》分析了各文体的性质与源流。《文选》是我国首部按照文体分类的文学总集，在序中对文体流变做了论述，将楚辞与赋区别，对诗、赋做了细致分类。刘勰《文心雕龙》是文体学上的集大成之作，在继承前人成果的基础上建立了周密的文体体系。从《辨骚》至《书记》，以释名彰义、原始表末、选文定篇、敷理举统的方法，论述了每种文体的名称、源流、作品和要点。《文心雕龙·定势》篇中，刘勰对文体的风格特点进行了归纳，并肯定了文体间的相互融合借鉴。

唐宋时期，各类文体均得到充分发展。诗歌方面，近体格律诗大放异彩，传统古体诗如五古、七古、乐府和歌行也得到发展。从题材上看，出现了大量田园诗、山水诗、边塞诗、怀古诗、咏史诗和叙事诗。文章方面，在古文运动的影响下，传统的碑铭文、论说文和杂记文等都有所创新，并出现了新文体，如赠序文、山水游记和文赋等。词作为新文体，萌发于中晚唐和五代，宋代达到鼎盛。词为诗余，以婉约为词体正宗，但也不乏优秀的豪放派词作。文体学进一步发展，大体上承袭前人看法。刘善经《四声指归》："博雅之失也缓，清典之失也轻，绮艳之失也淫，宏壮之失也诞，要约之失也阑，切至之失也直。"他在分析了各种文体风格之后，还指出了容易出现的弊端。

宋代以后，曲作为新文体，萌发于金，元代达到鼎盛。戏曲将歌舞、说唱、文学、音乐和武术等众多艺术表达方式聚合在一起，逐步形成了京剧、越剧、黄梅戏、评剧、豫剧五大戏曲剧种。尽管在明清时期，小说仍被视为小道，但其创作的繁荣是不争的事实。文体学上的认识则开始出现分歧，尤其是明代辨体最严。明吴讷《文章辨体》把文体分为59类，并且对文体的正体、变体、别体作了区分。徐师曾《文体明辨》中则将文体分为127类，由此可见明代辨体之细致。自宋以后，由于文章繁盛、文体间相互交融，以文入诗、以议论入诗、以叙事入诗、以诗入词的文体破界现象越来越多，因此主张正体和破体的争论也开始增多，主要集中在诗文之辨、诗词之辨和词曲之辨上，这使人们对文体特点的自觉反思和认识也更加清晰。

近现代以来，由于西学东渐，在西方文艺观念影响下，现当代的文体分为小说、诗歌、散文和戏剧。近代文学以小说创作最为繁盛，"小说界革命"之后，在文学改良社会的目的之下，小说从传统文体的边缘地位走向了中心。中国传统文类中的词、曲式微，传统主流的文的创作与认识也发生了变化，西方的戏剧传入中国之后，成为近代以来重要的文学体裁之一。

# 三、选文定篇

## (一) 文体风格：《文赋》

体有万殊，物无一量，纷纭挥霍，形难为状。辞程才以效伎，意司契而为匠。在有无而僶俛，当浅深而不让。虽离方而遁员，期穷形而尽相。故夫夸目者尚奢，惬心者贵当。言穷者无隘，论达者唯旷。诗缘情而绮靡，赋体物而浏亮。碑披文以相质，诔缠绵而悽怆。铭博约而温润，箴顿挫而清壮。颂优游以彬蔚，论精微而朗畅。奏平徹以闲雅，说炜晔而谲诳。虽区分之在兹，亦禁邪而制放。要辞达而理举，故无取乎冗长。

(陆机《文赋》，据张少康集释《文赋集释》，人民文学出版社，2002 年，第 99 页)

陆机《文赋》是一部对文体作系统论述的专著，以赋的形式写成，论述了文学的创作构思、立意遣词和文体风格等问题，对后世文学批评产生了深远影响。在陆机之前，曹丕《典论·论文》已经提出了八类四科的分类，并简要论述了其文体风格，认为"奏议宜雅，书论宜理，铭诔尚实，诗赋欲丽"。陆机继承曹丕的观点，进一步细分出十类文体及文体风格，其中"诗缘情而绮靡"一句流传最广。陆机认为诗是"言情"的产物，补充了"诗言志"的传统观点。另外，陆机也指出文体的多变性，"体有万殊，物无一量"，由于客观世界的多变与作者主观感受的不同，导致文体最终的风格形态变化多样。文体风格的形成原因是多方面，某类文体的风格特征是由文体用途、题材、艺术形式、历史传统和地域色彩等多种因素共同影响形成的。

## (二) 文体分类：《文心雕龙》

原夫颂惟典雅，辞必清铄；敷写似赋，而不入华侈之区；敬慎如铭，而异乎规戒之域；揄扬以发藻，汪洋以树义，虽纤巧曲致，与情而变，其大体所底，如斯而已。

(刘勰《颂赞》，据范文澜注《文心雕龙注》上册，人民文学出版社，1958 年，第158 页)

夫箴诵于官，铭题于器，名目虽异，而警戒实同。箴全御过，故文资确切；铭兼褒赞，故体贵弘润。其取事也必核以辨，其摛文也必简而深，此其大要也。

(刘勰《铭箴》，据范文澜注《文心雕龙注》上册，人民文学出版社，1958 年，第195 页)

原夫论之为体，所以辨正然否。穷于有数，究于无形，钻坚求通，钩深取极；乃百虑之筌蹄，万事之权衡也。故其义贵圆通，辞忌枝碎，必使心与理合，弥缝莫见其隙；辞共心密，敌人不知所乘：斯其要也。

(刘勰《论说》，据范文澜注《文心雕龙注》上册，人民文学出版社，1958 年，第328 页)

刘勰《文心雕龙》是我国一部"体大虑周"的文学理论巨著。刘勰首先以"文笔之分,区分了有韵之文和无韵之笔。其次,刘勰对各种文体进行了分类,辨骚、明诗、乐府、诠赋、颂赞、祝盟、铭箴、诔碑、哀吊、杂文、谐隐,属于有韵之文;史传、诸子、论说、诏策、檄移、封禅、章表、奏起、议对、书记,属于无韵之笔。相较于《文选》,《文心雕龙》扩大了文学的范围,将经、史、子也囊括进来。再次,刘勰还创建了一个详备的论述体例,论述每种文体时都遵循原始表末、释名彰义、选文定篇、敷理举统的逻辑顺序,阐释了文体的名称含义、源流演变、典型作品和风格特点。另外,刘勰在论文体时,常两两对举,辨析异同,使人能清晰地辨别两种易混淆的文体。《文心雕龙》的出现,说明魏晋南北朝时期文学开始走向自觉,人们对文体的认识也达到一个新高度。

### (三)文体互通:以文为诗

以文为诗,自昌黎始,至东坡益大放厥词,别开生面,成一代之大观。今试平心读之,大概才思横溢,触处生春,胸中书卷繁富,又足供其左旋右抽,无不如志。其尤不可及者,天生健笔一枝,爽如哀梨,快如并剪,有必达之隐,无难显之情:此所以继李、杜后为一大家也。而其不如李、杜处,亦在此。盖李诗如高云之游空,杜诗如乔岳之矗天,苏诗如流水之行地。读诗者于此处著眼,可得三家之真矣。

坡诗不尚雄杰一派,其绝人处在平议论英爽,笔锋精锐,举重若轻,读之似不甚用力,而力已透十分,此天才也。

坡诗有云:"清诗要锻炼,方得铅中银。"然坡诗实不以锻炼为工,其妙处在乎心地空明,自然流出,一似全不著力,而自然沁入心脾。此其独绝也。

(赵翼《瓯北诗话·苏东坡诗》,据江守义等校点《瓯北诗话注》,人民文学出版社,2013年,第168、171、173页)

文与诗作为两种文体并无高下之分,但文适合说理、议论,叙述性强,而诗则适合抒发情感,所以有"文以载道"和"诗言情"的说法。宋代诗坛却出现新变,诗与文互相融通,以文为诗的现象出现,苏轼作为宋诗最高成就的代表,他的诗中也透露出"以文为诗"的特点。从韩愈开始,到王安石、苏轼,再到元祐体、江西诗派,以文入诗的风气大开。诗人以议论入诗,常用譬喻说理,辩驳翻案;以文字为诗,用字造语新奇,点铁成金、脱胎换骨;以才学为诗,用事用典广博,资书以为诗;单行散句入诗,富有散文韵味。宋诗是在盛唐高峰的阴影下发展变化的,宋诗宗唐与变唐的历史中,发展出了对"以文为诗"的批评和赞赏两种评价,也引发了唐、宋诗歌之争。许多人辨体严格,坚持传统,并不支持文体的破界创作,但宋诗之所以能有自己风骨,正因为诗人沟通两种文体,以文入诗,才形成了重理致才学、尚平淡深刻的风格。

### (四)文体互通:以诗为词

退之以文为诗,子瞻以诗为词,如教坊雷大使之舞,虽极天下之工,要非本色。今代词手,惟秦七、黄九,唐诸人不逮也。

(陈师道《后山诗话》,据何文焕辑《历代诗话》上册,中华书局,1981年,第309页)

词至美成，乃有大宗，前收苏秦之终，后开姜史之始，自有词人以来，不得不推为巨擘。后之为词者，亦难出其范围。然其妙处，亦不外沉郁顿挫。顿挫则有姿态，沉郁则极深厚。既有姿态，又极深厚，词中三昧，亦尽于此矣。

辛稼轩，词中之龙也。气魄极雄大，意境却极沉郁。不善学之，流入叫嚣一派，论者遂集矢于稼轩，稼轩不受也。

（陈廷焯《白雨斋词话》，据杜维沫校点《白雨斋词话》，人民文学出版社，1959年，第16、20页）

词自其出现便因其"言情"的功能，被称为"诗余"，于是便有"词为艳科"、"词为小道"等说法，词一直被视为较诗文低一等的文体。宋代的苏轼、辛弃疾等人有意采取以诗入词的手法，内容上，将言志的内容引入词中，从倚红偎翠中拓展出金戈铁马、感叹身世的题材，用经用史之典故；形式上，以诗人之句法使词更典雅。自此，词人从浅唱低吟的"婉约派"中开拓出了"豪放派"。

对于以诗为词的现象，人们也持不同看法。坚持文体传统理想的人认为，诗词之间，诗为正体，词为变体，诗庄词媚；词内部，比起豪放风格，婉约才是当行本色，如陈师道《后山诗话》。另一派则认可"以诗为词"，认为不拘于词的固有传统，敢于将其导向诗乃至文，才是向上一路，因此陈廷焯在《白雨斋词话》中并不反对豪放派，推崇苏轼、辛弃疾，并以诗人比词人，将周邦彦之词成为"词中老杜"。

### （五）文体地位：《四库全书总目》

至于《三国演义》，乃坊肆不经之书，何烦置辨？而谆复不休，适伤大雅，亦可已而不已矣！

凡明以前游戏之文，悉见采录，而所录明人诸作，尤为猥杂。据其体例，当入总集，然非文章正轨。今退之小说类中，俾无淆大雅。

词、曲二体在文章、技艺之间，厥品颇卑，作者弗贵，特才华之士以绮语相高耳。然《三百篇》变而古诗，古诗变而近体，近体变而词，词变而曲，层累而降，莫知其然。究厥渊源，实亦乐府之余音，风人之末派。其于文苑，同属附庸，亦未可全斥为俳优也。

自五代至宋，诗降而为词。自宋至元，词降而为曲。文人学士，往往以是擅长。如关汉卿、马致远、郑德辉、宫大用之类，皆藉以知名于世，可谓弊精神于无用。

（永瑢等《四库全书总目》，据永瑢等著《四库全书总目》，中华书局，1965年影印本，第459、1235、1807、1835—1836页）

中国古代各类文体的地位有高下尊卑之分。"以《四库全书》为例，其文体谱系是以诗文为中心的，词曲(散曲)、小说(文言)为边缘文体，而作为叙事文学的白话小说与戏曲作品则被完全排斥在外。"①从诗文到词曲小说，文体地位逐渐下降。小说自明清以来，已经完全成熟，但在正统的文学观念中，小说还是被分为子部，尚未进入文学类集部，《总目》中对其评价多是蔑视态度，或者不加涉及。集部当中，词曲的地位较诗文低，曲相较于词又等而下之。从源流上看，词曲都是乐府的余音，词为诗余，曲为词余，《总目》视两者同为文苑附庸。在何为词的正宗这一文体上，《总目》尽管对苏、辛评价极高，但仍然认为婉约一派为词体正宗。在文体源流的问题上，《总目》也赞同"文本于经"的说法。《总目》的认识代表中国古代后期的文学正统思想，影响深远，但是因其厚古薄今的态度，对当时的流行文体白话小说和戏曲作出了有意的忽视。

### (六)应用文体：八股"代言"体

八股古称"代言"，盖揣摹古人口吻，设身处地，发为文章；以俳优之道，抉圣贤之心。董思白《论文九诀》之五曰"代"是也。宋人四书文自出议论，代古人语气似始于杨诚斋。及明太祖乃规定代古人语气之例。窃谓欲揣摩孔孟情事，须从明清两代佳八股文求之，真能栩栩欲活。汉宋人四书注疏，清陶世征《活孔子》，皆不足道耳。其善于体会，妙于想象，故与杂剧传奇相通。

此类代言之体，最为罗马修辞教学所注重，名曰 Prosopopoeia，学僮皆须习为之。亦以拟摹古人身份，得其口吻，为最难事。

(钱锺书《诗乐离合·文体递变》，据钱锺书著《谈艺录》，生活·读书·新知三联书店，2007年，第94、95—96页)

钱锺书在《谈艺录》谈论递变的时候，论述八股渊源，并指出八股因其"代言"的特点而与戏曲相通，这是前人论述较少的。钱锺书认为八股是"骈俪之支流，对仗之引申"，可以追溯到的六朝唐宋的四六文。另外，钱锺书谈到八股和杂剧传奇的相通之处。八股文古称"代言"，即代替古人说话，设身处地发言，揣摩孔孟情事甚于汉宋注疏。他列举了《逍遥游》中庄子代拟鷽鸠之口讥笑大鹏，引用袁枚说八股通于戏曲，焦循将八股、元曲比附，举子应试后谈及《牡丹亭》的助力等材料，来论证戏曲与八股的"代言"之用。此外，钱锺书以中西对比的视野，戏称罗马修辞学中的拟人法就是"洋八股"，罗马过去有以拉丁文代古罗马皇拟写诏令的结业考试。钱锺书对八股的说明，指出了八股作为一种应试文体，不同于其他常用文体的特点与作用。

## 四、敷理举统

"体"作为中国古代话语，具有独特的文化内涵，下面将从历史纵向的角度，说明各文体形态的流变发展；从作家创作的角度，涉及体貌与才性的关系；从文体内部的角度，讨论文体之间的正变、互通；从文体用途的角度，分析文体的功能应用。

---

① 吴承学：《中国古代文体学研究》，人民出版社，2011年，第432页。

### （一）文体形态

从历史的角度来看，中国古代文体发达，文体形态众多。对各文体产生的源流，历代批评家多认可"文本于经"的观点，认为从六经中发展出了各类文体，存在一个本同末异的关系。横向看来，文体以诗、文、骚、赋、乐府、词、曲、小说为主，受文体尊卑观念影响，诗、文又是主流文体，而词、曲、小说因其带有通俗、白话、后起等因素而边缘化；近代以来，受西学东渐的影响，文体主要分诗歌、散文、小说、戏剧四类，部分传统文体逐渐式微。纵向来看，文体并不是一成不变的，同一文体在不同历史时期也有不同形态。以赋体为例，赋兴盛于汉代，以散体大赋的铺张华丽而著名，后来又演化出抒情小赋。魏晋南北朝时期随着骈偶的兴起而出现了骈赋，讲究对仗和谐。至唐代随着对格律的运用、科举制度的产生，又演变为律赋形态，篇幅短小、讲究用韵，随着古文运动的兴起，趋于散文化的文赋也出现了，风格自由朴实。可见，尽管一种文体有一种文体的风格，但也随着时代、风俗、作家流派等因素而变化。

### （二）体貌与才性

从作家创作的角度来看，"体性论"是中国古代文体论中一个重要话题，体指体貌，即作品的体制风格，性指才性，即作者的才思性格等主观方面。刘勰在《文心雕龙》中认为，作家的才能、气质、学问、习染，将会影响作品的体貌风格偏向于典雅、远奥、精约、显附、繁缛、壮丽、新奇、轻靡中的某一类，如"贾生俊发，故文洁而体清；长卿傲诞，故理侈而辞溢"（《文心雕龙·体性》）。自刘勰以后，从"体性论"的角度讨论作品体貌的越来越多。通常，人们认为作品体貌和作家才性之间存在必然关系，往往是"人如其文"，但文品与人品之间也不一定一致，有时候时代、地域、个体经历等也发挥着更重要的作用，正如元好问《论诗》所言："心画心声总失真，文章宁复见为人。高情千古闲居赋，争信安仁拜路尘！"另外，古人创作讲究以体制为先，作者个性的发挥也受文体类别的限制，如传统词体以婉约纤丽为正宗，所以传统词人无论个性如何都在主流风格之内，因此晏殊虽然赋性刚烈，但所作的词却格外婉丽。

### （三）辨体与破体

从文体内部的角度来看，文体的正与变一直是一个受争议的问题，主张辨体的人认为，应当严辨文体体制，保持文体传统。主张破体的人则主张大胆打破文体之间的界限，在文体的融合互通中获得新变。主张辨体的一派往往厚古薄今，以古文、古诗、古赋为正体，以四六、律赋、律诗、词曲为辨体，推崇古体甚于近体，推崇典雅简约的文体风格，轻视时俗、繁富、华丽的文体风格。宋代以后，打破了先体制后工拙的原则，诗文的文体扩张，带来众多破体、变体的文学现象，以文为诗、以诗为词、以文为赋、以古体入律诗等成为风气，进而引起了文坛的唐宋诗之争、婉约豪放派之争，对此往往毁誉参半。一种文体有一种的典型风格，坚持本色能发挥所长；而名家名篇，往往在破体中获得创新，不仅使抒情、言志、叙事、议论等手法得到自由调动，而且题材上不局限儿女私情于词、曲，不局限议论说理于文，语言形式上，诗的字数、韵律限制打破，从四言、五言、七言到九字、十三字句，出现险韵、奇字、方言、古句等。文体变革是文体演变的自然历程，是作家在各类文体兴盛后博学广纳、力图创新的结果。

（四）文体功能

从文体用途的角度来看，文体分为实用和非实用两类，许多文体都具有特殊的实用功能，以满足特定的使用场合、精神需求。"中国古代较早就建立起繁缛的礼秩，有相对成熟的公文运作制度，对言辞发布人员的身份、发布场合以及话语的形式、内容都有特定的要求。"①因此，特定的文体语言与特定功能行为产生对应关系，如早期的颂、诰、誓、祝、诔、碑、奏等都是如此。一方面，文体作为礼乐文化中的一部分承担着教化功能，如早期的盟誓、青铜铭文、史官的记言记行等，如诗的兴观群怨、作为外交辞令之用。早期的功能分化这也导致了文体之间的尊卑等级，那些由礼仪制度演化出的文体或与其保持联系的文体往往获得更高的话语地位，而相对远离的文体则地位较低，比如诗因为与礼乐制度的关系、文因为与历史叙述的关系而地位较高，而小说由于只是补史之缺而地位较低。另一方面，文体还具有美饰作用，尤其是当文体脱离了其礼仪文化的实用功能，文学自觉独立之后，便更加突显其美饰的作用，自然而然地成为了文人士子表情达意、彰显才情的文字载体。

◎ 问题思考

1."体"作为中国古代文论话语有哪些含义？

2. 中国的文体经历了怎样的发展流变？

3. 陆机的《文赋》如何论述不同文体的风格？

4.《文心雕龙》是如何对文体进行分类的？

5. 请举例说明文体之间破界互通的现象。

◎ 参考书目

1.（南朝梁）刘勰著，范文澜注：《文心雕龙注》，人民文学出版社，1958年。

2.（南朝梁）萧统编，（唐）李善注：《文选》，上海古籍出版社，1986年。

3. 何文焕辑：《历代诗话》，中华书局，1981年。

4. 钱锺书：《谈艺录》，生活·读书·新知三联书店，2007年。

5. 吴承学：《中国古代文体学研究》，人民出版社，2011年。

---

① 郗文倩：《中国古代文体功能研究论纲》，《福建师范大学学报》（哲学社会科学版），2010年第6期。

# 诗

诗可谓中国古代文学作品中最重要的体裁之一，从我国诗歌的创作源头《诗经》开始，诗就被看作言志抒情、教化天下甚至维护统治的重要文学形式。诗既可以从民间采风而出，反映世事民情，又可以自高堂庙宇而作，抒写文人之志，更能衍生变化出赋、词、曲等各具诗歌形式和韵律的文体来。先秦至今，历代文人墨客皆作诗言志，历朝历代的诗作浩如烟海，唐代，诗歌的发展达到巅峰。那么，到底什么是"诗"？"诗"在中国古代文学中拥有如此地位。它具有怎样的特点？诗作为中国古代的核心文体，其文化内涵和价值意义何在？

## 一、释 名 彰 义

### (一) 语义界定

"诗"为形声字，从言，寺声。作为中国古代最核心文体的"诗"，最早是《诗经》这部诗歌总集的古称。《史记·孔子世家》中曾道："三百五篇，孔子皆弦歌之。"在先秦时期，诗乐舞一体，如不合乐则称为"诗"，因此，"诗"是古代歌曲的语言或文字表现形式。从形式上看，诗与歌只在配乐上有所区别。不过，受传统思维方式的影响，古人在形式上并没有对诗体裁上的独特性进行过多辨析和阐释，更多从文体内部着手，根据诗的章法、韵律、字数之不同划分出了古体诗、律诗、绝句、五言、七言等各种体式。

《论语·为政》中"《诗》三百，一言以蔽之，曰思无邪"指出了诗纯粹朴实的风格；《诗经·陈风·墓门》中"夫也不良，歌以讯之"道出了诗讽谏政治的作用；《诗经·大雅·崧高》中"吉甫作诵，其诗孔硕，其风肆好，以赠申伯"一句则暗示了诗的交往功能与使用范围。而在内容上，中国传统文论话语中的诗是内心之"志"的表达，《毛诗序》曰："诗者，志之所之也。在心为志，发言为诗。"许慎在《说文解字》中解释道："诗，志也。"这样的阐释方式一方面凸显了诗作为中国最早之文学体裁的经典性，另一方面也体现出古人在界定诗这一文体时更注重其内涵和作用。

随着中国文学理论的发展，"诗言志"逐渐被引申到道德伦理层面。刘勰《文心雕龙·明诗》："诗者，持也，持人情性；三百之蔽，义归'无邪'，持之为训，有符焉尔。"段玉裁《说文解字注》进一步引证了各家对"诗"的定义："又《特牲礼》'诗怀之'注：'诗犹承也。'谓奉纳之怀中。《内则》'诗负之'注：'诗之言承也。'按，正义引《含神雾》云：'诗，持也。'假诗为持，假持为承。"情志和谐统一才能使诗达到教化人心的效果，从先秦至封建社会末期，诗一直影响着社会并书写着历史，成为了封建统治中的有机部分，以抒情言

116

志的方式，或配之以乐舞，或赋之以时事，在各个社会阶层中都发挥着表情达意和维护和谐的作用。

### (二) 中西比较

在中国文论话语体系中，"诗"除了代指《诗经》这部先秦诗歌总集外，还用来指通过中国传统格律创作出来的古体诗和近体诗这一文体论范畴。中国传统文学批评理论对于各种文体都没有下过十分明晰的定义，不过西方理论对"诗"则阐释得比较清楚。英国学者波尔蒂克编著的《牛津文学术语词典》将"诗"（poetry）解释为"一种能够歌唱和咏叹的语言，或者按照一些强调基于文字的声音与感觉关系的循环模式进行写作的文体形式"（language sung, chanted spoken, or written according to some pattern of recurrence that emphasizes the relationships between words on the basis of sound as well as sense）[1]。就其外延来说，西方诗歌将诗的语言与日常用语和散文等语言形式严格地区分开来，而在中国古代的诗歌理论中，诗这一文体拥有独特的"赋"、"比"、"兴"三方面美学范畴，在形式上通过声韵调的平仄规律来安排诗歌中的文辞。

从诗歌起源来看，中西诗歌及其衍生出的变体都与歌曲的发展密不可分。西方诗歌起源于古希腊戏剧，亚里士多德的《诗学》所讨论的对象即是悲剧的各方因素。在戏剧演出中，诗歌配乐演唱，讲述英雄史诗，这些诗歌的作者常常是单独的个人，此时创作诗歌也被认为是天才才拥有的能力。而中国古代诗歌既有民间之"风"，又有庙堂之"雅"、"颂"，诗歌一般来说是集体创作的结果，尤其是在民间诗歌中，极少有独立创作的个人，并且最初的诗歌语言与日常用语没有太大差别。

中西诗歌的起源与歌曲的密切关系使它们都具有独特的形式和韵律，同时也限定了诗歌的功能和使用范围。在诗歌的作用上，孔子归纳为"兴"、"观"、"群"、"怨"四个方面，表明除了以诗描述和记载现世生活，还能通过赋《诗》于庙堂之上歌功颂德和礼节应酬，更能通过作诗自下而上讽谏王政之失。孔子的这一经典描述奠定了中国古代诗歌批评的理论基础。

## 二、原 始 表 末

中国诗歌的发展历史源远流长，在《诗经》这部经典诗歌著作集结完成之前，诗歌还经历了夏商周近千年的萌芽时期。在这个阶段，诗歌无论是内在的审美特质还是外在的表现形式都十分质朴。《尚书·尧典》中就记载了舜帝命乐官夔以诗歌"教胄子"，以形成"直而温，宽而栗，刚而无虐，简而无傲"的人格态度。这一时期的诗还处于诗乐舞一体的阶段，"诗"、"歌"与"声"、"律"相成相合，而诗与神话巫术联系也甚为紧密，"无相夺伦，神人以和"（《尚书·尧典》），诗歌还进一步承担着沟通天人及教导贵族子弟的任务。

到了春秋战国时期，诗乐舞一体的状态虽未打破，但诗歌在地位和功用上已经走向定

---

① ［英］波尔蒂克编：《牛津文学术语词典：英文》，上海外语教育出版社，2000 年，第 172 页。

型，从萌生期走向了成熟期。此时的诗歌被赋予了更多现实意义，从《诗经》中的风、雅、颂来看，诗一方面是百姓赞扬和讽谏政治得失的方式，另一方面是上层贵族应答交流的工具，除此之外还依旧承担着沟通天人祖先的功能。于是，便有"不学诗，无以言"(《论语·季氏》)之论。此外，承担了诸多功用的《诗》不仅相当于贵族专用的教科书，诗这一文体还被纳入了政治制度范畴，成为各个阶层表情达意的工具。此时诗歌在人们的日常生活和贵族的政治统治中都发挥着重要的作用。

随后，在历史发展过程中，诗歌这一文体不仅自身在发生改变，也衍生出了一些变体。一方面，由《诗经》开始，诗出现了变体，一变为骚，如《楚辞》，再变为赋，如司马相如《子虚赋》、《上林赋》。游国恩在《先秦文学》中也曾提出"夫四言之形式至简也，其用易穷也。穷则变，变则通，故屈原起而从事与文体之解放……骚体者，战国时崛起于南方之革新文学也。……楚辞盛行之结果，一变为汉赋"①的看法。而后，作为诗之变体的骚体赋逐渐发展为形式固定的辞赋，如汉大赋，六朝骈俪文，而这些辞赋在封建社会各个时期都延续着与政治生活的密切关系，并形成了公文的韵文写作传统。

另一方面，延续着《诗经》传统而建立起的四言诗体，在秦汉之后仍然被各个朝代奉为最庄重的诗歌体式。不过，在两汉时期就出现了以《古诗十九首》为代表的五言诗。与四言诗相比，五言诗在节奏、表意系统和修辞方面均具有更大的优势和灵活性，这使其流行于魏晋至唐代。同时，魏晋南北朝才发展起来的七言诗体也在隋唐时期获得了大量文人的青睐，最终发展出七言律诗的体式，并在盛唐时期发展到鼎盛，进而七言的诗歌体式也成为了中国主要的诗歌形式。

紧接着，诗歌在宋朝出现了变体，即被称为"诗余"的宋词。此时，诗与乐再次融为一体，诗歌以词的方式从文人笔下走向市民生活，并受到社会各阶层的广泛欢迎。但随着宋朝封建统治的加强，诗与政治的关系开始走向反面，苏轼就曾因"乌台诗案"获罪入狱直至流放，此后，诗与封建统治关系的僵化使诗歌创作愈加走向个人化和生活化。到了元朝，由于文人角色在社会中短暂缺席，文人们将一身才气融入到各种散曲、杂剧、传奇等各种歌诗与剧诗的创作中，诗在娱乐和抒发情志这一层面上获得了一定复兴，而自古以来的诗与乐的配合也得以在这些民间艺术中得以延续。从元至明，由于政治变更及小说兴起，诗歌再次回到了文人士大夫的生活中。这一时期兴起了各种诗歌文艺流派，如公安派、竟陵派，他们或推崇尊重自然人性，提倡语言平易，或追求幽深孤峭，强调直抒性灵。明时诗歌虽经历了短暂复兴，但在小说和传奇剧获得快速发展的同时，诗歌的重要性也开始慢慢减弱。直至清代，受到"文字狱"的影响，作诗受到了极大限制，但其变体——弹词和鼓词这种说唱曲艺形式却在民间文化中谱写了鲜明的一笔。

随着鸦片战争开始，中国走入近代化，文化大门随之打开。在民族矛盾、阶级矛盾的尖锐化和众多进步力量的不断斗争中，近代诗歌在内容、形式、风格上都发生了巨大变化。维新运动失败后，黄遵宪、梁启超扛起了"诗界革命"的大旗，这一时期的诗歌融合了古代与近代、民族与世界、传统与革新的多种元素，也为"五四"新诗的发展奠定了基础。随着"五四运动"的到来，诗这一文体也步入了现代化，新诗在形式、技巧、手法、

---

① 游国恩：《先秦文学·中国文学史讲义》，商务印书馆，2015年，第159页。

审美取向等方面的多元化解放了中国古代千百年来奠定的诗歌理论基础，实现了质的飞跃。这一时期的诗歌增添了不少外国诗歌的色彩，而诗歌的内容也越来越与当下生活密切相关。从此，诗歌再次承担起"诗史"的功能。

到了现代传媒技术迅猛发展的当下，新诗成为了最为流行的诗歌体式，古典诗歌的各种形式也在多元化的时代里受到了广泛欢迎。在如今的时代，每个人皆可成为诗人。诗歌短小精干的特点使之成为如今人们抒发日常情志的最佳文体。在大众的写作中，还产生了诸如"梨花体"、"乌青体"等颇具争议的诗歌创作形式，这也反映了现当代诗歌所具有的平易自由、包罗万象的特点。

# 三、选文定篇

## （一）诗与礼：《诗经》与儒家诗教

陈亢问于伯鱼曰："子亦有异闻乎？"

对曰："未也。尝独立，鲤趋而过庭。曰：'学诗乎？'对曰：'未也。''不学诗，无以言。'鲤退而学诗。他日，又独立，鲤趋而过庭。曰：'学礼乎？'对曰：'未也。''不学礼，无以立。'鲤退而学礼。闻斯二者。"

陈亢退而喜曰："问一得三，闻诗，闻礼，又闻君子之远其子也。"

（《论语·季氏》，据杨伯峻译注《论语译注》，中华书局，1980年，第178页）

孔子曰："入其国，其教可知也。其为人也，温柔敦厚，《诗》教也。"

（《礼记·经解》，据孙希旦撰《礼记集解》下册，中华书局，1989年，第1254页）

"诗"最早专指《诗经》这部集结了三百零五篇诗歌的先秦经典。在春秋时期，贵族通过《诗》相互应酬对答，若有外宾来朝或举行祭祀时，也要演奏《诗》中的一些篇目，故而"不学《诗》，无以言"。孔颖达在《礼记正义》中总结的"以诗辞、美刺、讽喻以教人，是诗教也"与孔子所总结"诗"的"兴"、"观"、"群"、"怨"同时反映了《诗》在教育贵族子弟上的重要地位，古人更将诗教纳入政治制度的建构中，将其作为礼的一部分，作为政治统治所必须的素质。所以，"诗"这一文体自其萌发期就获得了极高的地位，即便在日后其他文体崛起之时，这样的地位也没有受到过度影响。

## （二）诗与志：诗的意义

《关雎》，后妃之德也。风之始也，所以风天下而正夫妇也。故用之乡人焉，用之邦国焉。风，风也，教也。风以动之，教以化之。诗者，志之所之也。在心为志，发言为诗。情动于中，而形于言。言之不足，故嗟叹之。嗟叹之不足，故永歌之。永歌之不足，不知手之舞之，足之蹈之也。情发于声，声成文，谓之音。治世之音，安以乐，其政和。乱世之音，怨以怒，其政乖。亡国之音，哀以思，其民困。故正得失，动天地，感鬼神，莫近于诗。先王以是经夫妇，成孝敬，厚人伦，美教化，移风俗。

（《毛诗序》，据朱杰人等整理《毛诗注疏》上册，上海古籍出版社，2013 年，第 4—12 页）

中国传统文论批评中并没有"诗"完整的本体论阐释，"诗言志"并不在说明"什么是诗"，而在说"诗"的目的和意义。先秦至汉初，诗乐舞一体，所以咏唱诗歌时，所配之乐和所蹈之舞都可以成为表达"志"的方式，此时的"志"具备政治意义。《诗经》"风"、"雅"、"颂"分别承担了不同的政治功能，这一定义使诗与政治一直处在一种密不可分的关系中。"诗言志"这一理论对整个诗歌历史产生了极深远的影响，由以仁义道德获得政治清明的轩冕之志，在中国文学批评的发展中，进一步衍生出"文以载道"、"文如其人"等多种艺术理论。

### （三）诗与宇宙：天地人之诗

孔子曰："诗者，天地之心，君德之祖，百福之宗，万物之户也。刻之玉版，藏之金府。"

（孙星衍《孔子集语·六艺下》，据郭沂校补《孔子集语校补》，齐鲁书社，1998 年，第 68 页）

大都诗以山川为境，山川亦以诗为境。名山遇赋客，何异士遇知己。一入品题，情貌都尽。后之游者，不待按诸图经，询诸樵牧，望而可举其名矣。

（董其昌《评诗》，据印晓峰点校《画禅室随笔》，华东师范大学出版社，2012 年，第 115 页）

诗在上古时期承袭着巫术传统，并与乐舞配合，承担着与神灵祖先沟通的功能。孔子将诗比作天地之心，上能达天府，下能通民心，表明了诗与其他文体相比，具有独一无二、不可企及的地位：诗是贯通天地人三才的文中之王。即便到了佛教传入中国并获得广泛接受的魏晋南北朝时期，诗歌也承担着与山川自然沟通表达玄学思想的作用。在山水诗人谢灵运的笔下，诗是人与山川大地沟通最具灵性的文体。从上古乃至封建社会末期，诗歌都与社会生活的方方面面息息相关，人的心声、自然的天籁、神灵的意旨都会通过诗歌这一文体来承载和传达，即便到了小说成为了最重要文体的当代，也仍然有不少雅士愿意通过作诗来追寻那份渺远的情怀。

### （四）诗与画：诗的独特意境

论画以形似，见与儿童邻。赋诗必此诗，定非知诗人。诗画本一律，天工与清新。边鸾雀写生，赵昌花传神。何如此两幅，疏淡含精匀。谁言一点红，解寄无边春。

（苏轼《书鄢陵王主簿所画折枝二首·其一》，据王文诰辑注《苏轼诗集》第 5 册，中华书局，1982 年，第 1525—1526 页）

夫置意作诗，即须凝心，目击其物，便以心击之，深穿其境。如登高山绝顶，下临万象，如在掌中。以此见象，心中了见，当此即用。如无有不似，仍以律调之定，然后书之于纸。会其题目，山林、日月、风景为真，以歌咏之。犹如水中见日月，文章是景，物色是本，照之须了见其象也。

（［日］遍照金刚《论文意》，据卢盛江校考《文镜秘府论汇校汇考》下册，中华书局，2015 年，第 1243 页）

受到《诗经》传统的影响，诗与乐的联系十分紧密，不过，当诗歌迎来了魏晋南北朝这一文学自觉的时期后，中国诗歌就开始发展自己的审美领域与话语，其中以意象和意境最具代表性。南北朝时期的山水诗为意象与意境的发展开辟了坦途，到了唐代，诗歌中传神的意象与意境受到了诗人们的广泛重视，王昌龄在其文论著作《诗格》中还提出了"物境"、"情境"和"意境"的"诗有三境"之说。意象与意境观念的成熟使得熟谙各种艺术的苏轼提出了"诗画本一律，天工与清新"的看法，将诗歌与绘画的审美理论并举，诗、画乃至书法理论的融合对于中国传统诗歌审美视角乃至传统文化思想内涵都产生了深远影响。

**（五）情、理、趣：诗的核心内容**

诗有词理意兴。南朝人尚词而病于理，本朝人尚理而病于意兴，唐人尚意兴而理在其中。汉魏之诗，词理意兴，无迹可求。

（严羽《诗评》，据张健校笺《沧浪诗话校笺》下册，上海古籍出版社，2012 年，第 525 页）

世人所难得者趣。趣如山上之色，水中之味，花中之光，女中之态，虽善说者不能下一语，唯会心者知之。……夫趣得之自然者深，得之学问者浅。当其为童子也，不知有趣，然无往而非趣也。……孟子所谓不失赤子，老子所谓能婴儿，盖指此也，趣之正等正觉最上乘也。

（袁宏道《叙陈正甫会心集》，据钱伯城笺校《袁宏道集笺校》上册，上海古籍出版社，1981 年，第 463 页）

自《诗经》以来的抒情传统在繁荣的唐朝盛世达到了鼎盛，但唐代之后，随着科举制度的变化以及受到政治纷争、外族相扰的影响，政治制度在现实的压迫下逐渐走向了独立和完善，唐时颇为兴盛的乐府诗也变为了文人笔下的雅兴，不再具有讽谏时事的作用。禅宗于宋时已经广泛深入到文人士大夫的生活，宋代理学开始兴盛，宋诗随着政治环境的变化和思想体系的更新而凸显出"理"来。《沧浪诗话》所推崇的唐之前诗的"意兴"和"兴趣"也不排斥"理"的成分，只是更加强调在当时不被推崇的"情"与"趣"。尤其是"趣"，李白所作的《夜宿山寺》"危楼高百尺，手可摘星辰。不敢高声语，恐惊天上人"一首，在思想上并不深刻，但在内容结构上的巧妙安排却颇有新意，绝非宋代江西诗派卖弄学问、有意造拗句、押险韵、作硬语便可达到的境界。不少唐诗之所以能成为经典，是因为在思想、情感、内容、形式的审美艺术性上达到了浑融自然的状态，严羽所说的"兴趣"实则就包含了诗歌情、理、趣这三方面的完整和融合。

### (六)四言、五言、七言：诗的形式

> 《风》、《雅》、《颂》既亡，一变而为《离骚》，再变而为西汉五言，三变而为歌行、杂体，四变而为沈、宋律诗。五言起于李陵、苏武，七言起于汉武《柏梁》，四言起于汉楚王傅韦孟，六言起于汉司农谷永，三言起于晋夏侯湛，九言起于高贵乡公。
>
> (严羽《诗体》，据张健校笺《沧浪诗话校笺》上册，上海古籍出版社，2012 年，第 192 页)

一元的诗体发展观认为，诗体的发展是由简入繁的，即诗歌是由二、四言这类字数较少的诗歌体式发展到更为复杂的五言与七言。多元的诗体发展观则认为诗体的起源应该是多线并进的，如《文心雕龙·明诗》："阅时取证，则五言久矣。"具体到争议颇多的五言诗的问题上，《文人五言诗起源新论》的作者归青认为，基于民间歌谣对文人诗的影响，五言诗的源头不一定比四言诗晚，从杜文澜辑录的《古谣谚》和顾颉刚等辑录的《吴歌甲集》、《吴歌乙集》等民歌集就可发现，在未经文人按照一定目的挑选之前，各类诗体其实是纷然杂陈多彩多姿的①。由此观之，尽管诗歌在格式、韵律上有着主线的发展模式，但学者们所忽略的各种副线才正展现了诗歌在历史长河中所具有的真正生机与活力。

### (七)诗与诗人：诗的创作

> 词人者，不失其赤子之心也。故生于深宫之中，长于妇人之手，是后主为人君所短处，亦即为词人所长处。
>
> 客观之诗人，不可不多阅世。阅世愈深，则材料愈丰富，愈变化，《水浒传》、《红楼梦》之作者是也，主观之诗人，不必多阅世。阅世愈浅，则性情愈真，李后主是也。
>
> 尼采谓"一切文学，余爱以血书者。"后主之词，真所谓"以血书者"也。宋道君皇帝《燕山亭》词亦略似之。然道君不过自道身世之戚，后主则俨有释迦、基督担荷人类罪恶之意，其大小固不同矣。
>
> (王国维《人家词话》，据王幼安校订《人间词话》，人民文学出版社，1960 年，第 197—198 页)

王国维先生所说与历来争论不休的"文如其人"的命题十分类似，扬雄认为"故言，心声也；书，心画也。声画形，君子小人见矣"(《法言·问神》)，元好问则批驳"高情千古

---

① 归青：《文人五言诗起源新论》，《学术月刊》，2010 年第 7 期。

《闲居赋》，争信安仁拜路尘"（《论诗三十首·其六》），但是钱锺书认为人格和文格不能等同而论，如果说文章所能显示出的与诗人的紧密联系应该是其创作格调。王国维先生在《人间词话》中将这种格调分为理想与写实，以现代的文论观念来说可称为浪漫与现实二分。阅世丰富，则变化千奇而思想深厚，杜甫可为代表；阅世稍浅，诗之性情愈真，则如李后主；而与阅世相关不大，但与诗人与生俱来的性格与天赋密切相关的诗歌，这类诗歌无论描写什么题材都充满了浪漫的独具天才的色彩，李白便最能代表这类人物。有些格调易于模仿，如李煜的伤感和真情，但若让生逢乱世的杜甫来作上一首浪漫豪放的具有李白格调的诗歌，却不太可能，也正是诗人间格调的不同，使得中国古典诗词异彩纷呈。

### （八）诗与想象：诗的审美

象征诗派要表现的是些微妙的情境，比喻是他们的生命，但是"远取譬"而不是"近取譬"。所谓远近不指比喻的材料而指比喻的方法，他们能在普通人以为不同的事物中间看出同来。他们发现事物间的新关系，并且用最经济的方法将这关系组织成诗。所谓"最经济的"就是将一些联络的字句省掉，让读者运用自己的想象力搭起桥来。没有看惯的只觉得一盘散沙，但实在不是沙，是有机体。要看出有机体，得有相当的修养与训练，看懂了才能说作得好坏——坏的自然有。

（朱自清《新诗的进步》，据朱乔森编《朱自清全集》第 2 卷，江苏教育出版社，1988 年，第 320 页）

对于古典诗歌来说，格律在诗歌的创作接受中都有极重要的地位。《红楼梦》中香菱学诗时，黛玉对诗词的行文、格律、章法极其重视。不过在黛玉看来，比起形式，诗歌的思想、意趣更为重要，因为思想和意趣最能打动人心。所以，诗歌不仅需要创作，还需要接受和解读。思想意趣对格律章法都十分开放的现代新诗就更为重要，而联结文字与意趣的桥梁就是想象。古典诗歌所用的多是公共意象，这些意象的内涵被作诗和解诗的人熟知，如落花、明月，而现代新诗、尤其是象征诗与朦胧诗增添了不少私人意象，有些意象的具体内涵甚至连作者都难以阐释清楚。此时，读者只有运用想象力去发现譬喻与事物之间的联系。因此，对于这类诗歌的解读也会使读者获得了前所未有的审美感受。

# 四、敷理举统

作为中国古典文学中最重要的文体，诗在形式、内容、作用、审美、创作和接受人群等方面都具有与其他文学体裁所不同的传统与特色，即便到了当下，诗这一文体仍然有其无可替代的地位和价值。

### （一）诗的贵族性与全民性

无论是封建时期还是近现代，诗歌的接受人群都在诗歌的发现和流传上发挥着重要的作用。在《诗经》时期，诗在当时可谓全民文体，百姓和贵族都有作诗的权利，诗歌反映生活，也讽谏政治。尽管不同阶层的诗歌仍有区别，但他们所用词句皆是当时的生活用语。而随着文化发展，诗歌在封建权力的控制下逐渐权威化，自汉代后，民间诗歌再难上达天听，魏晋时的诗只能称为"歌"，也很难为掌控文化权力的上层士人所接受。由于诗这一文体的定型及其地位的特殊性，宋词也只能称"诗余"，元明清散曲、弹词也没有资格称作诗。

在漫长的封建统治时期，诗歌创作、评价、接受的范围往往只限于文人圈子。不过，从近代开始，诗歌又开始向普通人回归，诗歌的语言也开始向日常生活用语回归，诗歌的创作者虽然仍然是拥有文化资本的人，但诗歌的接受者却面向大众，大众的态度成为了评价诗歌好坏的首要标准。及至如今，传媒技术的兴盛使得诗歌的创作和接受都回归到普通人手中。

### (二) 诗的政治化与个人化

自《诗经》开始，诗就被纳入到政治统治的体系当中，无论是贵族用《诗经》中的句子来对答应酬，还是百姓通过各种民风诗歌来讽刺王室失德，诗都获得了崇高的身份。秦汉时期诗歌在发挥政治交往和讽谏功能之余还走向了文人和百姓的日常生活，如《古诗十九首》已经开始书写普通百姓的生命感受。到了魏晋南北朝时期，士人阶层更是广泛作诗言情达志。隋唐以来的科举制强化了诗歌的政治地位，于是写诗成为了文人必备的素质，民间采诗和随性作诗的行为逐渐转变为文人作诗。随后，诗歌很快地融入了文人的日常生活，在诗、词兴盛的唐、宋时期，创作的主力彻底转化为了文人阶层，其中，善于创作乐府诗的白居易仍然以诗讽谏政治，如《卖炭翁》、《长恨歌》，而饱受战乱之苦的杜甫则以"三吏"、"三别"在"诗史"中留下了绚丽的一笔。而以北宋时期的"乌台诗案"为例，诗歌讽谏政治的作用受到了极大的削弱，到了清代更是以"文字狱"禁锢了文人的创作热情。所以在很长的时期内，文人更愿意以诗描写个人的感受和生活。近代的新文化运动使得诗歌获得了全方位的解放，如今，人们也更愿意在各种传媒平台上用短小精干的新诗来表达自我感受。

### (三) 诗的形式化与自由化

尽管诗歌的形式一直处在变化发展当中，但诗作为一种文体，格律和章法都有固定模式，这也是诗歌区别于其他文学体裁之处。不过袁枚在《随园诗话》中提道："太白斗酒诗百篇，东坡嬉笑怒骂，皆成文章，不过一时兴到语，不可以词害意。"尽管语言使得诗歌区别于其他文体，但是却不能拘泥于语言，崔颢的《黄鹤楼》的首联"昔人已乘黄鹤去，此地空余黄鹤楼"中，"黄鹤"一词两次出现并处在同一位置，已经大违诗法格律，但依整首诗的意趣，这缺乏修饰的首联倒显得古朴自然不害诗意。严羽在《沧浪诗话》中所提到的"意兴"与"兴趣"，正是希望能将诗歌的思想意趣与章法形式完美地结合起来，进而能达到一种自然天成的状态。新诗的语言虽然与古典诗歌不同，但其形式却将表达的自由化发挥到了极致，让诗获得了新的生命力，这样的语言也自有其妙处。顾城《一代人》中"黑夜给了我黑色的眼睛，我却用它寻找光明"就以看似平白而实则深刻的诗句，感动了无数从文革的伤痕中走出的人，而从五四时期就开始翻译到中国的外国诗歌，也同样能让读者获得诗的审美体验。诗是语言的艺术，情感、意境以及读者获得的审美体验才是诗歌真正的艺术灵魂所在。

### （四）诗的话语特征与现代价值

经历了漫长封建发展时期的诗歌，如今在形式和内容上都发生了巨大变化，对于诗的文体定义、思想内涵和价值意义也仍然还有诸多讨论。在其创作和接受人群上，诗歌已从文人阶层的风雅情趣进入到普通大众的日常生活当中；在其功能用途上，诗歌的政治性已经在民主制观念的影响下受到了极大的削减，在当下的诗歌中各种题材皆可入诗，各种人群皆可作诗读诗；在其作为区分文学体裁的诗歌形式上，现代的诗歌显得更加自由化，语言的自由、题材的自由乃至思想的自由都使得诗歌在现代社会焕发出新的生机与活力。

但是，在小说作为核心文学体裁的今天，诗对于人们生活乃至文化塑造的重要性在持续下降，那么格律严谨的古代诗词和形式自由的现代新诗对于今天的人们来说具有怎样的价值呢？其实，对于教育普遍推广的现代社会来说，人们对文化生活的要求日益强烈，诗歌在文体上的优势便能够更好地适应现代的生活模式。首先，小说虽然成为了如今人们阅读接触最多的文体，但是在快节奏的生活方式的影响下，只有短小精干的诗歌才便于人们利用时间融入到文学的世界当中；其次，无论是古典诗歌还是现代新诗，其意象和意境的丰富和美妙会极大地调动在这个符号化的社会早已被人们遗忘的想象的能力，让人们徜徉在审美的感受中；最后，诗歌对人们抒发日常情感的适用性必不会使诗歌遭受抛弃，诗歌也将随之迎来崭新的发展时代。

### ◎ 问题思考

1. 中国与西方的诗歌起源中的神话影响因素有何异同？
2. 试从诗歌理论与造型艺术理论（如绘画、书法）的交叉辨析诗歌的特点。
3. 诗对于中国传统文学批评的价值何在？
4. 古典诗歌中的"水"意象与道家文化的关系。
5. 新诗的出现与民主思想的关系何在？

### ◎ 参考书目

1. （宋）严羽著，张健校笺：《沧浪诗话校笺》，上海古籍出版社，2012 年。
2. （明）杨慎著，王大厚笺证：《升庵诗话新笺证》，中华书局，2008 年。
3. 王国维著，王幼安校订：《人间词话》，人民文学出版社，1960 年。
4. ［古希腊］亚里士多德著，陈中梅译：《诗学》，商务印书馆，2009 年。
5. ［日］遍照金刚编，卢盛江校考：《文镜秘府论汇校汇考（修订本）》，中华书局，2015 年。

# 赋

赋以独特的书写方式，成为中国古代文学史上浓墨重彩的一笔，尤其值得我们重视。悉数那些耳熟能详的赋作，从荀子《赋篇》到贾谊《吊屈原赋》、《鵩鸟赋》，从司马相如《上林赋》到张衡《归田赋》再到赵壹《刺世疾邪赋》，一篇篇优秀的赋流传至今，仍是经典。赋历经朝代更迭仍保有光彩，究其原因不难发现这和它具有的独特的民族色彩和文学特征有关。我们常把诗、辞和赋并提，那么诗、辞与赋之间有怎样的关系？赋在自身发展过程中经历过哪些变化？除了我们通常所知道的赋铺张扬厉的主要特点之外，赋具有什么文体特色？作为古代文论话语现代转换的内容之一，古代文体的赋能否在现当代文坛上继续绽放光彩？带着这些问题，让我们一起进入"赋"的文学旅程。

## 一、释名彰义

### （一）语义界定

许慎《说文解字·贝部》："赋，贝部。赋，敛也。从贝武声。"赋是征收钱财的意思，字形采用"贝"字作边旁，"武"作声旁。段玉裁注："赋，敛也。周礼大宰。以九赋敛财贿。敛之曰赋。班之亦曰赋。经传中凡言以物班布与人曰赋。"由此看来，赋在字典中的意思主要是用作动词，古代的赋税制度中的赋就是这个意思。

赋作动词时，具有以下三义：第一，当用作动词时，具有三义。其一是诵读诗文，如春秋时期的外交使臣通过诵读诗文来表达志向，所谓"春秋观志，讽诵乐章"（《文心雕龙·明诗》）；其二是创作写作，《诗经·鄘风·定之方中》："终然允臧。"针对这句话，毛苌传："升高能赋。"孔颖达疏："谓升高有所见，能为赋诗其形状。"赋在这里指人们主动创作诗文的行为；其三是歌唱，《小雅·常棣》正义引《郑志》答赵商云："凡赋诗者或造篇，或诵古。"大概赋原来就是合唱的意思。朱熹还举出《大雅·卷阿篇》"矢诗不多"和《楚辞·九歌·东君》"展诗兮会舞"及其声训例子，来证明"矢诗"、"展诗"也就是"赋诗"。

赋作名词时，具有以下义：其一指文体名称，在汉魏六朝时期，"赋"是文学创作的主要形式之一。班固《两都赋序》："赋者，古诗之流也。"其二指铺排夸饰的修辞手法，《周礼》"六诗"或汉代的《毛诗序》中将它列为"六义"之一。其三指叙事开端的叙述手法，《诗大序》孔颖达《正义》引此，云："诗文直陈其事不譬喻者，皆辞赋也。"

### （二）中西比较

赋是中国文学的一种文体，它不但要求内容意义上的排偶，声音上也要求平仄对仗。

与此相似的是，西方文学中有韵文体（rhyme）如押韵诗（rhymed verse），也有遵循固定节奏的无韵诗。中国的赋、叙事长诗和西方的押韵诗、抒情长诗、史诗等都是文体在发展过程中的一种形式，如果我们拿英国浪漫主义诗人雪莱的著名作品《西风颂》和赵壹的《刺世疾邪赋》相对比，可以看出他们在内容上都有体物写志的特征，在形式上都注重格律的完整，而且文章韵律十足，结构严谨，十分适合诵读。尽管如此，赋在西方文学中仍是没有一个固定的概念可以与之完全相对照，这是因为赋产生的时代背景使得其兼有叙事、抒情和押韵等多种特征，铺张扬厉的手法、劝谏讽刺的功用都具有独特的民族特色，因此很难在西方文学中找到对照的概念。

## 二、原 始 表 末

汉代以前，赋在《诗经》中只是一种表现手法，特点是铺陈其事。此后《楚辞》在写作形式、内容和技巧方面，均开拓了赋体发展的道路。赋脱胎于《诗经》和《楚辞》，也是他们发展演变的结果，逐渐从一种文章的写作手法变成一种有自身风格特色的体裁，只不过春秋时期诗、辞和赋还没有完全分离，仍处于一种互相交织的状态。到了战国时代，赋才和诗划清界限，成为一种独立文体，秦朝只有不多的杂赋。

随着汉朝政治经济的繁荣进步，人民生活逐渐安定，统治者行为日益奢华，在具备了作家写作的良好社会环境的基础上，汉赋也走向黄金时代，创作数量和质量明显上升，在我国文学史上蔚为奇观。这一时期出现了被誉为"汉赋四大家"的司马相如、扬雄、班固和张衡，他们的赋作主要以歌功颂德、描写优越的帝王生活为主，这一类作品的主要特征就是语言华美，描述事物场景壮观宏伟，同时也具有劝百而讽一的弊端。经历了繁盛期后，汉赋由华丽铺张的大赋转变为抒情小赋，描写的内容也有所变化，开始针对当时混乱的政治局面进行揭露和批判，主要作品有赵壹的《刺世疾邪赋》，这一类作品的主要特征是批判锐利，直指当时社会存在的弊病，语言有力且饱含作家愤懑的感情。

魏晋南北朝时期，混乱的政治环境没有影响赋的发展，反而使其发展更加自由。汉代末期虽政治混乱，思想却很活跃，脱离儒学的束缚，文学艺术亦随之发展，处于衰落状态的赋又获得新生，主要表现为针砭时弊的抒情小赋。文人作赋，一般都篇幅短小、字句清丽、题材多样、尽力抒发真实情感。① 这一时期，赋不同于之前，内容题材丰富多样，包括宫廷生活、日常小事与自然风光。此外，在形式方面，不同于汉赋的铺张夸饰，魏晋小赋文辞细腻，描写细致，抒发自己的内心的真情实感，这是魏晋南北朝时期赋独特的表现特征。

唐宋时期，出现了律赋和古文。律赋的形成和唐宋科举制度有关，当时的科举应试规定了文人写作的形式和结构，文章必须押韵且对仗工整，于是律赋渐渐发展起来。律赋和律诗有相近的地方，但是没有诗律体制严格。具体来说，在音调方面，它讲求平仄对仗，音律调和，读之朗朗上口；在形式结构方面，律诗有七言律诗和五言律诗，律赋的句式也学习律诗的形式，在四言的基础上产生了以五言和七言句式为主的律诗，这些格律押韵和

---

① 张长青：《文心雕龙新释》，湖南大学出版社，2009 年，第 124 页。

句式都是汉魏时期的赋不曾有过的。至于古文方面，由于古文运动的影响，唐宋两朝的赋也出现了表现手法上的变化。古文运动反对骈文的华而不实，强调赋的写作也应该像文那样简约记叙和描写，这样就使赋等同于一般的文言文。虽然赋确实有铺张过剩、讽谏不足的缺点，但是唐宋时期对赋本身特色的忽视和转化，也对赋在发展的过程中产生了较大的影响。

明清时期，赋的文学创作和文论创作的数量显著上升，成就斐然。明清时期虽然是中国封建社会晚期，但是赋的创作却上升到了新的高度，表现为大量论说赋的作品的出现，如吴纳《文章辨体序说》和徐师曾《文体明辨序说》等。这些著作多以论述赋的种类数量和文体特点为主，以期把赋区别于其他的文体。相对于诗话和词话，出现了赋话这一文章类别。《历代赋汇》、《历朝赋钞》等作品将赋汇编成集，试图对赋的发展过程进行总结。此外还有专门论赋的作品，如刘熙载《艺概·赋概》论说赋的理论，逻辑清晰，结构严密。在这些赋论中，不仅对前朝赋学的作品加以评论还厘清赋学源流，对后世的研究很有帮助。

在现当代文学批评尤其是现代诗学中，我们仍可以找到赋的痕迹。通过对现代诗歌结构和内容进行分析，可以发现，现代诗歌经常使用赋以构造诗意向和传达情感。现代诗歌的作品中有大量的"赋"体诗，这里的"赋"体并不像汉赋有极尽铺张的文学风格特点，而使用了赋的形式。比如卞之琳的《断章》："你站在桥上看风景，看风景人在楼上看你。明月装饰了你的窗子，你装饰了别人的梦。"读者对这首诗的理解虽各有异，卞之琳将自己的重点放在了相对上，即主体之间的相对关系，风景、你与看风景的人以及明月、你的窗子、你和别人的梦之间，是一种相对的主体关系，你在风景面前是观看的主体，而在看风景的人面前是客体，你在明月面前是主体，而在别人的梦面前是客体。有的读者却认为这是在注重装饰两个字，强调的是诗歌的意向内容的关系，主体和客体之间的相互转换关系在这里被理解为一种陪伴关系，"你装饰了别人的梦"表达出一种淡淡的思念之情。虽然二者看法稍有不同，但是这首现代诗正是运用了赋的文体，即诗歌意向和语言形式的对仗，来构造了诗歌的意境，生动地描绘了这样一幅景象。值得我们注意的是，赋学在现代诗学中逐渐式微也是事实，如何良好地完成古代文论话语的现代转换仍然是一个正在进行中的课题。

# 三、选 文 定 篇

### (一)《典论·论文》：诗赋欲丽

常人贵远贱近，向声背实，又患闇于自见，谓己为贤。夫文，本同而末异，盖奏议宜雅，书论宜理，铭诔尚实，诗赋欲丽。此四科不同，故能之者偏也；唯通才能备其体。

（曹丕《典论·论文》，据李善注《文选》第 6 册，上海古籍出版社，1986 年版，2271 页）

曹丕《典论·论文》是中国文学批评史上第一部文学专论，曹丕在文章中提出"诗赋欲丽"的观点，并且对魏晋作家的写作风格一一作出评论，他的观点和写作方式对后世的文论发展都具有较大影响。在这篇文章中，曹丕用"丽"概括诗和赋的特质，这是赋区别于其他文体的突出特点之一。因此，他主张诗赋须在形式上讲究文辞华丽，将研究的重点放在了赋这种文体本身的形式特征上，尤其是语言表现方面，认为赋相比于一般的陈述性或描述性话语的文章应该更具有文辞上的美感，同时也表现出将诗赋从政治、伦理的附庸地位解脱出来的倾向。

曹丕在这里突出强调了诗赋的主要特征是"美"，他没有对儒家文学的教化功用进行过多阐释，只从诗赋形式美的角度指出文学发展问题。这一点，鲁迅在《魏晋风度及文章与药及酒之关系》颇为赞赏地说："他（曹丕）说诗赋不必寓教训，反对当时寓训勉于诗赋的见解。"自曹丕始，诗歌和赋都开始从儒家诗教的伦理教化中走出来，转变为对文学审美的重视。可以说，"诗赋欲丽"的观点将文学批评引向注重形式美的阶段，而"丽"也成为魏晋南北朝文学发展的一个重要方向。曹丕之后，陆机、刘勰和钟嵘等人同样强调文学形式美的重要性，赋注重文学形式的特点被进一步挖掘。直至今日，我们提及赋这一文体时最先想到的也就是它语言华美的重要特点，可见曹丕此理论的影响之大之深。

### （二）《三都赋序》：依其本实

> 古人称不歌而颂谓之赋。然则赋也者，所以因物造端，敷弘体理，欲人不能加也。引而申之，故文必极美；触类而长之，故辞必尽丽。然则美丽之文，赋之作也。昔之为文者，非苟尚辞而已，将以纽之王教，本乎劝戒也。自夏殷以前，其文隐没，靡得而详焉。周监二代，文质之体，百世可知。故孔子采万国之风，正雅颂之名，集而谓之《诗》。诗人之作，杂有赋体。子夏序《诗》曰："一曰风，二曰赋。"故知赋，古诗之流也。
>
> 至于战国，王道陵迟，风雅寝顿，于是贤人失志，辞赋作焉。是以孙卿屈原之属，遗文炳然，辞义可观。存其所感，咸有古诗之意，皆因文以寄其心，托理以全其制，赋之首也。及宋玉之徒，淫文放发，言过于实，夸竞之兴，体失之渐，风雅之则，于是乎乖。
>
> （皇甫谧《三都赋序》，据李善注《文选》第 5 册，上海古籍出版社，1986 年，第 2037—2038 页）

皇甫谧的《三都赋序》对赋这种文体进行了新的解读和讨论。就文体作用而言，他从文学的政治教化功用出发，强调赋的讽谏作用。就内容而言，与曹丕观点相近，他也认为赋的特点是"极尽铺张之能事"，注重文辞的形式美。皇甫谧认为重视形式美和表现社会功用可以结合起来，同时存在并互相辅助，他的这一观点将内容和形式两方面的要求融合起来，试图从一个折中的角度来看两者关系，和抒情小赋以强烈的语言批判相反，皇甫谧强调以优美的语言来表达阐释社会教化的主要内容，这也是对赋的一种新看法。

除此之外，皇甫谧还从形式和内容两方面入手，对各个时代的作家进行了评价，并要求作家应同时做到文辞上的优美和目的上的讽刺劝诫。总的来说，皇甫谧从内容和形式两方面对赋的创作提出了更高的要求，试图在之前的关于赋的文学理论中找到结合点和平衡点。但是就赋整体的发展过程来看，汉大赋形式华美但讽谏稍差，唐宋时期的赋在内容上说理叙事、微言大义，但削弱了语言形式上的表现力，文章结构稍显平淡，总的来说尚未很好地做到二者的结合。

### （三）《文心雕龙》：赋的起源

《诗》有六义，其二曰"赋"。赋者，铺也，铺采摛文，体物写志也。昔邵公称："公卿献诗，师箴瞍赋。"《传》云："登高能赋，可为大夫。"诗序则同义，传说则异体；总其归涂，实相枝干。刘向云："明不歌而颂。"班固称："古诗之流也。"至如郑庄之赋"大隧"，士蒍之赋"狐裘"；……及灵均唱《骚》，始广声貌。然赋也者，受命于诗人，拓宇于《楚辞》也。于是荀况《礼》、《智》，宋玉《风》、《钓》，爰锡名号，与诗画境，六义附庸，蔚成大国。遂客主以首引，极声貌以穷文，斯盖别诗之原始，命赋之厥初也。

（刘勰《诠赋》，据范文澜注《文心雕龙注》上册，人民文学出版社，1958 年，第 134 页）

刘勰《文心雕龙·诠赋》篇从赋的涵义、概念讲起，清晰地梳理了赋产生、发展的历史线索，而后分析各个时代的文章，评论其风格和特点，进而指出其中存在的问题，并总结作赋的方法和写作技巧，再对于赋这一文体做出全面系统的总结。关于赋的起源，刘勰认为赋是从诗和骚演化出来的，所以将《诠赋》放在诗歌和乐府之后。黄侃在《文心雕龙札记》中也提道："自淮南作《离骚传》以来，论赋之言，略可见者数家。宣帝好《楚辞》，征被公，召见诵读。帝又云：'辞赋大者与古诗同义，小者辩丽可喜，……辞赋比之，尚有仁义风谕、鸟兽草木多闻之观，贤于倡优博弈远矣。'此赞扬辞赋之词最先者。"由此可知，赋是《诗经》、《楚辞》等发展演变而来。除此之外，赋还分为大赋和小赋，并分别有不同的特色，和古诗相比，辞赋还有"仁义风谕、鸟兽草木多闻之观"的特色。赋最开始是和诗、辞联系在一起发展，到了战国时代，赋才和诗划清了界限，成为一种独立的文体。刘勰的这篇文章较为详细地梳理了赋发展的源流和脉络，是中国古代文论史上论赋的一篇重要文章。

### （四）大赋：广博恢弘

或曰："赋者，古诗之流也。"昔成、康没而颂声寝，王泽竭而诗不作。大汉初定，日不暇给。至于武、宣之世，乃崇礼官，考文章。内设金马、石渠之署，外兴乐府协律之事，以兴废继绝，润色鸿业。是以众庶悦豫，福应尤盛，白麟、赤雁、芝房、宝鼎之歌，荐于郊庙。神雀、五凤、甘露、黄龙之瑞，以为年纪。

稽之上古则如彼，考之汉室又如此。斯事虽细，然先臣之旧式，国家之遗美，不可阙也。臣窃见海内清平，朝廷无事，京师修宫室，浚城隍，起苑囿，以备制度。西土耆老，咸怀怨思，冀上之眷顾，而盛称长安旧制，有陋雒邑之议。

（班固《两都赋序》，据李善注《文选》第 1 册，上海古籍出版社，1986 年，第 1、

3—4 页）

汉大赋内容题材广泛，大到描写帝王广大的苑囿、奢侈的宫殿和壮观的田猎，以赞美汉王朝的雄伟、讴歌其功业，小到仔细罗列各式各样动植物的名称，以显示文学家自身的博学。在语言上，汉大赋追求华美的辞章，以至于"繁类以成艳"，在艺术上"极尽铺张之能事"。在体制上来讲，大赋也称为"鸿裁"，前有序言，后有结语，体制宏大，内容雅正，"既履端于倡序，亦归余于总乱。序以建言，首引情本；乱以理篇，迭至文契。"

大赋这种形制特点，华美的语言，排偶对仗的形式，气派华丽的描写对象均使得汉大赋如同一幅精彩的文学画卷，令人读之赏心悦目，给读者以较好的审美感受。此外，一些大赋因为体制和内容上的限制，不能够完全客观地反映当时的社会面貌，带有过分夸饰之嫌。本应在赋末出现的劝谏更是劝百而讽一，起不到多大的效果，因此大赋更多沦为歌功颂德或个人炫技之作。总的来说，大赋铺张扬厉的写作风格为后来大赋的写作奠定了形式和内容上的基础。

### （五）朱光潜：赋先于诗

赋的演化大概如上所述，现在我们回头来说它对于诗的影响。关于这层，有三点最值得注意：

一、意义的排偶，赋先于诗

如果我们顺时代次第，拿赋和诗比较，就可以见出赋有意地求排偶，比诗较早。汉人作赋，接连数十句用骈语，已是常事。枚乘《七发》、班固《两都赋》、左思《三都赋》之类的作品，都是骈句多于散句。

二、声音的对仗，赋也先于诗

陆机的《文赋》、鲍照的《芜城赋》之类都是大体已用平仄对称的声调，至于诗则谢灵运和鲍照诸人虽已用全篇排偶的写法，而对于声音则只计较句尾一字平仄，句内尚无有意求平仄对称的痕迹。

三、在律诗方面和在赋方面一样，意义的排偶也先于声音的对仗

"律诗"的名称到唐初才出现，一般诗史家以为它是宋之问和沈佺期两人所提倡起来的。但是律诗在晋宋时已成为事实。……不过汉魏以前，排句在一首诗里仅偶占一小部分，对仗亦不求工整，它们大半出于自然，作者并不必有意于排偶，尤其没有把排偶悬为定格。

（朱光潜《诗论》，据朱光潜著《朱光潜美学文集》第 2 卷，上海文艺出版社，1982 年，第 190—193 页）

朱光潜先生认为"赋先于诗"，赋在自身发展过程中对诗产生了影响，诗歌也是因为赋重铺张描写、重排比的特点，在不断更新的过程中趋于格律化。虽然律诗的名称在唐朝才出现，但它的形式在晋宋时期就已经存在。具体来说，意义的排偶，赋先于诗，赋比诗更早就有意识地重视形式上的排偶对仗。诗歌虽然比赋出现得早，但对仗并不像汉赋那样自觉，直到魏晋时期，诗歌才开始走向注重形式美的道路，所以说意义的排偶，赋先

于诗。

声音的对仗，赋也先于诗。朱光潜先生认为，永明时期虽然有四声八病的理论，但仅限于理论，诗歌的句内对仗在当时其实并不多，句内声音的对仗还得要等到隋唐时期才真正成为律诗的通例，而赋早在陆机的《文赋》中就大体用平仄对称的声调了。

最后，律诗和赋一样，意义的排偶也先于声音的对仗，这是从内容意义和形式声音两方面来讲的，朱光潜先生的意思是律诗和赋一样都是先有意义的排偶，诗的意义上的排偶并且可以最早追溯到《诗经》和《楚辞》，五言律诗也是大多意义排偶而声音不平仄对仗，这和赋的发展过程是一样的。由此结合上文提到过的赋在唐宋时期的发展变化，律赋的形成实则是一个不断积累的过程，由于社会环境的改变，唐宋时期进一步催生了这一形式的赋的产生。朱光潜先生的这一考证更加清晰地梳理了诗赋的关系。

# 四、敷理举统

赋作为一种中国古代文论的创作文体，有其独特的内涵和特点。它强调形式体裁上的铺陈叙事，内容意义上的体物、写志，除此之外，起源于民间俗事的故事赋主要叙写故事，汉赋则具有劝百讽一的社会功用和意义效果。接下来文章分别从以上四个方面介绍赋的特征和意义。

## （一）铺采摛文

所谓"铺采摛文"，即赋在写作手法上要铺陈夸饰、辞藻华丽，这是从形式方面对于赋的特点进行概括。《文心雕龙·诠赋》："《诗》有六义，其二曰赋。赋者，铺也，铺采摛文，体物写志也。"正式总结了赋的写作特点。铺即为铺陈，摛在《说文解字》中解释为"摛，舒也"，指的是文字语言上的舒展流畅。除此之外，《诠赋》篇还说："物以情观，故词必巧丽。""词必巧丽"要求语言华丽精巧。举例说来，《西京杂记》中记载了枚乘的《柳赋》，其中写道："忘忧之馆，垂条之木。枝透迟而含紫，叶萋萋而吐绿。出入风云，去来羽族。既上下而好音，亦黄衣而绛足。蜩螗厉响，蜘蛛吐丝。阶草漠漠，白日迟迟。于嗟细柳，流乱轻丝。君王渊穆其度，御群英而玩之。"

由此可以看出，虽然枚乘所写的赋已经脱离汉大赋歌功颂德的内容，但是其体制形式还是未发生改变，对于事物的描写细致入微，对仗工整，语言精巧，在注意这些细节的同时蕴含着深刻的思想内涵。这也正是赋区别于其他文体之处，赋脱胎于诗，但比诗更加自由，形式更加活泼，其夸张铺排的描写正是其展现文学之美的地方。这一点可以说是赋产生发展演变的历程上一个主要的、也是最明显的特征之一。至于后来赋的这一特征被不断放大，赋的语言有过分夸饰之嫌，从而忽视了文章内容的写作使得文章内容空洞，文章流于形式上的浮美而没有实在的情感和深刻的思想内涵，因此被唐宋时期的部分文人理论家所诟病，要求整顿文风，恢复古文写作，使文章形式平整有韵律，语言细腻平淡有见解。不过这也从一个侧面说明了赋的这一特点的强大性征，也是赋之所以成为赋的一个主要原因。

### (二)体物写志

由前文可知，刘勰将赋的特点概括为"铺采摛文，体物写志"，如果说赋形式上的特点历来受到文学家的重视，那么赋内容上的特点就容易被文论家忽视。赋的内容主要是描写外物或抒发真实感受。首先，在对外物的描写上，魏晋小赋是典型代表。魏晋小赋的题材并不拘泥于社会政治生活，花鸟虫鱼、飞禽走兽、河海山川都可以是他们的写作对象，题材十分宽广。

其次，挚虞在《文章流别论》中说："赋者，敷陈之称，古诗之流也。古之作诗者，发乎情，止乎礼义。情之发，因辞以形之，礼义之旨，须事以明之。固有赋焉。所以假象尽辞，敷陈其志。"也就是说，赋的另一个特点是"写志"，代表有汉末以讽刺劝谏为主旨内容的小赋。文学家不满社会现状，将愤懑与抱负以赋的形式写下来，抒发自己的感受和想法。虽然，内容上的体物写志并不是赋的主要突出特点和功用，但是它在特殊的历史时期所起到的批判讽谏的社会功用仍然值得我们重视。除此之外，在汉赋的繁盛时期，赋主要抒发的感情则是对王朝的赞美之情，对盛世的向往之情等。

### (三)叙写故事

除了以上介绍的汉大赋、魏晋小赋和唐代骈赋外，还有一种赋的内容值得重视，那就是故事赋。故事赋多起源于民间，其创作者也是普通的平民百姓。不同于文人大家创作的典雅工整的赋，故事赋更加灵活多样，作品更加轻松活泼。故事赋起源于楚辞，楚辞起源于楚民歌，所以有部分赋间接受到楚地民歌的影响，产生了以民歌等内容形式为主的民间故事赋。

故事赋的形式丰富多样，有谜语、俗语等，内容浅显易懂，贴近生活，客观地反映了当时人民的物质生活情况和劳动生产情况，可归类为民间俗赋，属于民间文学。除此之外，其体制更加自由，还没有形成魏晋之后赋铺排、对仗的华美样式。这部分作品因为作家低微的身份和非正统的作品内容，在赋的发展过程中逐渐被边缘化，留下的参考资料也较少，但是仍然值得被我们了解和认识。

### (四)劝百讽一

班固《汉书·司马相如传赞》中说："相如虽多虚辞滥说，然要其归，引之于节俭。此亦《诗》之风谏何异？扬雄以为靡丽之赋，劝百而讽一，犹骋郑、卫之声，曲终而奏雅，不已戏乎？"汉赋的社会作用同时也是它的不足之处。汉赋原本以讽谏为主旨，但是绮丽的形式和语言压过了文章主旨，使一篇赋往往主旨不清晰，甚至因为讴歌过甚，失去了本来的意义。因此"诗人之赋丽以则，辞人之赋丽以淫"以文章是否起到讽谏之意来区分两种赋。

具体来说，司马相如的《上林赋》本意是劝诫汉武帝不要沉迷于神仙之事，但是文中内容却写的是天界快乐逍遥的场景，反而使汉武帝更加向往追求，劝谏效果全无。所以刘勰说："遂使繁华损枝，膏腴害骨，无贵风轨，莫益劝戒。"过分注重"铺采摛文"等辉煌华丽的内容形式将会有害于文章主旨的表达，也无益于社会的教化功能。

## ◎ 问题思考

1. 赋与诗有什么关系？
2. 骈赋的主要类型及其特点是什么？
3. 左思是怎样理解汉大赋的？
4. 赋从起源到发展成熟其写作内容发生了怎样变化？
5. 赋作为一种文体在现当代文学中有哪些特点？

## ◎ 参考书目

1. (南朝梁)萧统著，(唐)李善注：《文选》，上海古籍出版社，1986 年。
2. 王运熙、顾易生主编：《中国文学批评通史》，上海古籍出版社，1996 年。
3. 马积高：《赋史》，上海古籍出版社，1998 年。
4. 郁沅、张明高编选：《魏晋南北朝文论选》，人民文学出版社，1999 年。
5. 李建中、吴中胜主编：《文心雕龙导读》，武汉大学出版社，2015 年。

# 曲

说到曲，人们的第一反应大多是那些旋律优美的音乐。在现代人快节奏的生活中，音乐已经成为放松心情的最好调剂之一。在中国古代传统文化众"体"之中，曲的意涵最为丰富。锦瑟丝弦，操琴为曲；诗词之继，杂散亦曲；唱念做打，剧中有曲……这些意涵都与中国传统文化中的乐教传统一脉相承，或者从另一种角度看来，这些意涵所代表的不同形式是乐教传统在不同时期、不同领域的不同呈现。中国自古以来有着"诗乐舞一体"的传统，先民们在原始生活中借助"乐"的形式侍奉神灵，也在这个过程中释放野性与灵感，而"乐"在之后的发展中把它声音节奏的部分寄托于曲，因而曲与乐教是一脉相承的。

## 一、释名彰义

### (一)语义界定

许慎《说文解字·曲部》解释"曲"："象器曲受物之形。"他认为曲是容器承受重量发生的变形。他还记录了当时一个比较形象的解释，认为"曲"是养蚕用的箩筐，应当是借其形来表达弯曲之意。段玉裁注："象方器受物之形，侧视之。曲象圜其中受物之形，正视之。引申之为凡委曲之称，不直曰曲。诗曰：子发曲局。又曰：乱我心曲。笺云：心曲，心之委曲也，又乐章为曲，谓音宛曲而成章也。"从本义变形引申至高低不平，又引申至波浪形的运动，再暗合音乐波澜起伏的旋律，曲从此与音乐建立了密不可分的联系。

曲在"体"的领域有三个主要意义：第一，音乐的旋律。现在所说歌曲的"曲"正是在这个意义上建立的，主要代表是曲谱及演奏的音乐，如伯牙子期的高山流水，嵇康"从此绝矣"的广陵散；第二，以散曲为代表的文学体裁。散曲在元代兴盛，与唐诗宋词一道成为中国古代文学中的"一代之文学"，它起源于民间，由宋词俗化而得，是配合当时北方流行的音乐曲调撰写的合乐歌词；第三，戏曲。戏曲是一种舞台表现形式，既有音乐，也有曲辞，还有其他许多舞台表演艺术。中国的戏曲与希腊悲剧和喜剧、印度梵剧并称为世界三大古老的戏剧文化。中国戏曲剧种种类众多，其中以京剧、越剧、黄梅戏、评剧和豫剧五大戏曲剧种最为核心。在文化交流日益频繁的今天，各剧种也在寻求改革和创新，使这种历史悠久的表演形式焕发新的生机与活力。

### (二)中西比较

新华字典中对曲的解释是："能唱的文词，一种艺术形式。"作为一种艺术表现形式，曲是我们生活娱乐中不可或缺的部分。曲的历史渊源可追溯至上古礼乐治天下的时代，它既可高雅，又可通俗，"阳春白雪"和"下里巴人"最初指的便是战国时代楚国的曲。乐教传统是曲的发展中一以贯之的中心脉络，在此基础上，曲不断丰富自己的意涵与内容，最终成为现代意义上的"曲"。

在西文中若要寻找"曲"的对应单词，较为合适的应当为"music"或者"song"或者"drama"。"music"直译为"音乐"，相对于"曲"来说意义范畴更广阔一些，但切中了曲本质上的特点；"song"直译为"歌曲"，是有了词的曲，并且语意偏重落在"歌"上，相对于"曲"的意义范畴则要小些；"drama"对应的是"曲"中"戏曲"这一概念，但两者也并不能等同，西文范畴的"drama"更倾向于歌剧这一艺术表现形式，与"曲"所代表的戏曲还是拥有较大的区别。至于"散曲"这一意涵，作为中华文化的特色产物，并没有相对应的西文单词。由此可见，中西方的"曲"在意义范畴上存在较大差距，但在"曲"的最根本意义上又是一致的。

# 二、原 始 表 末

先秦时期，曲的语意大多指向乐，《国语·周语上》："故天子听政，使公卿至于列士献诗，瞽献曲，史献书……而后王斟酌焉。"盲人献曲，这里的曲即是乐。《毛诗传》里说："曲合乐曰歌，徒歌曰谣。"此处所指的"曲"与"乐"的概念虽然分离了，但曲同样指向音乐的意涵。可以说，这是中国文化传统中"诗乐舞一体"的初始形态，也是"乐"与"曲"不可分割的佐证。

秦王朝奠定了大一统的国家格局，随后的汉唐两朝在此基础上休养生息。这段时间，政治相对清平，经济发展迅速，人民安居乐业，统治者秉持儒家礼乐治国的理念，重视文化教育，因而具备了良好的文化发展条件，此时诞生的汉赋与唐诗更成为中国古代文学领域的两颗璀璨的明珠。与此同时，歌舞娱乐较之从前有较大发展，从宫廷到市井，成为了人们日常生活中的娱乐消遣。唐代诗人卢照邻就曾写过一首《长安古意》，描写当时长安城的繁华景象，在熙熙攘攘、人群络绎的长安城，声色歌舞成为了盛世不可或缺的点缀。另外，起源于民歌的乐府诗也遇到了新的机遇，古题乐府在内容和艺术上不断创新，新题乐府产生并成熟，并在盛唐和中唐先后形成两个文人乐府诗创作的高峰。此外，百工杂戏也已经出现，《教坊记》、《乐府杂录》等均是关于百工杂戏的专著。

两宋时期，商业发展十分迅速，人们的精神文化需求也更为旺盛，各种表演伎艺愈发兴盛，瓦肆勾栏的出现使戏剧演出有了更为专业的舞台。王国维认为，戏剧与戏曲起源时间不同，戏剧萌芽于上古时期，至迟形成于唐五代，成熟于元；戏曲形成于宋，成熟于元。而学界较为通行的看法认为，两者都源于"原始模仿"与"原始祭祀歌舞"，戏剧最早形成的标志是西汉时期《东海黄公》一剧，戏曲最早形成的形态则是宋代南戏。无论如何，宋代戏曲都已经进入了一个新的阶段，"曲本位"的戏曲已经获得了可以独立于戏剧的理论地位。时至宋末，已经出现了散曲的雏形。

元代是曲的黄金时代。一方面表现在散曲或剧曲曲辞领域，元人称散曲为"乐府"或"今乐府"，它与汉赋、唐诗、宋词一脉相承，是"一代之文学"。散曲在某种意义上是民族文化碰撞的产物，它是随着北方少数民族逐渐向中原流传的民间小调被对"词"渐渐感到厌倦的文人吸收并规范化后的文体。在元代文坛上，它与传统诗词分庭抗礼，代表了元代诗歌创作的最高成就；另一方面表现在戏曲相关领域，元人梳理出了"稗史—唐传奇—宋戏曲、说唱—金院本、杂剧、诸宫调—元杂剧"的发展线索。元代散曲创作可分为前、后两期。前期散曲作家的活动中心在大都，代表人物是关汉卿、白朴、马致远。他们兼作散曲与杂剧。此时的散曲创作者地位差异巨大，作品参差不齐，但丰富多彩的内容、生动活泼的语言风格使散曲获得了生命力，逐渐走向成熟。后期散曲作家的活动中心逐渐移至杭州一带，出现了专门从事散曲创作的作家，如张可久和乔吉等。这时期的散曲创作数量较前期更多，创作规范也更为完备，但总的创作倾向趋向于雅正典丽。此时还出现了专门的曲的创作理论，如周德清《中原音韵》。元代戏曲以杂剧为主，涌现了一大批代表作，如《窦娥冤》、《墙头马上》等。

明朝"曲"这一艺术形式继续发展，可分为前后两期。前期刚直豪放、质重沉雄的北曲占据曲坛主导地位，嘉靖年间，南曲逐渐兴盛，形成与北曲平分秋色的局面。此后，昆腔兴起，清疏华滋的南曲成为曲坛主流，并成为前后两期的分界点。自明代中叶，散曲的范围逐渐扩大，把套数也包括了进来，晚明还出现了以表现世俗生活与情趣为主题的小曲。明代戏曲包括传奇戏曲和杂剧，传奇戏曲在宋元南戏的基础上衍化而来，对应南曲的发展；杂剧在金元杂剧的基础上发展而来，对应北曲的发展。在这一时期，出现了不少戏曲名家，如汤显祖、沈璟等，也出现了不少戏曲名作，如《西厢记》、《琵琶记》、《拜月亭》等，此外还出现了一些曲论之作，较为系统的如朱权《太和正音谱》、徐渭《南词叙录》和王骥德《曲律》等。

清代，在昆腔衰落后，散曲成为一种徒诗的文学创作形式，不受重视，渐渐失去了魅力。但由于时代原因，散曲中增加了许多爱国主义和民族精神的内容，成为它的创新之处。戏曲发展领域，出现了被称为花部的地方戏，如京剧。花部发展至乾隆时期，与被称为雅部的昆曲形成分庭抗礼之势。乾隆末叶，花部压倒雅部，占据上风，这种现象一直延续到道光末叶。此时期的戏曲代表作有孔尚任的《桃花扇》、洪昇《长生殿》等。戏曲批评方面较为著名的是金圣叹点评《西厢记》，李渔在《闲情偶寄》中也对曲做出了评点。

时至近代，有一批学者提倡复兴散曲，并对曲学有所研究后进行散曲创作，但终未进入主流文学的视野。这种现象也延续到了当代，散曲更多流传于散曲爱好者与研究者中。戏曲方面，京剧继续发展，成为国粹。新时期以来，对传统文化更为重视，戏曲的传承也被提上了议程，各类戏曲也走上了自己的继承创新之路。戏曲批评方面，随着中西方文化交流逐渐频繁，戏曲批评的内容和方式也更为丰富，并涌现了许多戏曲批评的创新之作。

# 三、选 文 定 篇

## (一) 乐之曲：感于人心

伯牙善鼓琴，钟子期善听。伯牙鼓琴，志在高山。钟子期曰："善哉！峨峨兮若泰山！"志在流水。钟子期曰："善哉！洋洋兮若江河！"伯牙所念，钟子期必得之。伯牙游于泰山之阴，卒逢暴雨，止于岩下；心悲，乃援琴而鼓之。初为霖雨之操，更造崩山之音。曲每奏，钟子期辄穷其趣。伯牙乃舍琴而叹曰："善哉，善哉，子之听夫！志想象犹吾心也。吾于何逃声哉？"

（《列子·汤问》，据杨伯峻撰《列子集释》，中华书局，2013年，第187—188页）

康将刑东市，太学生三千人请以为师，弗许。康顾视日影，索琴弹之，曰："昔袁孝尼尝从吾学《广陵散》，吾每靳固之，《广陵散》于今绝矣！"时年四十。海内之士，莫不痛之。帝寻悟而恨焉。初，康尝游于洛西，暮宿华阳亭，引琴而弹。夜分，忽有客诣之，称是古人，与康共谈音律，辞致清辩，因索琴弹之，而为《广陵散》，声调绝伦，遂以授康，仍誓不传人，亦不言其姓字。

（《晋书·嵇康传》，据房玄龄等撰《晋书》第5册，中华书局，1974年，第1374页）

关于音乐与文学的关系，从古至今有着众多的论述。它们最大的共同点，当在于它们都是心志的抒发。《礼记·乐记》中说："诗，言其志也。歌，咏其声也。舞，动其容也。三者本于心，然后乐器从之。"刘勰《文心雕龙·乐府》也说："乐本心术。"从某种程度上而言，中国文学的发展是被乐教所规训，音乐与文学在中国古代并不需要刻画彼此分明的界限。伯牙子期高山流水的知音故事，抑或嵇康与自称为古人的客人凭一曲《广陵散》成为精神上的知音，和以文会友、以诗会友并无差异。曲中所造之境，诗文所写之境，都生于人心，而感于人心。也因此，古代的诗或吟诵、或演唱，配曲而歌，方能直抒胸臆。

**（二）曲与作者：优游审美与不平而鸣**

右所录，若以读书万卷，作三场文，占夺巍科，首登甲第者，世不乏人。其或甘心岩壑，乐道守志者，亦多有之。但于学问之余，事务之暇，心机灵变，世法通疏，移宫换羽，搜奇索怪，而以文章为戏玩者，诚绝无而仅有者也。

（钟嗣成《录鬼簿》，据中国戏曲研究院编《中国古典戏曲论著集成》第2册，中国戏剧出版社，1959年，第131页）

君子之于斯世也，孰不欲才加诸人，行足诸己。其肯甘于自弃乎哉！盖时有否泰，分有穷达，故才或不羁，行或不捡焉。当其泰而达也，园林钟鼓，乐且未央，君子宜之；当其否而穷也，江湖诗酒，迷而不复，君子非获已者焉。我皇元初并海宇，而金之遗民若杜散人、白兰谷、关已斋辈，皆不屑仕进，乃嘲风弄月，留连光景，庸俗易之。用世者嗤之。三君之心，固难识也。

（朱经《青楼集序》，据中国戏曲研究院编《中国古典戏曲论著集成》第2册，中国戏剧出版社，1959年，第15页）

夫以是人而居卑秩，宜其歌曲多不平之鸣。然亦不但小山，如关汉卿乃太医院尹，马致远为江浙行省属，郑德辉杭州路吏，官大用钓台山长。其他屈居簿书、老于布素者，不可胜计。当时台省元臣、郡臣正官及雄要之职，尽其国人为之，中州人每每沉抑下僚，志不获展。此奇说见于胡蠹溪所著《真珠船》。因序小山词而节取之，以见元词所由盛、元治所由衰也。

（李开先《张小山小令序》，据卜键笺校《李开先全集》上册，上海古籍出版社，2014年，第529页）

钟嗣成《录鬼簿》被成为历史上第一部为戏子立传的书籍，记录了艺人们的生平和作品目录，并附上了简单的评价。为何将戏子称为鬼，他在《录鬼簿》序言中解释说："人之生斯世也，但以已死者为鬼，而不知未死者亦鬼也，酒甖饭囊，或醉或梦，块然泥土者，则其人虽生，与已死之鬼何异?"他对戏子的态度可见一斑。也因此，他对于曲作者的态度也非常鲜明，认为他们的创作是出于业余闲暇的产物。《青楼集》是元代夏庭芝所写，同样是一部戏曲艺人传记专著，记录了各地从事曲艺的女子在院本、说话、舞蹈、器乐等各方面的才能及她们的一些应酬与交往。朱经在为这部集子写序的时候追根溯源，提到了这些戏曲艺人所唱之曲的作者是出于何种动机来写作这些曲的。他认为这是社会原因所造成的，在不够升平的社会环境下，士人们郁郁不得志，只好在曲中寻找寄托，把玩作曲，聊遣寂寞。《张小山小令》收录的是张可久的作品，李开先是明代的文学家、戏曲作家，在《张小山小令》这部作品集的序言中提到，张可久的创作动机是出于对社会现状的不满，是不平之鸣。结合李开先的生平，应当是联想到了自身的际遇才有所感慨。从钟嗣成到李开先，可以看到曲逐渐被赋予了更多责任感，而不再是一开始单纯的娱乐之作了。

### (三) 曲与政治：谏与讽

百戏有鱼龙、角抵、高絙、凤皇、都卢、寻幢、戏车、走丸、吞刀、吐火、扛鼎、象人、怪兽、舍利、泼寒、苏莫等伎，而皆不如俳优侏儒之戏。或有关于讽谏而非徒为一时耳目之玩也。

（杨维桢《朱明优戏序》，据李修生主编《全元文》第41册，凤凰出版社，2004年，第322页）

观优之寓于讽者，如漆城、瓦衣、雨税之类，皆一言之微，有回天倒日之力，而勿烦乎牵裾伏蒲之勃也。则优戏之伎虽在诛绝，而优谏之功岂可少乎?

（杨维桢《优戏录序》，据李修生主编《全元文》第41册，凤凰出版社，2004年，第323页）

杨维桢是元末明初著名诗人、文学家、书画家和戏曲家，号铁崖、铁笛道人，晚年自号老铁，与陆居仁、钱惟善合称为"元末三高士"。他肯定人性的"自然"，在当时社会具有反叛传统的"异端"倾向。也因为他不为传统观念所束缚，所以才涉足当时的戏曲批评。他论曲的第一步就是强调曲的讽谏功能，认为曲的创作和诗文创作一样，都应当对社会现状有所反馈与助益，而不仅仅是一个休息娱乐、为人轻佻把玩的玩意。他认为曲完全可以通过强大的感染力与表现力，以小喻大，以一言之微换得回天倒日的效果。这个说法虽然有些言过其实，但可以看出曲与诗文一样，存在一定的舆论影响力。因此，他在提出曲的讽谏功能之后，进一步提出了曲"警人视听"的作用。

### (四)曲与地域：南北之争

　　杨升庵曰："《南史》蔡仲熊云：'五音本在中土，故气韵调平。东南土气偏诐，故不能感动木石。'斯诚公言也。近世北曲，虽郑、卫之音，然犹古者总章，北里之韵、梨园、教坊之调，是可证也。"近日多尚海盐南曲，士夫禀心房之精，从婉变之习者，风靡如一。甚者北土亦移而耽之，更数世后，北曲亦失传矣。

　　（何良俊《曲论》，据中国戏曲研究院编《中国古典戏曲论著集成》第4册，中国戏剧出版社，1959年，第5—6页）

　　但大江以北，渐染胡语，时时采入，而沈约四声遂阙其一。……大抵北主劲切雄丽，南主清峭柔远，虽本才情，务谐俚俗。譬之同一师承，而顿、渐分教；俱为国臣，而文、武异科。今谈曲者往往合而举之，良可笑也。

　　（王世贞《曲藻序》，据中国戏曲研究院编《中国古典戏曲论著集成》第4册，中国戏剧出版社，1959年，第25页）

　　有人酷信北曲，至以伎女南歌为犯禁，愚哉是子！北曲岂诚唐、宋名家之遗？不过出于边鄙裔夷之伪造耳。夷、狄之音可唱，中国村坊之音独不可唱？原其意，欲强与知音之列，而不探其本，故大言以欺人也。

　　（徐渭《南词叙录》，据中国戏曲研究院编《中国古典戏曲论著集成》第3册，中国戏剧出版社，1959年，第241页）

　　曲的南北差异是明代曲论家关注的重点。王世贞的《曲藻》是他的诗文理论著作《艺苑卮言》附录中专门论曲的部分，后人将它另行刊刻，命名为《曲藻》。《曲藻》中对南北方的曲作了比较，比如"北主劲切雄丽，南主清峭柔远"。造成这种风格差异的最重要原因在于，曲是民间文学的产物，自然会沾染民间的习俗和风气，风格的差异同时也是南北方风俗性情差异的体现。

　　又比如"北字多而调促，促处见筋；南字少而调缓，缓处见眼"一句，显示出在风格差异的统领下，曲辞、唱法、乐器等各类曲的表演方式都呈现出不同之处。此处，王世贞对南北曲的评价是中立客观的，但并非所有戏曲批评者都持此观点。何良俊《曲论》就以原汁原味的元曲为正宗，认为"本色当行"才是曲的精华所在，由此他认为北曲强于南曲，点评的也多为北曲。与他相反，徐渭的《南词叙录》专评点南曲，他认为酷信北曲而恶南曲是愚蠢的偏见，无法把握曲的本质。应该说，徐渭反对的是尊北抑南的曲坛现象，他争取的是南曲与北曲相同的社会地位。

### (五)曲目创作鉴赏

　　又有"月度回廊"之法。如仲春夜和，美人无眠，烧香卷帘，玲珑待月。其时初昏，月始东升，泠泠清光，则必自廊檐下度廊柱，又下度曲栏，然后渐渐度过间阶，然后度至琐窗，而后照美人。虽此多时，彼美人者，亦既久矣明明伫立，暗中略复少停其势，月亦必不能不来相照。然而月之必由廊而栏、而阶、而窗、而后美人者，乃正是未照美人以前之无限如迤如逦，如隐如跃，别样妙境。

（金圣叹《贯华堂第六才子书西厢记》，据陆林辑校《金圣叹全集》第 2 册，凤凰出版社，2008 年，第 937—938 页）

词贵显浅之说，前已道之详矣。然一味显浅而不知分别，则将日流粗俗，求为文人之笔而不可得矣。元曲多犯此病，乃矫艰深隐晦之弊而过焉者也。极粗极俗之语，未尝不入填词，但宜从脚色起见。如在花面口中，则惟恐不粗不俗，一涉生旦之曲，便宜斟酌其词。

（李渔《闲情偶寄·戒浮泛》，据单锦珩点校《李渔全集》第 3 卷，浙江古籍出版社，1991 年，第 21—22 页）

金圣叹是明末清初著名的文学家、文学批评家。他提出"六才子书"的说法，将《庄子》、《离骚》、《史记》、《杜工部集》、《水浒传》、《西厢记》置于同一地位，颠覆了传统的文学观。在提高通俗文学的地位方面，金圣叹作出了巨大的努力。他对《西厢记》的点评是非常经典的戏曲鉴赏案例，他分析了西厢记中使用的多种手法，如"烘云托月法"、"月度回廊法"、"那辗法"等，还对《西厢记》的结构布局、人物塑造等都作出了自己的评点。

李渔是清初著名的戏曲、小说作家，他对于戏曲的见解都被收录于《闲情偶寄·词曲部》中，有论者认为，《闲情偶寄》是中国古典戏曲美学的集大成者，是第一部从戏曲创作到表演、导演，全面系统地总结我国古典戏曲特殊规律的美学著作。他从"结构"、"词采"、"音律"、"宾白"、"科诨"、"格局"六方面展开论述，在更广泛的意义上进行了他的戏曲鉴赏。

### （六）曲辞的现代言说

"令德唱高言"以下四语，歧说甚多。上二语朱筠《古诗十九首说》说得最好："'令德'犹言能者。'唱高言'，高谈阔论，在那里说其妙处，欲令'识曲'者'听其真'。"曲有声有辞。一般人的赏识似乎在声而不在辞。只有聪明人才会赏玩曲辞，才能辨识曲辞的真意味。这种聪明人便是知音的"令德"。"高言"就是妙论，就是"人生寄一世"以下的话。"唱"是"唱和"的"唱"。聪明人说出座中人人心中所欲说出而说不出的一番话，大家自是欣然应和的；这也在"今日"的"欢乐"之中。"齐心同所愿"是人人心中所欲说，"含意俱未申"是口中说不出。二语中复沓着"齐"、"同"、"俱"等字，见得心同理同，人人如一。

（朱自清《古诗十九首释》，据朱乔森编《朱自清全集》第 7 卷，江苏教育出版社，1992 年，第 209—210 页）

朱自清是中国现代散文家、诗人、学者，他的《古诗十九首释》不仅仅是对古诗十九首的现代解读，在某种程度上，是对乐教传统下的整个诗歌系统的现代阐释。他在评价诗句"令德唱高言"时提到对于曲的看法。曲有声有辞,但大多数人说到曲的第一反应却是声。但辞与声分明同样重要,只有对两者共同的注视才能领会到曲作者内心真正的情感,才能达到知音之好,而不是自以为是的理解。共情感,正是曲辞的魅力所在。

# 四、敷理举统

作为一种文体,曲既是继汉赋、唐诗、宋词后的又一颗中国古典文学的明珠,又是中国戏剧舞台上不可缺少的表现形式。它的内涵是丰富的,它的广延是伸展的。它起源于娱乐审美的需求,又被赋予了政治讽谏的功能;它呈现着多种面貌,却始终不变乐教的核心;它承继着传统,又在新时代焕发了独特的魅力。作为一种文化产物,它有自身的审美特性和独一无二的当代价值。

## (一) 曲的娱乐性与政治性

无论是作为音乐的曲、作为散曲的曲还是作为戏曲的曲,它们都起源于人类审美娱乐活动的需要。无论是民间兴起的小令,还是士人们闲暇时的兴趣所在,它都是一种排遣时间的方式。元代是一个出现过科举断层的社会,一部分文人虽饱读诗书却仕进无门,郁郁不得志,他们是心理上的贵族和世俗意义上的平民,两者的落差使他们在曲中寻找寄托,这也是散曲能进入文学殿堂的一个重要原因。曲本身便是世俗生活的产物,士人的参与更是使对社会生活的描述上升了一个层次,而对社会现状的描述必然地指向了对政治的反映,从而必然地蕴含褒贬,走向讽谏。这个看法的主要代表人物是杨维桢,他认为曲和诗文一样,能对政治起到舆论导向作用。事实上,相比于诗词,戏曲表现形式对社会现状的表现能力更强,但因为曲被认为是不登大雅之堂的娱乐活动,它的讽谏效果往往只是一时的,曲的受众对此一笑了之或一时愤慨,并没能像诗文一样严肃地看待它的意义。尽管如此,曲作家们依然继续着它们的创作,对他们而言,曲既是抒发自己内心抱负的渠道,又是排遣寂寥人生的工具。

## (二) 曲的多面性和单核性

曲是多面的,它的表现形式多样,时而狂热洒脱,又时而婉转秀丽,时而活泼欢跳,时而端庄舒雅。不同的曲作者有自己不同的创作风格与创作理念。南北曲之争抑或沈汤之争,都是起源于曲作家对于曲有不同的理解与阐释,并且由于差异的巨大而导致了不可调节的矛盾。从某种意义而言,正因为他们巨大的风格差异,才使曲拥有了丰富的形式和内容,使曲得以成为中国传统文化中如此耀眼的存在。但尽管曲带着多重的面具,却始终未改它乐教的核心,那也是曲的灵魂所在。

儒家文化所推行的礼乐教化同样实现在曲的身上。夏庭芝在《青楼集志》中就认为曲与诗、词一样,可以起到教化风俗的作用,"皆可以厚人伦,美风化"。不过和诗词一样,这种本当温柔敦厚的乐教也会在封建统治的影响下走向歌颂统治者的状态,如朱权《太和正音谱》中写:"老幼聩盲,讴歌鼓舞,皆乐我皇明之治。"尽管如此,曲所蕴含的乐教风化作用仍然是值得肯定的,它寄托了作者对于自己理想世间的向往,也蕴藉着中国传统文化中的涵养。

### (三) 曲的传统性和现代性

曲是传统的，溯源至上古，经历中华文化几千年的滋养，才形成它的三种形态。在此期间，有许多传统的文化观念对之施加影响，并成为其中深入骨髓的本质性的存在。曲的声调、曲的韵律、曲的演唱，每一种类型的曲都有自身的规范与准则。这些传统里有精华的部分，也有时代局限造成的部分。一个具有生命力的艺术形式应当是变化的、创新的，曲正是如此。即使是在中国古代，它也是随着时代变迁不断改革自身，魏良辅改造昆腔，京剧后来居上，都是这种革新的表现。而这种革新就是当前所提倡的创新。新时代的曲既当有传统中曲的韵味，又当有新时期的技术与思想加持，白先勇先生主持制作青春版《牡丹亭》，使这传统的剧作吸收了更多现代的元素，让它在新的时代下焕发了新的魅力，就是一个很好的例子。

### (四) 曲的审美性与当代价值

正因为曲是在中国古代传统文化的滋养下发展出来的形态，它的审美不可避免地携带了中国古典美学的印记。戏曲中对于唱念做打有着精细繁复的要求，演员吐字的音色、转音的流畅、声音的停顿都会产生美学上的不同体验；散曲中同样如此，虽然散曲一直以粗犷豪迈的特色对比于词更为浓重的文人气质，但它同样有着自己的格律规范，这种格律规范究其实质也是在中原文化的影响下逐渐成型的；乐曲中中国古典美学的审美特征更是被表达得淋漓尽致，中国古典特色的乐器弹奏出的是浓重的东方感，与西方乐曲的差别显而易见。因而，无论"曲"是以何种形式展现，它在中国文化语境下始终是东方审美的。

在当代，文化交流日益频繁，东西方的乐器合作演奏已经不再是天方夜谭，如在2016年的美国辛辛那提新年音乐会上，辛辛那提大学音乐学院交响乐团与中国笙演奏家胡建兵合作演绎《文成公主》选段，在中西方乐器的合奏中，笙的清澈音色被凸显出来，渲染了文成公主在异域的苍茫之感。并且，这场音乐会上，表演者还用大提琴演绎了中国古典曲目《梁祝》。在此时，曲作为一种表演形式不再被孤立于地域的语境之下，它实现了两种文化的交流和融合，成为了中西方文化之间沟通的桥梁。我们不难期待，随着时代的发展，中国传统的戏曲也会在这样的发展趋势下实现中西方的文化沟通，而散曲，在此过程中，会有新的题材。在文化沟通的实现基础上，对于曲的审美或许会有不同的见解与成长，这也是其当代价值的显现。

## ◎ 问题思考

1. 在"体"的意义上，曲有哪些意涵？
2. 曲与诗、词有什么关系？
3. 曲的南北之争指什么？试简要分析。
4. 曲有哪些功能？
5. 曲和曲的理论在当今有何价值？

## ◎ 参考书目

1.（明）王骥德著，陈多、叶长海注释：《曲律注释》，上海古籍出版社，2012 年。

2. 王国维：《王国维戏曲论文集》，中国戏曲出版社，1957 年。

3. 中国戏曲研究院编：《中国古典戏曲论著集成》，中国戏剧出版社，1959 年。

4. 隋树森编：《全元散曲》，中华书局，1964 年。

5. 李昌集：《中国古代散曲史》，华东师范大学出版社，2007 年。

# 小　说

　　小说是用艺术手法写成的风俗史，也是民族的心灵史。中国的许多小说不仅影响着中国的文人墨客，也影响着日本、韩国等国家的文学发展。"黛玉葬花"、"西天取经"、"桃园结义"都是我们自小耳熟能详的故事，"刺客聂隐娘"、"倩女幽魂"、"聊斋画皮"这些传奇、志怪至今仍是影视改编的热门题材。历代小说以其独特的方式不知感动了古今多少人心，它们像一幅幅画卷一样，将神仙狐鬼的奇异经历、市井生活的悲欢离合、朝堂江湖的文人侠客等一一描绘，呈现在读者面前。那么，小说的历史是怎样的，小说的创作和接受又是怎样的？让我们一起来揭开小说的奥秘。

## 一、释名彰义

### (一)语义界定

　　"小说"二字连用，最早见于《庄子·外物》："饰小说以干县令，其于大达亦远矣。"这里的小说，指的是除道教以外的各家浅薄学说，非专指一种文体。

　　中国小说是在发达的史传文学荫蔽下形成的，作为传统目录学的"小说"，其著录原则是实录，其目的是供统治阶级了解闾巷风俗，以补正史之不足。到了东汉，桓谭与班固开始将"小说"作为文体概念使用，如桓谭《新论》："若其小说家，合残丛小语，近取譬论，以作短书，治身理家，有可观之辞。"小说被视作区别于史学著作的残丛小语。班固《汉书·艺文志》其三《诸子略》："小说家者流，盖出于稗官，街谈巷语，道听途说者之所造也。孔子曰：'虽小道，必有可观者焉，致远恐泥。是以君子弗为也。'然亦弗灭也。闾里小知者之所及，亦使缀而不忘，如或一言可采，此亦刍荛狂夫之议也。"《诸子略》中列举的小说十五家已经失传，但可以推测，稗官即采诗官，采集民间街谈巷语以上达天听。小说虽有可观之处，但只是小道，因此在诸子十家中列于末位，与"通万方之略"并不相干。班固的定义成为后世经典定义，因传统目录学家视小说为征史补史的史传附庸，"小说"被列在子部或史部，以实录排斥虚构，这导致小说受到长期轻视。

　　作为散文体叙事文学的"小说"则较为后起，以虚构为著录原则，以娱乐为目的。从唐传奇背离实录原则开始，小说获得纯文学意义；宋元话本则从口头走向书面；明清白话小说则已然成熟；近代梁启超提倡小说改良以来，作为文学的小说则不再受史书附庸观念的贬低，转而成为文学主流。

### （二）中西比较

今日人们所普遍持有的小说观念，乃是近代以来自西方传入的，古今之分的本质实际是中西之别，因此我们虽然不应简单地削足适履，以现代小说的标准来理解古代小说，但仍可以从比较的视野，借鉴西方近现代的文体理论。自"文笔之分"为诗歌、散文在文学中划出中心后，小说一直处于边缘地带，直至西学东渐，近代文人以小说作为启蒙武器，这种文体在中国才逐渐从边缘走向中心。而在西方，由于其一贯的叙述文学传统，所以小说长期是文学中的重要文体。

西方文论以"novel"对应中国的"长篇小说"。两者都是长篇幅，白话散体，但"小说"与"novel"不能完全画等号。从历史源流上看，在西方，史诗、中世纪及文艺复兴的中古传奇（romance）和长篇小说（novel）构成了一个长时段的叙事传统；在中国，小说则长期寄生于历史写作之下，后又与通俗文体戏曲、话本紧密关联在一起。这样的历史发展背景下，西方的"novel"多数集中于一个主要人物塑造上，运用心理描写、细节处理等多种手法来展现人物与环境关系，而中国古代小说则多是以情节和故事为中心。

# 二、原始表末

中国古代小说主要分为四种类型，即魏晋古小说、唐宋传奇体、宋元话本体、明清章回体，与古代小说相对的则是现当代小说。

先秦至魏晋南北朝时期的古代小说以志人志怪为主。在汉以前已有《山海经》、《穆天子传》这两部志怪小说，前者记录八荒异物，后者记录穆天子西见王母的神仙灵迹，共同确立了志怪小说的主要系统。在时局动荡、佛道盛行的背景下，志怪小说或宣扬佛道思想，或讲述神异故事，如《博物志》、《搜神记》之类。志人小说则专记名人轶事，这与当时人物品藻、崇尚清谈有关，《世说新语》是其中集大成者，语言隽永传神，其故事多为后世成语、诗词戏曲所取材。

唐朝，以唐传奇的出现为标志，小说开始成型，小说史被划分为实录和虚构两个阶段。唐传奇使小说不再只是子史附庸，带有虚幻色彩。传奇又分为传和记，传以人物为中心，如《南柯太守传》和《莺莺传》，记以事件为中心，如《枕中记》。唐传奇中，一部分作品志怪成分仍然十分明显，如《古镜记》、《补江总白猿传》和《东阳夜怪录》，另一部分则将小说从虚妄的神怪世界拉回到现实的人间。唐传奇的兴盛有其深刻的社会成因，中唐的古文运动推动了散文写作，佛教兴盛背景下的大量佛经故事又产生了俗讲、变文，促进了小说的发展。唐以后，除传奇外，以实录为小说的笔记、野史类作品仍然数量众多。

宋元时期，话本小说的产生意味着白话创作的开始，这是小说史上又一重要现象。三国俳优小说，唐代市人小说和人间小说已经为话本小说的产生奠定了基础。小说的文字载体大致可分为文言和白话两种，在话本小说之前，无论是实录小说还是虚构小说，都以文言记载。而话本小说则以口语写作，经过渲染润色，篇幅较长。此后，白话与文言小说双线并行，互相滋养，由于市民社会发展、媒介传播、白话通俗的便利，话本小说越来越繁荣，而文言小说虽退居边缘，但以传奇为代表的一类也不时有佳作产生。

明清时期，以章回体小说最具代表性。章回体是在宋元讲史话本基础上发展而来，其特点是分章叙事，分回标目，回目双句对偶，短篇连缀加长篇框架，保留宋元话本形制下的开场诗和散场诗，行文中多引诗词曲赋以评价人物、描写场景，正文多以"话说"开头，以"预知后事如何，请听下回分解"结尾。明代四大奇书《三国演义》、《水浒传》、《西游记》和《金瓶梅》分别代表了明清小说的四种基本类型，即历史演义、英雄传奇、神魔小说和世情小说，除此以外，还有讽刺小说、公案侠义小说、狭邪小说、黑幕小说、鸳鸯蝴蝶小说等。除章回体小说以外，白话短篇小说也大放异彩，如"三言二拍"、《豆棚闲话》等。文言小说中，有的继承唐宋传奇传统，如《剪灯新话》和《聊斋志异》，有的继承魏晋实录琐记，如《阅微草堂笔记》和《子不语》，还有些散记体小说也脍炙人口，如《影梅庵影语》和《浮生六记》。

近代以来，中国小说产生了古代与现代之分。"五四"新文化运动在引进西学的背景下，掀起了"小说界革命"，提出"欲新一国，不可不先新一国之小说"的口号，在改良社会的目的下，小说的地位一跃而成为"文学之最上乘"的高度，随之而来的是各种小说报刊、小说翻译。1918年文学革命之后的第一个十年是中国现代小说的发端和生长期，鲁迅《狂人日记》成为现代小说开山之作，冰心、叶绍钧、王统照等创作了面对社会问题的"问题小说"。1921年后，现代小说流派繁起，文学研究会主张"为人生而艺术"，《小说月报》上发表的一批小说出现了向现实主义转向的趋势。创造社的小说有更多的浪漫色彩，以郁达夫的自传体小说为代表。乡土小说流派则有王鲁彦、台静农、彭家煌等人。1927年至1937年是现代小说繁荣时期，形成以左翼文学为主、多元互补的格局。左翼作家的创作带有阶级革命倾向的现实主义，有蒋光慈、丁玲、胡也频、张天翼等人，尤其是矛盾的《子夜》以恢弘历史画卷描绘了当时社会矛盾。此外，巴金的《家》、《春》、《秋》规模浩大，老舍的《骆驼祥子》等反映了小市民家庭的命运，"京派"与"海派"之争中，京派代表沈从文描绘了一个人与自然和谐的湘西世界，上海的新感觉派则借鉴西方手法描绘光怪陆离的都市社会。1937年至1949年，涌现出大量抗战小说和讽刺小说。解放区小说如赵树理的《小二黑结婚》，重点描绘中国广大农村，孙犁的《荷花淀》呈现浪漫色彩，丁玲《太阳照在桑干河上》、周立波《暴风骤雨》则反映了解放区的土地改革。

1949年中华人民共和国成立后，小说经历了从现实主义一元审美到1979年后多元审美的转变。十七年文学呈现出现实主义主流、工农兵题材、塑造英雄人物的特点。"文革"之后的新时期文学出现了伤痕文学、反思文学和改革文学，80年代后则大量引进西方文学思潮，寻根文学、新写实派小说涌现，小说创作呈现多元趋势。

# 三、选文定篇

## (一)子史共生的实录小说观：干宝《搜神记》

宋康王舍人韩凭，娶妻何氏，美，康王夺之。凭怨，王囚之，论为城旦。妻密遗凭书，缪其辞曰："其雨淫淫，河大水深，日出当心。"既而王得其书，以示左右，左右莫解其意。臣苏贺对曰："其雨淫淫，言愁且思也；河大水深，不得往来也；日出当心，心有死志也。"俄而凭乃自杀。其妻乃阴腐其衣。王与之登台，妻遂自投台，左右揽之，衣不中手而死。遗书于带曰："王利其生，妾利其死。愿以尸骨，赐凭合葬！"王怒，弗听。使里人埋之，冢相望也。王曰："尔夫妇相爱不已，若能使冢合，则吾弗阻也。"宿昔之间，便有大梓木生于二冢之端，旬日而大盈抱，屈体相就，根交于下，枝错于上。又有鸳鸯，雌雄各一，恒栖树上，晨夕不去，交颈悲鸣，音声感人。

（干宝《搜神记·韩凭妻》，据汪绍楹校注《搜神记》，中华书局，1979 年，第 141—142 页）

魏晋南北朝志怪小说本数量众多，今大量亡佚，东晋干宝《搜神记》则保存完整。这一时期的志怪小说影响深远，后世唐传奇、话本和戏曲都有取材。《晋书·干宝传》评价干宝"良史"、"博采异同，遂混虚实"，《搜神记》故事今人看似虚诞，但作者却是秉持着史家实录的态度写作的，他相信那些鬼怪神异是实有其事，著书目的也是为了"明神道之不诬"，书中虚幻奇异之处无关文学想象虚构，可见志怪小说的产生与史传传统的密切关系。以《韩凭妻》为代表的一类故事表现了统治阶级的残暴和人民的不幸，其他故事或叙述青年男女的婚姻不幸，或叙述人们与妖怪争斗，或保存了神话传说。《韩凭妻》的故事至晚自东汉就流传于民间，在《列异传》中亦有记载，由于魏晋南北朝志怪小说多取材民间传说，故一个故事往往见于多本书。从艺术水品上看，《搜神记》简短精悍，往往寥寥几笔而画龙点睛，但多数还是显得粗糙。

### （二）唐传奇：陈寅恪《读〈莺莺传〉》

微之以绝代之才华，书写男女生死离别悲欢之情感。其哀艳缠绵，不仅在唐人诗中不可多见，而影响及于后来之文学者尤巨。如《莺莺传》者，初本微之文集中附庸小说，其后竟演变流传成为戏曲中之大国巨制，即是其例。

《莺莺传》中忍情之说，即所谓议论；会真等诗，即所谓诗笔；叙述悲欢离合，即所谓史才。皆当日小说文中，不得不具备者也。

（陈寅恪《艳诗及悼亡诗》，据陈寅恪著《元白诗笺证稿》，生活·读书·新知三联书店，2001 年，第 84、120 页）

唐传奇中，《莺莺传》流传甚广。从陈寅恪文史互证的考察中，我们可以看出唐传奇的一般特点。首先，唐代古文运动倡导的新文体接近当时口语，宜自由表达思想，文体之变推动了唐传奇的兴盛，元稹《莺莺传》相较于韩愈《毛颖传》的成功即是一例。其次，唐代举进士的"行卷"、"温卷"风气盛行，而传奇文备众体，可见作者之史才、诗笔、议论，如传奇小说中常常使用诗赋描绘人物景色、言志抒情、男女传情，因唐人工于诗歌，作意好奇，所以常借小说来寄托笔端。足以代表唐传奇水平的作品，其内容多是言情，即使是写神鬼精怪、神仙方术，背后也表现现实世界的有血有肉，所以洪迈感叹"小小情事，凄婉欲绝"，刘贡父亦言"鸟花猿子，纷纷荡漾"。

### (三)小说理论：胡应麟《少室山房笔丛》

> 小说家一类，又自分数种。一曰志怪：《搜神》、《述异》、《宣室》、《酉阳》之类是也。一曰传奇：《飞燕》、《太真》、《崔莺》、《霍玉》之类是也。一曰杂录：《世说》、《语林》、《琐言》、《因话》之类是也。一曰丛谈：《容斋》、《梦溪》、《东谷》、《道山》之类是也。一曰辨订：《鼠璞》、《鸡肋》、《资暇》、《辨疑》之类是也。一曰箴规：《家训》、《世范》、《劝善》、《省心》之类是也。谈丛、杂录二类，最易相案，又往往兼有四家，而四家类多独行，不可挽入二类者。至于志怪、传奇，尤易出入，或一书之中，二事并载；一事之内，两端俱存。姑举其重而已。
>
> （胡应麟《九流绪论》，据胡应麟著《少室山房笔丛》下册，中华书局，1958 年，第 374 页）

中国小说研究长期以笔记、点评、序跋的零星记载为主，胡应麟《少室山房笔丛》则罕见地对小说进行了整体构建。在横向分类上，他将小说分为志怪、传奇、杂录、丛谈、辩订和箴规六类，其中多有交叉重合。过去刘知幾《史通》的分类建立在历史角度上，后来《四库全书总目提要》又将传奇排除在小说之外，胡应麟的分类则实现了由史传立场向文学立场的转变。在纵向发展特点上，他指出历代小说文风与时代风气间的关系，并对各种类型进行了溯源。对于小说为何长期受到贬视却又流传不息的原因，他从接受与创作互动的角度出发，认为小说如"淫声丽色"，因此人们恶之却不能不好之，反过来刺激了创作。胡应麟既有对具体作品的分析，又将小说作为独立门类作了整体性质把握，已初步具有"小说学"的意味，对后世小说研究影响深远。

### (四)小说评点：张竹坡评《金瓶梅》

> 劈空撰出金、瓶、梅三个人来。看其如何收拢一块，如何发放开去。看其前半部止做金、瓶，后半部止做春梅；前半人家的金瓶，被他千方百计弄来；后半自己的梅花，却轻轻的被人夺去。
>
> 未出金莲，先出瓶儿；既娶金莲，方出春梅；未娶金莲，却先娶玉楼；未娶瓶儿，又先出敬济。文字穿插之妙，不可名言。若夫夹写蕙莲、王六儿、贲四嫂、如意儿诸人，又极尽天工之巧矣。
>
> 前半处处冷，令人不耐看；后半处处热，而人又看不出。前半冷，当在写最热处玩之即知；后半热，看孟玉楼上坟放笔描清明春色便知。
>
> （张竹坡《批评第一奇书金瓶梅读法》，据黄霖编《金瓶梅资料汇编》，中华书局，1987 年，第 65、66、66 页）

《金瓶梅》是明代著名世情小说，也是古代第一部文人独立创作的白话长篇章回体小说。版本主要有两个系统，一是明万历年间"东吴弄珠客"序的《金瓶梅词话》，二是明崇祯年间《原本金瓶梅》，作者兰陵笑笑生的身份则争议颇多。张竹坡《第一奇书非淫书论》、《金瓶梅读法》和《金瓶梅回评》大胆指出，《金瓶梅》是一本泄愤的世情书，而非淫书，并赞为四大奇书之首。其次，张竹坡又将《金瓶梅》与《史记》比较，区分了历史与小说的真实，认为小说家要"人情世故，一一经历过，入世最深，方能为众脚色摩神也"，而《金瓶梅》直面现实人生，反映明后期重商竞利的社会风貌、放荡为乐的世俗态度，标志着古典小说的转折。另外，张竹坡着重分析人物性格，在对立、对比中解读人物群像，使文中人物形成一个有机整体形象。总之，张竹坡之于《金瓶梅》，正如金圣叹之于《水浒传》，脂砚斋之于《红楼梦》。

### （五）小说功能：新民与新小说

> 欲新一国之民，不可不先新一国之小说。故欲新道德，必新小说；欲新宗教，必新小说；欲新政治，必新小说；欲新风俗，必新小说；欲新学艺，必新小说；乃至欲新人心，欲新人格，必新小说。何以故？小说有不可思议之力支配人道故。
>
> 小说为文学之最上乘也。由前之说，则理想派小说尚焉；由后之说，则写实派小说尚焉。小说种目虽多，未有能出此两派范围外者也。
>
> 知此义，则吾中国群治腐败之总根原，可以识矣。吾中国人状元宰相之思想何自来乎？小说也。吾中国人佳人才子之思想何自来乎？小说也。吾中国人江湖盗贼之思想何自来乎？小说也。吾中国人妖巫狐鬼之思想何自来乎？小说也。
>
> （梁启超《论小说与群治之关系》，据舒芜等编选《近代文论选》上册，人民文学出版社，1959年，第157、158、160页）

梁启超是清末资产阶级改良派，此文作于1920年维新变法失败之后，阐述了小说的社会作用和特点，并提倡小说界革命，其中对小说的批判不乏片面过激之处，但他将小说与政治相联系，使小说成为社会宣传工具，发展了小说的社会政治功能，大大提高了小说地位，拓展了小说理论的宽度。

他指出小说分为理想和写实两派，小说对接受者的感化作用从影响的空间广狭、时间长短、刺激渐顿、外力内力进行了初步区分，可分为"熏"、"浸"、"刺"、"提"四种。他分析了小说的功用，过去人们认为小说是小道，仅供娱乐，他指出小说更具有通俗易懂、潜移默化、开启民智的教化作用。对此，梁启超提出了革新小说的要求，希望将小说题材从传统的状元宰相、才子佳人、江湖盗贼妖巫狐鬼中解放出来，通过新小说来达到新人心之社会政治功用。

### （六）小说翻译：林译小说

> 文学翻译的最高理想可以说是"化"。把作品从一国文字转变成另一国文字，既能不因语文习惯的差异而露出生硬牵强的痕迹，又能完全保存原作的风味，那就算得入于"化境"。
>
> 一个能写作或自信能写作的人从事文学翻译，难保不像林纾那样的手痒；他根据个人的写作标准和企图，要充当原作者的"诤友"，自信有点铁成金、以石攻玉或移橘为枳的义务和权利，把翻译变成借体寄生的、东鳞西爪的写作。
>
> 前期的翻译使我们想象出一个精神饱满而又集中的林纾，兴高采烈，随时随地准

备表演一下他的写作技巧。后期翻译所产生的印象是，一个困倦的老人机械地以疲乏的手指驱使着退了锋的秃笔，要达到"一时千言"的指标。他对所译的作品不再欣赏，也不甚感觉兴趣，除非是博取稿费的兴趣。

（钱锺书《林纾的翻译》，据钱锺书著《七缀集》，生活·读书·新知三联书店，2002 年，第 77、85、91 页）

翻译小说是近代文学一大盛事，对于引进西方新知、开拓小说家眼界起着重要作用。钱锺书认为，小说翻译最高标准在"化"，但"讹"又不可避免，于是需要好的翻译作为"媒介"，将读者"诱"向原著。钱锺书认识到，翻译本身是一种二度书写，林纾翻译时所犯的"讹"也正是他有创造性的润色，因此对林纾的翻译采取包容态度，同时，钱锺书也批评了林纾态度变化导致小说翻译水平下降的事实。此外，他看到了译本小说和著作小说之间的相互影响。译本小说不仅改变了读者趣味，也改变了既是翻译家又是创作者的小说家。古文家林纾在古奥的文字句法之外，学到了通俗、自由、富于弹性的表达，后来的小说家同样借助翻译工作和译本小说，从西方异质语言文化中受益良多。

# 四、敷理举统

## （一）小说创作：作家

从小说创作的角度来看，在史传实录的传统下，魏晋小说的作者多是史家或对历史感兴趣的作者，以记录神话历史、民间传说为目的，反映了当时的时代历史与世界观；传奇小说多是文人所作，以表现才情为目的；平话小说则是说书艺人所作，以说书为生计，具有商业意味，是为听众、接受者所创作的，虚拟性、通俗性、娱乐性更强。

明清时期，小说创作空前繁荣，各种类型小说均大放异彩。小说创作可分为群体创作和文人创作，其中文人个体创作占多数。群体创作以《三国演义》和《水浒传》为典型代表。这些故事在民间经过广泛流传和群体创作，存在各种刊本和改本，然后才由文人编纂集纂。古代小说家往往不愿署真名，因此身份成谜，这与小说长期被贬为小道、统治者对小说的排斥禁毁以及道德舆论压力有关。如《金瓶梅》一书带来的道德压力巨大，又如以《剪灯新话》为代表的一批小说遭到官方点名禁毁。当代"作者之死"的理论见解打破了传统文学批评对作家生平的重视，强调读者阅读经历对文学文本的完成和再创造，认为只有经过读者阅读的文本才实现其价值。尽管如此，对时代背景和作家的身份经历的理解仍然是解读作品的关键。

## （二）小说文本：类型与特点

从小说文本本身来看，按照其历史发展脉络，可分为魏晋志怪志人小说、唐传奇、宋元话本、明清章回体小说和近现代小说。按照语言载体分类，可分为文言小说和通俗小说。自宋元以来，由于话本成为小说文本，通俗白话成为了小说语言，自此以后，文言、白话两类小说双线并行。从内容上看，魏晋志人志怪小说都是实录观念下创作的，目的是以补正史之不足；传奇小说则创作成分增多，更多是供人娱乐赏玩；平话小说是从说书艺人的说话底本发展而来，有集体创作的痕迹；明清的章回体小说最为兴盛，其前身是平话中的讲史，因此早期多以演义、演史的形式出现，并突破了过去小说"小"的规制，从篇幅、内容结构、文体包容等方面看来都显得更加宏大。从篇幅上看，志人志怪的作者多声称实录记闻，不宜渲染，因此篇幅短小；传奇小说因需要注重辞章和人物情节，因此篇幅增长了；而唐变文、俗赋和宋元话本，因其口头来源与通俗化倾向，所以反复渲染铺张，篇幅相当于中篇小说；明清以来的章回体小说则达到几十上百回目，已是长篇小说的长度了。

### (三) 小说背景：民俗与文化

从小说成型的时代背景看，"文化"往往是熏染小说价值观的重要因素，而小说也往往是时代风俗的生动写照。中国文化中，在儒家为主、释道为辅的文化价值观主导下，小说中的伦理教化色彩很重。忠孝节义、善恶轮回报应等儒家思想往往反映在小说的主旨、人物塑造、情节描写上，而释、道思想往往在小说中成为儒家的对抗性思想资源。如《水浒传》中，官逼民反的水浒英雄反恶官却不反君主，《红楼梦》中，出身官宦世家的宝玉最终遁入空门。由于小说长期游离于经典正统之外，其创作和接受往往是中下层文人和市民百姓，所以他们的思想与喜好反映在文本中，往往是非官方的，具有一种"亚文化"气质。具体来说，他们对儒家的仁义礼智信的描绘褪去了经典光辉，重在生活实践，对释、道的接受也很少标榜教义、谈玄说理，更多以一种混杂融合的形式出现在文本中。

另外，小说也是民间"风俗"的记录载体，社会生活中的科举考试、婚丧嫁娶、游学经商、饮食服饰、民间信仰、山川水貌、南北风俗，都会直接地或曲折地反映在小说文本中，比如《金瓶梅》反映了明代的商业发展、人性解放乃至失控的世俗世界，而从《三国志》中的拥曹魏历史观转变到《三国演义》中的拥刘反曹的文学书写，可以看出民间群体伦理价值观中对仁义爱人的道德要求。种种被广泛书写的历史通俗演义，不仅反映了我国重视历史的传统，更反映出市民社会发展后，市民对历史普及的需求。

### (四) 小说批评：序跋与评点

序跋和评点是小说批评最常见的两种方式，散见于各种笔记杂谈当中。小说序跋是作者或相关人士撰写的，附于原文前后，常用以诉说作者生平和写作动机，解读作品意义。序跋之后出现的小说评点是最典型、最发达的小说批评样式，宋刘辰翁《世说新语》是最早的评点，此后还有李贽评点《水浒传》、金圣叹评点《水浒传》、《西厢记》、毛宗岗评点《三国演义》、张竹坡评点《金瓶梅》、卧闲草堂评点《儒林外史》、脂砚斋评点《红楼梦》等评点。

小说评点方式有大致三种，一是"评"，即总批、回前批、回后批、眉批、夹批和旁批等；二是"点"，点是圈点涂抹；三是"改"，改有增加减删，有润色，也有对原文内容的更变。可见，评点不仅是批评，还有创作的成分在其中。评点者通常不是职业的文学批评者而是文学爱好者，因此其评点文字多为出自胸臆、不得不发之感受，往往片羽鳞光、一语中的，这样的评点是独具中国特色的小说接受和批评方式。

◎ **问题思考**

1. 小说与史传有什么关系？
2. 中国古代小说的主要类型及其特点是什么？
3. 张竹坡是怎样理解《金瓶梅》的？
4. 近代对小说的功能的认识发生了怎样变化？
5. 评点作为小说批评方式之一有哪些特点？

◎ **参考书目**

1. (东晋) 干宝著，汪绍楹校注：《搜神记》，中华书局，1979 年。
2. 鲁迅：《中国小说史略》，人民文学出版社，1973 年。
3. 陈寅恪：《元白诗笺证稿》，生活·读书·新知三联书店，2001 年。
4. 黄霖编：《金瓶梅资料汇编》，中华书局，1987 年。
5. 钱锺书：《七缀集》，生活·读书·新知三联书店，2002 年。

修辞论话语

# 比　兴

诗有六义，风、雅、颂是根据诗歌内容划分的体裁；赋、比、兴则在多数情况下被概括为修辞，其中"比"、"兴"内涵较为复杂。现当代文论语境下的"比兴"研究既影响了中国早期的修辞学发展，也是中国文论诗性特征在现代的延续。研究"比兴"的艺术性、互补性及缘情特质，有助于理解"比兴"在中国传统诗性表现形式中的独特位置，并进一步发掘其内在的现代性审美特征，从而实现中国传统诗歌的承继。"比兴"是否能够等同于西方文论语境下的"比喻"？"比"与"兴"的区别又在哪儿？"比兴"对于当代文学是否还具有价值？

## 一、释名彰义

### (一)语义界定

"比"为会意字，左右结构，其甲骨文状如二人比肩而行，与"从"字同形，方向相反，本义应为并列、并排。《说文解字·比部》："比，密也。二人为从，反从为比。"段玉裁有注曰："其本义谓相亲密也。"进一步说明"比"有同类相亲的含义。因有"同类"的指向，"比"便又有"余义辅也、及也、次也、校也、例也、类也、频也、择善而从之也"等引申之义。如《诗·小雅·六月》："比物四骊，闲之维则。"朱熹注："毛马齐其色，物马齐其力。"这里的"比物"指将相类的事物放在一起，取"比类"之义。又如《韩非子·难言》："多言繁称，连类比物，则见以为虚而无用。"意为连缀同类事物，进行排比归纳。

"兴"同为会意字，其甲骨文有如四人同力举物，《说文解字·舁部》："兴，起也。从舁，从同。"其中"舁"就是"共举"的意思。《诗·卫风·氓》："夙兴夜寐。"、"兴"原本作为动词的本义已经有"举起"之义，后又衍生出名词词性，意为"兴致、兴趣"，如王勃《滕王阁序》："遥襟甫畅，逸兴遄飞。"以及朱熹在《诗集传》中所言"起兴"之"兴"，正是取其"兴致、诗兴"一义。

综上所述，比，用作连类比物，排列归纳，"以彼物比此物"，借外物以明人事；兴，用作起兴发端，依微拟议，是心物交融，以诗言志。作为一个文化关键词，"比兴"所涵盖的意义有：第一，"比兴"特指中国古代诗歌写作的两种表现手法；第二，"比"是明喻，意在比附事理，含有理性的成分，但同时蕴含有"兴"的抒情目的；第三，"兴"类暗喻，作用于引发情感，含有感性的驱动力，并通过"比"生动性来抒发。"比"与"兴"这两种艺术表现形式，一方面是一种修辞表现手法；另一方面也是一种诗性思维的体现。从性质上来说，它们横跨了艺术审美与伦理道德两重范畴。

### (二)中西比较

在中国文论话语体系中，"比兴"在现代多划入修辞学范畴，是我国古代诗歌常见的表现手法，讲究"言在此而意在彼"，是一种诗性思维的产物，同时又被赋予了人伦教化的内涵。

从修辞学的角度看，西方文论中有三种概念是与"比兴"最为类似的，它们分别是：比喻（figurative language）、寓言（allegory）以及象征（symbol）。从"以彼物比此物也"的效果和"美刺"的政教功能角度看，比兴似乎与"比喻"的含义相近，即比是明喻，兴为暗喻。但实际上，"比兴"更多用作抒发诗人内心的思想情感，而比喻则是"通过把一种事物看成另一种事物而认识了它"。① 当被比的主体并非具体事物时，将"比兴"简单地理解为"比喻"就不妥了。"寓言的意指相对明确，象征的意指则是不确定的，但却具有丰富乃至无限的暗含意义。"②西方文论语境下的"象征"与我国的"比兴"的意义相对最为接近，但是前者受社会历史背景制约更多，诗人加诸事物之上的意义愈多，表现愈显晦涩。后者则更倾向于诗人主体个性的表达，正如王国维在《人间词话》中所言的"隔"与"不隔"，这种融情于物的境界超越了伦理的范畴。

# 二、原始表末

春秋战国至秦朝，"比兴"被儒家赋予了伦理道德的思想内容，如《周礼·春官·大师》中记载："教六诗，曰风，曰赋，曰比，曰兴，曰雅，曰颂。"、"比"和"兴"的内涵与政教紧密联系在一起，前者用以委婉劝诫，后者用以歌功颂德，具体通过比喻的方式实现，是儒家"诗教"的重要组成部分。尤其"兴"的教化功能，经由孔子的"兴观群怨"论而得到更多的重视。其实严格来说，"兴观群怨"应属于鉴赏论范畴。

从屈原《楚辞》中"香草美人"的具体意象开始，"比兴"作为修辞格的价值渐跃于教化功能之上，表现方式也从简单的比喻变得更加多样，其功能包括了抒情、言志、象征和叙事等方面。王逸《楚辞章句·离骚经序》："《离骚》之文，依《诗》取兴，引类譬喻。故善鸟香草，以配忠贞；恶禽臭物，以比谗佞；灵修美人，以媲于君；宓妃佚女，以譬贤臣；虬龙鸾凤，以托君子；飘风云霓，以为小人。"可见，"比兴"是服从于诗人主体情感表达的需要，而经过婉转修饰后的"怨"与"刺"。无论是孔子的理论定义还是屈原的实践创作，都强调"兴"是情感的活动。

两汉时期，"比兴"在理论上的教化色彩与实践中的多样性继续呈现为一种微妙的平衡状态。"比兴"理论上继承并发展了儒家诗教的传统精神，其落脚点还在伦理范畴内，比如郑玄注《周礼》曰："比，见今之失，不敢斥言，取比类以言之。兴，见今之美，嫌于

---

① ［美］乔纳森·卡勒著，李平译：《当代学术入门：文学理论》，辽宁教育出版社，1998年，第75页。

② ［美］M. H. 艾布拉姆斯著，吴松江等编译：《文学术语词典》，北京大学出版社，2009年，第396页。

媚谀，取善事以喻之。"但也有如《毛诗》表明："兴者，有感之辞。"从本体论的角度肯定了主体情感对"兴"的产生所起到的重要性。

同时，文人诗中更多地用到了比兴手法，"孔雀东南飞，五里一徘徊"，"青青河畔草，郁郁园中柳"，"西北有高楼，上与浮云齐"等句，承袭《周南·桃夭》、《秦风·蒹葭》之风，重在起兴。东汉抒情小赋兴起，其用比兴不为教化，而重在抒情言志，有《楚辞》遗风，如张衡作《归田赋》曰："原隰郁茂，百草滋荣。王雎鼓翼，鸧鹒哀鸣；交颈颉颃，关关嘤嘤。"又如王粲作《登楼赋》："风萧瑟而并兴兮，天惨惨而无色。兽狂顾以求群兮，鸟相鸣而举翼，原野阒其无人兮，征夫行而未息。"

及至魏晋南北朝，刘勰在《文心雕龙》中特设《比兴》一篇，提出"比兴"这种艺术表现形式与艺术现象的密切关系，以及在具体创作过程中的运用和基本原则。其中"拟容取心"这一原则的提出，表明了"比兴"既要重视具体形象的描画，又要注意从形象中提炼其精神实质，以达到抒情写貌的写作目的，这是"比兴"首次被划入修辞学范畴。需要注意的是，此时在依照《毛诗》以比兴解诗这一传统时，虽仍在强调"比兴"与政教的紧密关系，然而更注重的是它们作为一种艺术表现形式的特有的审美价值。

此时期对"兴"的极度重视得益于人们对自然山水的关注，文人从"美刺"的窠臼中挣脱出来，将"比兴"的意义还原到天人合一的高度中。如《世说新语》中王献之雪夜访戴时所言："吾本乘兴而行，兴尽而返，何必见戴？"对于当时的文人来说，起居琐事都可"起兴"，何况作文？如果说先秦两汉诗文的所"比"所"兴"仍在一草一木之间，那么观魏晋南北朝文章，则不难发现，魏晋文人已将个体之"兴"上升到了永恒之"兴"，即所见所感不在于一时之景物，而是通过感官触摸到事物背后白驹过隙般的瞬息万变。如《世说新语·文学》："王孝伯在京，行散至其弟王睹户前，问：'古诗中何句为最？'睹思未答。孝伯咏：'所遇无故物，焉得不速老？'此句为佳。"又如《言语》中所记："桓公北征，经金城，见前为琅邪时种柳，皆已十围，慨然曰：'木犹如此，人何以堪。'攀枝执条，泫然流泪。"

有唐一代，"比兴"中重情重感的内涵进一步扩大，并注重融诗境韵意于其中，作为一个完整结构真正得到发展。初唐陈子昂提出"兴寄"，表示"比兴"可用作寄托诗人的微思隐忧："夫诗可以比兴，不言曷著？"（《喜马参军相遇醉歌序》）正是有对汉魏六朝诗风的复兴，才为盛唐气象中绚烂多彩的物象诗境打下了坚实的基础。"比兴"由初唐的内心游冶，转向盛唐的外放自由，殷璠在《河岳英灵集》中提出的"兴象"可说是这一转变的具体总结，"兴象"完全摆脱了"六诗"诗教的教化成分，结合了"风骨"论的内容，强调"神"、"气"、"情"对营造诗境的重要性。然而中唐时，白居易大力提倡"美刺"说，认为："诗者：根情，苗言，华声，实义。"（《与元九书》）并奉"风、雅、比、兴"为儒家诗教精粹，认为"比兴"应当以"美刺"为目的，而非起意于山水，吟咏风花雪月，虽可看作是对"六诗"的复古与代民立言的举措，但其对"比兴"内涵的理解显然偏于狭窄功利。

明清时期，对"比兴"的研究主要分为经学和文学两个场域，前者沿传统的解经思路研究，后者的研究则基本围绕着"情景"、"物我"两种关系的处理展开。

近代以来，以西方修辞学的引进为契机，中国出现了许多结合了修辞学来谈"比兴"的著作，如黎锦熙的《修辞学比兴篇》等。此外还有朱自清、李泽厚、赵沛霖等人从不同的角度对"比兴"进行阐释。受《诗经》采风传统的启发，以刘半农为代表的文学家，出现了刊物《歌谣》与调研成果《北方民歌集》这样的作品，于是以古史辨学派创始人顾颉刚为首的文学家们，便从当时收集的歌谣生发出了对"比兴"定义的积极探讨。

当下文化语境中的"比兴"，一方面可以作为诗歌艺术的代指，另一方面其含蓄委婉之美在艺术以外的领域也发挥着重要价值——如同早期《诗经》在外交与社交场合中被频繁使用一样，诗歌在当今的国际外交事务中也起着不可忽视的作用，如"投我以木瓜，报之以琼琚"就用以表明双方相互尊重以互利共赢的含义。"诗赋外交"源起西周，春秋时期最为兴盛，是我国独有的外交话语方式，它委婉含蓄、言简意赅的魅力恰来自于诗歌中的"比兴"手法以及"美刺"传统，实际上正是儒家诗教传统在现代语境中的传承与发展。

# 三、选文定篇

## （一）《周礼》"六诗"："比兴"与儒家诗教

大师掌六律六同，以合阴阳之声。阳声：黄钟、大簇、姑洗、蕤宾、夷则、无射。阴声：大吕、应钟、南吕、函钟、小吕、夹钟。皆文之以五声，宫、商、角、徵、羽；皆播之以八音，金、石、土、革、丝、木、匏、竹。教六诗：曰风、曰赋、曰比、曰兴、曰雅、曰颂。以六德为之本，以六律为之音。大祭祀，帅瞽登歌，令奏击拊，下管播乐器，令奏鼓鞞。大飨亦如之。大射，帅瞽而歌射节。大师，执同律以听军声，而诏吉凶。大丧，帅瞽而廞，作匶，谥。凡国之瞽蒙正焉。

（《周礼·春官·大师》，据孙诒让撰《周礼正义》第 7 册，中华书局，1987 年，第 1832—1856 页）

《周礼》是一部通过官制表达治国方案的著作，内容丰富，涉及社会生活的方方面面，包括祭祀、狩猎和丧葬等典仪，以及用鼎、乐悬、车骑和服饰等制度。其中《大师》篇是最早提出"六诗"概念的文献，此篇基本上是以由大及小，由内而外的方式去论述乐律的。"五声"是标准的音调，"八音"是演奏的材料，"六诗"是体制、内容，是对诗歌艺术的概括。《周礼》是儒家经典，体现的是儒家对西周礼制与"仁爱"精神的推崇，郑玄云："比，见今之失，不敢斥言，取比类以言之。兴，见今之美，嫌于媚谀，取善事以喻劝之。"除了"比兴"的教化色彩以外，贾公彦云："释曰：按《诗》上下，惟有风、雅、颂，是《诗》之名也。但就三者之中，有比、赋、兴，故总谓之'六诗'也"。"比兴"作为修辞区别于"风"、"雅"、"颂"的特征得到注意，此后的"比兴"研究便一直围绕着这两个大的分支进行着，尤其在明清时期，具体已分为经学和文学两方面的研究。

## （二）《诗经》与《离骚》："比兴"的修辞意义

蒹葭苍苍，白露为霜。所谓伊人，在水一方。溯洄从之，道阻且长。溯游从之，宛在水中央。

蒹葭萋萋，白露未晞。所谓伊人，在水之湄。溯洄从之，道阻且跻。溯游从之，宛在水中坻。

　　蒹葭采采，白露未已。所谓伊人，在水之涘。溯洄从之，道阻且右。溯游从之，
宛在水中沚。
　　（《诗经·秦风·蒹葭》，据程俊英、蒋见元著《诗经注析》上册，中华书局，1991
年，第346—348页）

　　日月忽其不淹兮，春与秋其代序。惟草木之零落兮，恐美人之迟暮。……朝饮木
兰之坠露兮，夕餐秋菊之落英。苟余情其信姱以练要兮，长顑颔亦何伤。擥木根以结
茝兮，贯薜荔之落蕊。矫菌桂以纫蕙兮，索胡绳之纚纚。謇吾法夫前修兮，非世俗之
所服。虽不周于今之人兮，愿依彭咸之遗则。长太息以掩涕兮，哀民生之多艰。
　　（屈原《离骚》，据洪兴祖撰《楚辞补注》，中华书局，1983年，第6—14页）

　　"子曰：小子何莫学夫诗？诗可以兴，可以观，可以群，可以怨。迩之事父，远之事
君，多识于鸟兽草木之名。"（《论语·阳货》）"兴观群怨"里的"兴"，一方面可以简单看作
情感的激发，一方面也可以看作"比兴"之兴。"比兴"之"兴"同样也可以包含情感的激
发，它不单是一种修辞格，还比其他修辞格具有更复杂的表现效用。这种表现效用在《诗
经》中初露端倪，既可以是主动的引发情感的本体，也可以是被动的感官联想，而屈原将
这种表现效用最大化地呈现在了《楚辞》中。《离骚》中，"比兴"具体化为了"香草美人"，
情感的激荡与极富表现力的文字相融合，"比兴"具体化为了"香草美人"，从笼统大概的
修辞类别具体化为一种更精妙的技巧。这是非常具有个人特色的升华，但同时在整个文学
史的发展中又具有普遍性，以至于时隔多年后，再看到"亦余心之所善兮，虽九死其犹未
悔"这一句时，仍旧能感受到诗人当时决绝的情感。

### （三）《古诗十九首》："比兴"的文人化

　　青青河畔草，郁郁园中柳。盈盈楼上女，皎皎当窗牖。娥娥红粉妆，纤纤出素
手。昔为倡家女，今为荡子妇。荡子行不归，空床难独守。
　　西北有高楼，上与浮云齐。交疏结绮窗，阿阁三重阶。上有弦歌声，音响一何
悲！谁能为此曲，无乃杞梁妻。清商随风发，中曲正徘徊。一弹再三叹，慷慨有余
哀。不惜歌者苦，但伤知音稀。愿为双鸣鹤，奋翅起高飞。
　　（《古诗十九首》，据李善注《文选》第3册，上海古籍出版社，1986年，第1344、
1345页）

　　"比兴"在汉代文人化的特色脱离了屈原"香草美人"的意象，回归到了《诗经》时代的
质朴，这一点在《古诗十九首》中，表现为信手拈物与叠词运用。汉代文人诗在回归《诗
经》的同时，又带有极明显的文人特色，比如"青青"、"郁郁"、"盈盈"等叠词在声韵上
的统一，又比如"高楼"、"浮云"等意象在审美格调上的提升，都不能简单等同于《诗经》
的全然朴素，明显可以看出精心选取的创作意识，这是自然与画饰的完美融合。正因如
此，魏晋时期涌现的山水诗也就不足为奇了。汉代文人诗对意象的选择与技巧的成熟，为
魏晋山水诗的诞生创造了条件。

### (四)《文心雕龙·比兴》:比兴并举,情志并称

> 诗文弘奥,包韫六义,毛公述传,独标兴体;岂不以风通而赋同,比显而兴隐哉?故比者,附也;兴者,起也。附理者切类以指事,起情者依微以拟议。起情故兴体以立,附理故比例以生。比则畜愤以斥言,兴则环譬以记讽。盖随时之义不一,故诗人之志有二也。观夫兴之托喻,婉而成章,称名也小,取类也大。……夫比之为义,取类不常:或喻于声,或方于貌,或拟于心,或譬于事。
>
> (刘勰《比兴》,据范文澜注《文心雕龙注》下册,人民文学出版社,1958年,第601—602页)

《文心雕龙》是中国文学理论批评史上第一部体系宏大、结构严密、论述细致的文学理论专著。不同于前人包谈"六义",刘勰以《毛诗序》开论,将"比兴"单独论述。他一方面是强调"比"、"兴"区别于"风"、"雅"、"颂"、"赋"的特点,另一方面将"比"、"兴"放在同等重要地位进行观照,认为只有"比"、"兴"相辅相成,才能产生"美刺"效果:"楚襄信谗,而三闾忠烈,依《诗》制《骚》,讽兼比兴。炎汉虽盛,而辞人夸毗;《诗》刺道丧,故兴义销亡。于是赋颂先鸣,故比体云构;纷纭杂遝,信旧章矣。"

除了重视儒家的"美刺"传统,刘勰对"比兴"的独特表现手法也进行了详尽论述,并提出"拟容取心"的观点:"观夫兴之托谕,婉而成章,称名也小,取类也大……夫比之为义,取类不常:或喻于声,或方于貌,或拟于心,或譬于事。"其实这也是对前面"比兴"并举重要性的进一步论述,明确了"比"、"兴"地位相同,又区分了两者的不同。此外,刘勰还将"情"作为"兴体立"的重要条件,显然是受魏晋重"情"思潮的影响,表现了时代的审美特性。

### (五)《兰亭序》:"比兴"与魏晋人的审美特性

> 夫人之相与,俯仰一世。或取诸怀抱,悟言一室之内,或因寄所托,放浪形骸之外。虽趣舍万殊,静躁不同,当其欣于所遇,暂得于己,快然自足,不知老之将至。及其所之既倦,情随事迁,感慨系之矣。向之所欣,俯仰之间,已为陈迹,犹不能不以之兴怀。况修短随化,终期于尽!古人云,死生亦大矣,岂不痛哉!
>
> 每览昔人兴感之由,若合一契,未尝不临文嗟悼,不能喻之于怀。固知一死生为虚诞,齐彭殇为妄作,后之视今,亦犹今之视昔,悲夫!故列叙时人,录其所述,虽世殊事异,所以兴怀,其致一也。
>
> (王羲之《兰亭集序》,据房玄龄等撰《晋书》第7册,中华书局,1974年,第2099页)

魏晋南北朝时期,社会的动荡和人生的无常使得脱胎于道家的玄学潮成为当时文人贵族间的主流思潮,诸多文人雅士寄情于山水,"玄谈"集会频频在园林山水间举行。在玄言诗以外,兴叹与抒怀成为诗文的普遍主题,此时"比兴"的政教色彩完全褪去,道家超脱的哲学观更赋予了"比兴"行生之乐的意义。《兰亭序》记载了东晋穆帝永和九年(公元353年)三月初三的兰亭宴集时的山水之妙与欢聚之情,文中表达了一种及时行乐的超脱

观念，其中"兴怀"、"兴感"之"兴"都可说是对儒家"取善事以喻劝之"原义的背离，注重"兴"对情的肯定和发扬。魏晋南北朝对"兴"的衍生和升华影响了后来的盛唐气象，出现了陈子昂"兴寄"、殷璠"兴象"等更为具体完熟的概念，而盛唐诗风也将"兴"抒情言志的功能发挥到了极致。

### (六) 民歌与朦胧诗："比兴"的现代生命力

青线线(那个)蓝线线蓝格英英的采，三班子(那个)吹来两班子打，生下一个蓝花花实实的爱死人。五谷里的(那)田苗子数上高粱高，蓝花花我下轿来东望西眺，一十三省的女儿(哟)就数(那个)蓝花花好。

(《蓝花花》，据乔建中编著《中国经典民歌鉴赏指南》下册，上海音乐出版社，2002 年，第 4 页)

我必须是你近旁的一株木棉，作为树的形象和你站在一起。根，紧握在地下；叶，相触在云里。每一阵风过，我们都互相致意，但没有人，听懂我们的言语。你有你的铜枝铁干，像刀，像剑，也像戟；我有我红硕的花朵，像沉重的叹息，又像英勇的火炬。我们分担寒潮、风雷、霹雳；我们共享雾霭、流岚、虹霓。仿佛永远分离，却又终身相依。

(舒婷《致橡树》，据舒婷著《舒婷诗选》，人民文学出版社，2007 年，第 107—108 页)

为破除某些封建传统思想对文学的禁锢，"五四"新文化运动对传统文学语言进行了整理和扬弃，白话文由此兴起。语言的解放也意味着文体进入了自由发展的时期，对民间俗文化的重视也是明清各类传统文学走到了极致后返璞归真的表现。以刘半农为代表的学者们通过《歌谣》、《北方民歌集》等刊物或文集，向诗歌最原始的形态——"民谣"回归。

民间歌谣的征集使文学体裁和语言都迎来新的生机和活力，其中以陕北民歌"信天游"为代表。它既包含了方言的传统民俗韵味，其意象又有新鲜的时代特征。此外，语言的解放对新诗的影响更为深远，兴起于 20 世纪 70 年代末至 80 年代初的朦胧诗潮更加圆融地学习了西方象征主义手法，并将其引入本土诗歌创作中。通过意象策略和情感技巧，朦胧诗潮以大量的隐喻、暗示和通感等现代主义表现手法，营造出物我浑然的诗境与梦幻感，可说是传统"比兴"手法的涅槃新生。

# 四、敷理举统

在中国文论话语体系中，"比兴"实际运用于修辞论和鉴赏论两种范畴中。本书将其划入修辞论范畴，修即修饰，辞即言辞。作为中国古代诗歌中最早具有修辞学意义的话语活动，"比兴"最直接的意义正在于其修辞学意义。"比兴"是中国古代诗歌最具代表性的修辞手法，它具有区别于西方修辞格的民族特色和诗性思维，即"比兴"的艺术性、"缘情"特征、互补性、话语特性和现代价值。

### （一）比兴的艺术性

从修辞学的角度来说，修辞的目的在于加强言辞或文章的艺术效果，通过语音、词汇和语法等语言要素简约而直接地呈现意境，"比兴"的艺术性也在于此。"连类比物"需要想象力，同时也更需要理性的抉择和升华，《文心雕龙·比兴》："故比类虽繁，以切至为贵；若刻鹄类鹜，则无所取焉。""比"有"喻于声"、"方于貌"、"拟于心"、"譬于事"等法，而西方修辞学中"比喻"的概念也有"暗喻"、"托喻"、"借喻"等分别；而"兴"的概念则超脱出纯技巧的程度，"兴"可以是感性的，可以是历史的，它联系的是诗人与读者的心理活动，"兴"能够带来的效果是宏观的，一方面可以"婉而成章"用以"美刺"；另一方面还可以起兴发端用以抒情。"比兴"可以造成多重艺术效果的叠加，比如通感、象征等，这种叠加已不仅是修饰文辞这么简单，它对于诗境的营造和"物我"关系的弱化起到了不可或缺的作用。

### （二）比兴的"缘情"特征

中国文学的表现方式主要以"抒情"、"叙事"两大传统为代表，"比兴"在诗歌中具体起到抒情言志的作用。尽管按照儒家诗教的观点，"诗可以兴"是由于诗歌本身的教化作用所决定的，然而这并不代表"比兴"的性质也关乎伦理教化。恰恰相反，正因"比兴"是"缘情"的，所以才拥有独一无二的艺术魅力。

修辞学是一种形式主义的理论，各个修辞格在话语体系中的指向明确而单一，作为单个的修辞格，强调的是作用，而非性质。"比兴"却有明确的"缘情"性质，《文赋》："诗缘情而绮靡。""诗缘情"的因素包含了体式、取材和话语等各种方面，"比兴"正是其话语因素之一。如果说"比"中包含了理性因素的话，"兴"则更多是一种直觉的选择和情感的联结，有所感于是有所兴，兴而有寄，寄所以成象，诗有兴象方有"神"，有"气"，有"情"。归根结底，如维柯《新科学》中所提到的："诗性语句是凭情欲和恩爱的感触来造成的，至于哲学的语句却不同，是凭思索和推理来造成的，哲学语句愈升向共相，就愈接近真理；而诗性语句却愈掌握住殊相（个别具体事物），就愈确凿可凭。"①

### （三）比兴的互补性

前人对"比"与"兴"区别的总结有很多，主要认为"比显而兴隐"、"取象曰比，取义曰兴"。"六诗"之中，单使"比"、"兴"并举以代表诗歌，恰也证明这两种表现方式是最具中国特色，其差别也最为细微的。"比兴"相同处在于它们都与比喻连类相关；不同处在于一个有如明喻，一个有如暗喻。

然而这并非是"比"、"兴"互补的关键所在，所谓互补，在于前者浅，后者深；前者取象，前者取义。诗欲境界圆融，必然要经历这种层次渐进的过程，由感性认识上升到理性认识，从现象到本质，"兴"可以是"比"的进一步阐发和说明，也可以是起兴发端时抒情的一种符号。情理浑融的作品不会让人感到无病呻吟或是说理生硬，而是情景与物我浑

---

① ［意］维柯著，朱光潜译：《新科学》上册，商务印书馆，1989年，第122页。

然一体，如陶潜享誉千古的《饮酒·其五》中的佳句："采菊东篱下，悠然见南山。"以及《归园田居·其一》中："暧暧远人村，依依墟里烟。"景原本不在情中，是诗人的视野超越了感官。"盖随时之义不一，故诗人之志有二也。""比"与"兴"是表现情志的两种表现方法，但这并不是说二者不能共存，相反，"六诗"之中单将"比"、"兴"并举，正是因为只有二者共存才最能代表中国古代诗歌的特性，及对天人合一的追求。

### （四）比兴的话语特性及现代价值

比兴代表了中国古代诗歌的艺术特征，从先秦时期儒家诗教的道德教化与外交辞令的功利局限中走出，回归诗歌"缘情"、"言志"的本来目的，在魏晋南北朝时期，专注于其意象美学价值的发掘及其抒情性的发展，开拓了话语表现力。直到今天，"比兴"所代表的灵魂的活跃和情感的激荡，也依旧散发着诗性的魅力。

比兴的现代价值主要表现在：首先，"比兴"代表了一种诗歌传统的承继，但这种承继不单出现在文学作品中，正如前文所提到的"诗赋外交"，"比兴"传递是中国特色的"抒情言志"的话语模式，可以被运用沟通的方方面面，其委婉、含蓄、巧妙以及多义的特征正符合现代中国文化的主流印象。其次，"比兴"的互渗性很强，从诞生始便有修辞和鉴赏两种角度的诠释方式，如"兴观群怨"之"兴"就可以作鉴赏论解，这在现代修辞学的话语体系中也是很值得关注的。最后，"比兴"是诗性智慧的重要表现，对于当下受西学冲击强烈的中国文论而言，诗性思维是言说方式重要的突破口，能够启发我们向内寻找中国文学最本质的心灵悸动。

◎ 问题思考

1. 简述"比兴"的含义。
2. "比兴"是否能等同于西方文论语境下的"比喻"？
3. 试从"比兴"的修辞学角度赏析徐志摩的作品《再别康桥》。
4. 举例说明"比兴"的话语特性与现代价值。
5. 试比较《诗大序》中"比兴"与《文心雕龙》中"比兴"内涵的不同。

◎ 参考书目

1. （南朝梁）刘勰著，范文澜注：《文心雕龙注》，人民文学出版社，1958 年。
2. （宋）洪兴祖撰，白化文等点校：《楚辞补注》，中华书局，1983 年。
3. 黎锦熙：《修辞学比兴篇》，商务印书馆，1935 年。
4. 程俊英、蒋见元：《诗经注析》，中华书局，1991 年。
5. 袁济喜：《兴，艺术生命的激活》，百花洲文艺出版社，2001 年。

# 隐　喻

　　《周易》是中国古代经典之一，被称为"群经之首"。它以一种哲理思维，用阴阳两爻囊括了宇宙万物和人事吉凶，以"象"言说的方式使《周易》极具隐喻性。中国古代文学与批评理论都没有对"隐喻"做过多论述，即使有，也将"隐喻"列入修辞学范畴。但中国古代文论的言说方式本就具有隐喻性，隐喻言说是一个可以想象和阐释的空间，这也是中国古代文论的重要特征。那么，隐喻同中国文学与文论的言说是怎样联系在一起？隐喻又如何体现在中国古代文学和文学理论中呢？

## 一、释 名 彰 义

### （一）语义界定

　　《说文解字》将"隐"释为"蔽也"，段玉裁注曰："蔽也。艸部曰。蔽茀、小儿也。小则不可见。故隐之训曰蔽。"因此，"隐"的含义近似"隐藏"。《说文解字》中，"喻"与"谕"相通："告也。从言俞声。"段玉裁注曰："（谕）告也。凡晓谕人者，皆举其所易明也。"由此可见，"喻"不仅承担传达消息的作用，作为传达的媒介，更要使被告知的人能够从容理解这个消息，这一整个语言使用过程叫作"喻"。因此，"隐喻"是一种不为外人察觉、但又能清楚借用其他事物阐明信息的语言使用过程。

　　尽管"隐喻"手法早在《周易》中已经使用，但先秦时期尚没有任何关于"隐喻"的书面记载，只不过以"喻"代指"隐喻"的现象已经出现。《礼记·学记》："不学博依，不能安诗。"郑玄注："博依，广譬喻也。'依'或为'衣'。"照郑玄的解释，"博依"就是"譬喻"。足见当时的文学创作者已经意识到"喻"对诗歌创作的重要作用。

### （二）中西比较

　　在西方，"metaphor"来源于希腊语"metaphora"，含义与"隐喻"近似。"metaphor"由"meta""pherein"两个部分组成。"meta"意为"across"（穿越、穿过、过来），"phor"同"pherein"，表示"carry"（携带、负载）。因此，"metaphor"的原意表示从一地转移到另一地，是一种由此及彼的活动。作为文学范畴来说，隐喻就成为由一种事物来指称另一种事物的一种特殊的修辞手法。

　　《世界诗学大辞典》中如此解释隐喻："隐喻是一种常见的修辞格，不仅见于诗歌，也见于一切话语模式之中。它的构成是，将原义指称甲事物或甲行动的语词或表达方式，直接用于截然不同的乙事物或乙行动，而又不特别指明两者所用以进行的对比。"①《西方现代艺术词典》说："一种建立在相似性基础上的形象替代。它既是语言的一个法则，又是文学上组合相似事物的一种想象和联想方式。在修辞学上即指与明喻相对的一种比喻，或称暗喻。隐喻在现代西方文学理论中是一个使用极为普遍的概念，一般认为是文学的一种主要结构形式，即借助某种意义上的相似性，把一个单一的语言表达的世界与多元世界结合起来加以比较而引起联想的方式。"②可见在西方视野下，"隐喻"的主要功能和作用就是一种语言技巧和修辞手法，以形象生动的语言修饰言辞，达到形象化、修饰化、生动化的效果。

# 二、原　始　表　末

在中国古代，最早体现这种隐喻思维的是《周易》。《周易》一书的逻辑起点是阴爻（－－）和阳爻（—）。因此，阴阳二爻的创生本身就是一种隐喻的手法。接下来，每三爻叠成一卦，就为八卦，而八卦取象分别对应自然的八种事物。然后，八卦组合形成六十四卦，用来解释不同的现象。《系辞下传》："《易》之为书也，广大悉备：有天道焉，有人道焉，有地道焉。"可以说，《周易》用来言说的方式就是"象"，从阴阳二爻到六十四卦及三百八十四爻，卦卦有象，爻爻有象，所象征的对象几乎囊括了自然与人事的方方面面。

在先秦，除《周易》体现隐喻外，其他作品中只散见着关于"喻"的说法。墨子第一次对隐喻现象做出解释："辟也者，举也物而以明之。"还说："夫物有以同而不率遂同。"（《墨子·小取》）以事物之间的相似性来建立隐喻的关系。《论语·雍也》："夫仁者，己欲立而立人，己欲达而达人。能近取譬，可谓仁之方也矣。"此外，《庄子·寓言》"寓言十九，重言十七"也强调喻的重要性。这一时期诸子的散文创作也充分地运用了"隐喻"的创作手法，韩非子所讲"守株待兔"、"自相矛盾"、"讳疾忌医"、"滥竽充数"、"老马识途"等故事，就以简单的寓言故事来论说深刻道理，寓言的运用也是一种隐喻。

汉代时，人们开始进一步探讨用譬的方法。《淮南子·要略训》："假象取耦，以相譬喻。"又说："假譬取象，异类殊形。"这表明譬喻不仅靠假借"象"、取相似之处才能成立，而且能对言说抽象事物起到积极作用。王充《论衡·自纪》："何以为辩？喻深以浅，何以为智？喻难以易。"在这里，文章的"辩"和"智"都在"喻"中体现，"喻"手法的恰当使用已经成为评价文章深浅层次的标准之一。

魏晋南北朝时期，最早论述"喻"的文论家是挚虞。《艺文类聚》卷五十六引挚虞的言论，说："赋者，敷陈之称也；比者，喻类之言也；兴者，有感之辞也。"就将"比"、"喻"并提，并指出"比"是以相似点（类）为基础而产生的。陆机《文赋》："或言拙而喻巧。"认为即使语言笨拙，但假若比喻深刻，也不失为一篇好文章。刘勰《文心雕龙·比兴》："故比者，附也；兴者，起也。附理者切类以指事，起情者依微以拟议。起情故兴体以立，附理故比例以生。"刘勰强调"比"（喻），强调通过精切描述来指示事物的认知功

---

①　乐黛云等主编：《世界诗学大辞典》，春风文艺出版社，1993年，第698页。
②　邹贤敏主编：《西方现代艺术词典》，四川文艺出版社，1989年，第107页。

能。其后，锺嵘在《诗品序》中说："诗有三义焉：一曰兴，二曰比，三曰赋。文已尽而意有余，兴也；因物喻志，比也；直书其事，寓言写物，赋也。"锺嵘在刘勰对比、兴进行定义和区分的基础上，对赋、比、兴三义做了更加完整、明晰的定义。从"因物喻志"来看，喻不仅仅是人认知的手段，也体现出人追求更加精确表达的需要。

唐代著名散文家皇甫湜曾说出两个比喻的原则："凡比必于其伦"和"凡喻必以非类"。刘向《说苑·善说》记惠子论"譬"之事，说："弹之状如弹"，则"未喻"，皇甫湜根据"岂可以弹喻弹"，概括出比喻的原则：一方面"凡喻必以非类"，另一方面"凡比必于其伦"。皎然《诗式》："取象曰比，取义曰兴，义即象下之意。凡禽鱼、草木、人物、名数，万象之中，义类同者，尽入比兴。"将含有隐喻修辞的"比"和"取象"这个极具隐喻的方式直接结合起来。

到了宋代，在继承前代的理论基础上，南宋陈骙撰写了《文则》一书。这是我国第一部修辞学著作，并在总结前人的基础上加以总结，首次提到了"隐喻"概念。陈骙非常看重隐喻的作用，说："《易》之有象，以尽其意；《诗》之有比，以达其情。文之作也，可无喻乎？"他以《周易》、《诗经》的"象"和"比"来对应文学创作中的"隐喻"，根据语言的形式归纳了隐喻的特点，并将隐喻分为十类：直喻，隐喻，类喻，诘喻，对喻，博喻，简喻，详喻，引喻，虚喻。十类当中的隐喻相当于今天借喻的修辞格。但是从中可以看出，陈骙虽然对隐喻有了极大认识，但隐喻始终没有脱离修辞学范畴。

明代归有光《文章指南》在《譬喻则》篇中把譬喻放在文章段落中进行考察，跳出修辞手法这个单纯的语言学层面，而展示出了更为广阔的语义内容。明清时期，还有诸多关于"喻"的专著相继问世。徐大元所编的《喻林》收集了六朝以上古书中所有涉及比喻的文章，并分为造化、人事、君道、臣术、德行、文章、学业、政治、性理、物宜共十种类别，每部分又分众多子目录，全书共有子目录584条，尽管书中错讹较多，但将比喻文章进行分类整理的做法仍具有首创意义，也从侧面显示出比喻修辞在文章写作中的重要价值。此外，吕佩芬所著《经言明喻编》等也具有此类效果。

20世纪以来也出现了诸多类似著作：黎锦熙的《修辞学比兴篇》，陈望道的《修辞学发凡》，钱锺书的《管锥编》等。1932年陈望道出版《修辞学发凡》，对于"隐喻"来说意义重大，使我国的隐喻研究终于跳出传统修辞学范畴，进入现代修辞学范畴内的意义界定。钱锺书非常重视隐喻，在《管锥编》、《谈艺录》等作品都论述到隐喻的问题。

# 三、选 文 定 篇

### （一）《周易》——卦中之喻

离：利贞。亨。畜牝牛吉。

初九：履错然，敬之无咎。

六二：黄离，元吉。

九三：日昃之离，不鼓缶而歌，则大耋之嗟，凶。

九四：突如，其来如，焚如，死如，弃如。

六五：出涕沱若，戚嗟若，吉。

上九：王用出征，有嘉折首，获匪其丑，无咎。

（《周易·离卦》，据周振甫译注《周易译注》，中华书局，2013年，第112—113页）

离卦上下皆是离，本义为火。离卦以"日月丽天"象征"附丽"，就运用了譬喻的修辞形式。在本卦中，以所处位置譬喻人的状态（初九、六五），以太阳的运行轨迹警示人的活动（九三、九四）。初九因为处于本卦最下，势力刚起，因此将行"附丽"之时，要敬谨慎重，方能免于过错。六二爻中，黄为中之色，用以比喻六二居于下卦之中。九三位于下卦之终，以太阳偏西就要下落、附丽在西边的天空作为譬喻，说明此时如不及时自乐，会老而有悔。九四处上卦之初，刚健冒进，取日出之时的霞光为喻，告诫欲速则不达。六五所言，为在位者流泪滂沱，忧伤惨淡终获吉祥之意，而其之所以会有忧愁，就在于六五为阴爻，却占据尊位，被急于冒进的九四所迫，由此产生忧愁，而六五居于君位，终会获得众爻相助，所以其最终结果仍是吉。上九位于上卦之终，附丽已经完全形成，如有不亲附者，则可以去讨伐他。在本卦中，以所处位置譬喻人的状态（初九、六五），以太阳的运行轨迹警示人的活动（九三、九四）。由此观之，"附丽"的隐喻意义一方面是通过使用的意象来表现，另一方面通过各爻所处位置来表现，这是《周易》象言说的最为突出的两种形式，在其他各卦中也均有体现。

### （二）墨子：隐喻现象的最早说明

今有一人，入人园圃，窃其桃李，众闻则非之，上为政者得则罚之。此何也？以亏人自利也。至攘人犬豕鸡豚者，其不义又甚入人园圃窃桃李。是何故也？以亏人愈多。苟亏人愈多，其不仁兹甚，罪益厚。至入人栏厩，取人马牛者，其不仁义又甚攘人犬豕鸡豚。此何故也？以其亏人愈多。苟亏人愈多，其不仁兹甚，罪益厚。至杀不辜人也，扡其衣裘，取戈剑者，其不义又甚入人栏厩、取人马牛。此何故也？以其亏人愈多。苟亏人愈多，其不仁兹甚矣，罪益厚。

（《墨子·非攻》，据孙诒让撰《墨子间诂》上册，中华书局，2001年，第127—128页）

或也者，不尽也。假者，今不然也。效者，为之法也；所效者，所以为之法也。故中效，则是也；不中效，则非也，此效也。辟也者，举也物而以明之也。侔也者，比辞而俱行也。援也者，曰："子然，我奚独不可以然也。"推也者，以其所不取之，同于其所取者，予之也。

（《墨子·小取》，据孙诒让撰《墨子间诂》下册，中华书局，2001年，第415—416页）

第一段是墨子为了说明其"非攻"的主张，由小到大进行的论述。墨子以日常生活之中的偷窃行为谈起，从偷窃桃李说到偷窃犬豕鸡豚，再到偷窃马牛，直至杀人。墨子用隐喻的方法，一点一点使人进入自己营造的语言环境之中，并自然得出结论：发动战争是比日常偷窃乃至杀人更加不仁义的行为。墨子是用隐喻的方式，深入浅出地阐明主张。在第二段，墨子说明了论说中本喻体之间的关系，认为隐喻就是用一种与本体无关的事物（喻体)来解释说明本体事物的语言方式。"辟"、"侔"、"援"和"推"都是一种类比的方式，墨子不仅对"辟也者，举也物而以明之也"进行了概念界定，还对隐喻的其他类比方式进行了扩展，可以说是先秦最早论述隐喻现象的典例。

### (三)以"味"品评：文学理论批评中隐喻

> 子在齐闻《韶》，三月不知肉味，曰："不图为乐之至于斯也！"
> (《论语·述而》，据杨伯峻译注《论语译注》，中华书局，1980年，第70页)

> 或清虚以婉约，每除烦而去滥。阙大羹之遗味，同朱弦之清氾。虽一唱而三叹，固既雅而不艳。
> (陆机《文赋》，据张少康集释《文赋集释》，人民文学出版社，2002年，第183页)

> 至根柢槃深，枝叶峻茂，辞约而旨丰，事近而喻远，是以往者虽旧，余味日新，后进追取而非晚，前修文用而未先，可谓太山遍雨，河润千里者也。
> (刘勰《宗经》，据范文澜注《文心雕龙注》上册，人民文学出版社，1958年，第22页)

中国古代文学批评的一大特质就是隐喻，以"味"评品评，就是其中的典型。孔子在齐国闻乐，以有形的"肉味"来暗示无形"沉醉"和"感动"，更能让人们感受到韶乐的滋味。比较明确地提出以"味"批评的当属陆机，陆机针对质文权重的文学创作问题，以羹汤之余味来喻创作之文，明确表示如果质过而文不足，就会像内容丰富却没有余味的羹汤。刘勰在《文心雕龙》中不仅以"味"来代指文章和经典所带来的阅读感受，更把"味"看作文学好坏的评价标准之一。锺嵘在《诗品》中提出了"滋味说"。"味"成为一种美学风貌，自然也是一种文学批评的评价标准之一。由"味"的刺激唤醒读者沉睡的味觉，从调动读者共鸣的角度切入，以不同的滋味来品评不同的作品，使得这种品评真实、可感、可信。

### (四)陈骙《文则》：第一部修辞学专著里的隐喻

> 《易》之有象，以尽其意；《诗》之有比，以达其情。文之作也，可无喻乎？博采经传，约而论之，取喻之法，大概有十，略条于后：
> 一曰直喻：或言犹，或言若，或言如，或言似，灼然可见。
> 二曰隐喻：其文虽晦，义则可寻。
> 三曰类喻：取其一类，以次喻之。
> 四曰诘喻：虽为喻文，似成诘难。
> 五曰对喻：先比后证，上下相符。
> 六曰博喻：取以为喻，不一而足。
> 七曰简喻：其文虽略，其意甚明。
> 八曰详喻：须假多辞，然后义显。
> 九曰引喻：援取前言，以证其事。

十曰虚喻：既不指物，亦不指事。

（陈骙《文则》，据刘明晖校点《文则》，人民文学出版社，1960 年，第 12—14 页）

我国第一部关于修辞的专著就是陈骙所撰的《文则》，该书成于南宋（公元 1170 年），是在继承前人零散的修辞学知识基础上的一部里程碑式著作。陈骙异常重视比喻这种修辞的语言功能，把比喻细分为十种：直喻，隐喻，类喻，诘喻，对喻，博喻，简喻，详喻，引喻，虚喻。隐喻成为第二大类，置于十喻之中。在《文则》对隐喻的定义中可以看出，隐喻以"隐"为特点，普遍具有晦涩、难于把握的特点，但这并不意味着文章中的隐喻是无法把握的。读者想要理解隐喻，不仅需要对文词本义进行挖掘，还需要对文词的引申义进行考证，并结合当下语境进行分析。隐喻不仅仅是借他物来言明事物，而是阅读者理解文章内容的通道。可以说，陈骙将隐喻修辞赋予信息传递的功能，是其为隐喻修辞上升到隐喻思维做出的巨大贡献。

### （五）陈望道《修辞学发凡》：隐喻的现代修辞学界定

思想的对象同另外的事物有了类似点，说话和写文章时就用那另外的事物来比拟这思想的对象的，名叫譬喻。现在一般称为比喻。这格的成立，实际上共有思想的对象、另外的事物和类似点等三个要素，因此文章上也就有正文、譬喻和譬喻语词等三个成分。凭着这三个成分的异同及隐现，譬喻辞格可以分为明喻、隐喻、借喻三类。

（陈望道《譬喻》，据陈望道著《修辞学发凡》，上海教育出版社，1997 年，第 72 页）

陈望道《修辞学发凡》作为中国现代修辞学理论的奠基作，基本上建立起了自己的理论体系，并对比喻做了现代修辞学范畴内的界定。陈望道按照正文、譬喻和譬喻词三个部分的隐现和异同，将比喻分为明喻，隐喻和借喻，并且逐层深入，进行阐释。隐喻作为比明喻更深一层的比喻，是缺失或模糊了譬喻词后的结果。依靠譬喻词的比喻句，读者可以明显判断出这是比喻，而且是明喻。而譬喻词的改变或者缺失这种更加隐蔽和深层化的比喻，就是隐喻。陈望道对隐喻的界定完全是在修辞学范畴内的界定，依据的是科学推断和归纳整理的方法。这种西方现代研究方式具有明确修辞用法、功能的意义，但不足之处是把隐喻的外延窄化，使之成为一种微观上的隐喻修辞，失去了宏观上的文化意义。

### （六）钱锺书文集：修辞大家的隐喻观

在日常经验里，视觉、听觉、触觉、嗅觉、味觉往往可以彼此打通或交通，眼、耳、舌、鼻、身各个官能的领域可以不分界限。颜色似乎会有温度，声音似乎会有形象，冷暖似乎会有重量，气味似乎会有体质。诸如此类，在普通语言里经常出现。

（钱锺书《通感》，据钱锺书著《七缀集》，生活·读书·新知三联书店，2002 年，第 64 页）

夫诗文刻画风貌，假喻设譬，约略仿佛，无大刺谬即中。傅色揣称，初非毫发无差，亦不容锱铢必较。使坐实当真，则锱铢而称，至石必忒，寸寸而度，至丈必爽矣。……合而仍离，同而存异，不能取彼代此、纳此入彼。

（钱锺书《毛诗正义·有女同车》，据钱锺书著《管锥编》第 1 册，生活·读书·新知三联书店，2007 年，第 182 页）

作为当代修辞大家，钱锺书也注意到隐喻，并在《七缀集》、《管锥编》等书中都有所论述。钱锺书的隐喻观建立在人官能的基础上——正是因为人具有视觉、听觉、嗅觉等官能的互通性，所以对外物的体会会上升到通感隐喻的程度。钱锺书继承了唐代皇甫湜等人的观点，认为隐喻本质上就是相似性和差异性的统一。钱锺书在《管锥编》中的这段话是针对古代诗文中对女子容貌的隐喻描写而生发的。"合而仍离，同而存异，不能取彼代此、纳此入彼"一句就很好地说明，以隐喻作比的事物同本来的事物应该既有差异性又有相似性。相似性能给读者以生动真实的阅读感受，而差异性则重在通过暗示预留出巨大的阐释和想象空间，隐喻的大部分意义就来源于具有差异性的暗示，这是隐喻的真正魅力所在。

# 四、敷理举统

## (一) 隐喻如何形成？

首先，隐喻源于"言不尽意"说。不管在古代中国还是古代西方，词语的匮乏使人们在解释一件事物时，往往采用借另外一种事物来说明的方法。这种言说方式为隐喻的诞生和使用奠定了基础。

其次，古代先民思维尚不成熟，人们习惯了用自己的眼光去观察万物，分辨各种现象，因此易于把自己的情绪投射到万事万物中去。钱锺书说："我们对于世界的认识，不过是一种比喻、象征的、像煞有其事的( als ob )、诗意的认识。用一个粗浅的比喻，好像小孩子要看镜子的光明，却在光明里发现了自己。人类最初把自己沁透了世界，把心钻进物，建设了范畴概念；这许多概念慢慢地变硬变定，失掉了本来的人性，仿佛鱼化了石。"[1]先民总是以己度人，并在这一过程中渐渐发现了事物的相似处，进而将相似的事物归结到一起，从而产生了范畴，后产生了概念。在西方，这种隐喻更多表现为宗教对人的指引。

最后，隐喻思维模式的形成来源于事物的繁杂和关系的复杂。事物并不只有一个方面或只是一种功能，因此在认识的时候也不能仅仅限于一个部分，而要全面看待。事物之间的关系也是纷繁复杂的，既有普遍性又有特殊性。这对人的认识能力、智力水平和语言表达能力产生了较高要求。在达不到这种要求的时候，思维就会自然而然地朝着最接近所要描述和传达的相似事物上去，通过思维联想，在两个不同事物之间建

---

① 钱锺书：《人生边上的边上》，生活·读书·新知三联书店，2002 年，第 131 页。

立起隐喻关系。

### (二) 隐喻取法于"近"

关于隐喻的诞生，中西两地几乎有一个共同的原则，那就是"近"。在西方，早在亚里士多德时期，就对"取譬不远"有了明确的阐述。亚里士多德说："在用隐喻法给没有名称的事物起名称的时候，不应当从相差太远的事物中取得隐喻字。"①指出人类思想的顺序是从人自身出发来进行表达，人自身就成为一个最近的、可以喻于万物的参照。冯广艺指出，我国古代比喻理论中往往特别强调一个"取"字，如《论语·雍也》中的"能近取譬"、《诗经·大雅·抑》中的"取譬不远"，董仲舒《春秋繁露》中的"君子取譬"，桓谭《新论》中的"近取譬喻"等，这里的"取"字与"近"字都是极为重要的。"取"是一种手段，即从天地万物中摄取"象"来构成比喻的支撑点，"近"是一种性质，指"象"的性质，它要求人们用自己的所观察到的客观事物、所熟悉的客观事物来作为"取"的对象。②

最为典型的就是中国古代的神话故事"盘古开天辟地"，整个宇宙都是盘古的身体变化出来的，他的气变成风云，声音变为雷霆，他的左眼变成太阳，右眼变为月亮等，先民以观照自身来理解万物的隐喻方式，解释了风云、雷霆、日月、山川、江河、天地、星辰、草木、金石、珠玉、雨泽和诸虫的形成。这同《周易·系辞》中所讲取象于天地、虫鱼鸟兽等自然之物的意思是一样的。

### (三) 隐喻的价值何在?

霍克斯在《论隐喻》中说："在历史长河中，'现实'无关紧要，因为只有借助隐喻才能通向现实。"③虽然这句话过于唯心，完全否定了实际存在的必要性，但是也从侧面反映出隐喻不仅仅作为一种修辞，而是作为一个民族的心理活动、文化传递和思维方式存在，并勾画着这个民族眼里的世界。就像维特根斯坦所认为的一样，语言能够描述的世界才是我们能够认识的世界，隐喻能够通往的现实才是我们人类思维所能到达的深度。

那么，隐喻作为一种思维方式，又如何通向现实?一方面，隐喻通过口头语和书面语的形式，传达着人们对于现实的感知和认识。它不仅局限于文字的美化功能和修辞功能，而且人类建立对宇宙、世界、时间和空间等难于理解的事物的认知性思维活动，通过隐喻，人才真正地接触和认知整个世界，探索未知领域。如果没有隐喻，"愁"能有多重?能有多绵长?有了隐喻，我们便知道"只恐双溪舴艋舟，载不动许多愁"(李清照《武陵春·春晚》)，"离愁渐远渐无穷，迢迢不断如春水"(欧阳修《踏莎行·候馆梅残》)。另一方面，隐喻使创作者在现实(离人最近处，如人的身体，鸟兽虫鱼，花草树木等等)中搜集着能够用以隐喻的素材，这些素材是联系的中转站，维系着隐喻思维的生存和发展。以"时间"这个无比抽象的概念来说，光阴似箭，日月如梭，以迅疾射出的箭和织布架上不停工作的梭为喻，说明了时间流逝之快。时间本来是看不见也摸不着的，但是通过隐喻的

① [古希腊]亚里士多德著，罗念生译：《修辞学》，上海人民出版社，2006年，第166页。
② 冯广艺：《汉语比喻研究史》，湖北教育出版社，2002年，第8页。
③ [英]霍克斯著，高丙中译：《论隐喻》，昆仑出版社，1992年，第132页。

诗句，我们却真切地感受到了时间的存在，而这种感觉的建立，就来源于现实。

◎ 问题思考

    1. 如何理解隐喻同寓言之间的关系？

    2. 试比较中国隐喻理论同外国隐喻理论的异同。

    3. 隐喻的思维模式如何形成？

    4. 隐喻在现代具有什么价值？隐喻如何通向现实？

    5. 你觉得隐喻作为中国文论话语，更偏向于文化学上的宏隐喻，还是修辞学的微隐喻？

◎ 参考书目

    1. (南宋)陈骙著，刘明晖校点：《文则》，人民文学出版社，1960 年。

    2. 陈望道：《修辞学发凡》，上海教育出版社，1997 年。

    3. 季广茂：《隐喻视野中的诗性传统》，高等教育出版社，1998 年。

    4. 冯广艺：《汉语比喻研究史》，湖北教育出版社，2002 年。

    5. 钱锺书：《管锥编》，生活·读书·新知三联书店，2007 年。

# 详 略

清人魏际瑞曾在《与子弟论文》中谈到："王文恪公《七十二峰记》，凡六百一十二字，均分，至少每峰亦应得八字有零，乃提要语占去若干，叙次语占去若干，他地名占去若干，地名重出占去若干，方隅向背占去若干，形势脉络占去若干，古事形容语起结语占去若干，几于七十二峰本位，无有一字。乃其叙次本位宽然有余，悬崖撒手，尺水扬波，是何法力哉！"并就此指出："作文不知法，遇如此题，任是万斛长才，相应一筹莫展矣。"他这里所说的"法"就是繁简详略之法，从修辞领域来讲，就是详略。那么，什么是详略之法？详略修辞在行文安排和语言表达中又会产生怎样的效果？

## 一、释名彰义

### (一) 语义界定

"详"，形声字。《说文·言部》："详，审议也。从言，羊声。"本义为审慎。《后汉书·明帝纪》："详刑慎罚，明察单辞。"《后汉书·张步传》："且齐人多诈，宜且详之。"这里的"详"均为动词，指做事严谨认真。其后，"详"在此基础上衍生出形容词义，泛指考虑问题周密、完备。如《庄子·天道》："本在于上，末在于下；要在于主，详在于臣。"此后，"详"又衍生出了动词的第二层含义，即细致说明。《诗经·鄘风·墙有茨》："中冓之言，不可详也。"私房话不可对外人详细说明。此外，"详"引申为形容词，指清楚、了解、详细知道。"详"字逐渐具有了"详细"的含义。

"略"，形声字。《说文·田部》："略，经略土地也。从田，各声。"本义为经营土地，划定疆界，引申指谋划，如雄才大略。又进而引申为大致、大概、概要等含义。《孟子·万章下》："其详不可得闻也……然而轲也尝闻其略也。"这里的"略"即指大致含义。其后，"略"又引申指简单的意思，如《荀子·非相》："传者久则论略，近则论详。"并在此基础上衍生出动词与副词。"略"作动词时指简略、省去，作副词时指稍微、一点点。其逐渐在字义流变中具有了与"详"对立的含义。

而"详略"作为一种修辞，一般也称为"详写"和"略写"。"详"是"详写"，即运笔周详细密，在那些最能反映主旨的地方多用文字，以表达得充分周详；"略"是"略写"，即用笔简约粗略，对地位次要却又必不可少的部分少用笔墨，尽量写得概括简短。详写具有概括、笼统、模糊的特点，主干清晰，大体明确，但读者只能知其大概，难以有确切、细致的印象和感受。略写则恰恰相反，借助文本所提供的基本信息和丰富的补充信息，读者可以对所描述的对象形成较为丰满的、真切的印象和感受。

详写还是略写，取决于题旨和情境的需要，与主旨关系大者、重者要详写，用密笔；与主旨关系小者、轻者要略写，用疏笔。清代唐彪在《读书作文谱·文章诸法》中引柴虎臣的话说："详略者，要审题之轻重为之。题理轻者宜略，重者宜详。详者宜铺叙，否则伤于浅促。略者宜剪裁，否则伤于浮冗。"详写并非事无巨细，全部发于笔端，略写也不是松散浮荡，内容不明不白。详略二者彼此相对，相互依存，只有把它们结合起来，才能使文章主旨突出、层次分明、结构疏密有致。

### （二）中西比较

在西方的文学术语中，并不存在严格意义上类似"详略"的修辞手法。尽管句法修辞领域的"简洁"（concise）似乎与"略写"的创作要求较为相似，主张略去不必要的冗余成分，力求内容简短、精炼，但与其相对的"赘述"（tautology）、"繁冗"（pleonasm）却又似乎流于贬义，有悖于"详写"的创作理念，同时也无法体现具体行文安排上的层次结构。从这个意义上来说，似乎"具体与抽象"（concrete and abstract）与"详略"在文本整体统筹观念上更趋于一致。西方文学批评中"抽象"的概念，指在文章中只是概括性地或用非感官词汇陈述题材，或者对其体验过的题材陈述得还不够详尽；如果题材阐述得鲜明详尽，并运用具体细腻的感官词汇，就走向了"具体"的概念。"抽象与具体"在创作范式上的不同特点，正与"详略"达成了事实上的对应关系，体现了中国与西方文论话语在某种程度上的彼此观照。

## 二、原 始 表 末

"详略"自古以来就活跃在历朝历代的史书典籍中，成为中国文论的传统话语。只不过当时还只是作为两种笔法，没有确立为一种修辞。这一现象最早可追溯到先秦时期。

早在春秋战国，诸子百家就已在言谈论述中形成了"详"、"略"的基本概念，并将其作为两种表现手法区别开来。孟子在论及诸侯焚书毁籍之事说："其详不可得闻也，诸侯恶其害己也，而皆去其籍，然而轲也尝闻其略也。"以历史事实口耳相传的演变历程，道出了史实由"详"入"略"自然过渡的时间变化。此外，除去时间上的差异，同一事件也会因不同阐释而造成叙述上的差异。如《晏子春秋·景公饮酒命晏子去礼晏子谏》的章目下写有"此章与'景公酒酣愿无为礼晏子谏'大旨同，但辞有详略尔，故著于此篇"等语，以详略两种笔法阐释同一个主旨，正是通过不同的叙述手段得以表达多样的内容。

正是缘于"详"、"略"在不同历史时代与叙述类型上的差异，通过对同一事件语言运用的详略分析，可以判断其产生的历史语境。西汉末年，经学家刘歆提倡古文经，正是以《春秋左传》的作者"左丘明……亲见夫子。而公羊、谷梁在七十子后，传闻之与亲见之，其详略不同"（《汉书·刘歆传》）作为其倡古抑今的重要论据，由此引发了经今古文之争。然而其后，司马迁却在《史记·外戚世家》中将这些史书等而视之，认为"秦以前尚略矣，其详靡得而记焉"，认为古史中多记"略"而少"详"。因此他开创了一种"虚实详略"的创作手法，无论写人还是记事，绝不平均分配笔墨，而是大详大略，大开大合，详者浓墨重彩，略者寥寥数笔，以此来突出叙事描写的重点。详略手法首次在创作中得到广泛使用。

从以上诸多的史书记载中可以看到，"略"一直是作为"详"发展演变的一个必然产物，必要时对"详"起一定的替代作用。"虽未详备，斯可略观矣。"(《汉书·郑弘传》)"虽叵复见远流，其详可得略说也。"(《说文解字序》)其中似乎"详"的地位要高于"略"，然而事实上却不尽如此。王充《论衡·讥日》："造冠无禁，裁衣有忌，是于尊者略，卑者详也。"造帽子没有吉凶禁忌，裁衣服却有。以"略"饰"冠"而"详"饰"衣"，显示了"冠"尊于"衣"的价值认同，使得"详略"的具体内涵从文本叙述拓展到了世俗礼仪。

唐宋时期，文学创作与史学著述愈加繁盛。其中关于"详略"的运用手法，使其在原有的修辞领域焕发出别样的生机。翁方纲《杜诗附记》中在论述杜甫的《游龙门奉先寺》一作时，提出了"化详为略"的创作手法："今试观题曰'游寺'，而游寺之景事，诗中却无一笔及之，乃于开首一语以一'已'字勒尽之，此即史公化详为略之笔也。"体现了时人对"详略"手法的灵活妙用。这一点延伸于史学著述领域，就形成了以"颇有详略"称赞名家学思通博、"详略未当"贬抑学者撰文不工的诸多用法，从而真正把详略得当上升为检验文学创作优劣的一个标准。刘知幾的《史通》将这一点发挥到极致，他称《春秋》贵于省文，文约而事丰，并评"陨石于宋五"一句："闻之陨，视之石，数之五。"有声音有形象有地点有数量，行文运笔皆"加以一字太详，减其一字太略"，因而"求诸折中，简要合理"(《史通·叙事》)。

这一点也在明清时期的历史文献中得到了印证。明清之际，"详略"出现的频次在前朝基础上成倍增长，仅清一朝包含的文献目录就超出了前朝所有文献目录的总和。而在使用手法上，以详略得当来判别文章好坏更是形成了普遍共识，"详略得法"、"详略得体"与"详略得宜"成为了诗文评词类运用当中的高频术语。在这其中概括最为精妙的，莫过于顾广誉在《诗经·七月》的评点。《竹添光鸿毛诗会笺》引其言："文有详略之法。有所详而见其纤维曲折，如是之周。至其略者，则由详者可推而知也。故详衣则食略；详蚕则绩略。然非真略也，于绩举其始于八月，则九月至二月胥举之矣。"准确阐释了"详"、"略"作为一种修辞手法的各自特点。

而今，详略的修辞已经发展为对文本自身篇章结构的美化，它在文本原有构成要素的前提下，通过对部分内容的取舍和浓缩，消融和解构其中不必要的成分，再补充和注入新的思想情感，使构成了新的文章主体。文章的事理情态并非作家个人感官印象的随意组合，而是经过事先安排的分类归纳。同时，文本内容也不是社会现象的直观展现，而是注入了作家本人的审美情思。生活现象百态纷纭，只有经过艺术之手的触摸与点化，不断进行简化与丰富，才能从众多的要素中去粗取精、合理布置，沉淀淘洗出时代精品。这正是详略手法在现代文学创作领域衍生的新内涵。

# 三、选文定篇

## (一)《左传》：言简而要，事详而博

楚屈瑕将盟贰、轸。郧人军于蒲骚，将与随、绞、州、蓼伐楚师。莫敖患之。斗廉曰："郧人军其郊，必不诚。且日虞四邑之至也。君次于郊郢，以御四邑，我以锐

师宵加于郧。郧有虞心而恃其城，莫有斗志。若败郧师，四邑必离。"莫敖曰："盍请济师于王？"对曰："师克在和，不在众。商、周之不敌，君之所闻也。成军以出，又何济焉？"莫敖曰："卜之？"对曰："卜以决疑，不疑，何卜？"遂败郧师于蒲骚，卒盟而还。

（《左传·桓公十一年》，据杨伯峻编著《春秋左传注》第 1 册，中华书局，1990年，第 130—131 页）

《左传》又称《春秋左氏传》，是我国最早的编年体史书，与《公羊传》、《谷梁传》合称为"春秋三传"。《左传》中关于战争的描写，体现了对详略手法的独创性使用。其行文规律表现为写双方的交战背景、原委和作战策略很详，而具体的战争过程、交接场面则非常简略。据梁启超先生所做的统计，《左传》记战前最详，多则占全篇十分之七以上，最少也占一半，而战况最少却不足全篇的十分之一，根本不足一半。由此可知，《左传》叙战，战前最详，结果次之，战况最略。可见在作者心中，作战的前因后果相较于过程而言与主旨的关联更为密切。在"恒公十一年"的这场战争中，作者对于两国交战背景、战前策略的谋划叙述较详，而对具体的战斗场面略去不表，仅以"遂败郧师于蒲骚"作结，表明战况的发展如前所料，出于一致。《左传》"贵于所以然处著笔"（《艺概·文概》）正说明，其著书目的在于以历史事实告诫后人得胜和失败的教训，而并非千篇一律的交战实况。

### （二）《史记》：虚实详略，变幻无穷

沛公旦日从百余骑来见项王，至鸿门，谢曰："臣与将军戮力而攻秦，将军战河北，臣战河南，然不自意能先入关破秦，得复见将军于此。今者有小人之言，令将军与臣有郤。"项王曰："此沛公左司马曹无伤言之；不然，籍何以至此。"项王即日因留沛公与饮。项王、项伯东向坐；亚父南向坐。亚父者，范增也。沛公北向坐，张良西向侍。范增数目项王，举所佩玉玦以示之者三，项王默然不应。范增起，出召项庄，谓曰："君王为人不忍。若入前为寿，寿毕，请以剑舞，因击沛公于坐，杀之。不者，若属皆且为所虏！"庄则入为寿。寿毕，曰："君王与沛公饮，军中无以为乐，请以剑舞。"项王曰："诺。"项庄拔剑起舞，项伯亦拔剑起舞，常以身翼蔽沛公，庄不得击。

（司马迁《项羽本纪》，据顾颉刚等点校《史记》第 1 册，中华书局，1959 年，第 312—313 页）

《史记》是西汉著名史学家司马迁撰写的中国第一部纪传体通史，被列为"二十四史"之首。其中，《项羽本纪》以丰富的人物形象、独特的叙事手法，在一百三十篇中居于首位。它规模宏大，人物众多，时间跨度巨大，却能做到繁而不乱，简而有章，无不表明了他对详略手法的成熟运用。全文在叙述项羽的生平经历上分为两大部分。其中仅以 253 字交代了其率兵起事前二十四年的经历，文笔简练又高度概括，使青年项羽的飒爽英姿呼之欲出。又以丰富的笔墨叙述了其起事后八年的生平事迹，用墨如泼，洋洋洒洒，具体详细

地叙写了项羽起事的过程及转战南北历经大小七十余战的传奇经历。两个部分一详一略，一简一繁，相互配合，浑然一体，"简人所不能简，详人所不能详"。另外，在叙写战争方面，司马迁只详写了项羽在封侯前对抗秦军与中分天下后面对汉军的部分战争，而对其他的战争则一笔带过甚至略去不叙，集中突显了项羽在诸侯并起的时代风云中叱咤豪放、激昂悲壮的英雄形象。

### (三) 赋文之"详"：抒写情志

刻木兰以为榱兮，饰文杏以为梁。罗丰茸之游树兮，离楼梧而相撑。施瑰木之欂栌兮，委参差以槺梁。时仿佛以物类兮，象积石之将将。五色炫以相曜兮，烂耀耀而成光。緻错石之瓴甓兮，象瑇瑁之文章。张罗绮之幔帷兮，垂楚组之连纲。

抚柱楣以从容兮，览曲台之央央。白鹤噭以哀号兮，孤雌跱于枯杨。日黄昏而望绝兮，怅独托于空堂。悬明月以自照兮，徂清夜于洞房。援雅琴以变调兮，奏愁思之不可长。案流徵以却转兮，声幼眇而复扬。贯历览其中操兮，意慷慨而自卬。左右悲而垂泪兮，涕流离而从横。舒息悒而增欷兮，蹝履起而彷徨。揄长袂以自翳兮，数昔日之愆殃。无面目之可显兮，遂颓思而就床。抟芬若以为枕兮，席荃兰而茝香。

（司马相如《长门赋》，据李善注《文选》第 2 册，上海古籍出版社，1986 年，第 714—715 页）

《长门赋》最早见于南朝萧统编选的《昭明文选》，题司马相如作。据其赋序所言，本文为司马相如受汉武帝失宠皇后陈阿娇所托而作，以一个受到冷遇的嫔妃口吻写成，将宫内外的景物与人物的情感结合在一起，情景交融，详略有致，表达出一个失宠皇后内心的寂寞凄苦。赋文大致可分为三层，第一层是总写、概括写，从开头到"君曾不肯乎幸临"，总写陈皇后被弃的痛苦，第二、三层是分写、具体写，先从"廓独潜而专精"到"怅独托于空堂"，具体写陈皇后的孤独和寂寞；又从"悬明月以自照"到文末，道出陈皇后的凄凉与空虚。由此，把精神上的苦痛具体阐发为孤独、寂寞、凄凉、空虚的四种感受，贯穿融入到陈皇后一天的活动里，使抽象的情感具体化，同时，情景融合所达到的高度和谐，也为所有的景物染上一层悲愁的色彩，更加强化了情感的浓度。详略手法的运用使得赋文的内在情感被表达得淋漓尽致。

### (四) 记颂之"略"：彰明主旨

予观夫巴陵胜状，在洞庭一湖。衔远山，吞长江，浩浩汤汤，横无际涯，朝晖夕阴，气象万千，此则岳阳楼之大观也，前人之述备矣。然则北通巫峡，南极潇湘，迁客骚人，多会于此，览物之情，得无异乎？

若夫霪雨霏霏，连月不开，阴风怒号，浊浪排空，日星隐耀，山岳潜形，商旅不行，樯倾楫摧，薄暮冥冥，虎啸猿啼。登斯楼也，则有去国怀乡，忧谗畏讥，满目萧然，感极而悲者矣。

至若春和景明，波澜不惊，上下天光，一碧万顷，沙鸥翔集，锦鳞游泳，岸芷汀兰，郁郁青青。而或长烟一空，皓月千里，浮光跃金，静影沉璧，渔歌互答，此乐何极！登斯楼也，则有心旷神怡，宠辱偕忘，把酒临风，其喜洋洋者矣。

（范仲淹《岳阳楼记》，据李勇先等校点《范仲淹全集》上册，四川大学出版社，2002年，第194—195页）

范仲淹的《岳阳楼记》是一篇杰出的散文作品，脍炙人口，千古传诵，在宋代就已被称为"四绝"之一。探析《岳阳楼记》的成功之处，古今很多评论家都从体裁入手，以为古代散文中的"记"，无非是以纪事、写景，或借景抒情为主，《岳阳楼记》也不例外。然而事实上，已经有人注意到，此文的叙述主体在于立意。《岳阳楼记》全文三百六十八字，纪事仅在开头一段，以表明文章的创作背景，而写景也运用精练笔墨勾画了"巴陵胜状"和"岳阳楼之大观"，以一句"前人之述备矣"，显示了自己作《岳阳楼记》的目的不在写景而是立意。对纪事与景色的略写实是为了突出文章主旨，即"不以物喜，不以己悲"。这一点在其后的两段内容中表现得更为充分，虽然作者同样写到了景，但却是把它作为"迁客骚人"触景生情的原因，并用细腻的笔墨彰显了其"览物之情"的不同之处，为最后的直抒胸臆做了情感铺垫。范仲淹正是通过这一详一略，抒发了自己先人后己，以天下为己任的高尚情怀。

### （五）古文之"详略"：审美别趣

行文之旨，全在裁制，无论细大，皆可驱遣。当其闲漫纤碎处，反宜动色而陈，凿凿娓娓，使读者见其关系，寻绎不倦；至大议论，人人能解者，不过数语发挥，便须控驭，归于含蓄。若当快意时，听其纵横，必一泻无复余地矣。譬如渴虹饮水，霜隼搏空，瞥然一见，瞬息灭没，神力变态，转更夭矫。

（侯方域《与任王谷论文书》，据王树林校笺《侯方域全集校笺》上册，人民文学出版社，2013年，第137页）

文贵简。凡文笔老则简，意真则简，辞切则简，理当则简，味淡则简，气蕴则简，品贵则简，神远而含藏不尽则简，故简为文章尽境。程子云："立言贵含蓄意思，勿使无德者眩，知德者厌。"此语最属有味。

（刘大櫆《论文偶记》，据范先渊校点《论文偶记》，人民文学出版社，1959年，第8页）

清初散文大家侯方域十分注重详略之法，他认为运用写作技巧的中心问题是文章的取舍。文章内容无论长短，都要讲究合理剪裁。零碎散漫的事物，要有声有色侃侃而谈，使读者厘清关系，不觉厌倦。而大道理人人皆知，只需用寥寥数语发人深思，用笔含蓄，收控自如，也就是东坡所说的"常行于所当行，止于所不可不止"。这种"随物赋形"的作文之法，主张根据叙述对象来组织结构，安排详略，获得了广大文人群体的认同。

然而，另有一派学者却与之相左，崇尚简约，认为简练的文辞蕴涵着无尽的滋味，"故简为文章尽境"。实际上这代表的是我国传统文化中独特的审美认同。所谓疏淡、简易、淡泊，体现的是一种传统艺术鉴赏上的"留白"理念，故"大音希声，大象无形"，创作笔法达到极致是一种极简的状态。这里的"简"更偏于一种情致、韵味，其目的是通过文章自身的气韵传达出作者独特的审美情思，与内容的详略剪裁实为两种不同的文学表现手法和判别体系。

### （六）白话文"详略"：各有时宜

　　大凡具体的写法都比抽象的写法较费笔墨，不独譬喻如此。抽象的写法有如记总账，画轮廓，悬牌宣布戏单；具体的写法有如陈列账上所记的货物，填颜色画出整个形体，生旦净丑穿上全副戏装出台扮演。前者虽简赅而不免空洞，后者有时须不避繁琐才能生动逼真。文学在能简赅而又生动时，取简赅；在简赅而不能生动时，则毋宁取生动。……具体的写法也不一定就要繁琐。繁简各有时宜，只要能活跃有生气，都不失其为具体。作文如绘画，有用工笔画法的，把眼前情景和盘托出，巨细不遗，求于精致周密处擅长；也有用大笔头画法的，寥寥数笔就可以把整个性格或情境暗示出来，使读者觉得它"言有尽而意无穷"。

　　（朱光潜《具体与抽象》，据《朱光潜美学文集》第 2 卷，上海文艺出版社，1982年，第 349 页）

在当代文学创作领域，详略依然发挥着不可替代的重要作用。朱光潜先生在论述文法结构时，将"详略"手法特意阐释为"具体的写法"和"抽象的写法"，认为略写是提纲挈领、勾画轮廓，而详写则是描摹样态、填充形体，并将其形象地比喻为"记总账"和"陈列账上的货物"。诚然，货物的具体品类不曾发生改变，却由于内容表述的不同方式，呈现出不同的情态。体现在文学创作过程中，详写虽然繁琐却细致生动，而略写虽然简赅却不免空洞，可以说是互有优劣，各有时宜。"在我国文学史上，优秀的作家莫不精心斟酌作品的详略、疏密。对气氛的烘托渲染，感情的抒发表露，景物的描绘，事件的叙述，从不繁冗杂沓，而是以详略适当取胜。"[1]由此看来，详略得当依然是贯穿古今文学创作的一条重要准则。至此，详略的修辞功用获得了极大的肯定和赞誉。

# 四、敷理举统

　　详略作为一种修辞，本质上呈现为"取舍与浓缩扩展对结构作品的美学意义"[2]。它将一堆混沌未凿的原始材料解构浓缩、添补扩充，重建文本内容中的事理情态，形成了一种崭新的叙事话语。因此，详略是形成文章结构的基本要素之一，详略是否得当涉及要建构的艺术世界，关系到作品文本呈现出怎样的美学效果，对表现全文的主旨内容具有重要意义。

---

① 门立功：《诗学概论》，山东文艺出版社，1988 年，第 75 页。
② 杨荫浒：《文章结构论》，吉林文史出版社，1990 年，第 212 页。

### （一）详略要义：切割与取舍

艺术世界错综纷纭，百花齐放，要从众多材料中提取出一个主旨和中心，就必然要对材料做出切割与取舍，这是关于详略问题的第一要义。而在这一过程中，切割既是个材料处理问题，也同时是在为文章选取一个切入点，在此基础上生发出层出不穷的意义和内涵。世间的各种事物都具有多面性，一个人和许多人有因缘，一件事和许多事有联系，如果把这些关系详细推演下去，也许可以窥见无穷。然而不论一篇文章如何包纳万千，内容的含量总是有限的，只能展现诸多意义的缤纷一角，无法做到圆满自足。

正如"一切关于对象的知识，无论它多么完善，都不可能把对象本身给予我们"①，一篇文章也只能在人事的无穷关系与无限实体当中，切割出一个片段和方面，挖掘其独特的意义形式和内涵。这就要求我们能够在无穷大的广阔范围中，精准地把握住文章所要阐释的现象和观点，从而能够围绕一个特定的主题，选取适当合理的成分，剔除多余无用的部分，赋予它一个完整独立的生命形式。例如司马迁在创作《项羽本纪》时，从"初起时，年二十四"开始写起，以寥寥几笔，拉开了铺叙项羽一生传奇事迹的序幕，并集中笔力描写了项羽如日中天、确立"西楚霸王"地位的巨鹿之战、与刘邦争夺天下的睢水之战和悲壮自刎、落得失败的垓下之战，而从前种种，皆不必一一叙写。详略内涵下的切割与取舍，本质上正是通过遴选材料，提取要素来步步实现的。

### （二）详略主旨：章法与安排

详略的第二要义，是内容的章法与安排，这意味着在奠定了基本的材料之后，就要遵循一定的形式来组织结构，按照一定的详略次序进行逻辑排布。然而，从详略手法的处理形式上我们可以看到，章法的详略给予作家的自由度是无限大的。从时间上来说，不仅可以把几十年缩成一句话，也可以把一天、一小时扩展为千言万语，而在空间上亦可以任意变换。普多夫金在《时间的特写》中说："如果我凝神注视，远处的东西也可能比近处的东西看到更清楚。"鲁迅《这也是生活》提到："无穷的远方，无数的人们，都与我有关。"这就在无形中延伸了文章可以涵盖的物理空间，从而使得作家的笔触既能触及周边，也能辐射远处，既能描摹当下，也能表现过去和未来。

因而我们在进行章法安排时，一定要遵循以主旨内容为中心，根据内容的要求来安排叙事的详略主次。如朱光潜《选择与安排》所说："每篇文章必有一个主旨，你须把着重点完全摆在这主旨上，在这上面鞭辟入里，烘染尽致，使你所写的事理情态成一个世界，突出于其他一切世界之上，像浮雕突出于石面一样。"②唯有如此，读者才可以从中得到一个强有力的深刻印象，更好地体味到作家所要表达的意义和内涵。

### （三）详略内蕴：辩证与统一

自然界的万事万物都由正反两方面构成，彼此相辅相成不可分割。详略的修辞手法，

---

① 肖魏：《关于宇宙创生于"无"的断想》，《中国社会科学院研究生院学报》，1986 年第 6 期。
② 朱光潜：《朱光潜美学文集》第 2 卷，上海文艺出版社，1982 年，第 291 页。

包含详与略两个定义范畴，不存在绝对的全详或全略。只有正确取舍内容的诸多要素，合理安排各部分的结构层次，才能实现二者的有机结合，达到详略得当与疏密相间。因此辩证与统一是详略的终极要义。

详略的统筹安排讲究一定的逻辑次序，它遵循以主旨为篇章安排的中心。然而形式逻辑的某些理论提出，概念的外延与内涵间具有一种反变关系，外延愈大，内涵愈少；外延愈小，内涵愈多。这在详略二者之间似乎也同样可以适用。例如，略写所表述的对象往往涵盖更长的时间和更广泛的人事，但是总体来说略写所提供的信息量很少，缺乏次要信息和补充信息，冗余度低；而详写虽然表述范围很小，往往是一个场景或一个事件，但无疑具有更大的信息量，有较丰富的次要信息和补充信息，冗余度高。其次，如周元景先生所述，言语作品向读者提供的信息分两类，一类是焦点信息，包括作者想使读者充分注意和真切感受的人物、环境、场景、过程和心理状态；另一类是背景信息，指作者认为读者只须笼统把握的一般情况。这就使得语言表达可以与照相等同来看，我们通过调整镜头焦距，来实现拍摄主体的清晰、真实、立体，同样也是通过调整语言的逻辑层次，来使文章内容表达得鲜明、生动、独特。详略正是在这样的意义范畴下，确立了其在中国传统文论话语体系中的独特地位。

## ◎ 问题思考

1. 详略两种手法在运用中各有什么特点？
2. 在不同的历史时期，详略的内涵在经历了怎样的演变？
3.《史记》中还有哪些重要篇章体现了详略手法的运用？
4. 详略二者之间是否存在严格意义上的优劣之分？
5. 如何认识详略修辞手法的三大要义？

## ◎ 参考书目

1. 门立功：《诗学概论》，山东文艺出版社，1988 年。
2. 杨荫浒：《文章结构论》，吉林文史出版社，1990 年。
3. 金振邦：《文章技法辞典》，东北师范大学出版社，1991 年。
4. 俞樟华：《中国传记文学理论研究》，湖南文艺出版社，2000 年。
5. 周勋初：《文心雕龙解析》，凤凰出版社，2015 年。

# 对　偶

　　"云对雨，雪对风，晚照对晴空。来鸿对去燕，宿鸟对鸣虫。三尺剑，六钧弓，岭北对江东。人间清暑殿，天上广寒宫。"声律启蒙是国学传承的基础环节，是古时学语的儿童与诗词格律的最初相识，而对偶正是声律启蒙的精华所在。时至今日，对偶依然活跃在我们的生活中，从对联、俗语到诗歌、文章，对偶无所不在。对偶之所以能被广泛运用，经久不衰，依旧保持着自身旺盛的生命力，这并非偶然，因为它与汉语文化思维有着千丝万缕的关系。那么，"对偶"的意义究竟如何界定？它经历了怎样的演变，又将面对怎样的未来？而中华文化又在其中扮演着怎样的角色呢？让我们走进对偶的世界，一探究竟吧。

## 一、释名彰义

### （一）语义界定

　　"对"是会意字，本义为应答。许慎《说文解字·丵部》："应无方也。从丵从口从寸。对，对或从士。汉文帝以为责对而为言，多非诚对，故去其口以从士也。""对"字的字形是一只手拿着点燃的蜡烛，有"向着"的意思，应答的本义由此而来。因此，"对"字一开始便要求有存在物和对应物，即对象数量必然是成双的。"偶"是形声字，左形符为"人"，右形符为"禺"，"禺"是"遇"的省字，意为"遇见、碰面"。"人"与"禺"相和，本义为"镜像人"，《说文解字·人部》将"偶"字解释为"桐人"——桐木雕的人像，即缘于此。因此，"偶"意为以现实之人为模板创造的"镜像人"，同样蕴含着成双的语义。

　　"对偶"作为一个文化关键词，是指用字数相等、结构相同和意义对称的一对短语或句子来表达两个意思相同、相对或相近的修辞方式。它将两种或多种相对存在的成分整合成一个整体，使之服务于文本。对偶形式多样，根据不同的分类方式，可划分成多种对偶类型，如"声对"与"义对"、"正名对"与"异类对"、"隔句对"与"互成对"、"字对"与"侧对"等。"对偶"形式的运用，使得语句结构清晰明朗，读起来朗朗上口，许多脍炙人口的俗语与诗篇都运用了这一修辞格。

### （二）中西比较

　　在中国文论的话语体系中，对偶是修辞格的一种。它渊源已久，随着唐代格律诗的发展得到广泛应用，具有严格的使用规范，也显现出中华民族的传统思维方式。《论语》运用对偶手法，明确揭示了君子与小人的差异性，如"君子坦荡荡，小人长戚戚"、"君子周而不比，小人比而不周"。《道德经》中也论述了"阴阳"、"清浊"、"盈亏"、"动静"等对立概念。儒道思想是中国传统文化的思想源头，历经发展演变，依然长盛不衰。儒道经典中，随处可见对偶的运用，这也是对偶保有自身旺盛生命力的原因。

在西文中，"对偶"比较合适的对应词汇是"antithesis"。两者都含有强烈的对比意味，但在具体行文上，由于文化思维和语言表达习惯的差异，两者在句式呈现上有所不同。相对西方式对偶，中国式对偶在修辞上更倾向中立，如孔子的"君子"、"小人"说尽管具备强烈的语意偏向，但在修辞呈现的方式上仍然是一种描述性表达，并没有掺杂作者的意志。反观西方式修辞，如肯尼迪"不要问你的国家能为你做什么，问你能为你的国家做什么（Ask not what your country can do for you, ask what you can do for your country）"，说话人的意图就直截了当地呈现出来了。这种差异源于中西方思维特征的不同，中国式对偶不仅仅是为了表达某种观点，它的背后带有深刻的民族积淀，是一种辩证的思维方式。

# 二、原始表末

先秦是"对偶"修辞的发轫期。此时的"对偶"修辞尚在萌芽阶段，与其说是一种有意识的语言表达方式，不如说是一种不经意呈现的空间感觉或思维结构。在先秦的散文、韵文和诗歌中，都可以看到"对偶"的初步成型。诸子百家的著述中就有众多对偶的运用，如老子《道经》开篇："道可道，非常道；名可名，非常名。无名天地之始，有名万物之母。"又如韩非子《五蠹》篇："明主施赏不迁，行诛无赦，誉辅其赏，毁随其罚，则贤、不肖俱尽其力矣"。先秦史书中同样如此，《战国策·秦策》："毛羽不丰满者，不可以高飞；文章不成者，不可以诛罚。道德不厚者，不可以使民；政教不顺者，不可以烦大臣。"此外，作为先秦文学艺术的巅峰之作的《诗经》和《楚辞》中也出现了早期的"对偶"，诗经《采薇》篇"昔我往矣，杨柳依依；今我来思，雨雪霏霏"，《楚辞》中也有诸如"朝搴阰之木兰兮，夕揽洲之宿莽"之类的句子。总体而言，此时的"对偶"只是先秦人民思维方式在语言上的呈现，使用并没有后世严格，并常常有重字出现，多为虚词，呈"对偶"关系的两联也不一定字数相等。

两汉时期，"对偶"得到了进一步的发展。汉代是文赋的时代，旨在"铺采摛文，体物写志"的汉赋得到了"对偶"的助益如虎添翼，成为了后世的典范之作。司马相如在他的《子虚赋》、《上林赋》中运用了大量的短语，并通篇借用"对偶"扩大了赋的渲染力，将云梦泽的大气磅礴和上林宫的辉煌气势表现得淋漓尽致："于是乎卢橘夏熟，黄甘橙楱。枇杷橪柿，亭奈厚朴。樗枣杨梅，樱桃蒲陶。隐夫薁棣，荅遝离支。罗乎后宫，列乎北园。迆丘陵，下平原。扬翠叶，扤紫茎。发红华，垂朱荣。煌煌扈扈，照曜钜野。"（《上林赋》）诗歌领域，"对偶"形式虽较之前有所规范，仍相当原始与质朴，更多是率性之作。汉乐府诗中如《长歌行》："少壮不努力，老大徒伤悲。"《饮马长城窟行》："上言加餐食，下言长相忆。"等体现了这一点。此时，"对偶"的使用已经进入略有意识的状态，人们已经寄望于它来增强诗文的美与情绪的感染力，"对偶"成为了中国古典美学中的对称思维在诗文领域的运用方式。

魏晋南北朝时期，"对偶"的发展走向了畸形。此时，骈文于汉末起源后形成并进一步发展，继而成为文坛的主流。在骈文中，"对偶"的运用更加广泛而常见。甚至，"骈文"之名正由于"对偶"在该种文体中的大量使用——因为对偶句式对仗工整，正如两马并驾齐驱，是为"骈"。可是一昧追求"对偶"的形式之美却造成了对文章语意的伤害。在创作中，有时为求"对偶"而生填字词，或者将典故强缩，或者同义重复。此时，"对偶"的运用不但没有增加文章的吸引力与感染力，反而使之艰涩难懂，而写作者却仍奉之以为"文采"，用之不疲。

唐代是"对偶"最为辉煌的时期，科举考试中就有"律赋"一目，"对偶"成为考生的必备技能。特别是格律诗的发展，更是将"对偶"修辞推到了重中之重的地步。初唐时骈文仍然当道，"对偶"成为了掩饰内容空洞的遮羞布，此种现象一直蔓延，终于中唐时韩愈、柳宗元发起了"古文运动"，对于之前畸形发展的"对偶"修辞进行了抑制。尽管在文赋领域，"对偶"运用减少，但它却在诗歌领域大放光彩。至今唐诗中的"对偶"发展总体而言经历了从严对到宽对的演变，从以《文笔式》、《笔札华梁》为代表的严格的对偶规范，到以《诗髓脑》、《唐朝新定诗格》为代表的时有创新的较之前相对宽泛的对偶要求，再到后期皎然提出的重在意义的相对而不当拘泥于字的形声相对的对偶准则，在这个过程中，"对偶"作为修辞方法走向了成熟，拥有了自己的规则体系，也渐渐不再被规则束缚，拥有了更多的可能性。

宋、元两朝"对偶"继续发展，宋词中的"对偶"没有唐诗严格，"不避同字相对，不限平仄相对，不在固定的位置上相对，并且还出现了带逗字的对偶"，元曲中对偶的特色"主要表现在带衬字对和三句对"①。另外，在杂剧末尾的题目和正名，也通常采用"对偶"的形式，这个传统一直延续到之后的明清小说中。在章回体小说各章回的题目中，往往也采用"对偶"的形式言简意赅地概括主要情节。经历宋元明清这段漫长的历史，"对偶"进一步巩固了自己在汉语文学修辞中的地位，文人学者对"对偶"的研究也更为广泛、细致与深入，诗文小说的受众也对这种修辞更为熟悉和了解。"对偶"再不是先秦时期无意识的思维呈现，而成为人们有意识的组织语言的修辞工具，并且通过不断的对之进行实践与创新，寻求使之更好的为诗文创作服务的方法。

时至现代，"对偶"修辞已经是人们最为熟悉的修辞之一，诗歌、散文中都可看见"对偶"的声影。不再似骈赋、唐诗中受到严格的规范与限制，经历了宽严之变后，"对偶"回到了健康发展的道路，这有助于作者更好的完善作品，表达自我；也有助于读者更好地感受作品，寻求共鸣。作为中国古典对称之美和辩证思维的文化载体，"对偶"修辞在不断的发展变化中展现了自己强大的生命力，在文学修辞的领域中占据了一席之地。

# 三、选 文 定 篇

## (一)"对偶"实例

四月秀葽，五月鸣蜩。八月其获，十月陨萚。一之日于貉，取彼狐狸，为公子

---

① 于广元：《对偶的曲折演变》，《扬州师院学报》(社会科学版)，1992 年第 2 期。

裘。二之日其同，载缵武功。言私其豵，献豜于公。

　　五月斯螽动股，六月莎鸡振羽。七月在野，八月在宇，九月在户，十月蟋蟀入我床下。穹窒熏鼠，塞向墐户。嗟我妇子，曰为改岁，入此室处。

　　六月食郁及薁，七月亨葵及菽。八月剥枣，十月获稻。为此春酒，以介眉寿。七月食瓜，八月断壶，九月叔苴。采荼薪樗，食我农夫。

　　（《诗经·豳风·七月》，据程俊英、蒋见元著《诗经注析》上册，中华书局，1991年，第411—413页）

　　"对偶"的修辞格从古至今都在中国文坛上占据了一席之地，从先秦到现代，各个朝代的各种文体中都有"对偶"的身影。"对偶"的形式经历了从宽松到严谨再复还宽松的过程，这个过程事实上也是一种一般规律的体现。早期"对偶"只是出于表达的需要，借此形式或对比、或强调所要传达的内容，也常有重字、合意现象的出现。如《诗经·豳风·七月》中描述随时令变化的农家生活时，就采用了许多"对偶"的初级形式，对称的结构使诗歌更为朗朗上口，符合当初率性而为的创作方式，其中蕴含着"对偶"更为朴素、更为本质的意涵。此后，由于使用者渐多，"对偶"也有了一定的使用原则，并随着时代的发展更为繁复，但无论如何，"对偶"在形式上的对称之美始终是它的独特魅力所在。

### （二）"对偶"分类及规范

　　第一句头两字平，次句头两字去上入。次句头两字去上入，次句头两字平。次句头两字又平，次句头两字去上入。次句头两字又去上入，次句头两字又平。如此轮转，自初以终篇，名为双换头，是最善也。

　　护腰者。腰，谓五字之中第三字也。护者，上句之腰不宜与下句之腰同声。然同去上入则不可，用平声无妨也。

　　相承者。若上句五字之内，去上入字则多，而平声极少者，则下句用三平承之。用三平之术，向上向下二途，其归道一也。

　　（［日］遍照金刚《调声》，据卢盛江校考《文镜秘府论汇校汇考》上册，中华书局，2015年，第148—149、155、157页）

　　对偶：逢双必对，自然之理，人皆知之。

　　（周德清《中原音韵·作词十法》，据陈良运主编《中国历代赋学曲学论著选》下卷，百花洲文艺出版社，2002年，第514页）

　　不同朝代的人根据不同的分类准则将"对偶"进行多种划分。如刘勰在《文心雕龙·丽辞》篇中提出"言对"、"事对"、"反对"、"正对"；《诗人玉屑》引上官仪说诗有"六对"："正名"、"同类"、"连珠"、"双声"、"叠韵"、"双拟"；《太和正音谱》中提出七种对："合璧对"、"连璧对"、"鼎足对"、"三句对"、"联珠对"、"隔句对"、"鸾凤和鸣对"；《文镜秘府论》中更是记录二十九种对。周德清《中原音韵》是一部元代戏曲曲韵的专著，其中的"对偶"分类是《太和正音谱》中七种对的基础，而后者几乎包括了所有散曲中的对的格式。

在对"对偶"更为粗犷的分类中，可将"对偶"分为"声对"与"义对"两大类，它们有各自的规范。在"声对"的规范上，又在唐代达到高潮。《文镜秘府论》中在"声对"方面有众多记录，包括元兢的调声术。元兢的调声术有三：转头、护腰、相承，与一般的"声对"要求字音对偶，关注字际间性不同，它寻求的是句际间性，在句与句间寻求音律的和谐及节奏感。在"声对"的美感之上，才建立起了诗句的意义世界。

### (三)"对偶"审美需求

是以言对为美，贵在精巧；事对所先，务在允当。若两事相配，而优劣不均，是骥在左骖，驽为右服也。若夫事或孤立，莫与相偶，是夔之一足，踸踔而行也。若气无奇类，文乏异采，碌碌丽辞，则昏睡耳目。必使理圆事密，联璧其章，迭用奇偶，节以杂佩，乃其贵耳。类此而思，理自见也。

（刘勰《丽辞》，据范文澜注《文心雕龙注》下册，人民文学出版社，1958年，第589页）

或上下相承，据文便合。或前后悬绝，隔句始应。或反义并陈，异体而属。或同类连用，别事方成。……故言于上，必会于下，居于后，须应于前。使字句恰同，事义殷合。犹夫影响之相逐，辅车之相须也。

（上官仪《笔札华梁·论对属》，据张伯伟《全唐五代诗格汇考》，江苏古籍出版社，2002年，第65页）

刘勰《文心雕龙》是中国文学理论批评史上第一部"体大而虑周"的文学理论专著。全书共10卷，分50篇，《丽辞》篇位于第35篇。丽辞即骈俪之词，"丽"的象形是两张鹿皮，含两两相比之意，骈俪之意与今日的"对偶"相同。《丽辞》篇追溯历史，从"对偶"的来源开端，又对"对偶"进行分类，最终提出了"对偶"的审美需求，即"对偶"中相比之物与事不可偏颇，需彼此相当且映衬，才能达到锦上添花的作用，否则反而是一处败笔。无独有偶，上官仪《笔札华梁·论对属》其文大量被收录于《文镜秘府论·论对属》中的文学创作书籍，其中也提出了类似的审美需求，认为"对偶"相比的两物应当如影像与响声般彼此追逐，不可或缺，旗鼓相当。这种"对偶"中的势均力敌不仅仅应当表现在字音与词类上，更应表现在语句的意义上。只有如此，才能给予读者审美上的享受。

### (四)"对偶"创作原则

夫为文章诗赋，皆须属对，不得令有跛眇者。跛者，谓前句双声，后句直语，或复空谈。如此之例，名为跛。眇者，谓前句物色，后句人名，或前句语风空，后句山水。如此之例，名眇。何者？风与空则无形而不见，山与水则有踪而可寻，以有形对无色。如此之例，名为眇。

（崔融《唐朝新定诗格》，据张伯伟《全唐五代诗格汇考》，江苏古籍出版社，2002年，第135页）

但古人后于语，先于意，因意成语，语不使意，偶对则对，偶散则散。若力为之，则见斤斧之迹。故有对不失浑成，纵散不关造作，此古手也。

（皎然《诗议》，据张伯伟《全唐五代诗格汇考》，江苏古籍出版社，2002 年，第 208 页）

《唐朝新定诗格》又名崔氏《新定诗体》，虽然冠以"唐朝"的名号，但其收录的诗大多为六朝时期的作品。崔融提出了"跛眇"之说，批驳了"跛"所代表的前后句双声直语交杂的用法，赞赏了"眇"所代表的"有形对无色"的用法，认为后者是"对偶"的妙用。皎然著有《诗议》与《诗式》，两者相通甚多，只是前者偏重评论格律，后者偏重评论品式。皎然提出的"对偶"创作的原则相对于崔融提升了语意在"对偶"中的意义，认为"语意"才是文字展开的基础，也是"对偶"修辞的立足之处，只有如此，才不会沦为造作。

### （五）"对偶"修辞鉴赏

王荆公晚年诗律尤精严，造语用字，间不容发。然意与言合，言随意遣，浑然天成，殆不见有牵率排比处。如"含风鸭绿鳞鳞起，弄日鹅黄袅袅垂"，读之初不觉有对偶，至"细数落花因坐久，缓寻芳草得归迟"，但见舒闲容与之态耳。而字字细考之，若经曩括权衡者，其用意亦深刻矣。

（叶梦得《石林诗话》，据何文焕辑《历代诗话》上册，中华书局，1981 年，第 406 页）

作骈文而全用排偶，文气易致窒塞，即对句之中，亦当少加虚字，使之动宕。六朝文如傅季友《为宋公求加赠刘前军表》："倬忠贞之烈，不泯于身后；大赉所及，永秩于后人。"任彦昇《宣德皇后令》："客游梁朝，则声华藉甚；荐名宰府，则延誉自高。"邱希范《永嘉郡教》："才异相如，而四壁徒立；高惭仲蔚，而三径没人。"或用"于"字，或用"则"字，或用"而"字，其句法乃栩栩欲活。至庾子山《谢滕王集序启》："譬其毫翰，则风雨争飞；论其文采，则鱼龙百变。"更觉跃然纸上矣。然如去此虚字，将"譬其"、"论其"，易为藻丽之字，则必平板，而不能如此流利矣。于是知文章贵有虚字旋转其间，不可落入滞相也。

（孙德谦《六朝丽指·贵有虚字》，据王水照主编《历代文话》第 9 册，复旦大学出版社，2007 年，第 8435 页）

叶梦得《石林诗话》又名《叶先生诗话》，记录了一些北宋诗坛的逸闻趣事，也有不少作者的鉴赏品评之作。尽管他的诗歌思想并未如同刘勰的文学批评一样成为一个完整的理论体系，但颇有灵思，评准精当。如他评价王安石的晚年之作，认为他已将"对偶"运用得炉火纯青，化有形之相为无形之思。这也表现了他崇尚自然的诗歌思想。孙德谦《六朝丽指》提出了"文有赋心"的观点，论述了骈文与赋的关系，自然而然对"对偶"有所鉴赏。

他提出了在骈文"对偶"中增加虚字的必要性,指出虚字可以弥补单纯使用"对偶"的不足,使它不至于落入滞相,使文章更为灵动飘逸。两者的"对偶"鉴赏殊途同归地指向了"自然"的主题,认为"对偶"并非是刻意之作,而当恰到好处地与文章相和,起到服务于文章的作用。

## (六)"对偶"运用宜忌

四六中以言对者,惟宋人采用经传子史成句为最上乘,即元明诸名公表启,亦多尚此体。非胸有卷轴,不能取之左右逢源也。以事对者尚典切,忌冗杂;尚清新,忌陈腐。否则,陈陈相因,移此俪彼,但记数十篇通套文字,便可取用不穷。况每类皆有熟烂故事,俗笔伸纸便尔挦撦,令人对之欲呕。然又非必舍康庄而求僻远也。要在运笔有法,或融其字面,或易其称名,或巧其属对,则旧者新之,顿觉别开壁垒。庄子所云"腐臭化为神奇"也。

(程杲《四六丛话序》,据孙梅《四六丛话》前序,人民文学出版社,2010年,第7页)

《四六丛话》是清代孙梅编著的骈文批评资料总集。所谓"四六",是骈体散文的别称,因骈体文的文式中有四六式(四字一句与六字一句)而得名。程杲在孙梅《四六丛话》序言中也阐释了自己关于"四六"的见解,提出了"对偶"在"四六"文中的运用要遵守的一些"宜"与"忌",宜崇尚清新自然,忌陈陈相因;宜近取譬,忌求僻远等,并认为在运用"对偶"之前需胸有卷轴,不可左右逢源,还要能够旧典出新意。"对偶"的修辞发展到清代,已经具备了相当完备的审美体系和规范,程杲的这些关于"对偶"的宜忌观念是经历了时间淘洗的,当然,这同样和程杲自身的文学观念以及当时的文坛风向相关。

## (七)"对偶"的语言形式美

因此,关于对偶,我们不要单看见古人求同的方面(字数相等是同,词性相等也是同),同时还要看见古人求异的方面。后者比前者更加重要。古人在对偶中特别强调相反,强调对立,强调不同。

古典文论中谈到的语言形式美,不管是在对偶方面,或者是在声律方面,都是从多样中求整齐,从不同中求协调,让矛盾统一,形成了和谐的形式美。

(王力《中国古典文论中谈到的语言形式美》,据王力著《王力文集》第19卷,山东教育出版社,1990年,第282、285页)

王力《中国古典文论中谈到的语言形式美》从"对偶"和"声律"两方面展开。在"对偶"这一条目下,他认为刘勰提出的轻言对、重事对是由于骈体文的文体决定的,没有太多的艺术参考价值,反而是"反对优于正对"的观点值得重视。也因此,他提出了不仅要看到"对偶"求同的方面,也应该看到其求异的方面。这种观点同样被他运用到了"声律"理论上。最后,他总结认为,在不同中求协调正是中国古典文论中语言形式美的最大特点。这种矛盾统一的观点与当时的社会大环境是一致的，也是汉语语言形式转向新时期中的一种探索。

# 四、敷 理 举 统

作为一种修辞方式，"对偶"为中国文学的历史涂上了一抹独特的色彩。在语义层面上，它通过两物相比，在正反之间凸显语意，传达思想，蕴含文采；在语音层面上，它与乐教传统一脉相承，使诗句拥有节奏和韵律的美感；在文化层面上，它承载了植根于中华文明中的思维方式，是中道思想的体现。

## (一) 语义层："对偶"与表情达意

意义"对偶"是"对偶"理论中最多论述的主题。刘勰提出的"正对"、"反对"、"事对"、"言对"都是建立在意义基础之上的。后世随着"对偶"形式更为复杂而提出的"隔句对"、"互成对"、"双拟对"等也都是基于意义上的"对偶"。刘勰《文心雕龙·丽辞》中指出像"游雁比翼翔，归鸿知接翮"、"宣尼悲获麟，西狩泣孔丘"之类语义重复的"对偶"都是"对句之骈枝"，是多余而无用的，王力在《中国古典文论中谈到的语言形式美》也支持他的观点。真正能够起到更好的表情达意的效果的"对偶"大多是自然成型，而非刻意排比。"对偶"相比的两物或两事应当彼此衬托或补充，传达出相较于用一物或一事进行比方无法传达的内容，从而使文章"理圆事密，联璧其章"。

在中国文学史上，曾出现过奇偶之争。相争的两派对"对偶"修辞有不同的看法：一种支持大量运用"对偶"修辞的骈体文，认为它文采卓越；另一种认为骈体文华而不实，主张取消"对偶"，用散行的古文进行文章创作才是正统。这两种争端事实上都是对"对偶"表情达意功能的偏颇理解，前者过于浮华夸张而忽略了"对偶"本身是建立在语意基础之上的；后者则过于朴素守旧，没能看到"对偶"可以增强文章感情的渲染力，更好地传达文章的核心思想。

## (二) 语音层："对偶"与乐教传统

中国古代自来有"诗乐舞一体"的传统，在诗歌创作中也讲究诗歌的音乐美。而"对偶"与诗歌声律论的真正融合是在唐代，逐渐完善的律诗体系要求"对偶"在声律上的运用。此前早有对声律的重视，如"永明体"、"四声八病说"，然而直到唐代，"对偶"才真正进入律诗体系。但并非所有的律诗都需要完成"对偶"的要求，大多数只要完成平仄的和谐即可，只有律绝才对此进行硬性规定。

朱光潜认为，律诗的两大特色在于意义的排偶与声音的对仗，两者都起于赋，但意义的排偶先于声音的对仗，即后者由前者推演而来。这种现象也可在实际例子中发现，如《文镜秘府论》记载元兢阐释"声对"说，"或曰：声对者，若晓路、秋霜，'路'是道路，与'霜'非对，以其与'露'同声故。或曰：声对者，谓字义俱别，声作对是"。因为"路"与"露"字音相同，便忽略字义将两者视为"对偶"。先有"露"与"霜"的意义之对，才有"晓路"与"秋霜"的声音之对，正是朱光潜认为声音的对仗后于意义的排偶的支撑。此外，元兢的"转头、护腰、相承"的调声术也是为了达到声音上的"对偶"感而提出的。"声对"在诗中的运用使诗具有了音乐美，形成了回环跌宕的韵律与节奏，丰富了诗歌的表达能力，也使诗在朗读时能更好地传达作者的情感，与中国文化中的乐教传统一脉相承。

### （三）文化层："对偶"与中道思想

中国传统宇宙观中即有"阴阳"、"乾坤"、"天地"之类的思想，正是词内"对偶"的体现，同时蕴含了一种朴素的辩证唯物观思想。这种辩证思想鲜明地体现在"对偶"中的"反对"、"异类对"等对偶形式中，其本质上是一种不偏不倚的中道思想。在谈到中西方"对偶"修辞差异时也提到，中国文化中的"对偶"中所比之物是处在相同地位的，并不存在某一方的强势；而西方语境下的"对偶"则往往让其中的某一方处在积极位置，两者的地位是不等同的。这是因为中华文化中讲求的是对称之美，如历朝古都的主城往往是沿中轴线对称分布，这种思维方式上对对称的偏爱同样反映到"对偶"之上，使它更多地展现一种平衡姿态。或者，从本源上而言，"对偶"本身便是在中道思想影响下偏爱对称之美的思维产物。平稳、匀称、和谐是典型的东方式审美，"对偶"完美地切合了这种审美，它在结构上相同、语义上对立，在音律上呈现出音乐的韵律美，实现了和谐的统一。

## ◎ 问题思考

1. 随着历史的发展，"对偶"形式发生了怎样的演变？
2. "对偶"有哪些分类的方式？试举例说明。
3. 在"对偶"的实际运用中，要注意哪些问题？
4. "对偶"修辞与汉民族文化心理有何关系？
5. "对偶"在当前文学批评中的价值何在？

## ◎ 参考书目

1. （南梁）刘勰著，范文澜注：《文心雕龙注》，人民文学出版社，1958年。
2. （清）孙梅著，李金松校点：《四六丛话》，人民文学出版社，2010年。
3. 张伯伟：《全唐五代诗格汇考》，江苏古籍出版社，2002年。
4. 陈良运主编：《中国历代赋学曲学论著选》，百花洲文艺出版社，2002年。
5. ［日］遍照金刚著，卢盛江校考：《文镜秘府论汇校汇考》，中华书局，2015年。

# 夸　饰

宋人王祈有一次对苏东坡说："有竹诗两句，最为得意。"随即念道："叶垂千口剑，干耸万条枪。"东坡听了，忍不住大笑起来，说："好是极好，只是把这两句连在一起，不是变成十条竹竿、一个叶儿了吗?"事后，东坡又开玩笑说："世上的事情，忍笑为易，只有读王祈大夫的诗，不笑为难。"东坡的玩笑也许有些刻薄，但这个故事却使我们认识到，夸饰手法的运用不能脱离客观现实的基础，在突出某一特征的同时，也要兼顾其他方面，否则就可能闹出如"十条竹竿、一个叶儿"之类的笑话来。那么，夸饰是怎样的一种修辞手法，在具体运用中又该注意些什么呢?

## 一、释名彰义

### (一) 语义界定

"夸"，会意兼形声字，今又作"誇"的简化字。《说文解字·大部》："夸，奢也。从大，于声。"本义为乐声张大。《说文解字·言部》："誇，譀也。从言，夸声。"引申为言辞夸张，在夸大自己的时候表现自大，如《吕氏春秋·下贤》："贵为天子而不骄倨，富有天下而不骋夸。""夸，诧而自大也。"也指向人炫耀，如《韩非子·解老》："虽势尊衣美，不以夸贱欺贫。""夸"还可指美好，《淮南子·修务训》："曼颊皓齿，形夸骨佳。"引申为赞美他人。作形容词时"夸"引申为奢侈，《荀子·仲尼》："贵而不为夸，信而不处谦。"也可表虚、虚浮，柳宗元《解崇赋》："履仁之实，去盗之夸。"

"饰"，会意兼形声字。《说文·巾部》："饰，㕞(刷)也。从巾，从人，食声。"本义为洗刷，擦拭，整治，《周礼·地官·封人》："凡祭祀，饰其牛牲。"就是洗刷、擦拭牛牲以保持洁净的意思。后来又在此基础上发展出装点、打扮的含义，把"饰"上升为一种审美意趣。如《诗经·郑风·羔裘》："羔裘豹饰，孔武有力。"扩展到语言文字层面，衍生出了润饰、藻饰、增饰，意为修饰语言表达。适度的修饰是一种装点，作为名词"饰"可指代装饰品，而过度的包装则流于伪饰，因此"饰"后来又发展出遮掩、伪装的意思。《管子·立政》："谄谀饰过之说胜，则巧佞者用。"《后汉书·范滂传》："皆以情对，不得隐饰。"

夸饰是一种独特的文学表现手法，"夸"为夸张虚诞，"饰"为增饰华美。作者在描摹客观事物的时候，如果采用质直的手法，往往感觉平白乏味，不足以表现其生动的样态。而夸饰则在客观现实的基础上，对所表达的对象有意"言过其实"，以强调或突出其某一方面特征的修辞手法。其别称又有夸张、铺张、增文和扬厉。运用夸饰可以巧妙、深刻地揭示事物的本质特征，引起读者的想象和共鸣，增强原句的艺术感染力。

### (二) 中西比较

"夸饰"不仅作为一种修辞存在于中国文论话语体系之中，也同时存在于西方的文学创作领域。hyperbole (夸张) 作为一种英语辞格，指明显或过度夸大，以取得严肃、嘲讽或喜剧的效果。朗曼现代英语词典将它解释为 A figure of speech which gently exaggerates the truth，阐明这个辞格的实质是在事实基础上进行夸大。这种表达具有语言感染力，能够引起读者的想象，又不会使人信以为真。

事实上，英汉两种语言中的夸张手法都分为借助修辞手段的直接夸张和不借助修辞手段的间接夸张两种。从性质上来分析，汉语的夸张手法比英语的更丰富，除了故意扩大客观事实外，还可以缩小客观事实，或使用超前夸张。用缩小的手法突出所述事物的主要特征，同样可以增强语言表现力，给人留下深刻的印象。而把两件事中后出现的事物、现象放到先出现的事物、现象之前或与前者同时出现，则被称为超前夸张。这在英语中都是极少使用的。由此可见，就修辞论本身的范畴而言，"夸饰"作为中国文论话语体系中独特的艺术手法，无疑比西方辞格具有更广阔的阐释效力。

# 二、原始表末

战国时期，政治、道德、哲学和日常生活的夸饰之风渐起。楚地的"巫风"文化与奇谲怪异的神鬼传说，不仅为原始先民们的生活增添了离奇的想象，更逐渐在文学创作领域发展出了比兴、夸饰的文饰手法。《文心雕龙·夸饰》："自天地以降，豫入声貌，文辞所披，夸饰恒存。"早期的楚地民歌"山有木兮木有枝，心悦君兮君不知"，渐兴的民间诗句"一日不见，如三秋兮"(《诗经·王风·采葛》)、"千禄百福，子孙千亿"(《诗经·大雅·假乐》)，均采用比兴与夸饰的手法，极言相思之深与福禄之厚。"谁谓河广？一苇杭之。谁谓宋远？跂予望之。"(《诗经·卫风·河广》)"彼苍天者，歼我良人；如可赎兮，人百其身。"(《诗经·秦风·黄鸟》)"若朝亡之，鲁必夕亡。"(《左传·成公十六年》)"罔有敌于我师，前徒倒戈，攻于后以北，血流漂杵。"(《尚书·武成》)夸饰在早期文学作品中的广泛使用，反映了原始先民语言修辞意识的较早萌生。

此后屈原以此为基础，将夸饰发展成一种常见的创作手法。他在《离骚》等赋文中选取"昆仑"、"宛虹"、"风伯"、"海若"等神话意象与"美人"、"香草"等南楚意象，以丰富的神话意蕴和超现实想象等夸饰性赋象，来表现自身强烈的审美"修能"意识。"民生各有所乐兮，余独好修以为常。虽体解吾犹未变兮，岂余心之可惩。"从而使"夸饰"由文辞上的艺术修饰辐射到现实生活中的审美装扮，甚至是精神上的修养身性，极大地扩充了"夸饰"的意义内涵。

由屈原开启的赋体文学夸饰之风，被宋玉等亲传弟子发扬光大，泽及后人，成为了赋体文学的一种基本范式。刘勰《文心雕龙·夸饰》："自宋玉、景差，夸饰始盛。"同时语体风格也经由汉代赋家的重写产生了较大的变化，个体"修能"演变为润色鸿业，歌颂压倒了讽谏，屈赋一变而为汉赋，标志着历史开始由朴素进入到一个夸饰的新时代。司马相如的《上林赋》、《长门赋》、扬雄的《羽猎赋》、《甘泉赋》，描摹物象，铺陈情感，极尽夸饰之能事，突显了王权至尊与帝国气象。"夸饰"手法至汉赋被运用得淋漓尽致，在历史上达到了登峰造极的地步。

然而，夸饰一方面可以增强文辞的表达效果，另一方面，也因过度铺陈和违背客观事实而久为诟病。东汉唯物主义思想家王充就曾指出："世俗所患，患其事增其实；著文垂辞，辞出溢其真；称美过其善，进恶没其罪。"（《论衡·艺增》）语言的"增"遮掩了事实真相，使人失落了正确的价值判断。但不可否认，夸饰依然作为一种常见的语言现象，活跃在古人的日常生活之中。汉乐府民歌《上邪》："山无陵，江水为竭，冬雷震震，夏雨雪，天地合，乃敢与君绝!"《有所思》："闻君有他心，拉杂摧烧之。摧烧之，当风扬其灰! 从今以往，勿复相思，相思与君绝!"无不是以夸饰性的言辞修饰两种不同的情绪，截然相反又坚定不移，体现了"夸饰"强大的语言修饰力。

事实上，"夸饰"一词直到魏晋南北朝才由刘勰首次提出。刘勰《文心雕龙·夸饰》独立成篇，探讨了夸饰的历史演变与现实评价，并提出"夸而有节，饰而不诬"的基本原则，初步确立了这一修辞手法的运用规范和评价标准。至此，"夸饰"一词被正式纳入到了中国文论的话语体系之中，以点石成金的独特作用，在客观事实与艺术文本间搭起了一座诗意的桥梁。

唐宋以降，文学作品的创作愈繁，文辞愈丰，使得夸饰也在语言运用中得到了更加长足的发展。其中李白凭借对夸饰手法的熟练运用，造就了"口吐天上文，迹作人间客"的传世美名。有"黄河之水天上来，奔流到海不复回"（《将进酒》），也有"连峰去天不盈尺，枯松倒挂倚绝壁"（《蜀道难》），夸饰笔法所营造的非凡意境，将造物主的鬼斧神工展现得淋漓尽致。此外，夸饰在数量、速度、程度、空间和人物外貌等方面呈现出的多种状态，也使得平常的语言运用焕发出多重奇谲的光彩。"江流天地外，山色有无中。"（王维《汉江》）"笔落惊风雨，诗成泣鬼神。"（杜甫《寄李白》）"千呼万唤始出来，犹抱琵琶半遮面。"（白居易《琵琶行》）"此情无计可消除，才下眉头，却上心头。"（李清照《一剪梅》）"怒发冲冠，凭栏处，潇潇雨歇。"（岳飞《满江红》）这些脍炙人口的千古名句，无不展示了夸饰在文辞修饰中的独特魅力。

在现当代文学批评体系中，夸饰依然占据着不可或缺的重要地位，它以白话文的形式，焕发出新的时代风貌，彰显了强大的话语阐释力。当代文坛的莫言、王小波、刘震云，擅长以笔下人物的夸张变形来表明现实世界对人的一种异化，使病态精神与反常行为在夸张中得到放大和诠释，从而更大程度地突显人与世界的极端矛盾对立。与之不同，王蒙、王朔则把夸张作为抵达幽默的一种手段，通过夸张叙事造就语言的陌生化与形象化，增强实际的表达效果。而相较于传统文学的正统严肃，互联网影响下的网络用语则呈现出较大的弹性空间，如"你咋不上天呢"、"洪荒之力"、"穷得只能吃土"和"感觉身体被掏空"等语，戏谑夸张之余，也对现代生活进行了无情地调侃，表现了都市群体普遍的生存状态和心理感受。传统的中国文论话语，正逐渐渗入到现代生活，焕发出新的时代魅力。

# 三、选文定篇

## （一）史传之"夸饰"：传神之笔

惟先王建邦启土，公刘克笃前烈。至于大王，肇基王迹；王季其勤王家。我文考文王克成厥勋，诞膺天命，以抚方夏。大邦畏其力，小邦怀其德。……既戊午，师逾孟津。癸亥，陈于商郊，俟天休命。甲子昧爽，受率其旅若林，会于牧野。罔有敌于我师，前徒倒戈，攻于后，以北，血流漂杵。一戎衣，天下大定。乃反商政，政由旧。释箕子囚，封比干墓，式商容闾。散鹿台之财，发钜桥之粟。大赉于四海，而万姓悦服。

（《尚书·武成》，据黄怀信整理《尚书正义》，上海古籍出版社，2007 年，第 431—437 页）

《武成》言血流漂杵，亦太过焉。死者血流，安能浮杵？案武王伐纣于牧之野，河北地高，壤靡不干燥，兵顿血流，辄燥入土，安得杵浮？且周、殷士卒，皆赍盛粮，无杵臼之事，安得杵而浮之？

（王充《论衡·艺增》，据黄晖撰《论衡校释》第 2 册，中华书局，1990 年，第 391 页）

《尚书》是我国先秦时期一部重要的历史典籍，记载了众多上古时期的历史文献和古代事迹。其语言古拙，说理形象，层次分明，善用多种修辞手段，具有极高的文学价值。《武成》篇中，作者以"血流漂杵"的夸饰笔法，描绘了牧野之战的惨烈战况，却因过度夸饰、违背史实而引起后世的巨大争论。孟子率先对此提出质疑，认为"仁人无敌于天下，以至仁伐至不仁，而何其血之流杵也"。东汉王充也持批评态度，"《武成》言'血流浮杵'，亦太过焉，死者血流，安能浮杵？"他们一个根据战争的性质，指出"血流漂杵"之说不能尽信，一个根据战争中的现实情况，连问三个"安得"表明"血流漂杵"言之过甚，究其要旨，均属没有正确理解"夸饰"修辞的含义。诚如刘勰所言："襄陵举滔天之目，倒戈立漂杵之论，辞虽已甚，其义无害也。"立足于客观现实的"夸饰"，尽管是对某一事物的夸大其词，却依然可以做到不损文意，反而助于增强实际效果，使人愈发体会到"不觉其虚，弥觉其妙"的艺术况味，显示出"夸饰"独到的文辞魅力。

## （二）屈赋之"夸饰"：修能之好

帝高阳之苗裔兮，朕皇考曰伯庸。摄提贞于孟陬兮，惟庚寅吾以降。皇览揆余初度兮，肇锡余以嘉名。名余曰正则兮，字余曰灵均。纷吾既有此内美兮，又重之以修能。扈江离与辟芷兮，纫秋兰以为佩。汩余若将不及兮，恐年岁之不吾与。朝搴阰之木兰兮，夕揽洲之宿莽。日月忽其不淹兮，春与秋其代序。惟草木之零落兮，恐美人之迟暮。

余虽好修姱以鞿羁兮，謇朝谇而夕替。既替余以蕙纕兮，又申之以揽茝。亦余心之所善兮，虽九死其犹未悔。怨灵修之浩荡兮，终不察夫民心。

（屈原《离骚》，据洪兴祖撰《楚辞补注》，中华书局，1983年，第3—6、14页）

赋文学的夸饰之风，始盛于楚骚，最早则见于屈原的赋文创作。赋中他以天神后裔的巫者身份，跨越神话与现实的双重时空，运用众多夸饰性的意象，构筑出一个神奇而虚幻的艺术境界。这些具有超现实韵味的意象，均取自原始神话与巫话传说，不似人间之物，因而天然地具有一种超凡脱俗的高洁气质。这体现了屈原强烈的"内美修能"意识，从而把"夸饰"从最初的文辞修饰，演变为赋中人物对世界与人自身的一种刻意的审美装饰。如"纫秋兰以为佩"、"制芰荷以为衣"，身系香草，头戴危冠，腰佩长剑，屈子以自然美与人体美的彼此交融，构筑了一个自恋、自信的骚人形象，以"虽体解吾犹未变兮"、"虽九死其犹未悔"的夸饰心理，彰显了其对美政理想的憧憬和对高尚人格的追求。句中所言身体遭到肢解，肉身死去九次，实为夸饰之语，目的在于表现他为求索真理而永不妥协的现实精神，由此可见屈子对于外在文辞、饮食与服饰的夸饰与讲究，正是其"内美"与"修能"的必要彰显。

### （三）汉赋之"夸饰"：润色鸿业

下阴潜以惨廪兮，上洪纷而相错。直嶵嶵以造天兮，厥高庆而不可乎疆度。平原唐其坛曼兮，列新雉于林薄。攒并闾与茇苦兮，纷被丽其亡鄂。崇丘陵之驳骎兮，深沟嵚岩而为谷。往往离宫般以相烛兮，封峦石关施靡乎延属。

于是大厦云谲波诡，摧唯而成观。仰挢首以高视兮，目冥眴而亡见。正浏滥以弘惝兮，指东西之漫漫。徒回回以徨徨兮，魂固眇眇而昏乱。据轸轩而周流兮，忽輆軏而亡垠。翠玉树之青葱兮，璧马犀之瞵瑞。金人仡仡其承钟虡兮，嵌岩岩其龙鳞。扬光曜之燎烛兮，乘景炎之炘炘。配帝居之县圃兮，象泰壹之威神。洪台掘其独出兮，㩋北极之嶟嶟。列宿乃施于上荣兮，日月才经于柍桭。雷郁律而岩突兮，电倐忽于墙藩。鬼魅不能自还兮，半长途而下颠。

（扬雄《甘泉赋》，据张震泽校注《扬雄集校注》，上海古籍出版社，1993年，第50—51、53页）

及至汉赋，夸饰之风愈加猛烈，不仅大盛于司马相如与汉武帝时期的《子虚赋》、《上林赋》，更在其后的《甘泉赋》、《两都赋》上得到进一步的发展。"赋者，铺也；铺采摛文，体物写志也。"（《文心雕龙·诠赋》）其中"铺采摛文"之"铺"为铺陈、铺排之意；"摛"，亦铺张之意，其作为"夸饰"的别称，正是汉赋显著的艺术特点之一。这种体裁风格的形成深深植根于大汉帝国好大喜功的帝王情结之中，也使得汉赋的主要功能是歌颂压倒讽谏。因此，汉赋的夸饰，主要体现为赋家个人与大汉帝国、与中华民族融为一体的集体狂欢话语。扬雄所作《甘泉赋》记载了汉成帝郊祀甘泉泰畤、汾阴后土，以求继嗣之事。文中作者为突出洪台的巍峨高峻，运用夸饰的手法，描绘了洪台崛地而起，直冲北极，屋檐触及群星，殿宇旁经日月的壮观景象，以事实的适度夸张，营造了艺术的真实，加深读者印象的同时，突出了赋篇的主题思想。

### (四) 刘勰之"夸饰"：夸而有节，饰而不诬

夫形而上者谓之道，形而下者谓之器。神道难摹，精言不能追其极；形器易写，壮辞可得喻其真；才非短长，理自难易耳。故自天地以降，豫入声貌，文辞所被，夸饰恒存。虽诗书雅言，风格训世，事必宜广，文亦过焉。是以言峻则嵩高极天，论狭则河不容舠，说多则子孙千亿，称少则民靡孑遗，襄陵举滔天之目，倒戈立漂杵之论，辞虽已甚，其义无害也。且夫鸮音之丑，岂有泮林而变好；荼味之苦，宁以周原而成饴：并意深褒赞，故义成矫饰。大圣所录，以垂宪章。孟轲所云说诗者不以文害辞，不以辞害意也。

（刘勰《夸饰》，据范文澜注《文心雕龙注》下册，人民文学出版社，1958年，第608页）

南朝刘勰正式把"夸饰"作为文学的一种表现手法加以论述，从而使艺术的真实得以从生活的真实中跳脱出来，同时在对"夸饰"的看法上，也相比于王充等人有了根本的转变。在《夸饰》一文中，刘勰开篇即充分肯定了"夸饰"的必要性，高度指出"夸饰"是文学作品中永恒存在、不可或缺的艺术手法之一。接着他巧妙借鉴庄子、王充等人对"夸饰"认识的积极部分，提出应把孟子的"不以文害辞，不以辞害意"作为认识"夸饰"的正确态度，并在其后分别对儒家经典中"夸饰"的妙用与汉赋中"夸饰"的滥用做了具体分析，从而从根本上确立了"夸而有节，饰而不诬"的使用原则。此后，"夸饰"作为文学创作中一种必要的艺术手法得到了历代文人的普遍接受和认同，《夸饰》篇也成为对"夸饰"问题论述最为全面和深入的专题论文。

### (五) 李白之"夸饰"：逸兴遄飞，恣肆诗情

君不见，黄河之水天上来，奔流到海不复回。君不见，高堂明镜悲白发，朝如青丝暮成雪。人生得意须尽欢，莫使金樽空对月。天生我材必有用，千金散尽还复来。烹羊宰牛且为乐，会须一饮三百杯。岑夫子，丹丘生。将进酒，杯莫停。与君歌一曲，请君为我倾耳听。钟鼓馔玉不足贵，但愿长醉不复醒。古来圣贤皆寂寞，惟有饮者留其名。陈王昔时宴平乐，斗酒十千恣欢谑。主人何为言少钱？径须沽取对君酌。五花马，千金裘。呼儿将出换美酒，与尔同销万古愁。

（李白《将进酒》，据瞿蜕园等注《李白集校注》第1册，上海古籍出版社，1980年，第225页）

李白是我国伟大的浪漫主义诗人，更是盛唐诗歌的杰出代表。其诗以豪放俊朗、潇洒飘逸、超然狂放为世著称，在语言运用上的突出特征即为夸张。李白式的夸张蕴涵着鲜明的艺术特色，不仅运用频率高、范围广，手法多样，情感强烈，且往往是贯穿全诗，兼有同物象浑然一体之感。现代诗人余光中所作《寻李白》堪入化境："酒入豪肠/七分酿成了月光/余下的三分啸成剑气/绣口一吐，就半个盛唐。"将李白之诗酒风流展现得淋漓尽致。

正如《将进酒》"陈王昔时宴平乐，斗酒十千恣欢谑"、"呼儿将出换美酒，与尔同销万古愁"，酒的刺激和麻醉放大了他的失意之愁，却也以"夸饰"成就了他的豪放意气与悲情狂歌。既然"朝如青丝暮成雪"，何不"会须一饮三百杯"？万丈豪情正是通过"夸饰"笔法从胸口喷薄而出，彰显了他吞吐天地、囊括寰宇的气势。旧题严羽评论李白《将进酒》"一往豪情，使人不能句字赏摘，盖他人作诗用笔想，太白用胸口一喷即是"可谓是对李白式"夸饰"的完美诠释。

### (六)莫言之"夸饰"：魔幻现实主义的变异

　　高粱们奇谲瑰丽，奇形怪状。它们呻吟着，扭曲着，呼号着，缠绕着，时而像魔鬼，时而像亲人，它们在奶奶眼里盘结成蛇样的一团，又忽喇喇地伸展开来，奶奶无法说出它们的光彩了。它们红红绿绿，白白黑黑，蓝蓝绿绿，它们哈哈大笑，它们嚎啕大哭，哭出的眼泪像雨点一样打在奶奶心中那一片苍凉的沙滩上。

　　（莫言《红高粱家族》，据莫言著《红高粱家族》，当代世界出版社，2003年，第57页）

　　莫言是我国第一位获得诺贝尔文学奖的现当代文学作家，创作风格深受拉美魔幻现实主义的影响，但同时他又深深扎根于民族文化的土壤，通过现实主义将民间故事、历史与当代社会融为一体，表现出独特的东方魔幻现实主义风格。莫言的这种独特艺术手法，源于他总是以感觉为焦点，以"感觉"入手来营造"魔幻"，不仅使人物的全部感官开放地接受外部世界的一切信息，更把捕捉、体验到的种种感觉加以扩充、放大和夸张处理，让笔下的感觉因此带上一种浓重的"魔幻"色彩。在这样的感觉中，植物、动物与人一样洋溢着生命的灵动与活力，以一种新奇的感召力把读者带入一个神秘的世界。正如《红高粱》中的红高粱会呻吟、扭曲、呼号、哭笑一样，夸张式的情感体验彰显着狂欢式的生命激情，小说人物主观情感的传导，正是通过对非常态感觉的种种夸饰性表达才得以完成的。

# 四、敷理举统

　　作为一种修辞手段，"夸饰"在文学创作中发挥着独特的艺术作用，推动着文学语言由质朴走向生动，由生活的真实走向艺术的真实。然而，作为中国文论话语体系的重要一员，"夸饰"文本内涵的形成过程共经历了三个历史分期，因而也形成了三种独特的艺术层次，分别存在于日常生活层面、哲学言说层面和文学运用层面。

### (一)日常生活的审美艺术化

　　在人类早期的生活时代，伴随着原始审美意识的萌生，对日常生活的审美认知成为了自觉的艺术追求。这也标志着兴起于日常生活中的"夸饰"，必然包含着两大层次：一是在当用尺度之内，古人将此种状态称为朴素；二是在当用尺度之外，具体指超出当用尺度的其他部分，它以一种变形的形态，延展了第一层次的意义内容，使日常表意更加丰富。

　　人类早期生活的方方面面，都内涵着夸饰的意味，几经打磨的劳动工具、日常制作的手工艺品，这些源于工具的、身体的、衣饰的、行为的种种夸饰，无不是通过其艺术化、审美化的外在形式，彰显着人们与生俱来的审美情趣和超脱于现实之外的情感诉求。在知晓夸饰以前，人尚没有脱离朴素的动物性的审美认知，背负着实在而沉重的肉身，却在知晓夸饰以后，仿若是灵魂披上了轻盈灵动的外衣，思维插上了多重想象的翅膀，人们得以自由地翱翔于真实与幻象的二元世界。

因此可以说，作为审美主体的人因夸饰而获得了新生，夸饰也成为了人历史生成意义上的重要标志之一。也就是说，夸饰是以一种人为的方式，打开了一扇崭新的生命意识的大门，从而把真实与虚幻、日常与想象巧妙地结合起来，使人们可以对日常生活审美之余，将自我独特的情感体验融于其中，造就全新的审美体验。

### （二）哲学言说的抽象思辨化

春秋战国时期，群雄争霸，百家争鸣，各国谋臣纷纷把论辩作为获取政治权力的重要渠道，各家学者也通过彼此论战宣扬自身的政治主张。论辩一跃成为了时代言说的重要方式，以其哲学的思想内涵，日益走向抽象化与思辨化。

语言层面的夸饰正是从这样的论辩与思想活动中必然地生发出来的，其中大言与小言言说方式的出现，正是这一时期语言夸饰的一大现象。据考证，"大言"、"小言"之名最初源于《庄子》，本是战国时期流行的一种语言游戏，其后发展成为我国古代杂体诗文的常见类型，分别指语言向大处和小处的无限夸饰的言说。《礼记·中庸》："君子语大，天下莫能载焉；语小，天下莫能破焉。"

诸子百家的著作中，更有许多"大言"与"小言"。其中《晏子春秋》所记《景公问天下有极大极细晏子对》一文，从宏观、微观的角度对夸饰之言的两种极端做了经典喻证。这实际上已经说明，时人已经充分意识到语言的力量是无穷的，在夸饰的作用之下，它不仅可以把握真实现象的世界，更能虚构想象的、超越性的时空，建构一种前所未有的语言神话。如《庄子·逍遥游》中所记述的"接舆之大言"，以藐姑射山的神人事，当作一种比实在的、尝试范围内的世界更为真实的世界，不能以常人的耳目来衡量。从而从事实上说明了"夸饰"已经从最初日常生活的审美艺术，开始逐渐转为一种抽象与思辨的哲学言说，从而也直接催生了赋体文学语言的夸饰。

### （三）文学运用的浮饰虚诞化

赋体文学的创作始盛于楚骚，其中最具代表性的人物就是屈原。屈原使夸饰由一种语言的修饰手段发展成为一种常用的文学创作手法，并通过宋玉等辞赋家之手发扬光大，使其成为赋体文学语言的一个基本特征。然而，合理的夸饰"辞虽已甚，其义无害"，不合理的夸饰却往往导致虚伪的浮华和现实的失真，造成文学运用的浮饰虚诞化。正如司马相如、扬雄等人的赋文，写奔星、宛虹之象入于上林之轩，形高竣之极则"颠坠于鬼神"，奔星、宛虹等天上的灿烂之象进入了上林的厅轩，屋之高深使得鬼神也从半路跌落下来，语言的夸饰与意象的荒诞不真流于极端，也使得汉赋成为了铺张扬厉、文彩繁复的文体代名词。

正是在这种情况下，南朝刘勰提出了"夸而有节，饰而不诬"的基本原则，匡正了夸饰使用过程中的一些弊端，认为只要运用得当，便可以做到意义深广而不过分，语言夸饰而没有缺点。不仅高度肯定了夸饰在文学创作中的重要意义，更是首次将其作为一种必不可少的文学创作手法。"夸饰"的含义范围随着时代的发展变得越来越小，完成了从日常生活到言语思辨，最后过渡至文学修辞的整体历程。其后，也必将借助互联网时代的创新用语，在新的历史时期焕发出中国传统文论话语的时代新颜。

## ◎ 问题思考

1. 现代汉语中的夸张手法分为哪几种类型？
2. 中国文论中的"夸饰"是否完全等同于"夸张"？
3. 屈赋发展到汉赋，对"夸饰"的运用有何区别？
4. 刘勰在对"夸饰"的界定上做了哪些重要贡献？
5. "夸饰"文本内涵的形成共经历了哪几个历史分期？

## ◎ 参考书目

1. 杨树达：《中国修辞学》，上海古籍出版社，1983 年。
2. 傅庚生：《中国文学欣赏举隅》，陕西人民出版社，1983 年。
3. 林骧华主编：《西方文学批评术语辞典》，上海社会科学院出版社，1989 年。
4. 沈谦：《语言修辞艺术》，中国友谊出版公司，1998 年。
5. 刘朝谦：《赋文本的艺术研究》，华龄出版社，2006 年。

话语论风格

# 文　气

如果一个人精神面貌、身体状态好，我们常称赞他"气"质佳、"气"色好；如果一个人坚守操行、刚强不屈，我们总赞扬他有骨"气"，由此可见，以"气"论人已经深入到人们的日常生活中。以"气"论文更是中国古代文论史上内涵丰富、颇具特色的传统，从中更衍生出"元气"、"养气"、"神气"、"气势"、"气韵"等文论术语。"气"的内涵含混而复杂，演化成一种美学思想，涵盖到广泛的学科领域，值得关注和探索。"文气"说为何能进入中国文化，成为传统文论的重要组成部分？它又有哪些价值呢？

## 一、释 名 彰 义

### (一) 语义界定

"气"字，字形经历了漫长的历史演变。甲骨文写作"三"，金文写作"≒"，小篆写作"气"。许慎《说文解字·气部》："气，云气也。"段玉裁注："气本云气，引申为凡气之称，象云起之貌。"可见，"气"最初应指云气。"云气"一词在先秦的著作中已经出现，它表现出古代人们对于天地自然之象的图腾崇拜。《周易·说卦》："天地定位，山泽通气，雷风相薄，水火不相射。"秦汉后，"氣"与"饩"出现，《说文解字·米部》："氣，馈客刍米也。从米，气声。"说明"气"的本义是"馈赠别人粮食或饲料"。隶书出现后，"氣"假借为"气"，而其本义用它的异体"饩"来表示。段玉裁注："气、氣古今字。自以气为云气字。乃又作饩为廪气字矣。"从"氣"到"气"，不仅仅是简单的字形繁简转化，还蕴含着"气"流动不息的哲学内蕴。

从"气"到"文气"的演变，显示出"气"的内涵逐渐摆脱物质层面，走向艺术审美化。先秦时期，"气"的内涵得以拓展，《乐记》首次将"气"与音乐结合，"这是一个伟大的创造，为以后将'气'与艺术结合起来提供了典型，特别是对魏晋时期曹丕的以'气'论文的方式以及'文气'说的提出产生了深远的影响。"①秦汉时期，尤其在东汉，仕人清议和以"气"论人的品评之风兴盛，让"文"与"气"的关系更加紧密。到魏晋时期，曹丕提出"文以其为主"的"文气"说，使"文气"作为关键词正式进入中国文论话语体系。"文气"认定作家精神特质、状态与文章风格、风貌密切相关，以此入手，对文学作品和现象作出鉴赏、评析。

---

① 李泽厚、刘纲纪：《中国美学史》第 2 卷上，中国社会科学出版社，1987 年，第 29 页。

### (二) 中西比较

用"气"的概念来品评文学，是中国古代文艺评论的显著特点。现代学者往往将"文气"与现代文艺理论中的"风格(style)"对举，将其定性为风格论话语。但是"文气"本身具有丰富内涵，突破了"风格"仅指涉的语言表达特征，具有更广泛的文学批评价值。理解"气"的内涵，能够帮助我们厘清中西美学的区别。中国著名美学家叶朗先生就认为："西方的模仿说着眼于真实地再现具体的物象(所以'美'的范畴就占有很重要的地位)，而中国美学的元气论则着眼于整个宇宙、历史、人生，着眼于整个造化自然。中国美学要求艺术家不限于表现单个的对象，而要胸罗宇宙，思接千古，要仰观宇宙之大，俯察品类之盛，要窥见整个宇宙、历史、人生的奥秘。"①

"气"以及相关范畴在国外汉学界也备受关注，汉学家既提出不少新见，同时也存在因思维和文化差异导致的误读。英国著名学者李约瑟指出，在古代中国，人们认为物是由"气"凝聚而成，万物作为一个连续可感的整体，以"气"为中介来联结。万物都依赖"阴"、"阳"两种力量有节奏地相感互应，个人的内部节奏特征在有机宇宙中得到统一。国外对"气"内涵的理解非常丰富，翻译的方式也多种多样，如"以太"、"物力"、"生命力"、"物质"、"组合力"等。美国学者宇文所安根据气的不同含义，对"气"作出了多种翻译：breath(气息)、air(空气)、steam(气流)、vapor(水气)、pneuma(元气)、vitality(生命力)、有时也被译作 material force(物质力量)、psychophysical stuff(精神的物理材料)。② 但无论哪种翻译，都无法全面准确地传达出中文"气"所具有的内部含义。目前，较为科学的方法是采用音译加注法，将"气"译为"Qi：breath；air"，以求通过中西结合的方法更准确地指示出"气"的含义。

# 二、原始表末

"文气"说的发展演变可分为四个阶段，从先秦两汉滥觞，到魏晋南北朝确立，经过唐宋时期进一步发展，到元明清时期成熟。

先秦两汉，"文气"说在论述宇宙本体、解释生命特征和评议音乐得失中酝酿。其一，"气"被视为宇宙本体，成为哲学思考的载体。先秦诸子认为，"气"分阴阳，结合成"道"，然后衍生出天地万物，"万物负阴而抱阳，冲气以为和"(《老子·第四十二章》)；天地万物以"气"为中介而普遍联系，"通天下一气耳"(《庄子·知北游》)。"气"也是万物千差万别的原因，"杂乎芒芴之间，变而有气，气变而有形，形变而有生"(《庄子·至乐》)。到汉代，董仲舒将阴阳五行与气联系起来，《淮南子》用"元气"论来阐释宇宙演化的进程，"道始于虚霩，虚霩生宇宙，宇宙生气"(《淮南子·天文训》)。其二，气用来解

---

① 叶朗：《中国美学史大纲》，上海人民出版社，1985年，第224页。

② [美]宇文所安著，王柏华、陶庆梅译：《中国文论：英译与评论》，上海社会科学院出版社，2003年，第654页。

释人的生命现象和精神情绪。最早的医学典籍《皇帝内经》对气有详实的论述。古人认为，"气者，身之充也"（《管子·心术》），气的聚散决定生命的存在，"人之生，气之聚也，聚则为生，散则为死"（《庄子·知北游》），"万物自生，皆禀元气"（《论衡·言毒》）。再有用气评定人的性情，如孟子有言："我知言，我善养吾浩然之气"（《孟子·公孙丑上》）。"知言养气"，"气"被赋予道德属性。荀子也提出"治气养心"之术。其三，气也运用到音乐评议中，"凡奸声感人而逆气应之，逆气成象而乱生焉。正声感人而顺气应之，顺气成象而治生焉"（《荀子·乐论》），音乐进入"气"的视域，给后人以"气"论文学艺术开辟了道路，提供了启迪。

魏晋南北朝，"文气"说得以正式确立。曹丕在《典论·论文》中提出"文以气为主"，开创了以"气"论文的先河，"文气"自此进入中国古代文论话语，成为一个不可或缺、历久弥新的理论范畴。鲁迅《魏晋风度及文章与药及酒之关系》说："曹丕的一个时代可以说是文学的自觉时代，或如近代所说，是为艺术而艺术的一派。"这种文学上的自觉，表现在"文气"说的提出，确认了文学在抒情言志上的作用，文学的审美性得到认可。南朝梁代的文论家刘勰充分吸收了前人的思想，他提出"养气"，论述了创作主体保持良好心身状态的重要性。"气"的含义在《文心雕龙》里得到大大拓展，既论及作家，又谈及作品等方面，使"文气"说的发展达到一个新阶段。

唐宋时期，"文气"说在前朝的基础上继续发展。在唐代古文运动的背景下，韩愈提出"气盛言宜"说，看重道德品质对创作的影响，认为"气之与言犹是也，气盛则言之短长与声之高下者皆宜"（《答李翊书》）；刘禹锡认定"气"对"文"的统领作用，指出"气为干，文为支，跨轹古今，鼓行乘空"（《答柳子厚书》）。到宋代，苏辙提出通过"外游"来"养气"主张，认为"文者，气之所形。然文不可以学而能，气可以养而致"（《上枢密韩太尉书》），通过广泛游历和交友以增创作之气。二程、朱熹则对"气"与"理"、"道"的关系进入了深入的阐析。

元明清时期，"文气"说进一步深入到文学审美层面。元代郝经提出"内游"的主张，认为"游于内而不滞于内，应于外而不逐于外"（《内游》），明确反对苏辙提倡通过广泛游历以"养气"的方式。明初四大家之一的宋濂认为"为文必在养气，气得其养，无所不周，无所不及也"（《文原》），通过"养气"来实现"辞达而明道"。王阳明在哲学上论述"气与心"的关系。清代桐城派的刘大櫆，提出"行文之道，神为主，气辅之"（《论文偶记》）的"神气"说，在文学创作在"因声求气"中以求神气。到近现代，康有为、章太炎等学者在前人基础上继续推进"文气"研究。

可见，"气"的范畴和内涵在历史中迁移，在思潮中演化。从宇宙之"气"腾挪到人格之"气"，再到移接到文学之"气"，成为文化关键词广泛地应用到文学艺术理论，"气"观念的演化走过了"物—人—文"三个阶段。"文气"说流传至今，仍具有现代价值。它能够指导创作主体加强精神道德、内外积淀、文化素养、艺术个性等的人格建设，揭示作家创作过程的内在机制，能够指导创作主体进行文学创作，"文气说"确立的道德批评也能借鉴于当下的文学批评上。

# 三、选文定篇

## (一)气为文主:清浊有别

王粲长于辞赋,徐干时有齐气,然粲之匹也。如粲之《初征》、《登楼》、《槐赋》、《征思》,干之《玄猿》、《漏卮》、《圆扇》、《橘赋》,虽张、蔡不过也。然于他文未能称是。琳、瑀之章表书记,今之隽也。应玚和而不壮。刘桢壮而不密。孔融体气高妙,有过人者,然不能持论,理不胜辞,以至于杂以嘲戏,及其所善,扬、班俦也。

(曹丕《典论·论文》,据李善注《文选》第 6 册,上海古籍出版社,1986 年,第 2270—2271 页)

《典论·论文》是中国文学批评史上第一部文学专论。曹丕从分析"文人相轻"的积习入手,明确将"气"与文学创作活动联系起来,说明作品之"气"与创作主体的个性、才情和品德等特质,即作家之"气"密切相关,提出"文气"说的理论。气分清浊,有高下之分,"清"、"浊"内涵丰富,是中国古代文论风格说的起源。文章成为作者个体的外在表征,创作突出人的作用,而非社会教化,体现了魏晋时代文学的自觉意识。文气"不可力强而致","虽在父兄,不能以移子弟",高扬了主体的天赋气质,客观上尊重了文学个性化特征,符合魏晋时期人们崇尚自然的风气。文学批评在魏晋出现突出关注个人才性的转向,开始从分析创作主体气质入手评析创作风格,《典论·论文》在这里具有伐木开道之功。

## (二)气非虚谈:节宣卫气

昔王充著述,制《养气》之篇,验己而作,岂虚造哉!夫耳目鼻口,生之役也;心虑言辞,神之用也。率志委和,则理融而情畅;钻砺过分,则神疲而气衰:此性情之数也。

凡童少鉴浅而志盛,长艾识坚而气衰;志盛者思锐以胜劳,气衰者虑密以伤神:斯实中人之常资,岁时之大较也。若夫器分有限,智用无涯,或惭凫企鹤,沥辞镌思,于是精气内销,有似尾闾之波,神志外伤,同乎牛山之木;怛惕之盛疾,亦可推矣。

是以吐纳文艺,务在节宣,清和其心,调畅其气,烦而即舍,勿使壅滞;意得则舒怀以命笔,理伏则投笔以卷怀,逍遥以针劳,谈笑以药倦,常弄闲于才锋,贾馀于文勇;使刃发如新,凑理无滞,虽非胎息之迈术,斯亦卫气之一方也。

(刘勰《养气》,据范文澜注《文心雕龙注》下册,人民文学出版社,1958 年,第 646—647 页)

"气"是《文心雕龙》论述的重要范畴,四十篇中有三十一篇提及,总计八十次提到过"气"字,气论在《文心雕龙》中得到了完整而系统的阐释。刘勰在前人文气说的基础上,提出"气以实志，志以定言"（《文心雕龙·体性》），道明"气"对"志"、"言"的统领关系。"然才有庸俊，气有刚柔，学有浅深，习有雅郑，并情性所铄，陶染所凝。"（《文心雕龙·体性》）刘勰将"气"并列入影响作家风格的四个要素里。在《养气》篇中，刘勰认为，"气"是构成创作主体的要素，"养气"就是为了涵养文机，让创作主体保持良好的精神状态和旺盛的创作精力，针对当时"钻砺过分"的文风，要求作者"率志委和"，"清和其心，调畅其气"后方能开展创作。

### （三）气盛言宜：行仁游书

当其取于心而注于手也，汨汨然来矣。其观于人也，笑之则以为喜，誉之则以为忧，以其犹有人之说者存也。如是者亦有年，然后浩乎其沛然矣。吾又惧其杂也，迎而距之，平心而察之，其皆醇也，然后肆焉。虽然，不可以不养也。行之乎仁义之途，游之乎诗书之源，无迷其途，无绝其源，终吾身而已矣。

气，水也；言，浮物也。水大而物之浮者大小毕浮，气之与言犹是也，气盛则言之短长与声之高下者皆宜。虽如是，其敢自谓几于成乎？虽几于成，其用于人也奚取焉？虽然，待用于人者，其肖于器邪？用与舍属诸人。君子则不然：处心有道，行己有方；用则施诸人，舍则传诸其徒，垂诸文而为后世法：如是者，其亦足乐乎？其无足乐也？

（韩愈《答李翊书》，据马其昶校注《韩昌黎文集校注》上册，上海古籍出版社，2014 年，第 190—191 页）

韩愈结合自己古文阅读和创作经验，提出"气盛则言之短长与声之高下者皆宜"，即"气盛言宜"说，阐述心理状态与表达语言的关系。韩愈谈论的"气"多指创作主体后天通过学习，"行之乎仁义之途，游之乎诗书之源"，以获得创作所需的道德修养和文学修养。他强调后天的学养的关键作用，继承了孟子"知言养气"说中重伦理道德的论"气"传统，体现了他"文以载道"的正统儒家思想。"气盛"，就是创作主体要做到思想上的醇正，取心注手，通达情意，如此方能"气盛"，写好文章。

### （四）气养而至：江山助奇

辙生好为文，思之至深，以为文者气之所形。然文不可以学而能，气可以养而致。孟子曰："我善养吾浩然之气。"今观其文章宽厚宏博，充乎天地之间，称其气之小大。太史公行天下，周览四海名山大川，与燕、赵间豪俊交游，故其文疏荡，颇有奇气。此二子者岂尝执笔学为如此之文哉？其气充乎其中而溢乎其貌，动乎其言而见乎其文，而不自知也。辙生十有九年矣，其居家所与游者，不过其邻里乡党之人，所见不过数百里之间，无高山大野可登览以自广。百氏之书虽无所不读，然皆古人之陈迹，不足以激发其志气。恐遂汨没，故决然舍去，求天下奇闻壮观，以知天地之广大。

（苏辙《上枢密韩太尉书》，据曾枣庄等校点《栾城集》上册，上海古籍出版社，1987 年，第 477—478 页）

苏辙认为"文者气之所形",文章是气的外在表现;"气可以养而致",学文应先养气,而不应苟同与西昆体浮丽、太学体艰涩的文风,终日孜孜于文章技法。"其气充乎其中而溢乎其貌,动乎其言而见乎以其文,而不自知也",系统地表述了文章"志—气—言—文"的形成过程。"学文"不仅需要广泛阅读,还要"求天下奇闻壮观,以知天地之广大",重视"外游",周览四海名山大川,与豪杰贤士大夫游,这在历来论气诸说中是具有独特见解的。

### (五)神气相辅:因声求气

行文之道,神为主,气辅之。曹子桓、苏子由论文,以气为主,是矣。然气随神转,神浑则气灏,神远则气逸,神伟则气高,神变则气奇,神深则气静,故神为气之主。至专以理为主者,则未尽其妙也。盖人不穷理读书,则出词鄙倍空疏。人无经济,则言虽累牍,不适于用。故义理、书卷、经济者,行文之实,若行文自另是一事。譬如大匠操斤,无土木材料,纵有成风尽垩手段,何处设施?然即土木材料,而不善设施者甚多,终不可为大匠。故文人者,大匠也;义理、书卷、经济者,匠人之材料也。

神者,文家之宝。文章最要气盛:然无神以主之,则气无所附,荡乎不知其所归也。神者气之主,气者神之用。神只是气之精处。古人文章可告人者惟法耳。然不得其神而徒守其法,则死法而已。要在自家于读时微会之。

(刘大櫆《论文偶记》,据范先渊校点《论文偶记》,人民文学出版社,1959年,第3、4页)

刘大魁在肯定前人对气、文关系的探索基础上,提出"神气"说。从创作主体上看,他强调"神"与"气"的关系:"气随神转,神浑则气灏,神远则气逸,神伟则气高,神变则气奇,神深则气静。"他认为,"神"在创作过程中起主要作用,"气"起辅助作用,"神者,文家之宝"。"神"是"气"之精处,即精气。从创作客体上看,"神气"还指蕴含在作品中"神"与"气",在一定意义上继承了韩愈的"气盛言宜"。"神气者,文字最精处也;音节者,文之稍粗处也;字句者,文之最粗处也","音节高则神气必高,音节下则神气必下,故音节为神气之迹"。刘大魁认为,文章"音节"随"神"、"气"的高下而高下,"神"、"气"难把握,但"音节"、"字句"作为艺术载体,切实可感,所以要"因声求气"。"因声求气"后来逐渐发展成桐城派学习古文的重要传统。

### (六)气贯成文:断续节奏

我欣赏中国的一个说法,叫做"文气",我觉得这是比结构更精微,更内在的一个概念。什么叫文气?我的解释就是内在的节奏。"桐城派"提出,所谓文气就是文章应该怎么起,怎么落,怎么断,怎么连,怎么顿等这样一些东西,讲究这些东西,文章内在的节奏感就很强。清代的叶燮讲诗讲得好,说如泰山出云,泰山不会先想好了,我先出哪儿,后出哪儿,没有这套,它是自然冒出来的。这就是说文章有内在的规律,要写得自然。我觉得如果掌握了"文气",比讲结构更容易形成风格。文章内在的各部分之间的有机联系是非常重要的。有的文章看起来很死板，有些看起来很活。这个"活"，就是内在的有机联系，不要单纯地讲表面的整齐、对称、呼应。

（汪曾祺《小说创作随谈》，据汪曾祺著《汪曾祺全集》第3卷，北京师范大学出版社，1998年，第313—314页）

汪曾祺谈论文学艺术创造，秉承文气说，认为作家气质决定作品风貌，气质一旦形成，很难改变。在谈及小说艺术时，将"文气"演绎为文章内在的节奏。他认为"文气"说突破了小说内容和形式的二元对立，较"结构"更有阐明风格形成的理论说服力，落在文章起、落、断、连、顿的分析上，直接继接了桐城派的观点。"文章内在的各部分之间的有机联系是非常重要的"，强调说明了文气贯通的重要性。汪曾祺完成"文气"说的现代性转换，将其构建成现代小说理论，从侧面说明了文气理论的生命力。

# 四、敷理举统

在中国古代文论中，"文气"说是一个独具民族特色的文学理论，古往今来，对"文气"的阐述可谓绵延不绝。把"文气"说简单划分为风格论话语，不符合古代文论的历史事实。总体看来，"文气"说包含与文学创作相关的创作主体之气，即"作家之气"，包含与作品风貌相关的"文章之气"，还有的兼而论之。创作就是"作家之气"展现"文章之气"的实现过程。

## （一）"文气"与"作家之气"

关于"文气"对"作家之气"的侧重，在文论史上有两派论述。一派是以孟子的养气说为代表，重视培养人格道德；一派则以刘勰的养气说为典型，重视保养天生精气。重视培养人格道德的"文气"说，将文章与道德紧密联系，认为创作主体的道德品行、修养是文学创作的前提：只有具有美好的道德品质，才有可能写出好的作品。孟子提出"知言养气"说中的"浩然之气"，是指人格层面的凛然正气。道德品质成为评判文学作品水准的要素，正如韩愈所言："根之茂者其实遂，膏之沃者其光晔。仁义之人，其言蔼如也。"（《答李翊书》）"养气"也就成了培养道德品质的重要手段。这种风尚，一方面引导艺术家加强人格修养，展现积极健康的艺术风貌；另一方面又束缚艺术创作的手脚，让艺术创造背负沉重的道德包袱。

而重视保养天生精气的"文气"说，将文章与个人气质、身心状态结合起来，具有现实的启发意义。"养气"说强调创造对主体生理、心理的客观要求，遵循了文学创作的客观规律。就像刘勰认为："童少鉴浅而志盛，长艾识坚而气衰；志盛者思锐以胜劳，气衰者虑密以伤神。"（《文心雕龙·养气》）如果看不到创作主体的差异性，不重视对"气"的保养，必然导致"为文害命"的恶果。只有遵循"性情之数"，"玄神宜宝，素气资养"，达到"水停以鉴，火静而朗"的"虚静"状态，才能"无扰文虑，郁此精爽"。

在"作家之气"的培育上，有"不可强力而至"和"气可以养而致"的对立立场。在坚持"气可以养而致"的观点中，不同的"文气"说又有不同的"养气"方式。一方面侧重通过广游山川的"外游"来养气,另一方面侧重通过饱览诗书的"内游"来养气。

先看"外游"。刘勰"登山则情满于山,观海则意溢于海"(《文心雕龙·神思》)一句,足见物色可以启迪文思,向外游历可以启发创作。苏辙在谈论游历对"养气"的重要性时,列举孟子、司马迁的例子,聚焦个人社会阅历的积累,说明登览名山大川、交流英雄豪杰能够增加扩大自己的视野,增长自己的见识,帮助提高主体的创作能力。再看"内游"。诚如韩愈所言,"行之乎仁义之途,游之乎诗书之源"(《答李翊书》),他强调学习诗书作品,丰富内在学识,提升人格修养,增加创作的才干。郝经认为"其游也外,故其得也小;其得也小,故其失也大","欲游乎外者,必游乎内"(《内游》),他外在的游历不能真正提高创作水平,转向重视内心的审美体验活动。后有文论家将两派观点融合,把内外游结合起来看待。

### (二)"文气"与创作过程

有了作家之气,开展文学创作,即可创作文学作品。但是,并非无时无刻都适应开展文学创作。"文气"的养成,客观上规定了创作过程需要遵照一定的规律。

创作主体"情以物迁,辞以情发"(《文心雕龙·物色》),有了新鲜的审美体验和感受,进而有了创作动机和冲动,而艺术创造,王国维在《人间词话》中认为,是创作主体旺盛生命冲动的发表。这个生命冲动的出现,到文学作品的完成,中间要经过复杂的构思和组织,极少提笔就能一蹴而就、信手成章。"文气"说认为,如果创作冲动不能靠"文气"来统领,不注意"养气",会造成精气内销,神志外伤。皎然论及诗歌说道:"气高而不怒,怒则失于风流;力劲而不露,露则伤于斤斧;情多而不暗,暗则蹶于拙钝;才赡而不疏,疏则损于筋脉。"(《诗式·诗有四不》)虽仅论诗歌,但反映出,文学作品能有恰当的审美品质,客观上要求创作主体通过"养气",要培育出一种平和中正的气度。

通过"养气",让创作主体有效平息创作冲动带来的亢奋、郁滞、焦躁的心理状态,保持旺盛的创作精力,利于创作过程平稳顺利地开展。"是以陶钧文思,贵在虚静,疏瀹五藏,澡雪精神。"(《文心雕龙·神思》)在"虚静"的状态中随情适志,构思达意。而在平时,"养气"使创作主体保有良好充实的精神状态,反过来能够适时地激发创作冲动,为文学创作准备好物质条件,激发出新的创作过程,恰如姚鼐所说:"欲得笔势痛快,一在力学古人,一在涵养胸趣。夫心静则气自生矣。"(《与陈硕士书》)"心境"是"养气"的结果。刘勰在《文心雕龙》的《养气》篇就集中论述了创作过程中不养气带来的后果:"若夫器分有限,智用无涯,或惭凫企鹤,沥辞镌思,于是精气内销,有似尾闾之波,神志外伤,同乎牛山之木。"

### (三)"文气"与"文章之气"

将"文气"说判定为风格论话语,是因为在文论范畴,"文气"在一定意义上等同为文章的"风格"。用文章之"气"来统纳评析文章的风格,帮助我们更好地更全面地认知文章的体貌特征。

曹丕在将"气"引入到文学评论中时,对气有了"清"、"浊"两种最初的分类,被作为中国文艺理论中风格论的起源。后人将"清"评定为阳刚之气,将"浊"评定为阴柔之气。

刘勰在这个基础上进一步阐发："然才有庸俊，气有刚柔，学有浅深，习有雅正。"(《文心雕龙·体性》)坚持了以气论风格的观点，将风格规定为"典雅"、"远奥"、"精约"、"显附"、"繁缛"、"壮丽"、"新奇"、"轻靡"八种样态，对风格的把握更加细化和精确了。到清代桐城派的姚鼐，在分析历代学说的得失后，精准总结了"文气"说中的关于风格的论述："且夫阴阳刚柔，其本二端，造物者糅而气有多寡进绌，则品次亿万，以至于不可穷，万物生焉。故曰：'一阴一阳之为道。'夫文之多变，亦若是已。糅而偏胜可也，偏胜之极，一有一绝无，与夫刚不足为刚，柔不足为柔者，皆不可以言文。"(《复鲁絜非书》)将文章风格简化为阳刚、阴柔两种，一方太强都不致成文，阳刚之气、阴柔之气要有糅合。

"文章之气"也非强力可至。"文气"说崇尚文章自然、纯真，反对刻意雕琢、矫揉造作。"文气"的自然舒展，不但串联了作者和文章，在中国古代哲学的观念中，也沟通了人与天、地的关系。听凭创作主体的艺术表达的自然真情流露，既保全作家之气不遭损害，也让文章通晓明畅。苏轼说："吾文如万斛泉源，不择地皆可出。在平地，滔滔汩汩，虽一日千里无难。及其与山石曲折，随物赋形，而不可知也。所可知者，常行于所当行，常止于不可不止，如是而已矣！"(《文说》)讲的就是这个道理。

## ◎ 问题思考

1. 先秦的"气论"对原始"气"哲学有何发展？
2. 魏晋完成"气"向美学意义的"文气"转型的原因？
3. 刘勰《文心雕龙》的"养气篇"与刘勰其他论"气"的篇章有何内在关系？
4. 试比较"气"与西方原子论的异同。
5. 试说明传统文化之"文气"的现代意义。

## ◎ 参考书目

1. 陈竹：《中国古代气论文学观》，华中师范大学出版社，1995 年。
2. 张少康、刘三富：《中国文学理论批评发展史》，北京大学出版社，1995 年。
3. 朱恩彬、周波主编：《中国古代文艺心理学》，山东文艺出版社，1997 年。
4. 童庆炳：《中国古代文论的现代意义》，北京师范大学出版社，2001 年。
5. 徐复观：《中国艺术精神》，华东师范大学出版社，2001 年。

# 风　骨

　　鲁迅在谈及魏晋文学时，曾提到曹操有两个特色：一是尚"刑名"，二是尚"通脱"。曹操提倡以严刑峻法来治世，在人才取用上不拘一格。而在诗文创作中，这种通脱则表现为废除陈规，力倡清峻风格。曹操的思想直接影响了以"三曹"及"建安七子"为代表的一大批魏晋文人的行为及文学创作风格，他们的作品中或高扬建功立业的政治理想，或对人生的短暂易逝发出哀叹，行文充满了慷慨悲凉的阳刚之气，形成了后人所谓的"建安风骨"。那么，何谓"风骨"？"风骨"有哪些审美特征及适用范畴？

## 一、释名彰义

### （一）语义界定

　　据现有文献记载，"风骨"作为一个范畴，最早出现于魏晋南北朝时期。在此之前，二字皆单独出现，各表其意。"风"，繁体为"風"，形声字，从虫凡声。许慎《说文解字·风部》释"风"曰："风，八风也。"《广雅·释言》曰："风，气也。"由上可知，"风"的本义为气之动，是一种自然现象，表示空气与地表平行的运动。"风"在古人眼中具有运化不息、鼓动万物的力量，段玉裁《说文解字注》："艮者，万物之所以成终而成始也。风之用大矣，故凡无形而致者皆曰风。"之后，古人便借风潜移默化、滋养万物这一特点来喻文艺作品的教化、感化和讽谏功能。如《毛诗序》："风，风也，教也，风以动之，教以化之……上以风化下，下以风刺上，主文而谲谏，言之者无罪，闻之者足戒，故曰风。"除此之外，"风"还有如下几个义项：第一，"六义"之一，特指诗体；第二，用于人物品评，表示人物性情的超然，如"风气韵度"、"林下风气"、"风神"、"风姿"、"风标"等；第三，用于文艺评论，表示文艺作品以情感所表现的审美感染力量，如"风力"、"风气"等。

　　"骨"，会意字，《说文解字·骨部》："肉之覈也。从冎有肉，凡骨之属皆从骨。"段玉裁注曰："骨，肉之覈也。覈，实也，肉中骨曰覈。"由此可知，骨的本义为骨骼。"骨"作为生物身体的一部分，最早被用于审查人物形象，确定人的吉凶和秉气，是古代传统相术文化中的重要内容。汉王充《论衡·骨相》云："论命者如比之于器，以察骨体之法，则命在于身形定矣。"《潜夫论·相列》载："人之有骨法也，犹万物之有种类，材木之有常宜。"在《世说新语》中也有许多与骨有关的词汇，如"骨力"、"骨气"、"骨鲠"等，皆属人物品评范畴。之后，"骨"又被纳入文艺品评范畴中，表示通过语言、结构等审美形式所展现出的内在的刚健力量，如卫夫人《笔阵图》："善笔力者多骨，不善笔力者多肉。多骨微肉谓之筋书，多肉微骨谓之墨猪。"

魏晋南北朝时期，基于"风"与"骨"相似的审美性质，二者合为一词，被纳入到审美范畴之中，广泛地运用于人物品评、诗文品评和书画品评。在人物品评和书画品评之中，"风骨"综合了"风"、"骨"各自用于品评时的含义，基本没有变化。但在诗文品评中，"风骨"的内涵在学术界至今仍有歧见。不过大多数学者认为，"风骨"是指一种鲜明生动、雄健有力、凝练而又富有感染力的文艺风格，它有赖于创作者的郁勃志气和丰沛生命力，在文艺作品中具体表现为情感表达的鲜明骏爽及语辞运用的精炼端直。

### (二)中西比较

在中国文论话语体系中，"风骨"被纳入风格论范畴，意指一种鲜明生动、雄健有力的文艺风格。在西方文论话语体系中，"崇高"(sublime)与之含义相近。西方美学史上关于"崇高"有悠久丰富的阐释史和阐释内容，朗吉努斯、康德、席勒等人都从不同角度阐释过"崇高"这一概念，其中，朗吉努斯的阐释最贴近于中国文论中的"风骨"内涵。

根据相关史料，"崇高"最早在公元1世纪由朗吉努斯引入美学范畴，用以表明一种充满力量与气势的文艺风格。在《论崇高》中，朗吉努斯指出，无论是诗歌还是散文，"崇高"是任何类型的话语中都可能出现的一种品质。"崇高"要求作品表现出力量、气魄和深度，要"像迅雷疾电一样，燃烧一切，粉碎一切"，对听众产生强烈的艺术感染力。"庄严伟大的思想"、"强烈而激动的情感"、"运用藻饰的技术"、"高雅的措辞"、"庄严高尚的布局"是"崇高"风格的主要特点。[①] 由此可见，"崇高"与"风骨"作为美学范畴，都强调"力"和"感染力"，并且都对情感的表达及语辞的运用有所要求。

除此之外，"崇高"和"风骨"都产生于纠正时代文风的语境之中，如朱光潜在《西方美学史》中指出，"崇高"概念在西方的提出，是因为"当时流行的'亚历山大理亚的风格'以及罗马'白银时代'的文艺作品，毛病都正在形式技巧的完美超过了前代，却见不出伟大的精神气魄"。[②] 而在文学批评范中首次引入"风骨"概念的刘勰，也是针对齐梁时代浮靡柔弱的文风提出的"风骨"概念。

但相对于强调强烈冲击力和感染力的"崇高"，"风骨"更讲求和谐中庸，因此"风骨"呈现出来的冲击力或感染力通常是"经过调和之后的清朗、俊逸之美"[③]，而"崇高"的冲击力通常是爆发式的，让人感到压迫和震惊；除此之外，朗吉努斯在《论崇高》中也谈及"崇高"的来源，他认为"崇高是高尚心灵的回声"，且崇高的实现是天赋和技巧共同作用的结果。但在有关"风骨"的论述中却没有提及天赋或高尚心灵对"风骨"风格形成的作用。"崇高"与"风骨"之间还存在许多差异，这里不再一一赘述。

## 二、原始表末

先秦两汉时期，"风骨"范畴尚未形成，"风"、"骨"仍然是两个独立的词。其中，

① ［古希腊］朗吉努斯著，钱学熙译：《论崇高》，《文艺理论译丛》第2期，人民文学出版社，1958年，第37页。
② 朱光潜：《西方美学史》，人民文学出版社，2002年，第108页。
③ 曹顺庆、马智捷：《再论"风骨"与"崇高"》，江海学刊，2017年第1期。

"风"主要承袭其在《毛诗序》中的意思，表示教化、讽谏之义。"骨"作为人体的一部分，则被广泛地运用于盛极一时的相术活动中，成为人物品鉴的重要依据。汤用彤先生在其论著中便指出了这一情况："汉代相人以筋骨。"①以"骨"鉴人是相术文化的类型之一，它是指通过人的"骨相"，即骨骼机理来推测和判断人的吉凶祸富、贵贱夭寿。

对"骨相"的重视在先秦两汉的诸多文献中都可觅得踪迹，其中以汉代王充的《论衡·骨相》最为知名。《论衡·骨相》是中国首篇以"骨相"命名的文章，在该文中，王充围绕"骨相"问题作了专门的论述。相术文化使得"骨"由纯粹的身体结构转化为一种人物品价标准，虽然只是基于骨相意义上的人物品评，但它确为之后"风骨"范畴在具有审美意义的人物品评体系和美学体系中的出现提供了语源启示。

魏晋南北朝时期，"风骨"范畴率先出现于人物品藻之中。该时期的人物品藻在玄学之风的浸染下，日益趋向于关注人的精神气度和风韵神采，由此，与"气"密切相关，且具有鼓动万物力量的"风"被移用至人物品鉴之中，指称具有丰沛志气与洒脱情性的人物，如《世说新语·赏誉》："风神清令。"而"骨"也从传统相术文化中的具象意义演化为感知上的审美意义，用来表示个体的一种精神品格。如《世说新语·品藻》："时人道阮思旷，骨气不及右军。"由于"风"、"骨"两字的构词能力很强，且在人物品鉴中为人所常用，"风骨"便逐渐合为一词出现于人物品评，表示人物爽朗挺拔，富于生气和力量之美。如《宋书·武帝纪》称刘裕"风骨奇特"，《南史·蔡撙传》评蔡撙为"风骨鲠正"。之后，刘勰在《文心雕龙》中特意撰写《风骨》篇，从涵义、特征到形成条件对文论语境中的"风骨"范畴作了系统论述，"风骨"由此作为重要的审美标准引入文论，表示一种鲜明骏爽、雄健有力的文艺风格。之后锺嵘在《诗品》中也频繁以"风力"、"骨气"进行诗文品评，并提出了"建安风力"一语来倡导建安时期雄健沉郁，慷慨悲凉的文学风格。《诗品》中虽没有直接出现"风骨"一词，但确以"风力"、"骨气"对"风骨"的文论涵义进行了阐释。"风骨"范畴被引入文论范畴中，其审美意义也逐渐建构起来，"风骨"论由此开始广泛地运用于诗文批评、书画批评等领域，成为中国文艺批评的重要范畴。

唐朝，以"力"和"气"为主要特点的"风骨"成为了唐朝文人对抗六朝浮靡文风的理论武器。从唐初史家、诗人到盛唐的文选家、批评家等，都自觉地将"风骨"作为自己诗学思想的重要组成部分，并以此为标准进行诗文品评。如初唐四杰之一的陈子昂就以"汉魏风骨"作为自己的诗学理想，积极倡导刚强劲健、风骨凛然的诗风。诗人李白也曾称赞友人的文章为"蓬莱文章建安骨，中间小谢又清发"（《宣州谢朓楼饯别校书叔云》）。而盛唐著名的批评家殷璠不仅对"风骨"进行了明确的强调，还在此基础上提出了声律与风骨兼备的诗学理想，并提倡以"建安风骨"作为参照标准进行诗文创作和品评。由此，"风骨"的理论地位在该时期得到提高，成为了理论批评的中心。

宋元时期是"风骨"理论的嬗变期。该时期，由于社会风气和时人审美诉求的移易，许多文论家都对"风骨"作出了新的阐释。其中，以严羽的阐释最为典型。严羽在继承前代"风骨"传统的基础上，明确提出了"建安风骨"和"盛唐风骨"这一命题。在《沧浪诗话》中，他评正始诗人阮籍的《咏怀》为"极为高古，有建安风骨"，评中唐诗人顾况的诗作为

① 汤用彤：《魏晋玄学论稿·言意文辨》《汤用彤学术论文集》，中华书局，1983年，第226页。

"稍有盛唐风骨处"，虽然严羽对"风骨"的内涵没有作直接的说明，但从他关于汉魏或盛唐诗歌的评点中不难发现，他所指称的"建安风骨"或"盛唐风骨"实为一种气象雄浑、笔力劲健的诗文风格。如他在《沧浪诗话·诗评》中论及唐诗或汉魏诗歌时所言："唐人与本朝人诗，未论工拙，直是气象不同……汉魏古诗气象混沌，难以句摘……建安之作，全在气象，不可寻枝摘叶。"该时期"风骨"的内涵虽基本承袭前朝的观点，但相对于前朝，"风骨"的内涵与"气象"、"体格"有了更多的联系。

明清时期，"风骨"的范畴更受重视，特别是清代，许多诗人和诗论家都将"风骨"视为诗歌创作必须恪守的第一要务，并以此来针砭时弊，倡导新的诗风。如毛先舒《诗辩坻》："诗主风骨，不专文采，第设色欲稍增新变耳。"贺贻孙《诗筏》："诗家固不能废炼，但以炼骨炼气为上，炼句次之，炼字斯下矣。"该时期，时人一方面继承了前人关于"风骨"的论述，甚至直接引用前人的论述之辞进行诗歌品评；另一方面则将"风骨"范畴广泛地施于辞赋、散曲评论和词论之中，大大扩展了"风骨"的内涵和适用范畴。如清代刘熙载《艺概·赋概》："楚辞风骨高，西汉赋气息厚，建安乃欲由西汉而复于楚辞者，若其至与未至，所不论焉。"

发展至现当代，"风骨"虽不再是文论体系中的核心议题，但关于"风骨"内涵的讨论至今仍然颇受中西方学者的关注。在中西方比较视野影响下，"风骨"被赋予了越来越多的含义："风骨"或被直接比附于西方的"风格"概念，成为西方文论话语"崇高"的同义词；或被拆分为两部分，以"风"表示情感、文意或作品的感染力，以"骨"表语言、文辞或事义……无论"风骨"的内涵如何，在现当代语境中，它为大众文化时代泛滥的文艺创作或文艺批评提供了一个评价的标杆或尺度，依然发挥着重要意义。不过在现当代语境中，"风骨"在人物品评中的应用频率要远高于文艺批评。

# 三、选文定篇

## (一) 刘义庆《世说新语》："风骨"与"人物品评"

> 王右军目陈玄伯垒块有正骨。
> 时人道阮思旷："骨气不及右军，简秀不如仲真长，韶润不如仲祖，思致不如渊源，而兼有诸人之美。"
> 蔡叔子云："韩康伯虽无骨干，然亦肤立。"
> 嵇康身长七尺八寸，风姿特秀。见者叹曰："萧萧肃肃，爽朗清举。"或云："肃肃如松下风，高而徐引。"山公曰："嵇叔夜之为人也，岩岩若孤松之独立；其醉也，傀俄若玉山之将崩。"
> （刘义庆《世说新语》，据余嘉锡笺疏《世说新语笺疏》中册，中华书局，2016年，第529、575、591、672页）

《世说新语》被鲁迅称为"一部名士的教科书"，它是一部以记录魏晋南北朝时期名士的言行轶事为主要内容的笔记体小说，其中自然涉及诸多人物品评的内容。"风骨"作为发源于人物品评的美学范畴，在《世说新语》中也频繁出现。相对于汉代借由"察举制"兴盛起来的具象意义或伦理意义上的人物品评，"风骨"是从纯粹的审美观照或艺术欣赏视角出发的，是对个体由内及外散发出来的精神风度和气质风貌的鉴赏。魏晋时期，虽然社会动荡不安，但该时期恰是中国历史上思想解放的一个重要时期。生活于这种环境中的士人以饮酒、服药、清谈和纵情山水为乐，他们特立独行、自信洒脱而又不拘小节，言行举止颇具"仙风道骨"。后人还以"魏晋风度"一词来表示魏晋名士的这种行为风格。实质上，"风骨"便是在这种行为风格影响下形成的人物特性，它是个体精神风貌与个体言行举止共同作用的结果，倾向于关注人的气质、风度和容貌，是个体一种精神性品格的外在表现。"风骨"自出现在魏晋人物品藻中以来，不断扩大着自己的辐射范围，对中国传统审美文化体系的建构发挥了重要影响。

### (二) 谢赫《古画品录》："风骨"与"书画品评"

夫画品者，盖众画之优劣也。图绘者，莫不明劝戒，著升沉，千载寂寥，披图可鉴。虽画有六法，罕能尽该，而自古及今，各善一节。六法者何？一气韵生动是也，二骨法用笔是也，三应物象形是也，四随类赋彩是也，五经营位置是也，六传移模写是也。唯陆探微卫协备该之矣。然迹有巧拙，艺无古今，谨依远近，随其品第，裁成序引。故此所述，不广其源，但传出自神仙，莫之闻见也。

（谢赫《古画品录序》，据俞剑华编著《中国画论类编》上卷，人民美术出版社，2016 年，第 355 页）

谢赫是南齐的画家、画论家，其《古画名录》是中国美术史上重要的绘画理论著作，也是中国首部系统性地将"风骨"相关概念引入绘画理论中的著作。在谢赫之前，东晋顾恺之在其《魏晋胜流画赞》中虽多次提及"骨"、"隽骨"和"骨趣"等概念，但顾恺之的论述大多以先秦两汉时的相术为依据，因缺乏理论上的自体性而显得不够成熟。在《古画名录》中，谢赫对我国古代的绘画实践进行了系统性总结，并点评了以曹不兴为代表的二十七位画家的画作，其中尤推曹不兴。他认为曹不兴的画笔力雄健，线条挺拔，画得生动而有气韵，颇具"风骨"。"风骨"即谢赫归入六法之中的"骨法用笔"和"气韵生动"，它们是"风骨"在画论中的具体表现。"骨法"即"风骨"之"骨"，它是指绘画用笔所具备的力量之美。魏晋时期的绘画基本以勾勒线条造型为主要方式，无论是体态的描摹还是表情的刻画都需要靠线条来实现，线条勾勒的准确性、力度、粗细、变化等都直接关系到作品的优劣。因此，谢赫在文中以"骨法"来强调用笔的力度及其具备的艺术美感。"气韵生动"即"风骨"之"风"，虽然谢赫在此没有明确提出"风"这一概念，但他在绘画中要求刻画形象生动、富有生命力和感染力的标准是受人物品评或诗文品评中"风"的概念影响的，它凸显着主体与客体相融合而呈现出的生动气韵和感染力。

### (三) 刘勰《文心雕龙·风骨》："风骨"与"诗文品评"

结言端直，则文骨成焉；意气骏爽，则文风清焉。若丰藻克赡，风骨不飞，则振采失鲜，负声无力。是以缀虑裁篇，务盈守气，刚健既实，辉光乃新，其为文用，譬征鸟之使翼也。故练于骨者，析辞必精，深乎风者，述情必显。捶字坚而难移，结响凝而不滞，此风骨之力也。若瘠义肥辞，繁杂失统，则无骨之征也。思不环周，索莫乏气，则无风之验也。昔潘勖锡魏，思摹经典，群才韬笔，乃其骨髓峻也；相如赋仙，气号凌云，蔚为辞宗，乃其风力遒也。能鉴斯要，可以定文；兹术或违，无务繁采。

（刘勰《风骨》，据范文澜注《文心雕龙注》下册，人民文学出版社，1958 年，第513 页）

刘勰的《文心雕龙·风骨》是首篇系统性地对"风骨"范畴进行论述的文章，也是"风骨"进入文论话语体系的正式开端。在《风骨》中，刘勰围绕"风骨"的内涵、"风骨"的提出背景、"风骨"与"文采"的关系，"风骨"的重要性几个方面进行了详细的阐述。刘勰认为文章是否具备"风骨"主要体现在两个方面：一是情感，二是语言。"结言端直"则文有"骨"，"意气骏爽"则文有"风"，即情感的抒发应当鲜明爽朗富有感染力，文章的语言要精炼端直言之有物，具有像"骨骼"一样遒劲雄健的力量，文章才能算得上有"风骨"。

刘勰的"风骨"论是针对齐梁时期好诡巧、繁华、膏腴而"风末力衰"的文学弊病提出的，但他并不反对"文采"。相反，刘勰认为一篇好文章，必然兼有风骨与文采。不过，刘勰的"风骨"论是站在汉代儒学基础上的，他以"风骨"纠正文章中的基本要素"情"和"辞"的同时，提出文章应该"思摹经典"、"熔铸经典"，以儒家经典为本实现文章创作的"通变"。虽然刘勰的"风骨论"有其局限性，但它的提出奠定了"风骨"的文论内涵，之后有关"风骨"的论述都是在刘勰"风骨论"内涵的基础上展开的。

### （四）钟嵘《诗品》："风骨"与"建安风力"

永嘉时，贵黄、老，尚虚谈。于时篇什，理过其辞，淡乎寡味。爰及江表，微波尚传，孙绰、许询、桓庾诸公诗，皆平典似《道德论》。建安风力尽矣。
（钟嵘《诗品序》，据曹旭集注《诗品集注》上册，上海古籍出版社，2011 年，第 28 页）

其源出于《国风》。骨气奇高，词采华茂，情兼雅怨，体被文质。粲溢今古，卓尔不群。嗟乎！陈思之于文章也，譬人伦之有周、孔，鳞羽之有龙凤，音乐之有琴笙，女工之有黼黻。俾尔怀铅吮墨者，抱篇章而景慕，映余晖以自烛。故孔氏之门如用诗，则公干升堂，思王入室，景阳、潘、陆，自可坐于廊庑之间矣。
（钟嵘《诗品·魏陈思王植诗》，据曹旭集注《诗品集注》上册，上海古籍出版社，2011 年，第 117—118 页）

钟嵘继承了刘勰关于"风骨"的阐释，并将"风骨"的范畴广泛地运用于诗歌批评之中。但相较于刘勰，钟嵘将"力"的品格以及"气"的作用与"风骨"更为紧密地联系在一起。为此，在《诗品》中钟嵘频繁使用"风力"、"骨气"这样的词汇，并且首次提出"建安风力"一语来表征建安时代的文学特征。建安时期,战乱频繁,百姓流离失所,因此该阶段的文学作品皆流露着一种渴望建功立业,但面对现实壮志难酬,感叹人生苦短,理想无法实践的慷慨悲凉之感。锺嵘认为建安文学的主要特征是饱含"力"与"气",因此称之为"建安风力"。而其中尤以"气"对建安风力的形成影响最大。"气"于锺嵘而言是作者的主观情志,他认为创作者的主观情志是"风力"生成的根因,特别是主体的怨愤感伤之情与清拔刚正之气。只有富于这样的志气,诗人才能创作出充满力度和感染力的作品,文章才会有显出"风力"。锺嵘虽没有直接提及"风骨"一词,但透过他的诗评不难发现,他所说的"建安风力"与"风骨"是同质的。

**(五)《与东方左史虬修竹篇序》与《河岳英灵集》:"风骨"与"盛唐风骨"**

> 文章道弊五百年矣。汉、魏风骨,晋、宋莫传,然而文献有可征者。仆尝暇时观齐、梁间诗,彩丽竞繁,而兴寄都绝。每以永叹,思古人常恐逶迤颓靡,风雅不作,以耿耿也。
>
> (陈子昂《修竹篇并序》,据徐鹏校点《陈子昂集》,上海古籍出版社,2013 年,第 16 页)

> 自萧氏以还,尤增矫饰。武德初,微波尚在。贞观末,标格渐高。景云中,颇通远调。开元十五年后,声律风骨始备矣。实由主上恶华好朴,去伪从真,使海内词场,翕然尊古,有南风周雅,称阐今日。
>
> 璠今所集,颇异诸家,既闲新声,复晓古体,文质半取,风骚两挟,言气骨则建安为传,论宫商则太康不逮。将来秀士,无致深憾。
>
> (殷璠《河岳英灵集》,据傅璇琮等编《唐人选唐诗新编》,中华书局,2014 年,第 156、157—158 页)

建安诗歌和盛唐诗歌均以"风骨"著称。但建安风骨以"慷慨悲凉"为主要特征,盛唐风骨则以"气象"为名。这与唐代国力兴盛,发展繁荣的时代背景息息相关。除此之外,从步入唐代以来,唐代的文学家、史学家、批评家等都有意识地批评六朝浮靡文风,希望建立一种以雅正简贵为本的文学新形态,于是"风骨"的范畴在该时期又得到了新的推崇和发展。其中,陈子昂与殷璠是唐代推崇"风骨"理论的代表人物。但相较于前朝以内容为重的"风骨"理论,陈子昂与殷璠不约而同地对"风骨"理论的形式内涵进行了革新,使"风骨"在新的阶段被赋予了新的气象。面对初唐诗坛"兴寄都绝"、"风雅不作"的创作现实,陈子昂深感不满,他认为诗歌创作应该以"汉魏风骨"为参照,积极恢复古诗比兴言志的传统,在诗歌中抒发建功立业的人生抱负以及豪情壮志,这样才能对抗初唐诗坛"彩丽竞繁"的文学风气,使文学创作趋于风雅。殷璠则将"风骨"与"声律"结合在一起,提倡"文质半取,风骚两挟",肯定了太康文学传统中关于形式的积极因素,使"风骨"理论有了更强的包容性。正是基于盛唐文学的极强包容性以及对"风骨"理论的推崇,盛唐文学才富于"气象",形成了笔力雄健、恢宏阔大的艺术境界。

# 四、敷 理 举 统

"风骨"在中国文论话语体系中被纳入到风格论范畴，意指一种鲜明生动、雄健有力的文学风格。作为一种文学风格，"风骨"的生成是内在机制与外在审美因素共同作用的结果，它对创作者的主观情志、情感表达、语辞运用等各方面都提出了诸多要求。

## (一)"风骨"的内在性特征

"风骨"的生成是一个由内而外，由性而体的过程。因此，一篇文学作品是否具有"风骨"首先取决于它的内部因素。根据曹丕"文气说"的观点，文学的内在性因素便是"气"。曹丕在《典论·论文》中曾言："文以气为主，气之清浊有体，不可力强而致。""气"指的是作者的主观情志，文学创作通常因作者主观情志的迥异会形成不同的文学风格。刘勰在继承此观点的基础上，从曹丕、刘桢等人出发，在《文心雕龙·风骨》中对"气"作了大篇幅的论述："故其论孔融，则云体气高妙；论徐幹，则云时有齐气……笔墨之性，殆不可胜。"刘勰的观点概括而言，是指作者的主观情志与其文章的艺术风格相统一，作者走笔行文的整体风貌是其气质才性的自然流露。因此，"风骨"与"气"之间也有着内在性的逻辑联系，"风骨"也常被人称为"气骨"、"骨气"或"气力"，可见"气"影响着"风骨"的生成。

"气"关乎着"风骨"的生成，"风骨"是"气"的体现，但并不是所有的"气"都能生成"风骨"。首先，"气"在"风骨"之先。"文以气为先"，有"气"才有文，才有文的"风骨"。刘勰在《风骨》篇言："意气骏爽，则文风清焉……缀虑裁篇，务盈守气。"也就是说作者先有浩荡沛然的正"气"，才能形成文章的"文风清焉"和"刚健既实"，"风骨"才能生成；其次，"气"与"风骨"有内外之分，"气"是内在的基础，"风骨"是外在的体现。只有在主观情志上"骨气奇高"，才能获得文章的"风骨"。正如在称赞有风骨的诗人时会用"气幽骨劲"、"气高骨高"等语，而没有风骨的诗人则会用"意气恹恹"、"气象衰颓"等词；最后，不是所有的"气"都能生成"风骨"。"气"有阴阳正反之分，欲修成"风骨"凛然，需得有象征着慷慨、刚健、雄奇、清正等正面品格和精神的"气"，而不能是象征着昏沉、浮躁、骄矜等负面品格和精神的"气"，如昏气、躁气、矜气等。"气"与"风骨"，正是一篇文章的内外，内有正"气"，才能外有"风骨"。

## (二)"风骨"的外部性特征

根据刘勰的观点，文学作品最基本的要素是"情"与"辞"。因此，无论是文学创作手法的运用还是文学风格的呈现，无一例外都是对"情"或"辞"这两大基本要素的加工整合。作为文学作品审美特征的主要载体，"情"和"辞"的主要内容和具体呈现方式直接关系到文学作品的整体风格趋向。"风骨"作为一种文学风格，在内部因素"气"满足的条件下，它对文章中"情"或"辞"两个基本要素的呈现方式提出了要求：一方面，文章的情感表达要做到鲜明骏爽，富有感染力；另一方面，文章的语辞则要尽可能精炼、端直，简洁有力。但"风骨"对"情"、"辞"的要求更多是形式意义，而非内容意义上的，它追求的是

"情"或"辞"的外在审美特征。因此，情感内容本身是非正义，是否符合儒家思想，是否达到所谓的伦理或道德正确的标准，都不影响文章"风骨"的生成。只要运用合适的艺术方式，使创作者的情感表达富有极强的渲染力和感染力即可。正如刘勰《文心雕龙·风骨》中所言，风骨的实现要"洞晓情变，曲昭文体"、"辞尚体要，弗惟好异"、"熔铸经典之范，翔集子史之术"等，这些要求更多地是从形式而非内容上对文学创作提出要求。因此，建安时期的诗歌与盛唐时期的时歌虽然呈现的是完全不同的情感内容，但它们都被冠以"风骨"的名号。综上，"风骨"的外在特征表现为"情"与"辞"所具备的形式意义上的审美特征。

### (三)"风骨"的整体性特征

"风骨"作为中国古代文论话语体系的关键词，被纳入到了"风格"的范畴之中，意指一种鲜明生动、雄健有力的文艺风格。但"风骨"这一风格不同于其他任何一种风格，"风骨"是一种整体性、概括性的风格，它远在其他风格之上，对其他文学风格有统摄作用。刘勰《文心雕龙》的第二十七篇《体性》是专门论述作者气性与作品风格关系的，在此篇中，刘勰集中讨论了八种文学风格，但在其后第二十八篇中，他又单独将"风骨"列为一篇进行论述，可见刘勰将"风骨"视为比"八体"还要高的一体，看成是最好的体，是第九体。因此，对"风骨"的理解要站在一个整体性、通用性的角度来看。任何一种文学风格都可以具备"风骨"，但只有在"情"与"辞"上达到"风骨"所要求的外部审美特征，其他文学风格才能称得上是有"风骨"。因此，"风骨"作为第九体，实质上是其他文学风格的最高级状态。

### ◎ 问题思考

1. 中国文论中的"风骨"与西方文论中的"崇高"有什么异同？
2. "风骨"与"气"有什么关系？
3. 文学创作如何做到有"风骨"？
4. 试论"建安风骨"或"盛唐风骨"的审美特征。
5. "风骨"范畴的形成与传统相术文化有何关系？

### ◎ 参考书目

1. (南朝梁)刘勰著，范文澜注：《文心雕龙注》，人民文学出版社，1958年。
2. (南朝宋)刘义庆著，余嘉锡笺疏：《世说新语笺疏》，中华书局，2016年。
3. 李建中：《魏晋文学与魏晋人格》，湖北教育出版社，1998年。
4. 汪涌豪：《风骨的意味》，百花洲文艺出版社，2001年。
5. 徐中玉等编，陈谦豫副主编：《中国古代文艺理论专题资料丛刊》，中国社会科学出版社，2013年。

# 自　然

　　诗人李白曾以"清水出芙蓉，天然去雕饰"一语赞赏友人韦太守的文章，认为韦太守的文章像刚出清水的芙蓉花一般清新质朴，充满着自然之美。在后来的一些古典文学作品中，此语也常借用来描述那些充满着自然美和人性美的女性形象。可以说，无论是诗歌、散文、小说还是戏剧，都充溢着颇具自然之美的情与景、物与事、人与文。"自然"之美犹如万水之源，触发了无数文人墨客的创作灵感，引就了无数动人诗文。那么，"自然"之美到底具备什么样的审美特征？作为一个文论话语，"自然"如何建构起自己的审美内涵？它的价值又在何处？

## 一、释名彰义

### (一)语义界定

　　"自然"二字最初单独出现，各表其义。"自"为象形字，《说文解字·自部》释"自"为："鼻也。象鼻形。"、"自"的本义即鼻子。鼻子在古代被认为是生命初始的象征，因此，以鼻子为本义的"自"逐渐衍生出指向生命自身的意义来，即"自己"。如《易经·乾》言："天行健，君子以自强不息。"、"然"本为"燃"之本字，形声字，从火肰声，《说文解字·火部》释"然"为："然，烧也。"徐铉注曰："然，今欲作燃。"本义是引火燃烧。除此之外，"然"尚有如下之义：第一，作词尾，表事物之状貌，如《孟子·梁惠王》："天油然作云，沛然下雨，则苗浡然兴之矣。"第二，假借为不再具备独立意义的助词，附着在词尾或句尾表示事物的某种状态，即"如此，这样"。如《荀子·劝学》："虽有槁暴，不复挺者，輮使之然也。"第三，"然"可用来表示陈述之真，《论语·雍也》："子曰：'雍之言然。'""然"还有一些其他意义，这里不做赘述。①

　　"自"、"然"合成一词最早出现于《老子》。《老子·六十四章》："是以圣人欲不欲，不贵难得之货；学不学，复众人之所过，以辅万物之自然而不敢为。"之后，"自然"作为一词开始广泛出现于各类文献之中，如《庄子·德充符》："常因自然而不益生。"嵇康《难自然好学论》："六经以抑引为主，人性以从欲为欢，抑引则违其愿，从欲则得自然。"结合"自"、"然"二字的词义及上述例子可知，在"自然"一词中，"自"构成了词语的基本意义，反指"自身"、"自己"，"然"则是对这种自身状态的肯定。"自然"就是表示自身如此的状态，即自然而然之义。

_____

　　① 高文强：《老子"自然"范畴之哲学内涵的生成及流变》，《中州学刊》，2008 年第 6 期。

"自然"最早在《老子》中是一个被纳入哲学范畴的道家词汇，表示万物"自然无为"的本质状态，与"道"异名同实。之后，随着不同范畴对"自然"一词的征用，"自然"在字面意义的基础上衍生出了不同义项，其中最主要的义项如下：第一，受西方文化影响，"自然"被用以指称由万物建构的自然界，即"nature"之义；第二，"自然"介入美学范畴之中，特指一种清新质朴、不饰雕琢、浑然一体的文艺风格。在中国人看来，"自然"既是审美的重要范式，也是对生命本质的探索，对"自然"的追寻与烙印在中国传统文化中"天人合一"的诗性精神是不谋而合的。

### (二) 中西比较

在西方文论话语体系中，没有一个概念与"自然"的内涵完全等同，但存在与该关键词倡导的文艺观念相类似的论述，其中最典型的是西方艺术创作中推崇的"无意识性"（unconsciousness）概念。

"无意识性"即创作的"自然"，意思是指艺术创作中的不自觉性或无意图性。别林斯基认为，诗的具体形象之中体现着理念，但诗人在作诗时从不有意识地去发挥这个理念，呈现于诗人面前的是本身暗含着理念的形象，他们本身见不到理念，但在创作中，无意识地使理念直接显现于感性形象。① 如英国18世纪浪漫主义诗人杨格提到："作家的独创性具有植物的性质，只是自然地生长，而不经过什么造作。"② 相较于中国古典美学范畴中的"自然"，"无意识性"不是一种文艺风格，它的概念范畴要更小些，也更偏重于文艺创作的灵感来源方面，对涉及文艺创作的情感抒发、创作技巧等几乎没有提及。此外，中国的"自然"论认为无意来自于有意，"自然"风格虽离不开偶然的灵感触发，但要想使艺术创作呈现自然无工之美，则需要长期的创作练习与有意识地灵活运用创作技巧。

# 二、原 始 表 末

"自然"本为道家术语，最早见于《老子·二十五章》："人法地，地法天，天法道，道法自然。"在《老子》中，"道"作为万物运行所遵循的规律，是万物产生的根源，也是宇宙中的最高实体。而"道"的本质即为"自然"。"自然"就是顺乎本性，天然自成，非外力强行施予的无为状态。作为"道"的本体，"自然"与"道"异名同实，指向万物自身的本质状态，具有浓厚的哲学本体论意味。据考，"自然"在《老子》中被直接提及五次，而不直接使用"自然"一词但仍然表达"自然"思想的地方则随处可见。作为道家的核心思想，老子不仅以"自然"来诠释万物本质，同时也将"自然"从本体论引申到君人南面之术中。《老子·十七章》有言："功成事遂，百姓皆谓我自然。"这里的"自然"即指顺应百姓天性无为而治的治国之术。在《老子》中，无论是哲学之义还是政治之义，"自然"的核心即"无为"。

战国时期，庄子继承《老子》思想，进一步阐释了"自然"的"无为"之义。但相较老

---

① [俄]别林斯基著，满涛译：《别林斯基选集》第二卷，上海译文出版社，1979年，第96页。
② 伍蠡甫：《欧洲文论简史》，人民文学出版社，1985年，第145页。

子，庄子将"自然"从本体论、治国原则层面延伸至个人修养层面，以"自然"来指示人生解脱之道，强调个体保持自然天性，摒弃主观意愿的重要性。《庄子·田子方》："夫水之于汋也，无为而才自然矣。""无为"即达到"自然"的根本路径，人只有回到自然的本性状态，才能达到至真至善，刻意的修为反而有损于德行。儒家、法家、兵家等其他先秦诸子学说中虽也包含"自然"思想，但明确提出"自然"，以"自然"贯穿全部学说并在本体论上标榜"自然"的只有道家。

两汉时期，黄老之学盛行，道家"自然无为"的观念作为黄老之学的核心观念被广泛地运用到政治实践之中。"自然"论由此被推崇至新的高度。其中以《淮南子》和《论衡》对"自然"的阐释最具代表性。《淮南子》基本承袭老子的"自然"观。但相较于老子，《淮安子》首次明确提出"自然无为"决不是"无所事事"，而是"循理而举事，因资而立，权自然之势"，即顺应自然规律而为。《论衡·自然》是中国首篇以"自然"命名的文章。在文中，王充继承发扬了道家"自然"的基本内涵，认为自然无为即天道："天动不欲以生物，而物自生，此则自然也……谓天自然无为者何？气也，恬淡无欲，无为无事者也。"除此之外，他还提出了"偶适自然"（《论衡·自然》），认为人的命运源自于先天禀受自然之气的多少，而非上天的有意安排。之后，王充以此来批驳董仲舒"天人感应"的谶纬神学，反对将天视为有意识地对自然界和社会进行安排的人格化的神明。

魏晋南北朝时期，玄学盛行，自然论一时风靡。其中以王弼和郭象对"自然"的阐释最具代表性。二人在继承先秦两汉"自然"观的同时，皆将"自然"与"名教"联系在一起进行分析。王弼在《论语释疑》中提到"自然亲爱为孝"，"道同自然，不私其子而君其臣"的观点，将儒家的礼制融入"自然"中，会通了儒家思想。在《庄子·齐物论》中，郭象一方面创造性地以"独化"释"自然"，认为"我既不能生物，物亦不能生我，则我自然矣"，将万物视作依靠自性自生自长的事物；另一方面，他又将"名教"的观念"自然化"，认为"君臣上下，手足内外，乃天理自然，岂真人之所为哉"，从而调和了"名教"与"自然"的关系。

魏晋南北朝时期，玄学的盛行使得时人在"自然"玄学观的影响下自觉追求率性旷达，放任自适的人生，"自然"由此逐渐脱离哲学范畴，融入日常生活，成为时人自觉的审美意识与生活风尚。"自然"论于此由哲学范畴浸润至美学范畴，逐渐成为创作和评判文艺作品的重要标准。如嵇康《琴赋》："更唱迭奏，声若自然。"成公绥《啸赋》："良自然之至音，非丝竹之所拟……信自然之极丽，羌殊尤而绝世。"将"自然"的概念应用于文艺范畴的例子俯拾皆是，但直到刘勰《文心雕龙》和锺嵘《诗品》的出现，"自然"作为一个古典美学的范畴才正式确立。刘勰在《原道》篇中以"自然"论述文学的本源，认为人文源于"自然"，奠定了文艺自然论的基础。针对齐梁的浮靡文风，刘勰多次以"自然"为标杆，要求文学创作应该自然而发，反对苦心经营和为文造情，从而调和了"自然"与"雕饰"之间的矛盾。锺嵘《诗品》则直接标榜"自然英旨"，将自然视为审美的最高品位，认为诗歌应该抒发自然真实的情感，反对过分追求用典和声律。"自然"自此成为文艺美学范畴中的重要风向标，影响着文艺创作与批评。

发展至唐朝，"自然"被自觉地当作一种品评维度，广泛地应用于诗歌、书画、文论等各个领域。如诗人李白赞其友人诗"清水出芙蓉，天然去雕饰"，张彦远在《历代名画记·论画体工用拓写》中将绘画作品分为自然、神、妙、精、谨细五个等级，并将"自然"列为"上品之上"，唐末司空图则在《二十四诗品》中为"自然"单列一品，并将其推崇为二十四品中的第二品等。随着"自然"思想在文艺领域的昌盛，"自然"理论也在诗辨中日趋成熟完善。其中与前朝"自然"文艺论有显著差异的是诗人皎然的观点。皎然反对前朝人将"自然"与"苦心经营"完全对立，他认为"自然"并非无意为之，相反，这种文学风格恰是"苦心经营"的结果。"自然"并非不加任何修饰，只要看似无斧凿之痕，令人感觉不思而得即为"自然"。

明清时期的文艺自然论，相较于前朝，更强调"自然"的"贵真"之义。其中，以李贽的"童心说"最为典型。李贽在《焚书·读律肤说》中谈及"自然"时就将其与情感的真实联系起来进行分析，他认为"盖声色之来，发于情性，由乎自然"，非于情性之外复有所谓自然而然也"，因此只有源自于真实感发而作的文章才有"自然"的风格。

中国古典美学发展至现当代已基本定型。总体来看，现当代的理论大多是对前人理论的总结概括，鲜少独创之见。但"自然"作为中国古典美学范畴，仍然被现在的诸多文艺家或理论家视作艺术创作的最高境界。巴金就曾说："艺术的最高境界，是真实，是自然，是无技巧。"①不过，在现当代语境中，"自然"在更多情况下与英文的"nature"相一致，用来指称由万物构成的自然界，被划归在科学范畴中。

# 三、选 文 定 篇

### (一) 庄子《庄子》：自然之道——顺其本性而为之

> 古之人，在混芒之中，与一世而得淡漠焉。当是时也，阴阳和静，鬼神不扰，四时得节，万物不伤，群生不夭，人虽有知，无所用之，此之谓至一。当是时也，莫之为而常自然。
>
> (《庄子·缮性》，据郭庆藩撰《庄子集释》中册，中华书局，2012 年，第 550—551 页)

> 孔子曰："夫子德配天地，而犹假至言以修，古之君子，孰能脱焉！"老聃曰："不然。夫水之于汋也，无为而才自然矣。至人之于德也，不修而物不能离焉，若天之自高，地之自厚，日月之自明，夫何修焉！"孔子出，以告颜回曰："丘之于道也，其犹醯鸡与！微夫子之发吾覆也，吾不知天地之大全也。"
>
> (《庄子·田子方》，据郭庆藩撰《庄子集释》中册，中华书局，2012 年，第 712—713 页)

先秦时期，老子"自然"观最重要的后继者便是庄子。在《庄子》一书中，"自然"的范畴前后直接出现六次，而表述"自然"思想却未直接使用"自然"一词的地方也有很多。庄子的自然观有四个层面的含义：其一，将"自然"与"天性"或"本性"关联，强调保持自然

---

① 巴金：《探索集·探索之三》，人民文学出版社，1981 年，第 41 页。

天性(人性和物性)的重要性，做到"常因自然而不益生"，反对人为地破坏或扭曲天性。其二，将"自然"与"真"相关联，提倡"法天贵真"，"自然"即天道，顺应自然就要做到真实和真诚。其三，继承老子的"自然无为"思想，提倡无为而治的政治理念。其四，庄子将"自然"思想融入自己的文艺观中，推崇自然之美，反对人为创造的艺术之美。

　　庄子对"本性"和"真"的重视，使他对儒家文化持明显的批判态度。他认为儒家提倡的道德伦理及政治理念都是主观上寻求"有为"的表现，是对人性和物性的破坏，是一套虚伪的理论。庄子的"自然"观基本承袭了老子"自然"观的内涵，他们都将"自然"视作道之本原，强调自然的"无为"特性。不过较之于老子，庄子进一步拓展了"自然"的含义。如果说老子的"自然观"偏重于"自然"的本体论建构以及主要作为政治原则来倡导的话，那么庄子则更多地将"自然"作为人生哲学的一部分，以"自然"来指示人生的解脱之道，实践人生审美理想的追求。

### (二) 刘安《淮南子》：自然之道——因其自然而推之

　　夫地势，水东流，人必事焉，然后水潦得沿行；禾稼春生，人必加功焉，故五谷得遂长。听其自流，待其自生，则鲧、禹之功不立，而后稷之智不用。若吾所谓"无为"者，私志不得入公道，嗜欲不得枉正术，循理而举事，因资而立，权自然之势，而曲故不得容者，事成而身弗伐，功立而名弗有，非谓其感而不应，攻而不动者。若夫以火熯井，以淮灌山，此用已而背自然，故谓之有为。若夫水之用舟，沙之用鸠，泥之用輴，山之用虆，夏渎而冬陂，因高为田，因下为池，此非吾所谓为之。

　　(刘安《淮南子·修务训》，据刘文典撰《淮南鸿烈集解》，中华书局，1989年，第634—635页)

　　天致其高，地致其厚，月照其夜，日照其昼，阴阳化，列星朗，非其道而物自然。故阴阳四时，非生万物也；雨露时降，非养草木也。神明接，阴阳和，而万物生矣。

　　(刘安《淮南子·泰族训》，据刘文典撰《淮南鸿烈集解》，中华书局，1989年，第665—666页)

　　《淮南子》是一部杂家著作，对各家学说兼容并包，但其中心思想仍属于道家。这一特征使得《淮南子》对道家"自然"说观点的继承是有所选择的。一方面，它承认万物皆有自性，而万物的趋向和发展也都取决于其自然本性，因此万物都处于不受外力影响的无为状态；另一方面，它又提出"无为"并非消极地无所作为，"无为"的真正含义当是因循自然而为之。因此只要将自然规律作为行事的依据和准则，既不强力为之，也不刻意为之，虽"有为"却也属"无为"范畴。只有违背自然规律的轻举妄动才是"有为"。

　　早在《老子》和《庄子》的"自然"观中，已经有无为即顺应自然而为的思想苗头，但首次明确地将"自然无为"定义为有条件性的"有为"，则出现于《淮南子》。在这里，《淮南子》通过对《老子》中"自然无为"之义的扩展，丰富了"自然"说的内涵，同时也打破了道家与儒家之间的壁垒，为后来魏晋南背朝时期"自然"与"名教"的融合趋势奠定了理论基础。

### (三) 刘勰《文心雕龙》：自然之文——源于自然，发于情性

> 傍及万品，动植皆文；龙凤以藻绘呈瑞，虎豹以炳蔚凝姿；云霞雕色，有逾画工之妙；草木贲华，无待锦匠之奇。夫岂外饰，盖自然耳。至于林籁结响，调如竽瑟；泉石激韵，和若球锽。故形立则章成矣，声发则文生矣。夫以无识之物，郁然有采，有心之器，其无文欤？
>
> （刘勰《原道》，据范文澜注《文心雕龙注》上册，人民文学出版社，1958 年，第 1—2 页）

刘勰的《文心雕龙》尤其提倡文艺"自然"论。据统计，《文心雕龙》中共有 9 处用了"自然"一词。首先在《原道》中，他从形而上的角度阐述了他对文学本原和本质的看法，为自然论向美学范畴的转向奠定了基础。他指出自然万物皆有其文，包括形文、声文和人文。"文"源于自然，是"道"的外化，它的形成同"道"的本质一样是自然而然的，因此，"自然"是"文"的本质特征。其次，刘勰针对齐梁时期浮靡繁缛的文风，高举"自然"旗帜，从情感和语言两个方面开出了自己的"药方"。在情感层面上，他要求做到自然而发，抒发真情实感，反对为文而造情；在语言层面上，他则在追求"自然"之美的基础上，提出加入适度的文学修辞手法以保证文章的文采性。只有实现"自然"与"雕饰"，"情感"与"法度"的统一，才算得上是一篇好的文章。总的而言，刘勰的"自然"文学观以"自然之道"本源论为基础，而使"雕缛成体"的文学艺术具有了自然之本，体用结合，为文艺自然论的发展提供了可行的路径。

### (四) 张彦远《历代名画记》：自然之画——妙悟自然，物我两忘

> 夫失于自然而后神，失于神而后妙，失于妙而后精。精之为病也，而成谨细，自然者为上品之上，神者为上品之中，妙者为上品之下，精者为中品之上，谨而细者为中品之中。余今立此五等，以包六法，以贯众妙，其间诠量，可有数百等，孰能周尽？非夫神迈识高，情超心惠者，岂可议乎知画。
>
> 遍观众画，唯顾生画古贤，得其妙理，对之令人终日不倦，凝神遐想，妙悟自然，物我两忘，离形去智，身固可使如槁木，心固可使如死灰，不亦臻于妙理哉！所谓画之道也。
>
> （张彦远《论画体工用拓写》，据张彦远撰《历代名画记》，浙江人民美术出版社，2011 年，第 28、30 页）

张彦远是中晚唐时期重要的书画家和美术史论家，学识渊博，兼擅诗文书画。他的《历代名画记》是对个人绘画理论的集中呈现，除此之外，该书涵盖了美术史、收藏、画家传记等相关内容，由此被视为中国第一部美术通史著作，在中国美术史中发挥着里程碑式的重要意义。上段论述是张彦远对绘画创作理论的阐释，他认为绘画作品可以分为自然、神、妙、精、谨细五等，其中"自然"处于最高等级。在绘画创作中，只有做到主观情志与客观环境的融合，进入"天人合一"的状态，才能物我两忘，将个体内在的生动气

韵与自然万物的内在生气统一起来，从而创造出颇具自然气韵的绘画作品。张彦远的"自然"论实质是对"自然"风格的整体阐释，无论是追求情感的真实，还是创作的无意为之，"自然"风格最终都应该给人浑然天成之感。

### (五) 叶梦得《石林诗话》: 自然之文——无所用意，不假绳削

"池塘生春草，园柳变鸣禽。"世多不解此语为工，盖欲以奇求之耳。此语之工，正在无所用意，猝然与景相遇，借以成章，不假绳削，故非常情所能到。诗家妙处，当须以此为根本，而思苦言难者，往往不悟。

诗语固忌用巧太过，然缘情体物，自有天然工妙，虽巧而不见刻削之痕。

(叶梦得《石林诗话》，据何文焕辑《历代诗话》上册，中华书局，1981 年，第426、431 页)

《石林诗话》也作《叶先生诗话》，是宋代众诗话中颇具影响力的一部著作。该书以记载北宋时期诗坛人物的遗闻轶事为主，同时也间杂着叶梦得的诗歌品评，是叶梦得诗论观点的集中体现。叶梦得受时代背景影响，偏好清新自然的诗歌风格，提倡在诗歌创作中尽可能地避免过于刻意的文字雕琢。对于当时推崇法度和炼字的江西诗派，叶梦得尤其持否定态度。他认为诗歌不应是苦心经营和刻意为之的结果，相反，诗歌应该无意为之，缘情缘景而发，这样写出的诗歌才有"天工之妙"，"虽巧而不见刻削之痕"。对"自然"的审美诉求，使叶梦得对山水诗人谢灵运的作品尤其偏爱。他认为谢灵运的作品技法精妙，却给人浑然一体不饰雕琢的感觉，而这才是诗歌创作的最高境界。

### (六) 钱锺书《谈艺录》: 自然之文艺——师法自然，巧夺造化

百凡道艺之发生，皆天与人之凑合耳。顾天一而已，纯乎自然，艺由人为，乃生分别。综而论之，得两大宗。一则师法造化，以模写自然为主。其说在西方，创于柏拉图，发扬于亚理士多德，重申于西塞罗，而大行于十六、十七、十八世纪。其焰至今不衰。二则主润饰自然，功夺造化。此说在西方，萌芽于克利索斯当，申明于普罗提诺。近世则培根、牟拉托利、儒贝尔、龚古尔兄弟、波德莱尔、惠司勒皆有悟厥旨。唯美派作者尤信奉之。窃以为二说若反而实相成，貌异而心则同。夫模写自然，而曰"选择"，则有陶甄纠改之意。自出心裁，而曰"修补"，顺其性而扩充之曰"补"，删削之而不伤其性曰"修"，亦何尝能尽离自然哉。

(钱锺书《模写自然与润饰自然》，据钱锺书著《谈艺录》，生活·读书·新知三联书店，2007 年，第 154—155 页)

《谈艺录》作为一部旨在论述中国传统诗学相关内容的文艺理论著作，体大虑精，涉猎广泛，囊括了修辞学、比较文学、美学等多个学科，是钱锺书先生的代表性著作之一。其中一章节《模写自然与润饰自然》，以中国传统美学范畴"自然"为本，集中讨论了钱锺

书对"自然"与"人艺"关系的认知。钱锺书不赞同摹写自然派与主张润湿自然派的绝对二分。在他看来，摹写自然时的取景是创作者在有意识地进行筛选，润湿自然时创作者则不能偏离自然本身，因此，文艺创作实质上皆建基于"自然"与"人艺"的相互统一。它与中国古代"自然"论中倡导的"天工"与"人巧"相统一的内涵是一脉相承的。

# 四、敷理举统

"自然"作为中国文论话语体系中的重要范畴，凭借其丰富的审美内涵给我们带来了独特的审美体验。它立足于"情性自然"、"意境自然"、"创作自然"三个层面，要求创作者在"情性"与"法度"、"天工"与"人巧"、"有意"与"无意"之间寻找到一个平衡点，从而创作出清新质朴，浑然一体的文艺作品。从古至今，"自然"都被国人视为最高的审美理想。

## （一）"自然"——情性自然

情性，即情感。情性自然即要求文艺创作者在创作过程中的情感要做到感物而发，自然而发。具体而言，它包含如下三个层面：

首先，从情感的产生机制上来看，情感作为一种精神能量，它的产生一方面来源于主体内部情感的长期积蓄。情感的积蓄是一个抑制的过程，抑制得愈严、愈久，积蓄的能量也就愈大，直到积蓄到无法抑制，便会发言为诗。正如陆游《澹斋居士诗序》言："盖人之情，悲愤积于中而无言，始发为诗。不然，无诗矣。"可知情感的长期积蓄导致了诗歌创作。另一方面情感产生于外界环境的偶然触发，是景与意会的直接结果，锺嵘所说的"气之动物，物之感人"正是"情"与"物"遇而文从中生的写照。

其次，从情感抒发机制上来看，情感的抒发是一个"不得已而为之"的过程。"不得已"指感情的表达和倾吐是人的理性无法扼制和操纵的，它如滔滔江水奔腾而下，来势凶猛，势不可阻。正如韩愈"不平则鸣"，情感的"不得已而发"是文艺创作的内驱力。"自然"追求创作的无意图性，无意图性并非真正的毫无意图或目的性，它只是通过一定的技巧和方法呈现给人无意图性的审美体验。情感在"不得已"内驱力的推动下进行抒发，通常就会呈现给读者不刻意、无意为之的感觉。

最后，从情感的性质上来看，"自然"的审美特征决定了创作者的情感要以"真"为核心，发自真情，文章才不会因虚伪的情感创造而给人以矫揉造作之感。

## （二）"自然"——创作自然

创作自然，即文艺作品创作手法的自然。"自然"的这一内涵主要是基于"法"提出的要求。"法"也是中国美学体系中的一个重要范畴，主要是规则、技法和规范，如诗文理论中讲求的篇法、章法和字法等。"法"是属于历史范畴内的概念，在不同的历史阶段，有不同的"法"。但"法"又有继承性，每一个时段的"法"都建基于前人之法的基础上，是对前人的继承或否定。"法"与"自然"不同，"法"是人造而非天然的。因此，"法"与"自然"存在性质上的根本对立，"法"的介入会限制、约束创作，"其负面影响便是阻碍了艺术思维的自由运行，损害了作品的自然天真"①。

但是，"自然"的文艺作品并非毫无法度。恰恰相反，"自然"是有意识地将法度介入其中的结果。但如何以"法"介入创作，关系到作者能否创作出"自然"风格的文艺作品。"自然"创作之"法"讲求灵活多变，随机而变，是无定法之法，是法度自然内化于作品之中的体现。因此，"自然"风格的实现对创作者提出了很高要求，通常只有创作者对法度的掌握达到炉火纯青的地步之后，才能将一系列固定的创作之法自然而然地运用于自己的创作之中，达到合于法度而不见法度的创作境界，即"不烦绳削而自合"的创作自然之境。

### (三)"自然"——意境自然

"自然"之所以被国人视为最高的审美理想，很重要的一点在于"自然"浑然一体的审美特征与我国传统文化中推崇的"天人合一"主体精神或思维方式是不谋而合的。"天人合一"——"天"即自然或外部世界，"人"则指向个体自身，"天人合一"即个体与自然或外部世界融合在一起，达到一种物我难分，心与境通的境界。"自然"便是个体在文艺领域中对"天人合一"境界的追寻，它是指通过情感与法度，天工与人巧的平衡统一，生成一种主体精神与客观世界融合为一的审美体验。

意境自然的生成是自然的"人性化"和人的"自然化"共同作用的结果。一方面，作为主体的人要带着主观精神去审察、体悟自然，并在与自然的交流中，逐渐将自身融入自然，成为自然的一部分；另一方面，作为客观世界存在的自然在人对它的体悟与观察中，从纯粹的客体存在化为带有主体精神的事物，即生成"意象"。在二者的相互融合中，由主体与客体构成的世界便生成了一种不可言说的自然境界，带给人浑然一体的深层审美体验。

## ◎ 问题思考

1. 美学范畴中，"自然"风格的内涵是什么？
2. 道家"自然"观的核心是什么？
3. 文艺自然论的形成有哪些中介环节？
4. "自然"论如何协调"有为"与"无为"之间的关系？
5. "自然"在当前文学批评和文学创作中有何意义？试举例说明。

## ◎ 参考书目

1. 钱锺书：《谈艺录》，生活·读书·新知三联书店，2007年。
2. 蔡锺翔：《美在自然》，百花洲文艺出版社，2001年。
3. 朱谦之：《老子校释》，中华书局，1984年。
4. 刘成纪：《自然美的哲学基础》，武汉大学出版社，2008年。
5. 李建中主编：《中国古代文论范畴发生史》，武汉大学出版社，2009年。

---

① 蔡锺翔：《美在自然》，百花洲文艺出版社，2001年，第121页。

# 含　蓄

　　与西方文化相比，中国传统文化常被冠以"含蓄"之名。不论是余韵悠长的诗词歌赋，还是数笔勾勒的国画山水，"含蓄"理所当然是中国文化的一个关键词。在人们普遍理解中，"含蓄"通常意味着情感的内敛沉稳和文学风格的婉转晦涩，但在中国文论的视域中，内涵远不止此。历代文论家们无不将含蓄美作为至高的诗歌理想，那么，"含蓄"风格能否抒发强烈的情感？它是否能做到"为一室之悲歌，下千年之血泪"？从"昔我往矣，杨柳依依"到"鸡声茅店月，人迹板桥霜"，当文论家们谈论"含蓄"的时候，他们究竟在谈论什么？

## 一、释 名 彰 义

### （一）语义界定

　　"含"是形声字，动词，从口，有三义：其一，本义为衔在嘴里，《说文·口部》："含，嗛也。"《释名疏证·释饮食》："含，合也，合口亭之也，衔亦然也。"《庄子·马蹄》："含哺而熙，鼓腹而游。"《韩非子·备内》："医善吮人之伤，含人之血。"其二，"含"经感官层面向抽象层面转变，由本义引申出"容纳"、"包容"之义。《周易·坤卦》："坤厚载物，德合无疆；含弘光大，品物咸亨。"指大地涵养万物，包含一切并使之生长。其三，"含"指人持有某种品质，如"含弘"指人心胸广博。《周易·坤卦》六三爻辞云："含章可贞，或从王事，无成有终。"此爻阴居阳位，"含"指人不轻易显露内藏的刚强气质，因此或可待时而动、辅佐君王。"含"也指人心中怀藏某种情感，如"含酸"指内心痛苦悲伤，"含怒"指人内蕴怒火。

　　"蓄"是形声字，动词，从艸，畜声。本义为积聚、储藏，《说文·艸部》："蓄，积也。"《国风·邶风·谷风》："我有旨蓄，亦以御冬。"《淮南子·说山训》："譬若树荷山上，而畜火井中。"引申为蕴藏之意，《国语·晋语四》："蓄力一纪，可以远矣。"因此，"蓄"作为动词有两义：本义"积蓄"，引申义"蕴藏"，有隐而不显之意。

　　"含蓄"一词，本义指容纳、深藏，引申可指人个性内敛、不易显露。作为文化关键词，"含蓄"是风格论范畴的文论用语，特指艺术作品具有意蕴深厚、言简义丰、耐人寻味、余韵十足的风格特点。

### （二）中西比较

　　西方文论中，"含蓄"（understatement）是与夸张（hyperbole）相对的修辞手法，多指修辞形容上轻描淡写所带来的反讽效果，又称"曲言"或"反语法"①，这与中国文论风格论范畴的"含蓄"在内涵上截然不同。

西方文论中并没有一个精准固定的概念与中国文论的"含蓄"相对应，美国著名汉学家宇文所安将"含蓄"翻译为英文"reserve"，他认为"reserve"既指人的个性矜持内敛，也指行文意思的保留，即"隐藏在语言背后或深处，或者在文本和语言结束之后再显露出来"的某种弦外之音②，后者的内涵与中国文论的"含蓄"更为贴近。非常有意思的是，在对《二十四诗品》"含蓄"一品进行翻译时，众多学者可谓意见不一，翟理斯（Herbert Giles）将其译为"conservation"（保存、保留），杨宪益译作"pregnant mode"（耐人寻味的模式），叶维廉（Wailim Yip）译为"reserve"（保留），余宝琳（Pauline Yu）译作"potentiality"（潜在）③，诸多英文翻译更从侧面显示出"含蓄"内涵的丰厚性与多解性。

## 二、原 始 表 末

含蓄的审美观念萌芽于先秦，魏晋南北朝时期内涵有所扩充。唐代，"含蓄"一词正式出现并进入文学批评领域，成为风格论范畴的文论话语。此后直至清代，含蓄蕴藉的诗歌风格一直备受推崇，并在现当代文论中焕发生机。

先秦至汉代，文学观念薄弱，人们对含蓄的理解有三个层面：第一，诗乐推崇含蓄温柔之美。儒家重视诗乐的政教作用，提出"诗言志"，崇尚"乐而不淫，哀而不伤"（《论语·八佾》）的中正之乐，《乐记·乐本》"遗味"和"一唱三叹"说对后世推崇反复吟咏的诗歌趣味产生了重大影响。第二，含蓄是一种文学风格，《周易·系辞下》称《周易》："其旨远，其辞文，其言曲而中，其事肆而隐。""言曲"、"旨远"成为含蓄风格的重要内涵，后《史记·屈原贾生列传》称《楚辞》"辞微"、"文约"，与此类似。第三，人们注意到含蓄风格在行文上格外注重委婉表达，如《毛诗序》以"主文而谲谏"形容《诗经》曲言美刺的行文方式。

魏晋南北朝时期，文学走向自觉，文学批评极为兴盛，含蓄的审美观念也得到更深入的阐释。刘勰《文心雕龙·隐秀》是古代第一篇对"含蓄"展开深入讨论的文论，"重旨"、"复意"、"义生文外"大大扩充了"含蓄"的内涵。钟嵘《诗品序》中提出"文已尽而意有余"，高度概括了诗歌含蓄美的特征。此外，《诗品·晋步兵阮籍》品阮籍诗时强调其"言在耳目之内，情寄八荒之表"，同样是对"义生文外"的延伸。

唐代，"含蓄"一词正式出现，最早见于韩愈《题炭谷湫祠堂》："森沈固含蓄，本以储阴奸。"原是包容、隐藏之意。唐代诗歌创作的繁荣带来诗评的迅猛发展，追求情

---

① ［美］M. H. 艾布拉姆斯著，吴松江等编译：《文学术语词典》，北京大学出版社，2009 年，第241 页。

② ［美］宇文所安著，王柏华、陶庆梅译：《中国文论：英译与评论》，上海社会科学院出版社，2003 年，第359 页。

③ 顾明栋：《古代的开放诗学：司空图"含蓄"篇的后结构主义解读》，《中国比较文学》，2011 年第 3 期。

景相融、意趣悠远的南朝山水诗也对唐代文论家们形成启发。佛教自东汉传入中国，中唐后讲究"顿悟"的南禅宗影响颇大，其思维方式对诗歌韵味、意境等方面产生重大影响。中唐皎然《诗式》提出"取境"，晚唐司空图《二十四诗品》将"含蓄"列为单独一品，又提出"味外之旨"（《与李生论诗书》）。此外，在叙事方式上，刘知几《史通·叙事》对"言近旨远"、"辞浅意深"的行文方式进行了深入解读，这些均是"含蓄"审美观念的表现。

宋元时期，诗文批评空前繁荣，诗话这一批评形式得到极大发展，词论、戏曲评点亦层出不穷、相互映照。在诗论上，宋人追慕盛唐诗风，推崇含蓄蕴藉的诗学理想。北宋诗论中，欧阳修《六一诗话》引梅尧臣语："状难写之景如在目前，含不尽之意见于言外，斯为至矣。"南宋诗论中，张戒《岁寒堂诗话》从诗歌功用出发，姜夔《白石诗说》从艺术效果出发，两者均提倡含蓄风格。严羽《沧浪诗话》以禅喻诗，评诗含蓄蕴藉为贵，金元之际的诗人元好问《论诗》亦注重温柔敦厚的诗歌风格。在词的创作方面，宋人视词为小道，注重情感的抒发，对后世词论批评影响至深。

明清时期，小说、戏曲等文学体裁极为兴盛，诗文批评沿袭宋元时期有所发展。清朝更是学术总结、文学批评集大成的朝代，诗词批评著作数量极多。明代既有前后七子"文必秦汉，诗必盛唐"的诗文主张，亦有唐宋派、公安派和竟陵派的极力纠偏。前后七子强调诗歌讽诫作用，但更注重目的，在表现形式上与汉代温柔敦厚的诗教论并不完全相同。竟陵派力矫公安派俚俗流弊，强调"厚"的诗歌境界，然而也有深幽孤峭的弊端。清代王士禛"神韵"说、方苞"雅洁"说、浙西词派等主张均呈现出诗词归于醇厚雅正的状态，具体来说，以《诗三百》为祖，以比兴为艺术手法，强调诗歌贵含蓄不露之美，主张"言有尽而意无穷"的文学效果。

在现当代文学中，随着"五四"运动和白话文运动的展开，新诗登上历史舞台，但追求含蓄的诗文理想仍然在现当代文学家的创作和文学理论中隐隐闪现。在文学创作上，早期白话诗在追求客观写实的同时，也注重通过托物言志的方式表达情感，20世纪30年代的以戴望舒为代表的现代派诗歌在意象选用上表现出向中国传统诗歌的回归。在文学理论上，人们谈论起"含蓄"，仍然顺着古人的余韵，找寻着文学中"回味"的奥秘。梁启超在《中国韵文里头所表现的情感》一文中，说"含蓄蕴藉"的文学风格"'是拿灰盖着的炉炭'，'像那弹琴的弦外之音，像吃橄榄的那点回甘味儿'"。周作人在《论小诗》中说："诗的效用本来不在明说而在暗示，所以最重含蓄。"此外，清新淡雅的文学风格也被认为具有含蓄之美，如周作人、朱自清、汪曾祺的文风，均具有回味悠长的蕴藉美。

# 三、选文定篇

## （一）言不尽意："含蓄"与言意的哲学思索

世之所贵道者书也，书不过语，语有贵也。语之所贵者意也，意有所随。意之所随者，不可以言传也，而世因贵言传书。世虽贵之，我犹不足贵也，为其贵非其贵也。故视而可见者，形与色也；听而可闻者，名与声也。悲夫，世人以形色名声为足以得彼之情！夫形色名声果不足以得彼之情，则知者不言，言者不知，而世岂识之哉！

（《庄子·天道》，据郭庆藩撰《庄子集释》中册，中华书局，2012 年，第 492 页）

　　荃者所以在鱼，得鱼而忘荃；蹄者所以在兔，得兔而忘蹄；言者所以在意，得意而忘言。

（《庄子·外物》，据郭庆藩撰《庄子集释》下册，中华书局，2012 年，第 936 页）

先秦时期，人们已经意识到语言具有"言不尽意"（《周易·系辞上》）的局限性。在老庄思想中，作为宇宙本源的道无法以语言形容，也难以用心意把握，因此《老子·第一章》云："道可道，非常道。"第一段选文集中表现了《庄子》的言意观。《庄子》认为，语言和书写并不像世人所认为的那样可贵，真正可贵的是道。言以表意，意从道出，道既然难以闻见，那么语言也无法完全传达出意。在这段选文之后，《庄子》以"轮扁语斤"的故事进一步阐述了语言的局限性。面对"言不尽意"的语言局限，《庄子》主张"得意忘言"。在第二段选文中，《庄子》认为语言虽是达意的工具和手段，但如果拘泥于言，反而不能真正领悟意，在不抛弃文字也不执著于文字的情况下，反而能"得意忘言"。《庄子》对语言局限性的讨论对后世文学批评产生了重要影响，人们在深入解析言意关系时，发现诗歌"言不尽意"时反而能达到特殊的审美效果。"含蓄"这一美学原则，其背后蕴含着先哲对语言局限性的无尽思索。

### （二）文外重旨："含蓄"与创作的巧妙编织

　　夫心术之动远矣，文情之变深矣，源奥而派生，根盛而颖峻，是以文之英蕤，有秀有隐。隐也者，文外之重旨者也；秀也者，篇中之独拔者也。隐以复意为工，秀以卓绝为巧，斯乃旧章之懿绩，才情之嘉会也。夫隐之为体，义主文外，秘响傍通，伏采潜发，譬爻象之变互体，川渎之韫珠玉也。故互体变爻，而化成四象；珠玉潜水，而澜表方圆。……并思合而自逢，非研虑之所求也。或有晦塞为深，虽奥非隐；雕削取巧，虽美非秀矣。故自然会妙，譬卉木之耀英华；润色取美，譬缯帛之染朱绿。朱绿染缯，深而繁鲜；英华曜树，浅而炜烨：秀句所以照文苑，盖以此也。

（刘勰《隐秀》，据范文澜注《文心雕龙注》下册，人民文学出版社，1958 年，第 632—633 页）

在"含蓄"尚未独立成为审美范畴以前，南朝梁代文学家刘勰在《文心雕龙》中提出了一个类似于"含蓄"的概念——"隐"。"隐"与"秀"相对，指行文时注重追求"文外之重旨"、"复意"，使丰富意义产生于文辞之外，让读者浮想联翩，读之玩味无穷。站在创作的角度，刘勰认为：其一，"隐"这种以含蓄为主的美学风格并不等同与"奥"，它不是单纯地费心钻研晦涩行文，而是创作过程中一种自然而然的产生，表现为风格上的自然流畅。其二，"隐"与"秀"是一对相辅相成的概念，他强调"文之英蕤，有秀有隐"，"隐"与"秀"在"思合自逢"的自然状态下，往往能相互融合而使文章华彩非凡。

### (三)尚简用晦:"含蓄"与行文的语言特色

夫国史之美者,以叙事为工,而叙事之工者,以简要为主。简之时义大矣哉!

然章句之言,有显有晦。显也者,繁词缛说,理尽于篇中;晦也者,省字约文,事溢于句外。然则晦之将显,优劣不同,较可知矣。夫能略小存大,举重明轻,一言而巨细咸该,片语而洪纤靡漏,此皆用晦之道也。

斯皆言近而旨远,辞浅而意深,虽发语已殚,而含意未尽。使夫读者望表而知里,扪毛而辨骨,睹一事于句中,反三隅于字外。晦之时义,不亦大哉!

(刘知幾《叙事》,据浦起龙释《史通通释》上册,上海古籍出版社,1978 年,第 168、173、174 页)

唐代学者刘知幾所撰《史通》是我国现存最早的史学理论著作,本书虽是研究史学,但其中关于行文表达的观念与文学理论颇有相通之处。总体来说,刘知幾反对浮词妄饰,主张文约事丰、精微含蓄的论述方式,即"尚简用晦"。虽然强调"简之时义大矣哉",但作者并不单纯追求文字的省字约句,而是主张"简"必须与"事溢于句外"的"晦"相结合。在论述"晦"时,刘知幾举出"晦"、"显"这一对概念,似乎沿用了刘勰《文心雕龙·隐秀》的对比结构。但刘勰认为"隐"、"秀"各有千秋、相辅相成,刘知幾显然更推崇"晦"的妙用。"晦"与隐秀篇的"晦塞"不同,它虽然简要,但具有"略小存大"、"辞浅而意深"的特点,只言片语间能见出大天地,因此具有"含意未尽"、用意遥深的艺术效果,诚如唐代诗人刘禹锡《董氏武陵集纪》所言:"片言可以明百意。"这与"含蓄"风格的艺术效果极为相似。此外,"含蓄"风格的形成也依赖于作者在创作过程中有意识地使用言简义丰的行文表达。

### (四)无迹可求:"含蓄"与思致的空灵恍惚

不著一字,尽得风流。语不涉己,若不堪忧。是有真宰,与之沉浮。如渌满酒,花时返秋。悠悠空尘,忽忽海沤。浅深聚散,万取一收。

(司空图《二十四诗品·含蓄》,据郭绍虞集解《诗品集解》,人民文学出版社,1963 年,第 21 页)

诗者,吟咏情性也。盛唐诸人惟在兴趣,羚羊挂角,无迹可求。故其妙处透彻玲珑,不可凑泊,如空中之音,相中之色,水中之月,镜中之象,言有尽而意无穷。近代诸公乃作奇特解会,遂以文字为诗,以才学为诗,以议论为诗。夫岂不工,终非古人之诗也。盖于一唱三叹之音,有所歉焉。

(严羽《诗辨》,据郭绍虞校释《沧浪诗话校释》,人民文学出版社,1961 年,第 26 页)

诗之至处,妙在含蓄无垠,思致微渺,其寄托在可言不可言之间,其指归在可解不可解之会，言在此而意在彼，泯端倪而离形象，绝议论而穷思维，引人于冥漠恍惚之境，所以为至也。

（叶燮《原诗·内篇下》，据霍松林校注《原诗》，人民文学出版社，1979 年，第 30 页）

司空图将"含蓄"列为单独一品，放在"自然"之后。"不著一字，尽得风流"是此品之旨，指作家在诗歌创作中应不拘泥于文字，使言语成为表达心意的桥梁，尽得"风流"之意。这是"得意忘言"说的延伸，亦深受佛教思想的影响。司空图认为，诗歌直接描绘的形象和物景里须蕴含着可以由读者体会、生发出的韵味，即"象外之象"、"景外之景"（《与极浦书》）。《沧浪诗话》是南宋文论家严羽的诗歌理论著作，它以禅喻诗，着重谈论诗歌的形式和艺术性。严羽讲求"入门须正，立意须高"（《沧浪诗话·诗辨》），因此提倡以楚辞、汉魏晋盛唐为师，注重诗歌的"吟咏性情"。《原诗》是清代诗论家叶燮所著的一本理论专著，它着力于探究诗歌创作本原。这两段选文均提到含蓄风格的美学特征：无法落入实处，呈现出一种超越实象的空灵感。这种空灵感，严羽形容为"透彻玲珑，不可凑泊"，并以"空中之音"、"相中之色"、"水中之月"、"镜中之象"进一步阐释。而叶燮解释为"思致微渺"、"泯端倪而离形象"，两者都将含蓄理解为透彻玲珑、无法捕捉之象，即不要太过于落实。

### （五）不许道破："含蓄"与性情的逆向表达

作词之法，首贵沉郁，沉则不浮，郁则不薄。顾沉郁未易强求，不根柢于风骚，乌能沉郁？十三国变风，二十五篇楚词，忠厚之至，亦沉郁之至，词之源也。

所谓沉郁者，意在笔先，神余言外。写怨夫思妇之怀，寓孽子孤臣之感。凡交情之冷淡，身世之飘零，皆可于一草一木发之。而发之又必若隐若见，欲露不露，反复缠绵，终不许一语道破。匪独体格之高，亦见性情之厚。飞卿词，如"懒起画峨眉，弄妆梳洗迟"，无限伤心，溢于言表。又"春梦正关情，镜中蝉鬓轻"，凄凉哀怨，真有欲言难言之苦。又"花落子规啼，绿窗残梦迷"，又"鸾镜与花枝，此情谁得知"，皆含深意。此种词，弟自写性情，不必求胜人，已成绝响。

特不宜说破，只可用比兴体，即比兴中亦须含蓄不露，斯为沉郁，斯为忠厚。

（陈廷焯《白雨斋词话》，据杜维沫校点《白雨斋词话》，人民文学出版社，1959 年，第 4、5—6、28 页）

晚清词学家陈廷焯在清末民初的词学史上具有重要地位，他晚年词学思想偏向强调比兴寄托、反对无病呻吟的常州词派，《白雨斋词话》正是这一观念的思想结晶，也是古典词学批评理论最高成就的代表。在自序中，陈廷焯认为词坛弊病丛生，诸多"促管繁弦，绝无余蕴"的浅露之作，词这一文学体裁应"为一室之悲歌，下千年之血泪"，追求"情长"、"味永"的感染效果。因此，他提倡上溯风雅，"温厚以为体，沉郁以为用"，推崇温庭筠、姜夔等人的词风。陈廷焯的"沉郁"强调"用比兴"和"不说破"来营造出含蓄不露、沉郁忠厚的艺术效果，所谓比兴，即情感借"一草一木发之"，无限深情可从他物或极细微处发散开来。所谓不说破，指感情的兴发需要"若隐若现"、"欲露不露"、"反复缠绵"，始终不直白地表达，方能达到含有深意、抒发性情的艺术效果。清代词人沈祥龙在《论词随笔》中有类似论断："盖心中幽约怨悱，不能直言，必低徊要眇以出之，而后可感动人。"宇文所安也认为，"含蓄"可看作一种逆向表达法，越是强烈的感情，越是应有所保留，以期达到更有效的表达①。从这一点来说，含蓄虽不直白地抒发感情，但也有深情流露的妙处。

### (六)低徊玩索："含蓄"与读者的心灵想象

就常例来说，作品的艺术价值愈高，就愈含蓄。含蓄的秘诀在于繁复情境中精选少数最富于个性与暗示性的节目，把它们融化成一完整形象，让读者凭这少数节目做想象的踏脚石，低徊玩索，举一反三。着墨愈少，读者想象的范围愈大，意味也愈深永。

（朱光潜《具体与抽象》，据朱光潜著《朱光潜美学文集》第2卷，上海文艺出版社，1982年，第349—350页）

在《具体与抽象》一文中，朱光潜认为含蓄可以用来衡量艺术价值的高低，其秘诀在于作者有意识地通过大量留白来激活读者的想象力，在意象的选择上"精选"并"融合"，即通过有限、富有暗示性和标志性的意象来传达背后的深意，使读者在反复咀嚼间发挥想象，"低徊玩索"，回味无穷。因此，含蓄风格的产生不仅需要作者有意识、有技巧地进行行文铺设，也需要读者具有一定的想象能力。诚如伽达默尔所说："当某人理解他者所说的内容时，这并不仅仅是一种意指，而是一种参与、一种共同的活动。谁通过阅读把一个文本表达出来(即使在阅读时并非都发出声音)，他就把该文本所具有的意义指向置于他自己开辟的意义宇宙之中。"②从这一点来说，"含蓄"不仅是一种文学风格，同样也是一种表达方式，它是作者与读者之间心意互通、情绪感发的桥梁。

## 四、敷理举统

"含蓄"，本义指容纳、深藏，引申可指人个性内敛、不易显露。作为风格论范畴的文论用语，"含蓄"特指艺术作品意蕴深厚、言简义丰、耐人寻味、余味十足的风格特点，又有多重内涵。

首先，"含蓄"可形容作家的行文风格，如程颐在《二程遗书·卷十八》中强调圣贤行文应有"温润含蓄气象"。其次，"含蓄"可形容作品的整体风格，如叶燮评曹植《美女篇》

① ［美］宇文所安著，王柏华、陶庆梅译：《中国文论：英译与评论》，上海社会科学院出版社，2003年，第360—361页。
② ［德］伽达默尔著，洪汉鼎译：《诠释学Ⅱ：真理与方法——补充和索引(修订本)》，商务印书馆，2011年，第24—25页。

"意致幽眇，含蓄隽永"（《原诗·外篇下》）。再次，"含蓄"同样可以用以形容文体的含蓄隽永，如沈祥龙《论词随笔·词须含蓄》说："含蓄无穷，词之妙诀。"沈德潜《说诗晬语·卷上》云："七言绝句，以语近情遥，含吐不露为主。"

西方文论并没有话语与"含蓄"对应，原因在于"含蓄"是一个极具民族特色的话语。"含蓄"风格的产生、发展与内涵的延伸，究其源头，要追溯到先秦时期礼乐文化，其言说思维和表达方式均受到儒家文论的影响，现具体论之。

### （一）仰溯风雅、温柔敦厚的民族传统

从唐代始，文论家们论诗词时常提"风人之旨"，如明代文学家谢榛《四溟诗话·卷一》评诗云："哀而不伤，深得风人之旨。"《白雨斋词话·卷一》云："词太浅露，未合风人之旨。"所谓"风人之旨"即《诗经》曲言美刺的行文模式。在追溯诗歌含蓄蕴藉之风格时，文论家们常由盛唐诗歌的灿烂光华回溯至《诗经》这一源头。如元代诗论家杨载在《诗法家数·五言古诗》中强调："（诗歌）写景要雅淡，推人心之至情，写感慨之微意，悲欢含蓄而不伤，美刺婉曲而不露，要有三百篇之遗意方是。"将《诗经》作为诗歌的至高理想。清代文学家沈德潜在《说诗晬语·卷上》中说："仰溯《风》、《雅》，诗道始尊。"

含蓄话语极具民族特色，源于其产生"仰溯《风》、《雅》"的民族传统。在先秦周代的贵族社会，人们在诗乐礼教的教导下被要求具备一种贵族风度，这同样也是儒家文论的重要内容。《礼记·经解》云："其为人也，温柔敦厚，《诗》教也。"儒家诗乐论试图以诗乐辅佐政治，达到教化目的，追求情感的克制和收敛，《毛诗序》在谈到诗歌特点时，强调"发乎情，止乎礼义"，在论述诗歌的分类和表现手法上，提出"诗有六义"，中尤为推崇"风"这一委婉的劝诫形式。应当说，含蓄迂回的表达方式是中国三千年精神文化发展的基础，是西周贵族礼乐文化的产物。

### （二）借物抒怀、言浅情深的表达方式

出于不能将情感完全表露的内在要求，文学家为了营造"含蓄"风格，常会运用许多言说技巧。在修辞上，比兴、隐喻、反复叹咏和借景抒情均可营造出含蓄蕴藉的艺术效果，关于这一点，在之前的"比兴"、"隐喻"等修辞论话语中已有提及，不再赘述。

值得注意的是，运用比兴、隐喻、借物抒怀等技巧的"含蓄"风格是否能有效地表达出情感？清初戏曲家孔尚任在《长留集序》中提到"含蓄"和"感发"是两种相对立的表达方式："凡情触于景而无所不言者，感发之谓也；景缠于情而不能尽言者，涵蓄之谓也。"意识到"无所不言"和"不能尽言"带来两种截然不同的表达效果。事实上，这两者均可以传达情感，"含蓄"风格同样饱含深情，刘熙载在《艺概·诗概》的一句话或可解释："'昔我往矣，杨柳依依；今我来思，雨雪霏霏。'雅人深致，正在借景言情，若舍景不言，不过曰春往冬来耳，有何意味？"

欧阳修《六一诗话》中记录了一段与梅尧臣的日常对话，围绕着作家如何"状难写之景，含不尽之意"展开。梅尧臣以"鸡声茅店月，人迹板桥霜"一句诗歌解释如何营造"不尽之意"："又若温庭筠'鸡声茅店月，人迹板桥霜'，贾岛'怪禽啼旷野，落日恐行人'，

则道路辛苦，羁愁旅思，岂不见于言外乎？"他认为，作者以鸡鸣、晨月、早霜等一系列物象所构成的早行图景，虽未写明一句行旅辛苦，但使读者于意象之外感受到其中的羁旅行愁，正是"文外之重旨"所带来的艺术效果。在这里，虽未言情，然而感受到愁苦悲伤，"含蓄"风格言浅情深的表达技巧反而能更加深入地传达作者的情意。

### （三）高度凝练、经典隽永的现代价值

作为风格论范畴的"含蓄"话语在中国传统批评理论中的主要对象是诗词，这是由诗歌的体裁特点决定的。首先，诗歌是表达作者情感的文学体裁，追求文学表达上巨大的感染力。小说以人物形象、故事情节与读者展开心灵层面的交流，而诗歌则更侧重以诚挚的情思与读者进行情感上的互动。其次，不论是传统诗还是现代诗，在字数和篇幅受到限制的情况下，对作者语言的高度凝练和意象的精准选择均提出巨大挑战。如何在诗歌中有效地表达出情意？中国文论对"含蓄"的不尽探讨，均来源于此。

但是，当我们跳出诗词框架再次审视"含蓄"风格的现代价值时，我们会发现"含蓄"不仅是文学作品的风格，关于它的探讨更涉及艺术作品的本质。黑格尔曾说："比起直接感性存在的显现以及历史叙述的显现，艺术的显现却有这样一个优点：艺术的显现通过它本身而指引到它本身以外，指引到它所要表现的某种心灵性的东西。"[1]黑格尔点明，艺术之所以感动人心，正因为它善于利用文字指引读者往"本身之外"生发出心灵感悟。"某种心灵性的东西"是艺术区别于其他形式的特点，也是艺术美的真谛。詹福瑞也说："经典的陌生性，还指经典之作内涵丰富厚重，不断地打破个人业经阅读同一部经典所形成的前见，可以不断地激发读者的想象，给人以多方面的启示。"[2]因此，含蓄不仅是一种文学风格，也是经典艺术作品的某种共性，从这一角度进行考察，或可对"含蓄"话语产生更深入的理解。

### ◎ 问题思考

1. 作为风格论范畴的文论用语，"含蓄"具有什么特点？
2. "言不尽意"说对"含蓄"风格的形成有何影响？
3. "含蓄"风格最重要的是简洁行文，你认为是否正确？请谈谈你的看法。
4. "含蓄"是具有民族特色的话语吗？
5. "含蓄"这一看似内敛的表达，是否能有效传达出作品的情意？

### ◎ 参考书目

1. （唐）司空图著，郭绍虞集解：《诗品集解》，人民文学出版社，1963年。
2. （宋）严羽著，郭绍虞校释：《沧浪诗话校释》，人民文学出版社，1961年。

---

[1] ［德］黑格尔著，朱光潜译：《美学》（第一卷），商务印书馆，2009年，第12—13页。
[2] 詹福瑞：《论经典》，人民文学出版社，2016年，第144页。

3.（清）陈廷焯著，杜维沫校点：《白雨斋词话》，人民文学出版社，1959 年。

4. 朱光潜：《朱光潜美学文集》，上海文艺出版社，1982 年。

5. 詹福瑞：《论经典》，人民文学出版社，2016 年。

# 雅　俗

当我们观赏现代主义绘画展，聆听西方古典音乐会时，会被认为品味"雅"致；而当我们观看好莱坞大片，阅读侦探推理小说时，则被认定口味流"俗"。在品鉴和评判文艺作品时，再没有比非"雅"即"俗"的标准更通行的了，乃至延伸到于人于事的评价上。"雅"、"俗"也是历代文人学士品评文学艺术的价值尺度和审美标准，具有悠久的传承性，作为重要的审美范畴，内涵丰富又不断变化，是中国文论话语的构成部分。"雅"与"俗"，既相互对立，又相互包容，两者之间存在着复杂的互动关系。当下文学世界里，"雅"与"俗"的区分依然存在，但界限却越发模糊，雅俗交融的情况越来越普遍，传统的雅俗之辨能否适应当下文学批评现实？是否还具有重要的文论价值？值得我们正本清源，一探究竟。

## 一、释名彰义

### (一) 语义界定

"雅"字有两个读音。一读为"yā"，本义是一种鸟类，属于乌的一种。《说文解字·隹部》："雅，楚乌也。一名鸒，一名卑居。秦谓之雅。"段玉裁注曰："楚乌，乌属，其名楚乌，非荆楚之楚也。"《集韵·麻韵》曰："雅，鸟名。《说文》：'楚乌也'，或作鸦。"后来另构"鸦"字，由此"雅、鸦"被视为古今字，"雅"的这一读音随之而消失。一读为"yǎ"，假借为"夏"，夏为周王室的所在地，儒家尊其为正统，训"雅"为"正"义。《玉篇·隹部》："雅，正也。"《论语·述而》："子所雅言。"何晏集解引孔安国传："雅言，正言也。"黄侃义疏："雅，正也。"《荀子·王制》："使夷俗邪音不敢乱雅。"杨倞注："雅，正声也。""雅"字取"雅正"义，逐渐渗透入审美领域，成为文学体裁乃至审美旨趣。

"俗"字，《说文解字注》："俗，习也。以双声为训。习者，数飞也。引伸之凡相效谓之习。……凡民函五常之性。其刚柔缓急。音声不同。系水土之风气。故谓之风。好恶取舍，动静无常。随君上之情欲，谓之俗。从人谷声。"可见，"俗"的本义是风俗，没有感情色彩，无关褒贬。《礼记·曲礼》："入境而问禁，入国而问俗。"《荀子·乐论》："移风易俗，天下皆宁。"指民俗、风俗。"俗"字后来由本义衍生出平凡、大众、流行义，如《老子·第二十章》："俗人昭昭，我独昏昏；俗人察察，我独闷闷。"进而衍生出平庸、鄙浅等义，此时已有贬义，如《荀子·儒效》："不学问，无正义，以富利为隆，是俗人者也。""俗"字的品评价值由及物、及人再到及文，慢慢进入文学艺术领域，成为文论话语的重要范畴。

"雅"与"俗"两词不是同时出现的对位性术语。两者的对举，起初散见在先秦诸子散文之中，带有浓厚的儒家雅正观的烙印。在汉代独尊儒术的文化环境中，"雅俗"作为一种文化分类和价值判断的范畴，被正式确立下来。

### (二) 中西比较

"雅俗"在中国文论话语中属于风格论范畴，建构于古代文人士大夫之中，尤显儒家的道德理想和审美旨趣，体现出"士"、"人"的区隔。而"雅俗"又与艺术形式产生关联，诗词、辞赋多被看成雅文学，戏剧、小说常被定义为俗文学。而在西方，在更浓厚的宗教文化传统中，雅俗之别多对应在宗教文化与世俗文化的差别上。

西方文论届也不缺以雅俗论艺术的观点。早在古希腊，贺拉斯是西方第一个提出文学雅俗之别的文论家，后世在此基础上进行发挥、拓展。英语中，与"雅"最接近的一个词是"elegance"，与"俗"相对应。这里的 elegance 不包括"正"的意思，更与文体无涉。美国学者宇文所安认为，"雅"涵盖了"dignity"(尊贵)、"elegant"(优雅)、"gracious"(端庄)等义。"雅"作为风格范畴，指高贵、节制以及古雅(后者保证了文学不受时间限制和超越时尚的能力)。"雅"的反义词是"俗"——"mundane"(世俗)、"uncouth"(粗笨)、"commonplace"(老套)、"vulgar"(粗俗)、"popular"(流行)、"low"(低级)。[①] 足见这两个文论关键词内涵的丰富性。古往今来，以"雅"为尚，趋"雅"避"俗"的追求是中外文化传统中的一个极大的共同点，这一点与文化贵族心理密切相关。

# 二、原始表末

先秦时期，百家争鸣，"雅"深受儒家美学思想的影响，多存于诸子关于礼乐功用和礼乐思想方面的论述中。《论语·八佾》中，"子谓《韶》：'尽美矣，又尽善也。'谓《武》：'尽美矣，未尽善也。'"孔子提倡雅乐，认为"雅颂之声"才是尽善尽美的，否定"郑声"等民间音乐。"雅"最早出现时，就与"正"紧密关联，成为儒家推崇和推行的艺术审美理想和文学批评标准。而"俗"进入审美领域，较"雅"要晚。《荀子·王制》："修宪命，审诗商，禁淫声，以时顺修，使夷俗邪音不敢乱雅，大师之事也。"将地方性、民间性的"俗"立为"雅"的对立面来批驳，说明"雅俗"已然成为文艺作品的评判机制。

汉代美学思想是对先秦美学的继承和发展。从武帝时推行"独尊儒术"的政策开始，汉代美学延续了儒家对"雅乐"的尊崇。如《毛诗序》："雅者，正也。言王政之所由兴废也。"《淮南子》在某些美学思想上表现出创新性："徒弦则不能悲。故弦，悲之具也，而非所以为悲也。"(《齐俗训》)这里的"悲"是"感动人"的意思，属于不平和、不平衡的情感，不再符合儒家所倡导的中正平和的精神。总体来说，儒家"雅正"思想占据着统治地位，这一现象直到魏晋南北朝时期才有所突破。"俗"在尚"雅"的环境下，否定性、贬义性的内涵进一步确立，"俗人"、"俗儒"、"俗论"、"俗说"等"俗"字构成词大量出现，正如王

---

① ［美］宇文所安著，王柏华、陶庆梅译：《中国文论：英译与评论》，上海社会科学院出版社，2003 年，第 665 页。

充《论衡·四讳》："雅俗异材，举措殊操，故婴名暗而不明，文声驰而不灭。"雅俗的对立得到强化。

魏晋时期，儒家独尊的地位被打破，"雅"也摆脱儒家思想的桎梏，淡薄了传统儒家严肃典正的意味。在文体分科逐渐明晰的文学自觉时代，"雅"无法再继续承担作为文学各类文体的统一标准，而是降格成为某一类问题的审美标准，如曹丕在《典论·论文》中说："夫文本同而末异，盖奏议宜雅，书论宜理，铭诔尚实，诗赋欲丽。""雅"与"理"、"实"、"丽"并列。另一方面，道家思想的高扬，品藻风气的蔓延，也让"雅"有了道家精神，逐渐由儒家的儒士之雅向着道家的名士之雅发展开来。《世说新语》中魏晋名士的风貌气度，玄学影响下展出的"雅趣"与"清言"，彰显个体生命意识，以儒家礼教为鄙俗，反叛了儒家雅正观。佛教的兴盛也对传统雅俗观产生了扰动。此时，"俗"的含义便于先秦两汉迥异，儒家的衰微，让上流雅俗与民间通俗统一纳入"世俗"的范畴，道佛对入世精神的鄙夷和摒弃，阮籍"善为青白眼，每遇俗人，辄以白眼对之"（《晋书·阮籍传》），让"俗"的含义与世俗生活紧密关联。后世风行的通俗小说，在魏晋也已有志人、志怪小说的星星之火出现。

到了唐代，随着大一统王朝的建立，儒家"雅正"的审美标准再次进入文学家和理论家的视域，并不断被呼吁和推广，回归成为文艺评论的核心范畴。儒家典籍的整理工作得到官方支持，出于意识形态的需要，雅正要求艺术作品既能欢唱颂歌，也能吟咏箴言，特指一种典雅方正的审美品格。也正是在唐代，传奇小说脱离古小说的境域，摆脱史传文学的影响，作为"俗"力量进入文学世界。唐传奇来自科举背景下文人仕大夫高雅消遣的俗化，创作求"奇"，"人不奇不传，事不奇不传，其人其事俱奇，无奇文以演说之，亦不传"（清寄生氏《争春园》序），俗世奇人成为书写对象，传奇既可赏雅，也可动俗，"俗"作为一种审美旨趣被纳入，扩大了人们的审美范围。

再看宋代，社会富庶、城市发展让人们对生活品质有了更高的要求，尤其是文人士大夫阶层，追求一种生活和艺术上的"雅"趣。"雅"论的发展与宋词相结合，迈向了一个新的阶段，梅尧臣提倡"平淡闲雅"风貌，张炎《词源》认为"词欲雅而正，志之所之。一为情所役，则失其雅正之音"。回到民间，与雅相对，以柳永为代表的词人，大力革新词作，独特的艺术创作个性，展示了"俗词"的魅力，将词由贵族文学沙龙拉到市井生活中来。宋代城市里庞大的"说话人"队伍，促发了话本小说的兴盛。瓦舍、勾栏中已有说"三分"的专科和专家，为明清《三国演义》等通俗小说的出现奠基，体现了宋时代"俗"旨趣的强大影响力。

明清以后，随着城市经济的持续发展，以市民为主要受众的小说、戏曲得到迅速发展，和以往占据文坛主导地位的诗、词比肩而立。"俗"文艺和"雅"文艺双峰并峙，共同发展。正是在明代，中国传统美学秉持的"以雅为正"的审美追求和雅俗对立的二元思维才有所突破。明代启蒙思想家们，以李贽为代表，反对历史上尊雅鄙俗的思想和"以古为雅，以今为俗"的观点。李贽首先在《时文后序》里提出："以今视古，古固非今；由后视今，今复为古。"从历史发展的角度揭示了贵古贱今的荒谬性。袁宏道在《与江进之尺牍》指出："世道既变，文亦因之。"说明诗文应该随着时代的变化而变化，否则就会失去生活和活力。"雅"内涵得到扩容，不再重辨雅俗之别，正如叶燮《汪秋原浪斋二集诗序》所言：

"平奇、浓淡、巧拙、清浊，无不可为诗，而无不可以为雅。诗无一格，而雅亦无一格。"

　　由此可见，雅俗作为对位性术语，不是古已有之，也不是一成不变，而是一对历史概念。不同社会历史阶段的雅俗观，都打上特定的历史烙印。从雅俗对举开始，褒雅贬俗的价值判断便深入人心，但随着雅文俗话、俗文入雅的文学现象层出不穷，诗辞、词赋从文学殿堂的下落，小说、戏剧从萌芽、发展走向兴盛，越来越难用简单的二元对立来评判文学作品了。当下的文论品评，更多是一种雅俗共赏的状况。

# 三、选文定篇

## (一) 雅训为正：诗之六义

　　故诗有六义焉，一曰风，二曰赋，三曰比，四曰兴，五曰雅，六曰颂。上以风化下，下以风刺上，主文而谲谏，言之者无罪，闻之者足以戒，故曰风。至于王道衰，礼义废，政教失，国异政，家殊俗，而变风、变雅作矣。国史明乎得失之迹，伤人伦之废，哀刑政之苛，吟咏情性，以风其上。达于事变，而怀其旧俗也。故变风发乎情，止乎礼义。发乎情，民之性也；止乎礼义，先王之泽也。是以一国之事，系一人之本，谓之风。言天下之事，形四方之风，谓之雅。雅者，正也。言王政之所由废兴也。政有小大，故有小雅焉，有大雅焉。

　　(《毛诗序》，据朱杰人等整理《毛诗注疏》上册，上海古籍出版社，2013 年，第13—21 页)

　　"雅"作为《诗经》的六义之一，从最初代指的一种文体，即朝廷的乐歌，逐渐发展成为一种审美风格。《毛诗序》言："言天下之事，形四方之风，谓之雅。雅者，正也。言王政之所废兴也。政有小大，故有小雅焉，有大雅焉。"可见，"雅"与政治紧密相联。"雅"训为正，"正"即正统、规范之意，将"雅"确立为正统性的文学，反映了儒家维护封建正统的思想。孔子在品评《诗经》时，提出《诗》三百，一言以蔽之，曰：'思无邪'"(《论语·为政》)，"无邪"体现儒家重视人伦教化的诗教、乐教精神，客观规定了"雅"文学的中正平和的风貌特征。由"雅"内涵的变异，体现了儒家文化的深刻影响，自此有"雅"衍生出的范畴群，构建起中国雅化诗学的传统。

## (二) 典雅成体：熔式经诰

　　然才有庸俊，气有刚柔，学有浅深，习有雅郑，并情性所铄，陶染所凝，是以笔区云谲，文苑波诡者矣。故辞理庸俊，莫能翻其才；风趣刚柔，宁或改其气；事义浅深，未闻乖其学；体式雅郑，鲜有反其习；各师成心，其异如面。若总其归涂，则数穷八体：一曰典雅，二曰远奥，三曰精约，四曰显附，五曰繁缛，六曰壮丽，七曰新奇，八曰轻靡。典雅者，熔式经诰，方轨儒门者也；远奥者，馥采典文，经理玄宗者也；精约者，核字省句，剖析毫厘者也；显附者，辞直义畅，切理厌心者也；繁缛者，博喻酿采，炜烨枝派者也；壮丽者，高论宏裁，卓烁异采者也；新奇者，摈古竞今，危侧趣诡者也；轻靡者，浮文弱植，缥缈附俗者也。故雅与奇反，奥与显殊，繁与约舛，壮与轻乖，文辞根叶，范囿其中矣。

（刘勰《体性》，据范文澜注《文心雕龙注》下册，人民文学出版社，1958年，第505页）

作为中国文论史上第一篇系统的风格学专作，刘勰在《体性》篇里明确提出作品风格的八种类型和三种风貌。从主体论的角度，将文章体貌之"体"与作家个性之"性"联系起来，说明两者的贯通性。《体性》篇的八体中，"典雅"在首，刘勰崇尚雅正，标举雅丽，"然则圣文之雅丽，固衔华而佩实者也"（《征圣》），认为征圣宗经，内容纯正，语言精练，辞采华美，写出来的文章才能典雅，有温柔敦厚的感情。黄侃《文心雕龙札记》说："义归正直，辞取雅训，皆入此类。""新奇"、"轻靡"在末，与"俗"相关。刘勰在《谐隐》篇中提出"辞浅会俗，皆悦笑也"，在《史传》篇中提出"俗皆爱奇"，道出了俗文学的特点。首尾的安排，侧面上体现了刘勰崇雅贬俗的倾向。刘勰处理《文心雕龙》中许多相互对立的范畴时，惯用"折衷"的方法，但这一原则并未用来处理"雅"与"俗"之间的关系。

### （三）典雅成道：人淡如菊

玉壶买春，赏雨茅屋。坐中佳士，左右修竹。白云初晴，幽鸟相逐。眠琴绿阴，上有飞瀑。落花无言，人淡如菊。书之岁华，其曰可读。

（司空图《二十四诗品·典雅》，据郭绍虞集解《诗品集解》，人民文学出版社，1963年，第12页）

司空图在《诗品》中用形象化的说法，通过描写表现佳士的简朴的居室、幽静的环境、闲适的生活和淡泊的心境，来让我们把握"典雅"，阐述了"典雅"风格正派、庄重、优美的内涵。这种超尘脱俗的"雅"志不同于儒家的雅正观，儒家以积极的入世精神为旨规，看重人伦、道德、礼仪和修身、齐家、平天下，"雅"有极强的规范性。而《典雅》篇颇具道家的出世精神，追求对世俗生活的疏远，不牵累与"俗"物，"雅"有极强的自由性。儒道两派的不同雅观相互抵牾，在后世得到融合。

### （四）时风趋俗：市井可文

独倚危楼风细细。望极春愁，黯黯生天际。草色烟光残照里。无言谁会凭栏意。拟把疏狂图一醉。对酒当歌，强乐还无味。衣带渐宽终不悔。为伊消得人憔悴。

（柳永《蝶恋花·独倚危楼风细细》，据薛瑞生校注《乐章集校注》，中华书局，1994年，第87页）

自春来、惨绿愁红，芳心是事可可。日上花梢，莺穿柳带，犹压香衾卧。暖酥消、腻云亸。终日厌厌倦梳裹。无那。恨薄情一去，锦书无个。
早知恁么。悔当初、不把雕鞍锁。向鸡窗、只与蛮笺象管，拘束教吟课。镇相随，莫抛躲。针线闲拈伴伊坐。和我。免使年少，光阴虚过。

　　（柳永《定风波》，据薛瑞生校注《乐章集校注》，中华书局，1994 年，第 119 页）

　　柳永之词，以鲜明的"俗"特性而流传于世，受时人推崇。他大力革新词作，将男女情爱和都市生活作为自己创作的主要内容，使用俗的意象、俚语俗语，抒发俗情俗感，使用大量白描，使柳词呈现出"俗"的特征。柳词之俗，与当时的时代环境深刻相关。宋代城市发展，市民阶层的兴起，大兴科举，重视文官，让文化消费的主体下移和壮大。文化生活和文学创作深受时代享乐风尚和市井世俗生活的熏染，带来审美取向和创作趋向的转向，促成了俗词的兴起。当时的文人虽然多鄙视柳词"为情所役"、"薄于操行"，但潜移默化中受到柳词创作特点的影响。《四库提要》云："词自晚唐五季以来，以清切婉丽为宗。至柳永而一变，如诗家之有白居易。"正如白居易的浅俗诗风给中唐诗歌带来的变动一样，柳永的俗词使得北宋词坛为之一变，体现"俗"文学对"雅"文学的影响。

### （五）俗文当立：渐为正统

　　"俗文学"不仅成了中国文学史主要的成分，且也成了中国文学史的中心。
　　这话怎样讲呢？
　　第一，因为正统的文学的范围很狭小，——只限于诗和散文。——所以中国文学史的主要的篇页，便不能不为被目为"俗文学"，被目为"小道"的"俗文学"所占领。哪一国的文学史不是以小说、戏曲和诗歌为中心的呢？而过去的中国文学史的讲述却大部分为散文作家们的生平和其作品所占据。现在对于文学的观念变更了，对于不登大雅之堂的戏曲、小说、变文、弹词等也有了相当的认识了，故这一部分原为"俗文学"的作品，便不能不引起文学史家的特殊注意了。
　　第二，因为正统文学的发展和"俗文学"的发展是息息相关的。许多的正统文学的文体原都是由"俗文学"升格而来的。像《诗经》，其中的大部分原来就是民歌。像五言诗原来就是从民间发生的。像汉代的乐府，六朝的新乐府，唐五代的词，元、明的曲，宋、金的诸宫调，哪一个新文体不是从民间发生出来的？
　　（郑振铎《何谓"俗文学"》，据郑振铎著《郑振铎全集》第 7 卷，花山文艺出版社，1998 年，第 1—2 页）

　　郑振铎为俗文学作史，标志着中国"俗文学"学科的建立。他将"通俗"与"民间"、"大众"对举，给俗文学下了明确清晰的定义。在"五四"新文化运动的破旧立新的时代要求下，小说、戏剧等文学题材的价值和地位等到了擢升，传统的雅俗观念被逐渐改变，郑振铎以历史的眼光，有创见性地给俗文学归纳出"大众的"、"无名的集体的创作"、"口传的"、"新鲜的，但粗鄙的"、"想象力奔放"、"勇于引进新的东西"这六个特征，给后人的俗文学研究提供了良好的范例。但他将俗文学与通俗文学、民间文学等术语简单地等同起来，把相关问题泛化和简单化，表现了郑振铎看待俗文学本身及雅俗问题的时代局限性。

### （六）雅俗交融：今俗明雅

昨日之俗可能为今日之雅，今日之雅又可能为明日之俗，这是审美史上屡见不鲜的。例如古代的许多野史，在今天看来已是小说，但是与当时用白话写成的通俗小说相比，这些用文言和"史家笔法"写出的小说，就属于"雅文学"。而《三国演义》、《水浒传》、《西游记》、《红楼梦》等几大古典名著在今天看来是不容置疑的高雅文学，"红学"也是学术届的尖端学科，但这是历史的变迁、雅俗的位移所造成的，在产生之初，它们的的确确是通俗文学。《红楼梦》之后的通俗小说，"与世俗沟通"的俯就姿态已不甚明显，"浅显易懂"的特点则普遍有所加强。明明是案头之作，却努力追求书场效果，仿佛背下去就可以去说书。真是雅作俗时俗亦雅。

（孔庆东《雅俗互动与融合》，据范伯群等主编《通俗文学十五讲》，北京大学出版社，2003年，第331—332页）

雅俗之间中间并非鸿沟相隔，毫无关联，而有着频繁的互动和融合。孔庆东举明清小说的例子用来说明这种雅俗贯通的文学现象，十分具有典型性。在当时不登大雅之堂的通俗小说，如今已经被捧为文学名著。这种贯通性，使得文体类型无法继续承担判断雅俗的标准，白话小说未必通俗，文言小说不一定高雅。孔庆东就认为，我们要用历史的、发展的、系统的眼光看待雅俗问题。

# 四、敷理举统

"雅俗"作为中国文论的重要范畴，在历史的长河里流变。儒家、道家、佛教三派思想的相互争锋与交融，从思想文化根源促发了"雅俗"内涵的变动。与中国文论中文气、风骨、自然、含蓄等其他风格论话语不同，构词以"雅"、"俗"对举，蕴有强烈的褒贬色彩。在"雅"、"俗"的互动、互补中，文学品评越发展现雅俗共赏的倾向。

### （一）雅俗观与儒释道

雅俗观最初的确立，深受儒家思想的影响。儒家为给礼乐确立规范，将朝廷的乐歌规定为典范，确立礼乐秩序，这与孔子维护周朝制度不无关系。可见，雅俗观的发生，不是始于文学，而是始于政治，雅俗观是当朝统治者的政治建构在社会意识形态上的反映。《左传·襄公二十九年》"为之歌小雅"疏云："立政所以正天下，故《诗序》训雅为正，又以政解之。天子以政教齐正天下，故民述天子之政，还以齐正而为名，故谓之雅。"讲述的正是这种状况。儒家的思维浸透入雅俗的观念之中，在后代多尊儒的历史环境中，在历朝当权者的思想教化中得到反复强化。

然而，雅俗观的思想并不只有一个源流。魏晋南北朝时，战乱频仍，礼崩乐坏，统治阶级对文化引导和控制的下降，带来了思想的自由和多元，也带来了儒家的衰微和玄学的兴盛。面对黑暗的政治、动荡的社会和礼教的虚伪，不少名士再无建功立业的入世激情，而是选择逃避现实，寄情山水。他们面对短暂易逝的生命，迸发出强烈的个体生命意识，寻求个体的解脱，进而在思想上突破了儒家礼制的束缚，自然给雅俗观带来深刻的变动：儒家之雅不为雅，儒家之俗不为俗。这种以远离世俗生活为旨趣的"雅"，与前世进取、遵礼的"雅"相比，发生了根本性的变化。在司空图关于"典雅"："落花无言，人淡如菊。书之岁华，其曰可读"的阐释中，能够感受到道家的思想意蕴在其中。

佛家在东汉末年进入中原，对世俗生活的矮化，对精神生活的强调，追求自我解脱的旨趣让同样给传统儒家的雅俗观带来深刻的影响，让"雅"文化带有一种超脱尘世的色彩。儒释道三大思想源流，相互批驳，又相互吸收，对"雅"、"俗"的不同观念，是造成雅俗观在不是历史历史环境中不同内涵的重要原因。

### (二) 雅俗观与文学贵贱

雅俗的风格分类，在中国古代文论话语中是高下贵贱的文学分类。"雅"初指朝廷的乐歌，体现上流品位。"雅正"，就是以统治者的审美旨趣来教化民众，以"雅"的标准创造的文学，也就是贵族文学、庙堂文学。"俗"作为不入流的文类，相对而言是一种"边缘性"的存在，多被扣上低等、粗劣的帽子。雅文学的艺术追求背后，体现的是文人士大夫等文化精英阶层的审美旨趣。他们贬低俗文学的意义，看轻民间创作、民间流行的文化，采取总体上蔑视的态度，文学品评的裁定权在他们手中。只有当俗文学作品广为流传，达到无法忽视的地步，文人士大夫才将其招安，收编到雅文学的队伍中来。正如郑振铎在《中国俗文学史》里，描述了俗文学的"雅化"过程："当民间发生了一种新的文体时，学士大夫们起初是完全忽视的，是鄙夷不屑一读的。但渐渐的，有勇气的文人学士们采取这种新鲜的新文体作为自己的创作的形式了，渐渐的这种新文体得到了大多数的文人学士的支持了。渐渐的这种新文体升格而成为王家贵族的东西了。"早在文学发展之初，文学普及率低，文学的创造者和消费者都集中在社会上层，雅俗之分，就是文学的贵贱之分，有一定的合理性。

随着社会文化的发展，市民阶级的兴起，科举制度、文官制度促进、推动社会文化总体水平的提高，"士"、"民"的界限逐渐模糊，掌握知识权力与资源的社会阶层下移，让越来越多的俗文学创作具有极高的文学价值，如柳永写的俗词，较同时代雅词有高的成就，其传统技法广受借鉴。《三国演义》等章回小说脱胎于市井的话本之中，却成为现在的四大名著之一。此时，雅俗观就无法继续承担高下之分的评判。可见，雅俗观在文学作品的品评上，不具有"高"雅与低"俗"的绝对性。

### (三) 雅俗融合与雅俗共赏

通过"雅"、"俗"内涵的变动和雅俗观的变化，可以发现，"雅"、"俗"在历史上具有频繁的互动，两者的边界并不是一成不变的，有时还会发生移位，是一组具有动态性的文论范畴。

雅俗文学，在文学史中，承担不同的使命和功用。雅文学以高雅见称，多有上乘佳作，展现民族文学的最高造诣，而俗文学以贴近世俗生活而广受青睐。二者各有所长，不可偏废。文学史上雅俗之间的互动，都促成文学的向前发展。中国古代的诗化小说，将作为雅文学的诗词表达特征纳入到俗文学的创作当中，如《红楼梦》把诗歌的语言和结构特点融于到文字当中，展现出诗歌的审美意境，不仅提高了小说的艺术价值和思想内涵，而且扩大了诗歌的表现力和影响力。近代张恨水是也打通雅俗的极好范例，他的作品继承了中国古典小说的神韵，以通俗小说的姿态进入大众视域，行文中却有典雅清丽的语言，高雅不俗的趣味，在雅俗两方都赢得了大量读者。朱自清在《论雅俗共赏》中说："单就玩艺儿而论，'雅俗共赏'虽然是以雅化的标准为主，'共赏'者却以俗人为主。固然，这在雅方得降低一些，在俗方也得提高一些，要'俗不伤雅'才成；雅方看来太俗，以至于'俗不可耐'的，是不能'共赏'的。"雅俗相互接近中融合彼此的特点，最后就能实现雅俗共赏。

雅俗的话题既有历史性，也有现实性。梳理文学发展的脉络可以看到，文学的整体呈现由雅趋俗的面貌，文学主流文体越来越通俗化，消费主体越来越大众化，品评文学，也需要不断因时因势，擦亮审视的眼睛。雅文学和俗文学犹如文学的两只翅膀，单从一方出发，就会导致文学史的半体化，让文学分家，影响乃至阻碍到文学的正常发展。在文学品评从文学的全局性考虑，尊重俗文学的价值，从而正确引导文学的发展，才能保证文学价值，繁荣社会文艺。

## ◎ 问题思考

1. 关键词"雅"与"正"、"典"等有何关联性？
2. 儒家之"雅"与道家之"雅"的内涵有何区别？
3. 刘勰雅俗观的内涵和时代成因是什么？
4. 柳永诗词艺术成就与俗文化的发展有何内在联系？
5. 试论郑振铎的《中国俗文学史》在文学史中的意义。

## ◎ 参考书目

1. 吴同瑞等编：《中国俗文学概论》，北京大学出版社，1997年。
2. 郑振铎：《郑振铎全集》第7卷，花山文艺出版社，1998年。
3. 曹顺庆、李天道：《雅论与雅俗之辨》，百花洲文艺出版社，2005年。
4. 徐复观：《中国文学精神》，上海书店出版社，2006年。
5. 谭帆：《中国雅俗文学思想论集》，中华书局，2006年。

鉴赏论话语

# 滋　　味

俗话说：“民以食为天。”从原始人的刀耕火种到今天的《舌尖上的中国》，滋味作为完美的饮食体验一直是国人茶前饭后的谈资，从未淡去。滋味所蕴蓄的文化情结亦是人们不断回味的精神皈依，历久弥新。而恰恰是这源于味蕾的快感，在历史的风风雨雨里竟成为了中国文论话语体系中重要的一员。从以“味”感知食物，到用“味”类比政治，再到以“味”评论音律，品评诗歌，这舌尖上跳动的旋律是怎样一步步地发展而来并成为鉴赏的追求和标准的呢？在不同的历史语境中，这种鉴赏话语又呈现出怎样的特质和价值呢？

## 一、释名彰义

### （一）语义界定

“滋”为形声字，古为“滋水”，《说文解字·水部》：“滋，益也。从水兹声。一曰滋水，出牛饮山白陉谷，东入呼沱。”《水经注》曰：“霸陵县霸水，古曰滋水。”除此之外，“滋”最广泛的用途应当是其“益”之说法。《广韵》有言：“益，增也，进也。”故“滋”亦有多、繁之意，又《礼记·檀弓》：“必有草木之滋焉。”《康熙字典》将其“滋”注为“又多也，蕃也”。不仅如此，按段玉裁所注，“滋味”中“滋”亦意为多也。

“味”，《说文解字·口部》：“味，滋味也。”亦为形声字，其部首为“口”，从原初的造字上看，同“口”有着密切的联系。作为名词，“味”表示“口”品尝的对象或是感受。首先，作为品尝的对象，味指可食性物质。《韩非子·外储说左下》：“食不二味，坐不重席。”讲的就是提倡节俭，饭食要单一。其次则为味觉感受，一般指味道，是“口”这一感官品尝的直接结果，《礼记·礼运》：“五味，六和，十二食，还相为质也。”《国语·郑语》：“声一无听，物一无文，味一无果。”《荀子·正名》：“甘、苦、咸、淡、辛、酸、奇味，以口异。”皆为此用法。作为名词的味，在演进过程中含义得到进一步扩大，不仅从口之味觉扩大到嗅觉之味、心之感受，还常常用来比喻政治态度，如《孟子·告子上》：“至于味，天下期于易牙，是天下之口相似也”；亦用来形容声音乐曲，如《左传·昭公二十年》“声亦如味”等。作为动词，味则表示品尝这一动作及延续的过程，《荀子·哀公》：“非口不能味也。”随着味的对象得到扩充，作为动词的“味”则常用来“品尝”言语、诗文等，因而有了玩味、体味之意。如王充《论衡·自纪》：“言了于耳，则事味于心；文察于目，则篇留于手。”刘勰《文心雕龙·明诗》：“张衡怨篇，清典可味。”作为动词的味的客体的增多，相应地也丰富了作为名词的味，使其能形容品诗论文，感叹世事的感受，故而真正具有了文学鉴赏的意味。

"滋"与"味"结合成为一个偏正结构的词语组合,以"滋"来饰"味",不仅使这一文化关键词具备了"滋"、"味"二字的全部内涵,也使其在两者的张力中获得了新的命题含义。首先,"滋"增加了语义上的丰富性和囊括性,使"味"涵盖更为广泛的语义空间;其次,"味"一词因其延展性和持续性,延长了感受的时间,扩展了感觉的幅度,因而更具诗性特征和形而上性。总之,"滋味"一词,因"滋"而更加强调鉴赏主体对生活、写作、人生体验等诸多之味的不断发现,冥思苦想;因"味"而更加侧重于言说主体对鉴赏客体反复斟酌后获得的一种流溢于心胸的,韵味悠长的独特感受。随着"滋"与"味"含义的不断丰富与弥合,"滋味"一词才逐步获得其作为文学批评和文学鉴赏话语的全部意义。

### (二) 中西比较

"滋味"是"陶钧文思"、"熟参妙悟"后的结果,是中国古代文论体系中的欣赏愿望,是文学鉴赏、文学批评的较高标准,更是中国古代学者树立的审美理想。从味觉出发的这一批评方式,暗含了中国古人深邃的世界观和人生体验,也在现代文学批评的延续中获得了永久的精神内核。

相较于中国的"以味鉴文"这一批评模式,西方美学也提出了类似的概念来表示文学鉴赏,从西方谈"美"的传统而来,所以产生了"趣味"这一批评范畴。当代学者范玉吉《审美趣味的变迁》一书中详细介绍了"趣味"由感官术语引申为审美判断的发展过程和代表观点,以及"趣味"同各文化、政治、生活等各个领域之间的关系。从中可以看出,同"滋味"一样,西方的"趣味"也起源于味觉感受,后同样用来表示审美的尺度,或是一种快感、情趣。但是两者的不同点还是显而易见的。首先,从产生来讲,虽然早期中国对"滋味"也有不骄奢、不浪费的主张,但是在古希腊,"趣味"却被认为是一种官能快感,纯粹的享受而被排斥;其次,在发展实践的过程中,"趣味"更加强调的是一种先天的、"破口而出"的感受。17、18 世纪,欧洲美学家把不经过理智推理的判断和鉴赏力称为"趣味"。[①] 而"滋味"则更加强调的是后天的、反复斟酌的体验,"指事造物"、"穷情写物"都是在不断修饰、润色之后才能得到的审美感受;最后,在看待两者的效用上,中西观点亦有不同。西方美学强调实用性,而中国则更为形而上,虚实含混,因此"趣味"较"滋味"更加实在,也因此带有一丝功利的特征。总之,"滋味"和"趣味"都是作为审美鉴赏的术语出现的,都表示一定的审美标准和主体自身的审美发现,只不过各自都贴合自身的现实语境和历史脉络,呈现出不同的特质和价值。

# 二、原始表末

先秦时期,"味"和"滋味"并没有严格区分,两者的含义都停留在较为原始的味觉感受上,常与"声"、"色"并用,表示生理快感,如"且夫声色滋味权势之于人,心不待学而乐之,体不待象而安之"(《庄子·盗跖》),"滋味也,声色也,然后为养生"(《管子·立政九败解》)等,皆为此用法。尽管此时"味"并未直接与鉴赏有关,却是后世"味论"的滥

---

① 朱立元主编:《美学大辞典(修订本)》,上海辞书出版社,2014 年,第 93 页。

觞。老子"淡乎无味"、"味无味"的思想就成为后来"至味说"的发端,儒家则扩展了味的适用范围,"子在齐闻韶,三月不知肉味"(《论语·述而》),"大羹不和,有遗味者矣"(《礼记·乐记》)等均使"味"同礼乐诗教发生关联。诸子百家关于"味"自觉或不自觉的言论为后世滋味说的发展起到了重要的奠基作用。

两汉时期,除了表示饮食之味外,"滋味"一说还延续儒家诗教精神,用以言喻政治举措,如"宜君王,和四方。调滋味,去腥伤"(《鼎录·蓝田覆车山鼎文》)和"羹藜唅糗者,不足与论太牢之滋味"(《文选·王褒〈圣主得贤臣颂〉》)。另一方面,这一时期已有文学批评之先觉,已出现了"以味论言"之作,贾谊《新书·修政语上》中便说:"使人味食然后食者,其得味也多,使人味言然后闻者,其得言也少。""以味辨言"是滋味说形成之前兆,随着文人以味品言,以味来对待文学篇章,滋味说才得以蕴蓄而生。

魏晋时期是文学自觉的时代,对滋味的运用也更为频繁。竹林七贤中,阮籍的《乐论》和嵇康的《声无哀乐论》都将音乐和"滋味"相提并论。而在陆机《文赋》中已有"阙大羹之遗味,同朱弦之清汜"之说法,以味论诗,并以大羹遗味作比,旨在说明诗文不能过于平淡,而失去了丰富的"味觉"体验。

南北朝之后,文学批评理论迎来了高产期,"滋味"也逐渐产生了真正的审美内涵。宗炳《画山水序》中提出"澄怀味象"的说法,他结合老庄道学,从绘画角度谈自然山水之美的欣赏,"味"一词才真正成为审美欣赏的快感,同时这一说法也成为后世"象外之象"、"境界之说"的理论渊源。刘勰的《文心雕龙》更是从多方面对"滋味"进行了详细探讨,丰富了味的理论范畴,足以见其为文之用心。当代学者张蓉将其归纳为三种类型,第一,"道味相附"(《附会》),即滋味依附于正道,旨趣符合道理。第二,"义味腾跃"(《总术》)。滋味腾越于意味之中,旨趣约束于价值观之内。第三,"余味曲包"(《隐秀》),文学作品"深文隐蔚"(《隐秀》),"滋味流于字句"(《声律》)[①]。无论是合理、合乎规矩还是隐喻、内含于字句都是味的意旨和奇趣。在刘勰的"清典可味"之后,锺嵘借四、五言诗作比,系统化地阐释了"滋味"说的理论范畴和操作方法,真正将"滋味"确定为古诗的鉴赏标准和审美理想,亦从审美创作的角度提出建议。至此,"滋味说"真正成为文艺美学的理论范畴之一。

唐宋时期,滋味说成形之后,这一文论话语成为了文人自觉使用的理论范畴,并且随着文体的不断丰富,"滋味说"评点的对象也逐步扩大,不单单局限于诗歌,文人论文亦用滋味一较高下。《大唐新语·文章》中"韩休之文,有如大羹玄酒,虽雅有典则,而薄于滋味"即为此用。除此之外,晚唐司空图的《与李生论诗书》则是对"滋味"的又一创见,寻求"滋味"之外的味道,提倡诗文有"蓝田日暖,良玉生烟"之情境,寻求言外、意外,象外的不凡至味。在此之后,诗人苏轼继承此论,提出了"至味说":"咸酸杂众好,中有至味永。"(《送参寥师》)此外苏轼还提出"发纤浓于简古,寄至味于淡泊"(《书黄子思诗集后》),用以表示诗中耐人寻味之意。北宋时期,"滋味"还常常用于文学鉴赏之中,用来形容鉴赏者追求的审美理想,如《朱子语类》大谈读书之法,常用"得滋味"比喻对书籍的领悟程度:"读来读去,少间晓不得底,自然晓得;已晓得者,越有滋味。若是读不熟,

---

① 张蓉:《中国诗学史话——诗学义理识鉴》,西安交通大学出版社,2004年,第179页。

都没这般滋味。"除了文学上"以味论诗"、"读书求味"之外，在唐宋丰富的诗词资源中不乏对人生滋味的慨叹，展示了独特的文人情怀。

明清时期，"滋味"一词已被普遍认可和使用。人们对味的体会多与意相连，有"意味深长"(《四溟诗话·卷一》)、"意味无穷"(《诗品臆说·超诣》)、"味外有味"(《说诗管窥》)等说法，说明审美主体的审美修养和审美趣味、审美活动的心理体验，使其更臻完善。① 不仅如此，味还常与"境"相连，如清代贺贻孙的《诗筏》在论李、杜诗，韩、苏文时说道："反复朗诵，至数十百过，口颔涎流，滋味无穷，咀嚼不尽，乃至自少至老，诵之不辍。其境愈熟，其味愈长。"意境的品味越醇熟，就越能获得持久深远的审美体验。除此之外，受明清小说中艳俗描写的影响，从《楚辞·天问》"闵妃匹合，其身是继，胡维嗜不同味，而快朝饱"而来的以味形容男女交媾之感被大量运用，如"直饶匹配眷姻偕，真实偷期滋味美"(《水浒传》)、"自经此合，身酥骨软，飘飘然其滋味不可胜言也"(《警世通言》)。虽不同于品诗论文，身体美感的享受看似不值一提，但实际上却同原始的审美意识不无关系。中国人的审美意识，在其初级阶段，是直接从肉体感觉的对象中触发产生的，其内容是与味觉、嗅觉以及视觉、触觉这些肉体的官能的愉悦感密切相联的。②

进入现当代以来，"滋味"这一审美范畴在继承历史的基础上，在近现代学者对中西文论的兼收并蓄中获得了新的内涵。近代学者梁启超将中西方的味论提炼形成了"趣味"之论，将其视为文学的本质和价值，重视文学中无功利的审美情趣，发掘文学的应有之义。海派学者朱光潜对此也进行了拓展研究。在当下，"滋味"一说的语境更为复杂，文学作品中的滋味的喻指也更为复杂。随着"舌尖上的中国"、"味道"等节目的播出，"滋味"从文化诗学的角度又获得了新生。饮食之味、美文至味和人文情怀的结合或许是未来"滋味"的又一种发展形态。

# 三、选文定篇

### (一)以味感知——"滋味"同心性关系

耳之情欲声，心不乐，五音在前弗听。目之情欲色，心弗乐，五色在前弗视。鼻之情欲芬香，心弗乐，芬香在前弗嗅。口之情欲滋味，心弗乐，五味在前弗食。欲之者，耳目鼻口也。乐之弗乐者，心也。心必和平然后乐，心必乐然后耳目鼻口有以欲之，故乐之务在于和心，和心在于行适。

(《吕氏春秋·仲夏纪·适音》，据许维遹撰《吕氏春秋集释》上册，中华书局，2009年，第114页)

夫曲用每殊，而情之处变，犹滋味异美，而口辄识之也。五味万殊，而大同于

① 第环宁等：《中国古典文艺美学范畴辑论》，民族出版社，2009年，第276页。
② [日]笠原仲二著，魏常海译：《古代中国人的审美意识》，北京大学出版社，1987年，第16页。

美；曲变虽众，亦大同于和。美有甘，和有乐；然随曲之情，近于和域；应美之口，绝于甘境。安得哀乐于其间哉？然人情不同，自师所解，则发其所怀。

　　（嵇康《声无哀乐论》，据戴明扬校注《嵇康集校注》，人民文学出版社，1962 年，第 216 页）

　　先秦时期，融汇诸子百家思想的《吕氏春秋》是较早大量使用"滋味"一词的著作，这里的"滋味"主要是以味感知。虽然《吕氏春秋》并未将"滋味"提升至审美鉴赏的层面，却最早揭示了审美主体的主观能动性，并关注到滋味同鉴赏主体心性之间的紧密联系。心乐是接受的前提，品尝者在面对美食时，欢欣喜悦则心向往之，反之则敬而远之。这是包含道家思想的取舍之道，即滋味有哀乐，故要顺应自然、顺应心性，在心之行适中平和养生，才是万全之策。然而这种策略在嵇康看来却是似是而非之论了，"音声之作，其犹臭味在于天地之间。其善与不善，虽遭遇浊乱，其体自若而无变也。岂以爱憎易操，哀乐改度哉？"（《声无哀乐论》）音乐、滋味作为审美客体有自身的奥义，乐止于和，口止于美，事物止于本身的个性特征同主体的哀乐并非一物。虽然《声无哀乐论》并未直接提出"滋味无哀乐"的命题，但已经可以看出对审美客体的尊重和审美主体独创性的强调，同时通过滋味与音乐的类比关系，也可以看出口之滋味同艺术的最初邂逅。

### （二）借味喻言——滋味与释家语言艺术

　　发言和雅，其声柔软，音响香美，择言徐语，舒缓时出；辞章粲丽，滋味具足……别其义理，悦智者意；音如哀鸾，声如天帝，其响哀和，亦如江海；声靖如地，如雕鹫王命诸眷属；其意安隐如须弥山，所发言辞殊赤觜鸟；其声慈愍，犹如鸳鸯相呼和时，亦如雁王将导营从，亦如鹿王鸣呼官属；又如箜篌、琴筝、箫瑟、鼓吹，应节吹呗、吹笙发音，斯音相和，各各悲快。佛之音响，柔软清和，过于彼节百千亿倍。深奥微妙，声无秽浊，闻者入耳，心中欢然。

　　（竺法护译《大哀经》，据王昆吾等编著《汉文佛经中的音乐史料》，巴蜀书社，2002 年，第 415 页）

　　西晋时期，竺法护所译的《大哀经》卷六中出现了对滋味的记载，此时"滋味"不再是味觉感知，而用来形容如来佛祖的辞章言说。佛祖的声音委婉清和，徐徐而落，言谈义理十足，佛典用各种璀璨之物加以形容，以表达对佛祖语言的高度评价。"释家既十分重视语言的作用，讲究语言的艺术，但是释家又认为佛的真如妙谛，不是语言所能说得清楚的，智慧圆觉须要心证，语言是没有作用的。"[1]虽然佛教重视这种有滋味的、弘扬佛法大义的辞章，但语言对于"不立文字"的佛教来说也只是渡河之"筏"，终是要"舍筏上岸"的。正如老子"道可道，非常道"所言，语言只是工具，重视工具是为了更好地实现本体价值，"得鱼而忘筌"，真正使佛法大意深入人心才是其最后的旨归。

---

　　①　徐季子：《文心与禅心》，群言出版社，1993 年，第 132 页。

### (三)味之极致——"滋味"与品诗论文

> 夫四言，文约意广，取效《风》、《骚》，便可多得。每苦文烦而意少，故世罕习焉。五言居文词之要，是众作之有滋味者也，故云会于流俗。岂不以指事造形，穷情写物，最为详切者耶！……宏斯三义，酌而用之，干之以风力，润之以丹彩，使咏之者无极，闻之者动心，是诗之至也。

> （锺嵘《诗品序》，据曹旭集注《诗品集注》上册，上海古籍出版社，2011年，第43—47页）

魏晋南北朝时期的文章，大多玄理过甚，"淡乎寡味"，《诗品》分品论诗和诗人，以味探讨"诗之至"，不仅对当时的文风起到规谏作用，也对后世的文论批评产生了很大影响。至此，"滋味说"才真正成为中国文学批评和文学鉴赏的一个重要范畴。作者通过问答的方式向我们解释了"滋味说"的奥义：第一，何为有滋味者？第二，如何做诗有滋味？第三，何为诗之至？前两个问题旨在探讨"滋味"的创作论，做诗要描写贴切，比喻恰当，"秉承三义"，用心为文。而后者则是从文学鉴赏的角度出发的，是"滋味"的鉴赏论。作者强调要重视和考量鉴赏主体的价值和作用，为文要运足滋味，留给读者充分的想象和填补空间，使诗具有意在言外、可供品鉴的味道，这才是诗的最高评判标准和理想境界。

### (四)味外之旨——"滋味"与"味外味"

> 文之难，而诗之难尤难。古今之喻多矣，愚以为辨于味而后可以言诗也。江岭之南，凡足资于适口者，若醯非不酸也，止于酸而已；若鹾非不咸也，止于咸而已。华之人所以充饥而遽辍者，知其咸酸之外，醇美者有所乏耳。彼江岭之人习之而不辨也，宜哉。诗贯六义，则讽谕、抑扬、渟蓄、温雅，皆在其间矣。然直致所得，以格自奇。前辈编集，亦不专工于此，矧其下者耶！王右丞、韦苏州，澄澹精致，格在其中，岂妨于遒举哉？贾浪仙诚有警句，视其全篇，意思殊馁，大抵附于蹇涩，方可致才，亦为体之不备也，矧其下者哉！噫，近而不浮，远而不尽，然后可以言韵外之致耳。

> （司空图《与李生论诗说》，据祖保泉等笺校《司空表圣诗文集笺校》，安徽大学出版社，2002年，第193—194页）

"滋味"说继锺嵘文论之后，在晚唐司空图"言外之意"、"韵外之味"的探讨中获得了新的精神内核。司空图是最会使用"象喻"的作家，他在作诗滋味与饮食滋味的比喻中，言说着新的内涵。在他看来，饮食之味若是止于酸或咸，便没有蕴蓄并包的快感，不足以让人齿后余香，细细体味。作诗亦是如此，要有浑然一体的风韵，咸酸之外的醇然之味，使"吟咏滋味，流于字句，气力穷于和韵"（《文心雕龙·声律》）。不仅如此，诗词形象的描绘要贴近自然，不要流于世俗浮泛的滋味，为文意旨一定要深远悠长、含蓄可辨。正所谓"不著一字，尽得风流"。品诗过后，风韵犹存，可供鉴赏者反复不断解读，并常读常新，这便是意在言外的韵味之说。虽然韵味同滋味不尽然相同，但却是滋味的深化和蔓延，是众滋味中时间跨度最长的一支。它并不强调滋味的及时性，反而更加侧重后续的品鉴，更加强调品鉴者在品文之后的反复解读和体味，更加期待鉴赏主体独特的审美发现。

## (五) 味中之意——"滋味"同文人情怀

匆匆相见，懊恼恩情太薄。霎时云雨人抛却。教我行思坐想，肌肤如削。恨只恨、相违旧约。

相思成病，那更潇潇雨落。断肠人在栏干角。山远水远人远，音信难托。这滋味、黄昏又恶。

(柳永《凤凰阁》，据薛瑞生校注《乐章集校注》，中华书局，1994 年，第 255 页)

少年不识愁滋味，爱上层楼。爱上层楼，为赋新词强说愁。

而今识尽愁滋味，欲说还休。欲说还休，却道"天凉好个秋"。

(辛弃疾《丑奴儿·书博山道中壁》，据邓广铭笺注《稼轩词编年笺注》，上海古籍出版社，2007 年，第 174 页)

"滋味"常常用来形容人生感受，或苦，或辣，或酸，或甜。同口味一样，人生亦有百态，五味杂陈。中国古代的文人们往往用一颗敏感而多情的心，诗意地圈点勾描着这些独特的感受，展现着中国文人独有的情怀。或是夙愿达成，或是时运不济，无论年华易逝，还是感伤离别，他们对人生世事都多有感叹。因人生"滋味"书写性情，抒发情感，亦以人生"滋味"来形容这不可尽言又难以名状的感受。古代文人以这样的情怀直抒胸臆、吟咏高歌，又用其挚爱的文体狂狷急笔、不吐不快。以笔墨行诸字句，为后人所解说、品鉴。这种对人生形而上的慨叹，最能引起后世读者的共鸣与呼应。

## (六) 何以有味——"滋味"同文学欣赏

一日，黛玉方梳洗完了，只见香菱笑吟吟的送了书来，又要换杜律。黛玉笑道："共记得多少首？"香菱笑道："凡红圈选的我尽读了。"黛玉道："可领略了些滋味没有？"香菱笑道："领略了些滋味，不知可是不是，说与你听听。"黛玉笑道："正要讲究讨论，方能长进。你且说来我听。"

香菱笑道："据我看来，诗的好处，有口里说不出来的意思，想去却是逼真的。有似乎无理的，想去竟是有理有情的。"黛玉笑道："这话有了些意思，但不知你从何处见得？"香菱笑道："我看他《塞上》一首，那一联云：'大漠孤烟直，长河落日圆。'想来烟如何直？日自然是圆的。这'直'字似无理，'圆'字似太俗。合上书一想，倒像是见了这景的。若说再找两个字换这两个，竟再找不出两个字来。……我们那年上京来，那日下晚便湾住船，岸上又没有人，只有几棵树，远远的几家人家作晚饭，那个烟竟是碧青，连云直上。谁知我昨日晚上读了这两句，倒像我又到了那个地方去了。"

(曹雪芹《红楼梦·第四十八回》，据中国艺术研究院红楼梦研究所校注《红楼

梦》，人民文学出版社，1996年，第647—648页）

滋味，除了作为品诗论文的审美标准之外，还可以作为读书论画所要达到的一种审美理想和审美境界，即鉴赏者通过阅读获得体会，在读书中寻求兴趣和滋味。"香菱学诗"就在香菱和黛玉两人的对话中表露出文学鉴赏的要义。想要"识味"，首先要熟读先贤经典，凡圈点的都要读，并且入门须正，更需活参字句。正如黛玉所言："见了这浅近的就爱，一入了这个格局，再学不出来的。"（《红楼梦第四十八回》）读书要有先后，有格局。其次，还要进行文本细读，推敲诗文的妙处，用心去感受，设身处地，只有这样才能不止于"同乎旧谈"从而有所新见，异乎前论。再次，还要与人交谈，不囿于己见，在讨论中寻求自我超越，在自我反复的品鉴过程中，心有所得，神会妙悟，才能获得滋味的最上乘之义。

### （七）味之重旨——"滋味"与近现代批评

文学是要常常变化更新的，因为文学的本质和作用，最主要的就是"趣味"。趣味这件东西，是由内发的情感和外受的环境交媾发生出来。就社会全体论，各个时代趣味不同；就一个人而论，趣味亦刻刻变化。任凭怎么好的食品，若是顿顿照样吃，自然讨厌，若是将剩下来的嚼了又嚼，那更一毫滋味都没有了。

（梁启超《晚清两大家诗钞题词》，据胡经之等编《中国古典美学丛编》，凤凰出版社，2009年，第631页）

辨别一种作品的趣味就是评判，玩索一种作品的趣味就是欣赏，把自己在人生自然或艺术中所领略得的趣味表现出就是创造。趣味对于文学的重要于此可知。文学的修养可以说就是趣味的修养。趣味是一个比喻，由口舌感觉引申出来的。它是一件极寻常的事，却也是一件极难的事……在文学方面下过一番功夫的人都明白文学上趣味的分别是极微妙的，差之毫厘往往谬以千里。极深厚的修养常在毫厘之差上见出，极艰苦的磨炼也常在毫厘之差上做功夫。

（朱光潜《文学的趣味》，据朱光潜著《朱光潜美学文集》第2卷，上海文艺出版社，1982年，第253页）

随着历史的不断发展，"滋味"并未淡去，而是衍化为以味为代表的其他词组，继续活跃在文坛之上。特别是进入近现代以来，在梁启超有关文学鉴赏的"趣味说"引领下，"滋味"获得了新生，在原有基础上拓展了新的内涵。"趣味主义"是梁启超先生对中西方理论兼收并包的结果，结合中国传统文论的滋味说、神韵说、意境说以及西方康德美学和"游戏说"，并将其理论结晶呈现于《饮冰室合集·饮冰室文集》卷四十三之中。朱光潜先生亦是在继承此思想之上，侧重强调文学的价值，继而提出了他的"人生的艺术化"的主张。两大文学巨匠的努力也为近现代文学批判提出了新的标准和规范。首先，"味"是文学之重旨，只有品味人生精华，吸取先贤盛典，"内圣外王"才会有文学之创造。其次，强调读者的作用，文学中的滋味也好，趣味也罢，只有经过鉴赏者的辨味、体味才能实现自我的价值，而且"识味"是一件难事，需要花费大量的时间和经历才能实现。最后，"味"还具有时代性和发展性，所谓"时运交移，质文代变，古今情理，如可言乎"(《文心雕龙·时序》)。不同时代，不同的读者群有不同的喜好和审美取向，复制粘贴来的艺术终会滋味尽失。

# 四、敷理举统

"滋味"一词，蕴含着千百年来中华文化的精神结晶和文化内涵，无论在古代文论还是现代语境中，都显示着自身独特的生存魅力和理论价值。作为文学批评和文学鉴赏的理论话语之一，它显示出了以下三方面的主要特征①：作为思维方式的直觉性和类比性特征，作为言说方式的诗意性和含蓄性特征以及作为范畴建构的审美性和时代性特征。这些特质延续至今天，依旧"言说着"属于滋味的理论价值和优劣得失。

## (一) 滋味的直觉性和类比性

滋味说的形成经历了由"口"到"心"，由感官感受到文学审美的过程，从思维方式的角度进行解读，可以看到滋味具有直觉性和类比性。具体表现在以下几方面：

首先，滋味的发生是读者自发自觉的行为，亦是主动将感官同外物加以类比的过程。正如别林斯基在《艺术的概念》一文中对艺术定位道："艺术是对于真理的直感的观察，或者说是用形象来思维。"②滋味的审美发生就是直感观察，将想象力付诸实践，用日常生活直接体验到的味觉美感修辞文学感受的结果。其次，这种直觉感受和类比的思维方式，源于原始人类的生存文化特征和宇宙空间意识，对于不熟悉的外物，古人常以旧代新，举一反三，在"象者"和"像也"(《周易系辞》)之间寻找联系，早期中国哲人以八卦代日月山泽，逐步形成"象喻"思想，西方人以原始图腾诉说着宗教政治文化，都是这种思维的真实写照。最后，这种直觉性和类比说明古代人思考问题的方式是感性的。正因如此，诗文的评说才不会繁缛且流于板滞，而是灵动"不可凑泊"。

## (二) 滋味的诗意性和含蕴性

思维方式的感性特征必然导致言说方式的诗意性特征。口之快感在于个人独特的品尝感受，而"诗道亦在妙悟"，滋味的诗意性尽现于这种不可说破的虚实之间。首先，"滋味"作为文学欣赏的追求是诗意的和含蓄的，作为滋味的品鉴对象，文学文本本身的意旨就是难以追求的，所谓"澄怀味象"之说，象是虚的，因而"羚羊挂角，无迹可寻"，心会这种言外之意尚且不易，更何况诗意本身更重要的是要神会。"知音难遇"，读者想要获取作者写作时的心灵状态和想要表达的精神内涵本身就是极其艰难的事，解读方式的不同就会带来理解的偏差。其次，"滋味"作为文学批评的标准，亦是诗意的和含混的。尽管

① 李建中：《儒道释文化的诗性精神与中国古代文论的诗性特征》，《文艺理论研究》，2003年第1期。

② [俄]别林斯基著，满涛译：《别林斯基选集》第三卷，上海译文出版社，1980年，第93页。

锺嵘以"味之至"来为四言诗恒定标准，但是所谓"干之以风力，润之以丹彩"其实是一种诗化的描述，不容易落到实处。所谓的批评标准只不过是诗人对文本的独特体验，并用诗意化的方式进行言说罢了。

除了诗意性的特征之外，作为言说方式，滋味还具有含蕴性，即一种含蓄的但却和合万物的思想，它强调兼收并蓄、五味并包。《国语·郑语》："和五味以调口。"司空图《二十四诗品》亦强调不能止于咸酸，后贯休谈到"盐梅金鼎美调和，诗寄空林问讯多"（《酬韦相公见寄》），都是滋味说含蓄蕴藉的表现。值得注意的是，这种和不是混杂的和，中国美学指出："和与同异"，它是矛盾的对立统一，而"同"则是无矛盾、无对立面的宁静与同一。① 各种差异性的特质汇聚，组成了滋味的蕴藉特征。

### (三) 滋味的审美性和差异性

滋味的理论构建同审美息息相关，首先，从滋味说的理论起源上讲，"味"与"美"本就密不可分，"美，甘也，从羊从大；羊在六畜主给膳也"（《说文解字·羊部》）。美常用来表示食物的肥美。除此之外，李壮鹰在《滋味说探源》一文中还从音韵学的角度发掘两者的联系。因而，味觉之鲜美同文学审美能够先后出现就可想而知了。

其次，滋味的发生过程不是一蹴而就的，正如审美化的过程亦不是一蹴而就的。品尝食物暂且需要唇舌细味，饭后还需细细回味，读书品文亦是如此，"须是细嚼教烂，则滋味自出，方始识得这个是甜是苦是甘是辛，始为知味"《朱子语类·卷十》）。

再次，从理论形态的呈现上看，滋味具体有两个内涵，无论是作为审美鉴赏的追求还是审美批判的标准这两重含义都与审美相连，都是审美化的产物。不仅如此，滋味的审美化也是充满差异性的，滋味说经历了长时间的发展演变，不同时代的理解和追求不同，不同学者对滋味的定位和看法也有不同。在不同的时代中，品味的对象是有不同的，一代有一代之文学，一代有一代之文体，因而滋味的理论范围就会有差异；在不同的文人的体味中，作为审美至高理想的滋味也不会全然相同。在老庄、苏子看来，至味就是无味，无味而有味；但是在孔孟、锺嵘看来，至味是雕刻之味，有为才能有所获。由此可见，滋味作为审美特征是和时代、个人的审美理解紧密结合在一起的，由于鉴赏者的领会不同，解说不同，操作对象不同，因而极具个性化特征，和而不同。

### (四) 滋味的理论价值和现代启示

从以味感知到以味比喻，再到以味品鉴，以味批评，滋味这一鉴赏话语经历了长期的发展过程，包含了丰富的理论内涵，也体现着众多的理论价值。具体表现在以下三个方面：第一，滋味对读者地位的强调。滋味的发生、发展，品味的结果都离不开读者的参与，都需要读者的用心才能完成。因而，滋味说十分尊重读者的感悟，重视读者的价值。第二，滋味对文学鉴赏的意义。滋味为文学鉴赏和文学批评提供了一定的范式，对于如何评论文学作品提供了一系列方法。第三，滋味对文学写作的启迪意义。通过文学的标准来引导人们追求高尚的趣味，所作之文要"超以象外，得其环中"（《二十四诗品·雄浑》），

---

① 祁志祥：《中国美学的文化精神》，上海文艺出版社，1996年，第40页。

不断训练和提升。

　　当然，发展到今天，由滋味而来的趣味说却也暴露出了它的弊端。这也从另一个侧面说明了中国现代文艺长时间以来之所以没有能够成为独立的话语体系的原因。今天的"滋味"说虽然结合了中国古代的"味"论，但是更多的是跟从西方文论的逻辑，追寻西方美学的论题，缺乏对中国古典命题的援引例证，才会使趣味如浮萍一般不着根蒂。所以，回归中国传统经典，在中国文化的土壤中和传统哲人的智慧当中，在同西方文化美学的比较中寻找新意，丰富内涵，辨析要义。以自己的文论话语说话而不再一味假借其他，这或许是"滋味"等鉴赏话语带给现代文艺的最大的启迪。

## ◎ 问题思考

1."滋味"在不同历史时期的含义有何区别？请简要叙述。

2."滋味"到底有无哀乐？你又是如何理解滋味同心性的关系的呢？

3."滋味"、"韵味"、"趣味"的区别和联系在哪？

4."滋味"作为文学批评和文学鉴赏的理论话语有哪些特征？

5. 你怎样看待中国的"滋味说"与西方的"身体美学"呢？

## ◎ 参考书目

1.（南朝梁）锺嵘著，曹旭集注：《诗品集注》，上海古籍出版社，2011 年。

2.（唐）司空图著，祖保泉、陶礼天笺校：《司空表圣诗文集笺校》，安徽大学出版社，2002 年。

3. 徐季子：《文心与禅心》，群言出版社，1993 年。

4. 祁志祥：《中国美学的文化精神》，上海文艺出版社，1996 年。

5. 张蓉：《中国诗学史话：诗学义理识鉴》，西安交通大学出版社，2004 年。

# 妙　悟

在中国古代文论历史上，"妙悟"出自宋代严羽的《沧浪诗话》，它自正式提出后一直影响至今。然而追本溯源，妙悟起初是禅宗用语，最早见于僧人僧肇的著作当中，是一种体悟真如佛性的方式。我们至今仍可在禅宗中见到"妙悟"一词，文学理论中也有和妙悟相关的观点。那么，"妙悟"一词是如何从禅宗用语进入中国古代文论的？在佛家和诗家两个领域当中，它最初具有什么涵义？在文艺理论中具有哪些突出的特征？随着历史年轮的推进，妙悟在最初的意义上又不断被赋予新的定义，那么除了严羽"禅道唯在妙悟，诗道亦在妙悟"《沧浪诗话·诗辨》之外，还有哪些衍生的批评理论？下面我们就一起来重新回顾妙悟的这段历史，一一解开这些问题。

## 一、释 名 彰 义

### (一) 语义界定

从语言学的角度来说，"妙悟"是一个偏正结构词语。要完全界定妙悟这个词的涵义，首先要弄清楚"妙"与"悟"的含义。关于"妙"，许慎《说文解字·弦部》："急戾也。从弦省，少声。於霄切。"段玉裁《说文解字注》中说："急戾也。陆机赋。弦幺徽急。疑当作弦？从弦省。少声。於霄切。二部。按类篇曰。弥笑切。精微也。则为今之妙字。妙或作玅是也。"此"妙"具有哲学和审美两种主要涵义，最早在《老子·第一章》中出现："此两者同出而异名，同谓之玄，玄之又玄，众妙之门。"妙是一种状态，一种恒有恒无、非有非无、变化不定的状态，它无分别也无特征可寻。魏晋时期，妙开始由哲学意义向文艺理论范畴转变，人们更多地用"妙"来进行艺术审美鉴赏，由先秦对抽象本体的形容转向对实物的批评鉴赏，如宗炳《明佛论》说："神也者，妙万物而为言矣。"此"妙"意为艺术上的超脱和飘逸，是艺术家们十分看重和追求的一种境界。"妙"在佛学体系中意为精微深远，丁保福《佛学大词典》释"妙"说："不可思议之义。绝待之义。无比之义也。"

"悟"既可以作动词表示一种行为方式，也可作名词表示一种存在状态。《说文解字·心部》："悟，觉也。从心吾声。"《见部》："觉，悟也。"《玉篇》："悟，觉悟也，心解也。"《广韵》："悟，心了。"从这里也可以看出，悟一方面指懂得、明白，如陶渊明《归去来兮辞》所说"悟已往之不谏，知来者之可追"，另一方面，悟在老庄哲学中也指觉悟，是一种认识世界的特殊方式，类似于"直观体道"的思维方式，除此之外，悟还有一种更为抽象的涵义，指心灵领悟开悟的状态，它不同于一般的认识方式或思维方式，是一种对主

264

体心灵和精神世界的审美体验。"'悟'不仅是一种认识，更是一种内在修养；'悟'的对象不仅是知识，更是智慧的发现；'悟'的过程是不涉及知识不关乎概念的直觉体验活动，作为独特体验方式的'悟'在汉代以后被普遍使用。"①

由于词源产生的环境不同，妙悟的诗学含义和禅学含义也截然不同。妙悟最早出现在僧肇《涅槃无名论》中，"玄道在于妙悟，妙悟在于即真"，随后竺道生、慧能等人继续丰富其内涵。妙悟是一种无分别心，它不是刻苦钻研就能习得的，其结果是达成"天地与我并生而万物与我同一"的境界。妙悟作为诗学理论，主要体现在文学、尤其是诗歌创作和诗歌鉴赏方面，它表现为以艺术直觉或审美心理机制来引导作家的创作活动与批评家的鉴赏活动。

### (二) 中西对比

西方文学理论中与妙悟这种文学鉴赏论对应的是直觉(intuition)说，克罗齐《美学纲要》宣称："艺术是什么——我愿意立即用最简单的方式来说，艺术是幻象或直觉。"②也就是说，克罗齐认为直觉是艺术创作的直接原动力，直觉作为心理活动是一种审美感知活动。柏格森《形而上学导论》说："所谓直觉，就是一种理智的交融，这种交融使人们将自己置于对象之内，以便与其中独特的、从而是无法表达的东西相符合。"③在西方的文艺理论中，直觉被看作是一种非常态的非理性思维，柏拉图把它的形成原因归结为一种不可解释的神秘力量，直觉又或是人的某种非理性本能。相比于直觉，妙悟的形成原因更多的是人的智慧，是因为人的聪慧本心的觉悟，所以两者的形成机制不同。

# 二、原 始 表 末

先秦时期虽还没有出现"妙悟"一词，但是妙、悟两字已出现在老庄哲学著作中。老庄哲学强调的"道"也是不可言、不可写的，它不存在于任何一个事物之中，又存在于每个事物之中。妙也是如此，妙存在的特殊性和普遍性也与道十分契合，妙可以说是"道"的属性之一。老庄哲学中已经体现出了妙和悟的思想，只是还没有明确地把"妙"、"悟"两字连用。

魏晋南北朝时期，"妙"、"悟"开始连用，成为固定词汇。东晋僧人僧肇《肇论·涅槃无名论·妙存第七》云："玄道在于妙悟，妙悟在于即真。即真则有无邪观。齐观则彼己莫二。所以天地与我同根，万物与我一体。"他在《长阿含经序》云："晋公姚爽质直清柔，玄心超诣，尊尚大法，妙悟自然。"僧肇提出体悟真如佛性的方式就是"即真"，就是体会事物精细微妙的方面，主要意为"即是不能完全的抛开利用万物的假有来领悟它的真如本性，这就需要凭借'触事'，从而'即真'，所谓'玄道'就在'即物顺通'之中"④。僧肇不

① 朱良志：《大音希声——妙悟的审美考察》，百花洲文艺出版社，2005年，第14页。
② [意]克罗齐著，朱光潜等译：《美学原理·美学纲要》，外国文学出版社，1987年，第209页。
③ [法]柏格森著，刘放桐译：《形而上学导言》，商务印书馆，1963年，第3—4页。
④ 柳倩月：《诗心妙悟——严羽〈沧浪诗话〉新阐》，黑龙江人民出版社，2009年，第33页。

是从文学理论的角度来谈妙悟，妙悟只是一种理解体会玄道和佛性的方式，僧肇强调妙悟就是要接近万物，在和万物的假有接触之中体察其精致微妙之处，从而接近万物的真性。清谈名僧竺道生提出"顿悟成佛"论，他认为关于顿悟的理解有两种，一种认为在渐悟的过程中达到一定阶段，获得彻悟，然后再修便能成佛，这是小顿悟。另一种则是只有真正领悟了佛理、体认本体的时刻，当即成佛，才是顿悟，这就是竺道生所说的大顿悟，也即顿悟成佛论。①

唐宋时期，"妙悟"频繁出现在禅宗用语当中。唐代禅师船子和尚、南禅师慧能都曾先后提出顿悟的相关理论。宋代的大慧宗杲禅师也是妙悟说的倡导者，他在《大慧普觉禅师语录》中说："如今不信有妙悟底，反道悟是建立，岂非以药为病乎？世间文章技艺，尚要悟门，然后得其精妙，况出世间法。"大慧宗杲禅师阐释了妙悟和道悟的关系，认为妙悟才是学习世间文章技艺、探索世间法的根本方法，对于那些不相信妙悟反而以道悟为根本的禅师，他认为是颠倒了因果关系，把解决之道当成了祸起之由。

唐宋时期，妙悟不仅是一个禅宗概念，而且已经深刻影响了艺术理论领域。唐代诗境理论主张诗境和禅境融为一体，以皎然和司空图的诗境论为代表，注重从微约之处体会诗歌的意境之美，并将其作为鉴赏诗歌的标准之一。这一理论侧重诗歌的文学审美性，在整体风格上追求自然，这和老庄强调的平和冲淡之美是一致的，也和僧肇提出的妙要体察事物细微之处异曲同工，诗境论丰富了文艺审美理论，同时也为"妙悟说"的正式形成奠定了基础。南宋严羽《沧浪诗话·诗辨》中说："大抵禅道惟在妙悟，诗道亦在妙悟。且孟襄阳学力下韩退之远甚，而其诗独出退之之上者，一味妙悟而已。惟悟乃为当行，乃为本色。然悟有浅深，有分限，有透彻之悟，有但得一知半解之悟。"在严羽的努力下，妙悟说正式成熟，也建立了一个新的理论体系。宋代诗学借禅喻诗，主要是提出诗歌创作和诗歌鉴赏方面的理论主张，强调诗歌创作不要过于依靠理性思维，不要空空议论，要学习前人的诗歌作品，提升自身对诗歌语言和体裁的领悟能力等。严羽妙悟说影响深远，直至明清，妙悟说的内涵仍然不断被丰富。

元明清时期，文人士大夫在承袭严羽理论和观点的基础上，在发展中不断创新。明代谢榛在《四溟诗话》中指出"诗固有定体，人各有悟性。夫有一字之悟，一篇之悟。"值得注意的是，谢榛在这里强调了悟的重要性并且将悟的内容扩大化，悟在这里带有灵感的意味。文章认为，不仅是鉴赏者，悟对于作者也同样重要，不同的人有不同的悟性，有的人只一字便可开悟，有的人要经过漫长的学习才能领悟，这也是悟的属性之一。明代胡应麟在《诗薮》中强调了禅之妙悟与诗之妙悟的不同："然禅必深造而后能悟，诗虽悟后仍须深造。"清代妙悟说不仅局限于文学领域，还涉及书法、绘画、戏剧等领域。清代王士祯倡导神韵说，神韵说在妙悟说的基础上进一步强调主体物我两忘的境界，无论是诗歌鉴赏还是诗歌创作，都要去体悟诗歌文字之外的意韵、神韵。

在现当代文学批评当中，妙悟说蕴涵的印象式批评仍旧影响深远，在 20 世纪二三十年代的理论家如周作人、李健吾等都身体力行推动"妙悟说"新的延续。周作人《文艺批评杂话》认为："真的文艺批评，本身便应是一篇文艺，写出著者对于某一作品的印象与鉴

---

① 柳倩月：《诗心妙悟——严羽〈沧浪诗话〉新阐》，黑龙江人民出版社，2009 年，第 34 页。

赏，绝不是偏于理智的论断。"①也就是说，鉴赏文章不能完全依靠逻辑和理论写出冷冰冰的文字，而是应该结合作家自身的感情让作品充满文学性，强调批评主体对鉴赏对象的领悟和体会，注重言外之意的理解和表达。20世纪七八十年代以来，批评家们强调批评当中的审美意识，贺兴安在《评论：独立的艺术世界》中认为，文学批评不能只是亲近对象，而要使自己成为一个自足的主体，凭着自身的艺术直觉去感受对象，充分体现批评主体的人格、情怀、艺术感觉等，使批评成为第二次创造。在这里，评论家们在文学评论中引入文学审美，继承了周作人等人的主张，继续强调主体感受，可以说是妙悟鉴赏论的现当代变体。这些批评理论都扩充更新着妙悟说在现当代的内涵。

# 三、选 文 定 篇

## (一)《诗品》：妙悟鉴赏论

夫属词比事，乃为通谈。若乃经国文符，应资博古；撰德驳奏，宜穷往烈。至乎吟咏情性，亦何贵于用事？"思君如流水"，既是即目；"高台多悲风"，亦惟所见；"清晨登陇首"，羌无故实；"明月照积雪"，讵出经史？观古今胜语，多非补假，皆由直寻。

颜延、谢庄，尤为繁密，于时化之。故大明、泰始中，文章殆同书抄。近任昉、王元长等，词不贵奇，竞须新事。尔来作者，寖以成俗。遂乃句无虚语，语无虚字，拘挛补衲，蠹文已甚。但自然英旨，罕值其人。词既失高，则宜加事义。虽谢天才，且表学问，亦一理乎！

(锺嵘《诗品序》，据曹旭集注《诗品集注》上册，上海古籍出版社，2011年，第220、228页)

《诗品》中虽然没有明确出现妙悟一词，但是它表达着妙悟的鉴赏方式。锺嵘在《诗品序》中指出，一些诗句之所以能够流传千古，不是因为那些诗句出自典故经史，或是依靠华美的语言来粉饰文采，而是因为它们描写的是亲身经历和真实情况，所以在作品中体现出的情感更加真挚和自然，读者在阅读作品时也能容易地明白文章的意思。

锺嵘从作品的创作方式上来鉴赏文学作品，在《诗品序》中强调妙悟"即真"的特点。他赞赏描写事物的精微之处的作品，反对东晋玄言诗的"淡乎寡味"、语句虚空、毫无意义的写作方式。除此之外，锺嵘重视诗歌的诗味和诗风，他在序里曾说五言诗"是众作之有滋味者也"，又说诗应该使人"味之者无极，闻之者动心"，"品尝"到诗歌的人会认为这是无极的美味，"闻"到诗歌的人都会因之动心，可见诗歌之撼动人心的力量，这些都是从诗歌妙悟的层面来鉴赏作品。

---

① 周作人：《文艺批评杂话》，《周作人文学批评》，珠海出版社，1998年，第114页。

不过，锺嵘《诗品序》中并没有明确地提出妙悟一说，但是经过以上的分析可以看出，他确实采用了这种批评方式来对诗歌和诗人进行品评，认为情感和文采兼具的曹植是诗人中的上品，鲍照之词虽骨节强美，但因其作品多有引古，"贵尚巧似"，也只能被定位为中品，永嘉时期许询作品崇尚黄老，清虚在俗则为下品，他的这一分类方式和评定标准对之后严羽《沧浪诗话》也产生了潜移默化的影响。

**(二)《二十四诗品》：妙悟的体悟方式**

> 大用外腓，真体内充。返虚入浑，积健为雄。具备万物，横绝太空。荒荒油云，寥寥长风。超以象外，得其环中。持之非强，来之无穷。
>
> （司空图《二十四诗品·雄浑》，据郭绍虞集解《诗品集解》，人民文学出版社，1963年，第3页）

> 俯拾即是，不取诸邻。俱道适往，着手成春。如逢花开，如瞻岁新。真与不夺，强得易贫。幽人空山，过雨采苹。薄言情悟，悠悠天均。
>
> （司空图《二十四诗品·自然》，据郭绍虞集解《诗品集解》，人民文学出版社，1963年，第19—20页）

> 若纳水輨，如转丸珠。夫岂可道，假体如愚。荒荒坤轴，悠悠天枢。载要其端，载闻其符。超超神明，返返冥无。来往千载，是之谓乎。
>
> （司空图《二十四诗品·流动》，据郭绍虞集解《诗品集解》，人民文学出版社，1963年，第42—43页）

《二十四诗品》并不是简单讨论文学作品的风格，它涉及"妙悟"这一体悟方式的具体内涵。从第一品"超以象外，得其环中"到最后一品"载要其端，载闻其符；超超神明，返返冥无"，都体现出对妙悟意义的理解。

《二十四诗品》注重体悟妙悟的随意性和自然性，妙悟是不期而遇、无目的性、无规定性和无限性的，妙悟就存在于自然界当中，因此体悟"妙悟"不需要去劳心追寻。诗人和鉴赏家所要做的，就是深入到自然当中去，亲身去实践感受自然界当中的事物。这种实践一方面是为了收集作家的创作素材，另一方面有利于作家审美妙悟的获得。同时，司空图也用自然景物来描述文学作品的风格，以不同的自然事物给人带来的不同感受类比不同的诗歌和诗人风格。如果说锺嵘是以创作内容是否符合妙悟来评定诗人品级，那么司空图就是从诗人创作方法以及创作风格上对文学作品进行界定和分类。《二十四诗品·自然》当中说"俯拾即是，不取诸邻"，"妙悟"随处存在着俯拾即是，但是它又可期而不可遇，只能以心去相遇，司空图倡导用这种自然的方式体悟文学审美。《二十四诗品》以一种十分形象化的方式阐释着"妙悟"的体悟方式，全书虽然只有一处真正提到"妙悟"，但是却在字里行间渗透出达到"妙悟"的方法。

### (三)《沧浪诗话》：妙悟说集大成

大抵禅道惟在妙悟，诗道亦在妙悟。且孟襄阳学力下韩退之远甚，而其诗独出退之之上者，一味妙悟而已。惟悟乃为当行，乃为本色。然悟有浅深，有分限，有透彻之悟，有但得一知半解之悟。汉、魏尚矣，不假悟也。谢灵运至盛唐诸公，透彻之悟也。他虽有悟者，皆非第一义也。吾评之非僭也，辩之非妄也。天下有可废之人，无可废之言。诗道如是也。若以为不然，则是见诗之不广，参诗之不熟耳。

（严羽《诗辨》，据郭绍虞校释《沧浪诗话校释》，人民文学出版社，1961 年，第 12 页）

严羽在《沧浪诗话·诗辨》中正式提出"妙悟"说，把"妙悟"一词带进文学理论体系。他进一步丰富了妙悟说的内涵，从《沧浪诗话·诗辨》中，我们可以看出妙悟鉴赏的具体指向。妙悟通过主体亲近自然和亲身实践，得以把握到所观察客体的细微和"无迹可求"之处，深入细致地发现对象的韵味和趣味。

严羽还区分了悟的不同类型。悟有深浅的区别，像谢灵运等作家就是透彻之悟，除此之外还有一知半解的悟，这和竺道生所说区分的小顿悟和大顿悟类似，前者强调一个渐进的过程，在这个过程中会有一知半解，随着时间的积累达到一个彻悟的结果；后者强调瞬间的顿悟，一个人虽然学识尚没有出神入化，但是却能妙悟上得到开示，就像孟襄阳相比韩退之，虽然学力不足，但因"一味妙悟"，故其诗歌品级在韩愈之上。

在严羽看来，影响诗歌高下的并不是作家的学力，更多的是因悟的深浅而决定诗道。妙悟作为创作和鉴赏方法都十分重要，因为无论对创作还是鉴赏，都存在着言有尽而意无穷的困境，而妙悟就是去参透其中的意，去感受体验"空中之音、相中之色、水中之月、镜中之象"，而不是去依照着逻辑和理性来分析作品的框架和结构。从这方面来说，西方的形式主义批评、新批评等批评方式就从反面阐释着妙悟说的内涵，他们认为批评无关作品写了什么，重要的是怎么写，就和重视作品内在神韵和境界和妙悟说构成对比。

### (四)神韵说：妙悟创作论

严沧浪《诗话》，借禅喻诗，归于妙悟。如谓盛唐诸家诗，如镜中之花，水中之月，镜中之象，如羚羊挂角，无迹可求，乃不易之论。而钱牧斋驳之，冯班《钝吟杂录》因极排诋，皆非也。

汾阳孔文谷云："诗以达性，然须清远为尚。"薛西原论诗，独取谢康乐、王摩诘、孟浩然、韦应物，言"'白云抱幽石，绿筱媚清涟'，清也；'表灵物莫赏，蕴真谁为传'，远也；'何必丝与竹，山水有清音'，'景昃鸣禽集，水木湛清华'，清远兼之也。总其妙在神韵矣。"神韵二字，予向论诗，首为学人拈出，不知先见于此。

（王士禛《池北偶谈》，据勒斯仁点校《池北偶谈》下册，中华书局，1982 年，第 416、430 页）

清代著名诗人、文学理论家王士禛提出的"神韵"说在中国古代文论历史上影响深远。王士禛认为，妙悟的妙主要体现在"神韵"二字上，诗歌因为流露出"神韵"所以显得妙，所以他将有无神韵作为判断文学作品的标准之一，提出著名的"神韵"说。

"神韵"说从创作论来谈妙悟，它继承严羽和司空图对妙悟的看法，提倡诗歌创作要基于对自然的审美体验，推崇清淡高远的诗风和意境，认为文学作品要符合含蓄的创作要求，显得有韵味和趣味。他在《香祖笔记》中说："舍筏登岸，禅家以为悟境，诗家以为化境，诗禅一致，等无差别。"可以说，"妙悟"一词自禅宗而来，经由文学理论家引入文学界之后，并没有脱离原来它在佛教中的意思。历代文论家对妙悟内涵的阐释大多可以在僧道的解释中找到相似观点，王士禛在这里也认为"诗禅一致，等无差别"，妙悟在诗家和禅家中的落脚点也是十分相似的。王士禛延续以禅入诗的思路，认为诗禅在这方面是一致的，禅家悟境，诗家化境，都追求对于境界的内在把握，唤醒人们心中潜藏的对自然的感受。"神韵"说在"妙悟"说的基础上，主张诗人和创作对象融为一体，进入一种物我两忘的境界，达到一种虚无空远的审美状态，创作出浑然天成的文学作品。

### （五）宗白华：美学妙悟说

从这一画之笔迹，流出万象之美，也就是人心内之美。没有人，就感不到这美，没有人，也画不出、表不出这美。所以钟嵘说："流美者人也。"所以罗丹说："通贯宇宙的一条线，万物在它里面感到自由自在，就不会产生出丑来。"画家、书家、雕塑家创造了这条线（一画），使万象得以在自由自在的感觉里表现自己，这就是"美"！美是从"人"流出来的，又是万物形象里节奏旋律的体现。所以石涛又说："夫画者从于心者也。山川人物之秀错，鸟兽草木之性情，池榭楼台之矩度，未能深入其理，曲尽其态，终未得一画之洪规也。行远登高，悉起肤寸，此一画收尽鸿蒙之外，即亿万万笔墨，未有不始于此而终于此，惟听人之握取之耳！"

（宗白华《中国书法里的美学思想》，据林同华主编《宗白华全集》第 3 卷，安徽教育出版社，2008 年，第 409 页）

宗白华的美学"妙悟"说把中国古代文论的"妙悟"说和现代美学结合起来，运用到文学理论领域，是"妙悟"说在现当代文论中的一种延续和创新。宗白华以中国书法的用笔为例，强调艺术创造应破除虚空，追求自由流动的审美特性。宗白华将美和妙悟联系起来，他认为美是人"自由自在的感觉"里呈现出来的万象本身。在这里，美和妙悟的属性相似，都是超越主观和客观的存在，但它又是二者的融合。如果说妙悟存在于自然界的话，那么美更是存在于世界的任何角落，并且二者都是通过人来显现的，人把握这种美并将其展现出来的过程就是艺术创造过程。"艺术境界主于美"，美是人的一种境界，也是艺术创造的一种境界，对于美的涵义的阐释也是对艺术创造过程的描述。也就是说，艺术创造过程没有主观和客观的区分，它基于客观存在的事物，又融合了创作者的主观因素。宗白华这里虽然没有明确提到妙悟，但通过他的论述可以看出，他将美学和妙悟的审美内涵结合起来，通过艺术来证明美的妙悟特性并展开自己的美学研究，主张人用妙悟的方式对美加以把握，以此建立现代的美学妙悟说。

# 四、敷理举统

妙悟作为一种文学鉴赏方式，具有它独特的审美特点和语言特点，具体说来有非语言化、非理性化、非程式化和非时间化四个主要特点，现在分别从语言方式、思维方式和存在方式来谈论妙悟的特征。

## (一) 非言语化

妙悟更多展现为一种审美直觉。古代文论家品评文章或绘画，可能仅以"妙"一字概括。对于妙悟的把握也是一种心灵上的体验方式，是一种语言的超越。妙悟首先是批评家、作家通过修行方式获得自身内心的平静，达到一种平和的境界，然后才能体悟外界的美。因此首先要求内修，这是妙悟非语言化的基础。其次，非语言化还表现为修身之后的对外物的感知，作家或批评家在体察外物时不采用言语交流的形式，而是冥观。《庄子·寓言》云："言无言，终身言，未尝不言；终身不言，未尝不言。"在《文选·孙绰〈游天台山赋〉》中，李善注："妙悟玄宗，则荡然都遣，不知己之是己，不见物之为物，故浑齐万象以冥观，兀然同体干自然。"虽然这里并不是直接谈妙悟的体悟特征，但强调要用冥观来体察万象，主体与客体之间的交流并不拘泥于语言形式，没有语言，同样可以通过感知的方式进行沟通和交流，进而感受对方。

## (二) 非理性化

"妙悟"作为一种独特的艺术思维方式，不仅是非语言化的，而且强调"词理意兴，无迹可求"的审美特征。《沧浪诗话·诗辨》："予不自量度，辄定诗之宗旨，且借禅以为喻，推原汉、魏以来，而截然谓当以盛唐为法，虽获罪于世之君子，不辞也。"在严羽看来，具有兴趣之美的诗歌是最应受到推崇的，如果诗歌在创作手法上能出于法而不拘于法，也就进入了诗歌创作的最高审美境界——入神。

严羽倡导一种非理性化的妙悟主张，并不是说妙悟反对诗人读书穷理，或是反对诗歌表现理趣，而是反对诗歌鉴赏或是创作直接表现理，反对纯粹说理的诗歌。妙悟说强调诗歌应该有一种意趣，具有生动的形象，对于诗歌表现的内容也主要侧重于诗人情性，无论是诗人自身通过修身养性所习得的情性，还是诗人通过诗歌所表达出来的自然纯朴的情性，都是诗歌应该着力表现的对象。在这个意义上说，妙悟具有强调非理性的审美表达的特征，这和《毛诗序》中所讲的"诗者，志之所之也，在心为志，发言为诗"一样，都将情性引入了诗论当中。

## (三) 非程式化

妙悟是破除程式化的审美理论，这和禅宗所说的"破法执"概念相似。妙悟也强调不遵循程式化的艺术规则，而要求消除具体的艺术规则。除此之外，妙悟还包含着中国古代道家的思维方式，其中蕴含着无为的概念。张怀瓘在《评书药石论》中说："圣人不凝滞于物，万法无定，殊途同归，神智无方而妙有用，得其法而不著，至于无法，可谓得矣。"白居易在《闲吟》中说："自从苦学空门法，销尽平生种种心。"我们也说"尽信书不如无书"，意思就是当你陷入规律和程式的漩涡中，就会捆绑住自己的心，从而缺少了灵性和观察万物的心灵，也就失去了妙悟的可能性，以至于无法，可谓得矣，不追求形式的方法才有可能生出妙悟之心。

### （四）非时间化

妙悟的非时间化是从存在论角度来说的，妙悟是瞬间的也是永恒的，这看起来是一个矛盾的概念，其实从时间层面来说，妙悟积累酝酿的过程是一个永恒的时间状态，但妙悟的发生其实就在一瞬间。妙悟是非时间化的，其过程不能用时间来衡量，是一个超越时间概念的状态，这也是文学理论术语受到禅宗佛教的影响而得来的一个特点。

超越时间的妙悟意在说明时间虚幻不真，我们要透过时间的表象追求此在，把握瞬间也就把握了永恒。《坛经》中说："迷来经累劫，悟来刹那间。"因为真识往往被重重迷雾所掩盖，而一旦领悟，则"直指本心"、"一悟即至佛"，获得对真如佛性的彻底把握，刹那间即可成佛。宋代禅宗有一个著名的三境界说，第一境是"落叶满空山，何处寻行迹"；第二境是"空山无人，水流花开"；第三个境是"万古长空，一朝风月"。第一境是苦苦寻觅，第二境是似有所悟，第三境是顿悟永恒。文艺理论中的妙悟和禅宗中的妙悟是同样的道理。

◎ **问题思考**

1. 诗与禅有什么关系？
2. 妙悟的涵义在诗学中和佛教中有什么不同？
3. 司空图是怎样理解妙悟非时间化的特点的？
4. 妙悟从起源到发展成熟都衍生出其他的诗论吗？
5. 在现代美学中还有哪些理论家阐释过"妙悟"说？

◎ **参考书目**

1. 朱良志：《大音希声——妙悟的审美考察》，百花洲文艺出版社，2005年。
2. 宗白华：《宗白华全集》，安徽教育出版社，2008年。
3. 柳倩月：《诗心妙悟——严羽〈沧浪诗话〉新阐》，黑龙江人民出版社，2009年。
4. 曹顺庆：《中西比较诗学》，中国人民大学出版社，2010年。
5. 吴廷玉：《中国诗学精要》，四川大学出版社，2012年。

# 品　评

中国文学的早期作品之中，既有言志缘情的诗歌，也有志人志怪的故事。说起志人之书，大家一定会想起《世说新语》，想起书中脍炙人口的轶闻趣事。《世说新语》是一部记录魏晋风流的故事集，也是一部魏晋名士的品评集。中国文论经典中有两部同为《诗品》的典籍：南朝钟嵘的《诗品》和唐末司空图的《诗品》。那么，什么是"品评"？钟嵘"诗品"与司空图"诗品"有何异同？"品评"作为一个文论话语，其含义何在？其价值何在？

## 一、释 名 彰 义

### （一）语义界定

"品"是会意字，字形以三个口组成，本义表示众多。《说文解字·品部》："品，众庶也。"此处"品"也有小口品尝食物之义，《周礼·天官·膳夫》载："膳夫授祭，品尝食，王乃食。"汉郑玄注："品者，每物皆尝之。"唐贾公彦疏："膳夫品物皆尝之，王乃食也。"此处"品"与"食"相同，为尝吃之义。随后，经感官层面至抽象层面的字义转变，以食物为对象的"品"衍变为以人物为对象，《三国志·吴书·鲁肃传》："品其名位，犹不失下曹从事。"指对人物进行评价。后"品"经历词性引申，作为名词有等级、类型之义，如《尚书·尧典》："五品不逊。"《尚书·禹贡》："厥贡惟金三品。"《沧浪诗话·诗辨》："诗之品有九。"此所言"评"是形声字，本义为议论是非、判定高下。《广雅·释诂》言"评"与"平"通，评有评议之义。由本义延伸，评字还有评定、量度、评比等含义。

品，作为动词，意为品尝食物、评价人物；作为名词，意为事物种类、等级和类型。评，意为评定、判断。而"品评"作为一个文化关键词，涵盖了批评方法、批评标准、批评行为以及批评活动中的主客体关系，即指批评主体对客体（文学现象）的一种观察、鉴赏与评价行为。具体义项包括：其一，品评是批评主体依据一定的批评标准，对批评对象进行的鉴赏评议行为；其二，"品"中重视"评"的目的性，品评是指主体对客体进行主观意义上的定义，表达看法，区分优劣，评定高下。因此，品评活动重视"评"的结果；其三，"评"中蕴含"品"的艺术性，"品"字本义含有谨慎考察之意，品评是主体对客体进行细致的甄别评定活动。此外，品评虽然存在评判标准，但主体的鉴赏能力是品评活动中的重要一环，因此品评活动带有艺术鉴赏性。

### （二）中西比较

在中国文论话语体系之中，"品评"属于鉴赏论范畴，特指一种具有中国文化内涵的艺术批评范式，它是主体按照一定标准，鉴赏、评价人格特征和文学艺术作品的活动。它既是一种根植于文化背景、由民族心理积淀而产生的批评现象，也是一种蕴藏着诗性思维特征的批评模式。

西方文论中没有固定概念与"品评"对应，近似其含义的是"批评"（criticism），美国文论家韦勒克在《批评的诸种概念》一书中对"批评"的词汇衍变过程进行了详细论述。美国汉学家宇文所安将"品评"译为"对个性、绘画、书法及文学作品进行的批评活动"（critical comment on personality, painting, calligraphy and literature works）①，非常准确。将"品评"与"批评"进行话语对比，我们会发现，"批评"的范围有时大于"品评"，如"批评"的内涵在 17 世纪既包括整个文学理论体系，也涵盖实践批评活动和日常评论。"批评"有时又比"品评"的范围小，若将文学理论与文学批评进行区分，"批评"则侧重于文学作品的评价。而品评的对象虽也可在文学范畴内缩小至对具体文学作品的研究，但品评所蕴藏的内涵更与中国书画音乐的艺术精神、天人合一的哲学精神等概念紧密相连，其内涵远比"批评"深广。

# 二、原 始 表 末

春秋战国至秦朝，"品"并没有评价之义，有表"庶"义，如"品物"，有表等级，如"万品"、"群品"，有表伦常，如"五品"。"评"字常与"曰"连用表人物发言，尚未与"品"结合形成批评概念。

两汉时期，人伦鉴识风行一时，"品藻"一词出现。"品藻"首现于《汉书·扬雄传》，颜师古注曰："品藻者，定其差品及文质。"品藻与品评含义相似，指评定人物等级高下。人伦鉴识活动以儒家伦理道德为依据，侧重考察德行操守与学识才干。汉代察举征辟的选拔人才模式使其带有强烈的政治功利色彩，《后汉书·许劭传》记载，月旦评、品状和乡评都成为古代选拔人才的重要依据。此时品评虽已具备评价人物的含义，但尚未摆脱政治附庸，并未自觉地向文学转向。

魏晋南北朝时期，品评由政治性的人伦鉴识转向艺术性的文学批评。"品评"一词首现《世说新语·文学》中，言习凿齿"于病中犹作《汉晋春秋》，品评卓逸"，品评对象仍为历史人物。汉末灵献时，"品藻乖滥，英逸穷滞，饕餮得志，名不准实"（《抱朴子外篇·名实》），老庄重回视野，东汉末年以人物品评为主的清议渐渐转为以玄学话题为主的清谈。在此影响下，人物品评也由重视道德转变为对人物气质、风骨和文才的关注，许劭《人物志》即是一部系统品鉴人物及其才性的作品。人物审美观的发展延伸出新的审美维度，兴起的文学批评常借鉴人物品评的概念和方法，如九品中正制为锺嵘《诗品》列品第、分高下提供了系统的品第方式。除《诗品》之外，曹丕《典论·论文》、挚虞《文章流别论》、刘勰《文心雕龙》、谢赫《画品》和庾肩吾《书品》均是品评佳作。

魏晋南北朝之后，品评对象仍不出人物、书画和文学作品范围。文学领域，唐司空图

---

① ［美］宇文所安著，王柏华、陶庆梅译：《中国文论：英译与评论》，上海社会科学院出版社，2003 年，第 331 页。

《二十四诗品》在《诗品》三品升降法的基础上开启风格品评之先河，明清小说戏曲评点为品评增加了新的批评方式。书画领域，随着唐朝写实画技的进步，出现了以"四格"（神、妙、能、逸）来论画的品评模式，北宋初期黄休复《益州名画记》进一步以四格进行品评。就品评的衍变可以看出，品评源于汉末的人伦鉴识，在魏晋南北朝时期脱离政治的附庸，逐渐转为对文学、山水与书画的品评，成为蕴含着中国传统文化特色的独特审美方式。

在现当代文学批评中，根植于中国传统文化的品评批评模式依旧具有强大的生命力。在现代文学方面，活跃于 20 世纪三四十年代的京派批评家们均表现出折衷中西、游走古今的批评倾向。如李长之"传记式批评"结合了中国"史传"传统和西方"著述"体例，沈从文擅长以诗性文字描绘作品的整体印象，其对鲁迅、闻一多、徐志摩和冰心等作家作品的品评将传统的诗性言说方式和白话文完美结合，李卓吾以随笔体品评展现对现实的关怀。这些京派批评家们试图折衷中西批评时，都不约而同受到古典品评模式的影响①。在当代文学方面，品评模式更加复杂。现今，许多网站和杂志都对书籍、电影和音乐实行星级评比制，各类年度排行榜也依照热度与经典情况对作品进行排行。不论是否具有高超的鉴赏力与艺术素养，普通民众也能参与到品评活动中，只要注册一个社交账号就可以发表书评、影评或乐评，表达自己对文学艺术作品的品鉴和评点，可称之为互联网时代的"点评"。

# 三、选文定篇

## （一）季札品乐："品评"与儒家诗教

吴公子札来聘。……请观于周乐。使工为之歌《周南》、《召南》，曰："美哉！始基之矣，犹未也，然勤而不怨矣。"为之歌《邶》、《鄘》、《卫》，曰："美哉渊乎！忧而不困者也。吾闻卫康叔、武公之德如是，是其《卫风》乎?"为之歌《王》，曰："美哉！思而不惧，其周之东乎?"为之歌《郑》，曰："美哉！其细已甚，民弗堪也。是其先亡乎!"为之歌《齐》，曰："美哉，泱泱乎！大风也哉！表东海者，其大公乎！国未可量也。"为之歌《豳》，曰："美哉，荡乎！乐而不淫，其周公之东乎!"

（《左传·襄公二十九年》，据杨伯峻编著《春秋左传注》第 3 册，中华书局，1990 年，第 1161—1162 页）

季札品乐是孔子论《诗》之前最早直接评论诗乐的文艺批评，文中虽未直接出现品评二字，但季札聆听、鉴赏与评价的行为已表现出品评的审美特质。品评是具有艺术精神的审美活动，主客体产生情感交流，主体从品评行为中获得审美愉悦。季札观乐，心灵受到不同类型的音乐感染，产生了"广哉，熙熙乎!""美哉，荡乎!""美哉，渊乎!"等感叹，音乐这一艺术形式经由季札的主观感受转变为一种心灵情绪。值得注意的是，季札观赏

---

① 李建中：《古典批评文体的现代复活——以三位京派批评家为例》，《中山大学学报》（社会科学版），2008 年第 1 期。

"诗三百篇"各章的演奏并根据特点品评其民俗政治，其首要目的不在品评诗乐之美，而将"诗三百"看作社会政治的反映，这种品评方式深刻影响了儒家诗教观。诗乐的主要价值在于其社会认识作用，这种观乐明志的批评模式与"诗可以观"（《论语·阳货》）和"诗言志"（《尚书·尧典》）观念一起，均显示出儒家关怀现实、服务政治的仁爱精神。此外，季札评价《周南》、《召南》"勤而不怨"，《卫风》"幽而不困"，《豳》"乐而不淫"，极强调中和之美，孔子也赞美"《关雎》，乐而不淫，哀而不伤"（《论语·八佾》），认为文学作品应温柔敦厚、含蓄克制。季札品乐初步形成品评的批评模式，逐渐发展成为儒家诗教理论的重要内容。儒家关怀现实、服务政治的文艺观念和温柔敦厚、中和含蓄的审美风格，都对中国文学批评产生了深远影响。

### （二）曹丕品文："品评"与文体批评

> 文以气为主，气之清浊有体，不可力强而致。譬诸音乐，曲度虽均，节奏同检，至于引气不齐，巧拙有素，虽在父兄，不能以移子弟。
>
> （曹丕《典论·论文》，据李善注《文选》第 6 册，上海古籍出版社，1986 年，第 2271 页）

《典论·论文》是魏文帝曹丕所著《典论》（全书已佚）中的一篇文学批评专论，在对建安七子的品评活动中，涉及文体特点、作家个性与作品风格等问题，影响甚广。首先，它反映出曹丕自觉的文体意识，曹丕评徐幹"时有齐气"，孔融"体气高妙"，总论"文以气为主"，将"气"定为文之风格的决定性因素和评判标准之一。"气"是指作家与作品给予读者的一种整体印象，既指作家人格，也指作品风貌，"气"之清浊不同，"文"便产生不同风格与高下，产生文体之别。其次，文体意识的自觉落实到实践中，便形成了文体细致的分类。曹丕以"奏议"、"书论"、"铭诔"和"诗赋"四科八体对文体进行区分，且各具有"雅"、"理"、"实"和"丽"的特点，这推进了后世的文体研究，陆机《文赋》、挚虞《文章流别论》、李充《翰林论》、刘勰《文心雕龙》到萧统《文选》等，均在此基础上对文体进行了更为细致准确的分类。

### （三）《世说》品人："品评"的审美特征

> 王戎云："太尉神姿高彻，如瑶林琼树，自然是风尘外物。"
> 魏明帝使后弟毛曾与夏侯玄共坐，时人谓"蒹葭倚玉树"。
> 时人目"夏侯太初朗朗如日月之入怀，李安国颓唐如玉山之将崩。"
> 时人目王右军"飘如游云，矫若惊龙"。
>
> （刘义庆《世说新语》，据余嘉锡笺疏《世说新语笺疏》中册，中华书局，2016 年，第 472、671、671、688 页）

《世说新语》为南朝宋临川王刘义庆撰，主要记载汉末至魏晋期间著名人士的清谈风貌与人物轶事，其人物品评多用自然景物比喻人物容貌风度，表现出品评活动的审美特征。这种评人法，最早或可追溯至诗经的比兴比德之说，汉代史论话语中亦有沿袭，如扬雄以"如玉如莹"(《法言·吾子》)形容屈原品质高洁。《世说》评人常用具有广阔想象空间的意象形容人物外表、气质与品格,且选用词汇常具有模糊性和多义性,能兼容人物仪容和才性气质。如"松下风"既形容嵇康秀丽风姿,又暗指其爽朗气质,"瑶林琼树"形容王衍超凡脱俗的气质。这种模糊性表达早在曹丕《典论·论文》处便有展现,宇文所安评曹丕选用词汇时说:"曹丕转向了既可描述文学作品也可描述性格的词汇。"①如"气之清浊"一句,清浊本形容气,但因"文以气为主",清浊亦可形容文,此外,清浊又用以品评人物才能,如"品藻清浊","清浊"一词即具有多解性。"游云"、"惊龙"、"日月"等意象具有多义性与广阔的想象空间,使《世说》以意象比喻的审美评判方式成为独特的审美范式。

### (四)两个《诗品》:"品评"作为批评方法

其源出于《国风》,骨气奇高,词彩华茂。情兼雅怨,体被文质。粲溢今古,卓尔不群。嗟乎!陈思之于文章也,譬人伦之有周、孔,鳞羽之有龙凤,音乐之有琴笙,女工之有黼黻。俾尔怀铅吮墨者,抱篇章而景慕,映余晖以自烛。故孔氏之门如用诗,则公幹升堂,思王入室,景阳、潘、陆,自可坐于廊庑之间矣。

(锺嵘《诗品·魏陈思王植诗》,据曹旭集注《诗品集注》上册,上海古籍出版社,2011年,第117—118页)

绿林野屋,落日气清。脱巾独步,时闻鸟声。鸿雁不来,之子远行。所思不远,若为平生。海风碧云,夜渚月明。如有佳语,大河前横。

(司空图《二十四诗品·沉着》,据郭绍虞集解《诗品集解》,人民文学出版社,1963年,第9页)

《诗品》是我国第一部诗论著作,南朝文学家锺嵘所著。受班固《汉书·古今人表》九品论人法和刘歆《七略》追溯古代学术流派的方法影响,锺嵘以集大成的批评方法论品评汉魏至齐梁一百二十多位诗人。锺嵘旨在"致流别,辨清浊,掎摭病利,显优劣",《诗品》中,序言和品语互为表里,横向以三品升降法论诗,尽陈历代五言诗人之优劣,纵向先溯其流别,再逐一品评,显示出五言诗发展的清晰脉络。"骨气奇高,词彩华茂。情兼雅怨,体被文质"的曹植是锺嵘最推崇的诗人,上品诗人之中,曹植诗入室,刘桢诗稍浅,至于张协、潘岳和陆机只能坐于廊下,以品第论诗的批评方法也显现出品评者锺嵘的诗歌美学理想。《二十四诗品》是晚唐文人司空图以诗体写成的诗论,共二十四品,每品以两字标名,阐释诗的风格特色。除了少许理论性概括的词语外,《二十四诗品》大量运用比喻象征手法,以诗之语言、风格和意境来言说诗歌的二十四种风格和意境,使读者沉浸于诗歌的审美享受中,以感悟诗歌的不同风格。这种批评模式不同于品第法,使"'说什么'与'怎么说'统一了,'说什么'完全消融在'怎么说'之中"②。此外,《二十四诗品》

---

① [美]宇文所安著,王柏华、陶庆梅译:《中国文论:英译与评论》,上海社会科学院出版社,2003年,第65页。
② 李建中、李小兰:《批评文体论纲》,武汉大学出版社,2013年,第5页。

语言精简，喜以寥寥数言和片段式意象勾勒意境，借意境对诗歌风格进行品评。譬如《沉着》一品中，既有自然景物如"绿林野屋"、"鸟声"、"鸿雁"、"海风碧云"、"月明"、"大河"等安宁沉着的景象，亦有人物描写如"脱巾独步，时闻鸟声"这样动态的景象，除此之外，别无他物。多义性的词汇、简短的语言、以形象比喻为主的意境描绘，都使品评比西方文论中理智的评判更强调感性、直觉和想象。

### （五）李贽评《水浒》："评点"的童心与谐趣

> 李卓吾曰：施耐庵、罗贯中真神手也！摹写鲁智深处，便是个烈丈夫模样；摹写洪教头处，便是忌嫉小人底身份；至差拨处，一怒一喜，倏忽转移，咄咄逼真，令人绝倒，异哉！

> 李和尚曰：有一村学究道："李逵太凶狠，不该杀罗真人，罗真人亦无道气，不该磨难李逵。"此言真如放屁，不知《水浒传》文字当以此回为第一。试看种种摹写处，那一事不趣，那一言不趣？天下文章当以趣为第一。既是趣了，何必实有是事，并实有是人？若一一推究如何如何，岂不令人笑杀？又曰：罗真人处固绝妙千古，戴院长处亦令人绝倒，每读至此，喷饭满案。

> （李贽《李卓吾先生批评忠义水浒传》，据陈曦钟等辑校《水浒传会评本》，北京大学出版社，1981 年，第 203、984 页）

经过长期发展，明代小说创作出现繁荣之势，小说批评理论亦有巨大发展，而明代高扬自我的思想浪潮也使小说品评呈现出时代特色，与诗文品评相比，小说戏曲评点在形式、词汇和语言上，均显得更加丰富生动。品评不仅成为明代文人阐明文学观点和批评态度的渠道，也是明代文人展示个性、抒发才情的舞台。如李贽《忠义水浒传序》一文以序跋体形式对文学创作进行总结，并通过对《水浒传》的评点表达其文学见解。李贽是晚明思想解放浪潮的主要代表人物，其"童心说"主张绝假纯真，认为只有抒发真情实感，方能成就天下之至文，又极为推崇趣味，因此说"天下文章当以趣为第一"。反映在品评活动中，李贽尤其注重谐趣、童心和真情实感的流露。李贽惯用生动灵活和富有感情的语言品评作品，如"异哉"、"岂不令人笑杀"等语，又常用奇崛之语展示其诙谐之趣，如"令人绝倒"、"喷饭满案"等语，充分展现出明人重个性、重趣味的品评风格。

### （六）《美学散步》与《抽象的抒情》：古典"品评"的现代复活

> 门采尔这幅画全是诗，也全是画；王昌龄那首诗全是画，也全是诗。诗和画里都是演着光的独幕剧，歌唱着光的抒情曲。这诗和画的统一不是和莱辛所辛苦分析的诗画分界相抵触吗？我觉得不是抵触而是补充了它，扩张了它们相互的蕴涵。画里本可以有诗，但是若把画里每一根线条，每一块色采，每一条光，每一个形都饱吸着浓情蜜意，它就成为画家的抒情作品，像伦勃朗的油画，中国元人的山水。

> （宗白华《美学散步》，据宗白华著《美学散步》，上海人民出版社，1981 年，第 12 页）

　　徐志摩作品给我们感觉是"动"，文字的动，情感的动，活泼而轻盈，如一盘圆莹珠子在阳光下转个不停，色彩交错，变幻炫目。……周作人作品和鲁迅作品，从所表现思想观念的方式说似乎不宜相提并论：一个近于静静的独白；一个近于恨恨的咒诅。一个充满人情温暖的爱，理性明莹虚廓，如秋天，如秋水，于事不隔；一个充满对人事的厌憎，情感有所蔽塞，多愤激，易恼怒，语言转见出异常天真。

　　（沈从文《从周作人鲁迅作品学习抒情》，据沈从文著《抽象的抒情》，复旦大学出版社，2004 年，第 147 页）

　　在现当代文学中，古典"品评"也始终保持着旺盛的生命力。宗白华《美学散步》常以对比品评法对照中国古典文学与西方文学，如他为了进一步阐释王国维的"无我之境"，便以唐王昌龄《初日》和德国 19 世纪大画家门采尔的油画作对比，以论证中国诗歌诗画交融之完美意境。沈从文《抽象的抒情》以诗性语言评点同时代作者，如以"秋天"、"秋水"等意象形容周作人温情平淡的文风，以"珠子在阳光下转个不停"形容徐志摩作品之灵动，且沈从文常以描述现象的方式进行评点，如论朱湘诗，形容仿佛是"平湖的微波那种小小的皱纹"①。批评家在评点作品时，或学习古典品评的批评方法，或借鉴古典品评的言说方式。诚如宗白华所说："历史上向前一步的进展，往往是伴着向后一步的探本穷源。"②

# 四、敷理举统

　　作为批评方式，品评具有独特的文化意涵，它是根植于民族文化的独特批评范式；作为文论话语，它具有鲜明的民族审美特色和不同于西方的诗性传统。品评大体在三个层面显出诗性特征：作为语言方式的文学性和抒情性，作为思维方式的直觉性与整体性，作为生存方式的诗意化与个性化，同时品评也具有话语特性和现代价值。

## （一）品评的文学性与抒情性

　　品评的文学性与抒情性表现在内容和形式都应具备文学的审美特色与抒情色彩。首先，就内容而言，以气论人、以意象比附人之气质与文学特色，均使品评内容沾染了文学的审美色彩。以《二十四诗品》为例，自然意象的大量运用营造出一种诗境，譬如形容"劲健"，是"巫峡千寻，走云连风"（《二十四诗品·劲健》），用巫峡凶险的激流、厚重的层云与冷冽的风来形容"劲健"风格。形容"豪放"，是"天风浪浪，海山苍苍"（《二十四诗品·豪放》），以天、海、山、风等壮阔的自然景象比附诗风之豪放。除此之外，人的存在与景物相互映衬，共同铸造了诗的意境，如形容"疏野"，是"筑室松下，脱帽看诗。但知旦暮，不辨何时"（《二十四诗品·疏野》），一个闲适安宁、随遇而安的人物形象呼之欲出。自然意象的大量运用促成了意境说的萌芽，以诗境为内容的表述方法使文论批评也具有文学作品的美。此外，品评作品的选用词汇多带有模糊性和多义性，也使品评产生了丰

---

① 沈从文：《抽象的抒情》，复旦大学出版社，2004 年，第 211 页。
② 宗白华：《美学散步》，上海人民出版社，1981 年，第 68 页。

富的想象空间。就形式而言，随着六朝骈俪文体和永明声律论的发展，人们更加重视语言文辞的形式美，陆机《文赋》就对作品文辞声韵之美提出了明确要求："暨音声之迭代，若五色之相宣。"形式美的追求也影响了品评作品的形式，刘勰《文心雕龙》全书以精美骈文写成，《二十四诗品》以四言诗写成，品评的形式也带有文学的美感。

### （二）品评的直觉性与整体性

不同于西方文论缜密细致的逻辑推理过程，中国文艺批评常呈现出一种直觉整体的感觉判断，它倾向于对艺术作品的个性、风格风貌作整体直观的判断，这一特点在品评中显得极为突出。直觉性表现在品评时多运用大量与感觉相关的审美术语，如美、荡、渊、厚、壮等形容词，它倾向于品评者的感觉。这种依赖直觉的批评模式使品评更依赖主体的修养、学识和对文学的感受力，而非形成一个系统的批评程序，可供后人按图索骥地加以模仿。直觉性也使品评成为品评者展示自我个性的渠道，所以同样身为作家的沈从文在评点作品时，其内容和语言也展现出他平淡自然的写作风格。整体性表现在品评者对艺术作品进行评点时，主张不割裂作品本身，只取整体感受，这一点在《世说新语》和《二十四诗品》中可略见一二。换言之，直悟式思维模式决定了品评既有标准，似乎又缺乏标准，它讲究领悟与感受，而非逻辑与判断。

### （三）品评的诗意化与个性化

品评的诗意化与个性化表现在以下两个方面：首先，品评者借由品评活动表现自己的审美理想与个性。锺嵘《诗品》以推崇曹植、陆机和谢灵运文风为轴心，要求文章应有强健明朗的思想内容和华美流畅的表达方式，品评高下的行为显示出锺嵘对文质兼备之文学的欣赏。在《世说新语》的人物品评中，品评者之所以对某些人物不吝赞美之词，也是因为那些风姿卓绝的人物形象正是他们心中向往的模范与标准。在晚明，评点《水浒》的李贽嬉笑怒骂，皆成文章，同样也是个性的展现。其次，品评所体现的美学要求将诗意与人格完美结合。《二十四诗品》常将人物与意境加以融合来论述诗歌特色，文学风格所体现的美学要求也蕴藏着诗意与个性的人格形象，其中"脱巾独步"、"手把芙蓉"、"玉壶买春"、"伴客弹琴"的人物形象，无一不具有超脱世间、惬意闲适之美感，"意境的人格化与人格的意境化，诗意般地铸成'佳士'的生存环境、生存方式和人格形象"①。

### （四）品评的话语特性与现代价值

品评源自东汉末年兴起的人伦鉴识，初时为政治附庸，魏晋南北朝时经历了由政治的实用性向艺术欣赏性的转换。至现当代文学中，古典品评模式依旧具有其生命力。作为批评文论话语，"品评"特指一种极具中国文化内涵的艺术批评范式，它是主体按照一定标准，鉴赏、评价人格特征和文学书画等艺术作品的活动。

品评的现代价值表现在四个方面：其一，品评具有较高的史料价值。品评源于人伦鉴识，既对当世人物进行评价，也对历史人物进行品评。品评材料真实可信，艺术作品的品

---

① 李建中：《古代文论的诗性空间》，湖北人民出版社，2005年，第9页。

评亦有助于后人了解当时的文学风貌。其二，品评间接推动了中国叙事文学的发展。人物品鉴的论述方式如比较品评、侧面刻画等，艺术手法如比喻、排比、比兴等，均对叙述文学中的人物形象描写技巧起到借鉴作用。其三，品评对中国文学批评的发展产生了重要影响。品评涉及作家创作主体性与气质才性的差异，由此促进了文学风格的探讨。在品评作品中出现了大量的审美术语，如《文心雕龙》中"风骨"、"形神"，《画品》中"气韵生动"、"气力"、"骨法"，另外如"风韵"、"真"、"雅"、"神韵"等概念，莫不根源于品评。最后，品评具有美学意义。品评中大量高尚的人物形象、对自然山水的欣赏、"天人合一"的文化精神与品评言说的诗性思维，无一不承载着中国古典文学与传统文化的深厚魅力。在中西文化交融的今天，再从古典品评模式中窥探中国文化的幽情壮采，具有重要意义。

## ◎ 问题思考

1. 中国文论的"品评"与西方文论的"批评"有何异同？
2. 作为文学批评的"品评"与人物品藻的关系何在？
3. 锺嵘《诗品》与司空图《诗品》的区别何在？
4. "品评"有哪些审美特征？
5. "品评"在当前文学批评及文化批评中有何价值？试举例说明。

## ◎ 参考书目

1. (南朝宋)刘义庆著，余嘉锡笺疏：《世说新语笺疏》，中华书局，2016年。
2. (唐)司空图著，郭绍虞集解：《诗品集解》，人民文学出版社，1963年。
3. 宗白华：《美学散步》，上海人民出版社，1981年。
4. 李建中：《古代文论的诗性空间》，湖北人民出版社，2005年。
5. [美]宇文所安著，王柏华、陶庆梅译：《中国文论：英译与评论》，上海社会科学院出版社，2003年。

# 通　变

　　中国古代文学理论话语体系中有诸多丰富的词汇，但很少能流传至今并仍被日常运用。在文学理论的专业术语难以走出象牙塔的情况下，有一个词语却是例外，那就是"通变"。通变不仅是中国古代文学理论的重要关键词，也贯穿着中国文学的发展脉络，更关涉着文学之外的领域。通变一词早在《周易》就已出现，在如今依旧具有生命力。那么，通变一词在文学理论中的脉络究竟如何？通变又如何辐射至其他领域？通变又为何具有如此跨越古今的生命力呢？

## 一、释名彰义

### （一）语义界定

　　东汉许慎《说文解字·辵部》："通，达也。从辵。甬声。"《周易》中出现的"通"字以《系辞》上、下两篇最为集中，除了通过的本义，还具有通晓的含义，常意为"精通"，如《后汉书·张衡传》："因入京师，观太学，遂通五经。"随着古代商业贸易的发展，"通"也被引入物流领域，意为流通，如《史记·货殖列传》："工而成之，商而通之。"此"通"也被认为所通之物具有一种广泛性，由此产生了词性变化：由动词一变为形容词，王充《论衡·超奇》："博览古今者为通人。"此"通"就是博学的、博见之意；二变为修饰动词的副词，其含义为"全，都"，如韩愈《师说》："六艺经传皆通习之。"

　　《说文解字·攴部》："变，更也。从攴。䜌声。"在《周易·系辞》中，"变"出现的频率远远高于"通"字，虽然出现次数较多，但是"变"的主要含义是变化。一方面，"变"作为动词，常与"动"、"化"、"通"等字连用，意为变化、变动；另一方面，"变"也可作为名词，如"通其变，使民不倦，神而化之，使民宜之"（《周易·系辞下》）。在两汉谶纬之学兴盛后，言灾异、讲变化来附会人事成为经学研究的主要内容，这里使用的"变"，外延由从前囊括宇宙、包揽万物各类性质的变化，减小为主要表述灾难性的、消极的或是异常的变化。对于中国古代政治来说，变则有"政变"及"变法"等含义，并借此引申为近代以来决定历史进程的重大转折点，我们将这种转折点以"变"来命名，比如卢沟桥事变、双十二事变、七七事变。

　　"通变"作为一个文化关键词，最早出现于《周易》，后经刘勰《文心雕龙》，正式引入文学和文学理论范畴，其主要意涵是继承与革新的统一。刘勰奠定的质文二分和古今二分的"通变"观念，在唐宋明清等朝代文论家进一步阐释后，得到了极大的融合与统一，不再局限于古今、文质的表面局限，而转向内部，以一元论的方式试图将整个文学的发展纳入进来。借此契机，通变一词充分扩大了应用范围和空间，成为一个可以放诸各领域用以解释历史发展脉络和处理现实问题的思维模式。

### （二）中西比较

美国汉学家宇文所安在其著作《中国文论：英译与批评》中以"Continuity and Mutation"来翻译通变。他从《周易·系辞上》"化而裁之谓之变，推而行之谓之通"一句出发，把《周易·系辞上》"通变"的哲学意味转换为《文心雕龙》中"借变以为通"的含义。此外，他指出，通变并非只能运用于特定的文学领域，也可以推而广之，除了指示文学史，还可以用来指示文学作品、作品集，或一个时期不同作家所存在的差异等方面。① 可以说，不仅指出了通变一词的原初和经典阐释，也对通变在文学中的运用做出了较为合理的说明。

## 二、原 始 表 末

"通变"作为一个词语，最早出现在《周易·系辞上》："极数知来之谓占，通变之谓事，阴阳不测之谓神。"用卦爻数预知未来叫做占卜，通晓变化而行动叫做事，阴和阳的变化神秘不能预测叫做神。在这里，通变的含义就是通晓万物的变化。《系辞》上下两篇中，只有这里一处用了"通变"二字。总结《周易》中的用法，其含义就是通晓变化，其性质是要随时而动，这是"通变"一词的原始意涵。

魏晋南北朝时期，"通变"观念已经基本成熟。刘勰提出"通变"，是针对当时文坛流靡轻浮的文风，竞今疏古的现状而论，以期能够起到纠偏矫正的作用。黄侃《文心雕龙札记》以为："通变之为复古，更无疑义矣。"其实刘勰的通变并非单纯地复古，刘勰虽将《宗经》放在《文心雕龙》第三篇，但其通变并非单纯复古。刘勰认为古人为文雅，今人为文俗，通变就是在内容文采、雅俗之间寻找一个合理的落脚点。刘勰所言通变，就是因袭与变革、继承和革新的统一，也就是刘勰所讲的"斟酌乎质文之间，而櫽括乎雅俗之际"（《文心雕龙·通变》）。

唐代皎然《诗式》中《复古通变体》一节专门论述了"通变"，将"通变"换了一种说法，而成"复变"。集中说明了通与变，也就是复与变的关系。强调"复"与"过"都要适度而为。不仅如此，皎然还将复变，也就是"通变"的思想推广到了哲学领域，这便指出了复变原理在唐代已经开始广泛应用。

宋代石介以"剥复转化"论"通变"（《上张兵部书》），这被明代王世贞所继承，讲："衰中有盛，盛中有衰，各含机藏隙。盛者得衰而变之，功在创始；衰者自盛而沿下，弊羼趋下。……此虽人力，自是天地间阴阳剥复之妙。"（《艺苑卮言·卷四》）王世贞不仅看到了事物发展变化的一般规律，而且敏锐地捕捉到了"变"的重要作用，因此王世贞要求"尽其变"、"返其始"，虽然也要返回文章经典，讲求通古，但是大大地提高了"变"在"通变"中的地位。

---

① ［美］宇文所安著，王柏华、陶庆梅译：《中国文论：英译与评论》，上海社会科学院出版社，2003年，第230页。

清代叶燮以"因革"、"沿创"这两对概念来讲"通变"："孰为沿为革，孰为创为因，孰为流弊而衰，孰为救衰而盛，一一剖析而缕分之，兼综而条贯之。"(《原诗·内篇上》)也与刘勰《通变》篇所言"参伍因革，通变之数也"有相通之处，可见叶燮言通变，也是继承与革新相统一的。叶燮还指出"惟正有渐衰，故变能启盛"、"惟变以救正之衰"(《原诗·内篇上》)，如果说王世贞将变的地位提高了，那么叶燮则将变放在了一个相当重要的位置，甚至成为了决定盛衰的主要因素，明确指出"变能启盛"，变推动文学发展，作家善变则能盛，不善变则衰落。往前追溯，从明代末年开始，西方的学术思想开始经由通商港口传入中国内陆，而文学的传播却晚至于清末，这时期的文学传播以西方小说的译介为主，代表人物有林纾、包天笑、曾朴、周瘦鹃等人，其中最为有名的是林纾。1897 年，林纾以《巴黎茶花女遗事》的译本开启了自己的翻译生涯，并且借此成为影响一代中国人，对新文化运动起着推动作用的著名翻译家。但是林纾本人不懂外语，因此翻译有诸多删减错误，那么他如何拥有这样突出的成就？这就要从翻译文学的"通变"来说。林纾善"通"，找懂外语的人给自己"口译"，然后"变"通俗口语为书面文言文，提炼语言书写出来。因此，他的翻译一方面符合中国人的阅读习惯，又开拓了中国人的眼界，在通变之间找到一个合适的落脚点，这才使林纾的翻译成为经典。

20 世纪早期新文化运动前期打出了"提倡新文学，反对旧文学"的口号，作为先驱的胡适在《新青年》上发表具有改革意义的《文学改良刍议》一文，提出"文章八事"，其中就蕴含着通变的文学理论观念。胡适既要求今日的文学创作"言之有物"、"讲求文法"，又要"不模仿古人"、"务去滥调套语"。所谓"言之有物"、"讲求文法"，都符合刘勰所言不为文造情，以及汉魏风骨、风雅精神等古代文学创作的理念，这是其"通"而继承的部分。"不模仿古人"、"务去滥调套语"，乃至"不用典"、"不讲对仗"和"不避俗字俗语"，则是对文学创作提出了新要求。古代作文讲求用典、对仗以及语言书面化，以胡适为代表的新文化运动倡导者为了完成文言文至白话文的过渡，对文学创作语言提出了这样的变化要求。新文化运动虽然在实际操作中有激进的成分，比如过度批判旧文学，但就其文学理论方面的指导来说，还是保留着继承中国古代文学创作的精华部分，既有继承，又有革新。

# 三、选 文 定 篇

### (一)《周易》：通变原初之四种样态

参伍以变，错综其数。通其变，遂成天下之文；极其数，遂定天下之象。非天下之至变，其孰能与于此。《易》无思也，无为也，寂然不动，感而遂通天下之故。非天下之至神，其孰能与于此。

是故阖户谓之坤，辟户谓之乾，一阖一辟谓之变，往来不穷谓之通，见乃谓之象，形乃谓之器，制而用之谓之法，利用出入，民咸用之谓之神。

子曰："圣人立象以尽意，设卦以尽情伪，系辞焉以尽其言。变而通之以尽利，鼓之舞之以尽神。"……是故形而上者谓之道，形而下者谓之器。化而裁之谓之变，推而行之谓之通，举而错之天下之民谓之事业。

（《周易·系辞上》，据周振甫译注《周易译注》，中华书局，2013 年，第 259、261、264—265 页）

通变最早出现在《周易·系辞》，除"通变"外还有四种形态。第一，变通：这种样态共出现三次。变通多指四季之变，此外《周易》还提出了一个关于通变性质的重要论断，即"趣时"。趣同"趋"，即趋向于时，意为根据"时"的发展而变，与《系辞》下篇所说的"上下无常，刚柔相易。不可为典要，唯变所适"相同；第二，变而通：这种样态只出现过一次；第三，通其变：这种样态共出现两次，这种形态之中，通作动词，变作名词，意为通晓变化，虽然通变二字同时存在，但其实使用的都是单字义；第四，通变二字在一句话中互文彰显意义：第一句中，"一阖一辟"犹言"一合一开"，"阖户谓之坤，辟户谓之乾"，坤卦指地，乾卦指天，这里以天地的四季变化之意来喻万物变化。第二句中，以道和器说明了变和通。总其用法，通变仍保持着原始意涵，且尚未进入文学范畴。

### （二）《文心雕龙·通变》：通变观念之成熟

推而论之，则黄唐淳而质，虞夏质而辨，商周丽而雅，楚汉侈而艳，魏晋浅而绮，宋初讹而新。从质及讹，弥近弥澹。何则？竞今疏古，风味气衰也。今才颖之士，刻意学文，多略汉篇，师范宋集，虽古今备阅，然近附而远疏矣。夫青生于蓝，绛生于蒨，虽逾本色，不能复化。桓君山云："予见新进丽文，美而无采；及见刘扬言辞，常辄有得。"此其验也。故练青濯绛，必归蓝蒨；矫讹翻浅，还宗经诰。斯斟酌乎质文之间，而櫽括乎雅俗之际，可与言通变矣。

是以规略文统，宜宏大体：先博览以精阅，总纲纪而摄契；然后拓衢路，置关键，长辔远驭，从容按节，凭情以会通，负气以适变，采如宛虹之奋鬐，光若长离之振翼，乃颖脱之文矣。若乃龌龊于偏解，矜激乎一致，此庭间之回骤，岂万里之逸步哉！

（刘勰《通变》，据范文澜注《文心雕龙注》下册，人民文学出版社，1958 年，第520、521 页）

刘勰在《明诗》和《通变》篇中批评当时的文坛怪象：诗歌只注重文采字句而风味衰退。刘勰以《荀子·劝学》"青出于蓝而胜于蓝，冰水为之而寒于水"举例，揭示了其创作背景和缘由。纪昀与黄侃均认为刘勰所言通变就是复古，但是否就是复古呢？其实不然，刘勰所言通变，是指通过宗经使文人恢复诗歌吟咏情性的传统，在此基础上修炼字句，在质文、雅俗之间寻找一个合适的落脚点。据此，刘勰提出了通变的三点方法：第一，博而精，总而要，即博览群书，并对主要的作品做精细阅读，总结大纲，抓住重点；第二，全而不偏，意即如果不局限于自己的一己之见，全面而不偏激；第三，"会于时"，强调外界变化而产生的文学适应状态，表明通变要适应一定的时代，要根据现有的情况而变化。

### （三）韩愈文选：古文运动中的通变观

愈之所为，不自知其至犹未也，虽然，学之二十余年矣。始者非三代两汉之书不敢观，非圣人之志不敢存，处若忘，行若遗，俨乎其若思，茫乎其若迷。当其取于心而注于手也，惟陈言之务去，戛戛乎其难哉！

（韩愈《答李翊书》，据马其昶校注《韩昌黎文集校注》上册，上海古籍出版社，2014年，第190页）

夫百物朝夕所见者，人皆不注视也；及睹其异者，则共观而言之：夫文岂异于是乎？……若圣人之道不用文则已，用则必尚其能者；能者非他，能自树立，不因循者是也。有文字来，谁不为文，然其存于今者，必其能者也。顾常以此为说耳。

（韩愈《答刘正夫书》，据马其昶校注《韩昌黎文集校注》上册，上海古籍出版社，2014年，第232页）

惟古于词必己出，降而不能乃剽贼，后皆指前公相袭，从汉迄今用一律。寥寥久哉莫觉属，神徂圣伏道绝塞。既极乃通发绍述，文从字顺各识职。有欲求之此其躅。

（韩愈《南阳樊绍述墓志铭》，据马其昶校注《韩昌黎文集校注》下册，上海古籍出版社，2014年，第604页）

针对唐朝骈文创作注重声律辞采而忽视内容、流于形式的状况，以韩愈、柳宗元为代表的古文运动主张恢复古文。韩愈认为"非三代两汉之书不敢观，非圣人之志不敢存"，是以古为尊，有刘勰宗经之意，但却比刘勰更古。韩愈所说的道是古道，文是古文，古道是以孔孟为代表的儒家古圣先贤，古文则是以《论语》、《孟子》为代表的儒家经典。同时，韩愈在《答刘正夫书》说："师其意，不师其辞。"学习古人为文之意，重视语言的创新，能够"自树立而不因循"。他在《答李翊书》中说："惟陈言之务去。"在《南阳樊绍述墓志铭》中说："然而必出于己，不袭蹈前人一言一句……惟古于词必己出，降而不能乃剽贼。"非常推崇语言的创新，不失通变之意。

### （四）《艺苑卮言》、《闲情偶寄》：通变观念之提升

吾故曰："衰中有盛，盛中有衰，各含机藏隙。盛者得衰而变之，功在创始；衰者自盛而沿之，弊繇趋下。"又曰："胜国之败材，乃兴邦之隆干；熙朝之佚事，即衰世之危端。此虽人力，自是天地间阴阳剥复之妙。"

（王世贞《艺苑卮言》，据丁福保辑《历代诗话续编》中册，中华书局，1983年，第1008页）

才人所撰诗赋古文，与佳人所制锦绣花样，无不随时更变。变则新，不变则腐；变则活，不变则板。至于传奇一道，尤是新人耳目之事，与玩花赏月同一致也。使今日看此花，明日复看此花，昨夜对此月，今夜复对此月，则不特我厌其旧，而花与月亦自愧其不新矣，故桃陈则李代，月满即哉生。花月无知，亦能自变其调，矧词曲出生人之口，独不能稍变其音，而百岁登场，乃为三万六千日雷同合掌之事乎？

（李渔《闲情偶寄·变调》，据单锦珩点校《李渔全集》第3卷，浙江古籍出版社，

1991 年，第 69—70 页）

明代王世贞以通变观念讨论了发展的盛衰问题，他并没有过多地强调"通"的成分，而是凸显"变"的作用，也就是"盛者得衰而变之"。王世贞将"变"看成由衰到盛，亦是由盛到衰的决定性因素，极大地提高了"变"在通变这一对概念中的地位，开拓了人们看问题的视野和思路。李渔认为"变则新，不变则腐；变则活，不变则板"，他以玩花赏月等日常生活中的趣事作比，认为总是看一朵花，总是赏一种形态的月亮，不仅我自己厌烦，就连花朵与月亮恐怕都会惭愧自己未曾变化。花朵和月亮尚有变通之意，人在文学创作之时岂能没有变通之情理？因此对于李渔来说，变不仅是文学创作和文学发展至今的内在要求，亦是文学创作具有生机与活力的必要条件。

### （五）《原诗》：清代论通变之集大成者

诗始于三百篇，而规模体具于汉。自是而魏，而六朝、三唐，历宋、元、明，以至昭代，上下三千余年间，诗之质文体裁格律声调辞句，递升降不同。而要之，诗有源必有流，有本必达末；又有因流而溯源，循末以返本。其学无穷，其理日出。乃知诗之为道，未有一日不相续相禅而或息者也。但就一时而论，有盛必有衰；综千古而论，则盛而必至于衰，又必自衰而复盛。非在前者之必居于盛，后者之必居于衰也。

（叶燮《原诗·内篇上》，据霍松林校注《原诗》，人民文学出版社，1979 年，第 3 页）

六朝诸名家，各有一长，俱非全璧。鲍照、庾信之诗，杜甫以"清新"、"俊逸"归之，似能出乎类者；究之拘方以内，画于习气，而不能变通。然渐辟唐人之户牖，而启其手眼，不可谓庾不为之先也。

（叶燮《原诗·外篇上》，据霍松林校注《原诗》，人民文学出版社，1979 年，第 63 页）

清代论通变的文论家，以叶燮最为重要。在《原诗》中，通变写作"变通"，在谈论六朝名家各有长处之时："究之拘方以内，画于习气，而不能变通。"从这句话，就能够感受到叶燮对不能变通的诗人略有贬意，这体现出叶燮对于通变的重视。但是更加重要的是，叶燮在《原诗》内篇一开篇就阐明了诗歌发展的脉络问题。叶燮以通变的交替作用来暗示文学发展的脉络。叶燮讲盛衰交替，是在"因"与"革"、"沿"与"创"这两对概念的基础上形成的，而"因"与"沿"就对应着文学发展过程中"通"的继承部分，"革"与"创"对应着"变"的变化部分。在叶燮这里，"通变"即便换了说法，也依然贯穿于整个文学发展的过程中，并且依靠自己的"因"、"革"与"沿"、"创"，不停地使衰变盛，又使盛而衰。

### （六）《文学改良刍议》：新文化中运动文学之通变

一曰须言之有物
吾国近世文学之大病，在于言之无物。
二曰不摹仿古人

既明文学进化之理，然后可言吾所谓"不摹仿古人"之说。

三曰须讲求文法

今之作文作诗者，每不讲求文法之结构。

四曰不作无病之呻吟

此殊未易言也。

五曰务去烂调套语

今之学者，胸中记得几个文学的套语，便称诗人。

六曰不用典

吾所主张八事之中，惟此一条最受友朋攻击，盖以此条最易误会也。

七曰不讲对仗

排偶乃人类言语之一种特性，故虽古代文字，如老子、孔子之文，亦间有骈句。

八曰不避俗语俗字

吾惟以施耐庵、曹雪芹、吴趼人为文学正宗，故有"不避俗字俗语"之论也。

（胡适《文学改良刍议》，据欧阳哲生编《胡适文集》第 2 册，北京大学出版社，1998 年，第 6—14 页）

胡适的《文学改良刍议》可谓是新文化运动初期对文学进行改革的重要指导纲领。他从"文章八事"，即文章写作八个需要注意的方面对文学创作进行了要求。胡适继承古人"诗言志"、"诗缘情"的诗歌本体论，将"志"与"情"归于文章文章所言之"物"，继承了古代文学理论批评中诗歌吟咏情性，而不是为文造情的理论观念。与此同时，他也指出，文章创作也讲求"文法"，直接将不讲求文法以为"不通"，足见其对古代文学优良传统的尊敬和继承。但是新文化运动的目的并不止于此，在对文学创作的根本"通"的基础上，胡适也指出了改"变"之处，即务去滥调套语，不用典与不讲对仗。胡适的《文学改良刍议》对于新文化运动具有积极的促进作用，也是通变的文学理论在近现代的杰出运用。

# 四、敷理举统

从"通"、"变"二字的字根到《周易》中"通变"的词根考证，到《文心雕龙》里通变基本内涵的建立，唐、宋、明、清几代文论家对其文化坐标性的标识，我们可以看出从"通"、"变"到"通变"，再到"剥复"，其意涵都在不断地磨合并丰富。"通变"一词在历史、政治、文化等因素的共同作用下，在深度和广度上均有发展，深刻融入到中国人的行为习惯和思维方式里。而其作为中国古代文学理论话语，则具有以下三种特性：

## （一）通变与质文二分和一元统一

从前文对通变的梳理中可以看出，《文心雕龙·通变》建立起来的"通变"意涵几乎没有变化，只不过由"通变"变为"复变"、"剥复"等。但是宋代之前，通变意涵中越来越明晰地裂变出两种路径，一是论古与今，通古与变今，二是论文与质，继承创作内涵、文法与变化辞采。孔子讲求"文质彬彬"，既怕"质胜文则野"，又怕"文胜质则史"，希望达到一种"质文平衡"的状态。通变也是追求一种"雅俗"、"古今"的汇融，但更加侧重于在前后继承关系之中，到底哪个要继承，哪个要革新。而这种选择的不同，就决定了到底是讲究文还是质的倾向。而在宋代之后，以明清两代为代表，则又将这两种路径融会成一支。总而论，通变不再局限于古今、文质这种表面的划分，而转向以内部一元论的方式，试图将整个文学的发展纳入历史进程中看，都共同指向文学发展的历史脉络，这也可谓是通变的过程。在这一过程中，文学极度兴盛之后，必然要转入低迷，王世贞讲"剥复"而重变，叶燮讲"因革"、"沿创"，都旨在揭示通变作为发展动力而造成的文学发展的起伏波动，这具有十足的进步意义，也使通变意涵得到了极大的扩充，为通变至今仍然广泛运用打下了基础。

### （二）通变的动态性

通变指时刻处于一种动态的过程，从其原始概念来看，通变是为通晓万物之变化，万物之变不可测，所通程度也难以言说。但万物之变是顺时而变，所通程度也是伴随着时间推移而增补的，因此，通变本身就可以说是依照时间的脉络而展开的。时间不停，通变亦不停。到了刘勰《文心雕龙·通变》，则将通变放置在文学领域中加以关照。这种关照不是简单的比对，而是把通变放在前代文学与后代文学更新、交替的动态过程中，来研究哪些部分需要保留和继承，哪些部分需要革除和变化。尽管以质文、古今作为分类标准，刘勰的通变始终贯穿、引导着整个文学发展过程中重要时段的文学交替。通变以一个动态的、兼具继承与革新的状态，完成了一代又一代文学的更新交替。明清之后，文学观念中的通变有了突飞猛进的变化，通变成为贯通整个文学发展史、推动文学自身向前发展的源动力。可以说，整个文学发展史就是一部通变史，这也是我们鉴赏通变以及文学发展之时需要注意到的。

### （三）通变的实践性和指导性

通变一词之所以至今仍然活跃在文学理论及其他领域之中，得益于其强大的实践性和指导性特征。在同文学较近的书法艺术领域，首先从字体来说，中国书法大致有篆书、隶书、楷书、行楷和草书这五大门类。由于出现时间、书写规范和要求的不同，这五类书法具有相对独立性，各自又成为一个独立的体系，但就其本质而言是相同的。因此，学会其中的一个门类，获得了书法艺术的精髓，就可以在此基础上产生变化。如苏轼就认为，楷书是书法艺术的基础："书法备于正书，溢而为行草，未能正书而能行草，犹未尝庄语而辄放言，无是道也。"（《跋陈隐居书》）蔡襄在《论书题跋》中说："古之善书者必先楷法，渐而至于行草，亦不离乎楷正。"都是以学习楷书为通，其次才能生变。

其次，书法艺术的通变还表现在对于特定门类的体制的继承以及自己的创新方面。不管是文学、绘画还是书法，创新才是保障鲜活生命力的不竭源泉。因此，每门书法艺术在自身形成的规范和要求之下，也应当尝试创新。庾肩吾《书品论》："阮研居今观古，尽窥众妙之门，虽复师王祖锺，终成别构一体。"米芾《海岳名言》："心既贮之，随意落笔，皆得自然，备其古雅。壮岁未能立家，人谓吾书为集古字，盖取诸长处，总而成之。既老始自成家，人见之，不知以何为祖也。"都强调自成一家的创新性。

通变在饮食方面亦有体现。交通尚不发达的时候，由于地域限制，各地都形成了自己独特的饮食习惯以及代表性食物。随着改革开放以及我国交通运输行业的发展，各个地区具有代表性的饮食也走出了区域限制。通变就是饮食走出地区化，迈向区域化甚至全球化的必由之路。在政治领域，通变也具有极强的实践性和指导作用。我国所奉行的外交政策亦是通变思想的应用。日本曾在第二次世界大战中侵略中国，犯下了不可饶恕的罪行，但是同时，在改革开放，全球化等趋势的推动下，中国和日本作为亚洲异常重要的两个经济体，其政治上的认同，经济上的合作都是必不可少的，因此我们在勿忘国耻、牢记历史的同时，也不能固步自封，不顺应时代潮流而改变态度，只能被时代淘汰，因此我国一直奉行独立自主、求同存异的外交政策。"求同存异"本身，就是一种通变。

## ◎ 问题思考

1. 中国的通变观同西方的有何异同？
2. 通变这一文学理论观念的形成历经了几个阶段？各有什么特征？
3. 如何理解在当今出现的"变通"、"权变"等同通变之间的关系？
4. 针对当前的文学现状，你认为要"通"还是要"变"？如何权重二者关系？
5. 通变作为一种鉴赏话语，对我们的文学鉴赏活动有什么样的具体指导作用？

## ◎ 参考书目

1.（唐）韩愈著，马其昶校注：《韩昌黎文集校注》，上海古籍出版社，2014 年。
2.（清）叶燮著，霍松林校注：《原诗》，人民文学出版社，1979 年。
3. 丁福保辑：《历代诗话续编》，中华书局，1983 年。
4. 刘文忠：《正变·通变·新变》，百花洲文艺出版社，2005 年。
5. 梅新林、潘德宝：《中国文学古今演变研究通论》，上海人民出版社，2016 年。

# 知 人 论 世

　　不知人，不解圣贤经典，浩渺深邃；不论世，不明千秋万代，万物更迭。"知人论世"乃是中国古人了解事物、体察实物的方式和手段，亦是古代文人和近现代学者鉴赏作品的方法和路径。那么之所以能够"披文入情"、"以情品文"的原因何在？"知人论世"这种模式在鉴赏文学作品中的妙处又在哪，可以帮助我们规避哪些缺陷呢？这种批评方法在中国的文坛上是否屡试不爽呢？

## 一、释 名 彰 义

### (一) 语义界定

　　"知人论世"是由两个词组组合而成的，"知人"一词可以作为动宾词组或单一的名词出现，而"论世"则为动宾词组。在整个语词的语境当中，"知人"和"论世"分别代表着各自的含义。

　　在动宾词组"知人"一词中，"知"为动词，意味知晓和了解，正如《玉篇》曰："识也，觉也。"《增韵》言："喻也。"《礼记·大学》："知止而后有定，定而后能静。"不仅如此，"知"的特性还在于鉴别和挖掘，从表面之义中辨析出深层之意，如《说文解字·矢部》："知，词也。"此"词"的含义为"意内而言外也"（《说文解字·司部》)。所以，"知"这一动作是要下苦功去钻研的，知而后有觉。

　　作为名词的"人"乃是天地三才之一，汇聚天地精华而生，《礼记·礼运》："人者，天地之德，阴阳之交，鬼神之会，五行之秀气也。"此处"知"、"人"合一，表示对人的全面透彻的了解。"知人者智，自知者明"（《老子·第三十三章》)，擅长了解他人的人则是智者能人，而作为名词的"知人"正是承接此意。《尚书·皋陶谟》："知人则哲，能官人。"《左传·襄公二十四年》："且夫既登而求降阶者，知人也。"故而"知人"又常用来表示善于"知人"的贤者。

　　"论世"一词中，"论"为动词，表示主体辨析要义后加以论说表述，即说理的动作和延续的过程。《玉篇》曰："思理也。"《正韵》云："辩论也。"不仅如此，"论"要求主体的言说有逻辑性、条理性和包蕴性，如《论语注疏》记载："论者，纶也，轮也，理也，次也，撰也。以此书可经纶务世，故曰纶；园转无穷，故曰轮；蕴含万理，故曰理也，篇章有序，故曰次也；群贤集定，故曰撰也。"因而"论世"就要求对"世"的梳理要有权威性和全面性。那么名词"世"指的是什么呢？《说文解字·卅部》："世，三十年为一世。"《字汇》云："父子相代为一世。"可以说"世"是经历过长时间而形成的世间百态，源于原始人类对宇宙万物，时代变迁的观察和尊重。"故圣人论世而立法，随时而举事。"(《淮南子·齐俗训》)因而"论世"即是指世人对"世"的体味与反馈。

在文学鉴赏的体系中，"知人论世"是由"知人"通过"知人"和"论世"对文本进行分析的理论范畴。首先，"知"和"论"是作为体悟的手段和方法而出现的，因而充满了主体的能动作用，即这一理论范畴是需要鉴赏者的主观努力才会实现的。其次，"人"和"世"则是作为分析的内容和角度而呈现的。具体而言，"人"还包括以下范畴：人物、人事、人伦、人品，还有人物思想和著作，即结合人物的品行操守以及思想主张，借此分析文本的内涵。而"世"则包含两个维度。清代吴淇分析："世字见于文有二义：从言之，曰世运，积时而成古；横言之，曰世界，积人而成天下。"(《六朝选诗定论缘起》)最后，"知人"和"论世"是具有交互性的，"人"是"世"中人，"世"又是"人"之世，因而"知人"要考虑历史语境，"论世"也要顾及人本属性。两重交叉而成的范畴极具囊括性，因而决定了知人论世的文史价值。

### (二) 中西比较

"知人论世"是极具中国特色的文论术语，体现了天人合一的观念，将人与世结合在同一个层面上进行分析。在西方文论中有几组概念与之相关。

首先，"知人"在文学鉴赏中是对文学四要素中"作者"因素的强调，从作者的角度出发，西方则有精神分析学，即从写作者的心理因素和潜在精神探讨文本的内涵，重新解读，定义原型。除此之外，法国布封则提出"风格即人"的命题，意在文与人之间建构联系，"文章风格，它仅仅是作者放在他的思想里的层次和调度"(《论风格》)。因而文章所特有的实质性的东西即风格同作者是息息相关的。而中国古代文论中的"论世"一语则与丹纳在《艺术哲学》强调文学的外部因素"种族"、"时代"、"环境"颇为相似，都强调解读作品时参考文本本身之外的"世"。虽然这些理论同"知人"和"论世"有联系，但是却不如"知人论世"涵盖的范围更广，不仅涉及作者而且包含世界等因素，"知人论世"一语有着丰厚的历史渊源，因而更具综合性特征。

从综合的角度去考察，"知人论世"同西方传记批评有很大的相似点，但两者侧重的角度却有所差异。中国的"知人论世"模式强调对以作家的生平历史而作的传记、笔录的考察，以期发现新的史料支撑文学观点，史学性特征更强。而西方传记批评则更侧重于发掘作者的心理因素，居住环境，创造新的研究方向。两者对作者资料选取的角度有所差异，这同文化背景和文学的协作模式、文化心理都有关系，是根植于各国历史而形成的。当然，中国现当代文学批评家王国维、李长之等人结合中西两种批评模式，取长补短，使其在交流中获得了新的发展。

## 二、原始表末

先秦时期，"知人论世"这一理论话语得以孕育和萌生。在先秦礼乐文化和儒家思想的沃土中，人、世与鉴赏三者才得以发生关系，最终成为一体。在孟子正式提出"知人论世"之前，孔子就对了解对话者，如何辨别友人的主张提出自己的观点。"可与言而不与之

言，失人；不可与言而与之言，失言。知者不失人，亦不失言。"（《论语·卫灵公》）孔子
将"知人"和"知言"相联系，了解其人之后再决定是否要与之言，不仅如此，孔子的"知
人"承认了人之间的差异性，按照儒家的礼制规范，人是有三六九等的，而能够与之交友
的只能是君子，也就是孟子所谓的"善士"，这可以说是"知人论世"的滥觞。在孔子的影
响下，孟子继续阐发儒家的尚友观念。《孟子·万章下》中在"知人"的基础上增加"论世"
的观点，而且将其置于文学欣赏之前，又在评论《小弁》和《凯风》以作者境况解释两诗的
不同，尽管孟子的出发点并不在于文学批评，但是却将"人"、"世"、"鉴赏"三者联系起
来，形成了一种文人品诗论文的操作范式。

两汉时期，受孟子"知人论世"说的影响，文论书写极其注重作家的才情品德和作品
的时代背景。特别是齐、鲁、毛、韩四家诗就充分运用了"知人论世"作为立论依据和材
料补充，用"田野调查"的方式考察各地民风，关注政治得失，百姓心态，从而总结诗经
想要表达的思想和情怀。特别是在《诗大序》中再次阐发了"诗言志"的命题："诗者，志之
所之也，在心为志，发言为诗。"这是继《尚书·尧典》"诗言志"、孟子"以意逆志"之后对
知人论世的合理性提供的有利的证明。同时在《诗大序》中也对受社会影响而产生的"变
风"现象作出了详细的说明，强调了政治社会环境的对文风的重要性。这是对知人论世的
又一大发展。东汉末年，郑玄撰写《诗谱》序，讲求知其"源流清浊"，从而"循其上下而省
之"，亦是对知人论世的批评模式的使用。

魏晋时期，是人物品藻的高峰期。因而知人常常同"文气"、"风骨"结合在一起。曹
丕有《典论·论文》论"人"之文体，文气。个性不同，诗风也不尽相同。刘勰《文心雕龙》
中亦有数篇提及作家与作品的关系，如"各师成心，其异如面"（《体性》）、"人禀七情，
应物斯感，感物吟志，莫非自然"（《明诗》）。同时还对作家的文德和操守加以强调："瞻
彼前修，有懿文德。"（《程器》）不过，刘勰所注目的主要是作家的才华，是写作文章的才
能识略，并不是综合地观察其全人，然后因其人而论其文。① 这一点同孟子的"知人"还
是有所出入的。在"世"方面，刘勰也关注到了时代更迭、社会变化对文的影响："时运交
移，质文代变"、"歌谣文理，与世推移，风动于上，而波震于下者也。"（《时序》）对"世"
的强调使更多的人知晓并使用。

魏晋之后，文人写作常以知人论世的模式来评论作家作品，表明鉴赏者的心智，特别
是进入宋代以来，知人论世这一方法得到更加广泛的应用。因写作者往往在文中作序专论
写作方法和意旨，故而痕迹也更加明显，更易观之。宋人计有功在《唐诗纪事》中作序说
明鉴赏应"读其诗，知其人"。宋人汪藻在《苏魏公集序》中说："所贵于文者，以能明当世
之务，达群伦之情，使千载之下读之者，如出乎其时，如见其人也。"写作应当"知人论
世"，这样才能为读者鉴赏提供范式，从而千古流传。同时代还有余靖《孙工部诗集序》、
陈师道《王平甫文集后序》、晁补之《海陵集序》均有意地发明此旨，观点或有不同，结合
作者身世进行阐说的方法则是一致的。② 在此之后，历代文人皆有使用此法进行文学鉴赏
的，亦有对孟子"知人论世"含义不断扩展和探究的。朱熹将孟子的"知人论世"同读书联

① 刘明今：《中国古代文学理论体系：方法论》，复旦大学出版社，2000年，第389页。
② 刘明今：《中国古代文学理论体系：方法论》，复旦大学出版社，2000年，第397页。

系起来，强调读书要了解其人，懂得其世才算懂得文章的奥义。清吴淇则将"论世"放在"知人"之前，从历史的语境当中去辨析其人、其诗。"是不得徒诵其诗，当尚论其人。然论其人，必先论其世者，何也？使生乎天之下，或无多人，或多人而皆善士，固无有同异也，偏党何由而生；亦无爱憎也，诮讥何由而起。"（《六朝选诗定论缘起》）除此之外，清章学诚则是从"文德之恕"的角度切入文本的。可以说，此时的"知人论世"已经较为详细，解说也十分丰富了。

近现当代以来，中国学者对"知人论世"的启示不在少数。梁启超在《中国历史研究法》一文中曾指出："人类于横的方面为社会的生活，于纵的方面为时代的生活，苟离却社会与时代，而凭空以观某一个人或某一群人之思想动作，则必多不可了解者。"以横、纵两向来标榜人与世，同时也指出了知人论世的难题。而王国维则以序、谱、笺三种文体的使用和安排来说明同"人"、"世"的关系："序者，序所以为作者之意也。……谱也者，所以论古人之世也。笺也者，所以逆古人之志也。"（《玉溪生诗年谱会笺》序）时至今日，知人论世常常被用于文学批评当中，对文学史编写以及传记研究都影响巨大。但值得注意的是，"知人论世"这一批评模式是建立在假设性的基础上的，偶然性的因素较大，所以常常会面临困境，这也是钱锺书等批评家批判知人论世存在误差的原因所在。但是在我们看来，将"知人论世"作为文学欣赏的一种批评方法，考虑外部因素对文本的影响，确是不争的事实。

# 三、选文定篇

## （一）萌生——知人论世与尚友善士

孟子谓万章曰："一乡之善士斯友一乡之善士，一国之善士斯友一国之善士，天下之善士斯友天下之善士。以友天下之善士为未足，又尚论古之人，颂其诗，读其书，不知其人可乎？是以论其世也。是尚友也。"

（《孟子·万章下》，据焦循撰《孟子正义》下册，中华书局，1987年，第725—726页）

孟子所言的"知人论世"源于儒家"尚友善士"的观念，孔子曾说："益者三乐，损者三乐。乐节礼乐，乐道人之善，乐多贤友，益矣。"（《论语·季氏》）与贤人结交，相互砥砺，乃是孔孟儒学的追求和信仰。而《孟子·万章下》则充分反映了尚友的理想，颇有生命不息、求友不止之义。不仅同现实存在的乡人、国人、天下之人为友，还要通过读书论文与古人遥遥相知。因而知人论世是作为尚友的方法论而萌生的观念，即结合作者本人以及作者生活的时代来诵诗品文，亦从诗文吟唱之中了解为文之"友人"。

## （二）因果——知人论世与为情造文

时运交移，质文代变，古今情理，如可言乎！昔在陶唐，德盛化钧，野老吐何力之谈，郊童含不识之歌。有虞继作，政阜民暇，熏风诗于元后，烂云歌于列臣。尽其美者何？乃心乐而声泰也。至大禹敷土，九序咏功，成汤圣敬，猗欤作颂。逮姬文之德盛，周南勤而不怨；大王之化淳，邠风乐而不淫；幽厉昏而板荡怒，平王微而黍离哀。故知歌谣文理，与世推移，风动于上，而波震于下者。

（刘勰《时序》，据范文澜注《文心雕龙注》下册，人民文学出版社，1958 年，第671 页）

夫缀文者情动而辞发，观文者披文以入情，沿波讨源，虽幽必显。世远莫见其面，觇文辄见其心。岂成篇之足深，患识照之自浅耳。夫志在山水，琴表其情，况形之笔端，理将焉匿？故心之照理，譬目之照形，目瞭则形无不分，心敏则理无不达。

（刘勰《知音》，据范文澜注《文心雕龙注》下册，人民文学出版社，1958 年，第715 页）

同知人论世一样，诗缘情和言志的传统亦是久远，"诗缘情而绮靡"（《文赋》），"时运交移，质文代变"。由此可见，此情此性同"人"、"世"不无关系。《商颂》恭敬贤明，《周南》勤勉不息，《邠风》礼中之乐，《板》、《荡》愤恨，《王风·黍离》哀怨，皆"与世推移"。"世"的变化会引起世人心态的变化，继而影响诗歌主题和情绪表达。诗言志同知人论世的关系就在于此，"夫情动而言形，理发而文见；盖沿隐以至显，因内而符外者也"（《文心雕龙·体性》），文因情而作，故而可以沿情去逐志，在文中依稀辨认出作家的思想与夙愿，而这分析的过程和结果就是"知人论世"。同时也因这种因果关系才使得"会意"成为可能。刘勰在《知音》篇，讲述了文学鉴赏中的知音之难，但并未否定知音的可能性，观文者通过追本溯源，"披文"便可入情。尽管年代久远，但"心敏"则理可达，"觇文辄见其心"。所以，诗言志是知人论世的前提，为知人论世提供了成功可能性。

### （三）困境——知人论世与人之偏好

晏元献公文章擅天下，尤善为诗，而多称引后进，一时名士往往出其门。圣俞平生所作诗多矣，然公独爱其两联，云："寒鱼犹着底，白鹭已飞前。"又"絮暖鮆鱼繁，露添莼菜紫。"余尝于圣俞家见公自书手简，再三称赏此二联。余疑而问之，圣俞曰："此非我之极致，岂公偶自得意于其间乎？"乃知自古文士不独知己难得，而知人亦难也。

（欧阳修《六一诗话》，据何文焕辑《历代诗话》上册，中华书局，1981 年，第269—270 页）

韩吏部古诗高卓，至律诗虽称善，要有不工者，而好韩之人，句句称述，未可谓然也。韩云："老公真个似童儿，汲水埋盆作小池。"直谐戏语耳。欧阳永叔、江邻几论韩《雪诗》，以"随车翻缟带，逐马散银杯"为不工，谓"坳中初盖底，凸处遂成堆"为胜，未知真得韩意否也？永叔云："知圣俞诗者莫如某，然圣俞平生所自负者，皆某所不好；圣俞所卑下者，皆某所称赏。"知心赏音之难如是，其评古人之诗，得毋似之乎！

（刘攽《中山诗话》，据何文焕辑《历代诗话》上册，中华书局，1981年，第285—286页）

尽管知人论世可以实现，但是"会意"的过程还是充满着大大小小的困境。知人知面不知心，作者人品与文品尚不能简单对应，更何况读者以知人来品文，借品文来识人呢？"圣人矢口而成言，肆笔而成书，言可闻而不可殚，书可观而不可尽。"（《法言·五百》）作为鉴赏者，又往往从自我出发，以己"自得意"为作者之本意。正如刘勰《文心雕龙·知音》所言："文情难鉴，谁曰易分。"更何况"知多偏好，人莫圆该"。鉴赏者各执一词，其解读往往也是片面的。

《六一诗话》和《中山诗话》以作者和鉴赏者都在场的情况说明知音之难，对后世颇有借鉴之义。欧阳修自视为最善解梅尧臣诗作之人，但其所好却使作者疑惑不解。作者自视最高，却被鉴赏者忽视，而作者卑下之作反倒受之青睐。由于鉴赏主体的能动作用，在"以意逆志"时往往以己度人，以自己所好来定位作者之所好。故而"意图谬见"是极易发生的。知晓自己尚且不易，"知音赏心"想见其难也。沈颢《画尘·遇鉴》："专摹一家，不可与论画，专好一家，不可与论鉴画。"因此，这就要求读者在追溯作者意旨上更为用心，在知人论世上更为广泛和严谨，切不可以一家之言专论独断。

### （四）鉴赏：知人论世与文本旨意

大凡读书，先要晓得作书之人是何心胸。如《史记》，须是太史公一肚皮宿怨发挥出来，所以他于《游侠》、《货殖》传特地着精神；乃至其余诸记、传中，凡遇挥金杀人之事，他便啧啧赏叹不置。一部《史记》，只是"缓急人所时有"六个字，是他一生著书旨意。《水浒传》却不然。施耐庵本无一肚皮宿怨要发挥出来，只是饱暖无事，又值心闲，不免伸纸弄笔，寻个题目，写出自家许多锦心绣口，故其是非皆不谬于圣人。后来人不知，却于《水浒》上加"忠义"字，遂并比于史公发愤著书一例，正是使不得。

（金圣叹《读第五才子书法》，据陆林辑校《金圣叹全集》第3册，凤凰出版社，2008年，第28页）

在文学鉴赏中，知人论世的目的是为了了解作者身世及心胸，以期对文本进行定位，并加以全面的分析解读。明末著名的文学批评家金圣叹用"知人论世"之法分析鉴赏《史记》和《水浒传》两种不同体例的著作，从而得到了"怨毒著书"创作心态及"因文生事"、"以文运事"两种文学创作方法，从而更加清晰地辨别作者的创作倾向和文本的写作意图。

辨析司马迁创作时的情境，惨遭宫刑，忍辱负重，满怀愤懑完成父辈所托，因而"发愤著书"。因为这样的身世，故而司马迁在《史记》中极力刻画描摹危急之事，抒发和排遣怨情。施耐庵乃是写文借以抒发茶余饭后闲情，随性而论，"怨毒著书"故而可以"以文运事"，达到妙笔生花的效果。因此，知人论世乃是鉴赏的先决条件，读书自是要辨别出如此心胸，分辨出置身之世道才能在鉴赏中明确文本旨意，才能在阅读中获得新意。

### (五) 语境：知人论世与文德之恕

今云未见论文德者，以古人所言，皆兼本末，包内外，犹合道德文章而一之；未尝就文辞之中言其有才，有学，有识，又有文之德也。凡为古文辞者，必敬以恕。临文必敬，非修德之谓也。论古必恕，非宽容之谓也。敬非修德之谓者，气摄而不纵，纵必不能中节也。恕非宽容之谓者，能为古人设身而处地也。嗟乎！知德者鲜，知临文之不可无敬恕，则知文德矣。……是则不知古人之世，不可妄论古人文辞也。知其世矣，不知古人之身处，亦不可以遽论其文也。身之所处，固有荣辱隐显、屈伸忧乐之不齐，而言之有所为而言者，虽有子不知夫子之所谓，况生千古以后乎？圣门之论恕也，"己所不欲，勿施于人"，其道大矣。今则第为文人，论古必先设身，以是为文德之恕而已尔。

（章学诚《文德》，据叶瑛校注《文史通义校注》上册，中华书局，1985 年，第 278—279 页）

早在先秦时期，文与德就有着千丝万缕的联系，"大学之道，在明明德"（《大学》）、"有德者必有言"（《论语·宪问》）都将培养良好的德行视为为文之先务和必要条件。后东汉王充又补充道："文德之操为文。"（《论衡·佚文》）强调德行、纹饰与为人要相当。因而，无论是德在文先，还是文德相当，都可以看到中国古人对德的重视。正如刘勰所说："文之为德也大矣，与天地并生者何哉？"（《文心雕龙·原道》）文德之大，是难以衡量和估算的，但却不能被忽视。

章学诚的文德之说源于儒家"己所不欲，勿施于人"的仁义之道和"比德"的传统，但与原本意义上的品行操守之类有所差别。在他看来，文德乃是一种包蕴性的概念，讲究内外兼修，文德兼备，更侧重于能为古人设身处地的"敬恕"之道。这种理念旨在使读者置身于作者写作时的历史语境，将心比心，从而在历史阻隔的境况下解决"会意"的困境。章学诚的"文德之恕"是对"知人论世"这一方法论的细化和补充，论古人之辞要知世，但知世还要讲求古人"身处"及情感状态，读者只有置身于作者的言说语境下才可真正的辨文。除此之外，更为重要的是强调读书习文的一种态度，即不可妄论，亦不可简单地以己度物。

### (六) 品读：知人论世与作品研究

世间有所谓"就事论事"的办法，现在就诗论诗，或者也可以说是无碍的罢。不过我总以为倘要论文，最好是顾及全篇，并且顾及作者的全人，以及他所处的社会状态，这才较为确凿。要不然，是很容易近乎说梦的。但我也并非反对说梦，我只主张听者心里明白所听的是说梦，这和我劝那些认真的读者不要专凭选本和标点本为法宝来研究文学的意思，大致并无不同。自己放出眼光看过较多的作品，就知道历来的伟大的作者，是没有一个"浑身是'静穆'"的。陶潜正因为并非"浑身是'静穆'，所以他伟大"。现在之所以往往被尊为"静穆"，是因为他被选文家和摘句家所缩小，凌迟了。

（鲁迅《"题未定"草（六至九）》，据鲁迅著《鲁迅全集》第六卷，人民文学出版社，2005年，第444页）

进入现代以来，关于文学作品如何品读，如何评判，从何入手，各家都有不同的说法。"京派"作家朱光潜主张从文学的趣味性入手，从文本本身出发诉说情愫，但其评价陶渊明是一位"静穆"的作家却遭到鲁迅先生的质疑。在鲁迅看来，评价陶渊明安然闲适，静穆伟大只是"就诗论诗"，这种方法并非不妥，但却差强人意。因为不顾"全篇"、"全人"很容易引起误解。

鲁迅先生论品读文章要顾及全篇全人，其核心在"全"字上，因而是对片面了解、简单评价的批评和反叛。对于今天的文学作品研究，仅从单篇文本入手，只会"缩小"意旨，其精华部分也会被人为地"凌迟"，这显然是不当之策。而品读作品，批评作家这一"全"字就要求我们做到：第一，篇章要全，既要结合上下文，又要结合其他作品，在广泛阅读的基础上再下结论。第二，人世要全，既要分析其人荣辱沉浮，又要了解作者生活成书的时代背景，在充分了解的基础上再做研究。最后，论证要全，在广读文章、详尽搜证的基础上，要用出色的逻辑能力和创新思维辩证分析文本，才能尽"全"应有之义。

# 四、敷 理 举 统

作为中国古代文论的鉴赏话语之一，"知人论世"经过长期的历史积淀成为了一种较为成熟的理论范畴，为文学鉴赏提供了一种可行的方法论。从理论发生上看，知人论世具有社交性和对话性特征，从理论诠释上看，知人论世则兼具文学性和史学性特征，而在理论建构上，知人论世又充分体现了工具性和人文性特征。

## （一）知人论世的社交性和对话性

"知人论世"范畴的理论发生同社会交往有着密切的联系，最初是在主客体双方交流对话的过程中产生的。首先，知人论世是同时代文人在社会交往活动前的准备活动。先秦时期，孟子的"知人论世"就源于儒家尚友观。交友、结友本身就是一种社会化活动，亦是和他人对话的过程。其次，知人论世是不同时代文人相惜相斥的一种方式，在人、文一致的愿望中寻求同古人高洁情操的共鸣，赞赏古人诗词的高妙；在人文相异的矛盾中领略语言的魅力，扩大批评的范围与论题。再次，知人论世更多的用来表示今人对古人之辞鉴赏评价的方式，知作者其人，明作者之世，其目的都是为了更好地同作者对话，以期在对话中使自己的情感体验和阅读收获有理有据。

不仅如此，文学写作的过程是抒怀吟唱的过程，以期为社会所知，为社会所解。而文学鉴赏的过程就是"以意逆志"交流对话的过程，同样具有社会属性，正如宇文所安所说："我们阅读古人不是为了从他们那里获取什么知识或智慧，而是为了'知其人'。……'知'可以靠阅读这些文本来获得，但这样的'知'与那个人是分不开的。在这里，文学的基础在于一种伦理欲，它既是社会性的也是社交性的。"①文人之间相互切磋的传统，从古有之，因而进入现代以来，知人论世还常常成为现代批评家互批互评的理论依据和鉴赏家"唇枪舌战"的理论武器。故而以何种方式才能"以无厚入有间"也因此成为了不少评论作家的追求。

### （二）知人论世的文学性和史学性

在古代文论鉴赏体系中，知人论世是文史结合的产物，因其以历史的眼光观照文学作品，同时又以文学的形式来编辑历史，故而不仅具有文学魅力，而且具有史学价值，两者互相交汇，形成知人论世的全部要义。

一部好的反映时代及社会心态的作品，往往可以当作野史或对当代历史的补充和具化。不仅提供了丰富的史料资源，而且还能够从更加细微之处反映社会民生、世间百态。毛泽东在品读《红楼梦》时就将其当作历史来读，揭示了《红楼梦》中的人物形象和环境背景生活同生活在已有资本主义萌芽的乾隆时代的作者曹雪芹之间的密切关系。通过辨其声，观其言，从而发觉作者流露于笔端的情愫，以及作者对时代的描绘和精神态度。

不仅如此，"知人论世"在历史的书写中也常常出现，从而为史学勾勒出文学的倩影。在中国古代阐释学中"知人论世"往往以年谱的形式出现，"如果年谱主是以诗人或文人的身份被认知的话，那么年谱就有了作为文学作品的历史背景的意义"。② 因所知之人是诗人，所知之世是文人之世，故而历史的记载便有了文学意味的存在。可见，"知人论世"最好地将文史折衷而论，由文入史，以史议文，游刃有余。所以，在现代的文学史书写当中，理论家亦采用知人论世的模式以期编纂更加全面、权威、耐人寻味。

### （三）知人论世的人文性和工具性

"知人论世"这一理论的建构寄予了古代文人的审美情怀和鉴赏理想，也是他们"文德统一"、"言行一致"的理想境界的写照，因而表现出浓厚的人文思想，展现出独特的人文情怀。孟子的先"知其人"，后"颂其书"的主张集中反映了儒家对"德"的重视及为人以诚信为本的主张。"传统儒家文学批评有一个非常显著的特点，即要求作家的人品与文学作品表现出来的精神境界高度一致，创作主体的心灵世界与作品中表现出来的情感世界高度一致，也即要做到文如其人，达到人品与文品的统一。"③也正是因此传统，后世愈多鉴赏者便诗意化地将人品和文品等同而论，这不是出于逻辑性，而是出于世俗习惯的理想化操作，所以是人文的、自然化的。

不过，知人论世作为鉴赏命题，还是存在一些争议性的。因而在这些反叛声中，知人论世还常常表现出工具性特征，即科学地对待，辩证地使用，将其视为一种方法论理性化对待。实证表明，文和其人并不是完全相符的。理想化因素过多，会损害鉴赏结果的正确

---

① ［美］宇文所安著，王柏华、陶庆梅译：《中国文论：英译与评论》，上海社会科学院出版社，2003年，第35页。

② 周裕锴：《中国古代阐释学研究》，上海人民出版社，2003年，第230页。

③ 朱恩彬：《文坛百代领风骚：儒家的文学精神》，花城出版社，2003年，第275页。

性。"心画心声总失真，文章宁复见为人。"（元好问《论诗绝句》其六）知人论世的工具性就在于当文本作为鉴赏的主体的时候，对人品的预估和身世的论述要保持客观清醒的头脑，将知人论世视为补充性材料加以判断、取舍，而不能以偏概全，以此代彼。

正因知人论世的人文性和工具性相互交织，故而显示出理性和感性的相互调和。所以，在现代文学批评中作为鉴赏主体的我们既要保持客观性和逻辑性，将其作为文学鉴赏的手段和方法，更重要的是要将实有升华，从现有经验层面状态提升为一种超然的先验的状态，从而获得艺术的、诗意的人生①，是知人论世带给我们最大的启示。

## ◎ 问题思考

1. 传统文人对知人论世中的"人"和"世"是怎样理解的，你的看法如何？
2. 孟子的"知人论世"说的出发点是什么？为什么后世会从文学鉴赏的角度来理解呢？
3. 知人论世与诗言志有什么关系？
4. 章学诚的"文德"与传统儒家的"德行"是一样的吗？两者的联系和区别在哪？
5. 知人论世作为批评方法有什么特征？未来应当如何改进呢？

## ◎ 参考书目

1.（清）章学诚著，叶瑛校注：《文史通义校注》，中华书局，1985年。
2.（清）焦循撰：《孟子正义》，中华书局，1987年。
3.（清）金圣叹著，陆林辑校：《金圣叹全集》，凤凰出版社，2008年。
4. 刘明今：《中国古代文学理论体系：方法论》，复旦大学出版社，2000年。
5. 汪涌豪：《中国文学批评范畴及体系》，复旦大学出版社，2007年。

---

① 刘鸿武：《文史哲与人生：人文科学论纲》，云南大学出版社，2010年，第31页。

# 后 记

　　2018 是我的"导引"年，这一年我主编的两部《导引》同时问世：一部是《人文社科经典导引》，一部是这本《中国文论话语导引》，前者是通识课教材，后者是专业课教材。二者的共通之处有二：一是用"关键词阐释法"讲授文化及文论，二是用学术研究反哺课堂教学——这二者为笔者多年以来的"用心之所在"。

　　本书为笔者任总主编的"中国文学批评史系列教材"之一种，已经出版的三种是：《中国文学批评史》、《中国文论经典导读》和《文心雕龙导读》。

　　本书由笔者和东华理工大学师范学院李小兰教授负责总体构想及章节目录的拟定，由孙盼盼和朱晓骢负责统稿。

　　本书六大板块共 30 个文论话语的撰写分工见下表（按撰者姓氏笔画排列）：

| 作者姓名 | 撰写内容 |
| --- | --- |
| 马 麟 | 文以载道　立象尽意 |
| 马可雅 | 比兴　叙事 |
| 冯 荔 | 详略　夸饰 |
| 江艾婧 | 风骨　自然 |
| 刘宁涛 | 滋味　知人论世 |
| 孙盼盼 | 文学　感应 |
| 朱晓骢 | 含蓄　品评 |
| 陈香怡 | 体　小说 |
| 李虹烨 | 曲　对偶 |
| 李雅欣 | 赋　妙悟 |
| 吴 婧 | 诗　言志 |
| 黄凯伦 | 文气　雅俗 |
| 尉景婷 | 隐喻　通变 |
| 曾沁雅 | 神思　虚静 |
| 窦琪玥 | 缘情　意象 |

　　用"话语阐释"的方式讲授中国文论，这在国内学界尚属首次，草创之举，讹误难免；加之笔者"识在瓶管"，其浅陋之处，尚祈读者诸君多多指正。

**李建中**
2018 年 6 月 26 日
于赫尔辛基联合大道
芬兰国家图书馆